# 龙江当代文学大系

## 1946—2005

本文学大系为黑龙江省社会科学研究"十一五"重点规划项目（04—A0027）、黑龙江省科技厅计划攻关项目（GC5D411）成果

# 总　序

　　白山黑水、平原林海架构的北方，是一片神奇的土地，理应有大的文学家崛起。事实上，龙江文学在建国之后也的确出现过辉煌的历史。尤其是新时期以来，龙江文学更是进入了最好的发展时期，影响渐远。文坛上新人辈出，佳作迭涌，题材繁复，手法多元，艺术品位高，呈现出了一派热闹喧腾的繁荣景观。作家、诗人们的名字频繁在各项国家级评奖中闪光，龙江文学彻底走出了边远省份被人小觑的历史境遇。对于龙江文学这种繁荣的现实，龙江评论界曾经做出过许多积极的反应，只是尚不十分及时，已有的一些作品选本，从规模和体裁上还不能完全反映龙江当代文学的成就。正是基于这样一种考虑，哈尔滨师范大学中文系的部分教师，在冯毓云、罗振亚两位教授的带领下，历时五载，筚路蓝缕，适时地编选了这套大型丛书《龙江当代文学大系》。此前，冯毓云和罗振亚两位教授主持的《龙江特色作家研究丛书》，对总结黑龙江新时期文学创作的经验教训，繁荣黑龙江文学创作和评论，就发挥了比较直接的有效的作用，评论界和社会都给予了相当高的评价，并于二〇〇四年获得黑龙江省优秀社会科学成果一等奖。这套大系的编选，是他们有关黑龙江文学研究系统工程的一部分，这一举措较好地实现了编选者的初衷。

　　编辑《龙江当代文学大系》这项学术工程，具有填补空白的拓荒意义，在黑龙江省还是第一次。它规模宏大，架构科学，具体分小说卷、诗歌卷、散文卷、戏剧文学卷、理论与批评卷、报告文学卷、儿童文学卷、曲艺戏曲卷、翻译文学卷、影视文学卷、民间文学卷等，凡十一卷，八百余万字。每卷前设有万字左右的序言，对该卷所涵盖的内容进行概述及评价。在具体作品编选时，编选者们秉承历史和美学相结合的标准，从龙江浩如烟海的文学作品中仔细搜集、甄别、遴选，然后再通过多人集思广益，比较、讨论后定夺。这样的选编方式，避免了那种一人独断的做法，既能够清晰地体现龙江当代文学的历史脉动，又具有了权威性、实用性和客观性的特点。这套大系的编选，是对即将丢失、荒废的龙江文学资料的及时"抢救"，更是一项重要的文化积累，它对建设边疆文化大省、强省至关重要，意义深远。它不仅可以向外宣传、介绍龙江的当代文学，开阔文学爱好者的学术视野，为将来学术界撰写科学、厚重、客观、实事求是的龙江文学史乃至中国文学史，做必要的学术积累和阶段性的准备。而且还能够打破龙江评论界的寂寞，改变龙江当代文学被低估的状况，回顾龙江当代文学的辉煌历史，总结龙江文学在新时期崛起的经验，确立龙江当代文学在全国文学版图中的位置和地位，为进一步繁荣龙江当代文学提供创作和理论上的参照。

期待着《龙江当代文学大系》的配套工程成果《龙江当代文学史》早日面世，我相信它的面世，将会为龙江文化界再次输送新的精品和力作，带来新的惊喜和震撼。

# 目　录

# 大系导言

　　文学史家丹纳在《艺术哲学》一书中曾经精辟地指出：地理环境、种族和时代是决定文学发展的三要素。古今中外的文学历史充分证明，和不断流转的时代风云比较，地域因素和种族因素一样，对文学灵魂的塑造更为持久，更为内在，更具有举足轻重的作用。正像俗语所说"一方水土养一方人"，一方水土亦养一方文学。

　　如果从文学地理学的视角出发去透视龙江文学，就会发现这样一个客观的事实：和文化丰饶的中原各省相比，龙江地处边塞，因为开发的历史短暂，文风不盛，传统稀薄，并且其写作命运时常会遭受到来自文学内外因素的重重遮蔽。在一些所谓的文人雅士看来，龙江这片圣人没有走过的蛮荒之地，在古代社会压根就没产生过什么像样的文学，少有的一点民间积累显得鸡零狗碎，难登大雅之堂。就是近半个多世纪以来，龙江也始终处于文学的边缘。不论怎么说，这种判断是一种文学观念错位铸成的意识迷津，是一种偏离历史主义批评原则的估衡误差。

　　事实上，龙江又是一片幅员辽阔、历史悠久、民族众多的土地，这里大约五万年前已有人类活动的迹象，自古以来就集居了满、汉、回、蒙古、锡伯、赫哲、朝鲜、达斡尔、鄂伦春、鄂温克等十几个民族，至唐代的渤海国和之后女真族建立的金国，其文化的建设已粗具规模。也就是说，龙江的地域风貌、历史文化特质和黑土生命力的奔突，决定龙江很早即和文学结下了不解之缘，并且还几度出现过繁荣的文学时代。抛却流布久远的《秃尾巴老李》、《伊玛堪》（赫哲族）、《摩苏昆》（鄂伦春族）等大量传说、故事、童话、歌谣之类的民间文学不计，即使是严格意义上的文人创作，远在清代就有吴兆骞、张缙彦等人的流人诗歌崛起。到了现代时段，"东北作家群"中的萧红、骆宾基、舒群和沦陷区作家金剑啸、陈隄、关沫南等人凄切而刚劲的歌唱，已在全国文学中占有一席之地。四五十年代之交的文化守成期里，周立波、曲波、乌·白辛、郑加真、林子等异地作家的汇入则带来了短暂的兴盛，一些小说、儿童文学、影视文学的创作以及俄苏文学的翻译均走在了全国的前列，周立波的《暴风骤雨》，曲波的《林海雪原》，孙幼忱的《"小伞兵"与"小刺猬"》，林予的《大雁北飞》，乌·白辛的《冰山上的来客》、《赫哲人的婚礼》等作品，或以宏阔的史诗气魄，或以机智大胆的想象，或以神秘的传奇色泽，或以鲜活的民族风味，吸引了众多青睐的目光，产生了广泛的社会影响。这一方面来自黑土地自身的文化孕育，一方面也和中原文化的融入，包括十万官兵开垦北大荒的外力刺激有关。即便是历史重负最为严峻的"文革"时期，张抗抗、郭先红等一批作家仍然没有停止他们的精神探索，以不无缺陷痕迹的作品为那个时代留下了宝贵的精神档案。

　尤其是进入新时期以后，龙江文学更进入了最为辉煌的历史阶段。不但作家辈出，阵营壮观，远有关沫南、曲波、林予、鲁琪、巴波、丛深、梁南、满锐、谢树、平青、程树榛、李锡胤等笔耕在先，中有门瑞瑜、王毅、刘亚舟、张抗抗、贾宏图、林子、蒋巍、刘畅园、王忠瑜、吴宝三、黄益庸、江南尘等紧随其后，近有阿成、庞壮国、杨利民、杨宝琛、王立纯、李琦、张雅文、马合省、张曙光、韩乃寅、梁国伟、张景超、冯毓云等中坚坚持，后有迟子建、常新港、全勇先、鲍十、潘洗尘、张爱华、罗振亚、艾苓、高方等"新生代"崛起，短短三十年间差不多是四代同堂，交相辉映……作家们在小说、诗歌、散文、戏剧、报告文学、影视剧、广播剧、民间文学、翻译文学乃至文学理论与评论领域，都纷纷取得了令人瞩目的成就，形成了姚黄魏紫、千花竞妍的创作格局。纯文学、主旋律、消费性的作品几分天下，众语喧哗，题材阔达，手法繁复，传统的文学魅力依旧，一批先行者借鉴西方现代派的艺术经验，写下了许多极具创新活力的作品。特别可喜的是，龙江文学在这一时段的影响光束愈发强劲，并已逐渐超越龙江的天地，而辐射向全国乃至全世界。那轰动一时的"黑龙江现象"令人颇为感奋，先是有"北大荒的小说新疆诗"的美誉，继而"北部戏剧"火暴京城，再则"黑土诗派"冲击全国。特别是一些作家、诗人不断地打造精品，使自己的名字频频在各项国家级评奖中闪光。他们或在优秀文学作品获奖名单上榜上有名，如林子的《给他》、孙少山的《八百米深处》、阿成的《年关六赋》、蒋巍与贾宏图的《大洋的此岸与彼岸》；或在"五个一工程"评奖中一举夺魁，如陈玉谦和曲晓平的《蛙鸣》、杨立民的《特殊故事》、据龙秀梅小说改编的电视剧《燃烧的烛光》；或在"鲁迅文学奖"评选中统领风骚，如阿成的《赵一曼女士》、张抗抗的《张抗抗散文集》，迟子建的《雾月牛栏》、《清水洗尘》、《世界上所有的夜晚》连续三次蝉联殊荣，国内仅有；或问鼎全国一些单项奖，如中流的散文集《爱的微笑》获少数民族"骏马奖"，杨利民的《地质师》获全国曹禺剧作奖，张抗抗长篇小说《作女》获中国女性文学奖，迟子建的《踏着月光的行板》获小说月报百花奖，常新港的长篇小说《男孩无羁，女孩不哭》获宋庆龄儿童文学奖，李琦获首届茶花杯艾青诗歌奖，韩乃寅的长篇小说《岁月》获丁玲文学一等奖；或捧得黑龙江省文艺精品工程奖，如张雅文的《韩国总统的中国"御医"》、李琦的《最初的天空》、葛均义的《浮世》、马合省的《永远的人》、周树山的《生为王侯》、董谦的《荒界》、王立纯的《苍山神话》……一连串闪光的名字和闪光的作品，和众多勤勉耕耘的写作者一道，共同支撑起了龙江新时期绚烂的文学星空，改变了龙江这个偏远的文学省份被人小觑的历史境遇，"北大荒"的文学彻底告别了"荒凉"。

那种以为在文学的发展历史上，今天的文学必然优秀于昨天的文学、而明天的文学必然优秀于今天的文学的线性时间观念是靠不住的。从上述的简单回望中可以看出，龙江当代文学的步履在进入一九四九年后并非一帆风顺，相反它和整个中国的文学命运一样，经历了很多的反复和颠踬，可喜的是它始终以螺旋式的上升姿态顽韧地前行，并且早已跨过"五十而知天命"之年渐近花甲。半个多世纪的龙江文学尽管呈现着变动不居的开放状态，多元化的探索走向纷繁多端，加之离当下过于迫近、尚未定型，很难做出全面的史的整合和归纳，但它在发展中还是凸显出了自身赖以独立、引人注目的几种恒定性的艺术追求或成就。

首先是在注意地域维度同时注意时代维度，实现了地域观念与当代意识的谐和统一。经过半个多世纪的摸索，龙江作家寻找到了恰切的理论支点，那就是他们确信走向地域的尝试，是其立足于世的前提，抵达辉煌的最佳途径。那种抛开地域文化背景，希冀通过中国、世界景观的观照征服读者的意念，只是一种浅薄的幻想，所以他们纷纷自觉以地域性的自然、历史、社会、文化因子的挖掘，从形到质地走近"北大荒"，使自己的创作烙印上鲜明的地方性特点。有的作品在语言和表现手法上具有鲜明的地方色彩，如王毅的龙江剧《皇亲国戚》中二凤的一段唱词，"天有多么朗，月有多么亮，风也爽，花儿香，大柳树，长又长，荷花长出了小池塘，'扑剌剌'蹦出来一对戏水的鸳鸯"，在东北地方母语的基础上承继、吸收了东北民间艺术形式"二人转"的语言和腔调，并因之而使方言的运用乡情浓郁又幽默活泼，把南方县太爷家的小姐完全东北化、农村化、土化了。更多作品的地域性则表现为对当地特有的自然和社会生活的真实描绘，像龙江文学中涉猎的狩猎捕鱼、开荒放牧、挖参采矿等题材，乃是其他省份的文学中所少见的，并且其人物塑造也都带有明显的地域性特征。如在曲波的小说《林海雪原》里，杨子荣、座山雕等人物固然栩栩如生，几近妇孺皆知，但威虎山一带的崇山峻岭和浩浩林海等开阔深邃的东北自然风光，对南方的读者更具诱惑力，剿匪的传奇故事和传统章回体的结合，保证了其在读者中的喜闻乐见。林予的电影剧本《大雁北飞》，写的就是二十世纪五十年代北大荒开发建设的火热生产和生活画面，对建三江一带的农村尤其是寂寞而丰饶的雁窝岛的自然环境、地方习俗的描写，和北大荒人团结协作的奋斗精神相得益彰，乡土气扑鼻。阿成善于以现代化的手法表现古老中国的都市故事，其小说《年关六赋》、《良娼》等作品虽然都具有强烈的文体审美意识，文风散淡，语气鲜活，感性的生命细节和人性的深邃挖掘交织，但描写的却无不是地道的老哈尔滨，具体说是老道里、老道外、老南岗一带的市民生活，洋溢着浓郁的文化色彩。至于迟子建仿佛已把大兴安岭当作了自己创作不竭的生命之泉，《额尔古纳河右岸》、《雾月牛栏》、《亲亲土豆》、《沉睡的大固其固》等风情小说在人性主题的细敏传达中，都因风土人情、宗教信仰、婚丧嫁娶、节庆礼仪、服饰饮食等因素的介入，而更具地方风味。像《沉睡的大固其固》中的媪高娘，和杨利民《黑色的玫瑰》中的黑燕、梁南诗歌的抒情主体一样，心态一如龙江的森林、原野般宽阔，重义轻利，刚毅果敢，一改女性传统的柔弱，带着男儿的粗豪和血气。

龙江文学的优长在于，它注重地域观念，但没有把鲁迅倡导的"愈是民族的，愈是世界的"理论作为唯一的探索取向，去遮蔽或窒息其他的多元观照视角。因为作家们深知，仅仅为北方的自然和历史涂彩画像是容易而肤浅的，它充其量只能提供一定的民俗学价值，弄不好就会蹈向思古幽情抒发、简单无为透视的民间文学陷阱，最终淡化或弱化文学和时代、现实的紧密联系，造成影响和轰动也就无从谈起了。所以他们都力争不仅做匍匐于地面的"兽"，还要做能够超离地面、在天空中飞翔的"鹰"，立足于黑土地，在向地域挖掘同时又注重当代意识维度的介入及其二者之间的结合，走出地域，做更高远的心灵瞩望和情思拓展。如杨利民的《地质师》、王忠瑜的《赵尚志》、滕贞甫的《远东第一犬》、迟子建的《雾月牛栏》、孙少山的《八百米深处》、鲍十的《我的父亲母亲》、李琦的北大荒女人系列诗，都用本土的自然景观、文化背景传达缤纷的人生故事与心灵的多元意绪，地方风味浓郁。但是当代意识的烛照与作家主体的投注，又使它们去掉了"北大荒"中与原始、野性、蛮荒连在一起的"荒"味儿，超越了铺排民俗、罗列事象的精神浅滩。它们或凸现了北方的热情、坦诚、粗犷的灵魂，或灌注了强劲的创业精神，或充溢着人道主义、英雄主义情怀，或兼具地域色调与人性的深度。应该说，文学作品地域性获得的决定性因素，乃在于能否塑造出具有独特地方性格和文化心理的人物形象，这几乎成了所有龙江作家的共识。因为人是万物之灵，一方水土养一方人，而人又回过头来改变、创造自然，这就是文化。每个人都置身于文化的场之中，他能够最集中地体现自己民族地域的生活方式、风俗习惯、道德观念、价值标准、心理素质和思想情感。获得这种认识后，作家们在作品中自然注意打造具有地域性和民族性格的人物，如梁晓声的《这是一片神奇的土地》中的"摩尔人"王志刚即十分典型。生性孤僻的他在生死考验面前，把生的机会让给"情敌"，手持板斧和群狼搏斗，最终献身。且不说他开发"满盖荒原"背景的荒谬，单是他的粗犷坚定、慷慨仗义、从容大度、豪爽果敢、勇于牺牲的性格，就有力地彰显着当年知识青年为追求理想而勇于牺牲的英雄品格，体现了北大荒悲壮雄浑的精神内蕴。《林海雪原》中的杨子荣、《黄罂粟》中的"老司头"也都是东北人质朴豪爽、热情粗犷的秉性精神的体现者，在他们身上又都深深地烙印着时代和作家情感评价的痕迹。再如李琦的诗歌《白菊》，"贞洁的花朵/像一只静卧的鸟/它不飞走是因为它作为花/只能在枝头飞翔……开放/这是谁也不能制止的愿望/从荣到枯/一生一句圣洁的遗言/一生一场精神的大雪"。全诗虽然观照的是北国的一种花卉，但诗人却借助主体的移情，神游白菊形、质组构成的世界时，情同物融，使白菊不再是死的异己自然物，而外化为热烈单纯的灵魂奥秘的载体，白菊既是自然之白菊，又成了人生之白菊，她那份贞洁、单纯与热烈，不论在店堂中央还是在安静角落都要倔强开放的品格，正是生性高洁的诗人精神情怀的外化与写照，从而使诗超越了具象，裸露出隐伏在物象、细节背后的理性晶体。屈兴岐的《歌·酒·号子》写的是林区生活中最具北方气息、最为平凡、给人印象最深的歌、酒、号子，但字里行间洋溢着作为劳动者的自豪、喜悦，在往昔热火朝天的创业生活的追忆和书写中，触摸到了人性当中最柔软最普遍的共同情感，轻盈的走笔里自有一股撼人的力量。

其次是形成了以现实主义美学风格为主体同时又不乏新鲜艺术气息、传统与现代平衡的文学格局。一个显而易见的事实是，龙江的儿女大多都是从齐鲁燕赵等地迁徙而来，中原儒家文化的传统制约，决定了这里的北方人不同于南方人的浪漫灵动，而更多质朴和实际，严酷、冷峻又神秘的生存环境，使他们虽然心中不时有幻想闪回，但其视角多倾向于具体质感的"此在"世界空间，执著人生，关注现实。因此现实主义构成了这块土地上文学的主旋律和流行色，构成了这块土地上最有生命力和影响力的文学形态。说起现实主义，它到底是一种创作方法、创作原则，还是一种创作精神、创作流派？我们以为这并没有本质的区别。现实主义应该是作家审美地把握、认识、解释和表现对象世界的一种方式以及由此所决定的作品最终呈现出来的美学形态。从这一标准考察就会发现，尽管在半个多世纪里龙江文学的具体作品形态不断变化，对现实主义的理解操作也存着在一些误区，但至少在理论倡导上一直推崇和坚持着现实主义，创作一直在当时理解的现实主义大潮之下谋求存在、发展和创新。新时期后在获得现实主义精神复归的同时，龙江文学创作中又出现了许多非现实主义的现代主义或后现代主义文学思潮，但它们都可视为对现实主义的深化和开放性的发展。可以毫不夸张地说，建国以来龙江大地每个时段的历史风云和时代变迁，在作家们的作品中均有对位的回应，鲁秀珍的往昔"眷顾"，梁南的"苦恋"情结，丛深的电影《徐秋影案件》、《娘子军》对反特题材或社会主义建设中"女性"的凝眸，乌·白辛在戏剧《赫哲人的婚礼》中对赫哲民族魂的深入"勘察"，张抗抗《爱的权力》、《隐形伴侣》凸现的"问题"，贾宏图对切合时代脉音的现实"风景"撷取，王立纯的"现实主义冲击波"，无不体现着这一现实主义的总趋势。龙江文学这种主题、思维取向的方式，决定了它在艺术范型上更接近传统，不论是孙少山的煤矿视域、林予垦荒书写，还是杨宝琛的荒蛮背景上的创业者颂歌、鲁琪系列剧本的"伤痕"抚摸，抑或是张雅文的《趟过男人河的女人》中杏儿的命运展示、李克异《一片归心》的乡愁涌动，都以"故事"取胜，事态的铺展都仍然隶属于逻辑性架构，尽管它们在立体感的强化、心灵的纵深挖掘与情节的波澜运作上各有侧重，各有千秋。即便像刘宾雁首开新时期"问题报告文学"先河的《人妖之间》，吸引读者眼球的仍然是传统的"事件"，它让作家的"手术刀"对准了社会毒瘤——贪污腐败，通过黑龙江省宾县粗鄙、浅薄的"女强人"王守信在政治舞台上为所欲为的冷静书写，表现了作家对社会关系网络、政治体制等困扰中国问题的批判性思考，和心忧天下的可贵情怀，尖锐犀利，振聋发聩。

同时移民文化结构又赋予了龙江当代文学一种开放性的发生发展机制，使其颇多现代的艺术气息。必须承认，龙江文学的主体属于典型的移民文学。尽管在龙江的历史上本土文学源远流长，但它和移民文学比较起来始终只是涓涓细流。从金代扣留使金人才又礼遇降金知识分子的"借才异代"，到清代吴兆骞、张缙彦等大批关内上层官吏和知识分子的被贬谪流放，山东、河北大批百姓为求生存的"闯关东"，再到一九四五年光复后众多文艺工作者的转入、五十年代十万转业官兵的北大荒开发造田、"文革"中四十万知识青年的上山下乡，一批批"外来者"带来的中原文化，和黑土地特有的民族文化、农垦文化，加上俄侨欧化文化的南北汇聚，中外合糅，使龙江理所当然地成为多民族、多层次的文化包融、混杂所在，移民文化色彩异常明显。这种移民文化，决定了这里的作家们不愿意那样循规蹈矩，畏畏缩缩，而是更多开放的气度，它和蜂拥而入的关内、西方的艺术潮流遇合，从一开始就使龙江文学在坚持现实主义精神的前提下，艺术上自由创新，为文本空间吹送进一股现代的审美信风。还在一九五〇年代，乌·白辛的《赫哲人的婚礼》就在结构上尝试突破时空界线，把作为剧情引线的赫哲人说唱艺术"伊玛堪"和"回叙"、"闪回"等新颖手法结合，令人耳目一新；李琦的《雪花飞舞事与人》成功地运用了意识流跳转，它从雪花的飞舞领起，把历史的、现实的、亲近的、陌生的等有关冬天和雪的人物、事象遣诸笔端，营造出一种温暖的氛围；迟子建的《雾月牛栏》、《额尔古纳河右岸》等小说更实现了文体的革命，舒缓动情的笔调，天、地、人之间的谐和，和温暖的人性故事浑然一体，熨帖自然，唯美而感伤，仿佛天籁的音乐，又仿佛是纯粹的诗。再如孙少山《八百米深处》对意识和潜意识世界的感觉化深拓，桑克在诗歌《夜景》思想行旅中的形而上叩问，以及梁南、庞壮国诗歌的系列私人化象征，李英杰的剧本《黑三角》中画面的隐喻和象征，梁国伟在剧本《欲望的旅程》中对"间离"手法的运用，张曙光的《1965年》诗歌"叙事化"和张抗抗的《牡丹的拒绝》等散文诗化的"文体互渗融合"，都纷纷以陌生化的现代主义形式和俗常化的现实主义精神的成功嫁接，增加了文本的审美蕴涵与艺术魅力。虽然说我们龙江文学中没有出现像马原、洪峰那种纯形式化的先锋探索，但在艺术上并不落伍，而始终是和全国文学同步，保持着思想和艺术、传统和现代间的平衡。

再次是龙江文学在半个多世纪的探索中，一方面以阳刚为主体风格，一方面又出现了多元化的个人艺术风貌，二者"和平共处"，并行不悖。龙江以白山黑水、林海雪野为主要构架的地理风貌，和关内各省比较相对短暂、冷峻的文化历史，以及它们在人们心里的投影和情感反馈，规定了龙江文坛常常饱蕴着充满阳刚之气的"力"之美，所以北方的豪放、阔达、神奇的雄风，从当年东北作家群的悲壮歌吟，中经四五十年代《暴风骤雨》和《林海雪原》粗犷的解放呐喊、八九十年代杨宝琛和梁晓声等人的高迈人性探询，一直流贯到今天。如一九五〇年代袁木、范荣康的报告文学《大庆精神大庆人》就张扬着时代需要的刚性精神。其中的钻井队长马德仁、采油队长薛国邦、工程队长朱洪昌和通讯工人毛孝忠等构成的英雄群像，为了工程建设和国家利益，的确做到了"一不怕苦，二不怕死"，他们敢于跳下泥浆池用身体搅拌泥浆，不怕疼痛让焊工在自己用双手捂住管道裂缝的手边焊接，甚至用身体链接断了的电话线以维持紧急电话畅通。整个作品在残酷的自然和生活环境之上，凛然旋起的是一种力和男性风暴，是一种令人敬仰的牺牲奉献精神，它让人们窥见了北国人粗犷、强悍、坚毅的灵魂内核和精神硬度。如果说《大庆精神大庆人》呈现着精神之"力"，那么庞壮国的诗歌《关东第十二月》和韩乃寅的小说《岁月》则体现出艺术上的硬度。前者的结构大开大合，壮阔粗放的景观，稳健活泼的风格和北方的性格达成了完美的契合。

后者"在大酱缸"（沼泽）、"大烟炮"（风雪）、大农场等自然和人文景观之上，把垦荒人在激情燃烧的岁月里的创业精神激发得阳刚火暴，人物棱角分明，情节起落舒放，大气磅礴，厚重而沉雄，语言的硬朗爽直、掷地有声也非小桥流水、精雕细琢的南方能够比拟的。

但是龙江毕竟族群杂居，文化斑斓，是自然环境在雄壮外不乏娇丽与柔婉的所在，这些和纷繁的作家个体、龙江开放的胸襟结合，又使龙江文学构成了多元化的个人创作奇观，每一个成熟的作家既有和龙江文学主体风格谐调的一面，又都拥有一颗自己的个性的太阳。这也可以视为龙江当代文学成就的一个表现和标志。如李克异、关沫南的小说多着力渲染浓烈的北方气息，林予、韩乃寅的主要剧作常进行创业精神的弘扬，张爱华的散文一般是以人、事、物为依托进行思想漫游，曲波的小说在地域背景之上多有传奇色彩，乌·白辛的剧本充满奇异的民族风味，孙幼忱的作品以儿童文学的生动形式阐发人生哲理、启动人们的探索精神，张抗抗的小说一直恪守女性的立场进行跨题材写作，阿成的小说致力于地域与人生关联点的寻找，李琦的诗歌始终坚持纯洁纯粹的理想，梁南的诗歌昭示了苦难又悲壮的情怀，师胜杰的相声充满向上精神的同时兼具娱乐性和传统气韵，黄宏的小品构思精巧，语言中带有丰富的社会蕴涵，杨宝琛的戏剧以真切的人间烟火气息夺人，迟子建的小说靠细腻空灵的诗性取胜，贾宏图的报告文学气度恢弘、触角敏锐，杨利民的戏剧则接通了幽默感与思考质，鲍十的小说和剧本善于在黑土文化氛围中营造现代的乡愁体验，张景超的评论总能尖锐地指向文坛的弊端。也许有人会认为龙江主体文学风格的建构和多元化的个体风格之间是矛盾的，其实不然，它们正如滚滚流动的黑龙江和江中的一朵朵浪花的关系一样，是统一的复合体。并且龙江文学正是凭借这种以阳刚为主体的多元化美学风格的建构，凭借这种与黑土地深沉而凝重的灵魂相契合的审美力学的塑造，凭借这种个人化创作奇观的经营，才同齐鲁的悲怆、吴越的逍遥、巴蜀的灵动、中原的奇异遥相呼应，几分天下，获得了走向成功的立身之本，满足了读者丰富的审美需求。

如果把龙江文学置于全国文学的版图上加以考察，我们就愈会发现它实际上在扮演着不可小视的重要角色。它通过一方水土民俗风情的展示，扩大了文学作品中文化的疆土，丰富了中华文学的肌体和绚烂美感，开拓出了读者多样化的期待视野。但这充其量还只是它的表层价值。其深层的意义则在于："十七年"时期，它的追求精神和阳刚品格吻合了全民族的灵魂脉动，能够赋予读者一种时代需要的向上之力；而处在八九十年代形式主义、唯技巧论甚嚣尘上的文化转型期，它立足现实坚守良知又实行艺术开放、注重深沉遐思与智慧飞升又饱含人生担待的稳健艺术风度，更是一种明智而有力的制约与抗衡，是一处不无启迪意义的"风景"存在。当人文精神沦丧、低迷婉约弥漫为文坛流行色的时节，它以阳刚风格的标举与撩拨，曾经同西部文学一道使文坛雄性勃发，尽得风流，产生过力的强烈震撼。龙江文学半个多世纪的自觉努力，冲刷了贻害文学的脂粉气与小家子气，避免了浮躁玄虚之风的流行，而今它正在使自己携着"东北虎"的神威进一步地深入人心。另外它的地方口语、俗语的运用，也丰富了当代文学的语言宝库。

当然，龙江文学目前尚无大西北文学那样声势浩大，也没有陕军东征的所向披靡，甚至在它行进的方阵中，还没有产生像萧红似的能标志一种特别文学方位的当代"大手笔"。并且它还存在着许多发展的不利因素。如不少作家文体意识淡漠，在艺术上创新力度不大，一味地用传统手法表现目下现代、后现代的社会历史景观，不热衷于跟风值得肯定，但总也不做先锋的探险，就难免出现艺术上的落伍和表现的错位；各种文体之间发展不够平衡，小说、诗歌、戏剧、广播剧等已在全国领风气之先，而散文创作大都出自非职业作者之手，至今尚无有影响的国家级作家，文学评论领域也由于缺乏群体意识、用力分散，没法和江苏、上海、广东等强劲的省份相比；整个创作队伍也有一定的断裂迹象，大批优秀的作家都出现在一九九〇年代之前，而后基本还没产生能够强有力冲击全国文坛的作者。所以龙江文学的创作之路仍然任重而道远。但是北方独标一格的生活方式、价值观念和心理意识提供了丰富的文学资源，少传统重负的北方人又多行动之力和开拓的精神，所以只要作家们不断强化理论素质和知识结构，回归文学本体，增强反省意识，正视贫瘠的现实，培养开放的气度，走出过分追求地域性对文坛走势淡漠的误区，凭着他们扎根黑土的热情，凭着他们对文学的虔诚，凭着他们的戮力同心，龙江文学完全有可能像龙江在华夏地图上的位置一样成为"鸡头"，或者说产生"北军南下"效应，拥有一个令人钦羡的荣光未来。

总之，龙江当代文学的成就是巨大的、多方面的，即便和关内一些省份的文学相比，它丝毫也不逊色。常言道"五十而知天命"，进入知天命之年的人大都会拥有一种清醒自知的状态，而有了半个多世纪积累的龙江当代文学，也理应对自己走过的道路进行回顾，对自己的成败得失进行总结。遗憾的是，面对龙江文学的繁荣景象和发展前途，龙江评坛并没有做出及时有效的反应。必须承认，在这一点历史上曾出现过一些不该忘记的拓荒者。如龙江文学界很久以前就萌发出一种可贵的当代文学史料意识，早在一九六三年、一九八〇年和一九九〇年，即由中国作家协会黑龙江分会编辑，分别在北方文艺出版社、黑龙江人民出版社和中国文联出版公司出版了三套作品选，尤其是带有象征、总结意味的后两套，即《黑龙江三十年文学作品选（1949－1979）》、《黑龙江四十年文学作品选（1949－1989）》，更是勾勒了建国以来黑龙江文学的发展脉络和整体风貌，对了解龙江地域文化、历史现实乃至龙江人的精神世界，都有一定的认识价值。

在龙江文学研究方面也有一些可圈可点之处，彭放等人几经努力，出版了《北大荒文学艺术》、《黑龙江文学通史》等著作，冯毓云、罗振亚领衔撰写了《龙江特色作家研究丛书》，林超然推出了《1990 年代黑龙江文学研究》，张景超、韦健玮、李福亮等对龙江一些作家做出了比较深入的研究，黑龙江省文联的杂志《文艺评论》在八十年代还专门研讨过龙江地域文学。但是这些和龙江文学的历史分量相比仍然远远不够。并且，几套文学作品丛书的规模和气象不大，种类也不甚齐全，长篇小说、曲艺、民间文学、翻译文学等几部分阙如。随着时代的推移，它们已不能满足文学深入发展和读者日益增长的精神需求。而大量的文学评论者始终心存误区，以为连主攻现代文学的文学史家唐弢在世时都提出过"当代文学不宜写史"，研究龙江文学自然就缺少学术性，因而对之不屑一顾。现存的某些评论龙江文章、论文集，也多为平面零散的现象式描述，远未系统深入地揭示出龙江文学的实质内涵。正是基于这样一种境况，哈尔滨师范大学的部分教师和研究生，为改变龙江评论界寂寞的现实，揭示龙江当代文学的历史进程及其演化规律，评判其得失，指明其方向，也为撰写龙江新文学史作阶段性准备，特别编辑了这套《龙江当代文学大系》。编辑大型作品丛书，在我们是第一次，所以我们的目标是否得到了实现，具体实现了多少，尚需读者的指正和评判。

冯毓云　罗振亚

# 本 卷 导 言

在中国当代文学史上，黑龙江的影视剧文学尤其是电影剧本创作留下的无疑是浓墨重彩的一笔。这既是因为龙江电影文学是新中国电影文学的襁褓和摇篮，更是由于龙江影视文学独具白山黑水宏阔深沉的边疆气度和黑土文化原色调的厚重朴质。在近六十年的龙江当代文学史上，这片北疆的边地以其宽厚的胸膛包容了从不同地域汇集而来的不同背景的影视剧创作者，而其传奇般的地域风情和历史事件又提供了更多传奇般的影视剧作题材，滋养着多姿多彩的影视文学艺术风格。

一

黑龙江的电影史可以上溯到清季民初。帝俄中东铁路的修筑和建成通车，迅速使哈尔滨成为一座国际化的都市，在欧洲刚刚诞生不久的电影也随之进入这座新兴的城市。一九〇二年（光绪二十八年）俄国从军摄影技师科布切夫在哈尔滨道里区中央大街与西十二道街拐角处建起龙江也是全国第一家电影院"依留季昂电影院"，其后，齐齐哈尔、佳木斯等地也出现了电影院。一九〇八年（光绪三十四年）哈尔滨道里的远东影业公司已经开始进行电影摄制相继并发行电影拷贝，据载，一九〇九年和一九一一年分别摄制并放映两部与哈尔滨相关的纪录片《安重根刺杀伊藤博文》和《东三省总督赵尔巽出巡过哈》。民国以后，哈尔滨等地出现了中国人自己的电影院，二十世纪三十年代还放映了上海拍摄的不少具有反满抗日情绪，激发民族爱国热情的影片，如《大路》、《风云儿女》等。一九三二年，哈尔滨的"寒光影片股份有限公司"成立，这是刘焕秋、纪寒衣、高啸昆、陶然等为主要股东的龙江第一家属于国人的电影摄制公司。该公司"以北地情景制片"，当年十月拍摄了以一九三二年哈尔滨水灾为题材的无声电影《山洪情劫》。一九三四年，由萧军和萧红创作的龙江第一篇公开发表的电影剧本《弃儿》在《国际协报》发表。由此，黑龙江良好的电影业基础使其成为抗战胜利后新中国电影诞生的摇篮。

一九四六年十月，中国共产党在接受长春伪满映画株式会社电影设备和部分人员的基础上，于兴山（今黑龙江鹤岗）成立东北电影制片厂（为一九四九年新中国成立后长春电影制片厂的前身）。这既是黑龙江当代电影史的开端，也差不多是新中国电影史的序曲。从一九四六年到一九四八年，来自延安电影团的创作者陆续创作《桥》、《中华女儿》、《赵一曼》等电影剧本八部。新中国电影的许多个第一在东影厂产生，其中《桥》被称为新中国第一部故事电影，而《中华女儿》则是新中国第一部获国际大奖的电影。无疑，上述几部重要的电影剧本鲜明地体现了毛泽东《在延安文艺座谈会上的讲话》以来的中国共产党"文艺为工农兵服务"的文艺政策，被认为是典型的"人民电影"。东影厂的领导人之一著名电影人陈波儿提出"写工农兵，给工农兵看"的口号，要充分发挥电影这一新兴艺术形式的政治宣传功能。剧作家于敏创作的剧本《桥》是以哈尔滨机车车辆厂工人抢修铁路桥支援解放战争的事迹为素材，第一次在电影文学中塑造了新中国工人阶级的典型形象；于敏的另一个优秀剧本《赵一曼》和颜一烟的剧本《中华女儿》则分别是以东北抗联女英雄赵一曼和"八女投江"的英勇事迹为原型；此外，剧本《白衣战士》、《无形的战线》等作品都是以新中国多条战线上的英雄事迹等为表现对象。这些电影剧作的意义不仅在于他们是新中国第一批电影文学作品，更在于它们也初步形成了其后六十年间龙江影视文学史上不断回响的一些主题特征。此后，工人的奋斗精神、抗联战士的英勇事迹以及公安战线的反特故事，成为龙江影视文学长盛不衰的题材；大无畏的革命英雄主义和革命浪漫主义精神，成为不同时期龙江影视文学雄浑的主旋律。

二十世纪五十年代到"文革"前的"十七年"时期，龙江电影文学的创作者们既承继了此前新中国电影的基本特征，又在题材、主旨和艺术表现等方面体现出长足的发展。社会主义建设事业在龙江大地的迅速展开，一方面汇集了一批来自祖国各地有着不同背景的优秀创作人才，另一方面也在工业建设和农垦事业等多个领域为电影文学创作提供了丰富的题材。一九五八年哈尔滨电影制片厂成立，电影文学剧本创作的专业化程度明显加强，一批优秀的电影剧作者的创作使龙江电影文学的艺术性迅速提高。这一时期的电影剧作无论在场景的真实性和画面感、人物语言的典型性、精炼度以及形象的立体感，还是故事情节、矛盾冲突的集中性和复杂性等方面，都显示出相当的造诣。很大程度上弥补了此前电影文学粗线条和教条化的不足。

转业来到北大荒的军旅作家林予有着丰富的云南边陲生活阅历，他的电影剧本《山谷红霞》以云南景颇山寨为故事场景，对景颇族独特生活习俗和民族文化的生动表现，使得剧本充满了异域风情；而细节的逼真和人物语言的特征化，又使得剧本中的故事情节引人入胜，人物形象真实、丰满。景颇青年龚拍龙和莫尼的爱情故事与解放军对西南边疆的解放穿插在一起，景颇族丰富多彩的生活习俗、山寨美丽的风光和动人的民族歌谣，使得整部作品摇曳多姿，具有强烈的视觉感染力，既给人身临其境的感觉，又使得解放主题的展开不显得生硬。林予和著名诗人公刘合写的电影剧本《望夫云》以流传一千多年的大理民间传说为底本，刻画了苍山洱海之间桃花公主与猎人的美好热烈的爱情故事。剧本诗情与画意相谐，场景变幻与情节冲突相随，是一部不可多得的电影剧本佳作。对云南边陲的不能忘怀并没有影响到林予对东北边地火热生活的衷情，他于一九五九年发表的《大雁北飞》，是第一部以北大荒开发建设为题材的电影剧本。这部剧本首次把北大荒独特的寂寞而繁盛的风情和北大荒人与自然斗争、团结协作的英雄主义精神展现出来。不仅作品所提到的荒原沼泽中的孤岛——雁窝岛成为后来诸多影视剧作的故事场景，作品中塑造的垦荒队伍系列人物也成为其后北大荒题材创作的"原型"。与林予的云南边陲情结相比，赫哲族剧作家乌·白辛对新疆冰山大阪的热情显得更为浓郁而深切。电影剧本《冰山上的来客》使作者成为中国电影剧作史上的经典作家。剧本显示出作者对新疆少数民族生活的熟悉和热爱，故事、环境、人物形象及其语言都因为具有浓厚的西北地域特色和新疆民族特点而真实生动，对新疆少数民族音乐的独到运用给人留下深刻的印象。作品中塔吉克青年司马宜和阿依仙木（即电影中阿米尔和古兰丹姆）的爱情传奇与惊险刺激的反特故事纠结在一起，使剧本整体结构充满张力。而在悬念设置与剧情发展的关系上，作者的匠心独运直接体现到富于镜头表现力的场景描写中。即使在今天来看，《冰山上的来客》仍旧称得上是中国电影剧本创作中的奇葩，可惜随着"文革"开始，这部电影被冠以"大毒草"的名号，而年仅四十六岁的作者白辛满怀忧愤地在哈尔滨太阳岛自杀，不能不说是龙江电影文学的巨大损失。

作为龙江电影剧作特色之一的抗联题材创作，在李克异的《杨靖宇》、《一片归心》和关沫南的《松花江的风雪》等剧作中更为丰满。李克异的

《一片归心》（电影《归心似箭》）的大部分篇幅并没有正面描写抗联英雄的战斗生活，而是从侧面塑造了掉队连长魏得胜这一形象。剧作中人物的情感、意志与东北黑土文化和密林风情的相互呼应，相得益彰而感人至深。尤其是表现老魏在密林深处与寡妇玉贞的淳朴情感与他始终不渝的归队意志之间的矛盾冲突，因为大量运用具有象征意味的生活细节画面而催人泪下。

这一时期电影剧本的另一主流，是剧作家丛深等人表现社会主义建设题材的创作。这类创作以现实主义精神为主脉，又总是体现着社会主义建设初期特有的理想主义和浪漫主义特色。剧作家丛深的成名之作却是一部与李赤合作的反特题材剧作《徐秋影案件》。《徐秋影案件》取材于现实生活，体现了作家对政治现实的敏感。不过，剧作的原型在现实生活中的遭遇最终被证实为冤案，令人扼腕又发人深思。丛深的更多作品是对投身社会主义建设事业的人们尤其是女性形象的展示。剧本《娘子军》和《社员之家》（与骆宾基和陈桂珍合作）都是写大跃进时代妇女走向集体和社会，参与社会主义建设的现实故事。对生活场景的集中展示和口语的大量运用，使丛深的这类作品充满小品式的喜剧氛围。丛深之外，延泽民的农村题材作品《流水欢歌》同样以大跃进为背景并富有喜剧特色，而女作家潘青的电影剧本《万木青》则把笔触伸向林区，用"两结合"的方式展现了解放初期小兴安岭林区的复杂情势。延续北大荒题材的电影剧本《北大荒人》由同名话剧改编而成，作品同样以"征服雁窝岛"这一真实事件为素材，不过较林予的《大雁北飞》更直接地体现了特定时代"人定胜天"的革命理想主义精神，这从作品被屡次修改的过程就可以见出。不过，"北大荒人"的与自然奋斗的英雄主义精神作为龙江大地的精神财富也确是有目共睹的，这注定会是一个长盛不衰的主题。

"文革"时期，电影剧本的创作更多地受到特定政治环境的影响。这一阶段出现的工业题材剧本《钢铁巨人》和《创业》等无疑较直露地体现了特定的政治意志。然而，即便如此，这些剧本也几乎难逃厄运。《钢铁巨人》的拍摄一波三折，《创业》的命运九死一生，后者甚至直接卷入与"四人帮"相关的政治斗争。不过，《创业》的价值更在于把龙江影视文学的另一个资源展示出来，即以大庆石油工人为原型的石油工人群像以及由他们创造的辉煌的石油文化，荒原上永不疲倦的磕头机，粗犷豪放的石油工人成为新中国社会主义事业建设最雄浑脉搏的象征。

新时期以来，龙江电影剧本的创作陆续呈现出个体化和多元化的特点，剧本更多地显示出作者个人的艺术风格，历史事件往往退隐为背景，人物形象不再只是历史主旋律的和声，作家们的题材选择虽然也仍主要围绕着几个传统的重要题材，但总体上更为多样化，传统题材意蕴的开掘则更为复杂和深刻。

"文革"甫一结束，龙江的电影文学创作者们纷纷展开了对"文革"的控诉和反思。这类剧作以丛深的后期创作和鲁琪等人的创作为代表。丛深对政治现实仍有很强的敏感度，他的《幸运的人》和《第二次审判》都涉及到知识分子的命运问题，表现了"文革"结束后，社会对知识和知识分子的重视。他和林予、刘长水合作的《奸细》，虽然以抗联事迹为题材，但所展示的主题同样是残酷的政治斗争给人们造成难以弥补的伤害。鲁琪的《勿忘我》（与刘畅园合作）、《不语花》、《沦落人》、《荒野女孩》等剧作则可以看做"伤痕"和"反思"文学在电影文学中的延伸。这几部剧作揭示出"文革"给人们生活和内心造成的伤痕，自然呼应了现实命题，但鲁琪的创作却在这一时代精神的集体控诉中独辟蹊径，通过对几对青年男女爱情悲剧的摹写侧面揭示了社会的悲剧。在这其中，作者借助清一色的女主人公，体现出一以贯之的细腻含蓄且哀婉动人的抒情性品格，作品中处处流溢着灵动的气韵。鲁琪的剧作中甚少对激烈惨痛记忆的正面描写，而是借助女性柔弱品质与自然界中微小花草的对应，从弱小中展示出坚韧的人性。这在龙江电影文学创作中是独具一格的。

这一时期，一部反特题材的剧本《黑三角》引起全国观众的喜爱，曾在黑龙江省公安部门工作的李英杰创作的这一剧本，是一部名副其实的反特侦探悬疑片。作品悬念迭出，画面的隐喻和象征性强，构思巧妙而缜密堪称经典之作。除此之外，李英杰还有其他反特电影剧作两部。农垦人韩乃寅的电影剧本《高天厚土》则可以说是这一时期北大荒题材的延续，时代背景虽有所变化，北大荒人的精神风貌则更为具体、生动。

新时期宽松的政治环境使得龙江电影文学创作的题材范围得到空前的拓展。

首先，在东北沦陷时期一些坚持国际主义的日本友人开始在电影剧作中出现。关守中的《海誓》以伊田义男的真实事迹为构思基础，鲁琪的《绿川英子》也刻写了一位反对日本军国主义的日本女性。关守中的作品人物动作感极强，场景转换节奏很快，这使得人物情感和命运的波动被充分形象化地展示出来。其次，一些富于地域文化特色的题材开始涌现。如以关东"绺子"（土匪）抗日故事为题材的孟烈的《雄魂》等剧本，以冰雪文化为背景的儿童题材剧本《冰上小虎队》（张雅文）等，与龙江鹤乡为背景的《飞来的仙鹤》（刘子成）和《鹤童》（齐滨英）等剧本。这些剧本所涉及到的题材及其故事展开的背景，使龙江黑土文化和冰雪文化的内涵因为与复杂人性的关联而更为丰富。孟烈还曾经创作过我国第一部彩色立体电影《侠女十三妹》（与杨启天、张祖诚合作），他的《雄魂》通过"绺子"双枪大鹏在民族大义面前摒弃个人恩怨最终献身抗日事业的过程，展现的是黑土地上的子民凛然的侠义精神。剧本视听冲突转换快，甚至体现在剧本的语言声音层面，给人激烈酣畅的感觉。齐滨英的《鹤童》则通过儿童视角深度开掘了人与自然和谐并存的关系。作品语言富于诗意，画面优美，浓郁而温婉的亲情的流淌使人与自然之间的情感交融顺理成章，这毋宁说是黑土文化柔情的一面，恰恰是对北大荒文学和石油文学的补充。再次，二十世纪八十年代末、九十年代，随着电影业的市场化，大批商业化的电影剧本写作开始出现。这其中较为成功的首数学者兼剧作家的梁国伟。梁国伟是一位高产的影视剧本写作者，九十年代以来，共创作了十余部影视剧作。他善于选取吸引观众的离奇和传奇性的事件为题材，并在剧本写作中强化视觉感官的冲击力和情节冲突的强度，正是这个时代商业片电影剧本的特点。梁国伟另一类电影剧本创作显示出作者举重若轻驾驭历史和公众人物题材的能力。电影剧本《毛泽东与斯诺》和《李宗仁归来》都以中国当代历史上著名人物为题材，却分别从对诸多生活常态的铺叙入手，把厚重的历史事件掩映在日常生活和回忆性话语之后，既使人物形象的个性化和人性化特征得以充分体现，又具有深切的历史感和反思意识。剧本《李宗仁归来》，讲述了前民国总统李宗仁从美国经瑞士返回中国的曲折历程，在用大量笔墨不疾不徐地刻写晚年李宗仁归国归乡的心情以及他对中国现代历史反思的同时，又构筑了蒋介石指使国民党特务千方百计力图阻挠李宗仁返归大陆的紧张情节。整个剧本亦弛亦张，又气度从容。剧本《一个科学家的24小时》以光学专家马祖光教授为原型，以一个日常生活横切面的呈现，把光学专家杨天成平凡而感人的一天展示出来。场景的连续转换给人带来生命流逝的直观感受，更让人直接体味到科学家杨天成忙碌而充实、平凡而伟大的生命价值。最后，晚近以来，电影文学家族里出现了新的文体形式——电影小说。关于电影小说概念的界定尚没有明确统一的说法，就这一形式内部特征而言，我们可以把它看做以小说叙事方式对影片故事内容重新叙述，或者是融电影艺术手法和小说艺术可读性为一体的文学创作。但我们似乎更应该从当代大众文化传播的意义来理解这一新的形式。二十世纪九十年代中后期以来，许多小说作者在触电之后通常会随电影的宣传和发行而获得较大的市场发行空间，电影小说正是借助电影这一大众传媒形式而得以推广的一种文学形式。如果我们考虑到差不多同时出现的电视剧小说，这种从大众文化和小说互动的关系来阐释这一概念的做法是站得住脚的。一九九九年，随着小说《纪念》被著名导演张艺谋看重并改编拍成电影《我的父亲母亲》之后，黑龙江籍作家鲍十的电影小说集《我的父亲母亲》出版，其中共推出《我的父亲母亲》等六部作品。后来，由作者修订的同名小说在台湾某期刊重新发表。《我的父亲母亲》不啻是东北黑土地上自然流淌的一首散文诗。从绚丽多彩的秋天到风雪交加的冬天再到雪融冰化、报春梅开的春天；从木栅栏的围墙到糊明纸的窗子再到蘑菇馅的饺子；从招弟的简单、清纯和坚韧到三合屯乡亲的淳厚……作品无处不展示出浓厚的黑土地文化特色。稍微留心，我们就会发现，这首散文诗的调式其实由来已久，在李克异的《一片归心》、在鲁琪的《勿忘我》系列、在《鹤乡》和《飞来的仙鹤》，甚至在那些宏大主题作品的字里行间，我们已经看得到这条乡愁一般的潺潺小溪。只不过，在鲍十这里，这种乡愁更是一种现代性的乡愁。剧作者对现代性城市文明的反思通过文本中现实与回忆对照所产生的色差体现出来，"骆老师"朗朗的读书声在作品中回环旋转，招弟的柔情更兼韧劲，增强了人们对那个近乎透明的人性化故乡的具体感受。李黎明的电影剧本《村官过大年》以现实中新农村建设为处理素材的出发点，试图把这种朴实纯真的情感之流编织进现代化进程的丝带中，则显示出更多的理想化色彩。

二

　　龙江电视剧本的创作势头是伴随着龙江电视事业的勃兴而兴起的。二十世纪八十年代中期开始，一些作家开始尝试将创作领域延伸到电视剧文学这片待开垦的文学土地。到九十年代，随着一批优秀剧本被拍成电视剧或连续剧，黑龙江的电视剧文学已经蔚为大观。值得注意的是，这些龙江的电视剧创作者多数同时在话剧和电影剧本创作方面已有斐然成绩，如剧作家杨利民、杨宝琛、刘子成、孟烈、梁国伟、张雅文等人。这些作家和其他一些电视剧作家一起，在题材和风格等多方面延续了龙江电影文学的特色，黑土地风情、北大荒情结、抗联英雄气概和油田铁人精神，在二十多年的龙江电视剧文学中同样得到充分的展示。所不同的是，由于电视剧根本上的大众文化属性，电视剧作所涉及的题材范围要更广泛，而情节、场景、语言乃至精神旨趣也就要更为贴近日常生活，对故事本身则往往更要求内容趣味丰富、线索复杂曲折。

电视剧作的日常化倾向直接体现在英雄题材的作品中。王忠瑜和里劼合作的八集电视连续剧《赵尚志》拍成播映之后，收到轰动效应。在革命史上，赵尚志本是一个有争议的人物，他曾在错误路线的干扰下两次被开除出党，后来被混入队伍的日满特务从背后打黑枪被俘流尽鲜血而牺牲。作家张抗抗曾经说："重塑赵尚志的整个漫长过程，其实是异常艰难的。除了文学创作本身的艰难——掌握抗日战争中每个真实的细节，东北的地域文化和语言特色、还有性情迥异的众多人物群像，都需作者一丝不苟地苦下工夫。但更难的是对历史的解读，是在众说纷纭的疑云杂象中，撩开历史的迷雾，还原赵尚志的英雄本色。"由此，作者一番苦心经营，塑造的抗日英雄赵尚志的形象更具东北民间的烟火气。作品中，与其说日常状态的赵尚志陪衬英雄赵尚志，不如说英雄的生成难以脱离特色化的日常生活而自在自为，因而剧本中的赵尚志这一形象就显得"有血有肉、敢爱敢恨，生动亲切、机智幽默"，是"一位具有鲜明个性和侠胆忠义的高贵人格的赵尚志"。刘子成的《硝烟散后》则干脆把和平时代英雄的平凡生活作为表现对象，剧本以被误以为阵亡并追认为烈士的志愿军英雄安玉国的事迹为题材，在日常琐碎的生活事件中塑造了一个甘于平淡和不失奉献热情的英雄形象。无疑，电视剧的这种大众文化的通俗化特征，拉近了英雄与普通人、历史与现实的距离，丰富了龙江英雄题材影视文学的意蕴。

以大庆油田铁人事迹及其精神为题材的电视剧作也是对龙江黑土豪情的演绎和丰富。蔡沛林和李国昌的八集电视连续剧本《铁人》是直接以铁人王进喜的先进事迹为题材的作品。围绕着王进喜为共和国石油事业奉献热情和生命的主题，一群甘于牺牲自我又充满乐观精神和豪放气度的新中国石油工人群像被雕刻出来，与其说铁人是王进喜的英雄名号，不如说是大庆石油工人群体的集体指称。在杨利民执笔的电视剧本《家族的荣誉》中，铁人精神则直接体现为二十世纪九十年代新一代石油工人自觉继承的精神传统和文化命脉。值得一提的是，在杨利民的笔下，这种精神不是被塑造成一种神话，而是被具体化为一个石油人家庭的荣誉。钻井青工汪铁林从对父辈之选择的不理解到被震撼，再到对自己所从事事业的主动认同和对铁人精神的继承发扬，整个故事都是在与当代精神状况和现实问题对话的过程中展开，因而赋予铁人精神以极强的时代气息。

以开发北大荒为题材的电视剧作延续着此前对北大荒精神的颂扬，但理性反思维度的加入，使得北大荒精神的内涵更为深刻。杨宝琛根据自己同名话剧改编的《北京往北是北大荒》、韩乃寅创作并编剧的《爱在冰雪纷飞时》和《破天荒》等作品，继续以昂扬的笔调正面书写北大荒，甚至在某些情节和场景上也与二十世纪八十年代以前的北大荒题材文学作品重合。不过与新时期以前相比，这个时候剧作中的北大荒和北大荒人的形象显然更为自然、丰满和立体化。而另一类知青题材作品对北大荒精神的开掘显得更为真实而丰富。二十世纪七十年代末八十年代初，随着大规模的知青返城开始，在许多人眼中，北大荒的意义开始发生微妙的变化。这片曾经沉寂无言的荒原，在经历了二十多年的喧嚣后，也许第一次体味到了难言的冷清和寂寞。不过在文学领域，北大荒及其特殊的精神底色却得到深度开掘。作家梁晓声的小说《雪城》于一九八六年被著名编剧孟烈改编成同名电视连续剧，一大批上山下乡的知识青年的命运被别样地演绎出来，在更多人的心中引起强烈的共鸣。与传统的北大荒题材影视剧作不同，《雪城》并没有把故事展开在北大荒的广袤土地，密山、雁窝岛、光荣农场这些曾经熟悉的地名，和那片神奇的土地一起仿佛漫漶在远处迷茫的雪雾中。通过对几个返城知青返城后生活和命运的追踪，剧本几条线索时而并行时而交叉，如同一部交响乐，众声齐备却又始终有一个深沉的调式。当姚玉慧、王志松、刘大文、袁眉们惆怅而又茫然地回到他们曾经生活的城市，当他们在生活中重新开始打拼，他们大多会发现，北大荒已经成了自己身体的一部分。这是一个包蕴着太多记忆和复杂情感的北大荒，知青们或许茫然的目光深处，依旧留存着北大荒的底片。他们最终发现，当他们在现实中跌跌撞撞前行，始终有一双宽厚而深邃的眼神跟随着，它来自青春被遗落的地方——那片神奇的黑土地。而随着返城知青们走进诸多城市万千个家庭，当他们的命运和更多人们的命运交叉关联起来，一个更真实的北大荒和它真正丰富的意蕴才在更多俗常的生活中展现出来。知青题材作品使对特定时代的理性反思汇入人们对北大荒的复杂情感，丰富了北大荒精神的内涵，对北大荒书写而言，这无疑又是关怀深切的一笔。

与北大荒题材剧作的复杂和宏阔相比，把目光投向关东乡土生活的电视剧作则具体而生动。杨宝琛的《关东大集》、《雪乡》，张雅文的《趟过男人河的女人》以及李景宽《庄稼院里的年轻人》（与郝国臣合作）等剧作对东北乡土生活的敷叙别有韵致。《庄稼院里的年轻人》是一部当代东北农村现实题材作品。作品在浓郁的黑土文化风情里，塑造了一系列转型期农民形象，既有时代气息，又有淳厚大气的关东人本色。剧本结构情节冲突精炼、紧凑，画面感强，生动形象地展示了新时代的关东农民群像。

展示更长时段的龙江历史的电视剧作大多将黑土文化与东北特殊的流民文化和龙江特殊的历史事件关联起来。郭大彬与王治普等人合作的十四集电视连续剧《黑土》，从清朝末年的一个满族屯子开始，讲述了山东逃荒农民赵福在黑土地重新扎根成家以及一家人悲欢离合的故事。作品里刻画的人物——山东汉子质朴仁义，满族姑娘大方勇敢，最终与抗日题材相交叉，儿女情长与民族大义纠结在一起，具有史诗一般的意境。五十四集的大型电视连续剧《黑龙江三部曲》改编自刘邦厚的小说《百年风流》。从清朝咸丰年间开始讲起，作品以山东移民徐氏家族三代人的命运为主线，在刻画具有不屈不挠民族气节和致力于创业救国、实业振边的徐家众多人物形象的同时，把百多年间黑龙江波诡云谲的历史进程和几次重大民族冲突串联起来。家族的命运与边地的历史交相鸣响又互为补充，个人的创业历程与龙江风云变幻的现代进程共命运同浮沉，堪称一部记录龙江边地现代历史进程的史诗长卷。具有近百年开埠历史的哈尔滨的现代工商业也是剧作家们钟情的题材来源。钟福祥的三十集电视连续剧本《武百祥》，通过重述民族实业家、建国前黑龙江最大的民族商业巨子——"同记"的创始人武百祥及其同仁的工商业传奇经历，再现了晚清、民国、日伪时期整个哈尔滨乃至东北工商界风云变幻的历史。作品塑造了以武百祥为首的中国民族商人群像。他们在困难时局投身哈尔滨和东北的民族工商业，以自己的智慧和胆识为哈尔滨和龙江的民族经济乃至文化事业做出了重要的贡献。

电视剧作家们在从哈尔滨发掘丰富历史资源的同时，也把笔触伸向这座城市现实生活中的人们。赵光远的《百姓记者》和《法庭庭长》是典型的"百姓题材"作品。两部剧作分别塑造了人民记者郝晓晴和人民法官孟光普的形象，作品将人物置于日常生活和琐碎事件之中，在俗常的生活世界里凸显出人物可贵的品质。梁国伟的十六集电视连续剧本《哈尔滨没有冬天》是一部感人至深的作品。俄罗斯姑娘达尼娅随中国丈夫李滨生从莫斯科远嫁到哈尔滨，但家境并不宽裕的李滨生不幸罹患白血病，剧本讲述了哈尔滨人如何救助这个跨国家庭的故事。由于作品并没有直接描述救助的场景，而是先复述达尼娅和李滨生的纯真恋情，并与中医生林和平和前妻李小雨情感纠葛形成对照，同时，其他形形色色人物及其行动也掺杂进来，更为凸显纯真至爱的主题起到铺垫作用。作者巧妙安排，使故事结构和情节进展多条线索交错并进又形成互文关系，在增强情节冲突多变的同时，更收到多声部复调的效果，既使得整个故事因为内含多重的反思性而发人深思，又使作品最终烘托出的救助场面催人泪下，使人们体会到至真至纯情感的巨大力量。与此类似的电视剧本还有巴威的《俄罗斯姑娘在哈尔滨》等作品，跨国恋情的传奇性背后是更多纯真质朴的情与爱，在吸引观众关注的同时更阐发了人性中爱与善的主题。

　　在几大传统主题之外，龙江电视剧创作中还出现了一些富于个性化的电视剧作。如以龙江剧《皇亲国戚》救活一个剧团的王毅，在其电视剧本《不该将兄吊起来》中多层面体现了作家个性化的特征。作品成功运用白描手法叙述了某京剧团这个单位中的众生相。跑龙套的马先生和他的同事兼牌友大白梨等风格化的形象塑造，具有强烈的讽刺意味和喜剧性效果，颇有张天翼讽刺小说的遗风，又兼具老舍京味小说的幽默。白描手法的成功运用也使得剧本的场景转换干净利落，不留泥水，结构精炼而富于象征意味。剧本中特色化的人物语言既合乎人物的职业特点，也恰到好处地生动展示了人物的行为方式和心理特征。

　　在半个多世纪的龙江当代史上，龙江的影视剧艺术以其展示的丰富多样的题材、强烈的时代感和充沛的情意状态在龙江文学领域乃至整个龙江文化空间都留下浓墨重彩的一笔。整体来说，黑龙江的影视剧作既是对龙江几大特色文化主题的形象展示，又以自身艺术形式的独特属性丰富了这几大主题的内蕴，因而是龙江当代文学全景中不可取代的一部分。同时，无论就创作者的数量，还是就他们的创作实绩来说，龙江当代影视剧本的创作园地都称得上繁花似锦。

乔焕江

# 于　敏

**作者简介**　于敏，原名于民。1914 年 3 月 15 日出生于山东潍县。曾在上海的电影公司做场记。1938 年春到延安陕北公学学习，同年加入中国共产党。先后任《新中华报》记者、鲁艺实验剧团副团长、延安中学教导主任。1946 年在山东大学任教。1947 年先后进东北电影制片厂、电影局剧本创作所、长春电影制片厂工作。1948 年创作电影剧本《桥》。1949 年完成《赵一曼》。五十年代，先后创作的电影剧本被搬上银幕的有：《高歌猛进》、《无穷的潜力》、《工地一青年》、《炉火正红》等。另发表有报告文学、长篇小说、散文等并出版电影论文集《树人》、《探索》等。

## 赵一曼（内容简介）

　　一九三三年，女共产党员赵一曼与她的丈夫老曹，受命在日军占领下的哈尔滨市电车工人中开展工作，组织工人罢工。敌人慑于群众声威，表面上佯装让步，暗地里却加紧部署镇压。赵一曼洞察此情，在罢工胜利后迅速组织转移。老曹不幸被捕，不久即被杀害。赵一曼转移到农村后，动员教育农民，组织起一支抗日队伍，活跃在珠河两岸。

　　一九三四年秋，赵一曼领导的队伍与王团长率领的一支抗日队伍在珠河附近的山里会师。一九三五年冬，传来红军长征到达陕北的消息，部队举行联欢晚会，营地却被敌人发现，敌人蜂拥而来，将整座山团团围住。赵一曼当机立断，嘱王团长率部突围，她自己带着一个排留下掩护，终因负伤而被俘。敌人对她诱降，被其严词拒绝。继而又对她严刑拷打，她仍不屈服。敌人得不到任何口供，又唯恐她伤重死去，断了线索，便把她送入医院。在医院里，她对护士小韩和敌人派来监视她的看守反复讲述抗日道理，晓以大义。不久，这二人自动提出愿与赵一曼一起逃走，投奔抗日队伍。某夜大雨滂沱，赵一曼等三人逃离医院，中途被敌人追上，抓回狱中。一九三六年七月一日，赵一曼被杀害。临刑时，她大义凛然，面无惧色，英勇就义。

# 桥

## 一

一九四七年初春。

严寒的夜晚。一座断桥横跨在冰封的大江上。

在断桥附近，野战大军向江南挺进。

风雪呼啸。骑马的指挥员，步兵和骑兵的行列，都奋勇地向前。

照明弹闪耀在远处的天空。

炮车的轮子辗在积雪上，留下很深的辙印。

猛烈的炮火在轰击。一阵阵的烟柱冲天而起。

红旗招展。部队冲锋了。炸毁的碉堡上插上了满是弹痕的红旗。

俘虏一个个举起双手，从残破的碉堡里钻出来。战士们执枪监视着。

周围烟雾弥漫。战士背着伤号，担架抬着伤号，从没膝的深雪里走出来。

## 二

白茫茫的旷野。两匹快马穿过飞雪和冷雾，从远处驰来。马上是年轻的参谋和小通讯员。

在断了的大铁桥旁边，一长串大车拥塞在一起，不能前进。这都是向前方运送弹药给养的。车夫狂怒地呼喝着，挥舞起鞭子。鞭响，马嘶，夹着风雪声，响成一片。担架队正往后方赶路，从拥挤的大车跟前走过去。参谋骑马驰来，下了马，走向担架队。听见伤员在担架上叫道：

"老乡，老乡！"

"同志，什么事？"老乡赶紧放下担架。

"老乡，什么时候上火车呀？"

"啊？"

"我冷呀，伤口冻的痛呀！"

老乡赶紧脱下棉衣，给伤员盖上。

"这里江桥没有修起来，两头火车接不上，同志，忍着点吧。"

拥塞了的大车还是不能前进。满身霜雪的马呼哧呼哧地喘着，磕着蹄子。后边的车夫跑上前来，没好气地骂道：

"你倒是快走呀，死啦！"

"谁不想快走？你把江桥修好，坐火车走！"另一个车夫也没好气地说。

这时参谋拉马走到跟前，问车夫道：

"老乡，这儿到江北岸车站还有多远？"

"还有十几里。"

## 三

江北岸车站。小房子埋在积雪里。远处火光闪闪。

火车隆隆地进了站，停住。战士纷纷从车上跳下来。重载的火车又向前驶去。

风雪吹得眼睛也睁不开。参谋和通讯员骑马跑来。参谋把缰绳交给通讯员，自己向军事代表室走来。

军事代表正被一群战士围在核心。都是来交涉运输物资和伤员的。他应接不暇，一面又向电话耳机里叫道：

"好，啊，快到啦？二十节车皮？……"

参谋走进来，听见战士们嚷成一片：

"哎，同志，第六号车皮……"

"你怎么搞的呀，车皮不够啊，二十节车皮呀！"

"同志，我等两个钟头啦！你怎么啦？"

"哎，怎么办哪！二十节车皮能够么？"

"军事代表，第六号煤渣所的车皮，停在几号道上？"

"在四号。"

"同志，二十节车皮不够。一共八十多个伤号，还有别的呢，同志！"

电话铃响了。军事代表接电话：

"喂……慢？同志，江桥修不起来，两头火车接不上，当然慢啦。……好吧，这就对了嘛。"

参谋早挤进人丛，这时才找到空隙，赶紧向军事代表打招呼：

"同志，我是从前方司令部来的，到这边了解运输情况。"

军事代表放下耳机，对参谋说：

"同志，你先坐下歇歇。"

电话铃又响，军事代表又接电话：

"喂，怎么？七十三误点啦？哎呀！"

战士们又焦急地吵嚷起来：

"我要求你给我二十节车皮，另外再给二十个爬犁。"

"哎，同志，重伤号实在挺不住啊，现在还在雪地里冻着呢！"

后边的又挤上来。

"哎，同志，不要挤嘛，我等一天啦。"

军事代表忙安慰大家："同志们，不要急呀，都要解决的。（转向参谋）你看见了吧？后方的弹药给养，不能很快送到前方去，前方的伤号又不能很快后运！"

参谋记在小本子上，听军事代表继续说：

"仗越打越大，光靠大车怎么能行？关键就在江桥。江桥要能早修起来，什么都好办了。"

大家都赞成，齐声叫道：

"对嘛，江桥修好，什么问题都解决啦。"

"快修江桥吧。"

参谋收起小本子，站起来说：

"好，我马上回前总去汇报，立刻建议总部，赶快修江桥。"

电报机嗒嗒地响着。电报员在忙着发报。

# 四

工程部长从铁路总局大门走出来，手里拿着一卷图纸，走下台阶，上了汽车。他是一个四十多岁、神态沉着的人。

汽车驶过街道。

汽车来到铁路工厂大门前。门警做个手势，要汽车停住。

"同志，哪部分的？"他走到汽车跟前。

"铁路总局工程部。"

"哦，工程部长啊。"

工程部长微笑地向他点头。汽车开进了铁栅门。

# 五

工程部长推开厂长室的门。厂长离开座位，迎上前来。他有三十多岁，体格健壮，剪的短发，一脸朝气。

"哦，郑部长啊！"

"前方来了急电，要修江桥。"

工程部长展开图纸，又向厂长说：

"总局的意思，要你们完成这四孔桥的桥座子，还有全部钢板的铆钉。

这座桥的全部工期是一个月，给你们的时间是十五天。今天是三月十六号。"

厂长走到写字台前，在日历上画了一个记号。

工程部长走到厂长跟前说："时间是最要紧的，四月中旬一化冰，江面上搭不住架子，桥就修不成了。"

"我看请我们总工程师来商量一下吧。"

"好嘛，大家商量一下好。有什么困难，我也了解一下。"

工程部长说着走到窗前，向外一望，外面是白茫茫的积雪，远处是一座座厂房的轮廓。

厂长拿着耳机说："喂，总工程师么？请你和技术科张科长、作业科卢科长来我这儿一下吧。"

一张大桌子，上面展开图纸。厂长、工程部长、总工程师、技术科长、作业科长围在桌前，审视图纸。

"趁部长在这儿，咱们大家谈谈吧。"厂长说。

"这么大的工程，就给十五天的期限，我生平还没有这样的经验。"总工程师微微摇头，沉吟地说。他大约有四十岁，高高的身量，还保留着知识分子的矜持。

"你看得几天？"厂长问。

"就是材料都齐全了，也得四个月。"

工程部长走到总工程师跟前，恳切地问道：

"那么主要的困难是什么呢？"

"别的先不讲，目前材料就是个大难题。钢板有么？氧气有么？还有，倒桥座子，先得化钢，化钢得用电炉，可是炉呢，电呢，钢呢？在哪儿？"

"钢板和电的问题倒还好办，我负责向路局交涉。"工程部长说。

技术科长看着墙上的电炉图样说："这个电炉一年多没用了。现在正动手修理，不过，能不能修好，修好能不能使用……"

"是啊，"总工程师接上说，"就是炉修好了，钢呢？目前连废钢也没有啊。这么一大堆难题，十五天期限，这我是没有办法的。"

他垂头丧气，显得完全没有信心。厂长站起来说：

"仗是越打越大，桥是非修不可。困难自然不少，全靠大家想办法就是了。"

总工程师却伸出两手来："叫我两手空空地想办法？厂长，你问问技术科长、作业科长，日本在的时候，是什么样子？"

"日本在的时候，要啥有啥，如今可不能比了。"

厂长一听这话，纵声笑了：

"提起日本，我倒有话说了。我们在山东跟日本整整打了八年。一把钳子搞起个兵工厂，还不是空手起家的。靠什么？主要是靠工人和技术干部的共同努力，大家动手动脑子来创造。如今咱们厂里，工人有三四千，又有你们各位，只要都发动起来，共同创造，什么困难都会克服的。"

"技术上我倒可以负责作出计划，至于发动群众，我可是从来没有这个经验。"总工程师冷笑说。

工程部长想很快打开这个僵局，就婉转地向总工程师说：

"这样吧，钢板由路局发，电呢，我跟发电厂交涉，其余的问题，你们尽力想想办法。"

厂长卷起图纸，交给总工程师：

"一切困难都由我负责好啦。请你先把设计搞出来。"

"好吧。"总工程师接了图纸。

"你们二位也多辛苦一下，帮助多想些办法。"厂长又对两位科长说。

工程部长和厂长送出总工程师和两个科长。

"我很同意你的意见，"部长说，"是应当发动全体职工来想办法。工期可是无论如何也不能拖的。"

他谆谆地叮嘱着，拿起大衣，又说：

"困难是一定不少的，工厂的党组织一定要撑起来才行。我先回去开会，还有什么困难，随时告诉我好啦。"

"好，我打算跟工会谈谈。你放心好啦，我一定尽力完成任务。"

厂长送工程部长走出门去，回转身来，看着墙上的电炉图样，沉思地说：

"必须先解决电炉问题。"

# 六

席卜祥蹲在电炉前，悠闲地吸烟。他最多有三十岁，一副瘦格棱棱的骨相，一脸懒洋洋的神情。一个精壮的小伙在炉盖上大声叫：

"席卜祥，你还干不干呀！"

他名叫吴一竹，显得浑身是用不完的劲儿。

席卜祥尖着嗓子说："你就会穷咋呼，瞎忙乎！"

一个老工人提着灯走到席卜祥跟前。

"你还在这里歇着呀，你可真是个宝贝！"

他斜了席卜祥一眼，提着灯走过去。席卜祥无动于衷，仍然在吸烟。

大家都在紧张地干活。厂长走进来，来到席卜祥跟前，席连忙站起来。

"席卜祥，你们……"厂长亲切地和他打招呼。

"我抽了袋烟，歇了一会儿。"席卜祥掩饰地说，紧忙把小烟袋挂在腰上，往炉上爬。

厂长站在炉旁，叫那个小伙："吴一竹！"

吴一竹停下手里的活，笑着应了一声。

"吴一竹，你们组长老梁的病好点了么?"

"好是好点了，还得养几天。"

厂长走到炉口。老工人提着灯，正在探视炉内。

"老程，这炉修的怎么样了?"

"这炉盖呀，我们能拾掇，炉里头呀……"

他提灯向炉里照，指点着说：

"厂长你瞧，这炉一年多没使了。咱们没有白云石，拿什么修呀?我看非得老梁来不行。"

"好，你先忙着，我去看看老梁去。"厂长说。

# 七

梁日升家。

梁妻从炉子上拿下药壶，把药倒在碗里，端到老梁面前说：

"吃药吧。"

老梁靠墙坐在炕上，身上披一件破棉衣。他一脸病容，但是还在用功，正拿一本共产党员课本看着，一面在小本子上练习生字。

"不忙。"他漫不经心地说。

门外传来厂长的声音："老梁在家么?"

"厂长来啦。"

梁妻赶紧放下药碗，迎上前来。厂长推门进来，笑着向梁妻点点头，走到炕跟前。

"老梁，病好点了吧?"

"好啦。"老梁说着，想下炕站起来。

厂长忙阻止他，就势坐在炕沿上。梁妻端来一碗开水。

"厂长，喝水吧。(又转向老梁)你看着孩子，我去挑担水。"

厂长看梁妻走出去，对老梁说：

"前方下来急电，要咱们修江桥。"

孩子哇哇地哭了。两人连忙笨手笨脚地去拍孩子。

"要咱们造桥座子，还有铆钉，可是电炉一年多没修了，怎么完成这个任务？"厂长盯住老梁那黄蜡蜡的脸。

老梁低头想了一下，抬头看看厂长焦急的神色。

"电炉倒好修，就是没有白云石，得想个什么办法才行。……"

这时总工程师正在画图样，身子俯在架子上。

技术科长走进来。总工程师转身对他说：

"我看，这简直是所谓主观主义。又没有材料，又不给时间，看他们怎么修吧。我真不懂。"

"我也不摸底。不过他们敢订这样的计划，也许还有些道理吧。"技术科长不敢肯定地说。

总工程师咯咯地笑了。

"道理？我看是巧妇难为无米之炊！"

他还是没有信心。

梁日升家。

老梁听完厂长的话，果断地说："好，就这样吧。"

厂长怀里抱着老梁的孩子，轻轻地晃着，小孩子睡熟了。

"可是光咱们党员使劲还不够，还得把全厂发动起来才行。目前很多人没有信心，咱们要把他们带起来干。化钢是第一关。只要你电炉搞好，准能大炮一响，四面开花。"厂长特别加重语气地说。

"好，干吧，想办法。"老梁简单但是满有决心地说。

厂长把孩子放在炕上，两人轻轻地给他拉上被子。

"好，我们打算开积极分子会。我看你不必去啦。我再去找别人谈谈去。"

他向门外走。梁妻迎面走进来。

"怎么，厂长你走啊？"

老梁见厂长走了，心里一阵发热，坐不住了，下厂炕，拿起棉衣要走。老婆连忙挡住他。

"你怎么了？药也不吃，又起来干啥？"

"来了活，我躺不住啦。"

"哎，你忙也不在这一会儿呀，你吃了药再去不行？你看药都凉了，我给你热热去。"

"你怎么老记着我吃药呢？日本在的时候，又怎么样？咱们吃的什么？住的什么？我有病又怎么着了？现在前方活要的紧，不把前方支援好，能保住这个家呀？"

他穿好棉衣，头也不回地走了出去。梁妻呆呆地站在当地，一时不知怎样才好。小孩忽然哭起来，她紧忙转身去抱小孩。

老梁走在工厂外边的雪地上。大北风吹得人站不住脚，他弯着身子向前挣扎。

# 八

风锤嗒嗒地响。老侯头和工人们在铆钉。他快六十岁了，一头稀疏的花白头发，但是精神旺盛，干活像小伙一样利落。厂长走到他身边。

"老侯！"

"啊，厂长。"

"又有活要干啦。"

"干呗，工人不干活干啥呀。"

"这活可不比平常，光铆钉就五万多！"

"五万就干他五万！我这把老骨头卖给他好啦。"他拍拍手里的风锤说。

"钻眼床子不够，真愁人哪！"在一片嗒嗒的铆钉声中，厂长凑近老侯的耳朵。

"唔，想办法好啦。"老侯头豪爽地说。

"你有把握么？"

"厂长，你是有意逗人是吧？我老头子是那嘴上没毛的人哪？"他不服气了。

"好，有你老英雄一马当先，我还用愁！"

老头子天真地笑了。厂长又进一步向他说：

"可是光你一个人不行啊，你得想办法带起一批人来，回头到厂长室，我们一起开个会吧。"

"好，对。"

老侯看着厂长的背影，眯着眼睛想了一会儿，又动起他的风锤来。

厂长出现在电灯厂，在忙碌的工友中间走着，亲切地和他们打招呼。

他出现在汽锤厂。

他在一排车床中间走过去。

**字幕**：为了支援战争，为了胜利，工人们起来啊！

机枪扫射。我军冒着炮火前进。

汽笛声划破冬天宁静的早晨。
一列喷出浓烟的火车驶过去。工人蜂拥地跨过铁路。

# 九

正是下班的时候，电炉组的工友们收拾好家什，三三五五地走了。老梁却还在电炉跟前，上下查看着。吴一竹从炉盖上跳下来，走近老梁。

"组长，炉盖我们能拾掇，炉里边可怎么办？"

老工人和席卜祥也正穿好棉衣，提起饭盒子要走。

"没有白云石拿什么修啊。"老工人说。

"叫上级去买呗。"席卜祥满不在乎地说。

"现在你买也没处买！"老工人很生气地自己走了。

"那怎办？"席卜祥抡起饭盒子也走了。

吴一竹怒目盯着席的后影，气呼呼地说：

"净他妈的说废话！"

老梁不理会他们，一个人呆看了半天，忽然看见一堆耐火砖，走过来拿起一块，翻弄着研究了一会儿，好像悟出了什么。老工人正好走过来，老梁拉住他。

"老程，咱们没有白云石，我想拿耐火砖来代替，你看行不行？"

"从前没有使唤过，怕不保准吧。"

老梁想了想，还是决心试验一下。

"你把瓦斯给我拿来。"

老工人拿来瓦斯枪。老梁戴上蓝玻璃眼镜，拿瓦斯枪触在火绒上，炽烈的火焰喷射出来。老梁开始烧耐火砖。

"回去吃饭吧。"老工人叫他。

"啊。"

"回去吃饭吧！"

"你先走吧。"老梁说，又低头烧耐火砖。

老工人走出去。吴一竹穿好棉大衣走来。

"组长，厂长不是说要开会么？"

"你先去吧，我待会儿就去。"

他仍然一心一意地在烧耐火砖。

# 十

厂长召开的积极分子会开始了。厂长室里黑压压地挤满了人，团团地坐在沙发上，椅子上。饭盒子放在溜光的大桌子上。厂长站在大家当中讲着：

"我们天天喊支援战争，支援战争，如今，前方下来紧急任务，有些人可叫困难吓倒了。我们工人怎么办，也跟着躺下去么？"

吴一竹开门进来，悄悄找个位子坐下。

一个工人拍拍自己的胸脯，对旁边的伙伴说：

"要脊梁骨是干啥的呀？"

"对，咱们有脊梁骨，就挺起来干。这技术活儿，谁还不知道，你两天干的，我一天也能干出来。"

"可不是，"吴一竹坐在老侯身边，接着说，"那就看你怎么个干法。日本人在的时候，我一天给他上两个螺丝，下班的时候，我又给他拧下来。那不也是一种干法。"

老侯大笑："对嘛，对嘛，是这样嘛。"

大伙也大笑。

老侯头站起来，大骨节的手指头插在花白头发里，看看大家说：

"我也说两句，你们可别嫌乎啊。"

他走到写字台前，倒了一杯水喝下去。

"老侯头又打开话匣子啦。听着吧，说起来就没个完。"一个工人对旁边的伙伴低声说。

老侯头喝完水，抹了一下满是胡茬子的嘴。

"我说，咱们从前为啥磨洋工？那是因为人家不拿咱当人嘛。人家有钱人和日本的一条狗，你见了不得让路啊？咱们工人连人家一条狗都不如！我是怎么进的这厂子？是拿了一床被，换了十五个鸡蛋和一瓶子酒，人家翻译官才给说了句好话。……"

"你又翻腾这些陈谷子烂芝麻干啥？"有人不耐烦地说。

"你别打岔嘛！"吴一竹向那人说。

"我为啥不说？"老侯头看看那个打岔的人，激昂地说，"你想想看嘛，（走到沙发跟前，用手摸着）从前你能坐这软椅子啊？（又走到大桌子跟前，提起饭盒，摸摸溜滑的桌面）你这要饭罐罐敢放在这桌子上啊？再说，今年过年的时候，局长亲自给咱们工人拜年，那是铁路总局的局长啊，你祖祖辈辈见过？我这土埋了大半截的人，大家选我当了组长，我就一下子年轻了十岁，我……"

"你这话什么时候是头啊？"一个工人焦急地说。

"别打搅他，让他把话说完。"厂长说。

"对嘛，还是咱厂长顶民主。我就是一句话，咱干！桥不是急等着修么？厂长，你一声号令，咱全厂三千多号人，拿肩膀头扛也把它扛起来。我老头子要是一发狠，那生铁我也啃它几口！"

大伙都笑了。

"叫你来想办法，你光发狠还行啊！"那个打岔的工人说。

电话铃突然响了，厂长拿起耳机。众人注意听着。

"喂，总局么？……我就是……啊，电业局已经答应给八百千瓦的电力。……拉煤去换？好嘛！"

他放下耳机，对大伙说：

"现在就剩两个问题了：一个是没有钢，一个是修电炉……"

天黑了。车间里静悄悄的，瓦斯还在炽烈地燃烧，老梁一个人还在试耐火砖。老工人提饭盒走进来。

"组长，组长。"

老梁没听见。

"天这么晚了，你还不回去，我把饭给你带来啦。"

老梁却还是一心一意烧砖。

"老程，我看用耐火砖代替白云石能行。"他蛮有信心地说。

"你先吃点饭吧！"老工人劝他。

"能顶得住。我去问问总工程师去。"

他说着，拿起另外一块耐火砖就走。

"你先吃了饭再去就不行？"老工人向他的后影叫。

总工程师穿好大衣，戴上帽子，正要走出办公室。老梁拿着耐火砖，神情急切地走进来。

"总工程师，咱们没有白云石，我想用耐火砖来代替，你看行不行？"

总工程师看看老梁手里的耐火砖，怀疑地摇摇头。

"白云石能抗五千多度，这东西只能抗两千多度，用它来修炉，这简直是瞎胡闹。"

他说完就向门外走去。老梁跟上他。

"咱们用白云石，好几炉一换，用这耐火砖，我一炉一换，行不行？"

"烧坏了炉怎么办？光凭热情不行的！"

总工程师不想再谈下去，径自走了。

老梁愣愣地站在当地，很难受地看着手里的耐火砖，但是立刻振作起来。

积极分子会还没有散。厂长还站在大家中间讲着：

"我们工人阶级要相信自己的力量，更要相信自己的创造力……"

听见老梁在门外叫："厂长！"大家回头看，见老梁开门进来，把一块破耐火砖交给厂长。

"厂长，我想用耐火砖代替白云石，行不行？你给我拿个主意吧。"

"你自己觉得怎么样？"厂长接了砖，反问一句。

"我说，这个虽然顶不上白云石，可是咱们的活得赶啊！前方要的紧呐！我看用这个能行，咱们一炉换一次嘛。勤快着修，能行吧？"

厂长沉思了一会儿，把砖还给老梁。

"我看可以，可以。"

老梁高兴极了，感动得像要掉下泪来。

"我记得从前在兵工厂的时候，化钢只用两千度就够了。回头我再跟总工程师商量一下，你先准备着吧。（看看钟）好，时间也不早啦，大家还没吃晚饭呢。今天的会开得很好，可是光咱这些人一条心还不够，一定要把全厂发动起来才行。最近工会不是要开小组会么？大家要起积极作用，把会开好，来完成这个支援战争的紧急任务。大家有把握么？"

"有把握！"

"有！"众口一声地说。

"好，党信任你们！"厂长愉快地说。

## 十一

电灯厂的工人在开小组会。

"我说句不好听的，现在修江桥那不是扯淡？这么大的工程，那是用气吹的呀！"

"那就看你肯干不肯干啦。"

铆工工人也在开会。主席是老侯。

"反正我不信。要啥没啥，就想修起个大铁桥来？我看这戏法怎么变吧。"

"你小子是不是存心破坏大家的情绪！"另一个工人指着他的鼻子，气势汹汹地说。

"不怕，不怕，有话就说。"老侯忙给他们排解。

"我说！"另一个工人说。

"对，你说，你说。"老侯说。

电炉组的工人围着坐在电炉旁边，听老梁讲着。

"咱们小组就是两件大事：第一件，就是把电炉修好。用耐火砖代替白云石，厂长也同意啦。再一件，就是眼前没有钢。没有钢，就开不了炉。大家出出主意吧。"

吴一竹听着，一面在小本子上记下来。

席卜祥懒洋洋地靠在炉子上，没好气地说：

"没有钢，叫运输科去运呗。别老开会空嚼舌头好吧？我看多加点工钱比啥都好。"

"你他妈的就知道吃饱了睡！"吴竹忍不住骂起来。

老梁赶紧站起来。

"吴一竹别着急，有问题大家出主意嘛。"

老工人忽然想起了什么，站起来说：

"哎，我说伪满的时候，咱们不是在厂子后边扔了好多废钢乱铁呀？"

"对啦！"吴一竹兴奋地跳起来，"一年多没有扔，倒把它忘啦。"

大家都想起来了，一片声嚷起来："咱们把它扒出来不就得了么？"

"要用三十多吨钢呀！扒开那么厚的雪，那是玩的！"席卜祥仍然吧嗒吧嗒地抽烟，不紧不慢地说。

老梁看见大家热情昂扬，自己也激动起来：

"那么我说，咱们没有桥座子，怎么能把桥梁立上？没有桥，弹药给养运不到前方去，能打胜仗？说老实话，什么东西还不是咱们两只手弄出来的？我就去试试看！"

他站起来就要走。吴一竹连忙阻止他。

"你还有病，你不能去。让我先去瞅瞅！"

"要去大伙都去！"老工人热情地说。

"咱们的人也不够呀。"有人说。

"那还不好办！让工会号召一下，有的是人。"吴一竹蛮有把握地说。

"对嘛！"老梁精神焕发地说。

# 十二

在工厂后边的空场里，有一个大雪堆。工人们拿镐头、拿钉齿耙从深厚的积雪里扒出废钢。冷风卷起雪粉，扑在他们脸上身上。

老梁一马当先，在向这个废铁堆进攻。

吴一竹和另一个工人推轱辘马（一种铁斗车），沿小铁道飞跑过去。席卜祥嘴上叼着小烟袋，只应景儿跟着人家跑。

老梁和老工人合力掀起一大块废铁。他的病身子似乎很难支持，侧过脸去咳嗽。

吊车把钢块吊到大钢堆上。

黑板报上写着：

　　日本时代工友们乱扔的钢铁翻身了。电炉组得到工友们全力
协助，扒出废钢铁三十五吨多。

铁路工厂工会宣传部　三月二十一日

# 十三

工人拿着铁具，把炉盖掀起来。

老梁做手势，一面喊着："抬，抬，抬!"

炉盖上拴好的钢绳挂在吊车的钩子上。吊车响着铃，隆隆开走了。

吴一竹在炉膛里砌砖。老工人拿一铁锹耐火泥来，送进炉口。

"小吴，炉修得怎么样啦?"

"快啦，就等老席拿砖来。"

席卜祥从梯子上下来，给吴一竹送砖。

"哎呀，我的大爷呀，三块砖你拿了这半天! 你是不是又在半道上睡了一觉?"吴一竹又急又气地说。

"人家跑了半天，黑灯瞎火的在仓库里摸了三块砖，半路上还摔了一跤。"

吴一竹无可奈何地接了砖，端详了好久。

"这是啥玩意儿呀? 怎么不一样呀? 黑拉拉的一脸麻子!"

"是耐火砖嘛，我亲手从仓库拿出来的。"席卜祥赶紧为自己辩护。

"我还是去问问组长吧。"吴一竹还是不相信他。

席卜祥急了，一把拉住他："哎，我的腿都快跑断啦。你问他就没个完，算了吧。"

"那不能烧坏了炉拉稀呀?"

"拉不了稀。"席卜祥肯定地说。

"好吧。"

吴一竹相信了他的话，把这砖砌上，抹上耐火泥。席卜祥又拿出小烟袋吸烟。老梁走到炉跟前，头探进炉口里张望了一下。

"好了没有?"

"好啦。"

"好了就上来歇歇吧。"

席卜祥装好烟袋，爬上梯子。吴一竹也收拾好工具，跟着爬上来。老梁拿灯向炉膛里照看。

席卜祥走到炉外，靠炉坐下。吴一竹也就地坐下。老席拿烟袋敲着炉皮钢板，忽然开起玩笑来。

"大肚子鬼呀，你吃也有啦，穿也有啦，你可别拉稀呀。"

"他敢拉稀！我写几个字镇住他。"

吴一竹抬起一支粉笔，在炉皮上写厂四个人字："你敢拉稀。"

两个人看着，轻松地笑了。

这时老梁已经爬到炉膛里边，拿灯在仔细地检查。灯光照在新修补的地方，看得出来明显的痕迹。

几个工人挤在炉口外面，争着向里探头，关切地问道：

"保险不保险呀？"

"能行么？"

"能保准么？"

"行，你们敢放心吧。出了毛病，我负责好啦。上炉盖吧。"老梁很有信心地说。

吊车吊着炉盖，由远处开过来。

炉盖被吊到炉顶上。吴一竹等人在旁用铁棍支着炉盖。

老梁站在炉旁，做着手势叫："落，落，落……"

吴一竹、老工人等手持铁锹，紧张地把废钢装在炉内。

炉料装好了。巨大的电极棒通好电流了，发出蓝盈盈的火苗。

老梁站在电炉附近的操作室里，手把着电闸，聚精会神，目光一刻也不离开信号灯。

吴一竹拉开炉门。炉内钢铁的溶液闪射出强烈的光，照得人身上一片红，刺得人眼睛也睁不开。

# 十四

老侯头午饭也没吃，在专心试验风钻。这里是铆工分厂，风锤的嗒嗒声像机枪一样地响着。

"把紧点啊！"老侯对旁边一个工人说。

"来吧！"

他们把风钻的钻头放在钢板上。

附近有两个铆工在吃中饭，一面喊喊喳喳地说闲话。

"这老家伙饭也不吃啦？就一心在这耍猴戏啊！"

"可不是。就这么几个破风钻，几天工夫就想钻五万多眼？邪门！"

老侯头擦一把额上的汗，继续在钻眼。

两个铆工还在喊喳：

"共产党来了不到一年，新鲜事儿越来越多！"

"别看他一把子年纪呀，说不定能钻出个道来。"

"我看是擀面杖子吹火，不通。"

老侯头微微听到了，转身对他俩说：

"俺就是长虫钻竹竿，钻不通就是个不回头！（向另一工人）来，压紧点！"

"好！"

钻头飞快地旋转，霎时钻出一个洞。

老侯头试验成功了，直起腰来，擦擦头上的汗，一脸兴奋的神色。

"怎么样？行了吧，啊？我做这玩意儿就是来得快。（向聊天的工人）来，小伙子，来试试！"

这人走过来，接了风钻。

"把住啦？压紧点！"老侯头指点他。

风钻头疾速地穿入钢板。他也干成了。

"怎么样，小伙子？"老侯头拍拍他说。

那人这才服了，连连点头说："服啦！"

老侯头畅快地笑起来。

"我为啥卖这大力气？过去，咱受小日本十四年巴嘎巴嘎的气，国民党二满洲也来压了些日子。咱工人就跟那没娘孩子一样。我这老脸上谁愿刮打两下就刮打两下。如今咱有了娘啦，是咱们自己的党，是无产阶级的、工人的党嘛。"

众工人给他说得动心了，鸦雀无声地听他讲下去。

"前方打仗流血流汗，为了谁呀？是为了咱们。咱不是那没良心的人。咱们要赶快为前方！咱们风钻不是不够用么？大伙就照我这法子，三个人使一把，找出那巧劲来。人家一起干，这叫什么来着？……这……这就叫组织起来嘛。"

大家都笑了，兴奋地叫道："干！"

老侯头用力压着风钻，钻头飞快地穿入钢板。

另有三个工人也在使着风钻。

传来汽笛的尖叫。

老侯头擦擦头上的汗，转身对众人说："怎么样？这半天干了多少？"

"可不得了！照这样干法，有三天就干出来啦。"

"这都是老侯组长的功劳啊!"

大家一阵欢呼,向老侯头鼓起掌来。

"我提议赶快打电话给厂长:我们的任务保证提前完成!"

"上黑板报吧!"

"对!"

"我说咱们向电炉组挑战!"

"同意!我说把咱们老侯组长用广播机广播出去。"

"对,广播出去!"

大家兴高采烈,鼓掌欢笑。老侯头慌了,连连摇手说:

"哎呀,可别,可别……"

# 十五

老梁仍然在电炉的操作室里,神情专注地把着电闸。信号铃不断地响着。他身体更加虚弱,眼睛里满是红丝,但是竭力撑持着。厂长走到他跟前。

"老梁,老侯发明个好办法,把铆工分厂都组织起来啦,要向你们挑战。"

"好吧!"老梁笑着说。

吃饭的时候,众工人围在电炉附近。吴一竹也拿饭盒走过来。

在炉皮钢板写着"你敢拉稀"的地方,忽然烧红了;一道蓝色的火舌吐出来,跟着是可怕的炽红的钢水。

大家都吓呆了,但是马上清醒过来,拼出吃奶的力气叫道:"火呀,火呀,火呀!"

"火呀,火呀,火呀!"

恐怖的呼喊声登时响成一片。

老梁一个箭步从操作室跳出来。厂长拉住他。老梁挣扎着喊道:

"关电门,关电门!"

席卜祥吓得失了神,跳着大叫:"失火啦,失火啦!"

老梁丢开厂长,向烟火里扑去。工人们拿铁锹的、拿沙袋的,急忙跑来救火。老梁冒着浓烟烈火,拉开电闸,差一点昏倒,但是又挣扎着从烟火里跳出来,抢起一把铁锹,把沙子扬在火里。他的破棉衣已经烧着了,他也不顾。厂长急忙替他扑打身上的火。

炽热的钢水摊在地上,冒出腾腾的火苗。

火终于被扑灭了。厂长、老梁和众工人盯着一大摊钢水。钢水发黑了，凝结了。大家痛心得一句话也说不出来。老梁眼睛里噙着泪水。

# 十六

老梁坐在家里的炕沿上，心里压得很重，皱起眉头在苦苦想着。梁妻端来热气腾腾的饭菜。

"快吃饭吧。"

老梁愁闷地走开。梁妻跟上一步，婉转地劝他：

"出了岔子，就慢慢想法子吧。你光着急能顶啥用啊！"

孩子又哇哇地哭了。她连忙去哄孩子。

老梁简直无法排遣心里的重压，抬头盯着墙上的年画。画上是冰天雪地，战士们向敌人的工事冲去；在密集的炮火中，有担架队在抢救伤号。他更加难受了，两手捂着脸，低下头来。

厂长和老侯头推门进来。

"老梁！"厂长扑打着身上的雪粉。

老梁怔怔地看着厂长，一时说不出话来。

"这到底是怎么弄的呀？"老侯头说。

厂长看老梁失神的样子，走到他跟前。

"老梁，干工作嘛，怎么能一点差错不出。"

"厂长，偏偏在这时候出了岔子！我是个党员，可是没把党员的任务担起来。"老梁懊恨地说。

"不要紧嘛。做错了，咱们再重来。只要能找出毛病来，还是可以想办法的。"厂长尽力用乐观精神安慰他。

"对，对！"老侯头连连点头。

"我头都想痛啦！"老梁沉痛地说。

这时吴一竹推门进来，手里拿着那块带麻点的砖。

"组长你瞧，这是什么砖呀？"

"是耐火砖嘛。"老侯头插嘴说。

"你拿这个来干啥？"老梁奇怪地问。

"我和席卜祥把这种砖砌在炉子里啦，就在这个地方出了漏子啦！"吴一竹揪着自己的胸口，好像要哭出来。

老梁失声叫道："啊呀！"

厂长接了砖，看了一下。

"哎呀，这种砖只能化铁，不能化钢呀！"

吴一竹抽抽搭搭地哭了。

老侯头忽然发了肝火，指着小吴骂道：

"你真操蛋！现在是啥时候？前方急着要活，你倒弄出这大的毛病！你这小子，你真是……"

他气得控制不住自己，举起拳头要打。厂长赶紧拉住他。老梁也忙劝解：

"侯大哥！"他转向小吴，"小吴，你别哭，也怪我检查不够。"又向厂长和老侯头，"伪满的时候，国民党的时候，没人教给他们，他们不懂啊。只能怪我检查不仔细。厂长，毛病已经找出来啦。你看能行啊？咱们接着干吧。"

"好，问题搞清楚了，我们可以接着干。老梁你先歇歇，我回去了。小吴别哭啦。"

厂长匆匆向外走去。老梁也兴奋起来，坐不住了。

"小吴，接着干吧。你快去把电炉组的人都找到厂里去！"

小吴应了一声，擦擦眼睛。

老梁拿起棉大衣，想往外走，梁妻冲上来拉住他。

"你，你不要命啦！"

"你怎么啦？咱们过去干是给人家大掌柜干的，现在是给自己干的，能不实心干呀？"

老梁气哼哼地说着，撂下大衣走出去。老侯头忙抓起大衣，交给小吴。

"小吴，你快去给他穿上。（转身向梁妻）老梁干的对。你听我说，这年头咱工人和从前不一样啦！……"

## 十七

老梁走出家门。这时天早黑了。外边是大风大雪。他顶着风向前走。小吴跑上来，把大衣披在老梁肩上。

"小吴，你可别去怪老席呀。"

他咳嗽了几声，在大风里似乎站立不稳。小吴帮他拉上袖子。风卷起来的雪粉扑在他们身上，霎时都白了。

"小吴你赶快去找人！"

小吴跑去。老梁一个人冒着风雪向工厂走，影子消失在茫茫的一片白色里。

## 十八

老梁在焊接电炉烧漏的钢板，并把焊接方法教给一个工人。

席卜祥用铁钩子清除炉里的废物。这人现在更加消沉，打不起精神。

老梁走来，四处检查了一番。

两个工人用力摇动转轮，倾斜的炉子渐渐直立起来。

老梁摇电炉的操纵轮。几个工人走来问道：

"组长，这回能保准吧？会不会再出毛病？"

"要是再出毛病，可怎么办哪？"

"可得加点小心啊。"

老梁挺起腰，擦擦额上的汗，安慰大伙说：

"放心吧，出一次漏子，得一次经验。现在毛病也找到了，再不会出错啦。"

这时吴一竹正和席卜祥吵起来。他抓住老席的铁钩子，气呼呼地说：

"席卜祥，你别他妈的在这里磨洋工啦！你那三块砖，差点没要了人的命。要是在伪满的时候，摸摸你小子脑袋还在不在了！"

"吴一竹啊，不是这样，我……"

"那时候我要去问问组长，你为啥不叫我去？你是安的什么心思？"

"我，我也是不懂，我，我就是懒点……"席卜祥惶恐地说。

"你懒？"吴一竹忍不住举拳要打。

老梁闻声跑过来，拉住吴一竹。

"小吴，你别怪老席好啦，怪我检查不够。"对老席，"以后你可不要再马虎啦。好吧，好好干活吧。"

吴一竹还是不消气，夺下老席手里的钢钩子，推开他说：

"你歇着去吧！"

席卜祥没话可说，低头走开了。

# 十九

积雪的旷野和冰封的大江。断桥的钢梁杈丫地耸立在江面上。工人群集在高大的桥墩上，顶着寒风在紧忙，在用千斤顶把断梁顶起来。大家不住地呼喊着：

"往上啊，往上啊……"

工程部长站在桥梁的道木上，视察着工程进行的情况。技术员走过来。

"部长，你看怎么样？"

"你们估计还得多少时间？"

"我估计顶多不过十天了，现在就等着桥座子啦。"

"那么赶快打电报去催桥座子。"

## 二十

在厂长办公室里，墙上的钟针指着夜里三点三十五分。

厂长早已疲惫不堪，但还是支撑着在翻阅文件。电话铃响，他拿起耳机。

"喂，我就是。……翻砂分厂厂长么？你说吧！……电炉继续开，工人还有些担心？问题不是搞清楚了么？你告诉大家放心好啦，出了错由我完全负责。"

打字员走进来，把一封电报交给厂长。

总工程师也走进来，把图纸放在桌子上。

"设计是搞出来啦，至于这工程能不能兑现，还要请你多加考虑。电炉烧穿之前，我一直是非常担心。你们的实验精神固然很好，可是这精密的计算是不能用侥幸来代替的。电炉这次要是再弄坏了，可就连根拔啦，那以后又怎么办呢？"

"你的意思是好的，是为工作着想的。"厂长拿电报给工程师看，"这是江桥来的电报，你看看。我们要想想冰天雪地里的战士们。战争要求我们突破一切困难。我们又研究了一下，觉得还有些把握。这也许是狭隘经验，可是我们不妨再试试。还希望你能多多帮助。"

"你们的毅力，我很佩服，不过我总是不大放心。"

"科学的精神注重在实验，我们还是再试试看。"

总工程师很觉得话不投机，无法再谈下去了，就站起来要走。厂长送他到门口，一面亲切地说：

"天快亮啦。你该回去休息一下。我还要瞅瞅电炉去。"

"好吧。"

## 二十一

老梁在电炉的操作室里，在专心地把着电闸。看得出来，他眼神发懵，一脸病态，是在用意志支撑着自己。老工人悄悄走来。

"组长，组长！"

"啊？"

"你三天三夜没合眼啦。我来替替你，你去歇一会儿。"

"不用，我人躺下心也躺不下。等开了炉，打个盹，就行啦。你歇着去吧。"

突然听见吴一竹的叫骂声："席卜祥，你怎又在这里挺尸啦！"

老梁赶紧离开位子，跑出来。老工人替他撑起了电闸。

老梁跑到吴一竹跟前："小吴，你怎么老跟席卜祥吵嘴？我们谁都有缺点，什么事都要慢慢来，不要一来就动态度嘛。"

老工人在操作室里，听见老梁的话，点头表示同意，听老梁又说："工作要靠大家团结起来干，一个人逞英雄是不行的。"

几个电工也点头同意，听他又说：

"席卜祥啊，他也是个老实人。他家两辈子都是工人，就是他现在还没想通啊。他要是明白过来，也是一把好手。"

席卜祥早给吴一竹闹醒了，一直瞪眼听着，感动极了，甩开大衣站起来，回过头去擦擦眼睛。

"能干的多干点儿吧！"

老梁说完，咳嗽了几声，走到水桶旁边，用水拍拍发晕的脑门。

小吴也很感动，看着他向操作室走去。

老梁走进操作室。老工人让开。老梁又专心地掌着电闸。席卜祥心事重重地走来。

"组长。"

"啊，老席？"

"组长，我，我……"老席一肚子话不知怎样说才好。

厂长匆匆地走来，径直走到操作室门前。

"怎么样啦？"

"不大离啦。"

"江桥来电报催桥座子啦。"

"行啊。"老梁蛮有信心地说。

工人向电炉内添料。

席卜祥拿了大铁钩子，从大开的炉门往外扒渣子。

一块铁板被敲得当当响，这是出钢的信号。

老梁扭动转轮，电炉倾斜了，红光闪射的钢水流出来。

钢水流在大罐里，一时火花飞溅。

厂长和老梁注视着汹涌的钢水。红光映照在他们脸上。

工人们兴高采烈，紧张地忙碌着。

吊车隆隆地开过来，吊起钢水罐。

钢水流进砂型，金星飞进。厂长和老梁看着，经过这些日子的劳累和担心，现在第一次愉快地笑了。

## 二十二

广播员站在麦克风前。

"各分厂工友们注意。现在工会宣传部报告一项重要消息。今天电炉化出第一炉钢水，电炉安全无损。……"

机械分厂的工人听着广播，脸上是惊奇交织着喜悦。

广播的声音继续说："电炉组在全厂工人的协助下，扒出废钢三十五吨多，并且用耐火砖试验修炉成功。"

铆工分厂的工人停下风钻听着。

电炉分厂的工人也在听广播。

"现在他们就要动手化第二炉钢了。他们有信心一直干下去，完成全部任务，不叫电炉出一点毛病。……"

总工程师和技术科长也在听广播。总工程师吃惊地张开嘴，简直很难相信自己的耳朵。

"听见了吧？工人到底捣腾出玩意儿来啦。"技术科长说。

"侥幸的事儿，偶然的事儿，世界上常常有的。不管怎么说，我们还是把图样赶出来，别让他们说我们是落后分子，那就无地自容啦。"

广播仍然响着：

"我们全厂的工人，为了支援伟大的解放战争，在极端困难的条件下，表现出非凡的创造精神。钻床不够，老侯组长为了完成任务，想出了用风钻的办法，保证了五万个铆钉眼的提前完工。……"

电炉的工人也群集在一起，无限兴奋地听广播。

"同志们，胜利一开始，胜利就要继续下去。为了战争的胜利，为了我们祖国的建设，努力前进吧！"

大家热烈鼓掌欢呼。

## 二十三

电炉组的工人脱下棉衣，一锹锹地向炉内加料。

汽锤厂的工人一动拉杆，汽锤轰的一声打在红铁上，整个厂房都震动了。

老侯头用力压风钻，钻头飞快地旋转。

厂长和老梁站在砂型旁。厂长满心欢喜地说：

"老梁呀，好啦，你成功啦。你已经三天三夜没睡啦，该回家去休息一会儿。"

"这是大伙的功劳。前方活要的紧，接着干吧。"

他说着，从砂型旁边走过来，忽然支持不住，眼前一阵发黑，腿弯一软，差一点栽倒。厂长忙抢上一步，抱住老梁。

"老梁，我看你还是回家歇歇吧！"

"不要紧。"

他向前走。厂长担心地看着他的背影。

老梁蹒跚地走到电炉跟前，仍然用一切力量撑持着自己。

"好了吧？"他问。

"好啦。"

"开炉吧。"

他又一阵头晕，眼前冒山金星，只觉天旋地转，还是竭力向前走了几步，扶着操作室的门框，倒了下去。厂长和工人跑来，慌忙扶他，一面连声叫着：

"老梁，老梁！"

席卜祥也挤进人群，叫："老梁，老梁！"

老梁醒过来，昏昏沉沉地叫："开炉呀，快开炉嘛！"

席卜祥急忙跑进操作室，推上电闸。

"谁，谁在里边？"老梁声嘶力竭地问。

"我，组长，是我呀！"

"老席呀，还是我来吧。"

"你放心吧。我行呀，不会出岔子。"

一个青工也叫道："组长，你太辛苦啦。我们也学会啦，你该歇歇啦。"

"你们也辛苦。"老梁说，"仗还没打完，我能下火线么？真不争气啊！"

厂长扶起老梁，亲切地劝他：

"老梁你真是个好同志，你已经把大家带起来啦。我扶你回去歇歇吧。"

# 二十四

席卜祥现在变了，正在操作室里掌着电闸。老工人靠在墙上，感慨很深地说：

"小日本的时候，从来不许老梁靠近这炉，他是偷空子学会这玩意儿的。共产党来了，这炉就成了他亲人一样。他天天叫别人歇歇，可是自己几天几夜不合眼，加上又是个病身子，要不也不会昏倒啊。你们年轻轻的，要是早来倒把手儿不就好啦？"

席卜祥一声不响地听着，感动地微微点头。

老席当当地敲铁板："开炉啦！"

吴一竹跑过来："老席，我早先对你态度不对。现在你打头干啦，我听你的。"

"干吧！"席卜祥用力敲铁板。

吴一竹、席卜祥等人站在炉门前，用力扒渣子。

电炉倾倒了，钢水流出来，红光四射。

两个吊车吊起两个巨大的桥座子，隆隆地驶过去。

众工人欢呼："欢送我们的桥座子上前线！"

江桥工地。铸钢的座子落在桥墩上。工人们赶紧扭动大螺丝。

# 二十五

黎明。一线光亮射进梁日升家的窗子。老梁穿上棉衣，从炕上下来，做势要出门去。

"天刚放亮，你又起来干啥？"梁妻走过来说。

"好几天没到厂啦，去看看钢化完了没有。"

"吃了早饭再去吧。"

老梁走到窗前，向外探望。一线阳光照在他焦急的脸上。听见席卜祥在门外叫：

"组长，组长！"

"老席啊！"

席卜祥大步走进来，不像从前那种懒散样子了，欢天喜地地大声说：

"我给你报喜信来啦。我们没给你丢人呐。十天的活，七天就完成啦。八个桥座子全倒好啦。"

"老席你们辛苦啦。活还没完，眼前就是四月半啦。一化了冰，桥就修不成啦。桥还得抢修才行。你瞧，春暖啦！"

两人都趴在窗台上，向外探望。

太阳晒在积雪的树枝上，麻雀上下飞跳，吱吱喳喳地叫。

小河。积雪和厚冰消融了，溪流在冰下哗哗流着。

# 二十六

在江桥工地，一节办公车厢停在轨道上。玻璃窗上的霜花融化了，暖水滴下来。窗外原野的积雪也在融化，这里那里露出油黑的土地。江桥的工程正紧张地进行。桥墩周围搭了很高的木架子。

工程部长坐在办公桌旁，手里拿着耳机。

"铁路总局么？啊，是呀，开始化冰啦，上游的暖流水就要冲下来啦。……需要马上增加人力抢修，对，要增加工人……怎么？要我们自己解决？嗯，好吧，好吧。"

技术员走来说：

"部长，铆钉工人不够。好多铆钉都是割了去重铆的，你看怎么办？"

"还是发个急电给铁路工厂吧，要他们赶快派人来支援。拟个电稿吧。"

技术员拿起笔来。工程部长想了想，念道：

"天气渐暖，江桥急需加工抢修……（向技术员）你看得多少人？"

"得二百多人。"

"好，就拨二百五十人吧。即派可靠同志率领前来，火急，勿误！"

# 二十七

"梁日升这个同志，因为他有病，不叫他去，他偏要去。"

厂长在他的办公室里，指着报名单子说。

"现在工人可都发动起来啦。"作业科长说。

"号召二百五十人，报名的就有五百多。"技术科长说。

总工程师看大家这么兴高采烈，很受感染，也兴奋地说：

"要是一个月以前，恐怕请也请不来这么多。"

"好，"厂长叮嘱着，"我现在要走啦。厂里的事情，你们三位多辛苦吧。"

"我一切按厂务会议的决定来执行就是了。"总工程师说。

"厂长，你放心。"两个科长同时说。

厂长笑着点头，拿起棉大衣。

一列火车升火待发，停在厂内的轨道上。人群拥挤在火车旁边，欢送厂长和工人们到江边去。

"再见，再见！"群众喊声一片。

"欢送厂长到江桥去！"

大家见厂长走来，给他让开一条路，同时鼓掌欢呼，乱成一片。

去江桥的工人忙着上火车。行李一个个从门窗递上去。老梁在人丛里挤过来。厂长见了，忙阻止他。

"哎，老梁，不叫你去，你就别去啦。"

"多一个人多一份力量！"他还是要上车。

总工程师也劝："你身体不好，就不要去啦。"

"别去啦，算了吧，别去啦。"厂长又恳切地劝他。

老梁无可奈何，向后退了一步。

汽笛尖叫一声，车轮转动了。大家挤在窗口和门口，和欢送的工人互相招手。

"再见，再见！"

厂长站在车门口，向总工程师和科长们挥手。

老梁盯着徐徐前进的火车，就势抓住车门的把手，纵身跳了上去。他的身影在众人面前一闪而过。

总工程师忽然看见老梁也在车上，不禁吃惊地叫道：

"哎，老梁，老梁！"

# 二十八

工程部长和工人们候在桥头的车站上。远处的天空飘起青烟。火车疾速地驶来了。

"来啦，来啦，火车进来啦。"工程部长愉快地说。

工人们也欢呼："来啦，来啦。"

火车驶进车站，停在月台前边了。车厢的门口和窗口上，挤满了工人。厂长出现在车门口，笑着向部长打招呼。

"郑部长！"

"啊，宋厂长！"

厂长、老侯头、工人们都纷纷跳下火车。

"哎呀，你亲自来啦？"部长和厂长等人握手。

鼓风机咚咚响着。

人们来到江面上，脚底下的厚冰已经化开薄薄一层水。脚手架耸立在桥墩的旁边。在那高高的桥墩上，桥梁钢板已经架起来了。工人拿着风锤，开始往架子上爬。

"组长，你能上架么？"吴一竹关切地说。

"行啊！"老梁往架子上爬着。

"他是梁日升么？"工程部长走来，问吴一竹。

"啊，他就是我们的梁组长。"

"梁日升同志，你病好啦？"

"好啦。"

"干点轻活吧。"

"能行啊。"

老梁爬上架子，站在钢梁上。一个烧得通红的铆钉扔过来。助手接住，用钳子夹着捅在钻好的眼里。老梁用力使风锤。一个铆钉很快铆好了。

周围响起风锤声，机轮似的嗒嗒响着。

老侯头来到工地，更是精神百倍。这时他正往脚手架上爬。技术员走来。

"老同志啊，你上年纪啦，别上架子啦，上边滑。"

"啊？"老侯头却没有听清楚。

"你跌下来，可不是玩的。还是在下边烧钉子吧。"

"哎，你真是，你真门缝里瞅人。俺是个正正经经三十多年的铆工匠啦。你叫俺烧钉子？你真，哎，你……"老侯头不服地唠叨着，故意飞快地向上爬。

寒冷的春夜。投光灯照在大铁桥上。桥上桥下都在紧张地劳动：吊钢板的，铺道轨的，扛枕木的，铆钉的。烧红的铆钉一个个从下边飞上来，铆工灵巧地一接，很快地放在眼孔里。风锤发出震耳的嗒嗒声。

旷野的积雪消融了。大片的黑土裸露在晴朗碧蓝的天空下。

桥架子下面，有水哗啦哗啦地流着。这种不祥的声音很叫人担心。一个工人用尺一探，看看水已经升高半尺了，他慌张地向架子上叫：

"往上传哪，上游的暖水下来啦。"

上边的工人也抬头向上叫："往上传呀，暖水下来啦。"

"暖水下来啦！"

"暖水下来啦，往上传呀！"

人们惊慌地传送着这个消息。

积雪已经化成水流。野外到处是小溪和小水坑，在阳光下闪闪放亮。

老梁在桥上铆钉，听下边探水的工人叫：

"暖水涨到一尺半啦，往上传呐！"

老梁大叫："往上传啊，涨到一尺半啦。快抢活呀！"

席卜祥也大声喊："涨到一尺半啦。快抢活吧！"

工程部长和厂长来到江边，见江水汹涌地流下来。

"要赶快抢修！"工程部长说。

江岸上升起了火堆。老侯头和工人们围着火吃饭。大家心情焦急，都在狼吞虎咽。有工人推着辘轳马走来。

"吃饭了吧？你们吃的可真早啊。"老侯头和来人打招呼。

厂长急忙走来，一脸焦急的神色。

"老侯，你们这班今晚上能完工么？暖水下来啦，桥架子搭不住啦，难道说最后一天晚上还会出岔子么？"

"咱六十四拜都拜过啦，还差这一抖擞呀。就是干到天亮，咱们也把他干完。"老侯头果断地说。

"咱们今天都约好啦，不完不下架子！"另一个工人说。

"对，对，不完工不下架子！"大伙说。

厂长看见大家这么热情奋发，深深吐了一口气。

# 二十九

上游的江面已经裂开了。大冰块互相碰撞着，顺流而下。

江桥下的工人用木棍探水。向木架上叫。

"往上传呀，暖水涨到两尺啦！"

桥上是一片风锤的震响。

老侯头紧张地铆钉，在这春天的寒风中竟然累得满头大汗。风锤突然不响了，周围的嗒嗒声忽然一齐没有了，静了。他急得拍着风锤大叫：

"风啊，风怎么停啦？给风啊！怎么把风给停啦？"

老梁也发急地叫道："风啊，怎么没风啊？"

"风啊！"

"风啊！"

工人纷纷往架子下爬，向着鼓风机的棚子跑去。

技术员和另一个工人正跑进棚子，焦急地问管鼓风机的工人："怎么啦？"

几个人马上扑到鼓风机跟前，打开它的铁盖子。这时许多工人都跑来了，围在棚子的里里外外。

技术员忙着检查机器，忙得满头大汗。

大冰块滚滚地顺流而下。

一列火车正向江桥急驶。总工程师坐在窗前向外探望。

工人们仍然围着鼓风机的棚子，焦急地喊喊喳喳。总工程师走在人群里。大家给他让路，一面呼喝着。

"总工程师来啦，总工程师来啦！"

"是怎么回事?"

"鼓风机坏啦!"

总工程师走到鼓风饥跟前,脱下大衣和手套,卷起袖子,动手修理机器。工程部长和厂长也急急跑来。工人给他们让路。厂长走近鼓风机,问总工程师。

"是哪里的毛病?"

"是滤尘器的毛病!"

厂长帮着工程师,霎时修好了机器。

"把电门推上吧!"工程师说。

鼓风机的轮子突然转动起来,又发出振奋人心的咚咚声。工人们高兴了,纷纷向江桥跑去。

厂长这才顾得上和总工程师握手。

老侯头高踞在桥架上,正等得心焦,突然来了风。

"风来啦,风来啦,快干吧。"

"风来啦,快抢活吧!"老梁也高兴地大叫。

江桥上又是紧张的劳动景象。

流冰汹涌,滚滚而下。厂长和工程部长担心地向下探视。

"只要桥架再支持一个钟头,就差不多啦。"工程部长说。

厂长心神不宁地向桥下注视,一面盯着自己的表。

吴一竹和工人铆钉。钢梁下边的架子吱吱地响,发山破裂的声音,接着就倒下去了,激起吓人的浪花。滚滚的江水卷着木架的碎片流去。桥上的老侯头、老梁等人惊慌地向下一望,更紧张地铆钉。

桥下大浪滚滚,继续冲击着桥架。桥架完全垮了,木板和柱子眼看给江水裹走了,但是铆钉终于突击完了。

"好,完啦!"老梁长长地吐了口气。

"完啦,架子也垮啦,活也抢完啦。"老侯头浑身轻松地叫。

工程部长和厂长走到桥梁上。工人们一齐忽拉围住他们,欢笑地叫道:"可完工啦!"

在这高大的桥梁上响起一阵欢呼声。

# 三十

江桥完工了,远望宛如一条长虹,飞跨在大江上。江水好像从天边流来,咆哮地冲击着桥墩。

在那巨大的桥梁上,总工程师领着一群愉快的工人走来。他手里拿一个小榔头，叮叮当当地敲着铆钉，在检查工程的质量。

厂长走进车厢办公室，向工程部长说：

"总算好啦。通车典礼快要开始啦！（用手摸摸下巴，跑去照照镜子，不禁失声笑了）哈哈，一个月没刮脸，倒变成个张飞胡子啦。"

一句话引得工程部长也笑了。

总工程师提着小榔头进来。他那矜持的神态似乎没有了。

"桥，我看了一下。时间这么短，困难又这么多，质量就算不错啦。不容易，真是不容易！"

听得出来他话音里有一种钦佩的调子。他第一次真正地笑了。

"先休息一下吧。"工程部长让他坐。

"说句老实话，这还是我生平第一次看见工人这样卖力气。"

"是啊，工人一发动起来，这种力量就不是用平常方法可以计算的。"厂长刮着胡子说，"老实说，没有工程师们的设计，也是不行的。总工程师，你也该好好歇歇啦。"

"没有什么，没有什么。"总工程师说。

厂长刮好胡子，摸着自己溜光的下巴。这些日子以来他是第一次感到浑身轻松。他探头望望窗外，转脸对工程部长说：

"通车典礼就要开始啦，咱们去吧。"

"好，我们去吧。"

# 三十一

鲜红的旗帜在春风里飘动。头上是晴朗碧蓝的天空。

观礼的人群拥挤在桥头上。

一列升火待发的火车。车头披红挂彩。好多工人爬上了护板，簇拥在毛主席像下边，手里摇着小旗子。工程部长、厂长和总工程师走来，挤在人群里。部长向大家招手致意。总工程师和老梁、老侯头握手。

"老梁，老侯，你们都辛苦啦。"

火车响起了汽笛。工程部长剪彩。

列车在人群面前徐徐开过去。

全副武装的战士持枪敬礼。

群众欢呼："欢送列车到前方去！"排山倒海一般的声浪滚到远方，引起轰轰烈烈的回声。

窗口挤满战士们，兴奋地探出半个身子，向工人们用力挥手。雄壮的军歌声震荡在空中。

老侯头站在人群前，看着这种热烈的场面，感动极了，拉起厂长的手说：

"厂长，我有句心里话要告诉你。我这个年纪啦，我要求厂长一件事儿。我，我能不能参加咱们的党呀？"

"能！"厂长紧紧握住他的手，亲切地说，"我可以做你的介绍人。"

老侯头满心激动，说不出话来，突然举手高喊：

"毛主席万岁！"

"毛主席万岁！"人群也跟着呼喊起来。

火车驶上大桥，速度加快了。一个个车厢从人们面前开过去。车轮轰轰隆隆地滚过新铺的铁轨。人群又欢呼起来。

总工程师侧身对老梁说："老梁，这回你该休息休息了吧？"

"仗还没打完，不能休息啊。就是打完仗，全国胜利了，我们工人阶级也不能休息。"老梁果断地说。


红旗在空中飞扬。

在红旗的影子里，显出老梁在掌着电闸，老侯头在压着风钻，席卜祥在敲铁板，吴一竹在扒渣子。电炉倾动，倒出火光四射的钢水。

火车飞速地驶过江桥，上面满载战士和弹药、给养。

战士们向敌人的工事冲去。

雄壮的战歌响彻云霄。

# 颜一烟

**作者简介**　颜一烟，满族，女，1912 年出生于北京。毕业于河北女子师范学院国文系，1934 年至 1937 年留学日本早稻田大学文学系。建国前曾在中华留日左翼文化团体联合会、上海救亡演剧二队、东北文工团一团、东北电影制片厂等处供职。建国后先入中央文化部电影剧本创作所当编剧，1956 年调北影演员剧团担任编剧和演员。早年从事话剧创作，如《秋瑾》、《渡黄河》等。她创作并拍成影片的剧本有《中华女儿》、《一贯害人道》、《陈秀华》、《一件提案》、《祁建华》、《烽火少年》等。其中《中华女儿》获 1956 年文化部优秀影片奖。此外她还创作了长篇小说《盐丁儿》、中篇小说《小马倌和大皮靴叔叔》多篇，多次获奖。1997 年 4 月去世。

## 中华女儿（内容简介）

故事根据"八女投江"的真实事件编写。东北抗日联军中的八名女战士，在一次执行任务中被敌人包围，她们视死如归，从容地投入江中，壮烈牺牲，表现了光昭日月的民族节操。

东北沦陷后，农家妇女胡秀芝的丈夫被日军烧死，胡秀芝怀着国仇家恨参加了东北抗日民主联军。一次，在向敌人据点楼山镇进攻中不幸负伤。她强忍剧痛返回连队，后成为一名共产党员。连队女指导员冷云的丈夫在城市里做地下工作，不幸被捕遇害。消息传来，冷云压下悲愤，毅然接受带领战士炸毁敌人军用列车的任务。在完成任务返回途中，她们发现敌人部队进逼抗日联军驻地。危急之中，冷云一面派人送信，让联军及时转移，一面率领十几名女战士牵制敌人于牡丹江畔。然而敌我众寡悬殊，在敌兵的层层包围与疯狂扫射下，最后只剩下冷云等八位女战士。未几，冷云也中弹身亡。面对强敌，后临大江，胡秀芝等面无惧色，抱着冷云的尸体，视死如归，投身于汹涌的波涛之中，用生命谱就一曲民族英魂的赞歌。

# 林　予

**作者简介**　林予，原名汪人以。1930 年出生，江西上饶人。1949 年参加中国人民解放军，历任创作员，北大荒军垦战士，中国作家协会黑龙江分会、哈尔滨市作家协会专业作家。哈尔滨市作家协会主席，中国作家协会黑龙江分会副主席，中国作家协会理事，黑龙江省第七届人大代表。1953 年开始发表作品。著有长篇小说《雁飞塞北》、《寨上烽烟》、《有情人难成眷属》（合作），短篇小说集《勐铃河边春来早》，电影文学剧本《边寨烽火》（与姚冷、彭荆风合著）、《孔雀飞来阿佤山》、《奸细》等。

## 山谷红霞（内容简介）

　　一九五〇年春，人民解放军胜利进军云南边疆。奉命前往阿佤山安嘎部落开辟工作的我军民族工作队，在队长白文进、副队长王辉的率领下，坚决执行党的民族政策，依靠群众，尊重宗教，不放一枪一弹。但由于蒋介石残匪的破坏和历史造成的民族隔阂，阿佤人民尚未觉悟，我工作队数次进山均遭武装拒绝。在一次进山途中，白文进为了掩护急躁冒进的王辉，被佤族安嘎寨年轻的神箭手艾火龙射伤。民族工作队虽然四次进山未成，却在安嘎部落产生了一定的政治影响。艾火龙对射伤"枪不还击，箭不对箭"的人感到内疚，许多群众也对敌人的宣传产生了怀疑。这种情绪也影响到部落总首领窝郎康。然而，反动头人艾戛却与蒋匪专员李世魁相勾结，妄图把流窜境外的国民党残匪引进寨来，进行分裂祖国的阴谋活动。他们在窝郎康面前千方百计地进行欺骗和煽动。民族工作队在傣族群众帮助下又上山宣传党的政策，艾戛逼艾火龙射死白文进，但艾火龙却将箭故意射向白身边的大树。气急败坏的艾戛鞭抽艾火龙，被激于阶级义愤的白文进一枪打断他的皮鞭。工作队给佤族人民留下盐巴和谷种后，再次退下山。我党的政治影响在佤族群众中进一步扩大。窝郎康派艾火龙到已解放的傣族寨子打探情况。在射箭比赛场上，艾火龙结识了化装成赶马客的白文进，两人结盟为兄弟。艾火龙这时才知道白文进就是被自己射伤的共产党汉兵，他悔恨交加。白文进对佤族兄弟的无比信赖，教育感动了艾火龙，他决定带白文进上安嘎寨。在李世魁和艾戛的欺骗和催促下，窝郎康召开全部落头人、珠米议事会，商讨是否让蒋军残匪开进部落。眼看就要达成协议，艾火龙和白文进闯进会场。白文进置个人安危于不顾，宣传党的政策，揭露蒋残匪的罪行，终于争取了佤族上层首领，粉碎了敌人的阴谋。白文进在艾火龙等佤族群众的帮助下，又战胜了敌人的"连环计"。艾戛和李世魁也落得可耻下场。不久，窝郎康和佤族群众一起热烈欢迎吉祥的孔雀人民解放军开进阿佤山。

# 奸　　细（内容简介）

### （与丛深、刘长水合作）

　　战斗在林海雪原中的响水河东北抗联支队，在共产党的领导下，成功地发动北满环山镇群众进行武装起义，迅速扩大了队伍。他们神出鬼没地打击日寇，烧毁日军木材基地，给敌人以极大威胁。关东军大佐冈久派讨伐队抓不到响水河支队，向特务机关求援，特务头子大西派遣高级特务潘大可冒充已牺牲的共产党省委特派员田辛，打入响水河支队。响水河支队面临着一场新的生死存亡的斗争。潘大可利用省委特派员的身份制造阴谋，借刀杀人。他向大西告发环山镇警察分署署长杜知沛是抗联秘密安插的人，杜知沛在日特威逼下叛变投敌。在一次战斗中，潘大可挑动有个人野心的参谋吴昌茂制造假证，诬陷支队长丁浩章和他爱人军医杜知雯借杜知沛关系勾结日寇。在支队领导会议上，他不顾政委等人反对，急于以省委特派员名义宣布对丁浩章夫妇进行审查。潘大可的行为引起支队政委甘泉的怀疑和警惕，他冒着反对省委领导的风险，借故只身到哈尔滨找省委进行调查。甘泉走后，潘大可利用政治部主任向群"左"倾思想，大搞逼供信，迫使杜知雯含冤而死。对丁浩章夫妇素怀敬意的五分队长卢凤仙得悉要处决丁浩章的消息时，激起了极大义愤，带领球山镇部分起义战士抢走了丁浩章，后又在忍无可忍的情况下，离队出走，响水支队陷于分裂之中。甘泉在哈尔滨地下党组织配合下，查明了通向省委的汤河交通站已被日特控制，从而发现潘大可奸细真面目。甘泉掌握日寇急于要消灭响水河支队的心理，机智地利用奸细将计就计，诱使关东军冈久旅团自投罗网。卢凤仙怀着满腔仇恨毙了奸细潘大可，被奸细利用的向群和吴昌茂交代、清算了自己的错误，响水河支队在这场特殊的战斗中虽然付出了沉重代价，但整个队伍经受了考验，锻炼得更加坚强。

# 望夫云（内容简介）

根据白族同名传说写成，描写古代南诏国公主阿凤厌恶宫廷生活，与苍山猎人阿龙相爱，横遭南诏王和罗荃法师的阻挠和破坏。阿龙在凤羽仙的帮助下，救出被幽禁的阿凤公主，逃居苍山。罗荃法师奉南诏王之命，雪困苍山，又将阿龙打入洱海，化为石骡。阿凤望夫不归，化为白云，漂浮在苍山玉局峰顶。

# 大雁北飞（节选）

### （与公刘合作）

## 一

白雪覆盖了绿色的山林，雪花装饰着松塔，冰柱垂挂在秃树枝上，大雪纷纷落下。

尽管寒气袭人，大雪冰封，但从树枝上倔强地冒出来的绿芽上，却可以窥探到春天的气息。眼看最后一场暴风雪将迎来北方迟到的春天。

几只黄皮狁从丛林里奔跑出来，它们惊慌地东奔西撞，撞得小路旁的灌木丛簌簌地撒落下朵朵雪球和霜花。一只猎狗紧追上来，狂吠着，但黄皮狁已经狡猾地钻进古松脚下的地洞里去了，急得猎狗一面吠叫，一面用蹄子趴着地洞上面的积雪。……丛林里传来了歌声：

> 雪花，雪花，你答话，
> 怎么千里沃野没庄稼？
> 棒打獐子，瓢舀鱼，
> 哪天雁岛麦香开豆花？

歌者是一个年方二十岁的猎家姑娘，浑身用翻毛皮装扮着，只是当她朝狗吠声奔来的时候，我们才从她的护耳帽底下，看见一副质朴、健美的脸孔。她的名字叫做关秀兰。在她的身后奔跑着一个年近六十的老猎人，他是秀兰的祖父。由于奔跑时的喘息，老人的狗皮护耳帽檐和胡须上已沾满了霜花。他们走近猎狗，关大爷撂下身上背的皮囊，用斧子狠命地挖起地洞上的雪土来，一会儿，洞挖开了，黄皮狁急窜而出，一下子就叫猎狗咬住了。关大爷乐呵呵地嚷着："跑呵，看你还跑呵！"接着，他们从猎狗的嘴里取下那只被咬死了的黄皮狁来。

秀兰轻轻地吹拂着狁皮上光泽的羽毛，又唱：

> 大雁，大雁，几时回？
> 莫怕翅膀折碎，
> 莫叫风雪吓退，
> 勇敢的大雁向北飞！……

关大爷感叹地望着丛林外面一望无际的雪原，望着孙女说："秀兰，你总是唱啊唱啊，唱个没完，只见岛上冬天南飞的雁，哪见大雪天大雁朝北飞？赶着节令咱们再撵几张皮子，眼看落过这场大雪，冰河该解冻了，还得赶快下山回社里去，可别叫水泡子把咱们隔在这孤岛上呦！"

秀兰："解冻了，大雁就该北飞了，爷爷，多富的岛子呀！政府怎么不派人来开荒？"

关大爷摇了摇头："啧啧，大雁岛要开发起来呀，粮食打不尽哪！可就是化冻后一片沼泽，断了交通，谁不害怕啊！呃，除了社里派我们冬天来撵皮子，大雁岛是不会落下人迹的啊！"

## 二

雪花纷扬，鸥鸟在甩手无边的雪原上空展翅飞翔，白皑皑的原野上却真的出现了两对脚印，渐渐近来。这是两个踏荒者，前面的高个子穿军装皮大衣，下身着瘦腿棉裤，三十来岁，神态粗犷，是最近红旗农场派来大雁岛开荒的大队长关长岭。现在，他身背铁锹，肩挎步枪，步履艰难地在深雪中行进，一脚一个雪窝，吱吱响着。他时而举起胸前挂着的望远镜，四下瞭望。走在后面的是一个二十来岁的姑娘——开荒大队的农业技术员沈幸桦。她身背测竿，携带图纸，兴致勃勃地走着，雪花扑打着她红喷喷的脸蛋，长辫子露在护耳帽外面，甩打着。

他们越过一丛高过人身的蒿草，跑上高坡。关长岭举起望远镜，于是环岛的一条冰河、岛背后的森林以及在空荡荡的雪原上空飞翔着的白色鸥鸟都一一现了。"小沈，摊开图纸来，听我说，你记……"

沈幸桦急摊开图纸，脱下手闷子，冷索索地取出铅笔，望着关长岭。

关长岭："冰河以西，北起鱼梁子，南近大森林，大约八千亩一类开荒地……"

沈幸岭："八千亩……"在图上速记着。

关长岭："对了，地带呈马蹄形……画吧！紧靠大森林……"

沈幸桦扬头朝关长岭瞭望的方向望去，问："还有那一片靠冰河的低洼地呢？"

关长岭大大咧咧地："这你就别管了。"

沈幸桦："嗯！"又速记起来。

突然刮来一阵狂风，吹得雪地上的雪粒掀起多高，沈幸桦尖喊一声："图纸！"急向被吹走的图纸扑去。

关长岭骤然脸色沉下来："糟了，东北风，要刮大烟炮了，快走！"他伸出手挽住沈幸桦的胳膊，急急向前走去。

但是，顷刻间，风声如海啸，雪团如海浪，天空白闪闪地抛下成块成块的雪片，向他们覆盖而来。一阵狂风把沈幸桦吹倒，接着大团大团的雪块朝她身上扑盖，好像一会儿就要把她埋住似的。关长岭一把将她拉起来，焦急地喊道："使把劲，快到家了。"继而望望铅灰色的天空，自艾地叫着："糟糕，今儿个从总场来的运输车半道上要吃家伙了。"

沈幸桦："听说给咱们派来的政委也是今天到。"但是，他们的谈话渐渐被暴风雪的吼声所淹没了。飞舞的雪花，越去越远的人影。

## 三

入夜。暴风雪的原野。机车的灯光像要劈裂开黑暗似的，四下闪烁。

拖拉机群拖曳着满载的粮食、物资的拖车，在风雪中失散了、迷途了。

一辆斯大林80号机车的驾驶室里探出一个年轻驾驶员戴军帽的脑袋来，向荒野里急喊："政委，政委……"

很多台机车的驾驶员也都朝远处喊：

"政委，政委……"

只是当机车的车灯照亮了正在雪地上引路的政委时，我们才看清被紧裹在绒帽子和军大衣领子里的是一张女人的脸孔，看来女政委已不很年轻，足有三十挂零，但却是庄肃而美丽的。她的名字叫杨玉洁。现在，她那双深邃而明净的眼睛正朝机车群盯望着，用手抹去了长睫毛上的霜花，摆了摆手，喊着："朝前开吧，前面到大森林了。"

那个年轻驾驶员不顾风雪的扑打，却仍在嘶喊："政委，快上车来，烟儿炮会刮倒你的……"

　　杨玉洁："别嚷了,小陆,快开到森林避风雪去!"喊罢,又朝其余的机车同样指挥着,雪片朝她袭卷而来,好像要把她瘦小的身子凌空卷起来了。

　　被喊做小陆的年轻驾驶员叫陆明光,看来执拗不过政委,无可奈何地一摆手,急忙把机车从政委身边开过去了。

　　很多辆机车都随着开去……白雪皑皑的原野尽头,大森林出现了。……

　　其中,有一辆克-95号机车上,驾驶座旁坐着一个年约二十五六岁的妇女,从她那条朴素的包头巾底下露出来的质朴而秀美的脸孔上,不难看出一派农村女人的风貌,她就是我们已经熟悉了的关大队长的爱人,名叫何凤英。现在,她正担忧地朝车窗玻璃外面眺望着什么,转对身边的驾驶员王民全说:"老王同志啊,你们头两天不是刚进岛子来过吗?咋的又迷了路?"

　　王民全是个二十五六岁的机务人员,穿着、长相都显得颇有风度,只是他那双灵活的眼睛,不知怎的,给人一种圆滑、世故的感觉。他瞥了何凤英一眼,说:"头两天?没大烟炮啊!你怕还没摸住北大荒大烟炮的脾气吧?好啦!这下子遮天盖地的大风雪,够你呛啦……"

　　何凤英:"别吓唬人了,早两年跟老关从部队上下来到国营九三农场,那场地不也是北大荒……"

　　王明全:"吓!看你说的,那是现代规模的国营农场呢!这大雁岛,我们刚来两天,可是除了风雪,要啥没啥!嗨!你们这些妇道人家呀,就是离不了男人,你看吧,待会见了大队长,他准剋你,不该来……"

　　何凤英害怕王民全再往下说,急欲争辩什么,王民全却朝她摆了摆手,看来没工夫跟她唠叨,然后急忙调换了挡速,向前面的机车追赶上去了。

　　机车群向着森林,迎着风雪驰去……

# 四

　　深夜。狂暴的风雪。但是森林里的参天古树却做了人们天然的避风帐篷。林中篝火熊熊,古松呼啸,人们正围在篝火边取暖。

　　年轻驾驶员陆明光在森林里四下寻找着烧篝火的枯树枝。女政委杨玉洁跟在他后面蹒跚着,显然,她不是来拾树枝的,她的眼光是那般凝重地四下打量着,她时而伸手亲切地摸弄着冰冻的树干,时而察看着山林的地势。她沉思着的脸色显得异乎寻常地激动起来了。何凤英喊着跑来:"政委,快烤烤火去,你咋知道这里有林子的?"当她发现政委激动的神情时,她愣住了,问道:"政委,你到这来过吗?"

　　杨玉洁点了点头:"已经十多年了。"继而又在林子里四下探寻着什么，自言自语地，"真想不到，偏偏会进到这个林子……"

这时，拾柴火的陆明光从近处喊了起来："吓，大伙来看哪，这里还有座坟……"

杨玉洁一听，浑身哆嗦了一下，便朝喊声奔去，何凤英以及王民全、机车手们也好奇地跟上前去。

陆明光在一座显然是年久失修的坟堆前面刨着积雪，积雪扒开，渐渐显露出一块墓碑来。在这块久经风雪侵蚀的墓碑上却耀眼夺目地出现一行用朱砂描着的红字"人民解放军206团罗志武团长之墓"——毫无疑问，这是谁新近才描的红字。

陆明光惊疑地说："谁说岛上没人来啊，这红字明明是最近才描的！"火光把墓碑上的红字映照得红光四射。

人们猛然发现政委杨玉洁的脸上骤然垂挂着两行泪珠。大家都惊愕了。

杨玉洁望了人们一眼，用手帕擦去泪水，沙声地说："同志们，我们又回到从前战斗、流血的地方来参加建设了……这里埋的就是我的爱人……"

何凤英："政委，给讲讲……"

陆明光："说说，是咋回事……"

王民全和机车手们围拢过来，篝火烧得更旺了。杨玉洁望着大伙期待的神色，说道："十年前的春天，我还在我爱人的团里当医助。当时，土匪、胡子利用大雁岛四周化冻后的沼泽地带，与外界交通断绝，便盘踞在岛上糟害当地的猎户和跑荒的人家……"

人们屏住呼吸，只有古松仍然狂啸。

茫茫的雪原消失了。这是十年前的春天，大雁岛被包围在四周汪洋一片的沼泽里。荒漠的孤岛上，鲜花盛开，大雁和天鹅翩翩起舞。靠近丛林的高坡地方，有一座矮小的、石砌的神庙，庙前立有一块石碑，碑上刻着"大雁岛"几个大字，并一行"光绪二十五年立"几个小字。庙的旁边，林立着一排拓荒者的木制窝棚。在窝棚前面一片辽阔的耕地上，三五成群的拓荒者正在开荒。

拓荒者中，有一个年近五十的老汉正扶着一副犁杖和犁刀，从他那多皱的前额我们认出来，他正是十年前的关大爷。在他的身前三个年纪不轻、衣衫破烂的大爹正套着辕绳，艰难地拉着犁杖向前缓进。特别是其中一个瘦小的姑娘，最多不过十来岁，也拉着一根辕绳，吃力地拉犁前进。

黑土在犁刀下缓缓翻开，犁杖缓缓前进。

突然，那个小姑娘由于力不胜任，一个踉跄，跌倒了。关大爷撂下犁杖，惊跑上前，抱起口吐白沫的小姑娘，嘶声地喊："秀兰，秀兰！"这时，我们才看清原来这就是十年前的关秀兰！

画外，杨玉洁的声音："即使逃荒的人们过着这种极端贫困的生活，土匪、胡子也还不能放过他们……"

一群身穿短袄、长袍、光板老羊皮，衣着杂乱，或戴船形帽，或戴獭绒帽，或戴匪军大盖帽的土匪、胡子，策马向窝棚奔来。他们跳下马，跑进窝棚，劫夺粮食、衣被、包袱，拓荒者与他们争夺、嘶叫。关大爷一手抱着秀兰，一手同一个匪兵争夺着一条棉絮："老总，你行行好，我爷儿俩就这么一条……"匪兵却飞出一腿，将他踢倒。突然，四下枪声大作，土匪、胡子惊慌失措地策马逃窜而去。……

杨玉洁的声音继续着："可是，敌人没有料到，沼泽地带也阻挡不了人民解放军的剿匪部队……"

一队长途奔袭，浑身泥泞的人民解放军走近了拓荒者的窝棚，其中一个魁梧的军人跑近关大爷，看了一眼老人怀里垂危的姑娘，便朝人群里喊："玉洁，玉洁……"

挎着十字药包的杨玉洁跑来。十年前的杨玉洁，前额上看不见一丝皱纹，明亮的目光里还带有几分纯真的稚气。她侧耳听了听小姑娘的呼吸，伸手抚摸小姑娘滚烫的前额，急朝那魁梧的军人说："团长，快帮我把药包里的针取出来，怕是急性肺炎……"

罗团长急速为她打开红十字药包……

杨玉洁的嗓子有些暗哑了，继续讲道："在那幢矮小的窝棚里，我们结识了这位饱经苦难的老大爷，唉，那是一个多么严峻而又沉重的夜晚呀！"

夜，窝棚里，春寒袭人。煤火旁，关大爷正在给苏醒过来的关秀兰喂药，感激地望着正在用酒精擦洗注射器的杨玉洁，说："小杨同志啊，秀兰大了，要感你的救命恩哪！"

杨玉洁激动地望着老大爷，轻轻地摇着她那满头乌黑闪光的头发。

罗团长一面烤着火，一面向关大爷询问："老大爷，你们爷儿俩，怎么跑到关东来的啊？"

关大爷深有感触地说："嗨！提不得了，在山东老家闹饥荒活不下去了啊！一家子快死了个净，人说闯关东有出路，地肥得插根木柴也要开花，这不就带着孙女儿跟大伙逃荒来了呗！"

杨玉洁插进话来："山东老家还有谁？"

关大爷伤感地摇了摇头："全家剩了我爷俩和我那二小子，"突然想起要探问什么，"团长，部队上可听说我那二狗子来着？他是他哥嫂饿死那年投的八路……"

罗团长："啊！……"显然没有料到。

杨玉洁："你们老二的名字是……"

关大爷："二狗子啊！在家都这么喊来着，谁知道他后来取了学名没有？唉！这孩子忘了我们啦！连个信也不打来！"

杨玉洁连自己也不敢置信地安慰着老大爷："会的，总有一天会找到的。"

关大爷沉思地说："二狗子干起庄稼活来，可是个把式，又有能耐又有力气！唉！提不得了，现在落得我们爷俩，老的老少的少。按说这大雁岛几万亩肥土，棒打獐子，瓢舀鱼，真是再好不过的宝岛，可没有家什没有人力，唉，偏偏胡子还不饶你……"

罗团长激动起来了："老大爷，仗就要打完啦！"继而沉思地向着杨玉洁说，"等战争结束了啊，我真想能到这块处女地来做开辟边疆的工作，就是一种很大的幸福！"

显然，杨玉洁也被罗团长的遐想所吸引了，她情不自禁地伸手搁在罗团长的肩上，真率而又热情地说："我一定跟你一块儿来！"

罗团长幸福地望着杨玉洁，握着她的手。

但是，窝棚外面骤然响起的两声枪响，把他们惊扰了。罗团长突然站起来，掏出手枪，奔出了窝棚。

黑暗里传来喊声："报告，西梁子发现敌情。"

杨玉洁、关大爷也追随出来。

篝火在黑夜里燃烧着，罗团长急匆匆地向篝火燃烧的方向奔去，紧接着又是两声枪响。杨玉洁只见奔跑着的罗团长摇晃了一下身子，厉声地喊："同志们，前进！……"接着，他高大的身影就迎着火光倒了下去。

杨玉洁嘶声地喊着："团长……"向罗团长扑去。

紧接着，骑兵战士们策马骑过他们身旁。渐渐远去的马蹄声……

突然，一阵由远而近的马蹄声向森林奔来，把杨玉洁所讲述的故事打断了。杨玉洁仿佛从梦里醒来，泪花沾湿了她跳动的睫毛，她擦了擦眼睛，向森林眺望，说道："听！马蹄声！"

# 五

天色微明。暴风雪已渐渐停息了。

一辆马拉爬犁正向松林近旁停着的拖拉机群奔驰而来，待爬犁驶近，我们才看清挥着马鞭驾辕的正是关秀兰，在她的身后，爬犁上坐着关大爷，连声向孙女喊道："停下，停下，看看都是些谁开了拖拉机到这里来……"

他们一同跳下爬犁，向林中篝火走去。……渐渐走近坟墓前的篝火了。关秀兰瞅了一眼篝火旁人们的衣着，便快活地喊起来："解放军，爷爷，是解放军又来了。"

王民全迎上前来："老大爷，什么风把你刮到这里来的？"

陆明光抢问："老大爷，这坟上新描的红字……不会是……"

关大爷睁着吃惊的目光瞅瞅众人，又望望墓碑上耀眼夺目的红字，迷惑地："怎么？你会知道……"

陆明光急解说："不……我们是来大雁岛开荒的。"

关秀兰一下子高兴起来，推着爷爷的肩直嚷："开荒，爷爷，你还不信哩！这不就有人来开发大雁岛了！"

这当儿，杨玉洁一直用惊疑的目光打量着关大爷，当她听见老大爷讲话的声音时，她猛地从地上站起来，向关大爷走去。而关大爷一直还被眼前见到的事情惊呆着，半天才取下护耳帽，恍然明白了什么似的，摇头晃脑地说："大雁岛啊大雁岛，到底等到这么一天了……"

杨玉洁凝神地盯望着关大爷，竟让一旁的关秀兰都看着有些惊奇了。杨玉洁一下子走到关大爷跟前，喑哑地说："老大爷，你是姓关吧？"

关大爷愣了，也上下打量起杨玉洁来。

杨玉洁伸手拉着秀兰的手，又向老大爷说："这姑娘叫什么来着？……记起来了，叫秀兰吧？"

关大爷突着眼珠，细细打量着对方，稍顷，紧皱的额纹突然松弛下来，失声喊道："呀，小杨同志，你不是玉洁吗？"

杨玉洁："关大爷，你都不认识我啦！……"

关大爷感叹地摇头："哪能呢，十来年喽！"亲切地按着杨玉洁的肩，"小杨啊，到底你又回到岛子上来啦！"继而一把将秀兰拉过来，"快谢谢小杨，你的救命恩人啊！……"

人们又惊又喜，一下子都嚷起来了。这当儿，何凤英一直朝关大爷跟前靠近，看来她是急于向关大爷打探一件什么重要事情，但正想开口，却又被陆明光抢快说了："老大爷，小杨现在是我们开荒大队的政委了。"

关大爷："好呵，好呵！"转而凝望着墓碑，对杨玉洁说，"怎么跑到林子来了？小杨呵！不会是你领他们来……"

杨玉洁忙说："开荒大队早两天就到大雁岛了，我们这后来的人是半道迷了路，到林子里来躲大烟炮的。"

关秀兰兴奋地："真的已经有人去大雁岛了？"

关大爷猛地把帽子朝头顶一戴："烟儿炮停住了，走，我领你们到大雁岛去！"

# 六

黎明时分。

我们曾经熟悉了的神庙，庙前写有"大雁岛"字样的石碑，在微明的曙光中浮现出来。庙旁已没有往年的窝棚，代替它的是一幢幢白色的帆布帐篷，一共有十余幢，远看，就像雪原上停立着的鸥鸟似的。帐篷前面的广场上，数百个开荒队员正在紧张地劳动着，他们有的在挖掘竖立房柱的泥坑，有的在刨着木料，有的从雪道上扛来粗大的木材，有的则在用木框子脱土坯……虽然天气冷得哈气成冰，但是劳动着的人们却浑身淌汗，蛮有兴致地喊着号子，有的干脆脱掉棉军衣劳动，各色各样的绒衣上露出"志愿军"、"铁道兵"、"奖给一等功臣"、"东海舰队"、"人民空军"等等标着他们的经历和荣誉的字样。

天色还不大亮，东方开始抹上一片玫瑰色。看来，开荒队员们为了建造岛上的新居彻夜未眠呢！

大队长关长岭从一堆堆放着汽油桶、装货木箱、垒得很高的粮袋近旁走来。他弯身扛起一袋散落在道旁的粮袋，端放在粮堆上，而后把一块木牌插在近旁的雪地上，木牌上写着"粮库"两个大字，接着又把另一块木牌插在成堆的汽油桶旁，木牌上的字样是"油库"。

一个穿棉军装的青年向他跑来："大队长，铁锹、镐头不够使……"

关长岭："几个人倒换着使呵，找分队长解决去。我还能给你们变出来哇？"青年一看大队长烦躁的神色，转身跑走了。

关长岭正弯下身去，在堆放着机械、工具的地方插着一块写有"工具房"字样的木块时，一个汗水涔涔的小伙子又跑到跟前来，喊道："大队长，伐木队的木料运不下来，得派拖拉机才行……"

关长岭挥了挥手："行行，待会队部研究……"直到望着小伙子走远去，他才重重地喘了口气，疲倦地坐在一只装货的木箱子上。他随手掏出一个小本子，只见上面写着"急办事项"几个大大的草写字，下面就密密麻麻地写满了第一、第二、第三，一大串小字，他只是扫一眼，就不耐烦地合上本子，站起身来，向劳动着的人群走去了。

他一径来到脱土坯的人群里，吃惊地发现沈幸桦也卷着袖子，露着一双冻得像红萝卜似的手，正在和泥脱坯。

"小沈，昨儿个的踏荒图画好了？"

"半夜就突击出来了。"

"干这活儿，你能行？"关长岭又怜惜地看了一眼沈幸桦冻红了的双手，"本来呀，这回总场要派女技术员来，我就没敢同意……"

"大队长，你这是轻视妇女的观点，"沈幸桦不以为然地甩了甩辫子，"难怪啊，你不让关嫂来大雁岛……"

边上脱坯的小伙子一听，都笑了。

关长岭一下子给说得腼腆起来："乱弹琴！"

沈幸桦："真的！"骤然想起什么，"大队长，不是听说你还有个老爷子也跑关东来了，咋不打探一下呀？"

关长岭弯下身子，卷袖托起土坯来，深有感触地说："哪里打探去啊，五二年还在部队上请假回山东一趟，就听说早两年老爷子带了侄女闯关东，前年我转业到北大荒国营九三农场，还四处打探来着，人家说老大个北大荒，怕难找……"

人们都被关长岭的谈话所吸引了。

关长岭一面脱坯一面缓悠悠地说："……谁知道他老人家在哪……"

# 七

姗姗迟出的太阳俯照着白雪皑皑、宛如锦被的雪原。雪原上，成群的拖拉机拖车急驰而来。在一辆满堆汽油桶的拖车上，杨玉洁、关大爷、关秀兰、何凤英正在闲谈着什么。

何凤英迎着关大爷问："老大爷，你老家是山东哪里？"

关大爷打量着何凤英："莱州。"

何凤英："莱州？哪个村？"

关大爷不解地："南关凤凰岭啊！"

何凤英情不自禁又打量了关大爷一阵，自言自语地："真有这样巧的事……"

关大爷："莫不你家也是……"

何凤英："不不，是我们家里的……"

关大爷、关秀兰都越发不解了。

杨玉洁忙说："关大爷，"指了指凤英，"她爱人也是山东姓关的，就是我们开荒队的大队长……"

关大爷："啊啊！"又问杨玉洁，"你们认识？"

杨玉洁："跟老关十多年前就认识，是老战友了。"

# 八

在大雁岛开荒大队队部所住的帐篷里。

尽管帐篷外面人声鼎沸，机车轰鸣，在这里，一对久别重逢的战友却正握着手,说不尽的话。杨玉洁握着关长岭的手,连声地说:"老关啊!我们又要在一块儿工作啦!"

关长岭激动地:"打四五年,你跟团长进了关,十三四年没见面啰!你也再不是那个小丫头片啦!小杨啊,别瞪眼,喊惯了嘴,我还得这样喊你,你这一来可好啦!说实在的,现在我一个人正磨不开哩!"

杨玉洁:"瞧你,还是十多年前那样愁眉苦脸的,搞农场你不是在九三农场摸过一两年么?蛮有经验的啦!"

关长岭:"唉!"显然一下子说不清,"这会儿要求不同,搞法不一样……"

杨玉洁:"你别急,我还给开荒队带来了个最好的向导,十年前我就在大雁岛认识他。"随即向帐篷外面喊:"关大爷,关大爷……"

关大爷应声巍巍颤颤地走了进来。

关长岭凝神地望着关大爷行走的步伐,突然像回忆起什么久已失落的记忆似的,呆呆地望着……关大爷却全然没有注意关长岭,只是乐呵呵地边走边嚷:"小杨呵小杨,大雁岛的神庙该给咱们让位啦!"

关长岭一听关大爷的嗓音,浑身就止不住一阵颤抖起来。他迎上前去,伸手握住关大爷的手,细细地、细细地瞅着关大爷的脸孔和浑身的模样,不禁失口问道:"不会是……"

这当儿,关大爷也瞪瞪地瞅着关长岭,骤然感到一阵眼花,身子骨软软的,差不多要摔倒了,最后才嚅动了一下嘴唇:"做……做梦?"

关长岭终于迸出一声喑哑的喊声:"爹!"

关大爷一下子把关长岭搂在自己胸前,颤声地:"二狗子,儿子,我的儿子……"泪水簌簌地淌满了他多皱的脸庞。

杨玉洁站在一旁,简直惊喜得发呆了。少顷,才高声向帐篷外面喊:"凤英,秀兰,快喊她们来!"

关长岭伸出袖子替父亲擦泪,安慰道:"爹,你哭什么?这不就团圆了。"

关大爷擦了擦脸,破涕为笑:"唉唉,做了十几年的梦,没想在大雁岛梦到了。"

这时,关秀兰拉着何凤英奔了进来,尖声地喊:"叔叔,叔叔,我们把婶子也带来了。"

关长岭抚摸着关秀兰的头发,笑说:"嗬,都长成个大姑娘啦!该找对象了。"

关秀兰朝关长岭撅嘴:"呸!"

这时,关长岭才看了一眼何凤英:"怎么你也来了?还不快喊爹!"

关大爷满怀喜悦地望着正从头巾底下张望着自己的何凤英,笑说:

"嘀嘀，没见儿子，半道上就差点认媳妇了。"

何凤英上前向关大爷弯了弯腰，轻声地："爹！"

## 九

另一幢帐篷里，人们正往里面搬运箱子、油缸、粮食、行李。

关长岭扛着铺盖卷，何凤英提着箱子，一前一后地走进来。关长岭把铺盖卷朝炕铺一摞，粗声粗气地说："也不先来个信，说来就来了。"

何凤英只是默默地望着他。

关长岭："这下见到了罢，缺吃没住的，叫你连个窝都安不下！"

何凤英："老关呵，你心里像是不大落实啊！"

关长岭："叫我咋落实？开荒队才到几天，大事小事乱成一疙瘩，偏偏你还嫌不够，不早不迟这时候来？我不是说过了，让你在总场待一年……"

何凤英激动得脸红了："我又不是存心来享福，给你添负担，眼下全国人民都在跃进，你怎么就不替我想想？"

关长岭："替你想什么？"

何凤英终于按捺不住，眼里滚出泪水来："呃，我……我难道就丁点事也不能帮队上做一做？"

关长岭焦急地望着妻，塞给她一条手绢："哎呀，哭什么？你又哭什么嘛！"

关大爷闻声撞了进来，一看儿子、儿媳，便迎着关长岭喊："这又咋回事了？二狗子啊，媳妇来了，岛上多个人手，有什么不好？你呀，还是那个不改的毛躁脾气！"

## 十

夜晚，在大队部的帐篷里。关长岭、杨玉洁、生产分队长、基建分队长、机务分队长等正在围炉举行一次工作会议。

关长岭伏在一张用装货木箱垒成的桌子上，挪近马灯，察看着那张我们曾经见沈幸桦在风雪中描绘过的地形踏察图，沉思地说："现在摆在我们眼前的工作，又乱又多，像一团麻！"喘息一下，才又说："根据初步勘察，我们今年在岛上把一万亩第一类的高岗地开垦出来，是有指望的。"

生产分队长急切地插进话来："我们五六百号人在这么大个岛子上才只开荒一万亩？那将来能播种多少呢？"

关长岭看了发言人一眼，耐住性子解说："要把全岛地势低洼的土地全都算上，五六万亩也不止啊！可化冻后的水泡子、泥泞会叫我们的机车陷进去动不了的。"

基建分队长显然是赞同地看关长岭一眼，急说："我们基建队拉木头的事……"

关长岭："别急嘛！"转向众人，"现在建房的问题很严重，所以我同意调两台机车帮基建队进森林去拉木头……"他的话未完，机务分队长便抢说：

"眼看就到化冻的季节了，机车得抢运物资进岛，别到时候四周一片沼泽，交通断了，就……"

关长岭不耐烦地挥了挥手："这我比你更明白！可是五六百人冻在这里是小事？过去建设国营农场的经验证明，只有把人安顿下来，逐步备齐，才谈得到开荒，播种……"说到这里，看了杨玉洁一眼，"你的意见？"

人们一齐用目光注视着女政委。她终于站起来说："搞农场建设，我不像老关，说实话，一点经验也没有。可这次离开总场前，学习了些文件，体会到中央指示的精神是，边生产边开荒边建场，才能多快好省地把荒地开垦出来，才能加快国营农场的建设速度。"

关长岭急躁地："杨玉洁呵，十年前你也是亲眼见过大雁岛四周汪洋一片沼泽的嘛！要考虑到具体的土地条件。"

杨玉洁笑望关长岭："呵呵，老关啊，看你那急性子！"转而又对众人说，"我看，不能放松运输，物资运不进来，化冻后断了交通，是要命的。拉木头嘛，最好集中使用全部牲口、爬犁，不要分散了机车的运输力量。至于我们今年开荒播种的指标，是不是等汇报请示上级以后，再决定？"征询地望着关长岭，"你说呢？"

关长岭看了众人一眼，从神态里可以窥探到，人们是满意女政委的意见的。于是，关长岭站起来，说："好吧，就这样决定。"

人们纷纷立起，向门口散去。

杨玉洁向门口走去，少顷又踱回来，向关长岭说："那我就先抓运输吧，顺便回总场把这边踏察的土地情况汇报一下。老关啊，你就多累些，在家把基建和开荒、播种的作业计划搞起来，嗯？"

关长岭关切地："大冷天，马上化了冻又是泥里水里的，跑运输你能行？"

杨玉洁："行，别把我看得还是十几年前那样娇气！"

# 十一

同一个夜晚，在另一幢帐篷里。这是一小间用油布隔开来的女同志宿舍。极其简陋地铺着几张床铺，但是很整洁，壁上还挂着一张彩色油画"拓荒者"。沈幸桦正在马灯底下伏在箱子上激动地写诗：

　　"我要去北大荒，

　　我要去北大荒，

　　风雪覆盖的地方，

　　千里沃野尽宝藏！……"

　　突然，门外有喊声："小沈……"

　　沈幸桦急忙将书本压住诗稿："哎！"回身一看，原来是机车手陆明光穿件缝着"坦克兵"字样的绒衣气喘喘地走进来。

　　沈幸桦："不想活啦？连棉衣都不穿！"

　　陆明光故意地擦着额上的汗："帮基建队扛料，浑身直冒汗哩！我是来问你，你要我带到总场去寄的信哩，快给我，明天一早，我们机车又要回去抢运输。"

　　沈幸桦喜悦地望着陆明光，还是顺手把铺上一件自己的大衣披在了陆明光的身上，缓缓地说："还没写好哩，明早交给你。"

　　陆明光一听，抖掉身上的大衣，就朝外走。沈幸桦望着陆明光的背影，沉吟了一会儿，才又尖声地喊："小陆……"

　　陆明光站住脚，腼腆地回过头来："什么事？"

　　沈幸桦又好气又好笑地说："坐一坐，谈两句话的工夫都没有了？"走近陆明光，又把大衣替他披上，"呃，真的，忘了告诉你，昨天我跟大队长去踏荒，回来碰到大烟炮……。"

　　陆明光："大烟炮没把你埋了哇？"

　　沈幸桦："看你说的，要被埋了，现在还跟你说话来着？废话！"兴奋地，"我跟你说呀！大雁岛的土质可肥了，我们挖开一块量了一下，黑土层有一尺八，腐殖质可多了……"

　　陆明光饶有兴味地听着，定睛地望着沈幸桦越说越来劲，时时眨动的眼睫毛。

　　"小沈呵，你在讲什么……"门帘启处，只见杨玉洁走了进来。

　　"政委，你们开会开完啦！"沈幸桦扑向杨玉洁，"我们正在讲踏荒的事哪！"

　　"可不是，政委，"陆明光接上来说，"大雁岛既是有这么大片的肥土，咱们得狠狠地多开垦它几万亩！"

　　杨玉洁赞赏地望着陆明光："瞧瞧，这小家伙，多大的口气！"

　　陆明光急了："怎么不行？咱们全队有十几辆机车，一个班次一台机车怎么还不干它百把亩的……"突然发现自己还披着沈幸桦的大衣，立时满脸通红，急忙要抖掉大衣，杨玉洁却按住他：

"别冷着，明儿还要出车！"转而又朝沈幸桦问，"秀兰呢？"

这时，帐篷外面传来了银铃似的歌声：

"雪花，雪花，你答话，

怎么千里沃野没庄稼？

棒打獐子，瓢舀鱼，

哪天雁岛开豆花？……"

沈幸桦："听！她唱得多好听！……"

杨玉洁走向门口，揭开门帘，沈幸桦、陆明光也跟着走来，只见外面月光如洗，银光、雪光一片闪亮，关秀兰正站在神庙近旁的一棵大古松底下，纵情歌唱：

"大雁，大雁，几时回？

莫怕翅膀折碎，

莫叫风雪吓退，

勇敢的大雁向北飞……"

# 十二

果然，成群的大雁向北飞来了。排成人字形的雁队，成队成队地飞过蓝天，向大雁岛飞来了。在它们的鸟翼之下，冰河解冻了，雪原消失了，三面临水一面临森林的大雁岛完全被包围在水光闪亮的沼泽里面。

靠着河床，是一片被枯草、水坑、泥浆、漂垡所形成的汪洋沼泽。突然，从沼泽的草丛中，惊飞起一群野鸭子，扑棱棱地凌空飞去……

原来，成群的拖拉机拖曳着满载粮食、油料、机具等物资的拖车，从沼泽里艰难地走来了。机车突突地轰鸣着。

一台机车缓缓驶来，突然，咔的一声停下了。驾驶员王民全有气无力地跑出驾驶台，沼泽浸湿了他的半截裤腿。

接着，后面又传来了马达声，又一台机车里跳下一个浑身泥泞的女同志来。待她跑近王民全停住了的机车跟前，我们才看清，她就是杨玉洁。她迎着王民全问："怎么又不开了？"

王民全："今儿水更大了，不能走车了。"

杨玉洁："抹上黄油嘛！前面就到岛子了，快开！"

王民全只好取出黄油往机件上涂抹，而后才又钻进驾驶室。当他正打算关上车门，没想到杨玉洁却一个转身，也爬进驾驶室，坐在驾驶台旁，说："别磨蹭了，快开！"

机车驶进泥水坑，履带卷起水花，像水打磨溅的浪花，浪花敲得车窗玻璃砰砰作响。

　　溅起的泥水从门隙涌进驾驶室来。王民全和杨玉洁的下半截身子都浸湿了，王民全冻得双脚直跺，阴沉着脸，任谁也不看一眼。杨玉洁却一面注视着王民全开车，一面讲道："只要能开一天，一小时，我们就要抢运一天，一小时，同志，油料、粮食是我们岛上的血管……"

　　可是，王民全像一点也不会理会这些话似的，只是叹气摇头，浑身哆嗦，突然，扳动一下离合器，喊道："又是泥又是水，冰冷的天，这不是拼老命吗？"机车又停住了。

　　杨玉洁睁着疲倦的眼睛问："出故障了？"

　　王民全一声不吭，只是喘气。

　　"前面怎么的啦？"从后面的机车传来喊声。

　　杨玉洁关切地望了王民全一眼："身子不舒服？"接着打开了车门，只见陆明光迎面走了上来。杨玉洁沉思了一下，说道："你来帮帮……"接着，自己跳下机车，拿根铁棍在沼泽里三捣两捣，气急地喊道："底下还没完全化冻嘛！怎么不能开？"说罢扬着手，向身后的几台机车命令道："来！都跟我开过来！"

　　这时，陆明光已经爬进了王民全的驾驶室，朝王民全说："你歇会吧，老王！"

　　王民全怯生生地望了陆明光一眼，让出了驾驶座。

　　陆明光坐上驾驶座，正要开动机车，杨玉洁又爬进驾驶室来。这样，王民全就恰好挤在了中间。

　　陆明光扳动方向杆，机车又破浪前进了。泥水愈来愈深，驾驶室里涌进了更多的泥水，但是陆明光一直是两眼直瞪瞪地望着前方，把机车驾驶向前去。

　　杨玉洁满意地望着陆明光熟练的操纵。

　　王民全弓着身子，偷眼看了杨玉洁一眼，就像犯了罪一样。

　　机车溅起浪花，穿过草丛，擦过万千蒿……终于开上了河堤，向陆上驶去。大雁岛的神庙，神庙旁新近林立的幢幢泥墙木顶的房子出现了……成群的机车跟着开上来。

　　从新房子旁拥来人群：

　　"运输机车回来了。"

　　"喂，老张头，托你捎的白糖带来没有？"

　　"小陆，信，我的信可带来了？"

　　杨玉洁、王民全、陆明光跳下机车，立刻被人们包围了。可是，杨玉洁顾不上和人们说话，打着手遮，向沼泽地望去，只见车群都已陆续开来，独有远处一台机车停在水泡子里，被水淹了半个车身。她急声地喊："喂！怎么了？"

传来机车手们七嘴八舌的喊声："糟了，底特413机车掉进水泡子，陷住了！"

一旁立着的王民全缓悠悠地："呃，呃，哪能不陷嘛！"

杨玉洁侧回头望了他一眼，急朝人们挥手："快，快把铁绞盘搬来拉陷车！"继而，焦虑地望着沼泽中的陷车。

陆明光领着机车手们向大雁新村的泥房子和帐篷奔去。

杨玉洁突然失落了什么似的，自语："……这是最后一趟运输了。"……

# 十三

政委杨玉洁和大队长关长岭在泥路上走着，向大雁新村走去。关长岭忧虑地说："跟总场的交通断绝了，往后困难会越来越多了。"

杨玉洁也心事重重地："是呀，是呀！"

他们来到了雁岛新村，沿着新盖的房子和帐篷间隔而成的小胡同走去。过往的机务人员，扛木材的木工纷纷向他们打招呼。一个扎包头巾正在大堆大豆前用木制选种机选种的妇女看了杨玉洁半截水湿的裤子，关切地说：

"政委，看你浑身湿的，跑运输呀可把你累坏了……"

这时，关长岭才从深重的思虑中清醒过来，朝杨玉洁泥泞的身子打量了一下，急说："你快换衣服去，一会儿我让凤英来给你取去洗一洗……"

杨玉洁："不，不忙，咱们先谈两句。"

关长岭只好又站住，问："总场把我们今年作业指标定下来没有？"

杨玉洁："正要告诉你……"随即点了点，"总场根据大雁岛的土地调查，我们的人力，以及我几次的汇报，基本确定我们今年先开荒两万亩，播种一万五千亩……"

关长岭："什么？两万亩？……"大大惊住了。

杨玉洁："还得让群众讨论讨论再决定……"

关长岭急得已经顾不上再听对方的谈话了："杨玉洁呵，你是不知深浅哪！大雁岛四外一片沼泽，本来高岗地就不多，今年我们能在岛上站住脚就不错，能开荒多少就算多少，开垦个万儿八千亩的就顶了天啊！"

杨玉洁："要是只开这么一点地，那有什么必要建立五六百人的开荒大队？老关啊，总场给我们的任务是要我们今年冬天在岛上建成分场的架子！"

关长岭不置可否地晃了晃脑袋："我倒有个两全的办法，从现在起到冰冻期运输是断了，运进岛来的粮食、油料都有限，为避免青黄不接，人多了，在岛上喝西北风，不如干脆趁现在化冻不久，沼泽上还可以过人的时候，把一部分过剩人员撤出岛子，留在岛上的人嘛，能开荒多少算多少……"

杨玉洁大为惊讶："什么？把人员撤走？"

争吵被过往的工人的号子声打断了。

# 十四

"什么？你咋会想到把人从岛上撤走的啊！二狗子！"关大爷着急地向关长岭喊道，随手把旱烟管扔在炕沿的锅台上。看来父子俩已争执很久了，关长岭大气不出地在屋子里急踱着步子。

何凤英提着开水壶进屋，给关大爷倒了一杯水，劝说："爹，你慢说两句，"指了指沉思着的关长岭，"平素他想问题儿的时候，就不好人吵他。"

关大爷却不顾媳妇的劝说，继续向儿子唠叨："二狗子，你咋会知道，十多年前，大狗子和你大嫂饿死在山东的时候，我领着秀兰走了一个来月，才进了关，从挠力河到这岛子上，天寒地冻，烟儿炮刮得遮天盖地，姑娘家被子破了，遮不住腚哪！……"

何凤英愣愣地坐在小木桩上，听着。关长岭继续来回走着步子，一声不吭。关秀兰抱着一堆黄灿灿的黄花菜三蹦两跳地跑进来，高兴地喊："婶子，满野地的黄花菜，快采去……"

"嘘！——"何凤英朝她使了个眼色，关秀兰看了祖父和叔叔一眼，坐在炕边不吭声了。

关大爷跳下炕来，神色激动地又讲："那日子，春天化了冻，烧把火放荒，一套犁杖，一副犁磣，"指了指秀兰，"就这十拉岁的小姑娘也得当牲口使，可到底把地开出来啦！粮食也种下去啦！亏了岛上肥得淌油的地块帮了穷人，就那样要啥没啥的条件，我们也在岛上站住了脚，日子比在关里过得强。"继而感叹地，"那阵我们就盼啊望啊，指望有一天政府能来开发岛子，小杨同志她知道得最深，罗团长当时就说过……"

关长岭一听父亲提到罗团长——这个自己的老首长的名字，便浑身颤抖了一下："说什么来着？"

关大爷回忆地说："他说啊……"沉思地望望秀兰，"秀兰，你可还记得当年杨政委对象上的那个团长，高高大大的个头，讲起话来挺和气，啧啧，真是个好样儿的……他不是对咱们说来着……什么拖拉机呀播种机呀……头一遭听说过的名词儿……"他全然沉入回忆，语无章次了。

关秀兰插上话来："爷，你东一句西一搭，都扯到哪儿去啦？"兴奋地回忆着，"我还记得她说过的哩！那阵我的病刚叫杨医生急救过来，她拍着我的头说：'秀兰将来长大了开拖拉机去吧，胡子土匪就要打完了，日后我们要派很多机器，很多人正儿八经地来开垦大雁岛……'那时，我就想……"

关长岭一下子打断了关秀兰的话："对啊，对啊，现在不就大批人马来正规地开垦啦！"望着关大爷，"爹，问题就在这正规上，我也不是头一回才搞农场建设。现在不是像你们当年那样用犁杖开垦，得用拖拉机开荒。雨水一来，岛上四处都是水泡子，机器就下不了地。再说机器不像犁杖，它要吃油料，人在岛上要吃粮，偏偏我们隔绝在沼泽里，后面运不上来，难就难在这儿……"

关大爷："哎呀，二狗子，眼下你的担子沉我还能没见了？十来年岛上没一条河汊我没去过，这里的雨水要过了夏至才会来，运粮运油的问题儿，运输线我琢磨……"

关长岭执拗地一摆手："爹，正规化开荒，事先得一板一眼都计谋好，不兴胡乱琢磨……"

关大爷："胡乱琢磨？"他瞪了儿子一眼，"你呀！……"气鼓鼓地跑出屋子去了。

何凤英望着关大爷走出去的背影，转脸向关长岭劝说："爹在岛子上待的年头长，你多听他几句……"

关长岭火了："不懂你就少插嘴！"

何凤英耷拉着脑袋，咬着嘴唇。

关秀兰却猛地立起身子，拉住何凤英的衣袖："婶子，走，咱们采黄花菜去！"调皮地瞪了关长岭一眼，"嗬，好大的脾气！还是大队长哩！碰到困难就吓倒了？"

# 十五

大雁岛神庙的近旁，一棵孤独的古松底下。四周的新泥房和帐篷把这里圈成了一个广场。现在，机务人员、生产队员、基建队员们正在这里热烈地讨论着本年的大雁岛开荒、生产指标。人们争论着，你一言我一语。

"困难还能制住人了？干，咱们能把两万亩的荒开出来。"

"两万亩？狠狠劲，不兴再跃进一下？"

"嗨！你别睁了眼，瞎说大话了。"

"雨水一来，沼泽地可难开垦了。"

关大爷怀有心事地打量着争论不休的人们。顺着他的视线看去，人群里有陆明光、王民全、沈幸桦，他们也正在谈论着什么。

"机车在水涝地作业的经验，咱们可以自己来摸索嘛！"

"可不，运输问题还真能难倒人？总场到时候不能给解决？再说只要我们播下种子，打出粮食来，咱们可以自力更生，吃大秋作物……"

谈论继续着，人声鼎沸。杨玉洁站在一张小长条桌前，拿起一叠文件，朝人们挥了挥手：

"开会了。"

"听，听政委讲……"

人们静了下来，杨玉洁讲道："……困难确实不小。今年能不能开垦两万亩，播种一万五，是关系着我们能不能在这个被沼泽包围的岛子上站得住脚的问题……"她看了看手里的文件，又说，"根据多次踏察的结果，全岛有近六万亩可耕土地，但是绝大部分是地势低洼地，需要我们准确地掌握雨量降落的季候以及机车的防陷设备，加上我们岛子在夏秋雨季因沼泽包围而造成的运输线中断，意想不到的困难也需要同志们有充分的思想准备。"她望了一眼一张张凝然注视着自己的脸孔，沉思地说，"……岛子确是个肥沃无比的岛子，先烈们在这流过血，世代的拓荒者在这里留下他们开发孤岛的宿望。我总觉得，我们这些经历过战争生活的人，能到这样一个地方来做开拓工作，是党给予我们的幸福和骄傲……"讲着，讲着，她全然沉浸在诗意盎然的激情里了。

突然，关大爷从人群里站起来，打断了杨玉洁的讲话，朝人们挥手说道："……慢着，"他沉思地捋着胡子，"这阵我一下子想起个故事，得说说……"

人们都用惊奇不解的目光打量着他。

关大爷："你们怕都没听说，大雁岛这个名儿是咋来的吧？嗯？最早哇，第一只大雁从南海飞来大雁岛的时候，"他用旱烟管指了指近旁的神庙和石碑，"连这块碑还没有哪！大雁飞呵飞呵，从高处朝岛上看，大片乌油黑亮的泥土像金子样闪光。它飞下来，用脚爪扒开泥土，伸嘴衔了一团泥尝着……"

人群里迸发着笑声。

关大爷看了发笑的人们一眼："笑吗？大雁真的尝了岛上的土质来着。这一尝呀，可把它给惊住了，土质发咸，怪有滋味的哩！它寻思这土地可真肥啊，可一瞅，岛上没一户人烟，野地上不发青，连一根高粱穗也不见，就嘎嘎地嚷起来：雁啊雁啊，北边飞吧，这块肥岛才是我们的窝！……"

陆明光："嘀！"轻轻地赞叹着。

关大爷继续说："这嚷呀，第二年春天刚化冻就把成批成队的大雁招来啦！自后年年岛上都孵满了雁蛋。大雁是存心想在岛上落户，把北大荒变江南哩！……"

陆明光逗乐地笑说："大雁没想到它们的愿望，今天要由我们来实现吧!"

关大爷笑说:"那可不!听说二年春天飞来的大雁里有一伙见岛子四周都是沼泽,害了怕,担心雨水打折了它们的翅膀,三三两两就往回飞,可飞到半道上就没气力啦,尽都淹死在水泡子里了。"

陆明光站起来,大声地说:"咱们可不怕打折了什么!"转而向杨玉洁说,"政委,我们包车组讨论过作业指标了,从现在到今年结冻,足有五个月的开荒好日子,我们这台机车包下了二千五百亩的任务!"随即向人们巡视一眼,"并且欢迎兄弟包车组应战!"

沈幸桦钦羡地望着陆明光。

人群里立刻响起了哄闹。

一个机车手站起来说:"政委,我们包车组应战,完成二千八!"

另一个机车手抢说:"我们完成二千九!"

生产分队长急举手说:"应战!我们生产分队和机务队比赛,机车开荒到哪儿,我们就播种到哪儿!"

"应战!"

"我们基建分队也应战,坚决完成房建……"

杨玉洁激动地望着抢争任务的人群。

这当儿,机车手王民全却推了陆明光的肘膊一下,笑说:"小伙子,别像大雁一样,尽想好事,光说大话啊!"

陆明光奇怪地打量着他:"什么?你说……"

一个机务人员挤上来,拍了拍王民全的肩,意味深长地说:"老王哥,你自个儿倒是有点像那伙怕打折了翅膀的大雁哪!"

人们哗的大笑。

王民全尴尬地躲进了人群里。

杨玉洁叫人们静下来,最后又说:"我代表党委会接受刚才大家要求的任务,不过散会后,各队还是分组再讨论讨论计划,把可以预计的困难都先提出来!"看了看手上拿着的一张纸,"从这张大家要求的任务登记表上来看,我们完全可以超额完成垦荒两万亩!"

# 十六

"两万亩!呸!做梦吧!"夜晚,王民全躺在炕上愤愤地自语着。月色泻入窗内,俯照着他愁容满面、显得异样苍白的脸孔。机务队里。人们都已入睡,只有他还在两眼直向新房子的房顶翻白。他和衣而寝,身边放着一个包袱,显然,丝毫没有要入睡的样子。

霎时,他的眼前出现了许多幻觉:

汪洋的沼泽。杨玉洁在水中命令他开动运输物资的机车……他浑身泥泞，冻得哆嗦。

会场上，人们讽嘲他："你自个儿倒是有点像那伙怕打折了翅膀的大雁哪！"……（简短的叠化）

突然，他像做了一场噩梦似的，额上淌着凉汗，神情恍惚。他睁着吃惊的眼睛，自语："见了鬼了，别把命送在这鬼地方……"他翻身坐起来，拾起包袱，悄悄地走出屋子。

四野月色甚明，他像害怕看见月下自己的影子似的，掖着身子，走过河埂，向沼泽地带走去了。

# 十七

同一个月夜，何凤英和关秀兰划着一只木筏在沼泽地带的漂垡甸划行。她们的竹篓里，已满满地装着硕大的雁蛋。

关秀英站在木筏上，俯身扒开一丛塔头草，只见一窝四个雁蛋，便喊："婶子，你看，又是一窝！"随即把雁蛋拾进竹篓里，蛮有经验地说，"婶子，咱们顺着这一溜趟去找，准没错！"

她们沿着一丛丛的塔头草划行，果然，何凤英扒开了不远的一丛塔头草，又拾得一窝六个雁蛋，大为惊奇地说："啧啧，大雁岛真是个宝岛啊，随便拾拾，蛋就成篓！说也怪，大雁下蛋总是一溜一根线。"

关秀兰："婶子，你没见天上大雁成群地飞起来，不也是排成一根直线的嘛？"

这时，远处隐隐传来喊声。

何凤英："秀兰，你听！"

她们侧耳细听，于是清晰地听见有人喊："救命哪！救——命——"

她们急忙划着木筏向喊声走去。

# 十八

显然，王民全已经在沼泽中的水草甸子里爬行很久了。但是，解冻后的水草甸子是多么危险的地方呀，一块块长着乌拉草、苇丛的草甸子从水上漂浮起来。乍看去，简直像是平稳的草原，如果你是走在一块比较坚实、宽大的草皮上，人身倒也可以勉强站稳，但是，如果你踏在一块狭小而又水底全然解冻的草皮上，人身就完全像站在浮荡的叶子上面，站立不稳了。每当这种时候，只要身子一歪，掉进水潭子里，碎裂的草甸子就会很快合拢过来，把你完完全全淹没在水潭的底层。……而现在，王民全正是落在这样的险境中。

他刚刚从一块草皮跳向另一块草皮，没想到身子一歪，失足掉进水潭里，身上背着的包袱也跟着失落水中。眼看两块相邻的草皮就要合拢，幸好他站出水面，一手抓住了一块草皮上的乌拉草，才幸免没被淹没，但是身子陷落在水潭里，却怎么也爬不上来了。

他用尽力地喊："救命哪！——"

草皮上的一撮乌拉草几乎快被他拉断了。

"救人哪！"他嘶哑无力地喊着。

急急向喊声划着木筏而来的关秀兰发现了水草里的人影，急问："哪一个？"

何凤英狠命地划着木筏："别问了，快救人！"

木筏划到了王民全跟前。

关秀兰惊奇不置地打量着王民全："是你？你怎么……"

王民全乞求的声音："快……快拉我一把……"

关秀兰伸出健壮的手臂，一下子像提只落汤鸡似的，把王民全从水里拉上木筏来。

王民全惊惶未定："他……他妈的……真倒霉！"

何凤英关切地问："嗨，同志，你怎么敢乱撞到漂垡甸子里来啦！"

王民全只是晦气地摇头。

关秀兰不解地望着王民全，逗乐地笑说："老王呵，要洗凉水澡，季节还不到哪！"

王民全顾不得人家笑话，仍是摇头、叹气。

# 十九

晚上，在大队部所在的木板房子里。桌上放着马灯，马灯映照着一大叠写着"挑战书"、"应战书"这类标题的纸张。大队长关长岭和政委杨玉洁正在一张一张地翻看着。杨玉洁一边翻看一边兴奋地说："看着这些……我就又想起从前战争时期战士们热烈要求第一梯队的情景……真是……群众都动起来了，这是一个大跃进的高潮……"突然，她一抬头，才发现关长岭不知从什么时候起已经不再翻看挑应战书，却愣坐在一边抽烟想心事了。杨一洁惊问："怎么了？老关！"

关长岭侧回头望了杨玉洁一眼，狠狠地撂掉手上的烟头，仍没作声。

杨玉洁的眉毛拧成一疙瘩："老关啊，好像你有些情绪？"

关长岭站起来，不安地踱着步子："上级作了布置，又经过群众讨论，大队党委的决定，作为一个党员，我当然按决定执行。"沉思了一会儿，一下子激动地走近杨玉洁，"要说个人还保留一些看法，当然……"热情地握着杨玉洁的手，沉重地说，"小杨呵，我们是十年前一块儿从炮火里滚过来的，有些话我不能不说，你呀，你是没有搞农场的经验，没碰过钉子，我担心……"想了一下，"嗨，说什么呢，现在说这些你也是听不进去的…"继而又在屋子里来回地踱着步子。

杨玉洁关切地望着关长岭："老关啊，我总觉得你十来年变化很大……"

关长岭猛地站住："变了？"

杨玉洁："好像不像从前那样猛……"

关长岭愣愣地望着杨玉洁，杨玉洁也望着关长岭深深地沉思，跌入了回忆：

杨玉洁的眼前，出现了十几年前的关长岭，那时他还是人民解放军的一个排长……炮声轰鸣，烟硝漫天，关长岭正抱着一包炸药，通过铁丝网，扑进敌人的碉堡，从碉堡里正喷射着火舌……关长岭勇敢地拉开炸药的雷管，轰然一声，敌人碉堡变成飞天碎石，关长岭也应声躺倒在地……随着军号声，战士们冲锋上前……杨玉洁背着红十字药包跑近关长岭，替他包扎伤口，罗团长策马奔近来，向战士们喊："前进！……"关长岭猛地翻身，应声又冲了上去……

霎时，一连迭的幻景在杨玉洁眼前浮现，霎时，又一切都消失了。……原来关长岭还站在屋子当中抽烟沉思。

杨玉洁醒悟过来，充满感情地说："老关呵，我刚才又想起了团长牺牲前最后的一句话，也是他作战时常喊的一句话！"

关长岭思考地问，"喊的什么话？"用手拍着前额，"等等，让我想想……这是句什么……"突然想到了什么，轻轻地复诵，"前进？"急侧转身看了杨玉洁一眼，就像受了冤屈似的朝杨玉洁喊道："杨玉洁呵，你说我十来年停滞不前了？"有些愤愤不平地，"我老关还从来没有朝后看过一眼……"猛地一甩手，"哎！不说它了，开荒是我们建设大雁岛的关键任务，杨玉洁呵，你放心让我把这个担子挑起来吧！"

杨玉洁睁大了眼睛，又激动又惊讶地望着关长岭。

# 二十

五铧犁犁开了油泽闪光的沃土，一组用五条黑土垄组成的垡片，随着远去的拖拉机的轰鸣声，越来越长地伸向田野的远方，伸向渺无边无际的天边。

拖拉机牵引着五铧犁犁开黑土，从杨玉洁和关长岭跟前驶过去。随即在他们的眼前展现了一片美丽的五月荒原的景致：绿柳婆娑，白杨成荫。遍野的马兰花、小喇叭花、金盏花以及用它多彩的风姿来招人注目的五色梅都在微风中轻轻地摇曳，而拖拉机群仿佛就是在这一片花的世界里穿行似的。

杨玉洁从刚刚开过去的一辆机车身后，弯下腰，俯拾起一把刚被犁开的、新鲜的泥土，好像闻到了泥土的清新的香味似的，激动地向身边的关长岭说："从现在起，这些泥土才算是我们的了。"

关长岭兴奋地望着杨玉洁："小杨，"略带些自我感叹地说，"十多年了，你的心情还是跟从前一模一样！"继而指着远处机车上飘动的红旗，又说，"这样把红旗竞赛坚持下去吧，我保险高纪录还要再出现的！"

杨玉洁："说真的，开荒这件事我是小学生，老关呵，得靠你多累些，多动些脑子！"

关长岭指了指地平线的另一端："我得去第四作业区几天，检查检查他们的进度！"说罢就迈腿跳跃似的向远处的机车群跑去了。

杨玉洁则高一脚低一脚地拨开遍野的桦树条子，向地头一个正在为机车插标杆的姑娘走去，喊："小沈，让我帮帮你……"随即从地下拾起一根标杆。

在另一头插标杆的农业技术员沈幸桦朝杨玉洁张望。她们开始在地头的两端插着。

杨玉洁把一根扎有小红旗的标杆插在地上，朝沈幸桦喊："喂——小沈，你来检查一下，看这样对不对？"

沈幸桦向杨玉洁跑来。

杨玉洁用目测校正着标杆的偏差，擦着额上的汗水。沈幸桦走近，看了看杨玉洁那杆瞄得很直的标杆说："真棒，插得很直，政委，你一下子就学出师了。"

杨玉洁笑说："那也是你这个师傅教的呀！"

这时，沈幸桦踮着脚，摇着头巾，朝地头一辆插有红旗的机车喊："把机车开过来吧！"

挂红旗的机车开过来了。开车的是陆明光，他驾驶一台斯—80号机车牵引着五铧犁驶过杨玉洁、沈幸桦跟前，探出头来，向她们招呼。

沈幸桦向陆明光喊："小陆，要保住红旗呵！"陆明光笑着把机车开过去了。沈幸桦朝杨玉洁喋喋地讲着，"政委，打从开犁以来，小陆的包车组一直是红旗车，作业的质量和数量一直是全机务队的冠军。"

杨玉洁笑着点头，看来这都是她知道的事情，但沈幸桦却继续像讲述自己的成就和喜事似的讲道："不，政委，你不知道小陆干起活来，猛得就像只小老虎，"情不自禁地称赞说，"真棒，难怪是当过坦克兵的……"

突然发觉杨玉洁在打量着自己，才意识到自己差不多把心里最深的感情都显露出来了，突的，满脸通红，不讲下去了。

杨玉洁愉悦地打量着沈幸桦。

陆明光驶着红旗车越去越远，五铧犁犁起的五墙垡片越去越长，好像要连接到天上去似的。

二一

夕阳斜挂在神庙近旁的古松上。

现在，这里被泥房、木房围成一个很大的院落了。院落里摆着油桶、机具和正在检修的机车，机务人员匆匆忙忙，来往奔跑。

树桠上挂了一块小黑板，黑板上写有"争红旗"几个艺术字，沈幸桦正兴高采烈地在黑板上填写机车手们当天的开荒纪录：

陆明光包车组今日开荒 116 亩

王民全包车组今日开荒 100. 8 亩

范长海包车组今日开荒 98 亩

……

她一面写着，一面向走近她的机车手们多余地问道："你们是哪台机车的？成绩不坏吧？可不许坐老牛车啊！"

陆明光满身污油，走过黑板跟前，他们两人的视线汇集在一起，幸福地相视而笑。

同样，另一个傍晚，仍在这块黑板前。

沈幸桦仍在写着当天的开荒记录，但是不知怎的，粉笔一截一截地被写断了，记录是：

陆明光包车组今日开荒 85 亩

王民全包车组今日开荒 105 亩

范长海包车组今日开荒 100 亩

……

沈幸桦阴沉着脸，一声不吭地写着，任谁也不看一眼。

王民全慢悠悠地哼着曲子，望了望黑板，得意地从她跟前走过去。

几个机车手边走边谈："小陆的机车怕又是陷在水泡子里，在那等咱们哩！"接着是一片逗乐的嬉笑声。

沈幸桦像是受了什么委屈似的，摞下粉笔，含着泪水，一甩辫子跑走了。

# 乌·白辛

**作者简介**　乌·白辛，原名吴宇宏，笔名白辛，赫哲族，1919 年出生于吉林省吉林市。1939 年开始从事戏剧活动，抗战期间创作了《海的召唤》、《南行草》等作品，表达了对日本帝国主义及其走狗的强烈不满，充满爱国主义情感。抗战胜利后，参加东北民主联军，1950 年赴朝参加抗美援朝战争。1956 年调到八一电影制片厂任编剧。1958 年转业到哈尔滨话剧院任编剧，开始专业编剧生涯，创作进入黄金时代，先后创作了话剧《黄继光》、《印度来的情人》、《雷锋》、《赫哲人的婚礼》，歌剧《映山红》、《焦裕禄》和电影文学剧本《冰山上的来客》等作品。他踏遍新疆、西藏的冰山雪川，历尽艰险，一同参与拍摄了《在帕米尔高原上》、《雪山巡逻兵》、《风雪昆仑驼铃声》、《勾勒尔王国的遗迹》、《伞兵的生活》等珍贵的纪录片。其中他创作的电影纪录片《风雪昆仑驼铃声》，曾得到世界著名电影艺术大师伊文思的高度赞扬。"文化大革命"之初，因电影《冰山上的来客》被批判于 1966 年含恨自杀于哈尔滨太阳岛上。

## 冰山上的来客

一

故事发生在一九五一年。

在帕米尔高原，公格尔山南麓的冰山雪海之间，有片一马平川叫做"苏巴什"的戈壁。这辽阔的戈壁上铺着一层深褐色的细沙，每当太阳从高耸透明的冰山顶上爬过来，戈壁便像海水一样闪着光，所以过路的旅人都称它冰山里的海洋。

不管是骆驼队、毛驴队和结伙同行的旅伴，穿过漫长深邃的石峡，面对着这豁然开朗一望无际的瀚海，谁能不亮开嗓门，胸怀爽朗地唱一唱歌。所以这里虽然没有站口，没有吉尔吉斯人的帐幕，没有塔吉克人的方形土屋，但是过路的人不断，歌声也不断。

现在是三伏天气，临近晌午，高原上的天空瓦蓝瓦蓝的，白云像一群绵羊擦着戈壁上稀疏的骆驼刺，贴着地皮飞。

远远有一簇骑马娶亲的塔吉克人，在云朵里时隐时现，一边赶路一边唱着歌子：

> 嗬咿耶……
> 咿耶……
> 走过多少岭，
> 爬过多少坡，
> 谁见过亮堂堂的冰山，
> 哗唰唰的雪水河？
> 嗬咿耶……
> 冰山里盖着宝，
> 雪水把玉石磨，
> 一马平川的戈壁滩呐，
> 好唱咿耶……
> 好唱歌……

骑马的人们走近了。

为首的是弹着野羊琴的老牧人尼牙孜和一个全副武装的青年战士司马宜·阿不都力密提。

老牧人在白色镶着黑边的塔吉克毡帽上加了一顶维吾尔式小圆帽，并且精心地用报纸包裹着，因此，骑在马上他显得比别人高。

司马宜·阿不都力密提是个精悍活泼的小伙子，虽然在长途旅行中，他依然系着武装带、挂枪、佩刀，在马上腰板挺得笔直。他的马褡子、皮囊，一切都按照骑兵的规矩放置得舒齐，唯一显得不协调的地方，就是挂在后鞍鞒上的那对大罐头盒子，悠悠荡荡的，倒像一个调皮孩子的随身玩具。

有四个青年，两个打着手鼓，两个吹着用鹰骨制成的横笛。接着是六七个迎亲的男女们，他们一边唱着，一边在马上挥舞着双手……

老牧人的儿子阿不力孜和新娘阿依仙木共乘一匹马走在最后，新娘脸上蒙着一块大红绸巾，两手环抱住新郎的腰。

> 嗬咿耶……
> 咿耶……
> 流水朝你去，
> 太阳由东升，

爬上了高山的山顶上，

踮脚儿望呀北京……

嗬咿耶……

瀚海有八千里，

大山又几万层，

白云你给捎个信哎，

捎到咿耶

北京城……

嗬咿耶……

捎到北京城。


新娘子阿依仙木悄悄地掀开面巾，露出美丽的面孔，她乖巧地眨眨眼睛，偷偷地笑了。

阿依仙木："喂！"

阿不力孜："嗯？"

阿依仙木："我把面巾撩起来呀？"

阿不力孜："撩吧，可别让爹看见！"

新娘子把红面巾掀在花帽子顶上，脸贴着新郎的肩头，满怀兴趣地望着远处透明的群峰、晶亮的峭壁和高高的悬崖上垂着冰凌的巨齿。

阿依仙木："都是透明的，像玻璃！"

阿不力孜："小点声！"

阿依仙木："声音不大呀！"

阿不力孜："按老规矩新娘子哪有在路上说话的？"

阿依仙木："就偏不……"

新娘子伸手在新郎的腰上掐了一把，新郎"啊"地一惊，险些闪下马去。一个送亲的妇女忍不住"哧"地笑了，羞得新娘慌忙拉下面巾。

青年战士的枣红马乍到高原，走路很吃力，浑身水淋淋的，喘着粗气，战士伏身搂住马脖子听了听，然后一勒嚼口，刚要脱蹬下来，老牧人随手在后边兜了一鞭子，那战马一惊，又快步向前走去……

司马宜："大叔，这马不行啊！"

尼牙孜："骑着吧，出岔算我的，就是宝马龙驹，乍到这头三天，也不顶这土生土长的一匹毛驴呀！"

战士耸耸肩，心疼地拍着马脖子。

司马宜："这地方，真有点邪门！"

尼牙孜："可也是宝地！"

战士挂在后鞍鞯上的罐头盒子有一头偏坠，前后悠荡着，磕打着马腿，尼牙孜过去用鞭杆敲了敲，问道："什么玩意儿？啰里啰嗦的，磨腿了！"

司马宜扭身看了看，把两个铁盒摘下来，把绳子挽个扣系短了，然后挂在脖子上。他掀开盖看了看，又焦虑地手打凉棚向远处望着。

司马宜自言自语地："喷，要找点水……"

尼牙孜："戈壁上的水比老鹰的翅膀还珍贵！"

战士顺手摸到了军用水壶，晃了晃，里面还有半壶水，哗啦哗啦直响。战士冲老人一乐，轻快地吹起口哨，拔开水壶的塞儿，从容地把水倒进罐头盒子。

尼牙孜："小伙子，你搞什么鬼，在戈壁上宁丢一锭金子，不洒一滴水！"

战士依然笑嘻嘻地，把水倒向另一个盒子。

尼牙孜带着三分火气："有一天你要在戈壁上渴死！"

司马宜："大叔，您看！人渴了还能坚持，可它们……"说着把铁盒举到老人面前。

盒子里黑色的泥土上栽着几棵花秧，娇绿的花萼上托着几朵含苞未放的骨朵，抿着红嘴儿。

这嫩绿鲜红、在戈壁上稀有的色彩，给老人带来了一股莫名的幸福和愉快，他不再责怪年轻人的浪费，而是眉开眼笑地和解了。

尼牙孜："我认识，这叫花儿！"

司马宜："您这么大年纪，还能不认识花儿？"

尼牙孜："在帕米尔上还真有人不认识它呢，来，再给它浇点水……"说着他就伸手去解马身上的羊肚子水袋，但稍一沉吟又停下来。

尼牙孜："算了，别糟蹋，不行！"

司马宜："怎么不行？"

尼牙孜："小伙子，你看见白天出星星没有？"

司马宜："没有！"

尼牙孜："在帕米尔上养花跟白天出星星一样不可能！"

司马宜："我们不妨试试！"

尼牙孜："白费！"

司马宜："那可不一定！"

尼牙孜："打个赌吧，你这花儿要能在帕米尔上开了，我活吃个山羊！"

司马宜："好，我记住了！"

尼牙孜："你要是输了呢？"

司马宜："我连山羊犄角都吃了！"

尼牙孜："依我看，吃山羊犄角也比开花容易！"

老牧人在马上前仰后合地笑着，一不小心却把顶在帽子顶上的小圆帽甩掉了。

尼牙孜："嘿！坏了！"

包裹帽子的报纸，被马蹄踏碎了。

维吾尔式的小圆帽像车轮一样在戈壁上滚着。

司马宜·阿不都力密提用靴子跟一磕马肚子，一马当先追过去，赶至切近，来个镫里藏身，灵巧地把小帽抓在手里。

送亲的男女们看到这精彩的表演，一齐报了声："好！"

当新娘悄悄揭开面巾想看看热闹的时候，这一切都结束了。

老牧人从战士手里接过帽子，这是一顶黑丝绒小帽，上面镶着花花绿绿的珠子。他珍惜地用嘴吹着粘在帽子上的尘沙。

司马宜："大叔，这是给新娘子举行婚礼戴的呀？"

尼牙孜："不是！"

尼牙孜把帽子揣在怀里。

司马宜："我大姊戴这顶帽子，也够俏皮了！"

尼牙孜："胡扯！这是朵丝依莎阿汗的！"

战士霍然一惊。

司马宜："什么？朵丝依莎阿汗？"

尼牙孜："我的姑娘！"

司马宜："哦……"

战士长出一口大气，摘下帽子怔怔地擦着满头的大汗珠子。

白云渐渐从戈壁滩上爬到东面的山腰。

轻快的鹰笛，像成群的百灵鸟，"笛儿拉达，笛儿拉达"活泼地叫着。

一个送亲的小伙子把手鼓举到新娘子的耳畔，响亮地敲着。

新娘隐在面巾里，掩住耳朵"哧哧"地笑。

新郎把马打了一鞭子，向前跑几步，企图躲开去。顽皮的小伙子用脚跟磕磕马肚子，嬉皮笑脸地紧紧地跟着。

忽然，从西面冰山的峡谷里涌起一团乌云。冰山的脚下弥漫着浓黑的雾气。

尼牙孜用鞭子梢指着乌云："要有风暴，大家快走！"

戈壁上一股股流窜的细沙，是风暴的前哨。

风，掀开新娘的面巾，飞扬起马颈上的鬃毛！

乌云，像一只巨人的手臂，转瞬间遮挡住太阳，戈壁上昏沉沉的。

继之，风暴嘶吼、咆哮着，卷着砂石、冰雹，破空而至。

马蹄，在风沙里奔驰。

马蹄，在冰雪上奔驰。

风息了。

马蹄缓缓地踏着稀疏的草地。

马蹄，停在清澈见底的溪流里。

疲惫的马匹，垂头畅饮清凉的溪水。

老牧人望着岗峦起伏的地方。

尼牙孜："不远了，过了岗就是总卡！"

司马宜："大叔，到总卡我们就分手了！"

尼牙孜："我们是一个链子上的骆驼，要在一个地方聚齐！"

司马宜："大叔，您这话里有话！"

尼牙孜："不能泄露，这是军事秘密！"

马儿饮足了水，老牧人吆喝一声，马匹便摇头摆尾，踏起洁白的浪花，"咳儿咳儿"叫着渡过河去。

天空有一群金雁，翅膀带着沙沙的风声，一边向南飞着，一边"咿呀"地啼鸣……

战士翘首望着：突然有只金雁忽地拔了个高儿，翅膀一扎，便垂直地坠于地下。

司马宜·阿不都力密提跳下马把它拾起来，拨弄着它周身的羽毛，检查着。

司马宜："怪呀！"

尼牙孜："没什么可怪的，这就是巧鸟难飞的地方！"

司马宜："为什么？"

尼牙孜："缺氧气呀！"

战士望着南飞的金雁。

金雁分成两股，一股飞向西南，一股向东南飞去。

司马宜："飞的太猛了……大叔，看样子天黑以前这群金雁要出国了……"

尼牙孜："出不去，飞过冰山就得落在塔哈尔，那里有一片肥美的水草，五六家塔吉克牧人……"

司马宜："飞过冰山离国境还有多远呢？"

尼牙孜："一胯子，毛驴也就是半天出路……"

战士看看手里的金雁，又抬头向远远的天边望着。

远远飞去的金雁，只剩一串黑点，越过冰雪的山峦……

冰山南面塔哈尔荒莽的川谷里滚着黑压压的乌云。

雁群拍着节奏零乱的翅膀，穿下云层，低空飞翔，一只金雁猛地向上拔个高儿，发出一声微弱的哀鸣，便耷拉下翅膀，瘫软地落在一个面上蒙着黑纱的女人的足下了。

这个蒙面女人木然地俯视着足下奄奄一息的金雁，深长地一声叹息……

破空一声尖锐的口哨，青年牧人卡拉赶着一群牦牛，远远地冲她喊着："巴里古儿，你看见落下一只金雁吗？"

蒙面女人像一棵孤立的冰柱，没有回应。

卡拉自言自语地："白问，她不会答应！"说着，卡拉跳到牛背上立起来，伸着脖子四下寻找，当他一眼看见垂死的金雁伏在蒙面女人足下的时候，他便吹呼一声，从牛背上一跃而下，连蹦带跳地奔过去，把金雁捉到手里。

蒙面女人："卡拉！"

卡拉："巴里古儿，这是天赐的美味！"

蒙面女人冷厉地："放下！"

卡拉："烤熟了，我要送给你的！"

蒙面女人加重语气："放下！"

卡拉："你要哇？"

蒙面女人："我要，我要救活它！"

卡拉："好，那就给你！"

蒙面女人："放在地上！"

卡拉顺从地把金雁放下，他同情她，又想了解她，她永远像似为了遵守宗教习惯似的，蒙着一层拒人于千里之外的面纱。

蒙面女人生硬地，但却是一片好心地："别盯着我，我身边是地狱！"

卡拉："巴里古儿……"

蒙面女人："我不是巴里古儿，这不是我的名字……"

卡拉："那你叫什么？"

蒙面女人："离开我，我没有名字！"

卡拉毫不介意地微微一笑，撒腿跑了……

蒙面女人抱起金雁，轻轻地抚摸着它的金色的羽毛，转身沿着细沙中的小径，缓缓地向山冈走去……

余晖渐沉。

山冈的地平线上，摇晃着疲惫的旅人和一串串羸弱的骆驼的剪影，响着碎裂的没有音韵的驼铃。

蒙面女人突然轻轻地"呀"了一声，犹疑地停住。她的手颤抖地揪住面纱，怔怔地望着岗上的骆驼。……

一个从骆驼上往下卸驮子的人——热力普,正贴在骆驼的脖子后面冷眼望着她。

她满怀心事地慢慢低下头,轻微地叹口气,又忽地扬起头,兀傲地向山冈上走去……

山冈的小戈壁上有一道石垒的围墙,环绕着一座土与兽骨堆砌的方形土屋。在土屋雕饰着花纹的拱门上,插着一排桎柳杆子,杆子顶端拴着退了色的布条、牛尾、马鬃,挑着山羊的犄角。

这原是附近几家牧民做祷告的礼拜堂,但这神圣的门前却拴着两匹满身汗水、风尘仆仆的乘马……

蒙面女人经过围墙的豁口,顺便向院里张望一下,便急急地沿着围墙向后走去……

礼拜堂里。

赛密尔·格阿德纳——一位国籍不明的人物,在他的主子面前他自诩为"帕米尔专家",认识他的人背地里都叫他"高原上的狐狸"。从衣着上着眼,他完全是个塔吉克人,但在他上宽下窄、灰白色棺材形的面孔上,却长着一个特别显眼的鼻子。

衰老的牧人——卡尼力,倚着窗口眇目端详着赛密尔,他感到这位旅行家,人种学者……很像个塔吉克人,但是要除开那个带钩的鼻子……

赛密尔:"我的老向导,卡尼力,怎么,不认识了吗?"

卡尼力:"你的面目是和三十年前一样的,赛密尔·格阿德纳博士。"

赛密尔:"不,现在我的名字叫雷法加徒拉汗!"

卡尼力:"这就奇怪了……"

赛密尔:"没什么可奇怪的,因为我皈依了伊斯玛利亚,与你们共同信仰在世的真神!"

卡尼力:"你们是有另外一个上帝的!"

赛密尔乜斜着眼睛,盯着卡尼力,狡猾地笑了……他随手从怀里掏出一块羊骨板,骨板上模糊地烫着几行歪歪曲曲莫名其妙的文字:"认识吗?"

卡尼力惊疑地望着羊骨板,俯首躬身地倒退一步。

赛密尔:"这是真神亲赐的护符!"

卡尼力:"哦……"

赛密尔:"我们不是一个上帝吗?"

卡尼力:"嗯……"

赛密尔:"你奉行真神的意旨吗?"

卡尼力含糊其辞地:"是……"

赛密尔："我要请求入境，明天你给中国骑兵送这个信去……"

卡尼力倒信以为真："先生，这不行，你知道，我们背靠冰山，面隔石峡里的激流，除了神保佑我插翅飞回去！"

赛密尔："那么你们这没有中国边防军的代表吗？"

卡尼力："没有。"

赛密尔："中国骑兵就永远不来吗？"

卡尼力："这……我不清楚……"

赛密尔："卡尼力，伊斯玛利亚教徒是不该说谎的！"

卡尼力："我……"

赛密尔："我们一样清楚，在大雪封山之前，冰河冻结之后，只通十天的路，中国骑兵像候鸟一样，你们是鱼水相逢，一年一度……"

卡尼力垂首不语。

赛密尔："卡尼力，那就请你向南从你们的国境出去，绕过卧龙湾，然后再从正面进去！"

卡尼力："请求入境，您是不该奔我们这条牛犄角路的！"

赛密尔："只有这里水草肥美，我们的旅行队要歇歇牲口，恢复体力！"

卡尼力："可是我们没有政府的出境证明，没有得到邻国的允许，我是不能迈进邻国的国界的！"

赛密尔："为什么？"

卡尼力："因为我是中国人！"

赛密尔："别忘了，你也是伊斯玛利亚教徒……向真神去祷告吧，他会惊醒你……"

卡尼力沉默不语。

窗外，卡拉正倚着墙角瞌睡着。

热力普端着一杯白兰地，拎着一双靴子，走近赛密尔。

赛密尔接过杯子，他谦恭而有礼地对着卡尼力举了一举："老朋友，这是我为你特制的靴子，它结实得像我们深厚的友谊一样，它能踩碎挡路的石头，也永远不会折帮漏底……"

靴子，放在卡尼力的脚下。

卡尼力满面笑容地望着靴子。

热力普："先生，这里果真名不虚传，真有奇迹！"

赛密尔："大地的巅顶，有人类罕见的奥秘！"

热力普："我说的不是自然……"

赛密尔："什么？"

热力普："人！"

赛密尔："什么人？"

热力普："徘徊在蓝色海岸上的蒙面女人，却比我们先登上了世界屋脊！"

赛密尔："谁？"

卡尼力："你说的是巴里古儿？"

热力普："我刚才看见的！"

赛密尔："巴里古儿在这……"

卡尼力："随两个男人给你们打前站的！"

赛密尔机警的目光从卡尼力脸上一扫而过。

赛密尔："那两个男人呢？"

卡尼力："说是进山打猎去了……"

赛密尔咬牙切齿地："江得拉，江得拉，你个色鬼！丢不开她，你会……"

话到舌边，他又咽回去，突然，他气急败坏地把酒杯向墙上摔去。

粉碎的酒杯，向四下飞溅着……


夜，风沙怒吼。

在一座方形土屋的窗纸上，映着一只高大粗壮的黑影。

一个老女人的声音："江得拉，你要干什么？"

一个男人沙哑的声音："向神发誓，说你同意了！"

老女人的声音："我不能发誓！"

男人的声音："只要你发誓，我们给你牛羊财宝，这一生你吃穿不尽……嗯？"

老女人的声音："我做不了主，等我丈夫迎亲回来再答复你们……"

男人的声音："共产党把你们教乖了，还不如说让卡子上的骑兵来答复我们！"


风沙中，一队骑兵在奔驰。

突然，在黑暗的草地上有一个女人尖声尖气地："嘀欧，嘀欧……"喊了两声。高原上的妇女，夜里总要这样喊几次，以防狼来袭击羊群。

窗子上的黑影闻声倏地闪开："坏了，有骑兵！"

男人的声音："稳住，别慌！"

一个老女人的影子扑上窗子，叫喊着："江得拉，你逃不掉啦！同志……"

一只大手捂住她的嘴。

"噗"的一声把灯吹熄了。

一串急剧的马蹄声，从墙外过去。

风息了，四野寂静无声。

漆黑的夜，满天星星……

# 二

在边卡营房下面的草地上。

战士们正在练习叼羊赛马，二十几匹矫健的战马挤作一团，像旋风般在草地上追逐。

一班长阿都拉和二班长沙比尔·乌受争夺一只羊子，坚持不下。战士它什迈提斜刺里插过去，把羊子夺在手里，拍马向优胜区拼命地跑去。

沙比尔·乌受哪里肯舍，他人高马快，四蹄蹬开，窜几窜就赶上了。它什迈提知道二班长的臂力，急忙把羊夹在腿下，伏着身子，沙比尔·乌受几次探过手去抓羊，都被它什迈提用脊背隔挡开去。人靠人，马挤马，看看跑到终点了，沙比尔一时性起，来了个马上捉俘虏，连人带羊一齐擒过马去。

它什迈提顺手把羊丢在地下，被阿都拉赶上，从马上探身拾起来投进优胜区。

排长杨光海拦住了沙比尔·乌受的马头，举手示意停止，战士们便跳下马向排长围拢。

杨光海："同志们，明天尼牙孜家举行婚礼，二班长沙比尔·乌受不能参加叼羊赛马，因为他犯规，侵犯了战士它什迈提！"

沙比尔："报告排长，我去牵羊送礼，给客人们做抓饭吃！"

杨光海不置可否，他用征询的目光望着战士们。

战士们："同意！"

杨光海："好，遛马！"

战士们牵马在草地上绕着圈子。三班长杜大兴拍拍二班长的肩膀。沙比尔·乌受耸耸肩，遗憾地一笑。

杜大兴："叼羊赛马，叼羊的大王不能参加，这个婚礼可是美中不足啊！"

沙比尔："唉，什么事都坏在这（拍拍头），我的脑袋好热！"

远远的靠东南的谷口上——黑熏沟，有成群的丁字鹰飞上飞下地盘旋，引起排长杨光海的注意。

杨光海："一班长！"

阿都拉："有！"

　　杨光海："你看黑熏沟口是什么?"

　　阿都拉："丁字鹰!"

　　杨光海："是啊,是丁字鹰……"

　　阿都拉："地下一定有食物!"

　　杨光海："没有食物它们不会集合,现在我们需要知道是什么食物。"

　　阿都拉："可能是大头羊?"

　　杨光海："不对,大头羊夏季是不下山的!"

　　阿都拉："排长,请允许我去看看!"

　　杨光海："去一个小组,带武器!"

　　阿都拉："是!"

　　微风飘来一阵歌声、手鼓和响亮的鹰笛,这一簇迎亲的人们很快转过山弯在草地上出现了。

　　新娘的红面巾在迎风招展。

　　新郎随着歌声的旋律轻轻地摇晃着鞭子。

　　人们马上的欢舞,以及放着快步小走的马蹄,这一切给草地上带来了愉快的情绪。

　　遛马的战士们望见迎亲的队伍都鼓掌欢呼起来。

　　尼牙孜老远便亲亲热热地唤着每个战士的名字问好,当他望见杨排长赶过来欢迎他的时候,老牧人急忙滚鞍下马,赶过去和杨排长握手、拥抱、摸胡须(这是塔吉克的礼节),战士们围住新夫妇向他们祝福。

　　尼牙孜："一来一往就是半个月,排长,你想我了吧?"

　　杨光海："大叔不在家,卡子上像缺棵拴马桩子一样,这心都拢不住了!"

　　尼牙孜拍拍他的马褡子："你摸摸这里是什么?"

　　杨光海："不用摸,准是六十度!"

　　尼牙孜："行,算你猜对了,咱们塔吉克人可受不了这个,在贸易公司我说先灌一口尝尝……嘿!呛的我鼻涕眼泪都下来了,只觉得心里发烧,脑袋发胀,哎,真没口福享受这个。好吧,明天瞧你们的,我倒要看看这股辣水儿你们怎么喝!"

　　杨光海："尼牙孜大叔,那可不敢多喝,喝多了天旋地转,临走摸不着帽子,就可能顶走你一口锅呀!"

　　尼牙孜："锅里再有半锅酸牛奶子,那就打扮的更漂亮了!"

　　人们哄然大笑。

　　随着笑声,鹰笛响了,手鼓响了,边卡有名的歌手它什迈提拿下尼牙孜的野羊琴,亮开嗓门豪放地唱着歌。

　　沙比尔·乌受尖锐地吹了声口哨,人们便开始跳起塔吉克舞。

它什迈提唱着：

> 下马吧，新郎，
> 当心，抱着你的新娘！

人们哄笑地和着：

> 下马吧，新郎，
> 当心，抱着你的新娘！

阿不力孜果真跳下马，回身把新娘抱下来。
它什迈提继续唱着：

> 大方的，新郎，
> 当心，拉住她的衣裳！
> 大家轮着班儿，
> 看看她是什么模样？

人们哄笑地和着：

> 嘿！
> 大家轮着班儿，
> 看看她是什么模样？

新娘紧紧地拉住面巾，把脸靠在马鞍子上。
人们哄笑着，打趣着，盘旋着，邀请着……
突然，远处有人力竭声嘶地喊着："排长在不在？排长在不在？"
这呼声像一道惊人的闪电，驱散了草地上沸腾、欢快的歌声，于是一切都戛然而止。
排长霍地从人丛里冲出去。
杨光海："发生了什么情况？"
一匹战马，四蹄蹬开，肚皮几乎擦着草地，卷着滚滚的烟尘，向人丛飞奔。
跑至切近，马上的战士急忙把马一带，兜了个大圈子，人们才看清他的身上用带子缚住一个女人，那女人垂着头，口里吐着沫子。他来不及下马，便喊了声："报告，有紧急情况！"

尼牙孜、阿不力孜父子不约而同地惊呼了一声："朵丝依莎阿汗？"便仓皇地赶过去把战士托下马来，慌乱地解着缚在两人身上的带子。

带子勒得死死的，战士愈是拼命地挣，人们愈是解不开……

杨光海："二班长！"

沙比尔："有！"

杨光海："集合部队！"

沙比尔："是！"

杨光海："三班长！"

杜大兴："有！"

杨光海："动员迎亲的亲友们回去！"

杜大兴："是！"

于是战士们纷纷地拉住马，系弹带，挎战刀，背武器……

迎亲的人们混乱地拖着鼓、拎着鹰笛，议论着，耳语着，向卡子后边的土屋跑去。

只有新娘一个人，蒙着面巾，立在草地上侧耳听着身边发生的一切……

新郎抽出刀子，"哧""叉"割断了带子，老人手忙脚乱地，拥着朵丝依莎阿汗："你明白明白，看看爹回来了，爹回来了！"

战士挣脱开身子，紧跑几步，在排长面前立正站住。

战士："报告排长，按你的指示我们去黑熏沟口，路过尼牙孜的独立家屋，发现牛羊四散，门户大开，不见了尼牙孜大婶和傻姑娘朵丝依莎阿汗。班长按你的指示继续向黑熏沟搜索前进，命令我向西南和正南方向搜索。后来我在距离独立家屋正前方六十米的河滩里，发现傻姑娘昏在那儿，当时我把她唤醒背在马上，在马上她又昏了过去……"

老牧人张口结舌地怔住。

阿不力孜："那我的妈妈呢？"

战士："尼牙孜大婶去向不明！"

黑熏沟。

一班长阿都拉用战刀在地上划着圈子，每个圈里圈着一只大熊的足印。

在足印的附近扔着一支步枪，一堆血迹斑斑破碎的衣服，一双塔吉克女人穿的靴子，还有一只被丁字鹰啄乱了的死羊。

大熊的足印迤逦向黑熏沟走去。

阿都拉："回去报告排长。"

战士："是！"

卡子前的草地上。

杨光海:"三班长带着一个班检查绝迹地带,然后用下半班撤换零号的埋伏,一班、二班回卡子上待命,二班长留下!"

杜大兴:"是!"

沙比尔:"是!"

朵丝依莎阿汗清醒过来,她视而不见地时哭时笑,恐惧地四下张望着。

尼牙孜:"孩子,看看,爹回来了!"

朵丝依莎阿汗搂住老人的脖子放声大哭。

傻姑娘:"爹……"

尼牙孜:"说吧,出了什么事?孩子!"

她挣扎着站起来,目瞪口呆地巡视查看每个人的脸,最后她对着披着面巾的新娘凝视了许久,龇牙一乐,又大声嚎啕着,撒腿跑了……

阿不力孜几步追上她,一把揪住她的领子。

阿不力孜:"你要干什么?"

傻姑娘:"找妈,找妈妈去!"

阿不力孜:"妈妈到底哪去了?"

傻姑娘抽抽噎噎地哭了。

阿不力孜焦急地:"说呀!"

傻姑娘:"人熊……抢羊子……妈妈去追人熊……吓死我了……吓死我了……"

阿不力孜:"哎呀!是不是你又犯疯病了?"

傻姑娘嘻嘻地笑了一阵,笑过又哭了。

忽然,她跳着脚,挣脱阿不力孜的手,咬牙切齿地走近新娘。

傻姑娘:"我疯,我傻,我哪有她长得好!"

她"哧"的一声,一把扯开新娘的面巾。

新娘瞪着一对明亮的眼睛,惊讶地望着她。

从黑熏沟回来的战士赶到了,跑到排长的面前翻身下马。

战士:"报告排长,在黑熏沟口,发现尼牙孜大婶带着血迹的衣服、靴子和一支七九步枪扔在地上,旁边有大熊的脚印,一班长留在那里听候你的指示!"

沙比尔:"排长,我去搜索黑熏沟!"

杨光海保持着习惯性的镇静,沉默地思索着。

老牧人木然呆住,他嘴角抽搐着想说什么,但他觉得似乎有什么东西噎住嗓子。他双手捂住脸,像一垛大墙要坍倒下去……

新娘与傻姑娘赶过去扶住他,傻姑娘哀痛地唤了一声:"爹!"于是老牧人的眼泪夺眶而出,泪珠沾满了他的胡须。

　　阿不力孜一声不吭，忽地跳上马背，狠狠几鞭子，匆匆而去。

　　尼牙孜摘下头上的毡帽，拭了一把泪，他声音响亮而凄厉地问着："在哪儿？"

　　战士："黑熏沟！"

　　变天了。

　　黑雾又遮天盖地来了。

　　尼牙孜跟跟跄跄地向前奔去。

　　新娘拉马追着他。

　　傻姑娘："爹！你别去！"

　　风暴卷着砂石滚滚而至。

　　尼牙孜被风暴刮得摇摇晃晃地打转。

　　阿依仙木大声喊："爹，你骑马呀，你回来骑马去！"

　　杨光海、沙比尔·乌受和战士伏在马背上飞快地顶风跑着。

　　当他们赶上尼牙孜，杨排长空出左镫，揪住尼牙孜的膀子用力一提，尼牙孜左脚搭上镫，就劲跨上排长的马背。

　　新娘拉马转回来走近傻姑娘，她遵照塔吉克人的礼节，先去吻吻傻姑娘的嘴，但是傻姑娘却冷冷地避开了。

　　阿依仙木："朵丝依莎阿汗姐姐，上马吧！"

　　傻姑娘："把我从马背上扔下来，就是请你骑上去，走你的吧，新娘子，我不配！"

　　风沙眯住新娘的眼睛，当她揉出眼角的灰沙，傻姑娘的踪迹已经在风沙里消失了。

　　风暴过去了。

　　蓝天里的白云悠悠东去。

　　杨光海、阿都拉、沙比尔·乌受三个人并着马在草滩上往回走，后面战士的马上挂着破碎的衣服、靴子和七九步枪。

　　阿都拉："一般地说熊是不吃人的……"

　　沙比尔："一定是尼牙孜大婶开枪打它，把熊惹火了，它要报复！"

　　阿都拉："我怀疑会不会是有敌人？"

　　沙比尔："开玩笑，国境线上有埋伏，无名沟和黑熏沟里都是七千公尺的冰山，鸟飞不过的天险，你把敌人说得也太玄了！"

　　排长一直保持沉默，一边思索着，一边听着两个班长的争辩。

　　阿都拉："可熊又拖羊什么？"

沙比尔："跟野兽讲什么道理！"

阿都拉："野兽也有它的性格和习惯。"

沙比尔："你知道山羊几点钟起床？人熊几点钟开饭？"

阿都拉："这不是研究问题，你这叫抬杠！"

沙比尔："问题研究已经够了，事实俱在，难道你不相信活人的眼睛？"

排长默默地听着他们的争论，突然传来"扑通"一声巨响，他勒马向远处看去，冰河上游一个人影在激流中浮沉。

阿都拉："谁？"

沙比尔："好像是傻姑娘！"

他们催马急向河谷奔去。

傻姑娘随波逐浪地在激流里挣扎着翻滚着……

沙比尔·乌受紧跑几步，跳进水里，把她抓住，所幸河水不深，只往起一托，傻姑娘便就势脚踏实地站住了。

沙比尔："你怎么掉下河了？"

傻姑娘："我愿意！"

沙比尔："你又犯糊涂病了？"

傻姑娘："我明白……"伤心地哭泣着："我去找我的妈妈和亲生父母！"

沙比尔："你呀，真是个不幸的野鸽子，落山山崩，落地地裂！"

杨光海："二班长，你送她回去！"

沙比尔："是。"

傻姑娘："撒开，我不回，有了新娘子我是多余的刺！"

沙比尔扯住她走上河坎："那也用不着跳河寻死啊！"说着他自己先跨上马，傻姑娘被阿都拉托着半推半就地骑上马背。阿都拉怕出意外，又用绳子把她拢在沙比尔腰上。沙比尔回头说了声："你可好好骑住！"便催马跑了。

杨光海与阿都拉默默地走了几步，当排长攀鞍上马的时候，他一脚踏住镫又凝神停住……

杨光海："一班长，你说她为什么投河？"

阿都拉："不幸的人，又遭遇了不幸。"

杨光海："此外呢？"

阿都拉："得不到阿力孜的爱情！"

杨光海未加可否，迟慢地跨上马背，信马由缰地走着。战马向前走了几步，便停下来啃着地面的小草。排长坐在马上听之任之，动也不动地凝神沉思着……

阿都拉虽有一肚子疑问，但是他不想再打扰排长，他把马轻轻勒住，他知道排长正绞尽脑汁寻找一把开启迷宫的钥匙……

<h1 style="text-align:center">三</h1>

夜。

在边防军办公室里。

杨光海出神地对着面前飘摇不定的烛火，手里拿着铅笔轻轻地敲着桌子。

杨光海自言自语地："绝迹地带没有人通过……零号埋伏也没发现情况，那么真是……"

他在纸上画了一只熊，围着熊画了一堆大问号。接着他又刷刷地画了一座山："是不是有人偷越了天险？"

他在山下又画了几个问号，停顿一下，他又迅速地画了支箭头："对，向黑熏沟、无名沟同时搜索！问题就……"

他画了许多叉把问号勾销了。

从办公室里间走出个报务员，轻轻地说了声："总卡的回电！"便把译好的电文放在他的面前走了。

电文："可搜索黑熏沟，捕熊！无名沟任何人绝对禁入。夜间派部队隐蔽保护尼牙孜家。总卡。"

杨光海："可搜索黑熏沟，捕熊！无名沟任何人绝对禁入。绝、对、禁入……"

卡子门前。

战士们正围着新来的战士司马宜·阿不都力密提，扛行李，解鞍具，人们热情地问寒问暖的，抢着拿他提的东西，可是年轻人坚持自己拎着那对罐头盒子。

它什迈提引着新战士去见排长。在办公室门前他喊了声："报告！"屋里说了声："进来！"于是他带着司马宜走进去。

它什迈提："报告排长，总卡补充来一名新战士，现在前来见你！"

杨光海："好，欢迎！"

司马宜·阿不都力密提掏出介绍信，把衣服拉拉整齐，端正地敬了个礼。

司马宜："报告，骑兵战士司马宜·阿不都力密提前来报到，听候您的指示！"

杨光海："好哇，我们这里有个战士因为血压高，送下去了。边防团通知给我们补充一个健康的战士，没疑问一定是你了！是党员还是团员？"

司马宜把介绍信递给排长："团员，这是两封介绍信……"

杨光海："怎么是两封介绍信呢？"

司马宜："一封是我的，一封是由总卡转来阿依仙木的！"

杨光海："阿依仙木？"

司马宜："就是住在卡子附近的新娘子！"

杨光海："哦，新娘子是个团员。"

沙比尔·乌受听说补充来的新战士来了，急忙从班里跑来。

沙比尔："排长同志，给我们二班补充的战士来了？"

杨光海："来介绍介绍吧，你要在二班里生活，这是你们的班长！"

沙比尔："沙比尔·乌受！"

司马宜："你好，班长同志！战士司马宜·阿不都力密提！"

杨光海："二班长，先带司马宜·阿不都力密提到伙房搞几张烙饼吃！"

它什迈提："同志，这儿地势高，米饭、面条只有七分熟，吃烙饼也就等于在'巴扎'吃羊肉烤包子了！"

杨光海："回头把一、三班长找来交代一下总卡布置的任务！"

沙比尔："排长，我们二班是什么任务？"

杨光海："进入黑熊沟，打熊！怎么样？"

沙比尔："嘿！总卡就是英明！"

沙比尔·乌受洋洋得意地正准备领战士去吃饭，突然他发现新战士手里的一对罐头盒子。

沙比尔："你这带的是咸菜？"

司马宜："种的花！"

杨光海："种的花？我看看！"

战士把铁筒递给排长，排长惊奇又喜悦地欣赏着美丽的花秧，嗅着它散发出来的新鲜气息。

沙比尔·乌受皱着眉头随便看了一眼："哼，玩这套？小心你自己别让帕米尔的风暴刮倒了！"


夜雾里飘着野羊琴低泣的三弦。

尼牙孜门前的草地上，闪闪地跳着红红的火舌。阿不力孜坐在篝火旁抚着野羊琴，新娘望着他忧戚的目光，轻轻地叹息着……

阿都拉带着战士它什迈提隐蔽在洼地的黑影里，望着摇曳的篝火。

老牧人挟着步枪，缓缓地在火光中出现了，又在夜雾里消失。

牛羊伏在墙根下反刍。

新娘往火里添几棵骆驼刺，火光映着阿不力孜面颊上的泪滴。

颤抖的手摸索着琴弦，这本来是幸福的调子，经过缓慢的延长，成为痛苦的声音。

阿都拉和它什迈提伏在洼地里关切地望着他们。

新娘子几次欲言又止，揪着衣服把话咽了回去。

傻姑娘睡得满头大汗，披头散发地从屋里出来，怔怔地向黑暗里走着……

老牧人拦住她："孩子，你要干什么？"

傻姑娘梦呓地："我妈回来了！我看见我妈回来了……"

老牧人理着傻姑娘的头发，眼泪像泉涌一样流下。


大冰山南面塔哈尔的礼拜堂里。

牧人卡拉，又在殿堂的窗口下，倚着墙角打瞌睡……

殿堂里，赛密尔披着大衣，像一只幽灵在奄奄欲熄的灯台下，手扶着灯柱，微眯着眼睛沉闷地望着殿堂上阴暗的窟窿……

拱门外一阵阵传来牧人们吹着山羊角的声音。

一个牧人清脆的喊声："小……心……着……"

一个牧人低抑地回答："狼……来……了……"

赛密尔听到牧人的呼号，他恐怖地在身上画着十字……

他的助手热力普从鸭绒袋里，睡眼蒙胧地探出头来。

热力普："先生，你没睡？"

赛密尔："你听！"

热力普："什么？"

拱门外牧人的声音：

"小……心……着……"

"狼……来……了……"

热力普："这是牧人们守护羊群的声音！"

赛密尔："不，是上帝给我们的警号！"

热力普："先生，我们可不能拿上帝开玩笑！"

赛密尔："不，我们确实需要小心着，小心着……"

热力普："先生，您今晚似乎……"

赛密尔："热力普，我今夜对未来的探索，似乎是前进了一步……"

热力普："先生，我担心江得拉这步棋是否走错了？"

赛密尔："不，这倒是锻炼我们涵养的功夫，既不舍老本，埋住地下的明珠，又留有余地，钓鱼上钩……可是也不能太天真，错误地估计我们的对手，所以需要小心谨慎地再下上另一道保险钩……"

冰山上飘过来一阵寒风，窗外瞌睡着的卡拉，似乎是冻醒了，他缩缩脖子，闪了一下眼睛，又昏昏睡去……

牧人的声音：

"小……心……着……"

"狼……来……了……"

赛密尔轻轻地画着十字。

拱门口有一只黑影向外移去，衣角窸窣地擦着墙壁。

赛密尔惊悸地喊了声："谁?"

蒙面女人无声无息地回身冲着昏黄的灯影走回来……

赛密尔："你……"

蒙面女人："是我。"

赛密尔："我知道你在这……"

蒙面女人："是江得拉带我来的!"

赛密尔："这么晚你还不睡……"

蒙面女人："我来问问你，江得拉到哪去了?"

赛密尔："他出去打猎……"

蒙面女人："打猎? 哼，鬼知道……"

他们相对沉默着，赛密尔眯缝着眼睛，隐蔽起他凶残的目光，慈祥地微笑着，于是，她一声不响，兀傲地扬着头走了……

在墙外空旷的戈壁上，对着北方明亮的北斗星，她站立了许久，许久……

牧人的声音：

"小……心……着……"

回答"狼来了"的更夫一边回答着，一边走近她，原来是卡拉。

卡拉："你干什么?"

蒙面女人："看北斗!"

卡拉："你的心事太重了!"

蒙面女人："我要告诉它，我的仇恨和痛苦，足够驮一千峰骆驼!" 她手里袖着一把锐利的刀子。


野羊琴幽幽低泣着。

架在骆驼刺上的野牛粪，摇着蓝蓝的火舌……

新郎垂首抚着琴，傻姑娘情意绵绵地脱下自己的棉衣，轻轻地给他披上，然后她隔着篝火对着新郎坐下，火光映着她的脸，她的目光里流着痴情，也流着哀怨……

新娘疑云重重地看在眼里，更加重一番她的怀疑、忧虑。傻姑娘回头发现新娘正在看她，脸色倏地变了。

傻姑娘："看我干啥？我没你好看！"

阿不力孜："去，睡觉去！"

傻姑娘："哼，有了媳妇，就没有姐姐了！"

阿不力孜白了她一眼。

傻姑娘一边向院里走着，一边抽抽噎噎地说："我是多余的！"

伏在洼地里的阿都拉与战士它什迈提的目光很自然会到一起，彼此心照不宣地摇摇头，心想："这个家呀，可就是个问题……"

冰河静静地流着。

河里映着满天灿烂的星斗。

新娘满怀心事地翘首望着星空，默默无语。

## 四

在边卡营房的院子里。

沙比尔·乌受带着二班战士坐在用大头羊犄角制成的凳子上，修理鞍具，检查武器。

阿都拉和它什迈提似乎是才起床，睡眼惺忪地端着牙具、脸盆走过去。

司马宜·阿不都力密提把罐头盒子从伙房里拿出来，放在窗台上晒阳光，然后向沙比尔·乌受走去。

司马宜："班长，请允许我也去！"

沙比尔："你刚来，去搜索人熊，还要带两个老乡，用不着那么多人，你休息！"

司马宜："班长，我不需要休息！"

沙比尔："也好，你就在家里顶一班哨！"

司马宜："我顶哪班儿？"

正好排长走过来。

沙比尔："你问排长吧！"

杨光海："走吧，我带你去转转！"

在冰山哨位的下面。

杨光海给新战士介绍环境，司马宜·阿不都力密提惊讶地翘首望着。

上哨的战士迅速地爬上冰山。

下哨的战士像闪电一样自高山顶上滑下。

杨光海："明白了吗？上哨要踩有雪的地方。"

司马宜："上去费点劲，下来就机械化了！排长，我几点钟上哨？"

杨光海："再隔一班，十一点半，这是祖国的大门，站在这就是给全国人民站岗，要百倍地警惕！"

司马宜："是，要百倍地警惕！"

杨光海："你才到卡子上，可以下去熟悉熟悉环境！"

司马宜："是，排长，我可以去了吗？"

杨光海："去吧。"

司马宜·阿不都力密提信步走近河谷，河边冻结着圆珠、麦穗，各式各样的冰凌，他蹲在河边洗洗头发，倒吸一口凉气："啊，真凉！"他一边用手拍着头顶心，一边自言自语地说："别太兴奋了，要百倍地警惕呀！"

他正用手绢擦着头发，突然上游有人喊着："哎呀，帽子！帽子！"

他抬头一看，原来是一个牧羊姑娘的花帽子顺水漂来了，他急忙伸手捞上来，看看这顶帽子很熟——黑丝绒小帽镶着花花绿绿的珠子。

傻姑娘走过来，接过帽子，把水甩了甩，戴在头上。

傻姑娘："谢谢你！"

司马宜："你大概是尼牙孜的女儿，我认识这顶帽子！"

傻姑娘："我是朵丝依莎阿汗！"

战士惶惑地望着她。

傻姑娘："新来的吗？"

司马宜："嗯……"

傻姑娘："怪不得不认识，维吾尔吗？"

司马宜："嗯。"

战士仔细地端详着她。

傻姑娘："看我干啥？我脸上也没花！"

司马宜："你也不像塔吉克，连名字都不是！"

傻姑娘："跟你一样，维吾尔！"

司马宜："你的家呢？"

傻姑娘："远了……"

司马宜："在哪儿？"

傻姑娘："在呀……"她稍稍犹豫一下，"叶城！"

司马宜惊讶得像个孩子："你叫朵丝依莎阿汗？你是叶城的？"

傻姑娘："你呢？"

司马宜："跟你是一块的，朵丝依莎阿汗，你……"

傻姑娘突然眼珠一翻，像微风里的落叶，摇摇晃晃地、瘫软地扶住战士。

傻姑娘："别说了，别说了，怎么天旋地转哪？……"

她嘻嘻地笑了，笑了又哭。

战士惊异地看着她。

傻姑娘："……都说我是傻子，我委屈……"

突然她狠狠地打了战士一拳。

傻姑娘："去你的吧，骗子！"

她呼啸着把羊群赶上了草滩，响亮地抽着鞭子。

战士站在草滩边上，望着她的背影，望着云朵般的羊群，他的眼前出现了：

……一片野花盛开的山坡，有个梳着满头辫子的小姑娘，牵着一只老山羊，一个大眼睛的男孩，两手捧着一株红色的花朵，跑到小姑娘身旁，兴高采烈地叫着："朵丝依莎阿汗，你瞧多好看！"

小姑娘停下来说："哎呀，真好，红得像火！"

微风轻轻地拂摆着花朵……

小姑娘伸着手："司马宜·阿不都力密提，你给我，给我！"

小男孩跑几步："你一拿就枯了，回家栽上它！"

小男孩捧着红花走进村子。

小姑娘撅着小嘴牵着羊走进村子。

村子的街道上烟尘滚滚，人声鼎沸。

江得拉耀武扬威的马后拖着一个血肉模糊的人在街道上，来往奔驰……

一个脸上蒙着黑纱的中年妇人勒住江得拉的马嚼子说："他是好人，看在胡达的面上，饶恕了他吧……"

江得拉说："胡达让我惩罚俄国回来的奸细，撒开！"

小男孩捧着红花从人丛里钻出来，惊呼一声："嘿呀！朵丝依莎阿汗，你妈妈……"

小女孩扔了山羊，从人丛里挤出去，向母亲狂奔。

妇人跪在地上，紧紧地拉住马嚼口死也不放。江得拉随手一枪。小女孩惊呼一声，扑在母亲身上。

江得拉向他的爪牙一挥手："把这个小贼种带上！"

一个彪形大汉把小姑娘挟上马去。

一群疯狂的马匹拖着一具尸体，横冲直撞，奔出村去……

小男孩手里捧着红花，牵着山羊，张皇失措地哭喊着向村外追去……

傻姑娘的背影。

司马宜："十几年不见，都长大了……"

草滩上跑着一串马蹄。沙比尔·乌受心急似箭，紧紧地抡着鞭子。

司马宜·阿不都力密提热情兴奋地拉住傻姑娘的手。傻姑娘羞答答地垂着头，撩着眼皮偷偷地打量他……

司马宜："朵丝依莎阿汗，你看看我，好好看看我，我是谁？你不认识了？"

傻姑娘盯着他微笑不语。

突然，背后有人一声怒斥："司马宜·阿不都力密提！"

随着声音，沙比尔的战马倏地从战士的身边擦过去："该你的哨了！"

战士急忙撒开傻姑娘的手，迅速走去。

沙比尔回身看了看，又猛地抽一鞭子："什么作风！"

傻姑娘默默地赶着羊群，轻轻地说了声：

"司马宜·阿不都力密提！"

司马宜·阿不都力密提全副武装向冰山爬着，他每次艰难地迈进一步都要停下来喘息两分钟，而偏偏是脚还没站稳又滑回十几步去。

山顶上的哨兵看看表，已经是十二点十分了，超过了四十分钟，不知为什么还没人来换他的哨。

司马宜·阿不都力密提像吃醉酒一样在山腰上打晃。

山顶上的哨兵又看看表，已经超过五十分钟了。

下一班哨的哨兵，它什迈提已经从山下迅速向上爬着，很快就追上了司马宜·阿不都力密提。

它什迈提："司马宜·阿不都力密提同志，你还没上去？"

司马宜："头昏眼花，喘不出气来！"

它什迈提："这里空气稀薄，过几天就好了，你回去吧，你的哨上一班已经替你站了！"

司马宜："你回去，这是我头一回上哨，我一定要站一班！"

它什迈提："好，我领你上去看看！"

它什迈提拉住他，只消几分钟便把他拖上山顶。

司马宜·阿不都力密提艰难地向哨兵敬个礼，刚想说点什么抱歉的话，还没容张口，哨兵冲他一乐，忽地一声已经滑到山下去。

它什迈提："你看，正南草滩上那个黑点是尼牙孜的独立家屋，东面从南往北数，头一道是无名沟，第二道是黑熏沟……"

它什迈提从防风洞里拿出望远镜："给你，用望远镜看看！"

司马宜："那儿有人……"

它什迈提："是二班！"

黑熏沟口。

战士们把马连在一起，分成两路，沿着两侧的山冈进入黑熏沟搜索。尼牙孜父子和沙比尔一组插进中间的河谷。

司马宜·阿不都力密提放下望远镜。

它什迈提："正南那一道地平线的后面是国境线，离这还有七十多里。西南那条大沟叫乌金沟……"

司马宜："噢……"他说不出话来，觉着心里直闹，一阵阵想呕吐。

它什迈提："下去吧，下去休息休息会好的！"

司马宜："嗯……"

司马宜坐在冰坡上，才一踮脚，便觉着耳旁"忽"地一声，身不由己地翻翻滚滚打着螺旋，从冰山上跌进山脚很深的积雪里。

当他恢复了知觉，从积雪里钻出来，发现帽子丢得远远的。他拾起帽子，随便卡在头上，便捂着头，按着胸口，拖着沉重的步子往回走……才摇晃地挪动三五步，忽然背后有人严厉地喊住他："司马宜·阿不都力密提！"

司马宜回身看看，发现是排长叫他，便歪歪扭扭地立正站住。

杨光海："你是一个边防战士吗？"

司马宜："是的！"

杨光海："我看还差一点！"

司马宜："我需要锻炼，适应这个环境！"

杨光海："不仅如此，你还需要学习一个边防战士在任何艰险情况下爱护自己的武器。"

司马宜："这个没问题。"

杨光海："问题很大，看看你的冲锋枪吧！"

战士低头检查一下自己的武器，才发现冲锋枪的梭子不见了。

司马宜："排长同志，请允许我去找回来！"

杨光海："不必，你要记住这次经验教训就行了。"

杨排长从背后的皮带上拔下冲锋枪的梭子，亲自把梭子给司马宜在枪上插好，拍拍他的肩膀，亲切地微笑着。

司马宜："排长同志，我想提一个问题。"

杨光海："说吧。"

司马宜："排长同志，如果在冰山上拴一条绳子，上哨拉着，不是可以借把劲吗！"

杨光海："有道理！"

司马宜："那为什么不拴呢？"

杨光海："很简单，因为在冰山上追索敌人也没有绳子！明白吗？"

司马宜："明白了，我可以走了吗？"

杨光海："可以。"

战士端正一下帽子，敬个礼，挺起腰板走进卡子。


黑熏沟里。

一阵激烈的枪声。

一只巨大的棕熊，从河坎上滚下去。

沙比尔·乌受抹一把汗，回头冲尼牙孜父子说："这回问题算彻底解决了！"


边卡的院子里。

司马宜·阿不都力密提把罐头盒子里的花秧移植在长方形的木箱里。

杨排长从办公室拿着一包菜籽走来："你看，这是北京一个工人给咱们寄来的菜籽，他希望咱们在世界屋脊上也能吃到北京的萝卜。看见你的花，给我很大启发，咱们得琢磨琢磨改变一下帕米尔的生活……"

司马宜："排长，这个任务交给我吧，我负责！"

杨光海把菜籽交给他："不要一回全种上，先少种点试试！"

司马宜："是。"把菜籽揣在兜里。

司马宜："我想向排长汇报一个情况。"

杨光海："好吧！"

司马宜："上哨以前在草地上遇见个牧羊姑娘，她是维吾尔，又是我的同乡，她的名字又跟我的未婚妻一样……"

杨光海："你说的是朵丝依莎阿汗，是不？"

司马宜："就是她，排长，她的家庭情况你了解吗？"

杨光海："当然了解了，我说你听对不对？他的父亲叫阿洪诺夫！"

司马宜："对！"

杨光海："参加过三区革命，让特务江得拉用马拖死了……"

司马宜："对，全对，不用讲了，正是她！"

杨光海："那很好哇，她认识你吗？"

司马宜："那时都很小，今天见面还没有深谈，二班长就催我回来上哨！"

杨光海："嗯，是这样。"他看见二班战士正在卡子门前下马，随即走去。司马宜·阿不都力密提又紧走几步追上他。

司马宜："排长，我还想提个问题。"

杨光海站住："你说吧！"

司马宜腼腆地："她……"

杨光海："没结婚，也没对象，这就放心了吧？"

司马宜："排长，我是关心她……"

杨光海："不用解释！"

司马宜·阿不都力密提打着口哨向卡子门外走去，迎面正遇沙比尔·乌受进来。

司马宜："班长，回来了？"

沙比尔·乌受用鼻子哼了一声，一见他就没有好气。

杨光海："二班长，搜索的结果怎么样？"

沙比尔："报告排长，问题解决了，三枪把大熊撂倒了！"

杨光海："你先休息休息。"

沙比尔："排长，新来的这个战士作风有问题！"

杨光海："好，我已经知道了。"

沙比尔·乌受气呼呼地走去。

在边卡下面的草地上。

尼牙孜骑着马飞快地向卡子上跑去。

司马宜·阿不都力密提用坎土曼翻着地，它什迈提坐在旁边弹着冬不拉。

它什迈提："来，你歇歇，我翻几下。"

司马宜："音乐家，你就来一支最快乐的曲子吧，我的劲头会越来越大！"

它什迈提唱起一首幸福的情歌，他的冬不拉轻轻地拨，快快地拨，一会儿像潺潺的溪水，一会儿又像溪水穿过丛林，微风翻弄着千万只白杨叶子，窸窸窣窣地应和……

在幸福的歌声中，司马宜的坎土曼轻快地挥舞着。


在排长的办公室里。

尼牙孜在和排长谈话。

尼牙孜："唉，事情摊到身上了，什么也甭说了，死的顾不上，总还得顾活的……排长，有件事想请你出出头……"

杨光海："你说吧，大叔！"

尼牙孜："排长，不怕你笑话……朵丝依莎阿汗是一心一意想嫁给阿不力孜……我也蛮心想成全他们，可我老伴不干，儿子翅膀也硬了，自己出去对个象……唉，我这姑娘别的毛病没有，就是心眼窄，当新媳妇面，真不真假不假地啥话都说，这说不定哪天又挤出点事……今天往这来，我一边走一边想，昨天二班长救了她一命，朵丝依莎阿汗这是两世为人了，姑娘虽说偶尔犯个傻病，只要找着对象，心里一亮堂，病也准好，排长同志，就请你做个媒，给二班长提提怎么样？"

　　杨光海："不用我做媒，这倒有一门现成的亲事……"

　　尼牙孜："排长，你这是啥意思？"

　　杨光海："朵丝依莎阿汗早有对象了！"

　　尼牙孜："排长，这可不能开玩笑啊！"

　　杨光海："她没告诉过你？"

　　尼牙孜："排长，你快照直说吧！"

　　杨光海："我们卡子上新来了个战士，叫司马宜·阿不都力密提！"

　　尼牙孜："我认识。"

　　杨光海："他也是叶城的。他小时和朵丝依莎阿汗订过婚！"

　　尼牙孜："谁说的？"

　　杨光海："今天他们俩遇见之后，战士向我汇报的。"

　　尼牙孜春风满面地："这死丫头，干吗瞒着我不说呢？好，太好了，排长，咱们就一块给他们办喜事吧！"

　　杨光海："他正在服役期间，虽然有这么个特殊情况，也得请示上级。"

　　尼牙孜："哦——好，就等你的信了！小伙子呢？我要好好看看，相相女婿！"

　　杨光海："大叔，先等等。"

　　尼牙孜："天不早了！"

　　杨光海："别急，大叔，女婿都给你送上门了，还怕成不了亲戚？大叔，你是咱们边卡的耳目，不要让悲伤和快乐搅昏了头脑，要时时提高政治警惕，尤其是夜里，要多留点神，不要麻痹！"

　　尼牙孜："这我知道……"

　　杨光海："大叔，看样子我再多留你一分钟，你也受不了啦？"

　　尼牙孜："请原谅吧，就这一回……"说着拾起马鞭和帽子就向外走。

　　杨光海："你再等等，大叔！"

　　尼牙孜："唉，有话改天说吧……"

　　杨光海："就一句！"

　　尼牙孜："这就两句了！"

　　杨光海："明天早晨请新娘来送一桶牛奶！"

　　尼牙孜："好。"

　　杨光海："这是任务！"

　　尼牙孜已经像鸟一样飞出门外，远远地应了一句："执行！"

在边卡下面的草地上。

一群塔吉克孩子围着它什迈提看他弹冬不拉。

司马宜·阿不都力密提开出很大一块地了。

尼牙孜骑着马，像一阵风似的刮来，他勒住马停在司马宜的背后，在马上斜歪着身子看着女婿。

司马宜·阿不都力密提一边干着活，一边随着琴声哼着，他根本不知道背后有人在打量他。

尼牙孜："哎，闪闪，拦马头了！"

司马宜·阿不都力密提回头一看，原来是尼牙孜，他惊喜地放下坎土曼，搂住尼牙孜的膀子。

司马宜："嘿，尼牙孜大叔，你好？我正想抽空去看你呢。"

尼牙孜："我早说我们是一个链子上的骆驼，要在一个地方聚齐嘛！小伙子，你这又是干什么？"

司马宜："翻点地，种萝卜。"

尼牙孜："看样子，你是嫌一个不够，想活吃两个山羊犄角了！哎，有工夫干点正经的。你这是白费力气，孩子，大叔这是关心你！"

司马宜："我知道。"

尼牙孜："我告诉你……"从马上探身把嘴贴到司马宜的耳边，小声小气地，"咱们是亲戚……"说完他得意地笑了。

司马宜："大叔，谁告诉你的？"

尼牙孜："那你还不知道？"

司马宜："是朵丝依莎阿汗？"

老牧人未置可否，狠狠地用胡子蹭蹭战士的脸蛋，又像一阵风似的跑了。

战士望着老人的背影，摸着火辣辣的腮帮子，似乎明白了什么，满意地笑了。自言自语地："看来她没有忘记，她想起来了……"

它什迈提的琴声，像马群窜进了草地，欢腾跳跃，抖弄着鬃毛……

尼牙孜家的门前。

阿不力孜托着尼牙孜下了马。

尼牙孜："朵丝依莎阿汗呢？"

阿不力孜："睡觉呢。"

尼牙孜："有心事了吧？"说着几步跨进屋子。

新娘见老人回来了，急忙盛了一碗酸奶，拿来两个馕，垫块布放在地毯上。

傻姑娘正躺在墙角，蒙头大睡。

尼牙孜："朵丝依莎阿汗！快起来，快起来！"

傻姑娘忽地掀开被子坐起来，怔怔地望着尼牙孜。

尼牙孜："我看你就是装睡嘛……"

傻姑娘冷静地垂着头理着辫子。阿不力孜抱着鞍具进来，放在一边，见老牧人今天兴奋得有些异样，随手掰块馕放在嘴里，把奶碗向父亲面前推了推。

尼牙孜："朵丝依莎阿汗，说说你想什么呢？"

傻姑娘目光往老牧人的脸上一扫，看见老人喜形于色，心里暗暗地松了口气……

尼牙孜："哼，这事你还瞒着我？"

傻姑娘一怔，又痴呆地察看着尼牙孜。

尼牙孜："你以为我还不知道呢！别瞒着了，卡子上新来的那个战士司马宜·阿不都力密提，你们俩从小家里给订的亲，这些年人家可一直没忘你。这小伙子哪样我都可心！我很满意！"

这个意外的消息，去了阿不力孜一块心病，他端起碗痛快地喝了一口奶子。

傻姑娘心里的石头一下落了地，她冷眼望着阿不力孜。

尼牙孜："怎么不说话呀？"

老牧人从儿子手里接过奶碗，急切地等待傻姑娘的回答。

傻姑娘："问阿不力孜吧……"

阿不力孜："问我干啥？"

傻姑娘："只要你一句话，下地狱我也去！"

阿不力孜："你这话是安的什么心思？"

傻姑娘："你心里明白！我不能当着新娘子的面……哼！"

阿依仙木霍地站起来。

阿依仙木："爹，我明天回去！"

阿不力孜："你不明白，阿依仙木！"

阿依仙木："我什么都明白了！"

傻姑娘："明白也晚了……"

阿不力孜忽地拔出短刀："朵丝依莎阿汗，我跟你拼了！干吗这两天你昧着良心，这么败坏我？你打算干什么？"

傻姑娘敞开怀，倒心安理得地松了口气。·

傻姑娘："杀吧，阿不力孜，死到你手，我甘心乐意！"

尼牙孜叭的一声把奶碗摔在毯子上："塔吉克的刀子不是对自己人的！"

阿不力孜瘫软地松了刀子，伏地痛哭："眼镜蛇咬了我的心了……我跳到冰河里也洗不出这股毒去!"

新娘茫然地看看傻姑娘,又看看阿不力孜,她该同情谁憎恨谁呢? 不理解,真是个谜……

夜。

在冰山南面塔哈尔的小戈壁上。

蒙面女人向北立着,身上照着月光。衰老的卡尼力站在她的身旁。

卡尼力:"你有很多心事……"

蒙面女人:"谁说的?"

卡尼力:"一个关心你的人……"

蒙面女人:"卡拉?"

卡尼力:"你放心,他是个善良的人……"

蒙面女人:"告诉他,多看我一眼,魔鬼会吃掉他,谢谢他的好心!"

卡尼力:"江得拉是你的什么人?"

蒙面女人:"我们是对头,不要问了,你什么都不要问了……"

卡尼力木然地望着她,轻轻叹了口气。

牧人的声音:

"小……心……着……"

"狼……来……了……"

卡拉又在老地方瞌睡着。

赛密尔在礼拜堂里宁静地画着十字:"上帝保佑,屈死的棕熊也该升入天国……中国的骑兵也不过如此……"

牧人的声音:

"小……心……着……"

"狼……来……了……"

赛密尔得意忘形地:"应该喝一杯白兰地呀!"

热力普:"早光了,先生!"

赛密尔:"真需要痛快地喝一杯酒!"

热力普:"这儿酿酒只有用石头!"

赛密尔:"帕米尔上的石头比白兰地还要珍贵的多……"

热力普:"白天酷热,夜里严寒,我们是背靠赤道,脸贴北极,这是发疟子,不是人类的生活!"

赛密尔:"热力普,我听出来了,今天你的心弦上定的是悲怆的调子!"

热力普:"先生,你被这死亡的边角的魔鬼迷住了,否则你会显赫一时的!"

赛密尔：“错了，热力普，错了。要是我们能横穿中国边境，进入乌金沟这条密径，绕过中国的卡子，用真神的名义扎根站脚，在帕米尔的伊斯玛利亚教徒中煽起强烈的风暴，然后席卷天山南北，建立我们的东土耳其斯坦，我将要在‘克什葛尔’登上大汗的宝座。一旦我们的老头子用原子武器独霸住世界，我的宝座还要越过迪化、兰州、西安，一下挪到北平去。到那时我要在白兰地加葡萄酒的海洋里行驶我的快艇，可站在我身边的陆军部长不是热力普，而是别人。那时你会后悔的！”

热力普：“我认为，我们应该站在海岛上去颠覆中国大陆！”

赛密尔：“可中国的东海岸上，连礁石都是锋利的牙齿！只有这里……只有这里……只有今天，才显示出我这个帕米尔专家，在几十年前就有超凡出众的眼力！”

阴沉的殿堂里，响起一阵疯狂的爆笑。

笑声惊醒了窗外的卡拉，他睁开一对明亮的眼睛。他的眼睛闪闪发光，像挂在天边一对闪烁着的星星。


在尼牙孜门前，篝火飘摇。

阿都拉与它什迈提隐蔽在洼地的黑影里静静地望着。

篝火旁，阿不力孜垂首坐着，傻姑娘蹲在他的对面擦眼泪。

傻姑娘：“阿不力孜，你平心想想，这些年姐姐就是为你活着，我爱你呀！”

阿不力孜：“那我管不着，可我没爱过你！”

傻姑娘：“事已如此，我不能让你为难，苦水就让我一个人喝吧。有眼泪往心里流，姐姐一定离开你们就是了……”

尼牙孜与阿依仙木从屋子里走出来。

尼牙孜：“她有病，爱说什么就说什么，你别往心里去，听爹的话，她出嫁了也就好了！”

阿依仙木：“嗯。”

尼牙孜：“你妈不在了，这个家就得你当，明天起早给部队送一桶牛奶去！”

阿依仙木：“好吧！”

傻姑娘听见有人出来，起身离开阿不力孜，走到羊群里喊了一声：“嗬欧……”

河谷里有块石头轰隆一声滚下坡去。

阿都拉仔细地听着。

夜静悄悄的，再没有声息。

# 五

在卡子前的草地上。

司马宜·阿不都力密提气喘吁吁地跑着，每跑二三十步便不得不停下来，仰面朝天地在草地上躺着。

沙比尔·乌受拎着一双湿漉漉的胶鞋，从河岸上往回走，看见司马宜躺在地上，便在他身边停住。

沙比尔："锻炼不在一时，我说不让你硬跑嘛！"

司马宜忽地立起："没问题！"他摔掉上衣，又向前跑去。

沙比尔·乌受自以为是地摇摇头，自言自语地走了："装腔作势，小毛孩子，我一眼就看透你……"

司马宜·阿不都力密提一鼓劲绕了个大圈，只觉着天灵盖"砰砰"，直跳，心脏忽忽悠悠地像是要脱口出来，两腿一软，便身不由己地摔倒了。

他闭目阖眼不知躺了多久，忽然听到耳边有人亲昵地唤着他，他慢慢睁开眼睛，眼前有一个女人的模糊的影子，蹲在他的身边……

司马宜："谁？"

傻姑娘："我。"

司马宜："哦！"

傻姑娘妩媚地一笑："起来，帮我拦拦羊子！"

司马宜挣扎着站起来，依然是头昏目眩，恍恍惚惚的，脚底下没根……傻姑娘用膀子架住他，咔咔地笑着："你看你，怎么搞的？"

杨光海和沙比尔·乌受正站在卡子门前谈话，沙比尔·乌受乜斜着眼睛向草滩上望着。

沙比尔："排长，你看，怎么样？我没说错吧？公开这么拉拉扯扯的，这影响有多坏！"

杨光海一笑："我看问题不大，走吧，进院子去，别影响人家！"

沙比尔愤懑地："排长！"

傻姑娘挽着司马宜·阿不都力密提赶着羊群走向河岸去。

傻姑娘："仔细端详，还能看出点你小时的模样，我呢？女大十八变，越长越丑了……"

司马宜："不知道这些年你是怎么过的？你受了些什么折磨？"

傻姑娘："先不谈这个，让人心里难过……我爹说让你跟卡子上提提，让咱们快一点办喜事呢！"

　　司马宜："办喜事？"

　　傻姑娘眉开眼笑地："啊！"

　　司马宜："别！"

　　傻姑娘："你不愿意！"

　　司马宜："不是。"

　　傻姑娘："那还等什么？"

　　司马宜："我们还年轻，忙什么？"

　　傻姑娘扳住战士的脖子，照腮帮子上狠狠地亲了一口："傻！"

　　司马宜·阿不都力密提面红耳赤地躲开去："别这样，让同志们看见，多不好意思！"

　　傻姑娘："怕啥，哪个当兵的下晚睡觉不想搂个小媳妇！"

　　司马宜："朵丝依莎阿汗，这叫什么话？"

　　傻姑娘："别跟我装相，边防军见了女人都会'妈搭'着眼皮儿，可心眼里比谁都痒痒！"

　　司马宜·阿不都力密提气愤地站住，睁大一对锋利的眼睛望着她："住口，这是污蔑！"

　　傻姑娘："傻小子，就你吧！我说的都是实话，你们那个大个子班长，对我早没安好心……"

　　司马宜烦躁地："朵丝依莎阿汗，要不是我了解你……"

　　司马宜·阿不都力密提压抑着把话咽回去，沉默地望着她，他百感交集，目光里有痛苦，有怀疑，有失望，也有惋惜……

　　傻姑娘："长的像没毛的骆驼似的，我黑眼白眼看不上他，你可别往心里去！"

　　他感到他们之间似乎是隔着一座冰山，或者说有一段无法缩短的距离，他什么也不想再说了，便毅然转身向回走……

　　傻姑娘急忙追上他："那我们的事你倒提不提呀？"

　　没有回应，他拾起他的上衣，用力地抖了几下，爬上了斜坡，向卡子走去……

　　傻姑娘望着走去的司马宜，娇嗔地唾了一口："呸！死骷髅，尽是这样的！"

　　司马宜走进卡子。

　　沙比尔·乌受迎着他，劈头盖脑地喊了一声："司马宜·阿不都力密提！"

　　司马宜："有！"

　　沙比尔："你立正！"

司马宜："是！"

沙比尔："你得在班务会上作深刻的检讨，检讨！"

司马宜："我检讨什么？"

沙比尔："你明白！"

司马宜："我不明白。"

排长笑着走过来："沙比尔·乌受，你不了解情况！"

沙比尔："我堵住两回了，还不了解？排长，你对战士不能无原则地偏爱！"

杨光海："这几天，我考虑着一个问题，所以没有把司马宜·阿不都力密提的情况及时告诉你……"

司马宜："排长，我想和你谈谈……"

杨光海："就在这儿一块说吧。"

司马宜："我很苦恼……"

沙比尔："我看你就是得苦恼！"

杨光海："为什么呢？"

司马宜："心里别扭，她……不对头！"

杨光海："她是死里逃生的人，精神上受了很多折磨。再说姑娘大了，也有爱情上的苦闷。恐怕是在作风上你不大习惯吧？"

司马宜："报告排长，我永远习惯不了……"

杨光海："要多了解她，也更多地帮助她……"

新娘子抱着奶桶怯生生地从门外走进来，排长看见她，便收住话，热情地招呼着她走进屋子。

沙比尔·乌受困惑地望着司马宜："你和朵丝依莎阿汗是……"

司马宜："从小订的！"

沙比尔·乌受伸出两只大手拍着战士的膀子说："糟糕！我这脑袋又发热了……"


办公室里。

因为新娘子是初次来卡子上做客，所以部队按照塔吉克的习惯，在新娘面前摆着瓜干、杏仁、糖果和茶水……

阿依仙木："那么我就先向支部汇报一下我的思想情况……"

杨光海："谈吧！"

阿依仙木："我很苦恼……"

杨光海："怎么，你也苦恼？"

阿依仙木："嗯，我发现朵丝依莎阿汗对阿不力孜很有感情，我一来闹的家庭不和……因此，我很苦恼……"

杨光海："你对阿不力孜的看法呢?"

阿依仙木："很难说……"

杨光海："他对你呢?"

阿依仙木："好!"

杨光海："他对朵丝依莎阿汗呢?"

阿依仙木："现在很淡薄,谁晓得以前……"

杨光海："据我了解,朵丝依莎阿汗以前对阿不力孜倒是抱很大希望,可你的爱人从来没同意过,就是你母亲也反对。不过你爹疼姑娘,说是疼莫如说可怜她,倒是想成全她,可你爹做不了你妈的主,儿子又不干,也就作罢了。再说人家一小的对象又遇上了,我看你倒不必自找苦吃了!"

阿依仙木："可是朵丝依莎阿汗总是风言风语的……"

杨光海："她有精神病嘛,又何必跟她计较!她闹,你也闹……"

阿依仙木低头笑了："我没闹!"

杨光海："你是个青年团员,住在国境线上,应该和武装的战士一样,承担起光荣地保卫祖国的任务,不要让家庭问题把你的脑子搅糊涂了!"

阿依仙木："那我太高兴了,我可以骑马跟你们一块去巡逻!"

杨光海："不,那不是你的任务!"

阿依仙木："请组织上分配吧,我干什么都行!"

杨光海："记住,白天你要监视无名沟,任何人不许进去!"

阿依仙木："我爹呢?"

杨光海："不行!"

阿依仙木："阿不力孜呢?"

杨光海："不行!"

阿依仙木："我呢?"

杨光海："也不行!"

阿依仙木："为什么呢?"

杨光海："上级的决定,无条件执行!夜里要提高警惕,无论听见什么,看见什么,第二天要及时汇报!"

阿依仙木："好吧!"

杨光海："昨夜你听见什么声音了吗?"

阿依仙木："没有……"

杨光海："不是河谷里有块石头滚落了吗?"

阿依仙木："对,这我听见了。"

杨光海："好了,就连这么个声音也不能错过!懂了吗?"

阿依仙木："懂了!"她围上头巾,站起来准备走了。

杨光海："等等,尤其是下午四点钟,不许任何人向东南方向放羊!"

阿依仙木："为什么下午四点钟不行？"

杨光海看看表已经三点一刻了："回去吧，在路上你会明白的！"

阿依仙木在马上抱着奶桶，顺着草滩往回走，她自言自语地叨念着："下午四点钟……在路上会明白的……这个排长，还喜欢让人猜谜……"

瓦蓝的天空浮起一块乌云。顿时布满天空，雪山上卷起一撮撮的白毛。山岩是自然的口哨，"嘶嘶"地尖叫着，于是，狂风像千万匹奔腾的劣马，披散着鬃毛，呼号，暴跳，迎面袭来（下午四点是帕米尔的定时风暴）。碎石，沙粒，扑打得新娘睁不开眼睛，她抱着奶桶从马上滑下来，伏在草地上："哦，这大概就是四点钟啦……"

风暴中，冰山在坍塌、爆裂，霹雳轰鸣，群山响应。

阿不力孜伏驰在马背上，在风沙里呼唤着新娘子……


卡子的办公室里。

在干部会上，沙比尔·乌受与阿都拉争得面红耳赤。

沙比尔："没有必要再草木皆兵，疑神疑鬼的！消灭了熊，问题就已经结束了！"

阿都拉："问题并没结束，我们不应该把尼牙孜家的事件，简单地归结到动物身上去……"

沙比尔："不是我把问题简单化，而是你硬要把简单的问题搞得复杂！不要忘记，这一切是傻姑娘亲眼见的！"

阿都拉："在夜里，她去拦羊回来，跟她母亲还有一段距离，她怎么可能看清更远的地方是什么拖走羊子呢？再说在惊慌失措当中，我们又怎能相信一个精神病患者？"

沙比尔："那只好由你怀疑吧，你认为是人，可就是没有一点根据！"

阿都拉："根据有，当然有！"

沙比尔："拿出来看看。"

阿都拉："夜里我听见有人在尼牙孜家前面的河谷里蹬翻了石头！"

沙比尔："你看见了吗？"

阿都拉："不必看见。"

沙比尔："那是野兽！"

阿都拉："尼牙孜家门前拢着火，野兽是不敢靠近火光的！"

杜大兴："那么说真有敌人越过了天险？"

沙比尔："黑熏沟我们二班已经搜索过了！"

杜大兴："那还有无名沟呢？"

沙比尔："无名沟？不可能！"

杨光海："可能！同志，作为一个边防军人，不仅需要勇敢，也需要机智。沙比尔·乌受，公开的敌人是畏惧你的马枪战刀的！可隐蔽的敌人却希望他们的对手当中多有几个像你这样的战士，因为你的放松警惕，客观上就等于暗中帮助了他们，可对人民来说，这就是犯罪了！"

沙比尔："排长，这种批评是不能让人心服的……假设就算是敌人偷越了天险，可他们插翅也飞不过我们的卡子。那他们的目的到底是什么呢？"

杨光海："对，我们就是要研究研究敌人的目的！"说着"刷"地拉开地图的帷幕。

部队自制的草图上，标志着国境、河流、冰山、无名沟、黑熏沟、独立家屋、乌金沟……

排长的手指着无名沟。

杨光海："这是哪里？"

沙比尔："无名沟。"

指着乌金沟："这里呢？"

沙比尔："乌金沟。"

杨光海："它通哪里？"

沙比尔一惊："这……"

杨光海："敌人要是进了这条沟，就可以躲过卡子，绕到我们的背后！"

沙比尔："可那是一条无人知道的密径！"

杨光海："敌人是个老帕米尔，没有一块沟沟洼洼他不熟悉！"

沙比尔："那他们怎么敢害死尼牙孜的老伴，来惊动我们？"

排长的手在无名沟到独立家屋与乌金沟之间画了一条直线，然后返回来又在独立家屋上停住……

杨光海："尼牙孜的独立家屋是通向乌金沟的必经之路，敌人也知道那是我们的耳目……"

沙比尔："敌人不会那么糊涂，竟敢拔去我们的耳目……"

杨光海："如果他们企图收买呢？把我们的耳目变成他们的据点，既掌握住我们的巡逻规律，又了解我们有无埋伏，以后在这条路上不就可以畅行无阻了吗？"

沙比尔："买通我们的耳目？做梦，那根本不可能！"

杨光海："对呀，敌人在一个普普通通的中国老妇人面前碰了钉子之后，他们还能留下尼牙孜大婶向我们报告吗？"

沙比尔若有所悟："哦……"

杨光海："敌人认为非常巧妙的，是用人熊联系上黑熏沟，掩盖住他们的蛛丝马迹……他们仍在无名沟里观察我们的动静，测验我们的心理。

敌人希望我们像山羊一样无智，钻进他们的套子。缓一步棋，再重新布局。总卡指示我们捕熊，又不许进无名沟，并且要求我们暗中保护尼牙孜，这就是肯定了敌人的存在。这是将计就计，稳住敌人，让他们钻进我们的套子！二班长捕熊是有功的，但是捕杀棕熊之后就认为天下太平无事，这是可怕的！"

沙比尔·乌受狠狠地搔着头皮，沉吟不语。

杨光海："刚才总卡来了一份重要指示：一、要求我们继续掩护尼牙孜，观察敌人的动静，这个任务由一班长继续执行！"

阿都拉："是！"

杨光海："二、一旦活捉住人熊这个活口，要迅雷不及掩耳地立即搜索无名沟！三、要在乌金沟里布上一道拦江网，长期隐蔽埋伏，埋伏的人要强渡雪水，人不知鬼不觉地进入阵地。长期隐蔽在冰山雪海里，是非常艰苦的任务，那就要求我们边防军人发挥高度的爱国主义精神去战胜困难！"

沙比尔："报告排长，把最艰巨的任务给我们二班！"

杜大兴："报告排长，隐蔽埋伏，我们三班的经验丰富，这个任务应该三班去执行！"

沙比尔："排长！"

杨光海："决定了，就由三班去！二班分成三个小组反复巡逻！"

杜大兴："是！"

沙比尔："是！"

排长从抽屉里拿出一张照片："大家先认识认识，这就是我们狡猾的对手，高原上的狐狸！他披上了一件宗教的外衣，像黄老鼠推冰山一样，梦想颠覆我们的祖国！"

照片：赛密尔狡猾地微笑着。

夜。

司马宜·阿不都力密提顺利地从冰山上滑下。他回头望望陡峭的冰山，随手拍拍大衣上的粒雪，便打着轻快的口哨向卡子上走去。

卡子前拢起一堆大火，战士们影影绰绰地围着火光跳舞。

草地上飘着冬不拉、手鼓和它什迈提的歌声……

歌声顺风飘进尼牙孜的院子。

傻姑娘站在黑暗里望着远远的篝火。

阿依仙木立在门旁望着她。

阿依仙木："朵丝依莎阿汗，你听，人家这嗓门有多响亮，能听出几十里地去……"

傻姑娘："嗯……"

司马宜·阿不都力密提走进歌舞的人群里，它什迈提挤了挤眼，把冬不拉递给他，走进了院子……

司马宜·阿不都力密提愉快地弹着。

营房后门。

杜大兴带着三班悄悄地出去。

阿都拉带着一班悄悄地出去。

歌声在夜空里飘荡……

雪水夹着巨石，发出巨大的轰鸣，自冰山上流下。

在冰河岸上。

杜大兴在身上绑条绳子，挺身跃进激流。

战士们在黑暗中紧紧地握着绳子，焦虑地等待着……

绳子绷直了。战士们狂喜地互相示意，一个个扯住绳子跳下水去。

浪头，咆哮着，漫过战士的头顶。

战士们水淋淋地爬上了对岸，在黑暗的山谷里隐没……

卡子门前依然烧着熊熊的篝火。

无名沟的山谷上，有一个高大的黑影站立起来。它，眺望着那隐约的火光……

傻姑娘望着火花，歪着身子出神地想着什么……

新娘悄悄地走到她背后，轻轻地拍拍傻姑娘的肩膀，把傻姑娘吓得一抖。

阿依仙木："睡吧。"

傻姑娘没吭气，瞪了新娘一眼，走了。她走到尼牙孜面前停下来，尼牙孜正靠着墙根，抱着枪杆子打瞌睡。

傻姑娘："爹，你累了，回去睡，让我看牲口！"

尼牙孜没置可否，新娘抢先一步把枪抢在手里。

阿依仙木："爹，你休息，我跟朵丝依莎阿汗两个看牲口！"

傻姑娘眨眨眼睛，嘻嘻地笑。

傻姑娘："刚过门的新媳妇还不睡觉！"

雪水流过了。

群山入睡，一切都显得那么寂静。

新娘和傻姑娘坐在屋顶上。

傻姑娘又尖声拉气地喊了一声："嘀欧……"

阿都拉和它什迈提伏在洼地里望着她们。

河坎下有一个黑影，探出头来望着她们。

傻姑娘："你睡去吧，嘻嘻，阿不力孜等你哪！"

阿依仙木："好，我去睡！"

傻姑娘："枪给我。"

阿依仙木："有什么动静你喊我一声就成了，你拿着，别弄走火吓人一跳！"说完走进屋子。

天边爬上半弯冷月。地上的一切景物都显得朦胧恍惚。

傻姑娘哼着小曲燃起一支烟。

新娘睡不着，她披衣起来，伏在窗孔向外瞭望……

朦胧的月色里有一个高大的黑影缓缓地向前移动，在它背后十几步外，还跟着一个瘦长的影子……

阿都拉和它什迈提沉着地盯着他们。

阿依仙木在窗孔内吓得惊慌失措，悄悄地喊着："阿不力孜！"

傻姑娘急忙火星溅地，擦灭莫合烟，吓得昏厥过去。

两个影子迅速地转身遁去，在河谷里消失了踪迹……

# 六

在冰山南面塔哈尔的小戈壁上。

蒙面女人抱着金雁从围墙里走出来。卡拉莫名其妙地在背后跟着她。她顺风放开了金雁。金雁展开雄健的翅膀向北飞去。

蒙面女人："向北，向北，自由地飞吧，我多羡慕你……"她双手捂住脸在垂头低泣。

卡拉："你是个心地善良的姑娘……"

没有回应。

卡拉："你的面纱不知什么时候可以除去？我们这里没有这种风习！"

蒙面女人："我是按照我们的风习生活的！"

卡拉："蒙着它太闷气了……"

蒙面女人："莫如说你是想看看我长的什么样子！"

卡拉："也许我永远没有为你揭开面纱的福气……"蒙面女人愤愤地扭身向围墙里走去。

礼拜堂。

赛密尔斜倚着毡子上的靠垫，迷惘地望着咖啡壶里蒸腾的雾气……

热力普："先生，江得拉又不如意……"

赛密尔："我们地下的明珠会佑护着他们！"

热力普："可江得拉万一要……"

赛密尔："我现在并不把全部的希望寄托在他的身上。我说过，要再下上另一道保险钩，把中国骑兵钩住！"

蒙面女人在拱门口出现了。

赛密尔："高贵的女士，我们并没有请你！"

蒙面女人四下打量着。

热力普："巴里古儿，你有什么事？"

蒙面女人："江得拉还没回来？"

热力普："不知道。"

赛密尔："对不起，劳你请卡尼力来！"

蒙面女人扭身走了，赛密尔阴沉地望着她的背影。

在一座圆顶暗黑的小土屋里，蒙面女人狠狠地把袖筒里的刀子插在壁上，她倚住墙壁嘤嘤地哭泣……

礼拜堂里。

赛密尔："听着，卡尼力，用你的手把巴里古儿送到另一个世界去！"

卡尼力："杀人？"

赛密尔："除害！"

卡尼力："她是个善良的姑娘……"

赛密尔："她是个诡计多端的女间谍。你太忠厚了，卡尼力！"

卡尼力："我受骗了？"

赛密尔："她企图随我的旅行队，取得合法的权利，混过中国边境去……"

卡尼力："真是一条狐狸……"

在尼牙孜门前的草地上。

傻姑娘愁眉不展地向东南赶着羊群。

新娘刚从卡子回来，在门前拴马，见傻姑娘把羊群远远地向东南赶去，便急忙向她追去。

傻姑娘回头望了一眼，她看见新娘子追来，便停下，卷上一支莫合烟。

　　傻姑娘："抽吧，新娘子！"

　　阿依仙木："我不会！"

　　傻姑娘把莫合烟燃着，迅速地赶着羊群走了。

　　阿依仙木："往哪赶，朵丝依莎阿汗！"

　　傻姑娘眉开眼笑地："走，一块去捡玉石去！"

　　阿依仙木："到哪？"

　　傻姑娘："不远，走吧！"

　　两个人一边唱着，一边笑着，过去的一切彼此似乎都互相谅解了，轻松愉快地远远地走去……

　　在尼牙孜的土屋里。

　　尼牙孜正坐在毡子上喝着酸奶，阿不力孜提着鞭子从外边进来，他蹲下盛了一碗酸奶，刚端到嘴边又停下了。

　　阿不力孜："爹，阿依仙木呢？"

　　尼牙孜："可能放羊去了。"

　　阿不力孜："朵丝依莎阿汗呢？"

　　尼牙孜："一块去了吧？"

　　阿不力孜撂下碗，抬身就向外走。

　　尼牙孜："干啥去？"

　　阿不力孜："我去看看！"

　　尼牙孜："两人在那……"

　　阿不力孜："爹，你糊涂了？"

　　尼牙孜："我糊涂啥？"

　　阿不力孜："她们俩在一块会闹事的！"

　　尼牙孜："不会！"

　　阿不力孜："好不了！"说着急忙走出去。

　　尼牙孜颇不以为然地："黄老鼠搬石头，哼，没事找事……"

　　阿依仙木随着傻姑娘赶着羊走到了无名沟口。

　　冰山的脚下又渐渐浮起一层黑雾。

　　阿依仙木看看天色，警惕地停住脚步："朵丝依莎阿汗！"

　　傻姑娘笑嘻嘻地望着她。

　　阿依仙木："要变天，走，回吧！"

　　傻姑娘："沟里有避风的地方。"

　　阿依仙木："不，不去了。"

　　傻姑娘："走吧，里面玉石多着哪！"

　　阿依仙木："你不怕沟里有野兽？"

傻姑娘：“哪有那么容易就遇上！”

阿依仙木：“可要遇上呢？”

傻姑娘：“好，你回吧，你不愿去，我一个人去！”

阿依仙木揪住她：“不，你不能一个人进去！”

傻姑娘冷眼望着她：“新娘子，你管得太多了！”

阿依仙木严肃地：“这我要负责任的！”

风暴起来了。天昏地暗，飞沙走石。

傻姑娘反手揪住新娘子：“你负什么责任？”

阿依仙木：“不许任何人进去！”

傻姑娘：“好，那咱们就一块进去。”硬拖着，“走，进去，进去避避风！”

阿依仙木镇定地审视着她：“朵丝依莎阿汗，你要做什么？”

傻姑娘：“嘻嘻，给新娘子找几块玉石！”

阿不力孜冒着风暴赶来。

阿依仙木：“撒开！”

阿不力孜：“傻子！你要干什么？”

傻姑娘：“好哇，全来了，明说吧，我要报仇！我守了几年的羊羔，你给我从嘴里夺走了！”

阿不力孜：“撒开！”

傻姑娘揪住新娘厮打着。“不行，有她没我！”

阿不力孜一把摔倒傻姑娘。“走，快走，阿依仙木！”

阿依仙木：“不，要走一块走，谁也不许留在这儿！”

傻姑娘放声哭嚎，一边向回走，一边数数搭搭地骂着……

阿不力孜在风里拦着羊子。

阿依仙木凝视着傻姑娘的背影，她自怨自艾地：“真麻痹，捡什么玉石呢？”


沙比尔·乌受带着一个巡逻小组，冒着风沙向国境线上奔驰，突然发现正前方在尘沙弥漫中，隐约有一个人影从河谷里爬上来……

沙比尔：“下马隐蔽！”

战士们下了马隐蔽在巨石的背后。

蒙面女人垂着头，全身水淋淋的，走过了巨石，却不防沙比尔·乌受从背后冲出来，用枪口逼住她。

沙比尔：“站住！举手，往哪去？”

蒙面女人：“回家！”

沙比尔：“从哪来？”

蒙面女人："南边！"

沙比尔："家在哪？"

蒙面女人："叶城。"

沙比尔："你叫什么名字？"

蒙面女人："朵丝依莎阿汗！"

沙比尔："叫什么？"

蒙面女人："朵丝依莎阿汗！"

沙比尔："幸亏你遇见我了，别人还真不了解你！捆起来！女间谍，你想冒名越境，你个瞎眼的乌鸦，妄想！"

战士们把蒙面女人捆起来。

沙比尔："紧点！"

蒙面女人被战士们缚在马上向回疾驰……

风沙停息了。

司马宜·阿不都力密提昂然站在冰山哨位上。


办公室里。

杨光海焦急地踱来踱去。

沙比尔·乌受也煞费心机地搔着脑皮。突然他照桌子狠狠地擂了一拳，忽地站起来。沙比尔："排长，就是冒名顶替企图越境的间谍，这回没问题！"

杨光海："敌人不是不了解尼牙孜有个女儿，可为什么偏顶朵丝依莎阿汗的名字呢？"

沙比尔："嗯，可也是……"

杨光海："眼看将'军'了，怎么又出这么步棋？二班长，这要一步走错就前功尽弃呀！"他的手指急剧零乱地敲着桌子，"要和敌人争主动，抢时间……时间哪，时间，不能再拖延了……这要是假的，她公开越境的目的是什么？可她要是真的？哦！对，带司马宜·阿不都力密提去认认！"

沙比尔："是！"

蒙面女人已经松了绑，倚着禁闭室的墙壁无声地暗泣。

沙比尔·乌受推开门，带着司马宜·阿不都力密提进来。

沙比尔："你看看他是谁？认识不？"

蒙面女人抬头看看，又垂下头去。

沙比尔："把脸掀开，让他看看你！"

沙比尔："你哭什么？眼泪也救不了你！"

蒙面女人突然像火山爆发似的："我的眼泪是为我自己流的，给我个痛快吧，我愿意死！"

沙比尔·乌受气愤地解下皮带，司马宜·阿不都力密提急忙把他拖出去。

司马宜："班长！"

沙比尔："对敌人讲什么客气！"

哨兵它什迈提"当啷"一声把禁闭室的门上了锁。

司马宜推着班长进了办公室。

杨光海："司马宜·阿不都力密提，据你看呢？"

司马宜："朵丝依莎阿汗就在这，怎么还会有第二个呢？"

杨光海："那她会是假的？"

沙比尔："这有什么怀疑的……"

杨光海焦躁地在地上绕着圈子，自言自语地思索着："那么是我错了？……"突然他果断地停住，"好，备马，上送！"

紧接着报务员从里屋出来，拿着一份电报，电文是："立即对质！"

杨光海毅然地反复念着电文："嗯？立即对质……"渐渐地面现喜色，歉意地摇摇头，"做一个边防军人，要时刻保持高度的清醒，才能正确地判断情况……"他抬眼望着二班长，"这是谁说的？"

沙比尔："这是总卡首长经常对我们的指示！"

杨光海："你对这个精神是怎么理解的呢？"

沙比尔："就是警示我们要保持冷静、沉着，也就是说脑袋不要发热！"

杨光海："是啊，我的脑袋刚才也有点温度太高哇！好啦，司马宜·阿不都力密提，你马上去请尼牙孜和朵丝依莎阿汗来卡子上做客！"

司马宜："是！"

杨光海："要快，要一定完成任务！"

司马宜："是，没问题！"


尼牙孜的家里。

司马宜："尼牙孜大叔，排长请你们父女俩去做客。"

傻姑娘："什么事啊？"

司马宜："我不大清楚……"

尼牙孜："是批准了你的亲事吧？"

司马宜·阿不都力密提红着脸垂着头半天说不出话来。

傻姑娘："我不去，怪害臊的！"

尼牙孜："去吧，戴上花帽子，穿上新皮靴。"

司马宜："快走吧。"

阿依仙木："羊宰了吗？"

司马宜："宰了。"

阿依仙木："爹，回来给我们带一只羊腿啊！"

尼牙孜："好，你等着吧，孩子！"

尼牙孜前边推战士，后边拉姑娘，兴高采烈地挤出去。

边卡办公室。

杨光海招呼着尼牙孜父女刚坐下，一挥手，沙比尔·乌受便把蒙面女人推进来。

傻姑娘嘴里叼块瓜干，望见蒙面女人，惊恐地怔住……

杨光海："朵丝依莎阿汗，你看奇怪不！今天我们又遇见个朵丝依莎阿汗，我想你们俩认识认识，倒是很有趣的事……"

突然傻姑娘面色苍白地喊着："魔鬼，你蒙着脸我也认得出你是谁！巴里古儿，你个千刀万剐的，这回可落到我们手里了，排长，快枪毙她，给我们全家报仇……"

蒙面女人惊叫一声："怎么？你还活着？"便扑过去，死死地卡住傻姑娘的脖子，傻姑娘拼命地挣扎着、喊叫着……

尼牙孜和沙比尔急忙把蒙面女人拉开。

杨光海："带下去，注意看管，别让她逃了！"

战士们把蒙面女人拖出去。

排长递给傻姑娘一碗水，傻姑娘抱着水碗颤抖地洒了满身……

傻姑娘："她从哪钻出来的？巴里古儿，这个魔鬼！"

杨光海："巴里古儿？"

傻姑娘："枪毙她，排长，她是江得拉的姨太太！"

杨光海："放心，朵丝依莎阿汗！"向二班长，"咱们得张罗着吃抓饭了！"

尼牙孜不满地："谢谢吧，排长，我们回去了！"

杨光海："大叔，那我就不留你了！"

尼牙孜悻悻地搀着傻姑娘走了。

沙比尔："排长，这回我没说错吧？是真假不了，是假不能真！"

杨光海："二班长，你带一个组到尼牙孜家东南两千五百米的洼地里埋伏，只要有人从西北奔东南去，不问是谁，你就抓来！"

沙比尔："是！"他莫名其妙地拍着脑门走出去，"这脑袋，今天也没发热啊？"

木箱子里的花骨朵，已经咧嘴了。

司马宜正往木箱里浇着水，排长从背后走来，一手拎着冬不拉，一手拉住他。

杨光海："把缸子撂下，走！"

司马宜："排长，干什么？"

杨光海："唱个歌吧！"

司马宜："唱个什么歌？"

杨光海："你小时放羊时最爱唱的！"

司马宜："那有啥意思！"

杨光海："唱唱听听嘛！"说着走到禁闭室附近。排长把冬不拉递给哨兵它什迈提，它什迈提向禁闭室里努努嘴，排长摇摇头，表示"没关系"……

司马宜："排长！"

杨光海悄声地："大点声，这是命令！"

司马宜·阿不都力密提无可奈何，勉勉强强地坐在大头羊犄角上唱起来，它什迈提弹着琴轻轻地应和。

禁闭室里的女人渐渐停止了啜泣，静静地倾听着外面的歌子……


尼牙孜的家。

傻姑娘走进屋子，便扯了床被倒在墙角蒙头睡下。尼牙孜随后跟进来："喝碗酸奶呀，进来就倒下！"

阿不力孜和新娘从外边拦羊回来。

阿依仙木："爹，羊腿呢？"

尼牙孜："唉……"


傻姑娘忽地掀开被子起来："爹呀，这个家我一天也待不了啦！"

尼牙孜："又怎么了？"

傻姑娘："今天他们两口子打我一个！"

阿不力孜："你别胡说，是你打人，还是人家打你了？"

傻姑娘："阿不力孜，一碗水要往平端，别冷一个，热一个的……我对得住你。"伤心已极，"姐姐说话就算，不能让你为难……苦水让我一个人喝，有眼泪往心里咽……姐姐一定离开你们就是了……"说着她便擦把眼泪向外走去。

尼牙孜对儿子："你看，我就知道你……"

阿依仙木："爹，这不怨他！"

尼牙孜："行，算你们有理！"老人气昂昂地出去追傻姑娘。

门外，傻姑娘已经翻身跳上马去，尼牙孜紧赶几步，扯住马缰绳。

尼牙孜："孩子，你干什么？"

傻姑娘："爹，我闷得慌，让我散散心去。"

尼牙孜："孩子，你可别胡思乱想……"

傻姑娘："爹，你撒开，我绕个圈子就回来。"

尼牙孜："听爹说，别让爹再操心了……"

傻姑娘："爹，你撒开！"

尼牙孜："傻孩子，这可不能依你了！"

傻姑娘悄悄地从怀里抽出一把尖刀："爹，你撒开！"

尼牙孜："孩子，爹跟你一……"

突然傻姑娘一翻腕子，忽地一刀向老人刺去，尼牙孜惊呼一声，踉跄地倚着土墙站住。

阿不力孜和新娘闻声赶出来，傻姑娘已飞骑向东南逃去。

阿不力孜："你把爹搀进去，我去追她！"

阿依仙木："不，我去！"

她抓住一匹马飞身追去。

尼牙孜老泪纵横地望着逃去的傻姑娘："怎么能恩养成仇啊……"


沙比尔·乌受隐蔽在洼地里，看见有人飞马奔来，急忙把马一伸，拦住去路。

沙比尔："往哪去？站住！"

傻姑娘疯狂地奔着，夺路而逃。

沙比尔·乌受纵马追过去，一把揪住头发，把她扔在地上！新娘随后赶上来，跳下马，扑在她的身上，牢牢地按住，搜出她的刀子。

沙比尔·乌受带转了马头，望着原形毕露的傻姑娘。

沙比尔："哦……原来你是假的！捆上她，紧点！"

满天云霞。


禁闭室前歌声继续……

蒙面女人："是他？……不……不会的……"

这歌声是多么亲切，多么熟悉，这歌声使她又呼吸到故乡草地的芬芳，这歌声又引起她一串多么长的回忆，面纱的角上挂着一颗泪滴，她不由自主地轻轻地和着……

排长侧耳听着，然后示意司马宜·阿不都力密提渐渐弱下去，渐渐停下去……

它什迈提张着嘴，一边听着，一边弹着。

司马宜小声地："排长，怪！"

杨光海："没什么可怪的，她才真是你的未婚妻！"

蒙面女人继续唱着。

司马宜·阿不都力密提又听了听。

司马宜："是她，是她，这不会错的！"

杨光海："你喊喊她试试！"

司马宜："朵丝依莎阿汗，你看看我是谁？"

蒙面女人忽地扑到了窗口，一把撕落了面纱，一对明亮、惊讶的大眼睛，眨动了几下，目光便直射在司马宜·阿不都力密提的脸上："司马宜·阿不都力密提！"

司马宜："真是你！"

真姑娘："给我红花，我的红花呢？"

年轻战士的眼泪夺眶而出……

排长"咔嚓"一声开了锁。

司马宜·阿不都力密提冲进去，真姑娘伏在他肩上痛哭……

它什迈提疯狂地弹起一支快乐的曲子，排长轻轻地拍拍他的肩膀，他随着排长一边弹着，一边走了，走远了……

司马宜·阿不都力密提拉着真姑娘出来，坐在大头羊犄角上。

司马宜："告诉我，朵丝依莎阿汗，这么些年，你……"

真姑娘："我一直在仇恨、不幸、苦痛、思念的日子里活着……"她凝视着司马宜的脸，在她面前出现了：

小男孩手里捧着红花，牵着羊，张皇失措地挤在人丛里。

一个巨形大汉把小姑娘挟上马去。

一阵零乱的马蹄拖着一具尸体。

小姑娘挣扎着，风快地擦着小男孩的面前过去了。

小男孩哭喊着向村外追去……

她的声音："那天，跑出很远，我还听见你的哭声……后来江得拉杀人有功，当上了塔什库尔的伪县长，他的姨太太巴里古儿，就强迫我做她的使女……"

……冬季，小姑娘被巴里古儿赤身裸体从房子里推到雪地里。

江得拉提一桶水，劈面向她泼去！

夏季，一堆熊熊的牛粪火，江得拉与巴里古儿抢着皮鞭，赶着小姑娘赤足在火里走来走去……

她的声音："一年又一年，我在苦难中长大了……"

冰凌化成一滴滴的水珠。

水珠汇成千百条奔流的水渠！

纤细的冰柱上，高举着如屋的巨石。

冰柱被流水冲断了！

巨石轰然坍塌，向山下滚去……

她的声音："有一天说是共产党、解放军来了……"

……巴里古儿逼着她和巴里古儿换了衣服，给她披上面纱，强迫她骑上骆驼……

几十峰骆驼，驮子歪歪扭扭，狼狈地上路了！江得拉和十几个匪徒骑着马，押解着七名囚犯。

巴里古儿穿着她的破烂衣服，也夹在囚犯的队伍里……

她的声音："记得离这不远，在一家门前休息。"

……骆驼、马匹散乱地停在尼牙孜门前。

尼牙孜和他的妻子慌张地端出了馕和奶子。江得拉闭目养神，躺在毡子上假寐。

突然，巴里古儿破口骂着："江得拉，你个千刀万剐的，你还想把我们带到哪去？"

彪形大汉："闹什么？"

巴里古儿："我们不走了。"

囚犯们："对，死，死在中国，活，活在中国！不走了！"

江得拉翻身立起，掏出手枪："也好，去份累赘！"

匪徒们把囚犯赶到草滩边上，江得拉一梭子手枪，囚犯们一个个倒下去……

真姑娘隔着面纱望着巴里古儿倒下去。

真姑娘迷惘地望着司马宜："她为什么和我换衣服？她为什么又混在囚犯一块？我亲眼看见她中弹倒了……怎么她还活着？"

司马宜："全明白了，那是订好的圈套，让尼牙孜中他们的苦肉计……"

真姑娘："这群恶魔大概快把我带到天边了……一个外国人让江得拉卖掉我，可江得拉又想霸占我……我想家，想你，也想报仇，所以我说：'江得拉，你啥时候带我回国，我就啥时候嫁你！'可我心里明镜似的：'你啥时候带我回国，我啥时候杀你！'……头些日子，他把我带回冰山南面。这回我知道时机到了，可当我准备动手的时候，他又失踪了……昨天，那个外国人调唆人们突然把我捆绑起来，我知道我的噩运到了，我将永远什么都看不见了！"

战士激动地握住她的手，焦急地望着她："那后来呢？"

真姑娘："后来是这样的……"

在激流汹涌的河岸上，真姑娘被倒剪二臂地捆着，卡拉握着刀子在后面押着她向北走。

卡拉："你不要记恨我，这是有人让我送你到另一个世界上去！"

真姑娘："我知道……"

奔腾的河谷，翻腾着黑色的浪头。他们沿着崖岸默默地走着。

真姑娘："卡拉，还要走多远？"

卡拉："往前走吧，杀你这样个姑娘，我怯手啊！"

真姑娘昂然地走着。

卡拉："我多么希望在你生前看看你的面目！"

真姑娘："当我的灵魂离开我的肉体的时候，尽有你的自由……"

卡拉一边走，一边回头眺望着。

卡拉："站住！"

她向北昂然地立着。

卡拉："你说你不恨我吗？"

真姑娘："不，无非是别人借用你的手！"

卡拉举起刀子，"嚓"一刀割断了绳子。

真姑娘："怎么？卡拉！"

卡拉："你应该活着！"

真姑娘："背后是冰山，面前是激流峡谷，你留下我，也逃不出绝路！"

卡拉跑到乱石中，抱出一个羊皮口袋扎的筏子："看，像金雁一样，勇敢地沿着峡谷飞吧，你自由了！"

真姑娘惊慌地接过羊皮筏子，踉踉跄跄地向河谷奔去……

卡拉："慢着，这激流里带着冰块，滚着巨石，敢走这条路的你是第一次，不可慌张，不要大意，只要你冲出四十里路的石峡，你就会永远称心如意！"

真姑娘扭身俯视着河谷。

激流顺山势滚滚而下，澎湃、咆哮、声如雷鸣……

她转回身来，忽地掀起面纱，一对明亮的大眼睛，流动着凄厉、感激的微笑，望着卡拉："卡拉，记住我吧！"

说罢，她抱着筏子飞身跃进汹涌的浪涛里……

卡拉向前紧赶几步，赞佩地手按前胸，向她躬身致意："勇敢的姑娘，毛主席佑护你：平安地回到祖国的怀抱里去！"

羊皮筏子如飞似箭，忽隐忽没，向北直去……

司马宜惊喜交集地望着真姑娘……

司马宜："毛主席佑护你平安地回来了……卡拉，卡拉，他是个……"

真姑娘："和你一样，他是个放羊的孩子！"

沙比尔·乌受押着傻姑娘，新娘挽着尼牙孜走进院子。排长跟卫生员迎过去，招呼着老人到医务室去治疗。沙比尔·乌受便把傻姑娘关进禁闭室。

沙比尔："骚狐狸，尽玩邪的！你他妈装疯卖傻，投河寻死，这回你再不老实，我活剥你的皮！"

办公室里。

真姑娘脱下湿漉漉的衣裳，换上巴里古儿的服装，新娘子亲切地帮助她戴帽子、梳理辫子，然后捧着脸端详着她……

真姑娘两手甩着衣袖，像鸟儿展翅似的，腼腆地望着新娘。

真姑娘："阿依仙木姐姐，像吗？"

阿依仙木："你是只孔雀，她是条狐狸，那怎么能像呢？"

真姑娘："那……"

阿依仙木："晚上看不清，可以！"

真姑娘愉快地笑着。

新娘子挚爱地亲亲她的嘴。

阿依仙木："好姑娘，我真为你高兴，你有了为祖国立功、为父母复仇的机会……"

两个姑娘亲密地拥抱在一起。

乌金沟里。

一片白茫茫的雪海，这里积压了千万年的积雪，经过风吹日晒，坚强得如一块磐石。

三班长杜大兴带着三班的战士，就隐蔽在雪海边缘的冰沟里。夜间封冻，白天流水，所以他们是白天蹲在水里，夜晚睡在冰上，渴饮雪水，饥餐冰冻的干粮……

太阳一靠山，冰沟就已经黑暗了。

一个战士轻轻地拍拍身边的战友。

战士："哎，你看今天还有没有来的希望？"

另一战士："这怎么答复，我又不是诸葛亮！"

杜大兴正和几个战士悄声地在膝盖上摸大王，听见战士的话，忍不住乐了。

杜大兴："放长线，钓大鱼，慌什么……"

# 七

夜。

尼牙孜门前，篝火摇着微微欲烬的蓝光。

尼牙孜在门口抱着枪和阿不力孜互相依偎着垂头打瞌睡。

真姑娘满怀信心地在黑影里徘徊……

阿依仙木从屋里披着衣服走出来，走到真姑娘身边，大声喊着："傻姐姐，你不睡呀！"

真姑娘气呼呼地一甩辫子，没有吭气。新娘子擦过她的身边，从齿缝里含糊地说了句："留神！"便慢悠悠地向火堆走去……

阿依仙木："爹，回去睡吧，我跟朵丝依莎阿汗看牲口！"

老人哼了一声，揉揉伤风的鼻子，含含糊糊地推着阿不力孜："屋里睡去！屋里睡去！"

阿不力孜疲惫懒散地随着老人走进屋子。

雪水流过了，一切又静悄悄的。

新娘和真姑娘坐在屋顶上，新娘悄悄地说声："喊吧。"于是真姑娘和傻姑娘一样尖声尖气地喊了一声：

"嗬欧……"

河坎下有人探出头来望着她们。

阿依仙木打了一个哈欠："困的不行，我先睡一会儿去！"又悄悄地："别忘了，点着烟再唱小曲……"

真姑娘不动声色地："嗯。"

新娘走进屋子。

半弯冷月又挂在天边。高原上的夜空乌蓝、乌蓝的。

阿都拉伏在窗孔上向外瞭望。屋子里除了阿不力孜和新娘子之外，还隐蔽着几个战士。

阿都拉向新娘子"嘘"地打了声招呼，新娘子便伏在门边轻轻地咳嗽一声。

真姑娘听见新娘的信号，便和傻姑娘一样燃起一支莫合烟，嘴里哼着小曲……

朦胧的月色里高大的黑影和瘦长的影子又出现了，它们悄悄地向前走着……

真姑娘依然哼着小曲，镇定地盯着它们。

阿都拉回头向墙角的战士努努嘴："嘘！"

　　于是有两个战士便一唱一和地打着呼噜。

　　两个影子走近了，前边是一个大汉，毛烘烘地穿一身熊皮制的连身衣裤，只露出眼睛和鼻子。后面的人只是简单地穿双熊掌制成的靴子。他们伏在墙外的黑影里望着真姑娘……

　　真姑娘嘴上的火光一闪一闪地，连续地做着手势，让他们快进屋子……

　　于是，两个影子贴着墙根溜进院子，蹑足潜踪地伏在门旁听着……

　　屋内，呼声如雷。阿都拉、新娘子屏息地盯着屋门……

　　瘦长人打手势命令大汉进去。

　　大汉以为万无一失，便拔出手枪放心大胆地走进屋子。他弯着腰，寻着呼声，轻轻地叫着："尼牙孜，你的老朋友来了！"却不防阿不力孜在黑暗中大喝一声，猛地一棒子把他的手枪打落于地。大汉正想夺门出去，背后一边伸出一只手揪住他的脖子。他拼命地挣扎着，嘶喊着："江得拉，你快走！"

　　瘦长人倚着门迎面向大汉开了一枪，大汉应声跌在屋里。瘦长人正欲回身逃窜，三面的墙上早对着他伸出一排枪口。

　　阿都拉沉着地从背后走近江得拉："别动，举起手！"

　　江得拉迫不得已地举起手。阿都拉缴下他的武器。

　　阿不力孜与新娘在院子里燃烧起骆驼刺，熊熊的火舌舐破了夜空。

　　杨光海带着沙比尔、司马宜和另外几个战士，隐蔽在无名沟口，望见尼牙孜家的火光，便喜悦地急急向无名沟里走去……

　　阿都拉："江得拉，走吧！"

　　江得拉犹疑地挪了几步又停住，恨恨地回头向屋顶上诅咒着："听着，神要惩罚你！"

　　真姑娘："江得拉，我看见了你的末日！"

　　新娘子心花怒放地举起火炬，跳跃的火焰照亮了真姑娘的面目。

　　真姑娘凛不可犯地在屋顶上兀立着，她愤怒地俯视着这个杀人的凶手……

　　江得拉吓得像狼嗥一样惊叫一声，倒吸口凉气："啊！是你……"

　　真姑娘："强盗，我们就要惩罚你！"

　　在边卡办公室里。

　　江得拉对着杨排长坐着，是一副青灰的面孔，嘴上微微长着几根稀疏的淡黄的胡须。一场意外的风雨过去了，他倒显得非常老练沉着，一会儿微微冷笑，一会儿闭目养神。傻姑娘蹲在一边呜呜地哭诉着。

傻姑娘："排长，这都是江得拉的主意，不关我的事……"

杨光海："江得拉，说，是谁指使你拿出老婆献苦肉计，长期隐蔽在这里的？"

江得拉："我自己。"

杨光海："谁又让你越境活动的？"

江得拉："我自己。"

杨光海："赛密尔·格阿德纳你认识吗？"

江得拉："莫名其妙的名字……"

杨光海："大概你想不到还真有使你莫名其妙的事，进来！"

沙比尔·乌受与司马宜推着高大粗壮的汉子从门外进来。这个汉子赤裸着上身，战士们给他披上一件军大衣，膀子上扎着绷带，绷带上印着湿漉漉的血迹。

江得拉望见他，吓得颤抖了一下，马上颓唐地垂下头去……

杨光海："这有多莫名其妙啊，他还活着！说，你叫什么名字？"

汉子："牙尔拜克。"

江得拉："不要忘记你的誓言，背叛了神，你要下地狱！"

汉子恨恨地白了他一眼。

杨光海示意战士带走江得拉和巴里古儿，然后指指椅子让大汉坐下。

杨光海："你要说实话，我们宽大处理。"

汉子："是，长官，我说实话。"

杨光海："说吧，尼牙孜的老伴呢？"

汉子："她，她死了！"

杨光海："胡说！你们还留着活口，收买尼牙孜，你们是不会让她死的！"

汉子畏缩地："我，我不敢说谎……"

杨光海："江得拉已经送你进一次地狱了，跟着他还能上天堂吗？"

汉子俯首沉默着。

杨光海："江得拉是死路一条，可我们还在考虑你，给你立功赎罪的机会。"

汉子犹豫地抚摸着伤痛的臂膀。

杨光海："再说说，你们每天什么时间跟赛密尔联系？"

大汉："早晨四点！"

排长看看表已经三点一刻了："对吗？"

大汉："我不想说谎了！"

　　杨光海："事实上你已经说过谎话了，这回对证一下你说的是否是实话！"向战士，"请吧。"

　　战士拉开屋门，尼牙孜笑嘻嘻地搀着老伴从屋里走出来……

　　汉子懊丧地叹口气。

　　排长欠身请老夫妇坐下。

　　杨光海："大婶，他说得对吗？"

　　尼牙孜大婶："对，这一点他说的是实话。"

　　杨光海："好，牙尔拜克，说说你们的主要任务！"

　　汉子惶惑不安地："我，我……"

　　尼牙孜大婶："牙尔拜克，江得拉把你推进地狱，部队又把你救活了，你这是两世为人。你的誓言不会再跟着你，你还怕什么呢？"

　　尼牙孜不耐烦地："两条道在你面前摆着，你自己选吧！"

　　杨光海："对，说吧！"

　　汉子破釜沉舟地："我说！探听贵军的巡逻埋伏规律，利用尼牙孜的土屋作为我们的据点，等待一切时机成熟，我们便去冰山顶上接他们……"

　　杨光海："怎么接法？"

　　汉子："我们发三发绿信号弹，他们回答三发红的！"

　　杨光海："是这样？……"

　　汉子："为了报答长官的恩德，我决不说谎了。"

　　杨光海："说不说谎要用你的实际行动来证明。"

　　汉子："长官，您吩咐吧，只要您放句话，让我干什么都行！"

　　杨光海看看表："快四点了，你继续和赛密尔联系（从桌子底下拿出敌人的电台）告诉他们，你们的工作一切顺利进行，让他们明天下午四点越境。不要忘了，这是你立功赎罪的机会！"

　　汉子："长官，请放心，包您一切如意！"他手按前胸，躬身向排长表示他的敬意。

# 八

　　骑兵飞奔的马蹄在劈离的山岩下驰过。

　　山岩崩溃了，霹雳之声，响震山谷。

　　人马在乱石横飞的烟雾中逝去。

　　礼拜堂里。

　　热力普在卡尼力面前打开一箱金子。

　　卡尼力："先生，这是什么意思？"

　　赛密尔："这些金子的所有权是属于你的！"

　　卡尼力："金子，我不需要金子！"

　　赛密尔："金子永远是金子，收下吧，这是我代表真神给你的赏赐！"

　　卡尼力："我不明白……"

　　赛密尔："很简单，在世的真神要你效力，你今天带上我的几个脚夫，从你们的国境出去，绕过卧龙滩，然后再从平川进入你们的国境，在明天夜里九点钟，你要准时把他们带到中国的卡子！"

　　卡尼力："干什么？"

　　赛密尔："去请求过境！"

　　卡尼力："我说过，先生，我们是不能迈进邻国的国境一步的！"

　　赛密尔："为了共产党中国的尊严吗？"

　　卡尼力："对，偷偷摸摸，不是中国人干的事！"

　　赛密尔："伊斯玛利亚教徒是没有国境的！"

　　卡尼力："热爱他的祖国是每个真诚教徒的天职！"

　　赛密尔从怀里掏出羊骨板："伊斯玛利亚教徒只能服从神的意旨。看，你是选择天堂，还是愿入地狱？"

　　卡尼力屈膝跪于就地，忽然他兀傲地抬起头，射出一道怀疑的目光，望着赛密尔手里的骨板。老狐狸唯恐这张王牌漏出蛛丝马迹，急忙揣在怀里……

　　赛密尔："你接受真神的赏赐吗？"

　　卡尼力："接受了……"

　　赛密尔："你忠心效劳吗？"

　　卡尼力："忠心效劳……"

　　赛密尔："你发誓！"

　　卡尼力："我如不执行真神的意旨，将永坠地狱！"

　　热力普把金箱递给卡尼力，这老人抱着沉重的箱子向外走去……

　　热力普："先生，这就是你所说的另外一道保险钩吗？"

　　赛密尔："让他们向共产党的边卡，从正面发起突然的袭击，我们才能万无一失地横穿而过……"

　　热力普："如果万一卡尼力……"

　　赛密尔："他宣誓了！"

　　热力普："可他在怀疑……"

　　赛密尔："那就让他们把他捆在马上，逼着他带路！"

　　热力普："我们什么时候出发？"

　　赛密尔："和他们同时……"

卡尼力抱着箱子走出围墙。

卡拉正倚着墙根打瞌睡，他听见脚步声，睁开眼睛，以询问的目光望着卡尼力，卡尼力轻轻说了声："是假的……"

卡拉像梦呓似的说了声："一个样……"又昏沉沉睡去……卡尼力望着他，莫名其妙地摇摇头，又会心地笑了。

阿不力孜引导着边防战士走进了原始冰山。这条冰河自雪海蜿蜒而下，十几里路长的河谷林立着高大透明的冰柱。

战马围着冰柱左右盘旋，这十几匹健壮的战马累得通身大汗，三步一停，五步一站……

杨光海看看马匹已经精疲力竭，便命令："下马！"

战士们跳下马来，便把缰绳系在鞍鞒上，由一个战士带着十几匹马顺原路返回。

沙比尔原地集合战士们整理行装，检查武器，杨排长站在一边以询问的目光望着司马宜·阿不都力密提。这个年轻战士蛮有信心地笑了，他没有说什么，挺挺胸脯，拍拍冲锋枪的梭子。

杨光海点头同意："好，前进！"

一串快步的马蹄，向南疾驰。

忽然卡尼力勒住缰绳，回头看着："哎？什么？"

地下有一堆金子。

一个汉子狂呼一声："嘿呀，是金子！"

于是，人们纷纷地跳下马，嘶喊着，咒骂着，疯狂地向金子扑去……

卡尼力悄悄掣出刀子，忽地刺进乘马的脖子，他的乘马倏地一惊，一声吼叫，蹿蹦跳跃，摇着头，炝着蹶子拼命地向南狂奔……卡尼力故作张皇失措地大喊着："哎呀，马惊了！马惊了！"

人们谁也顾不得他，正挤作一团争夺着，厮打着……

突然，陡峭的悬崖上，巨石如雨般滚下，在一阵烟尘弥漫、巨大的轰鸣中，这些亡命徒销声匿迹了……

卡尼力勒回马，手搭凉棚向悬崖上瞭望。

卡拉领着一群牧民在山崖上兀立着。

卡尼力兴奋地一声接一声地喊着："卡拉……"

群山应和。

峡谷中流串着一片幽美的回响……

天地一片白茫茫的。风暴，在雪海里掀起白色的浪涛。

战士们脚下绑着钉齿，一路纵队，顽强地向冰山上爬着。

冰山对面，几个影影绰绰的影子，气喘吁吁地爬着。

三发绿色信号弹划开蒙蒙的雪雾升起了。

对面三发红色的信号弹，也破空而起。

风声怒吼。一座冰崖坍塌了，叠成巨大的雪崩，冰山上涌来一阵阵的雪潮……

五个塔吉克装束的特务，筋疲力尽地爬上山脊，一个个头昏脑涨地坐在冰山上喘气。

杨光海隐蔽在冰柱后面，用望远镜观察着他们。战士们静静地望着排长，等待命令出击。

排长似乎发现了什么新的问题，迟疑地把望远镜递给沙比尔·乌受。

杨光海："不对，这里有问题！"

沙比尔·乌受看了一会儿。

沙比尔："排长，这里缺那只老狐狸！"

杨光海："是的，我们险些又中了他们的诡计！"

沙比尔："那怎么办？"

杨光海："这是那条老狐狸的替身，先放他们过去！"

沙比尔："那行吗？"

杨光海："没问题，让他们撞撞三班长的拦江网去。"


时间过了很久，但是山上依然没有赛密尔的影子。

杨光海冷静地注视着。

沙比尔·乌受焦躁地用冰块搓着头皮。

在尼牙孜门前。

一班长阿都拉牵着几匹马和尼牙孜一家人在一起谈话。

阿都拉："尼牙孜大叔，你们家的马匹我全拉走了！新娘子要把联络信号记住，这是排长在冰山上来的指示……"

阿依仙木："记住了！"

阿都拉："大叔，敌人过去，你就给卡子送个信去！"

尼牙孜："好……"

冰山上起云了。一条条的云带，从冰山顶上向下迭去。

在云雾里隐约地出现了两个人影。

杨排长兴奋地长出一口气："老狐狸，你到底来了！"

战士们目不转睛地盯着这两个特务。

司马宜拉着赛跑起脚的姿势，等待着排长的命令。

赛密尔毫不迟疑地向云雾里滑下去。

杨光海："抓住他，要活的！"

战士们像流星一样跟踪滑下。

司马宜抢先一步，从背后揪住老狐狸的领子，两人扭在一起，一边旋转着，一边厮打着。

阿不力孜和它什迈提两个人揪住了热力普，这个特务已经四肢无力，俯首帖耳地听任摆布，他们控制着速度，选择安全的路线平稳地滑着。

司马宜和老间谍纠结成一团，速度愈滑愈快，看看前面便是一道冰沟……

沙比尔一声惊叫："司马宜·阿不都力密提！"

沙比尔·乌受吓得闭上眼睛。

只听"轰隆"一声，司马宜与老狐狸消失了踪迹。

冰沟里，水声如雷，深不见底。

月光下。

尼牙孜门前，有一个特务蹲在墙外"咩咩"地学两声羊叫。阿依仙木机警地从土屋出来。

阿依仙木："叫也白叫，没有青草！"

那特务又轻轻地击了两下掌。

阿依仙木从墙头上探出头："冰山上的来客吗？"

特务："对了，江得拉在吗？"

阿依仙木："刚走，在乌金沟山口等你们。"

特务："有马吗？"

阿依仙木："江得拉赶走了！"

特务："有酸奶和馕吗？"

阿依仙木："江得拉都带去了，让你们快走，趁这阵没埋伏！"

特务："好吧，走！"

特务学了两声羊叫，领着其余几个特务狼狈地上路了。

阿依仙木："祝你们一路平安！"她扭回身在月光里偷偷地笑了。

尼牙孜从屋里探出头来："走了吗？"

阿依仙木："走了，爹，你到卡子上去吧！"

尼牙孜："是，把枪给你留下，跟你妈俩看家。"

阿依仙木："嗯。"

激流泄出冰沟。在月光下银光闪闪，犹如美女披开她的辫发……

突然，在远远的山弯下传来沙比尔·乌受惊喜的叫声。

于是十几双脚踏碎河里的月光，向前飞奔。

沙尔比："排长，你看！"

就着月色，发现河岸上有两条水淋淋的足迹……

杨光海："继续搜索前进！"

一块夜光表，时针指着九点。

赛密尔头破血流，浑身水淋淋地看着表，咬牙切齿地骂着："卡尼力，你个人面兽心的牲畜！"

远远地传来一阵马蹄声。

老狐狸急忙向黑影里靠了靠。

骑马的人走近了，原来是尼牙孜从卡子上回来。

赛密尔拿出了手枪，出其不意地拦住尼牙孜的去路。

赛密尔："站住！"

尼牙孜："什么人？"

赛密尔："你不认识我，我可认识你。尼牙孜，今天我交你个朋友，我身上还有个值万把块银元的东西，只要你把我送过乌金沟山口，我的一切全是你的。"

尼牙孜："放屁！"

赛密尔："悄声，你喊叫我要你的命！"

尼牙孜："你敢？在我们土地上撞倒你尼牙孜大爷一根汗毛，四面八方的枪子儿，锥你满身窟窿，把枪撂下！"

在尼牙孜气势汹汹的威吓之下，赛密尔确是感到毛骨悚然。尼牙孜就势从马上一跳，企图把敌人的枪夺过来，但是脚还没有沾地，却不防老狐狸抢上一步，照尼牙孜太阳穴上狠命一拳，把尼牙孜打翻在地下。

赛密尔才跳上尼牙孜的马，却不料从草地里立起一个战士，一步赶过去，抢起冲锋枪的把子，劈头盖脑把赛密尔掀下马去。

尼牙孜翻身扭住敌人，拔出腰里的刀子。

司马宜："大叔，要活的！"

尼牙孜："你是谁？"

司马宜："司马宜·阿不都力密提！"

在乌金沟山口外，五个特务进入了天罗地网。

三班长的枪口对着特务们说："我们神圣的国土上没有你们这些野心家站脚之地。"

# 九

波密亦罗，帕米尔，是斑斓多彩，变化万端，高原的高原。一旦它云消雾散，湛蓝的天宇，没有一丝云影，衬托出晶洁的冰山，没有一粒微尘，明净、高远、辽阔、浩瀚……

无怪我国一个旅行家说："欣赏帕米尔要花一年的时间！"

卡子前司马宜开出的土地上，生出了一片绿油油的叶子……

今天，尼牙孜家又热闹起来了。

门前的草地上搭起几顶接待宾客的新帐幕，人们轻松地打着手鼓，挥着野羊琴，吹着活泼又带点调皮的莺笛。男男女女，翻弄着手背，肩膀一耸一耸地跳着塔吉克舞……

新娘又蒙上大红绸巾，和新郎站在门前，向客人们频频地致敬。

尼牙孜精神奕奕地动员亲友："跳舞吧！叼羊吧！胜利者到我这里来领奖！"

一个小伙子在马上问着："领什么奖啊？"

尼牙孜："一块围腰的红布，一盒洋火！"

草地上战士们正和老乡挤在一起兴高采烈地叼羊赛马……

真姑娘拎着块大红绸巾，追逐着尼牙孜的老伴。老妇人上气不接下气，围着尼牙孜转着圈子。

真姑娘："妈妈，妈妈，你一定得蒙上！"

尼牙孜："干什么？"

真姑娘："你们老两口子，今天也得重新举行婚礼！"

尼牙孜大婶笑着："我这么大岁数还能当新娘子？别是姑娘你着急了，不好意思，拿我遮羞！"

真姑娘羞得躲到老人的背后："妈妈，我生气了！"

尼牙孜："孩子，别着急。"

真姑娘："谁着急了？"

尼牙孜："爹是准备娶完媳妇，再娶女婿，抱完孙子，再抱外孙子。往后这喜事哪，就像吃烤羊肉似的，要一串一串的来啊！"

真姑娘："爹，不理你了……"

老人抿不住嘴儿地笑着。

杨光海、阿都拉、沙比尔·乌受、司马宜、它什迈提也赶到了。

沙比尔·乌受在马上牵着四只大肥羊。司马宜头上绷着绷带，手里拿一束鲜花。它什迈提弹着冬不拉。

尼牙孜看见客人们来到，便向家人大喊一声："快，拿酒瓶子！"

青年战士跳下马便直奔尼牙孜，在老人面前把花一举，拂拂老人的鼻子，老人嗅了嗅："嘿，真香！"

司马宜："大叔，一只不行，你得活吃两只山羊了！"

尼牙孜："既然输了，就是两头活牛，我也得吃啊！"

老妇人、新郎、真姑娘已经给客人把酒斟好，老牧人自己抄起一个瓶子。

　　尼牙孜："来，今天我豁上了，一定陪你们灌几口辣水！"

　　杨光海举起酒瓶："我代表边防军，祝贺你们全家协助边卡，铲除了一条破坏人类和平幸福的毒蛇！"

　　沙比尔："我祝贺你们双喜临门！"

　　阿都拉："不对！"

　　沙比尔："怎么不对？阿不力孜新婚，老两口子重新团聚……"

　　阿都拉把真姑娘和司马宜推过去。

　　阿都拉："添人进口，得个心爱的姑娘，还带来个女婿，这就够四喜了！"

　　人们一齐："对呀，祝贺你四喜临门！"

　　尼牙孜："嘿，有理，管他天旋地转呢？干！"

　　排长从老妇人手里换碗酸奶。

　　杨光海："我陪你干酸奶，大叔！"

　　尼牙孜："不行！"

　　杨光海："原谅我，在边卡服务期间，我是戒酒的！沙比尔·乌受和阿都拉都是海量，可以替我敬敬大叔！"

　　老人拿瓶子和大家碰碰杯子，一拍胸脯，忽的一口，呛的鼻涕眼泪一齐流出来，众人哄堂大笑……

　　司马宜拿一朵花儿，请老人给他的老伴戴上。

　　尼牙孜："别，这么大岁数了，还……"

　　杨光海："越老越年轻嘛，戴吧！"

　　老妇人想逃走，被尼牙孜揪住："戴吧！这花是咱们女婿种的！"老人把花儿插在妻子鬓上。

　　司马宜拿朵花儿递给新郎，请他给新娘戴上。新郎正要给新娘戴花，新娘子却伸手把花儿接过去了。

　　阿依仙木："不，我要看看！"

　　尼牙孜还没等儿子回话，便走过去把新娘的面巾揭开了。

　　尼牙孜："看看吧，今天是百无禁忌……"

　　新娘嗅着花儿的芬芳，笑的像一弯月亮："啊，真香！"

　　它什迈提弹着冬不拉，又引吭高歌：

　　　　动手吧，新郎，
　　　　快快打扮你的新娘……

　　人们哄笑着应和：

　　　　嘿呀，

要打扮得漂漂亮亮！

新郎给新娘把花插在鬓上。

新娘子发现司马宜手里还有一朵。

阿依仙木："咦，那朵给谁呀？"

司马宜面红耳赤地，偷偷地瞟了真姑娘一眼。

人们哄笑着、打趣着，像放鞭炮一样鼓着掌。

沙比尔："看看这朵花往哪戴？"

人们："对，看看到底给谁？"

它什迈提唱着：

> 嘿，蒙上眼睛，
> 谁也不许张望，
> 看看幸福的花儿，
> 落在谁的头上……

人们和着：

> 看看幸福的花儿，
> 落在谁的头上……

真的有人把脸蒙上了，但司马宜却腼腆地把花儿递给排长。

杨光海笑了一阵："这不是我的！"

司马宜又递给二班长。

沙比尔："你别出我的洋相了！"

阿都拉："勇敢点，该给谁就给谁！"

它什迈提向真姑娘努努嘴，又唱起来：

> 勇敢的战士，
> 你要站在她的身旁，
> 幸福的花儿，
> 要献给你心爱的姑娘！

人们和着：

> 幸福的花儿，

要献给你心爱的姑娘!

司马宜走过去,把花儿递给真姑娘,他没有给她戴上,而是早在手心里拿着一枚金色的毛主席像,给她戴在襟上。真姑娘眼里噙着幸福的眼泪微笑着,望着胸前的金像。

人们围着三对幸福的人儿,纵情地歌着、狂欢地舞着:

> 嗬咿耶……
> 咿耶……
> 流水朝你去,
> 太阳由东升,
> 爬上了高山的山顶上,
> 跷脚儿望呀望北京……
> 嗬咿耶……
> 瀚海有八千里,
> 大山又几万丈,
> 白云你给捎个信哎,
> 捎到咿耶,
> 北京城……
> 嗬咿耶……
> 捎到北京城。

沙比尔·乌受望着叼羊的马群,羡慕地叹口气。排长望着他微笑。

尼牙孜:"叼羊大王,你怎么还站着?"

沙比尔:"尼牙孜大叔,今天我不想参加……"

杨光海:"二班长,你可以去参加了!"

沙比尔·乌受欢天喜地的冲排长敬个礼,呼啸一声,跳上马背,向马群奔去。

欢腾的草地。

杜大兴带一队巡逻兵远远地向国境驰去……

冰山南面,卡拉赶着羊群,他正默默地向国境线外瞭望着。当他扭回头来,我们又看见他明亮得像星子一样的眼睛,憨厚地微笑着……

　　　　　　　　　　　　　　　1961 年 4 月 13 日于哈尔滨初稿

# 丛　深

**作者简介**　丛深，原名丛凤轩。1928 年出生，黑龙江同宾（延寿）人，剧作家。曾任中共哈尔滨市委宣传部干事，1953 年毕业于东北鲁艺戏剧部研究班。历任哈尔滨话剧院编剧，哈尔滨市文联副主席，中国剧协第三届理事、第四届常务理事。1958 年哈尔滨电影制片厂成立，他调到该厂任编剧，开始了电影文学剧本的创作。不久他与人合作并执笔创作第一个电影文学剧本《徐秋影案件》，获文化部 1958 年优秀剧本奖。1959 年又创作《笑逐颜开》等电影剧本。丛深最具代表作的剧本是话剧和后来改编成电影的《千万不要忘记》，1964 年获优秀剧本奖。"文革"以后，曾经创作了电影剧本《奸细》以及多部独幕、多幕话剧及小说。

## 徐秋影案件（内容简介）

　　民政局战勤科工作人员徐秋影，在和同事何彬结婚的前夜，于江心岛被人暗杀。公安局侦察科长汪亮和处长杜永楷接手了这一案子。在现场侦察过程中，他们找到了一个军服纽扣和一个子弹壳。经调查，纽扣是徐秋影以前的恋人——转业军人彭放衣服上的。而且，又在彭放家搜查到了手枪和子弹。根据以上线索，杜永楷认定凶手是彭放，而侦察科长汪亮对此提出了异议。经过进一步侦察，终于使案情大白。原来，徐秋影曾是特务组织成员。解放后，她没有向政府坦白交代，也不敢检举别人，内心处于极大的痛苦之中。秘密潜伏的特务邱涤丹和罗精达让她窃取我战勤情报，徐秋影不愿意干，因此，惨遭邱、罗的杀害。为转移公安人员注意力，邱设计了一系列假线索栽赃给彭放。最后，邱涤丹及罗精达等特务被我公安人员一网打尽。

## 第二次宣判（内容简介）

　　十年前，一场牛肉案件轰动了整个海山市。主犯原卫生局兽医科长严济之，因私自屠宰糖果糕点公司为当地回民欢度新年准备的三百头牛，并全部煮熟，导致全市十万回民新年夜没有吃到饺子，被以反革命罪判处十年有期徒刑。严家因此笼罩在反革命的阴影中。

十年后，已到适婚年龄的儿子严冬生与陈姗姗的婚事也因而受到影响。

此时原法院院长方乐志重新调回法院任副院长，原本就对牛肉案件存在疑问的他决定再次复审这个案件。但案件的处理和判决是由现海山市委副书记贺丹忱与法院院长石铁坚共同决定的结果，复审因此面临极大的阻力。面对法院院长石铁坚的误解和市委副书记贺丹忱要将自己调离现工作岗位的压力，方乐志决定把案件撰写成报告提交市常委会提请复审。他的报告立刻得到了市委书记沈焕然的重视和支持。随着案件调查工作的深入，市委最终召开听证会，在专家和各方人证、物证的对峙中，案件的真相得以揭晓。原来，十年前糖果糕点公司采购的三百头牛患上了极具传染性的五号病毒，公司经理唐化和技术员顾敏决定将这批牛肉运输到工厂进行脱酸消毒，但此种办法因无法保持牛肉的温度非但不能彻底消除病源还将直接导致疫情的扩散，后果十分严重。时任卫生局兽医科科长的严济之了解此事后冒雨赶到糖果糕点公司，严词阻止了牛肉的运输，擅自就地屠宰煮熟牛肉的决定完全是为了防止疫情的扩散而迫不得已采取的措施。

滞留了十年的冤案至此终被昭雪，严冬生与陈姗姗这一对新人也因此终成眷属。

# 李克异

**作者简介**　李克异，原名郝维廉，又名郝庆松、郝赫，1920 年出生，辽宁省沈阳市人。1939 年，李克异参加了中国共产党所领导的抗日斗争，积极投身于抗日活动。1941 年，沈阳《文选》刊行会出版了他的第一本短篇小说集《泥沼》。1943 年，出版短篇小说集《森林的寂寞》，1945 年他又在地下党领导下，出版了一期文学杂志《粮》。1947 年调到哈尔滨市，在《哈尔滨日报》社担任副刊主编。抗美援朝战争爆发后，他作为《人民铁道报》的特派记者两次赴朝鲜前线，先后发表了报告文学《宿营车》、《无畏的战士》和《不朽的人》以及一些战地通讯。二十世纪五十年代后期，翻译了日本进步作家小多喜林二的《党的生活》。1961 年创作出电影文学剧本《杨靖宇》和《一片归心》。由于多种原因，直到 1978 年，《一片归心》才以《归心似箭》的片名，由八一电影制片厂摄制完成公映。"文革"期间翻译了巴尔扎克的长篇小说《农民》。1977 年写出了反映东北人民抗击沙俄修筑西伯利亚大铁路，觊觎北满，阴谋对中国进行侵略的长篇小说《历史的回声》第一部，分别由中国青年出版社和广东人民出版社同时出版。1979 年 5 月 26 日，他在修改作品时卒于案头。

## 一片归心

　　风雪在密林里回旋。

　　从风雪深处走出一支小小的队伍来。

　　旁白："现在我给你们讲述一个我自己的故事——在过去那些伟大的日子里，一个普通的共产党员，一段并不出奇的经历……"

　　队伍迎面朝我们走来。

　　我们的主人公魏得胜，走在队伍的旁边。在雪地里，他深一脚浅一脚地、艰难地前进着。……

　　旁白："这是二十多年前的事了。……"

　　他愈走愈近，他的身子充塞了整个银幕。

　　他的脸充塞了整个银幕。这是一张农民的脸，眼睛不大，但是炯炯有光，两眼内侧的"思索纹"格外明显。脸上布满饱经忧患的深深的纹缕。

蓬松的连鬓胡子之下，隐含着笑意。

旁白："那时候，我也不过三十出头，可就是面老，同志们都管我叫老魏头。……我是东北抗日联军第二路军的一个连长。这是艰苦的一九三九年，我们跟日本鬼子足足地斗争了九年啦。……这年冬天，我们那个营突然接到一个意外的任务……"

他的脸从银幕上移开，队伍前进着。

风雪遮盖了画面。……

出现了片名：《一片归心》（暂名）

一

一张东北全境的大地图。

一枝铅笔在地图上完达山脉的某处画了一个记号，然后一直向南画了一道长长的弧线，在鸭绿江边停住了。"我们的任务就是……"营长的缓慢的声音，"从完达山走到鸭绿江！"

随后我们看见围绕着地图的营连干部们。他们在一顶破旧的军用帐篷里，地下有一堆篝火。

营长继续说明任务："两年多啦，鬼子完全切断了我们二路军跟一路军的联系。"为了表示切断，他在那条弧线上画了许多个XX，"军党委给咱们营的任务，就是打通南北两军的联系！"他重复画了一条弧线，"光从地图上看，这条道就不近，直贯整个他妈的'满洲国'，还得打仗，还得绕来绕去！五六千地，只多不少。"

魏得胜俯身在地图上，好像要把这五千里征途一眼望到底似的。

"军长说，任务不比寻常，"营长说，"不愿意去的，可以留下！"

"是够呛！"魏得胜从地图上抬起头来。

"要是老魏头说够呛，那准是够呛的！"营长说。

"可不！"魏得胜严肃地同意了。

"那么说，留下吧！"

"嗯，谁也留不下我！"魏得胜说。

"那么说，你看，咱们走得到？"

"爬也得爬到，营长。"魏得胜回答。

队伍在密林里前进。北国烟雪从他们的身后吹来，这说明队伍是一直朝南走的。

旁白："我们从完达山的营地出发了。我们的前边，是几千里的深山密林，日本鬼子的层层封锁线，白日和黑夜的战斗，无从预料的困苦艰难……"

……风和雪。队伍前进着。魏得胜走在他的连队的旁边。……风和雪。

<h1 style="text-align:center">二</h1>

显然是经过多日行军和战斗的队伍，走在林间小径上。魏得胜大步走在队列之外。一个背着伤号的战士一失足跌在雪瓮里。

魏得胜把伤号背在背上。他对大家说："快走！这地场不好！咱们走到大道上来啦！"他加快脚步。

一个一腐一点的战士嘟囔道："大道？好大的道！"

魏得胜对身旁一个战士命令："告诉前头，离开这条大道，打左手岗腿上往东插！"

那一瘸一点的战士埋怨道："惊惊诈诈的，放着好道不走，专挑山牲口都不走的道。……"

这话让魏得胜听见了。他站直身子，用眼睛找着说话的那人，尽可能平静地说："少说用不着的！"眨眨眼睛，更为平静地说，"同志，命里该着，咱们这一辈子全得走别人没走过的道！"

队伍不停步地从他眼前走过，他动员道："快快快，头开河得过江，要不，没场找船！"

伤号在他背上颠动着，他的脚步越发快了。伤号呻唤了一声。

"小徐子，咬咬牙！头一遭挂花，别吓唬自个！心里越怕，伤口越疼！"他安慰道。

前边的队伍忽然停住了。

魏得胜赶上前去。他发现了奇异的景象。由这里望去，小径两旁的树枝上挂满了妇女的亵衣，各式各样，五颜六色。雪地上撒着亵画，树干上张挂着"宣传品"。

在魏得胜眼前一棵树身上，贴着一大张这样的宣传品，上书七个大字，曰："人活着，为的什么？"

营长赶到跟前，说："哈哈，这许是鬼子看家的玩意儿啦！"他眯缝着眼睛，嘲笑地看着那张"宣传品"，口里说："'人活着，为的什么？'哈哈，提出个哲学问题啦！草驴！"当营长表示他的大轻蔑的时候，他就说"草驴"。

"真他妈的不要脸，挂出这些埋汰玩意儿干啥！"有人说。

"我明白啦，"一个战士恍然大悟似的说，"这是那些资产阶级杂种穿的玩意儿！"但是立刻他又不明白了，"挂到林子里干啥呀？"

队伍一边谈论一边前进，不经意地把那些照片、亵画踩进雪地里去。

一个战士气愤地用刺刀挑那些玩意儿，纷纷飞落下来。

魏得胜制止他："别把刀弄埋汰啦！"

小徐子出神地望着一张贴在树身上的女人照片，这是"满映"的"女明星"李香兰的照片。

"小徐子！"魏得胜喊了一声，"你明白么？鬼子寻思咱们跟他们是一路货。"

"明白。……"小徐子吃了一惊。

迎面树上的一张"宣传品"写着："别在山沟里遭罪了，快投降吧！金钱和美女等着你们哪！"（这个"哪"字，是敌人的宣传品上必不可少的，非常之有"特征的"一个字。）

"小鬼子，命里该着，你不了解咱们。"魏得胜对那些亵衣和亵画——象征性的敌人嘲笑道。

小徐在连长的背上，望着那些东西。可惜魏得胜看不见他。

"顺这条岗腿往东插！"魏得胜朝队伍喊道。

夜。密林里。火堆旁。

魏得胜把小徐子放下，让他靠在树身上坐好。

"连长，让你背了我一天……我真有点……"小徐子仿佛十分感动地说。

"用不着。"魏得胜一边脱下乌拉，打开包脚布，就火烘着，一边说，"我头一遭挂彩的时候，他背了我七天七夜呢。"他指着营长说，"那时候，咱们队伍叫工农反日游击队……咱营长是小队长……那时候我刚参军，挂了彩，说实在的，不知咋的心里委屈，哭起来啦。"

"哭起来啦？可真没想到！"有人不胜惊奇地说。

"那时候，老魏头哭得跟个小丫头似的！"营长证明道。

人们大笑起来。

魏得胜问营长道："那时候，你跟我说啥来的？你还记得不记得？"

"十来年啦。"营长想了想，摇摇头。

"我可一直记到今个！"魏得胜转向大家说，"他跟我说，有一号人，自个儿总是可怜自个儿，这号人，多半是头草驴！咋叫革命好汉？冻死迎风站，饿死腆肚皮！枪子儿在大腿上穿个小窟窿眼儿，就抽抽搭搭的呀？"

营长哈哈大笑道："那年月，有这话！"

"一晃儿快十年啦，"魏得胜重复道，"一提起那时候的事，那棵歪脖子树就在我眼前晃摇，一辈子忘不了啦！"

"那是忘不了啦！"

"啥歪脖子树呀？"一个战士急切地问道。

"我十六岁那年，东家徐二板凳跟我爹说：'我把你脱光膀子绑在这棵歪脖子树上，你要能挺两个时辰，今年的租子我免啦！'"

"冬天么？"有人问。

"立秋以后还没出伏呢。我爹真就干了。绑到树上，一会儿工夫，蚊子、小咬、瞎蠓，黑糊糊地叮到我爹身上，就像穿了一件黑褂子似的……"魏得胜把口里的卷烟咬碎了，"千万该万不该，我上去给他轰开了……第二天天不亮，人就死啦。临死他埋怨我：'儿呀，你不该轰呀，不轰，它们吃饱了血就不会动啦，我还许能挺住……上来一茬没叮过人的……受不了啦。'……"

"连长，别讲啦。"一个战士泪汪汪地说。

"……我跟我爹说：'爹呀，下回我可再不轰啦。'我傻呀，同志们。"魏得胜停了停，继续说，"九一八第二年，也是秋后还没出伏的时候，鬼子抓我当马伕。那天眼擦黑，蚊子把鬼子骑的牲口咬得皮都裂开了，鬼子怪我不照管牲口，把我绑到那棵歪脖子树上喂蚊子。我算尝过我爹的滋味啦。没曾想游击队进来啦，他把我打树上解开的那会儿……"他指着营长，"我已经半死不活的啦。……"

"往后呢？"

"往后，我就跟他走啦！"魏得胜指着营长，又卷了一棵烟，说，"从打那天起，说句不好听的话，我就王八吃了秤砣，铁了心啦！……鬼子满山挂了老娘们的花裤子，有啥用？想叫咱们不革命，比叫老天爷不下雨还难呢！那些草驴没法懂得这个！……"

火堆旁边静悄悄的，没有声音。

只有小徐子一个人靠在树身上早睡着了。一个战士心里有气，用手掐住他的鼻子。他恐怖地嗷地叫了一声，全身一阵痉挛，睁开眼睛："唉哟，我的妈呀，做了一个梦！……"

又是一个夜晚，队伍在林子里走着。

魏得胜背着小徐子。

"像咱们这么走法，走到驴年，也走不到南满。"小徐子在人家背上，有气无力地说，"好几千地呢。"

"爬也得爬到！"魏得胜气哼哼地说，"是好几千地！"

"连长呵，"小徐子恳求似的，"我还得说，你们把我撂下得啦……大家伙儿换着班背我……我不愿意当累赘！"

"废话！"魏得胜斥道，"谁也没把你当累赘，真是个混虫。"

"……反正，我一个人死在老林子里，也不能投降！"

"人家背你走，是怕你投降呀？"魏得胜怒冲冲地骂了一句，"混虫！"

他转向队伍："到江沿还有四百来地，限三天到，给我快！"

那一腐一点的战士说："好家伙，咱这腿也是肉长的呵，连长！"

"谁的腿也不是铁打的！"魏得胜说，"头开河过不了江，咱们没场找船。你再嘟嚷嚷的，我给你嘴上贴封条！"他的连鬓胡子后边隐含着笑意。

他拍拍小徐子的腿，说道："小徐子，没准儿到江沿上，能给你闹两个鸡蛋吃！……"

黑夜。队伍急急地奔出了丛林。

身后响着追兵的零乱的射击声。

"兔崽子们，咬住就不撒口呵！"魏得胜说。

队伍奔走在丛林和江岸之间的白雪皑皑的开阔地上。

队伍奔上了陡峭的江岸。

身后的射击声越来越密了。

就在此时，魏得胜清晰地听见从江里传来一阵隆隆的声响。"要坏！"他说。紧接着便是仿佛十门重炮齐放似的一声天坍地崩的巨响。江上的坚冰突然飞起几十丈高，大块的冰块带着千钧重量撞击有声，砸到江堤和江面上来。接着，是乌黑的江水的隆隆的怒吼，携带着碾盘大的冰块奔腾而下。

"他妈的老天爷跟咱作对呢。"魏得胜骂了一句，在那些被大自然的奇观弄得目瞪口呆的人群中奔去。

他找到营长，叫道："营长，奔下游，跳冰排，没别的路！"

"跳冰排？"营长说。

"跳冰排！"魏得胜重复。

"险！"

"顾不得了，兔崽子们上来了！"

营长决定了，大声喊道："同志们，随我来！奔下游，跳冰排过江，到江南老虎硌子集合。"

鬼子已经出现在开阔地上。

"我别住兔崽子。"魏得胜对营长说，随即转身向回跑去，喊道，"三排！三排跟我来，掩护部队过江。"

他此时兴致勃勃，仿佛生龙活虎一般。

"给我狠揍这帮哲学家一家伙！"营长对魏得胜说。

魏得胜伏身在一架"手提式"上向密集前进的鬼子猛烈地射击。

"来吧，哲学家兔崽子们！"他打出一排子弹。

"人活着，为的啥？呵呵哈！"他又打出一排子弹，"就为的这个！"

魏得胜身旁的一个战士准确地向敌人投出了手榴弹："着家伙！"

当战士再一次抬起上身投掷手榴弹的时候，他中弹倒了下去。

一个战士爬上前抓起他扔下的枪，向敌人射击。

"好小子！"魏得胜赞赏了句。可是他立刻就发现这人是小徐子，就骂道："混虫！你咋不走？给我走！"

"反正我也走不了！"小徐子说。

"混虫！"魏得胜向越来越近的敌人打出一排子弹。

这时，他发现鬼子已经从右侧迂回上来。

"撤！"他命令。

他一手提着手提式，一手抓住小徐胳臂，毫不费力地就把他扛在肩头上了。

魏得胜选择了一个较好的地形，继续阻击敌人。

他回头一望，下游江沿上已经没有几个人了。同志们在冰排上跳跃着。

他对那个掐人鼻子的战士说："小徐子交给你啦。"他一边射击一边吩咐，"带他过江！"

他射击着。他重又回头时，江岸上已经没有人了。他高兴已极，叫了一声："行啦！"对身旁的战士们说："你们先走一步，跳上冰排过江，到老虎碴子集合。我在后头别住，随后就到！"

"连长！……"一个战士要反对。

"走你们的！"他坚决地命令。

他伏在手提式上，又打出一排子弹。鬼子们倒了下去。等到约摸人们已经跳上冰排，他操起手提式，且战且退。

几个鬼子已经到了江岸。

魏得胜退到江边，转身跃上冰排，复又掉过身来，朝着鬼子射击。

一颗子弹打中他的腿上。他全身一震，就落进咆哮的江水中。

忽然，他的头伸出水面，两手抓住浮冰的边缘。

越过冰面，他看见同志们在一块块冰排上向对岸跳去。

从他的脑后，几颗子弹打在他抓住的这块浮冰上。

冰的边缘是抓不牢的，他沉没了下去……

三

一块浮冰把魏得胜撞击到江边的巨石上。

他爬上岸来，可是，立刻就失去了知觉。

等他重又睁开眼睛的时候，他发现自己赤条条地躺在一铺小炕上。最先映进他眼里的是对面墙上的一个镜框，里边装着一张纸的"满洲国"旗。屋里有电灯和军用电话。

一个老兵正在用冰凉的毛巾用力摩擦他的胸口。

"缓过来啦！"老兵说。

他开始感到伤口的剧烈痛楚。

"你摊上个炸子儿，伙计。炸子儿。"老兵说。

站在地心的一个年轻的伪军，两手合抱在胸前，歪着精细的脖子，不怀好意地问道："是个抗联吧？"

"不是。"魏得胜否认。

"我数过啦，你小子身上有十一处枪伤，还不算你新挨的这个炸子儿。你资格不浅。你不是抗联，我改个姓儿。"

"那你就改个姓儿吧。"魏得胜坦然答道，脸上甚至带着笑容。

老兵俯身给魏得胜上药，用剪刀把伤口周围炸烂的肉剪去，一边说："我这红伤药可灵啦，怎么？疼？"

魏得胜看见老兵的善良的小眼睛里充满同情。

"没啥。"他说，回望着老兵。

那个年轻的，依旧歪着小细脖，带着邪恶的笑容，观察着魏得胜。

"你笑啥？"魏得胜挑战道。

"你可管得宽！"

"我知道，"魏得胜说，"你看着我，就好像是看着一堆赏钱似的。"

"你啥都知道，"那家伙仍然带着邪恶的笑容，"可就不知道你得怎么死。"

"啥都知道。"魏得胜同意，"你一撅腚，我就知道你要下几个驴粪蛋。"

"他妈的！"

老兵给魏得胜收拾好伤口，把已经烤得半干的棉袄裤扔给他。

魏得胜一边穿衣，一边嘲弄敌人："我知道你正寻思，把这小子送到宪兵队去请赏，弄它一大把老绵羊票子，然后给哪家半掩门子相好的买两块鸭蛋粉，一瓶生发油，再扯它几尺花洋布，还有，买一大包海洛因，美滋滋地过个瘾。对吧？官长？"

老兵惊奇地望着魏得胜。

"从你这两片嘴，你小子也是个抗联。"那家伙说。

"从你这两片嘴上看，白面、红丸、海洛因、吗啡、大烟，没有你不好的。"魏得胜不容敌人开口，接着说道，"我告诉你，年轻轻的，图财害命的钱，可不好花呀！往后，你自个儿该不敢走黑道啦！这年头，报应来的快，还是给自个儿留个后手吧。"

这些话，似乎暂时起了一点作用。那家伙忖度了一下。

"我看，班长呵，"老兵忽然开口道，"他不像个抗联呀。"

"你看不像？"班长立眼叫道，"你敢保他？"

老兵说："我……"他低下头看一眼魏得胜。

"谁保你呀?"班长叫道。

老兵鼓起勇气说:"早知道,还不如不救他。冻死了,也比喂狼狗强呵。"

魏得胜对老兵说:"老大哥,你这份好心,我这辈子也忘不了。你倒像个中国人。"

听见"中国人"三个字,老兵全身震动了一下。他的嘴唇动了一动,可是没有出声。

这时传来火车的隆隆声,仿佛就从头顶上开过去似的。

班长抓起电话筒,叫道:"我是江桥。派辆电驴子来,我抓住个抗联。"

"吹牛皮!"魏得胜说,"抗联,你抓得住?我说,班长,我越看你越不像个中国人。"

"是不像。"不料那家伙同意了。

"不单不像个中国人,简直就不像个人,正经八百是头草驴、畜生!"魏得胜为了激怒他,破口大骂了。

那家伙两步跳到魏得胜跟前,举手就打。魏得胜抓住这只手,立刻像闪电似的把个榔头似的拳头,用尽平生之力,打在那家伙的太阳穴上。那家伙就飞到墙根角上去了。

老兵慌得抽过枪来就对准了魏得胜。

"枪放下!"魏得胜像叫口令一样地说,"老大哥,我知道你不想打我,你那子弹没上膛。"

老兵打了一个唉声,把枪立到墙上了,然后走到他那班长跟前,拿手在他鼻子上试试,又慎重地摸摸他的心口窝,立刻十分轻松了,说声"吹灯啦",就坐在那尸首旁边上。

魏得胜看看自己的拳头,说:"抽白面抽的,不经打,我约摸这一家伙准能给他送终。"

"唉!"老兵对那尸首叹了一口气,"班长,老绵羊票子没捞着,连个小命儿也搭上啦,哪多哪少呵?"看来这个老兵是很富于幽默感的。他接着又说,"这回,咱们大队长又能多吃一名空额啦。"

魏得胜坐在老兵旁边,接口道:"死鬼原来还有死鬼的用处呢。这时候,真想抽袋烟呵。"

"我这有。"老兵说。他解下烟荷包装满一锅烟,自己先抽着,然后又递给魏得胜。

"哈,真叫香!"魏得胜抽了一大口,赞美道,把烟袋又递给老兵。

"这小子算把我欺侮苦啦。"老兵说。

"我问你,"魏得胜又接过烟袋抽着,"刚才你咋就不打我?"

"唉，好歹我是个中国人哪！"老兵回答。又说，"你当我心甘情愿当这份万人骂的兵呀？鬼崽子们把我抓来的！这下子好，我算熬到头啦。赶紧走吧，老弟！"

"我得往南去，咋走？"

"从桥上走。"老兵想了想，说，"来，把他这身皮扒下来，你穿上。"

老兵扒着军装，一边对那尸首说："我早知道你不得好死，三天前你还糟蹋人家老刘家新过门的媳妇呢。兔崽子！"

魏得胜穿好了军装，老兵又递他一杆枪，说："火车刚过去，你大摇大摆地走吧。桥南岗楼要是盘问，你就说你是大叫驴派到刘家窝铺给刘七驴子送信去的。"

"咋这么多的驴子呀？"魏得胜惊奇地说。

"这年头，驴子就是多呀！你记住，一定得说大叫驴，那才像个老兵油子呢。"

"你咋办？"

"我也走。"

"到哪？"

"我有个当家子兄弟，在绺子上，我进山找他去，好歹挂个柱。"

"绺子上？"魏得胜想了想说，"先落个脚，倒行！要是个开捎绑票的绺子，可千万别往里跳。往东去，往北去，都有我们的队伍。"

这时，他们已经站在门外桥头上了。黑夜里，刮着风飞着雪。

"也许将来还能见面？"魏得胜说。

"那倒不赖。"老兵眨巴着善良的小眼睛。

魏得胜深深地望他一眼，朝桥上走去。

风雪之中。魏得胜忍着伤口的疼痛，一步一步地走在枕木上。从枕木的空隙，看得见乌黑的咆哮的江水。

他走得很艰难。

走到桥南岗楼跟前，黑影里有人喝问："谁？"

"我呀！"

"你是他妈的老几呀？"

"大叫驴派我给刘七驴子送信的。他妈的，一大群驴！大风大雪，深更半夜的！好人不当兵呀，兄弟！"

"进来暖和暖和吧。"

"有烧酒么？"

"尿倒有一泡。"

"留你自个喝吧。"

"回来见吧。"

"兴许这辈子也见不着啦。"

"没人想你，小冤家!"

"好说!"

魏得胜大模大样地走在桥南路基上。

身后，那个哨兵唱起来："小冤家呀小冤家，奴的亲亲热热的小冤家哎……"

## 四

雪在融化。

魏得胜早已把那身伪军军装扔掉。他现在拄了一根粗大的木棒，在杂木林里一步一瘸地、费力地往前走。太阳迎面照在他的鬓发纠结的脸上。

他走着。

旁白："我拣了一条命，可是我丢了我的队伍，我非得找着它不可! 我一步一步地朝南走。伤口老不好。走了一个多月啦，雪化啦，春天来啦……"

他艰难地走着……

在一片桦树林里，他跪在白桦树下，在树身上锥了一个小洞，一会儿，流出了亮晶晶的树的汁液。他把那清香的、甜美的汁液吸进腹内。这情景，就像是婴儿吸食乳汁一般。

等他吸饱了，就用一块泥土小心地封住树的伤口。

他走着，白桦树抽出了碧绿的新芽。

他走着，成团的白蝴蝶满山飞舞。

他走着，臭李子已经满树是圆阔的花蕾。

## 五

臭李子已经是繁花满树了。

在暮色中，臭李子花树显得分外洁白。

魏得胜望见一个篝火堆，一个人背朝着他坐在火堆旁边。他悄悄地接近火堆，藏在一树臭李子花后边。他看见那人在做饭，一阵包米粒子的香气，他用力地嗅了一嗅。他想了想，决定走上前去。他绕到那人的对面，在火堆前边站下了。那人冷不防吃了一惊，操起手边的十字镐，叫道："干啥的?"

双方立刻互相认出来了。

在小徐子举起十字镐正要刨下去的同时，魏得胜惊喜地叫了一声:

"小徐子！队伍呢？"

十字镐停在空中，小徐子叫了一声"连长！"十字镐无力地落到火堆边缘上，噗地砸起一团火星。

"队伍呢？你咋在这儿？"魏得胜紧问。

小徐子一屁股坐下去，抱住脑袋说："队伍，还问队伍呢，队伍完啦。"

"你扯淡！"魏得胜大吼一声。他盯住小徐子的眼睛："队伍完啦？你扯淡！队伍完啦，你咋没完？"

"我扯淡？"小徐子解释道，"你听我说，头半个多月，队伍在莽牛哨西边大山里碰上鬼子搜山的大部队，把咱们给打哗啦了。我就是打那儿'呲'出来的。"

魏得胜怒冲冲地说："就算是给打哗啦了，咱们队伍就完了？真他妈的扯淡！"

"连长，"小徐子说，"伤亡太大呀，三停剩不了一停啦。"

"我还寻思连一个都不剩呢。"魏得胜厉声道。

"我找了半个多月，连个人影都没找到。"小徐子说。

"谁知道你找了没找！"魏得胜依然厉声道，"小徐子，要找就找得到。咱们队伍完不了，剩下两个，剩下一个，咱们队伍也完不了！你参军快两年了，平常也不错，怎么说这种混蛋话来？"

"连长，你当我愿意咱们队伍完了？"小徐子道，"我是找不着队伍，心里头着急。"

魏得胜望着他，然后才在火堆旁边坐下，又问道："咱们营长呢？"

"不知道。"小徐子答道。

魏得胜指着那锅包米粒子，问道："你这是哪来的？"

"我碰上一帮做金子的。"

"做金子的。"一个身材高大的老头子从树后走出来，喝了一声，"我把你舌头伸出来！"他走到跟前，在火堆旁盘腿大坐，两眼死盯住魏得胜，问道："干啥的？"

"城里有仇人，被逼无奈，逃进山里来啦。"魏得胜沉着地回答，一边观察着仪表非凡的老头子。

老头子捋着满腮雪白的胡子："嗯哼！"他伸出手，"'国民手账'！"

"没有。"魏得胜摇摇头。

"'劳动票'！"

"没有。"

"不像个好人！"

"哈，大爷儿，这年头，黑白颠倒，好许是坏，坏许是好。"

老头子仰天打个哈哈："说得有理！"他从褡裢里掏出一个破搪瓷缸子，盛了满满一碗包米粒子，递给魏得胜："吃点。"

魏得胜大口吃着。

"像他妈一头饿狼似的。"老头子说，又掏出一把咸盐粒，扔到缸子里。

"一个多月没见粮食粒啦。"魏得胜吃得狼吞虎咽。

老头子问道："你往南去往北去？"

"往南。"

"我也往南挪窝儿跟我一块走。你光身一个钻老林子，就是饿不死，早晚也得让黑瞎子捞去。"

"也是实话。"魏得胜想了一想，说。

"碰见我，你就算碰见贵人啦。跟我走，干个一年半载，弄上几两金子，进城做个小买卖。"老头子又说，"'国民手账'，现成，我给你办。"

"险！"

"险？"老头子大笑，"都他妈的当亡国奴啦，还怕险！这年头，谁的脑袋不是掖在裤腰带上？看你外表像条好汉，内里可有点熊。"

"内里可一时看不出来。"魏得胜缓慢地说，"行吧，大爷儿，可有一宗，我跟你们干不长，我说走就走。"

"有二两金子揣怀里，拿棒子打也打不走啦。"

"有二十两，我全给你，我走我的。"

老头子摇头大笑，他根本不相信。

这中间已有十几个高矮不齐的壮汉，陆陆续续地坐到火堆跟前来。一个膀阔腰圆的大汉，冷冷地说："吹牛皮。你见过金子没有？"他转脸气哼哼地问老头子，"掌柜的，你死乞白赖留他干啥？打算招个养老女婿，要不就是他手艺高？别人一天出两钱，他一天能出他妈的十两？"

"孙海山，"老头子吼道，"你别忘啦，当初你也是老林子里差点饿死，我把你收留下的。我当初可不是打算招你这么个东西当养老女婿。"

孙海山怒形于色，但是没有说话。

魏得胜站起来要走。

老头子厉声止住："别走！"然后他朝孙海山怒吼道，"孙海山？"

孙海山无奈，朝魏得胜点点头："我说兄弟，你要走，可叫我下不来台呀！"

一行人背着各种工具，走在峡谷间。有的背着椴木簸箕，有的扛着一头圆一头尖的十字镐，有的扛着用半个汽油桶制造的方形的、有五尺长木柄的水舀子，有的背着同样长柄的铁锨，有的背着桦树梢子编的帘子。这些工具都是淘金者所特有的。

魏得胜放慢脚步，等着身后的小徐子跟上来。

"记住，咱俩不认识。"他低声嘱咐小徐子。

"这我知道。"

"说实话，你是不是开小差出来的？"魏得胜低沉而严厉地说，看着小徐子的两眼。

"这会儿，说啥也白说。找着队伍，啥都明白啦。"

"要是找不着，咋办？"魏得胜试探道。

"除非咱们抗联全让鬼子打光啦。"

"这倒像句话！"

"咱们不如回去找军部。"小徐子建议，"往北比往南好走，道也熟啦。"

"我要想回去，这工夫我早到家啦。"魏得胜反对道，"我得找着队伍，跟他们一块找到一路军，完成任务。回去，比开小差，好不了多少。"

"这我也明白。"小徐子赶紧说。

魏得胜抛开小徐子，一跛一瘸地往前走。老头子正转过身来，从怀里掏出一个布包来递给他："找个背静地场上点药，烂掉一条腿，可不像个样。"他又大有深意地问道，"你是长个大火疖子吧？"

"嗯。"

老头子一边走一边笑着："老疙瘩，你是命不该绝有救星，碰见我啦……我给你办个国民手账，你就可以放心大胆地走'电道'啦。讨着吃要着吃，没那玩意儿也不行呵！你别看我脾气暴，谁要是跟我有缘分，我心眼儿比菩萨好。"

"咱们许是有点缘分。"

"有缘分。"老头子意味深长地肯定道。

夜晚，平岗上丛林之中。

沙金盗掘者们正在大吃大喝。

老头子拿了一个大葫芦。在人们中间走着，他已经喝了很多，步履跟跄。

"伙计们，这儿可是一片好金场，加劲干，一宿咱们弄他妈十两二十两的。"他嚷叫着。

他走到魏得胜跟前："来！"

魏得胜站起身。老头子把葫芦里的酒倒在魏得胜碗里，命令道："今个头一天开工，喝！"

魏得胜一饮而尽。

老头子喝一声彩："好小子，海量！"他自己举起葫芦嘟嘟喝了一大口。

"齐大爷，你可有点过量了。"

孙海山举起他的酒碗："咱们掌柜的是没有底儿的量。"他一仰脖喝下一碗去。

"着！"老头子咕嘟咕嘟地灌了下去。

"干吧。"已经喝够了的拿起工具奔下平岗。魏得胜放下碗，跟大家一起奔下去。

平岗下边的金场，美丽如画的溪流地带。各处点着火把。

魏得胜用那长柄铁锹掘着沙子。

忽然在黑影里有人触他腰一下。他住手回头一看，看见了一副诡秘的笑容，再一注意，竟是那个孙海山。孙海山发现他自己弄错了，吐口吐沫转脸走了。

又掘几锹沙子的工夫，魏得胜身旁的一个小个子，把锹往沙上插，抽身走了。

魏得胜心中一动，回头望时，见两个黑影奔平岗那边去了。

他继续掘了几锹，想了想，放下锹，也奔平岗去了。前边两个人已经不见了。

魏得胜来到老齐头住的"抢子"跟前。他看见醺然大醉的老头子已经被捆了起来，嘴里塞了一团毛巾。他正圆睁双目奋力挣扎。小个子在老头子铺盖卷里乱翻，孙海山正骑在老头子身上去解他腰上扎的一件东西，可是急切间一时解不下来。

魏得胜两手把支架"抢子"的一根碗口粗的小松树干一把揪在手里，喊了一声："来人！"

那"抢子"经他这一摇便噗地坍了下来，把三个人压在底下了。两个人在"抢子"顶底下扑腾了半天。


丛林里的审判正在进行着。

老头子站在一棵形容古怪的老橡树之下，众人围绕着两个罪犯，站了一个半圆圈。

"……大伙说，该怎么办吧？"老齐头此时已是十分平静地征求大伙的意思。

"这有啥说的。"一个说。

"照咱们老林子里的规矩办嘛！"一个说，"脱光了绑到林子里去，夏天喂小咬，冬天喂黑瞎子。这是老规矩嘛，有啥说的。"

老头子朝两个罪犯问道："屈不屈？"

"不屈。"孙海山把身上衣服脱下，扔在地上，"哪位兄弟，勤去了着点，拣我两根骨头棒子捎给我孩子他娘。"

那小个子伏地大哭。

孙海山对小个子说："我上你的当啦，你痛快点，陪陪我吧。"

有人过来拉起小个子，扒去他的衣裳。

魏得胜激动地站了出来，对大伙说："我新来的，不懂规矩，有句话不知道该说不该说。"

"你说吧。"大伙同意了。

"我爹是让我们屯堡的粮户绑到树上喂小咬，活活叮死的。我自个也尝过那个滋味，那是鬼子干的。这是大粮户跟鬼子对付咱们穷棒子的办法，咱们穷棒子不能用这个办法对付穷棒子——咱们可不能折磨活人。"

"那你说咋办？"有人说。

"我再问问，这两小子跟你们一块干了几年？早先犯过错儿没有？"

"要说早先，倒还像个人样儿呢。"有人说。

"依我看，这两小子跟咱们老掌柜的有点不对付，一时糊涂，昧了良心。"

"你说咋办？"

"我求个情儿。"魏得胜笑着朝老齐头抱抱拳，又朝大伙抱抱拳，"看在这些年穷哥们的情分，饶他们这一遭！下回再犯，一块儿办。我知道老掌柜的大仁大义，他准没说的。"

大家的视线集结在老头子脸上。

孙海山此时却噗地一声跪在老头子脚下："掌柜的，我错了，死活在你老舌头尖儿上。"

老齐头掀髯大笑道："你们两位要是愿意走，我姓齐的多送盘费；愿意跟我遭罪，我姓齐的海阔天空，不会记仇。"

众人一个个顿时眉开眼笑。

老齐头和魏得胜站在平岗上，望着月光之下的溪流地带，那里点点火光，人们正在劳动。

老头子拉魏得胜坐在一块大板石上，从棉袄怀里掏出酒葫芦来，拔下塞子，喝了一大口，然后亲昵地抱住魏得胜的肩膀说："你呀，你是能人。你到这才几天，人缘儿比我好。我这帮伙计个个不好摆弄。可是，背地里一提起老魏，全都翘大拇指头，大家伙服你。这一程子，拌嘴的不拌啦，干架的不干啦，干活得欢啦，金子也就出得多啦。"

魏得胜笑道："照你这么一说，我成神仙啦。"

老头子又喝一口，抹抹胡子眼看着魏得胜，神秘地笑道："冲你这分韬略，我看你至少也能带两团人。"

"你越说越玄。"

"兄弟，"老头子说，"我哪能让你走呵。"

"咱们可有言在先，齐大爷。"魏得胜正色道，"我就等着你给我办'国民手账'呢。"

"你看不起我呀？你不愿干我这一行呵？你嫌金匪这个名称不好听呀？"

"你嚷嚷啥呀。"

"你看，"老头子指着金场，"金子是谁的？中国人的！中国人采，不比留给鬼子强呵？谁他妈的是金匪呀？我拿我自个儿的东西，倒他妈的成了土匪啦。"老头子醉醺醺地大叫。

魏得胜望着那美丽的溪流地，说，"不光金子，一块石头一把沙子，全是中国人的，你明白么？"

"我不明白，就你明白！"老头子气哼哼地说。

"你又喝多啦。"

老头子又抱住魏得胜的肩膀，酒气喷人地说："不错，我是个金匪，可是，我是个好人。"

"谁说你不是好人？齐大爷。"

"我是让那些王八羔子兔崽子逼上这条道的！二十三年啦，整天钻大黑林子像他妈狼似的。你当我愿意呀？可是，我得活呀，穷哥们倚仗我呀！"他停了停，眼泪巴巴地说，"我是个老绝户，就有一个寡妇闺女，是我的亲骨肉。……谁叫我当初给她找了个不着调的女婿呀？我说啥也得帮她把我那小外孙子拉帮成人呀。我也就是为这娘俩儿奔呵。趁着我身板硬实，再为他们奔个十年八年的。"他又停了停，"……如今，土都埋到脖头上啦，回过头想想我这一辈子，唉，心里发闷，没意思……"

"齐大爷。"

"我是这咋的啦？"老头摇摇头，从突如其来的伤感中恢复了常态，"唉，人老了，话就多。怪，可也得看跟谁说。"他看着魏得胜的脸，"咱爷俩就是对劲儿。"

魏得胜点点头，十分温柔地笑了。

"是呵，我这一辈子没多大意思。你是个有出息的。可不，人哪，总得有个奔头儿。你有你的奔头儿，我琢磨是留不下你啦。"可是他又抱着一线希望地问道，"非走不可？"

"不走不行呵。"

"走就走吧，我救人救个活。一半天警察队的兔崽子该吃钱来啦，我给你办个'国民手账'，你就可以大摇摆地走'电道'啦，要口饭吃也容易。"

晴朗的白天。在那株形容古怪的老橡树前，烧着一整股高香。

老头子坐在一棵树木上，他的前边站着沙金盗掘者们。正在举行沙金分配的仪式。人们一个个挨次走到老头子跟前，严肃地取走他应得的一份。

最后剩下魏得胜一个人。

"来!"老头子招呼他。

"我交柜啦。新来乍到，没出过力。"他说。

"柜上给你存着。"老头子说。

接着，老头子庄严地宣布道："趁着高香还没烧完，谁昧良心私自藏掖的，赶紧交出来。"他目光炯炯地望着每个人的脸，"人不知道，天知道。躲过这一遭，躲不过下一遭!"

孙海山一把把小徐子提了起来，推到老头子跟前："我救你一条命吧。"他从小徐子身上搜出了金子。

魏得胜看在眼里，不由得全身一震。

鄙夷和愤怒的眼光，投在小徐子身上。

"我，我……不知道规矩。"

"要等高香烧完了，你这条命谁也救不了，谢谢人家吧。"老头子说。

小徐子朝孙海山深深作了个揖。孙海山笑嘻嘻地说："要搁往年碰见你这样的，我就等高香烧完了再提拎你。如今晚，我也打算积点德啦。"说罢扬长而去。

人们纷纷散开。

平岗上只剩下魏得胜和小徐子。

"原来……"魏得胜气得说不出话。

"我是想……"小徐子低头说。

"想什么?"

"想留点盘费。"

"那就偷偷摸摸?"

"我是想……"

"别说啦!"魏得胜大喝一声。然后，他极力使自己平静下来，说："我三两天就走，我走后，你就走。"

"反正我也没脸待下去啦。"小徐子说，随即走开了。

魏得胜一转身，发现一队马队正朝着这儿跑来。他三步两步跑到老头子跟前。老头子在一块大板石上铺了一块鹿皮正在睡觉。

"警察狗子。"魏得胜说。

老头子站在板石上，望了望，说："兔崽子盯得真紧。这回你的'国民手账'就有啦。"

他带着魏得胜迎到平岗坡上。

警察队长一马当先跑到岗顶，在老头子身旁跳下马来。

"队长老爷御驾亲征呵？"老头子调侃道。

"听说你这程子大大地发财，兄弟给你老道贺来啦。"

"好说！不是给我道贺，是给它道贺呢。"老头子顺手从怀里掏出一个沉甸甸的小包来，交给队长，"真叫钱能通神，我刚给你预备好，你就知道啦。"

"哪的话，我是奉命搜山，青纱帐快起来啦。老哥，碰见过抗联没有？听说有一大股子刚过去。"

"我，你还不知道，就是碰见了，我也不告诉你。我就不爱当警察腿子。"老头子大笑，接着说，"我说队长，我这兄弟国民手账弄丢了，没别的，看交情给补一个吧。"

"又是国民手账。"那位队长仔细打量一眼魏得胜。

"我保险，好人。"

"好人？哼，好人堆里挑出来的。"

"一手交钱一手交货。"

"看你面子。"队长从他的皮挎包里取出一打空白的国民手账来，拔开笔帽，却又按住了："五十块。"

"别一棒子揍死人，二十五。"

"你知道行市。"

老头子拿出钱来，扔到队长的皮包上。

队长皱着眉问魏得胜"姓啥？哪的人？"


第二天黎明以前。

魏得胜跟老头子两人对面坐在"抢子"外面。

"我该走啦，齐大爷。"魏得胜拿起身边的木棒。

"天亮了再走，我还有两句话说。"老头子说，"往南去要是你有难处，我指你去投奔一个人。再走这么三五百地，你只要一打听炮手董老利，山里人全知道。这人是我的把兄弟，五十年的交情。有一年他一个人下山，碰见大爪子了，大爪子就蹲在小毛道上。等他看见它的时候，只差二三十步远。怎么办？拿枪打么？那没用；转身往回跑？非死不可。老董说，这时候只要你眼神一慌张，你就没有命。我那老董就照直地朝那大爪子走去，两眼盯住它的湛亮的眼睛，不慌不忙的，一直走到那东西跟前。这时候，谁让路？或者是人，或者是大爪子。"老头子紧张地讲下去，"大爪子站起来，慢慢地让开啦。"

魏得胜屏息听着。

"我那老董从大爪子身边走了过去，他知道一回头就没有命。回来之后，我那老董黑天白日足足地睡了半个多月。从此以后，老白山上他就出了名啦。"

"我可真想会会他。"魏得胜说。

"一提我就行啦。"老头子说，"记住这件事，要是你也碰见了一个拦路的大爪子，你就盯住他的眼睛，照直地走上去。一害怕，就是死，明白?"

"我明白。"

"你那棉袄不行啦，换上我这件。"老头子把身上披的一件棉袄递给魏得胜。

魏得胜换上棉袄。

天光大亮，两人向坡下走去。

"告诉你吧，"老头子含笑道，"那天晚上你跟小徐子在火堆旁那番话，我全听见啦。"

魏得胜站住脚，望着老头子，不知说什么好。

"走吧。不死，咱们还能见得着。"

魏得胜朝坡下走去。

正在这时，一队马队飞已然地冲上坡来。魏得胜猝不及防，被捕了。

"魏连长。委屈点吧。"那队长得意扬扬。两条绳索把魏得胜拴到马身上。

老齐头已从岗上飞奔下来："兔崽子，把我的人留下!"他身后，人们蜂拥而下。

"上马，快走!"那队长慌忙命令。

"留下我的人!"老齐头举臂厉声大呼，猛冲下来。

他身后一片呼喊。

那个队长朝老齐头开了一枪。因他慌，没有打中。

魏得胜一下子被马拖倒在地上，在沙砾上拖着走去……

# 六

魏得胜带着镣铐，走在阴湿黑暗的地下室的长长的甬道里。在一扇扇关着的小门上，写着"第一取调室井上曹长"、"第二取调室木村曹长"、"第三取调室龟谷曹长"、"第四取调室犬口曹长"等等。从这些"取调室"里传出一声声惨叫。

魏得胜被宪兵推进门上写着"特别取调室田中课长"的室内。

魏得胜见这位田中课长，穿一身中国裤褂，大约四十岁，脑袋上只有稀拉拉的几根毛发，戴着金丝腿眼镜。他面前的桌上，摆着纸烟、水果和日本的"生果子"，还有两瓶"朝日"牌啤酒。

"请坐。"田中操流利的中国话说。

魏得胜在他对面坐下。

"去掉手铐脚铐。"他用中国话说。

宪兵遵命去掉了镣铐。然后，两人对视着。

旁白："我第一次这么近，跟我的敌人面对面地坐着。……"

魏得胜低下头，看看放在膝盖上的自己的大拳头。然后，他又抬起头来。两人的目光交战着。

田中倒了两杯啤酒，把一杯推到魏得胜眼前。他一边喝酒，一边说："很荣幸，我遇见一位抗日联军的连长，而且是共产党员。喝杯啤酒，我们谈谈。"

魏得胜想了想，举起泛着泡沫的啤酒杯，嗅了一嗅，然后皱着眉，说："吓，一股马尿味儿。"他把杯子放下了。

"我很喜欢跟共产党员谈话。"田中含笑说，"你是哪一年，在什么地方入党的？"

魏得胜翻着眼睛，问道："你说啥？"

"你在共产党内担任什么职务？"

"别跟我转文。我是个屯老二，听不懂。"

"你们这个队伍到南满去，有些什么任务？"

"你可真把我整糊涂啦。"魏得胜拍着自己的脑门子。

"你可真会装傻。"田中笑道。

魏得胜也朝他咧开嘴，笑了。

"看起来，你是一个十分忠诚的共产党员。我问你，你想不想活着？"

"为啥不想？"

"只要你把一切都招出来，要女人，有女人，要钱有钱，人活着，为的什么？你好好想想。"

"我有啥可招的？你叫我想啥呀？"

田中拿起一块点心，咀嚼着，说："我给你充足的时间，好好想一想。"

沉默。传进一声声凄惨的号叫。

魏得胜望着他，一言不发。号叫声更大了。

"别害怕，我不喜欢给共产党员上刑。一般地说，我是个人道主义者，咱们听听音乐。"他把桌上一架留声机打开，用手摇着，口里说："这是我的习惯。"

唱片旋转，李香兰唱起了"满洲姑娘"："……奴是二八满洲姑娘。……"这歌声夹杂在一声声惨叫和拷打声中。

"你逃择哪一种音乐？哈哈哈哈……好好地想想……你什么时候想好

了，什么时候睡觉。"田中站起来，对那两个站在门旁的宪兵用日语吩咐了一句什么，就走出门去。门大开着。

魏得胜此时两手两脚被捆绑在椅子上，一个宪兵坐在他旁边，抽着烟。另外一个宪兵坐在田中的座位上，管理着留声机。

"满洲姑搜"的歌声夹杂在呼叫和拷打声中。

魏得胜困得很。刚一闭眼，香烟头就触在脸上。

魏得胜的两只眼睛。唱盘在旋转。"满洲姑娘"的歌声，嚎叫声。一个个相貌不同的宪兵。桌上的酒瓶、点心……在旋转。……

旁白："这些畜生，足足折腾我三天三夜，到第四天一早……"

魏得胜睁开眼。桌子对面的座位上换上了田中，他笑嘻嘻地问道："想好了么?"接着，他用日语对宪兵吩咐了一句。

那宪兵推开门，小徐子穿一身伪满警尉补的制服，走了进来，朝田中脱帽鞠躬。

魏得胜双目喷出了火焰。可是他全身被缚在椅上，动也不能动。

田中望着他，说："这是你的连队里的士兵。你的教育并没有使他变得崇高一点，可是一张李香兰的照片，就使他悔悟了，哈哈哈哈……请坐。"田中把他的座位让给小徐子，"你们谈谈吧。"

"我说，姓魏的，"小徐子两手插在裤袋里，站到魏得胜面前趾高气扬地说，"我挂花的时候，你背过我，冲你对我这点好处，我一心想救你，你别给自个找罪受呀。我过来才几天，钱有啦，娘们儿有啦……"

魏得胜用力朝小徐子脸上唾了一口唾沫，接着又是一口。他全身一阵挣扎，那座椅在他身底下咔咔响，田中示意小徐子出去。

"看出来了，你是一条硬汉子。"田中说，"可是，我能把你变成一块糖稀。"田中吩咐宪兵解开绳子，"带走!"

魏得胜站起来，一个字一个字地说："那咱们走着瞧吧，到底看谁变成糖稀!"

在宪兵的押送之下，魏得胜走过阴湿、黑暗的长长甬道，听着两侧"取调室"里传出的凄惨的号叫，然后走上一段阶梯。左右两侧照来初夏的明亮光线。然后又走下对面的阶梯，重又进入阴森的甬道。在粗大的大栅门上，挂着一个木牌，写着"留置场"三个字。宪兵把他推进栅门以内，把他交给了当值的宪兵看守。

看守把他检查了一遍，解去了他的裤腰带，把他带到第七号监房门前，打开低矮的小门。他弯腰钻了进去，一下子就扑倒在坚硬的水泥地上了。

他把他那发烫的脸贴在凉冰冰的地上，立刻就睡着了。

牢房的门，一次又一次地打开……

魏得胜一次又一次地走进来，或者跌进来……

他一次又一次疲惫、瘦弱……

一个早晨，阳光从朝东的那扇狭小的铁窗照射进来，照在魏得胜撕得破破烂烂的棉袄上和伤痕累累的脸上。他倚墙坐着，望着窗外跳跃的麻雀。

他脱下棉袄，把那些破烂的棉花掏出来。

忽然，一件东西铮然有声落在水泥地上。他低头一看，在那一小块太阳光里，一块拇指肚大小的金子，闪着光亮。他拾起来，放在掌上看着……

又是一个早晨，同样的阳光和同样跳跃的麻雀。魏得胜在阳光里睁开眼睛，坐起来。

太阳照着墙壁上用指甲刻的一大堆大大小小的"五"字。

他在最末一个"五"字补上了最末的一笔。然后，他手指点着数下去："一五、二五、三五、四五、五五、六五、七五、八五、九五、十个五；一五、二五、三五……六十五天啦。"

他闭上眼睛。

队伍从眼前走了过去，一张一张同志的脸，最后是营长的脸。他的脸上带着赞许和激励的笑意。

"等等我，我就来。"他喊了一声。幻象消失了。

他又闭上眼睛。可是外边传来看守的哼哼唧唧的歌声，又是"满洲姑娘"，日语"阿他西久娄苦……"

"唉，他妈的。"这个调调儿简直是难以忍受的。

忽然歌声停了，门锁匡郎一声打开，宪兵叫了一声。

魏得胜走出去。


宪兵推他走出阶梯以后，把他朝左首推去。那儿有一扇通向操场的门。走出门，魏得胜就站在夺目的阳光下了。他感到一阵昏眩。

他定一定神，昂然朝前走去。宪兵惊异地望一望他，好像奇怪一个饱遭摧残的人，还会有这样的力气。

魏得胜看见远远的铁刺网旁边站着田中，他今天例外地全副武装。除他之外，还有三四个武装宪兵。

他昂然走到跟前。

"你的时间不多了，你有什么话说么？"田中带着残酷的笑容问道。

"有！"

"赶紧说吧。"

"你没有把我变成一块糖稀。"

"你知道么？人死了，就不能再活了。"

"呵哈，"魏得胜眯细眼睛，嘲笑道，"你这句话说得真对呀。"

"按照红胡子的习惯，你想来一碗烧酒么？我给预备了一大瓶。"

一个宪兵把一瓶烧酒递过来。

魏得胜用手拨开："用不着。"

田中从他的"王八盒子"里抽出枪来。他把枪口抵在魏得胜的脑门上。魏得胜闭上眼睛。

"怎么？害怕了么？"

魏得胜睁开眼睛。

"我给你五秒钟的时间，五秒钟以内，什么都来得及。"

魏得胜圆睁双目望住田中的眼睛。枪口在他脑门上动着。

"一、二、三、四、五！"

田中把手枪拿下，收进枪袋："我不叫你死。"他的脸上仍然是残酷的笑容，"死，对你太轻松了。因为，死了之后，就不知道什么叫痛苦了。我要叫你活着，活着，活着，求死不得！而且叫你活着，对我们有用处。我要叫你为我们——你的敌人干活，干到自己慢慢地死掉为止。"

# 七

烈日之下，灰尘滚滚的公路上，几辆大卡车急驶着。

卡车上满是"囚徒"。魏得胜挤在当中。他们每五个人被系在一条绳索上，绳索系在脖颈上。

旁白："我不知道我们是在什么地方，也不知道他们要把我们弄到什么地方去，只知道车子是朝南开。不管怎样，这是我要去的方向……"

卡车在山路上奔驰。押送犯人的宪兵乘着几辆摩托车，或前或后地跟随着。

暮色中，卡车队开到铁刺网的大门前。门柱上是挂着一大块本色的木牌。木牌上用日本式的书法写着"第一〇九思想矫正院"字样。

警卫打开铁刺门，卡车队开了进去。

宪兵打开卡车的挡板，三个一串五个一串的人们从车上跌落下来。魏得胜被左右两个人带着，头朝下跌在沙砾上。魏得胜左边是一个戴眼镜的，右边是一个年轻人。

人们被赶到"事务所"门前预先备好的几张长桌前边。每张桌上空有一盏雪亮的电灯。每一长桌之后，坐着一个鬼子。因为天气炎热，还因为"犯人"们的突然到来，鬼子们全都全身精光，只有一块兜裆布，头上却戴着"战斗帽"，脖上扎条白头巾，手里扇着白纸扇，扇子照例印一个大红球。他们头顶上有一块白布黑字的横幅标语，以日本式的汉字写着"增产报国"。

魏得胜排在行列里，跟前边的人一样在接受"入院处理"。

在第一张桌前，鬼子把魏得胜的坚硬的筋络突起的大手按在桌角上，用他的工具——一束缝衣针猛力地在这手上刺了六七下。血涌了出来，马上警卫用枪托把他推到第二张桌边。第二个鬼子用一把木刷把靛青染料涂在伤口。这一切进行得非常敏捷，可见"处理人"鬼子是十分熟练的了。第三张桌前，一个鬼子把一个铁模板按在他的背上，另个鬼子用红漆一涂，他的背上就出现了一个带圆框的"矫"字。第四道手续比较复杂，要用红漆在铁模上刷四次。于是魏得胜背上的矫字之后又多了"〇八七六"几个号码。戴眼镜的是"〇八七七"，年轻的小伙子是"〇八七五"。

被"处理"完毕的人们在一条狭窄的煤渣路上走着，荷枪实弹的警卫走在两旁。魏得胜注意观察，见在一排一排的囚房之间，又被铁刺网分割成大小等同的院子。铁刺网柱上的小门外，站着岗哨，每个小门门柱上都标着名称，如"王道乐土寮"、"兴亚寮"之类。这显然是矫正院用以有别于囚房之意。

魏得胜所在这一队，被骗进"共存共荣寮"。"寮"内是转圈的大炕，还有二层铺。

带领这一队"囚徒"的是一个照例头戴战斗帽，身穿"宛下子"，军裤上打着绑腿，屁股后头掖一条白毛巾的又粗又短的鬼子。他身后也照例跟着一个翻译。

这鬼子一进来，就大声用日语喊了一个口令。房里的老囚徒们从炕上、从二层铺上跳了下来，靠着炕沿立正。新来的看老的样，在炕沿前站了两层。

鬼子用日语高声喊了一遍，然后又按他自己的规矩翻成中国话："我叫犬口，是诸君的队长。我喜欢打人。"意外的简短，他的演说完毕了，紧接着又发出一个简短的命令："脱鞋！"

大家莫名其妙。

那翻译向离他最近的魏得胜的脚上，用大皮鞋猛力跺了一脚，声嘶力竭地叫一声："脱鞋！"

大家把鞋脱了下来，马上翻译用一把大扫帚把鞋子扫了出去。

"上炕！"犬口又发出命令。

大家拥拥挤挤地爬上炕。魏得胜爬上二层铺去。

铺上有几领破烂的席子头。魏得胜看见半块砖头，就把砖头挪到里边，刚要躺下，身旁的人推了他一把，低声说："头朝外！朝里该挨揍啦。"

魏得胜把半块砖又挪回来，仰面躺下。在他头顶上紧挨着棚有一盏用铁丝网罩着的五支光电灯，他用手遮上眼睛。

"别枕这块砖！刚拉出去的，伤寒病。"紧挤在魏得胜身旁的那人又向他耳语道。

"没啥。"魏得胜说。

"可也是。"那人说，叹了一口气。

魏得胜翻过身去，跟那人脸对脸了。怪不得他觉得声音有点耳熟，原来是那个老兵。

"老天爷！"老兵低呼一声，拿膀子紧紧搂住魏得胜的脖子，"没曾想，咱哥俩来这场见面！这个世界可真不宽绰呵！"

"不赖！"魏得胜说，"咱哥俩都活着，谁也用不着挂着谁啦。"

"你咋也让他们拉进来啦？"

"你不是朝北去啦？"

"我那绺子当家的暗地勾串鬼子收编，可是鬼子把咱们缴了，弟兄们毙的毙，押的押，七八十号人送到啥地方去的全有，我一个人就到这儿来啦……"

话没说完，"苦拉"一声喊，一根镐把打到铺上，这是犬口。

"下来！"他对两人喊。

两人爬下二层铺来。

"核计逃跑？"他喊问。

"没有。"魏得胜回答。

犬口笑了笑，扯着两人的膀子使他们面对面站着，说道："你们自己凑自己！给我对打！"

魏得胜还不明白。

老兵望着魏得胜，嘴唇动了一动，下巴颤抖起来。

"给我打！"犬口吼叫。

老兵望着魏得胜，大着胆子说："你先打我。"

魏得胜看着犬口，静静地说："我不打。"

犬口朝老兵吼道："你给我打！"

"你打我吧！"老兵鼓起勇气，朝犬口说。

"你！打他！"犬口朝魏得胜喊，一边从腰上解下一条用电线做的鞭子。

"长这么大，不会打人。"魏得胜看着犬口的眼睛，仍然静静地说。

犬口抢起鞭子，猛烈地抽在魏得胜的左脸上。魏得胜向前迈了一大步，犬口一惊，慌忙后退，举手又是一鞭。魏利胜身子一晃，栽了下去。

天还不亮，囚徒们列队走出铁刺门。犬口站在门口，监视着发放干粮，每个人领到两个高粱米饭团子。魏得胜去接时，犬口叫道："没有你的！"

囚徒们赤足走在山道上，全副武装的警卫押解着。犬口走在一旁，挥着鞭子，他的屁股上带着"王八盒子"。魏得胜努力支持，使自己不致跌倒下去。老兵在偷偷地扶住他的臂肘。

在灯房的前边，他们依次领到头灯，在井口检查以后，大斜井的乌黑的巨口，吞没了他们。

他们在巷道里走着，几个人掰下饭团子，塞进魏得胜手里。

旁白："就这样，我开始了所谓'特殊工人'的生活。"

魏得胜在"溜子"口，推着沉重的煤车。

魏得胜仰卧在"一米层"的"水掌子"上，身上泡在水里，吃力地用小镐在帮上刨着煤。

离废采区不远的地方，魏得胜这一班正在采煤。魏得胜对老兵说："老哥，你瞭着点，我进去看看。"

"险哪，小心！"

魏得胜走进废采区。这是"上山"，他慢慢地向上爬，不断试着用镐"问问"顶板。他越走越远，顶板上不时有石块煤块哗哗地落下来。

他发现了一个废弃的井口，一线天光照射下来，由下边可以望见井口周围长着茂密的野草。魏得胜脸上一阵狂喜。但井壁笔直，大约三四十米高，没有办法攀登。他退了出来。

在掌子上，大家在啃着跟煤块一样的橡子面窝头。

"我问你们，你们想不想出去？"这话声音轻，可是分量重。众人仿佛听见一声响雷似的，一下子闷住了。没有人立刻答腔。

过了一会儿，小伙子"八七五"说："这还用问，还有不想出去的？"

"出去是难啦，咱们耗着吧，看谁耗过谁，耗到鬼子完蛋，咱们就出去啦！"

"耗不上一年半截，咱们饿也饿死啦。"老兵说。

"咱们这一帮人，算没救啦。"

"有救！"魏得胜说，"自个救自个！咱们不能等死！逃跑！"

众人又一下子惊住了。

"逃跑？"戴眼镜的"八七七"摇了摇头，"左一道电网，右一道电网，逃得出去呵？没希望！"

"咋叫没希望？"魏得胜说，"只要咱们敢逃，就逃得出去！要是不敢呵，敞开大门你也出不去。"

一个说："不逃呵，还得对付着多活两天。"

"多活两天，多给鬼子出两车煤，是不是？"魏得胜说，"让鬼子多造两个炮弹，多杀两个中国人！"

"要这么一想呵，"老兵说，"在这里头，一天也待不下去了。"

魏得胜对大家说："打我进来那天，我就没想我得给鬼子刨大煤，一直刨到死。我就不信我出不去。"

"想，有啥用？你得出得去呵？"

"我说兄弟，人怕啥？"魏得胜说，"不怕鬼子也不怕死，怕的是自个身子没死，心先死啦，那活着跟死一样，出去也跟不出去一样。"

"这话对。"老兵说。

"就算逃出去啦，""八七七"说，"第一，咱们没有'国民手账'；第二，有这个记号，"他伸出腕上的刺字，"寸步难行呵！逃到哪儿去？整个他妈的'满洲国'就是个大矫正院呵！"

"照你这么说，不逃，是死；逃不出去，是死；逃得出去，也是死。"

"八七七"一愣说："可不是！……"

魏得胜笑道："可你咋就不想逃出去之后，还有不要'国民手账'的地塌？你咋就不想这么大的东三省里头，中国人多，鬼子少？你咋就不想这么多的中国人里头，好人多，牲口少？"

"八七七"咂了一下嘴唇，说："奇怪，你想的倒是敞亮。"

"他妈的，跑！"小伙子"八七五"说，"跑不出去，是他的；跑出去，是我的。比叫他活活折腾死强。"

"咱们为啥要逃？"魏得胜对大伙说，"为的求一条活命！可是，不光是为这个。"

"还为啥？""八七五"问。

"要是咱们逃出去以后，怕啦，心想，好不容易拣了一条命，服服帖帖老老实实当亡国奴吧，那何必冒死往外逃？当亡国奴，在哪儿不一样？为啥要逃？为的出去揍兔崽子，为的推翻这个大矫正院。"

"这话对。"小伙子"八七五"首先被鼓舞起来了，"到时候，我他妈的也参加抗联去。我要是逮住了汉奸、鬼子叫他给八百七十五号倒尿盆儿。"

"哥儿们，"魏得胜说，"把这个念头存到心里，咱们就逃得出去！"

戴眼镜的"八七七"咂一下嘴唇，瞅着魏得胜，想了想，问道："听你这话，你是个抗联吧？"

老兵此时非常天真地笑了。

"我是。"魏得胜说。

魏得胜在那废弃的井壁上刨着……

夜晚。在"共存共荣寮"内。犬口醉醺醺地进来，大喊道："站队！"

人们从炕上、二层铺上跳了下来。

犬口摇着手里一迭纸袋，怪笑道："思想犯诸君，又是一号啦，钱！"犬口把纸袋交给排头的人，依次传了下去。

老兵把纸袋传给魏得牲，魏得胜两眼专注地朝前方看着，他正沉入深深的思想中。直到老兵触他肋下，他才警觉过来，赶紧接过，又传了下去。

犬口走到魏得胜跟前，背着手，望着魏得胜！魏得胜紧张地回望着他。犬口喷出满口酒气，哈哈大笑道："一号，我不打人！"

魏得胜闭一下眼睛。

旁白："要是他今天敢打我，他就休想活命了！当然我也活不了。可是，我知道，在今天这一天，我没法忍耐。"

纸袋陆续传递下去。犬口忽然从他的大裤袋里掏出两包"朝日"香烟来。

"五毛钱！"老兵小声对魏得胜说，"又来了！"

"五毛钱！"犬口果然高举着香烟，笑嘻嘻地招揽，"五毛钱！"

魏得胜从纸袋里取出钱来，他数了一数，老绵羊票，一元一张的四张。

"给我八盒！"魏得胜以买主的神气说。

犬口从他的大裤袋里一连掏出六盒香烟，一共八盒抛在魏得胜手里。魏得胜放下香烟，把四元钞票照样装进纸袋，递给犬口。

犬口大笑："还有两盒！"

两盒马上卖出去了。

犬口大笑，走了出去："还大大的有！"

魏得胜双手微微颤抖着，打开香烟盒。他在地上走了一圈，每人两支："今个我过生日，我请客啦，不管会抽不会抽，全得抽口。"

人们活跃起来，顿时烟雾腾腾。

魏得胜躺在铺上，两眼凝望半空。营长和同志们的脸，在他的幻觉中出现了。

旁白："这是一九四〇年的七月一号……五年前的今天我入党的……在矫正院里，这一晚上的滋味，可真不好受呵……"

采煤掌子上。魏得胜从废采区里钻出来，喘吁吁地说："再干上五天，差不多啦！"

"这五天里，别出啥事儿才好呵！""八七七"说。

"老天爷饿不死咱们，就能出去。"老兵说，"这些日子饿得眼珠子发蓝！"

小伙子"八七五"说:"我也是,腿肚子好像直往前转。"

犬口冷不防出现了。他用他的电线拧成的鞭子,劈头盖脸一阵乱打:"磨洋工!磨洋工!"

在斜井口上,一行人受到检查以后,列队向回走。

小路两旁生长着茂密的野菜:野蒿子、薇菜、扫帚菜……都是可以吃的东西。

"八七五"前后一看,见警卫不在跟前,急忙跳出队伍,两手揪下一大把薇菜,放在口里嚼了。

老兵饿得难受,他也冷不防跳了出去。魏得胜一把竟没有揪住他。

老兵刚刚弯腰揪了两把薇菜,被犬口从后疾步赶来,当头一镐把。老兵脸朝下摔了下去,不动了。

魏得胜回头望见,不顾一切地跑出队列,一把抱起就背在背上。犬口又追赶着朝两人没头没脸地打了下去,魏得胜咬紧牙关背着老兵紧走。

二层铺上,魏得胜俯在老兵头上,一会儿试试他的鼻息,一会儿摸摸他的胸口。老兵昏迷不醒。

"八七七"悄悄爬过来看了看,两滴泪落在眼镜片上:"脑子打坏啦,人是不行啦!"

老兵在魏得胜手底下僵硬了。魏得胜说:"老哥,我对你尸首起誓,我叫兔崽子给你偿命!"

在采煤掌子上。犬口爬上来。问道:"干几车了?"

"八七七"摇晃脑袋答道:"三车!"

"磨洋工。"犬口大为不满。

"不少了。"魏得胜走到跟前,"太君,我就等着你呢?"紧接着,太君就倒在他的巨拳之下了。

"太君!"犬口不应。魏得胜又叫了一声"太君",犬口仍不应。他对大家说:"走!"他扯住犬口的一支膀子,把他拖进废采区去,一人一锹把他埋在石头底下。

爬到井口底下,魏得胜对大家说:"上去以后,各走各的,千万别打团!机灵一点!"

大家都攀登上去了,最后剩下一个"八七七"。他拉住魏得胜的手:"'八七六',把你真名实姓告诉我。"

"你就记住个'八七六'得啦!快上!"

"八七七"摆摆手,爬了上去。魏得胜最后一个爬上井口。

星斗满天。蛐蛐的鸣声显得分外响亮。……

# 八

魏得胜在一片苇塘旁边的灌木丛中奔跑。远远地传来狼狗的嗥叫声。他纵身跳进苇塘，爬向芦苇深处，然后连头扎进冰冷的泥水中。

人喊狗吠的声音，愈来愈近。狼狗在岸边狂吠，岸上朝苇塘里射击，一梭又一梭子弹。魏得胜觉得腿上又中了一弹，他咬紧牙关屏息不动。他蹲伏在泥水中，一直等到人和狗的声音消失了，才探出头来，向空中一望，只见一片尖尖的苇叶上挑着半个月亮……

夜。魏得胜伏在一片獭头淀子里。他抓住獭头草根子，在水里爬行。他已经精疲力竭，遍身是伤痕。如果不紧紧揪住獭头草根子，他就无法移动身子。他几次都几乎沉没到哈塘里去，幸亏那些长长的獭头草根子救了他。他的两手已经皮开肉绽了。

太阳迎面升起，一片霞光染红了草淀。

从草丛之间，可以望见高出淀子的公路，公路上的行人和车辆。他必须伏在这里等候黑夜到来越过公路。

他掰下一块草根，塞进嘴里咀嚼着。他极力低下头去，免得被公路上的人发现。他呻吟一声，一头扎进水里，昏迷了过去。……

太阳在他身后降落下去。公路上汽车的灯光闪动着。魏得胜又开始了爬行。……

等到公路上安静下来，他爬上公路。

两支手电的白光突然照射到魏得胜身上。

手电光清清楚楚地照射在魏得胜背上那个大大的"矫"字。魏得胜抬起头。

"他妈的，没想到捞着了一个！"

魏得胜费力地站起身，努力使自己站得直直的。他发现用枪口对住他的那个家伙，正是犬口的翻译——那个拿大皮鞋踩他的脚，拿扫帚扫鞋子的家伙。

"你逃不出去！"翻译说，"走！"

魏得胜向前走了几步，忽然想起来了。他一摸裤腰，那块金子还在。他掏了半天掏了出来，举到那翻译跟前："我这有块金子。"

"放屁！"但是他接过来了。

两个人站住了，用手电照着审查起来。翻译把它放在手里掂掂，放在口里用牙咬咬，显然是内行，嘟囔："成色不错。……"

他看着魏得胜，大声叹了一口气："咳，不他妈的图两个钱儿，谁他妈的捅洋屁股！做回好事，修个儿子，你好生走吧。"

夜。他在丛莽之中爬行着。

夜。他在树林里拄了一根棍子，一步一挨地走着。……

旁白："我昼伏夜出，就像一只夜猫子似的。到底走了多少夜，我可实在记不清楚啦……好在是秋天，凡在地里长的全能吃，蚂蚱、蛐蛐也能吃……我非活着不行，我非找着我的队伍不行！魏得胜对一切的敌人都不投降——这包括日本鬼子、我自个的肚子、我身上的伤，还有那时时跟在屁股后头的——死！……后来，我到底钻进老林子。……"

魏得胜在密密的森林里爬着……

他拣着落在地下的松塔，咀嚼着松子……

他采着蘑菇，放进口里……他跪着摘下山榛子。……

他爬到一个美丽的泉水旁边。他半跪在泉水旁伸出两手去掬泉水喝，可是，他一头扎进泉水里去。他昏迷了过去。玻璃似的泉水由他的脸上流过去，发出愉快的响声。

等他稍一清醒，他把头挪到一块石头上，可是他再也抬不起头来。这时候，他觉得听见从一个极其遥远的地方传来人声。

一个孩子的声音："妈呀，大黑瞎子，喝水呢！"

一个女人的声音："哎呀，是个人！"

他模糊看见，就在脑袋旁边，有一双孩子的脚和一双女人的脚。有两支水筲哐当一声落在他眼前。

# 九

魏得胜张开眼，他发现自己躺在一间低矮的小马架子里。墙上和房梁上悬挂着各种各样的狩猎用具：几种捕机、陷网、绊锁。……一大团鹿筋、一副高大的鹿角直触上屋顶，枝杈上挂着各种物件。一件精制的白桦皮口袋分外醒目，几把鹿皮套子桦木把子的猎刀丢在一个少见的巨大桤木包上。一张黄鼬皮钉在墙上，血还没有干。

"……我这是到了趟子房啦。"魏得胜自己对自己说，立刻就感觉到自己的声音，竟是如此微弱无力。

"妈呀，大黑瞎子睡醒啦。"孩子尖声喊了起来。魏得胜想转身可是无法转动，好像全身都被绑住了。他仔细一看几乎全身都被一道道各色布片包扎着。他偏过头去，看见孩子两只乌黑的大眼睛转动着。

孩子说："大黑瞎子，你可真能睡呀！我妈给你灌药你也不知道，给你吃饭你也不知道！你准是个黑瞎子变的！黑瞎子傻得邪乎！"

魏得胜笑了。我们还是第一次看见他像这样笑。他说："我比黑瞎子，还傻得邪乎?"

孩子哈哈地笑了,说:"我告诉你,我妈说的,那泉眼的水,黑瞎子喝了就变好人,狼喝了就变警察。"

"鬼子喝了呢?"魏得胜问。

"鬼子喝了,就变成臭虫!"

"臭虫喝了呢?"

"臭虫喝了,就变成鬼子呗,哈哈哈!"

"你们唠的可真热闹!"门外一个女人的声音说。拉开吱吱扭扭的破板门,她走了进来,手里举着一个蓝花碗,送到魏得胜嘴前边。魏得胜慌忙伸手接,不料伸出的是包着布的一个大拳头。她笑道:"你那手还不管用呢,就我手里喝了吧!"魏得胜一口气喝下。她伸手摸摸他的脑袋:"不那么烫人啦。你烧了七天七夜,像火炭似的!净说胡话,大喊大叫的,可吓死人了。亏着是我,胆小的,早吓跑了!"

魏得胜想坐起来,一动可就疼得直皱眉。

"你动不得,你那身上两处枪伤。你那胳臂肘、手腕子、拨楞盖全都磨出骨头来啦。两只脚全烂啦!"她脸上忽然一红,"哎哟,可吓死人了!"

魏得胜说:"嫂子,我可真不知说啥好!"

"那就别说啦,人好啦比啥都强呵。可我问你,你这是怎么闹的?"她偏着头,狡狯地探问。

魏得胜此时此地在此人面前,他决定"以诚相见",就说:"我是打矫正院逃出来的。当真人不说假话,我是个抗联。"

"你不说,我们也猜着啦,你那后脊梁上还有号头呢。可我就是觉着稀罕:你这人身板儿就好像不是肉长的。你爬了有多远哪?白花花的骨头渣子都磨出来啦!"

"我也不知道啦。"

"你想往哪儿爬呀?"

"找我的队伍!"

"是呵,"女人聪明地说,"我知道,你总是喊叫营长啥的。"

"我还说啥啦?"

"多啦!我记不住!可有一回把我吓着了,你直瞪着眼朝我喊,我叫你别唱啦。"

魏得胜想了想,笑了起来。

"唉,这下子明白过来啦。好好给我养着吧。我这就给你弄点吃的去。"她脚步轻捷地走出门去。

魏得胜不由得呼出一口气,他感到这里是安全的。他闭上眼睛,在那瘦棱棱的满面胡鬏的脸上浮出长久不见的笑容来。他睡着了。

等他醒来，已经是夜晚。小马架子里黑洞洞。

这时，他听见屋外有脚步声，有一个苍老的声音说："玉贞，老跑腿子的回家来啦！"

"哎呀，可回来啦！"玉贞的声音。

"你那当兵的好了没有呵？"

"缓醒过来啦，我正盼你回来给他瞧瞧呢。"

小小的纸窗户一亮，接着屋门响着，开了。玉贞举着松明先走进来，小马架子里亮了。

接着，一个白鬓的老人在光亮里出现，在他身后是三个比他年轻一点的老头子。

为首的老头子摘下了毡帽头，其余的三个也随着摘了帽子。

老人朝着半坐着的魏得胜抱拳当胸，但他的话却与这份礼貌不相称："除了山神爷，我三十年来没给人作过揖啦。好孩子，这不是冲你，是冲你们宁死不当他妈的亡国奴的军队！"他在魏得胜炕边上坐下，其余的三个人有的坐在墩子上，有的坐在枪木包上。玉贞惊讶地望着老人。

老人继续说："你身上的伤，我都看见啦。我一见就明白啦。我的一根六个叶的棒槌，算把你一条小命从阎王爷手里抢回来啦。我这侄女是个好姑娘，亏她侍候你呀！"老人指着玉贞，"像我侄女这样的，你到王母娘娘的蟠桃宫里也找不出第二个来。"

"大爷，你这是咋的啦？我用你夸呀？"玉贞说。

"哈哈哈哈！"人们一齐大笑起来。

"你放心在我这养着！"老人说，"我这地场，小鬼子连摸都摸不着。我这儿是王法不到的地场，就是山神爷打这过，还得跟我挂个号呢。"他穿着野猪皮乌拉的两脚盘到炕上，左手用力地朝地上拄着他那忍冬木的多节的手杖，只笑得山摇地动。然后，他止住笑说："你别看见我这地场小，才五间破马架子，拿个日本国来，看我换不换！我们明天一早还得走，趁天冷以前得弄点皮子。来，我这就给你瞧瞧伤。"他站起身来，揭去魏得胜身上的棉被，玉贞赶紧过来解开魏得胜身上各处包扎的布片。老头子从自己身上背着的桦皮口袋里掏出他的药材包来。

这时魏得胜才有说话的工夫："大爷，我魏得胜这条命，是你们大伙儿……"

老头子不等他说完这句话，接口道："这是天意，鬼使神差把你送到我这场来啦。老天爷要留着你，想必你有点用场。"老头子一边说，一边低头动手，"玉贞，学着点。"

魏得胜脸上肌肉一阵抽动，接着，黄豆大的汗珠从额上滚落下来。玉贞不觉用手按住魏得胜的膀子。她自己双眉紧蹙，上牙咬住了下嘴唇。

"忍着点，"老头子说，"怕疼好不了病。"

"没啥，我说大爷，你就招呼吧。"魏得胜说。

"好小子！"老头子称赞了一句。可是，他也显然有点下不去手了，停手望住魏得胜问道，"我给你一块大烟吃？"

"用不着！"

玉贞用手掌抹去魏得胜脸上的汗珠，轻轻地，好像怕是重一点就会碰破了似的。

"好小子！"站在玉贞身后的一个老头子说，"关老爷刮骨疗毒，还哼了一声呢……"

玉贞给魏得胜治疗。

小马架子里满是阳光。孩子在玩着。

玉贞一边动手，一边说："他大叔，这一个多月，可真够你受的！"

"这话，可该我说。"魏得胜尽管再不善于抒情，此刻也激动地说，"这一个多月，可真够你受的。端屎端尿、喂饭喂药……我这一身伤口，连我自个闻着都嫌有味……我亲爹也未必这么伺候我呀！"

"这是咋说的？"玉贞抬起头爽朗地笑道，"倒像我正话反说了似的，快别说啦。"她转过话头，"你家里还有啥人呵？"

"我没家。一生下来，就没吃着我妈的奶。十冬腊月我妈给东家挑水，在井沿冰上滑了一个大跟头，把我生下来啦，当天晚上她就死啦。也不知道我爹怎么把我养活大的。十六岁那年我爹让蚊子咬死啦，二十那年参加了游击队。要说家呀，队伍就是家啦。"

"你也是个苦命的！"

"看咋说啦。比我苦的，可有的是。"

"在队伍里，也没成个家？"玉贞说，"也该给我们拴住子娶个大婶子啦。"

"喝，那得等打走鬼子再说啦。"

魏得胜试着坐直身子，又试着移动下肢，然后把两腿垂到炕沿下边来。孩子跑了进来，马上大喊道："妈呀！他要下来！"

"拴住，别叫唤！"

玉贞轻捷地跑进来："你那伤没收口，不能下地。我好容易把你将养得差不离啦，你想让我白费事呀？"仿佛对于自己灌注劳动苦心创造的艺术品加倍爱惜一样，玉贞轻轻托住他两腿，又把他送回炕上，然后对孩子说："拴住，看着你大叔，让他给你讲古儿。"又轻捷地跑了出去。

魏得胜叹了一口气。

"你还是怕我妈。"孩子说。他凑到炕跟前说，"我妈说的，你打死过不老少鬼子，你给我讲讲。"

"没啥可讲的。"

"鬼子啥样？"

"你没见过？"

"没。鬼子咬不咬人？"

"咬。"

"鬼子有牙么？"

"废话！"

"就像这样似的么？"孩子从口袋里掏出几枚野猪牙来，放在炕沿上摆来摆去。

"对啦！"

"那你下回给我牵一只来。"

"牵一只？"

"我好骑着玩呀！"

"那东西可尥蹶子。"

"我就揍它！"

"它咬你。"

"我就敲掉它的牙，就像敲这个野猪牙似的。"

魏得胜大笑，抚摸着孩子的头。

"可是，我妈说的，等你会走啦，她叫你带着我打野猪去。"

"为啥呀？"魏得胜漫不经心地问道。

"我妈说的，别看你个子大，你没有妈给你喂药……"孩子忽然睁圆了乌黑的眼睛，他不会说了。

"啥呀乱七八糟！"

孩子哈哈地笑了。


魏得胜手扶着炕沿，走了几步，又扶到墙上，朝门走去。

玉贞跟在一旁，照护着他，两眼看着他，就像看一件一摔就碎的瓷器似的。

她随他走出门去。

门外是明亮的初冬的阳光。

玉贞脸上又是欢喜又是担心。魏得胜扶墙走到向阳的地方，靠到墙上，朝着阳光长长地吁出一口气。

他满脸是刚离病床初见阳光和乍到新鲜空气的人所有的那种狂喜。

玉贞看见他这样子，她的脸上绽出一朵笑容来。这个微笑，使她的好看的脸变得非常生动。但接着，从她的闪耀着一种幸福的光辉的两眼里，泛出两滴泪水来。

魏得胜发现了这个，他困惑地问了一声："咋的啦?"

玉贞扶他靠墙坐下。

"哈，可真想抽袋烟。"魏得胜说。

"一想抽烟就好啦。"玉贞说，快步走进自己的屋子，立刻就拿出一个烟荷包来，递给魏得胜。她想得周到，就手又递给他一块点着的松明子。

"可真是，要啥有啥。"魏得胜看那烟袋是桦木疙瘩刻的，烟荷包是鹿皮缝的，还有个荷包坠儿，是一块飞鸟形状的桅木包。荷包里是满满一包烟叶子。

"这是我那死鬼抽剩下的。五年啦——可不知道还能不能抽?"

"哈，真叫香!"

"烟荷包是我过门的那年给他做的，烟袋和坠子，是他自己抠的。"

"手真巧呢!"

"可就是不着调呀!"玉贞叹口气，"他就给我留下了一个烟袋。"她摸着孩子，"再就是留下这么个小东西。他是个梦生。他爹死的时候，他还在我肚子里头呢，才五个月。"她指着烟袋，"这玩意儿我多少回都差点填进灶坑里去，可就是没舍得，你留下使唤吧。"

魏得胜拿下烟袋，赶紧说："可别价，留着，好歹算个念想儿。"

"你拿着吧，好歹也算个念想儿。"


冬天的晴朗的天气。

魏得胜挑着两只水筲，对孩子说："带我挑水去。"

"妈呀，他要挑水去。"孩子告状。

玉贞从屋后转出来，打量魏得胜："行么? 你可别再浸到泉眼里去呀! 多穿点，我跟你去吧。"

三人来到泉水旁边。泉水冲下的溪道边缘上，已经结成薄冰了。

"可不近哪!"魏得胜舀着水说，"当初，你可怎么把我弄上去的?"

"背的。背不动了，就拉。我也不知道我咋有那么大的劲。你比死黑瞎子还沉呢，死沉死沉的呢。"

"咳，要不是你，我早喂了黑瞎子啦。"魏得胜舀满第二筲水，"这恩情可是没法报答的恩情。"

"哎哟，我可就等着听这句话呢。你这人的嘴还怪甜的呢，可没曾想。"她指着水筲，"那你就一天给我挑两趟水吧。"

"那，容易，我就一天给你挑两趟。"

"挑到我儿子娶媳妇，挑到我闺女出门子，给我挑一辈子。"

"挑一辈子!"魏得胜不假思索地说。蓦抬头，他接到玉贞的热烈的目光。魏得胜震动了一下，避开目光低下头去，啥也说不出来了。

"挑一辈子。"玉贞重复着这句话。

魏得胜默默地挑起水，朝山上走去，两筲水一左一右地摆动。他的心比这两筲水摆动得还厉害。

"给我吧，你这两条腿还发软呢。"玉贞笑着接着扁担。

夜晚，松明的摇曳的光亮。

魏得胜躺在小炕上，抽着烟。他紧紧地握住烟袋，喷出一口口的浓烟。

松明烧完了，小屋里一片黑暗，只见烟锅里的火光，一闪一闪的。

他敲落烟灰，翻身睡去。

但是他又坐起来。重新点上一块松明子，又点上了烟。一片片浓烟弥漫在屋肉。

烟雾。

泉水。

燃烧着爱情的眼睛。

孩子的可爱的笑脸。

这一切都过去之后，他的眼前是这间小马架子。现在他是用与往常不同的眼光来看这间小马架子了。这时候，他才发现这间小马架子原来收拾得这样整整齐齐，干干净净。

他从头顶拿过鞋（这是一双新做的、厚厚实实的棉鞋），看了一眼，蹬在脚上，披上棉衣，轻轻地推开门，走了出去。

从玉贞的马架子里传出她的清脆的声音："他大叔呀，你半夜出来可穿好衣裳呀，冻着了可不是玩的呀！"

他应了一声，离开马架子，在那参天的老海松下边，在凛凛的夜风中，站了好久。……

仿佛是经过了他生命中最漫长的一段时刻，他听见玉贞的声音。这声音不像她往常那样爽朗清亮，这声音十分轻柔："……这老半天，我没听见你进去，我寻思你摔倒了呢……三更半夜的，风挺大的，你傻呵呵的，站这想啥呢？"

魏得胜被这声音唤醒，一惊转过身来，跟玉贞面对面了。在夜的微光中，他看见如此贴近的玉贞的热烈的眼神。他退后一步低头嗫嚅道："……睡不着……出来凉快凉快。……"

"再凉快，你可就变成一块冰啦。"

魏得胜避开她的目光，垂首无语。

"你这块冰，就烤也烤不化呀。"

"玉贞！"这是他第一次叫她的名字。

她洋溢着幸福地应了一声，把两手搭到魏得胜的肩头上。

"玉贞，我这腔子里装的，不是块石头，也不是块冰，"他感情激动，"是个活蹦乱跳的心！要把它掏出来，它准能冒半尺高的火苗子。"他轻轻地拿下在他肩头上越握越紧的两只手，"可是，玉贞，给你挑一辈子水，可不行！我有我的事……你也知道……我不能待下，我得去找我的队伍。"

"我说啥也不明白，你那队伍，就缺你一个人呵？"

"就缺我一个！"

玉贞两手重又搭上他的肩头："你说咋的，就咋的……我也不知道这些日子倒是咋的啦……你可就别瞧不起我。……"她低头抵在魏得胜胸膛上。

"玉贞！……"

魏得胜话未出口，在他们背后马架子门前传来一个响亮的呼声："玉贞，开门呀，老跑腿子的回家来啦。"

"哎呀，我爹！"玉贞低呼一声，忙转身大声应道，"爹呀！"她大步向屋前走去。

黑影里，老头子向前迎了两步，愉快地叫道："这是咋的啦？我这好闺女起五更爬半夜地忙活啥呀？"

这时候，他发现了女儿身后的那人（他早已看见了），原来是魏得胜。魏得胜也认出了这是老齐头。两个人同时又惊又喜地叫了一声。

"哎呀，我的老天爷呀，这可不易呀！"

"我的齐大爷，原来是你呀！"

两个人的两句话是同时喊出来的。

比两个人更为欢喜的是齐玉贞。她始则目瞪口呆，继而满面狂喜，啥话也说不出。

在小马架子里，三个人各怀心事，不言不语地互相望了好久。之后，老齐头爆发一阵大笑，把大腿一拍，说："咱们爷儿俩可真叫有缘分！我说闺女，这好呵，我早就想说，年轻轻的，用不着守着，就算有个小子……"

"爹呀，你说哪去啦？"玉贞满脸通红。

"这回，我老头子啥时候死都行啦。到我蹬腿儿的时候，我能放心走啦。"

老头子这时才想起自己肩头上还挂着两只肥大的山鸡。他交给女儿："去给咱们炖上。"又从怀里掏出那个酒葫芦来，"给咱们烫得热热的。"又解开棉袄大襟，从腰上解下一条扁圆的布袋来，拎在手里沉甸甸的，交给女儿。老头子兴奋已极，心里想的，嘴里全说出来了："我不干啦……开春咱爷俩支个马架子，给你们两口子住，我住玉贞那间……我跟你们两口子一块过，不走啦……在家抱外孙子啦……像个一家子人家……没曾想老啦老啦，临死以头还能过几年热热闹闹的日子。唉呀，老天爷！……"

玉贞抱了两只山鸡靠在门框上，被她爹这一番美妙幻想弄得迷惑起来了。她自言自语地："我简直闹糊涂了！"

老头子对魏得胜说："孩子，你倒真听我的话，找到老董头子这来啦。"

"老董头子？哪个老董头子？"

"董老利呀……这不是董老利的趟子房么？"

"原来就是他呀！"

"不是他是谁！"

"我可不是投奔他来的，"魏得胜说，"是你女儿救了我一条命。"

玉贞抱着山鸡走出门去，她的脸上是迷惘的幸福的笑容。

"这可真叫该着！"老头子把大腿一拍。

"齐大爷，我打矫正院逃出来之后，要没你那块金子，我还得让他们抓回去。齐大爷，你们父女俩对我魏得胜这份恩情呵……"

老头子阻止道："我不愿意听这话，俗气！再说，眼看就是一家子人了嘛，提这些个？"

"齐大爷，"魏得胜看着老头子，艰难地但是果决地说，"我不能待下！我得走！我得去找我的队伍！"

老头子一下子呆住。

魏得胜此时还没有充分意识到他的拒绝在老头子身上产生了何等样的影响。充满希望的晚年幻想，破灭了。这样的老头子所特有的自尊心，遭到了伤害。这样的老头子，往往是为了自尊心而不惜生命的。

老头子站起来，两眼望着魏得胜，怒不可遏。可是，他自己克制住了。然而他这人不能不说话，克制的办法是自己骂自己："他妈的，我这个老混蛋！"他把袖子一甩，怒冲冲地走出门去。

在雪花乱飘的树林里，魏得胜在老头子身旁走着。

"齐大爷，你听我说……"

"我不听！"老头子因为发怒而要抑制自己的怒气，弄得语无伦次，"我上赶着拿闺女许配人……这可是我亲生的闺女……这不是我自个儿找的嘛！……"

"齐大爷，你这话？……"

"我这话？你这是拿人家一片好心往地下扔！还要拿脚踩！踩个稀

烂！"老头子大步向前走，越走越气，越气走得越快。

"齐大爷，你把我看成什么东西啦？"

"我知道你是个什么东西！"老头说，"谁叫我上赶着拿自个的亲闺女……她哪点配不上你？你寻思，哈，我老头子图希你姓魏的啥呀？……我闺女没场送啦？我问你，"老头子站住，"我图希你个啥？"

"我明白呀，齐大爷。……"

老头子拔步走去："你明白？"接着他仰天长叹一声，这一声长叹倒仿佛是一声吼叫，但他的语气却显然无力了，"我也明白，你不愿意认个老金匣当老丈人！我们配不上你！"

"齐大爷，你可叫我说啥好！"魏得胜急了。

"你说啥我都不听！"老头子转身大步朝回走。

魏得胜看见老头眼泪巴查的。


魏得胜一个人心情纷乱地在林里走着。

空中雪花乱舞。

丛林子深处，董老利跟他的三个伙伴迎面走过来。老远，董老利就喊道："当兵的，你可好得真快呀！"

走到跟前，董老利仔细看着他说："你可得好好酬谢酬谢我这个大夫！"他朝魏得胜胳臂上打了一拳，"哈，好胳臂好腿的啦，一点残疾没落！"他拉住魏得胜朝前走，"玉贞那个丫头就是行，她可把你侍弄得不赖。"

"齐大爷回来啦。"魏得胜告诉他。

"老不着调的回来啦？一晃又一年啦！"董老利一边走一边喊道，"我那老不着调的兄弟呀，咱们哥几个今年又活着见面啦。"

"我的老哥哥们！"老齐头从女儿屋里冲了出来，对大家喊道，"你们一个比一个硬实呀？"他拉住董老利的手，斜眼看一眼魏得胜，说"咱们这几个老小子，要是气不死呀，都能活到三百岁。"

五个老头子声如洪钟似的大笑声在山林里响着。拴住那孩子，在五个老头子的头顶上传递着。小小的"屯子"，充满了生气。

五个老头子连拴住走进魏得胜那间小马架子。

玉贞转身进屋，魏得胜随她走进去。

魏得胜在灶炕前边，在玉贞身旁一堆柴火上坐下。灶炕里的火光，把玉贞的脸映得红艳艳的。

魏得胜在下意识地一个劲往灶坑里添着柴。

"你得啦，"玉贞按住他胳臂，"一会儿房子都让你点着啦。"

停了停，玉贞两手抱着膝盖，低头看着灶火说："不知咋的，这会儿，我这心里头空落落的。"

由下向上投射上火光，映得玉贞的脸梦幻似的美丽。

"难道说，我就不愿意，就像这样，坐在暖烘烘的灶坑前头，就这样，烧火，守着你这样的人！……"魏得胜说。

玉贞无限深情地望着他。她说："唉，我总是想呵，还有啥罪，是你没遭过的呢？……哪怕你就在这猫过这一冬儿呢，好好儿地让我……哪怕你再壮实点儿呢。……"

"我都明白。"

"可你那心就是在队伍上。"玉贞望住他继续柔声说，"只要你知道我这份儿心就行啦。"

"玉贞！"魏得胜把他全部感情仿佛都倾注在这个声音上了。他拉过玉贞的手来，说，"要是鬼子打不死我，我准回来！"

"可你也得明白，你别寻思我就是急着给我拴住找个爹。"

"玉贞！"魏得胜可急了。

玉贞从魏得胜手里抽出手来，神情肃穆地说："我当着灶王爷说，三年、五年、十年、八年我等着你！"

深夜。在小马架子里。

董老利盘腿坐在炕上，对魏得胜说："……再说，我问你，我那把兄弟，待你怎么样？"不等魏得胜答话，他又问，"我再问你，我那侄女，待你怎么样？"

"咳，"魏得胜沉重地打了个唉声，"董大爷，你明知道呀！……"

"那父女两个，可没说的吧？我呢？"老董头沉着脸问道，"我老头子待你怎么样？"他并不是要魏得胜回答这句话，把雪白的胡子握在手里说，"光冲我这一把胡子，冲我这张老脸，我要保这个媒！你不能走！"

"董大爷，我得走！"魏得胜呼吸艰难，仿佛是费了很大力气才吐出这三个字。

"谁不让你走？"董老利说，"成了亲再走！爱啥时候走就啥时候走。"

"那像话么？董大爷，我能那么办么？"

"我再问你，你心里，有玉贞没有？"这个"有"字在老人的词汇里就是"爱"。

"有！"魏得胜不能不承认，"我不能说昧心话。"

"可你为啥让她知道？！"老头子聪明地责问道。

这是个"有理无情"的问题。魏得胜垂下头去。而老头子又紧逼一句："可你又明知道你待不下！？"

魏得胜无语。

老头子敏捷地跳下炕来，站在魏得胜跟前，含笑道："话说回来，孩子，橡籽掉到土里，它就得长出小树来。……我说，玉贞那孩子是明白人，成了亲以后，人家也不能把你拴到裤腰带上。人家就是为了你是个抗日的，才嫁你的，你别寻思别人都是亡国奴的脑袋。"他又继续发挥道，"要不，人家为的啥？为的找个男人？三条腿的金蟾，没场找去，两条腿的人，可有的是。为的你长得俏皮？我看我比你还受看一点儿呢。为的你有钱有势？你除了有一身伤疤瘌，啥都没有。"老头子说完抛下魏得胜走出门去。

魏得胜深深地弯下腰去，双手捧住了脑袋。

松明灭了。

魏得胜挑了两个空筲，走在往泉水去的坡道上。

从高处，他远远地望见。玉贞一个人坐在泉水旁边，一动不动地凝视着泉水。

他走得越近，看得越清楚。她满面泪痕。

魏得胜脚步慢了。

寂静，汩汩的泉水声流过结着冰的溪道。

魏得胜慢慢地走到跟前。玉贞一转脸看见了他。她慌忙揪起棉袄大襟揩去眼泪。

"别价……"魏得胜撂下水筲，在她身旁坐下。

"没。"玉贞说。她想掩饰，但因为刚强，眼泪不听话，它就像泉水似的倾泻下来了。

她把脸藏在衣襟底下，口里说："……真是的！……我想，找个没人地场，自个儿痛痛快快哭一场，都不行呵！……"

魏得胜搓着两手，只能说："玉贞，别怨我……"

玉贞抬起脸："我谁都不怨……怨自个儿……怨命……"

这时她可再也管不住自己了。她伏到魏得胜肩头上，放任她的眼泪尽情地流淌着。但是她的哭是无声的，一点儿声音都没有。

魏得胜挑着水，玉贞在他身旁走着。

玉贞说，"……你放心，我虽是个老娘们，可我也明白。你是为国为民，有心胸有志气的。我昨晚上还跟我爹说呢，我爹也不怪怨你，你走你的吧。"

魏得胜什么话也说不出了。

玉贞又柔声说："……要走，就早点走。不是我撵你，眼看就要冷啦，天寒地冻的，北风烟雪的，道上艰难呵！——我熬了两夜，给你赶出来一双鞋啦。"

魏得胜任凭那两筲水摇摆着洒出了一半，他只顾向前走。玉贞根本就没留神。她话是说得好，可眼泪又流出来了。

魏得胜一个在林子里走着。

旁白："……她让我走，让我早点走……她越这样，我越不好受……也许成了亲再走，好一点儿？……左思右想，这不行……不能这么办……长这么大，也没有像这些日子这么揪心过……让人家为我痛苦，我实在受不了！要是我当初真能像玉贞说的那样——像块冰似的，就好了！可是，我……"

他走着。……

旁白："……我觉得心上好像欠了一笔债似的！……为了对得起她，对得起那些好人，我只能……"

他心里的话，我们再没有听见。可是，从他的眉宇之间，我们已看出来了。

松明火光摇动，风雪扑窗。

人们满满地坐了一屋子。他们喝酒，吃着野兽的肉。孩子爬在妈妈身上睡着了。

魏得胜继续说："齐大爷，董大爷，我在宪兵队，在矫正院里的时候，我起过誓：只要我活着逃出去，我决不许什么日本人、德国人、法国人、美国人在世界上什么地场，设立他妈的思想矫正院。我跟他们拼到底，哪怕我得在火线上死七次！……"

"好小子，算你是有志气的。"董老利朝魏得胜举起大酒盅。

沉默的瞬间，满山满林突然响起雷鸣一般的虎啸。

董老利谛听着，"这是它。"

不只是一只虎，而是几十只在密林里咆哮。

"听得出来么？"齐老头问道。

"你听！"一声最巨大的隆隆的吼声。

"这是大爪子们找老伴呢，想成家呢。"老董头告诉魏得胜，"这时候，别说人了，就连山牲口，都进不了山！你就走，也得等过年再说啦。"

"烟炮一过去，我就走。我急呀！"魏得胜说，"未必就碰得见吧？要是碰见啦，我就跟你学，两眼盯住它的眼睛，照直地朝它走，它就得让开啦。"

"跟我学？"老人哈哈大笑，"好小子！冲你敢说这话，你也算是个有胆子的。"

隆隆的虎啸。……

风雪已停，一行人送着魏得胜。"屯子"远远地落在后边了。

"请回吧，叔叔大爷们。玉贞，我走啦！"魏得胜摘下他的狗皮帽子，朝大伙深深地施了一礼。

"不，再往前走走。"老齐头说。

又走了一程。

"回去吧，咱们还能见面。"他又摘下他的皮帽子，朝大家深施一礼。

老董头从褡裢里摸出一个布包："带去吧，六个叶的，我收了五六年的好东西。"

魏得胜把他的手推回去。

"别叫我心里不舒坦！"他说，"这不是给你的，你们队伍上，有用处。"

另一个炮手从怀里掏出一块带毛的麝香来："麝香！带着吧，有用处。"

魏得胜刚要拒绝，第三个人又递过一个小包来："鹿茸！你拿去！"

"这怎么办？"魏得胜为难了。

"拿走吧，这是咱们的一番心意。"老齐头说，"又不是送给你一个人的。"

"那我啥话也不用说啦。"

"走吧，"老齐头说，"不死，还能见得着。"

"对喽，"老董头说，"别看咱们老啦，咱们这帮人可比鬼子活的长远。"

魏得胜望着玉贞："我啥话也用不着说啦……我走啦。……"他转过身，大步向前走去。

他又回过头来。他看见玉贞离开大家，一个人走上前来，低低地说："我再送你几步。"

两人并肩在雪地上默默走着。

"回去吧，玉贞，孩子该找你啦。"魏得胜站住。

玉贞把两手搭在他的肩头上，望着他的眼睛，说："记住，实在找不着队伍的时候，你可千万回来。"

魏得胜应了一声，说："哪能找不着？"

玉贞抚着魏得胜的前胸："咱们还能见面么？"

魏得胜握住她的两手："你放心！能！"

"你也用不着挂着我！"玉贞以热烈的坚定的目光看着他，缓缓地说，"我等着你！"

魏得胜松开手说："回去吧！"

玉贞低下头不语。

魏得胜抚着她的头发："用不着难受，我准能回来！"玉贞抬起头来，泪珠盈睫。

"别哭呵！"魏得胜说。

"我没哭！"她笑着说，可是，泪珠滚下来了。

她转身走去。

魏得胜望着她疾步走去的背影，看见她肩头抽动了一下。

她再没有回头。

魏得胜向她的背影跨了一步。

背影在一阵雪霞中消失了。

泪水使魏得胜的视线模糊了。

他站了好一会儿，望着来时的道路。然后他转过身来，向前走去，一边走，一边把原来系在扎腰鹿筋上的烟荷包解了下来，揣进怀里。

他大步朝前走去。

## 十

无风的晴朗的天气。冬天的阳光照射在满树银花的密林里，耀人眼目。

魏得胜的坚定的有力的脚步，踏在晶莹的雪上。

忽然从树后转出两个持枪的战士来，一个朝魏得胜喝道："站住！干啥的？"

双方面对面地站住了。

"呵呀，我的'八七六'呵！"这是那个戴眼镜的"八七七"。另外一个是魏得胜连队里那个一瘸一点的战士，不过他现在已经不瘸。

魏得胜拄在手里的木棒，脱手落在雪地上。

他迎着朝他奔来的两个战士走去。

三个人的背影，走进那满树银花的密林。……

他们的背影，渐走渐远。……

一直到那树树银花遮住了我们的视线。……

　　　　　　　　　　　　　　　　——剧　　终

# 关沫南

**作者简介**　关沫南，满族，原名关东彦，曾用笔名沫南、泊丐、东彦、孟米等。1919 年出生，吉林永吉人，1936 年毕业于哈尔滨第一高级中学。1937 年后曾任哈尔滨马克思主义文艺小组核心成员、领导人，东北作家联盟执委，哈尔滨中苏友协文学科长，抗战胜利后历任《东北日报》编辑，《新群》、《热风》、《先锋》、《北方文学》杂志主编，中国作家协会黑龙江分会副主席，黑龙江省文联副主席，中国作家协会黑龙江分会名誉主席。1934 年开始发表作品。著有长篇《从秘捕死屋开始》，电影文学剧本《松花江的风雪》（电影投拍名《冰雪金达莱》），小说集《在镜泊湖边》、《岸上硝烟》、《蹉跎》、《沙地之秋》等。中篇小说集《流逝的恋情》获第二届满族文学二等奖、首届满族文学名誉奖。创作题材多取之东北"抗联"和当时的地下斗争，作品也富于地方色彩。

## 松花江的风雪（内容简介）

　　二十世纪三十年代，日本帝国主义侵占了东北。一天，朝鲜族崔大爷的儿媳金淑子在村头井台汲水。突然，随着一阵马蹄声，一群耀武扬威的日寇和伪警来到身旁，他们押着一个年轻的中国女人。淑子惊惶地注视着这个态度凛然、面色刚毅的女人。这个女人不畏伪警的吆喝，径直地走到淑子面前，亲切地请求淑子给她点水喝。当这个女人重新被押解上路时，回头向淑子微微颔首表示感激，淑子惊魂未定地望着逐渐远去的中国女人。就在当天夜里，在外出官差的相龙，淑子的丈夫，因不堪日伪的迫害，偷偷回到家里，他决心到深山里参加游击队。他没有把这种想法告诉怀有身孕的淑子，恐她害怕，但他的父亲崔大爷，游击队的地下交通员，却积极支持他。就在黎明时分，相龙偷偷地走了。敌人把即将分娩的淑子抓进监狱。在监狱里，她和那个曾在井台上看见过的中国女人又见面了。她叫赵敏，是游击队员。淑子在赵敏的启发下，在她坚强不屈的精神感染下，觉醒了，勇敢起来了。由于敌伪的严刑拷打，淑子早产了，孩子被活活折磨死了。深切的国仇家恨一并涌上她的心头，成为渴望复仇的火焰。赵敏被敌人处死之前，将一件紧急而机密的事情委托给淑子：出狱后到三家子去找一个名叫王成安的人，叫他赶快把一批武器弹药送交游击队。淑子出狱后，借打柴为名，瞒着公婆到三家子找王成安。她第一次没有找到，但毫不灰心。第二次终于找到了王成安。但是王成安已和游击队失去了联系，苦于无法找到游击队。淑子想到自己的丈夫相龙在游击队里，决定让父亲领自己去游击队找相龙。崔大爷早就在注意观察出狱后淑子的行动，现在他知道了淑子已非昔日那个胆小怕事的女人了。他决定领淑子去密林找游击队。淑子看到久别的丈夫相龙，也为王成安和游击队接上了关系。但冰雪封冻的严寒就要来了。游击队派王成安去找崔大爷筹集给养，不料事被伪屯长发觉，淑子和她的公婆都被逮捕。敌人把他们三人分绑在两辆雪橇上，解往县城。在一望无垠的白茫茫雪原上，两辆雪橇疾驶着。机智的淑子趁敌人不备松脱了绳子，解开了婆婆手上的绳子，夺取了敌人的枪支，救下了另一辆雪橇上的崔大爷，并和敌人展开了一场搏斗。在激烈的战斗中，崔大娘和金淑子牺牲了。

# 延泽民

**作者简介**　延泽民，汉族，曾用名张树、家畔、延泽良。1921 年出生，陕西绥德人。毕业于延安鲁迅师范。1935 年参加工农红军。1939 年开始发表作品。1958 年加入中国作家协会。著有长篇小说《无定河》、《雷声千里》、《她在凌晨消失》、《爱的心跳——无定河续篇》，散文集《阿尔卑斯山的沉思》、《寻找到的脚印》、《我唱过的歌》，评论集《文艺学谈》，散文游记集《海外漫记》，《延泽民文选》，《延泽民文集》（十卷，已出版六卷），长篇通俗文学《话说天下大势》，儿童文学集《小红军》、《从放牛娃到小红军》，中篇小说《红格丹丹的桃花岭》、《草原历险记》、《命运》、《变奏的旋律》，短篇小说《恋婆姨》，电影文学剧本《千里雷声万里闪》、《流水欢歌》（已拍摄发行）等。1999 年去世。

## 流水欢歌（内容简介）

### （与孙穆合作）

东北某农村山脚社修水电站缺少技术指导，山脚社水利委员高小玲与近邻沙原社的土专家小豆相爱。她去请小豆做技术指导，遭到沙原社副主任田有亮的拒绝。小玲又去县里请专家，半路上却碰到小豆，原来小豆就是县委派给山脚社的土专家。田有亮误以为山脚社拉他们的干部，对山脚社很不满意。小豆在帮助山脚社进行电站水位探测时，发现两社水位落差大，须从沙原社把河水引过来。有本位主义思想的田有亮想利用沙原河水修水库，让河水为沙原社服务。而小豆却从大局考虑，提出两社合修水库、合用水电的方案，遭到田有亮的拒绝。后来，田有亮在党组织和群众的帮助下，认识了自己的错误。于是，两社合作，建成了水电站。

# 潘　青　胡　苏

**作者简介**　潘青，女，原名潘淑青。黑龙江哈尔滨人。1949 年毕业于东北大学。中国作家协会会员。黑龙江作家协会理事，专业作家。1949 年开始发表作品。著有短篇小说集《彩莲》，诗集《黑土情怀》，电影文学剧本《万木春》（合作），大型评剧剧本《葡萄与嫁妆》、《晓春江畔》等。

　　胡苏，原名谢相箴。剧作家。1915 年出生，浙江镇海（今宁波）人。1937 年入延安抗大学习。1938 年加入中国共产党。同年毕业于延安鲁艺戏剧系。曾任延安鲁艺、华北联合大学教员，冀中军区火线剧社副社长，冀中文协主任。建国后，历任河北省文联主任，中共河北省委宣传部文艺处处长，文化部电影局电影剧本创作所编剧，长春电影制片厂编剧、副厂长，中国影协第四届理事，中国剧协第二届理事、吉林分会主席。改编和创作的电影剧本有《红旗谱》（与人合编）、《万木春》、《北斗》等。

# 万木春（内容简介）

　　解放初期，党派秦培德到东北某林区担任林业局长。他一到林区就深入到山场和工棚了解情况，发现这里一片混乱，暗藏的敌人还在进行各种破坏活动，工人们的思想觉悟不高，生活很苦。秦局长感到必须密切联系群众，提高工人的思想觉悟，尽快地建立起新的生产和生活秩序。深夜，林业局副局长姜殿文和王振声到三〇三伐木场来迎接秦培德。王振声和秦培德在延安一起工作，两位老战友在新的工作岗位上重逢格外高兴。秦局长到林场工作后，立刻把局里的三名党员都分配到林场工作，让他们发动群众建设新农场。步青云和苟长盛故意把工人的伙食搞得很坏，并让龙四海吃呕吐药呕吐，企图制造事端，煽动群众闹事，使秦培德站不住脚。姜副局长不了解情况，以为工人罗寿堂带头闹事，下令逮捕他。群众不服，步青云趁势鸣枪想扩大事态。秦局长及时赶到，判明了情况，释放了罗寿堂，并揭露了反革命分子的阴谋。这时，王振声把大批的棉衣和粮食运到了车站，秦培德立即动员工人去车站搬运。这一切，使工人们擦亮了眼睛，提高了觉悟。在党的领导和老工人的帮助下，工人们进一步发动起来了。他们积极地开展反霸斗争，清除了暗藏的阶级敌人。秦局长感到国家的建设和发展需要大量的木材，为不损坏森林骨骼并从根本上改变工人的生产和生活条件，就必须解决红松的采伐与更新问题。为此，他进行了反复深入的调查研究。姜副局长却根据过去学者们的论断，坚持认为红松在阳光下人工更新行不通。整个林业局，从领导到工人都关心这个问题的解决。在秦局长和抗联老战士老栾头的帮助下，姜副局长也投入到这个工作中来，他亲自上山勘察。某晚，老栾头带着家属从"老五四"林场回三〇三农场途中，突然记起在埋葬儿子的山上，抗联战士曾种过大片红松，这时杨政委也给秦培德来信提到这片人工红松林。姜副局长反复深入地比较研究，终于证明了红松是完全能够人工更新的，而且人工更新优于天然更新。这个新的发现，为我国森林事业的发展开辟了广阔的道路。

# 范国栋（小范）等

**作者简介**　范国栋，中国戏剧家协会会员、黑龙江省戏剧家协会理事、原北大荒文联副主席、北大荒戏剧家协会主席。曾在牡丹江农垦系统工作。《北大荒人》原为牡丹江农垦局文工团集体创作，范国栋执笔。后在王震指示下由范国栋执笔改编为电影。

## 北大荒人

### 一　一颗红心交给党

"一颗红心交给党"的歌声在继续着。

雄壮的歌声在一节车厢里发出来。一张张红扑扑的面孔，草绿、深蓝、洁白的军装，闪着金银亮光的肩章，大小不同，颜色不一的手风琴匣交织成一幅壮丽的图画。

合唱指挥站在椅子上，个儿矮，辫子长，神气十足。歌声刚停，这位女文工团员马上带头喊起来："好不好?"

"好!"

"妙不妙?"

"妙!"

"志愿军来一个要不要?"

"要!"

"志——愿——军，快! 快! 快!"

"雄赳赳，气昂昂，跨过鸭绿江……"车厢的另一头，志愿军部队的歌声起来了。

另一节车厢内。

走道的门开了。一个身材魁梧、军容整齐的志愿军中校出现在门口。他掩上门，"志愿军战歌"在他背后轻轻响着。

中校向前走着，扫视着两旁。这是一节卧车，转业官兵们在说笑、谈心。

一个佩戴炮兵军衔的军官——韩长兴，从一个小布口袋里捏着一把稻种托在掌心："喂！这是我们老家的稻种，到了北大荒把它种上！"

坐在他身旁的人称赞着："真是好品种啊！"

坐在他对面的一个空军军官也捏着一把看着："这叫'江南稻米北国生'啊！"

韩长兴把米放回袋里："北大荒的土地肥，咱们再培育出新品种来！"

这边坐着一对夫妇，丈夫是个中尉，用手晃着吊起的小篮，篮里睡着他们的孩子。妻子是个健壮的妇女，用红丝线在小围嘴上绣着字"李农"。

中校向前走着。

魏大成——一位步兵排长，手里摆弄着从胸前摘下来的红花："这朵花儿咱们得好好儿留着，到将来给儿女们瞧瞧，这是北大荒第一代农民的光荣花！叫他们一代一代地传下去，别给北大荒人丢脸！"

人们都点头称是，都小心地拿出东西把花包起来。

中校微笑着向前走去。


餐车也成了大家的临时俱乐部。

一群年轻人围成一圈，密密层层。中校好奇地走了过来。

炊事班长老秦和通讯员小吴被围在当中。小吴一只脚踏在椅子上，用红布在擦一只旧铜号。老秦大大咧咧地坐在椅子上，仰头把一杯水咕咚咕咚喝完，用手背抹了抹嘴角："就这一仗，美国鬼子叫咱们消灭了整整儿半个步兵团，一个坦克营啊！"

小吴忙补充："还俘虏了一个美国少校哩！"

"对！"老秦一拍大腿，"俘虏了一个美国少校！我们团光二等功以上的就有二百多。我们团长啊，嘿！朝鲜民主主义人民共和国政府授给他这么大个儿一个勋章！"

一个战士诧异地问："哎？……你们团长指挥作战这么棒，干吗不留在部队里，倒上北大荒跑哇？"

"你这话可不对！"老秦腾地一下子站起来，"我们团长说了，去北大荒生产粮食也是打仗！增产上几万吨粮食，全国人民吃喝都富富裕裕，美国鬼子也照样打哆嗦哩！"

小吴把红布往口袋一装，小铜号往身后一背："再说，我们团长一身尽是伤，右胳膊上的伤特别厉害，一使劲儿就痛哩！"

"怎么受的伤？"人们一齐发问，围得更紧了。

中校低头笑了笑，急忙走开了。

车窗外雪地冰川，一片银色世界。

另一节车厢内。

这里显得格外清静，人都不知跑到哪儿去了。一个年轻的海军少尉，正捧着一本书聚精会神地读着。

一只手翻了一下书皮："C-80 柴油发动机原理"。海军少尉一抬头，见一位中校站在面前，忙站起来敬了一个军礼。

中校还了礼，开口问："会开拖拉机?"

"以前开过汽车，现在抓紧点儿时间……"少尉指了指书，"到了北大荒可以马上开着拖拉机跑!"

"好啊! 小伙子!"中校赞许地点了点头，"叫什么名字?"

"江志红。"

中校略一沉吟："江志红同志，这本书看完了借给我好吗?"

江志红马上把书一合递过来："您现在就可以拿去看!"

"不!"中校笑着摇了摇头，"还是你先看吧，别耽误了到北大荒马上开拖拉机!"

中校亲切地和江志红握了握手，向前走去。

江志红急忙推着一个在中铺上的战士："尤通 (一叫就成了油桶)! 尤通!"这是个汽车兵。

尤通好不乐意地嘟囔："……干什么?"

江志红仍推着他："你认得那位首长吗?"

"谁?"尤通急忙爬起来，揉了揉睡眼，望着中校的背影，"那个中校啊? ……嗯……挺眼熟……你看，你看，想不起来了……"

江志红又好气又好笑："你呀! 总是这么迷迷糊糊!"

人们都集中在车厢的另一头。一个瘦子拉长腔调读着"……拖拉机翻开千年沉睡的处女地，把希望和幸福的种子……"特别是"幸福"二字，听起来真有些酸溜溜。

"文书!"一个大嗓门儿喊了一声。这是一个大个子，红色绒衣上印着大字"坦克兵"。他在瘦子面前伸出一只手，"开荒种地讲究力气，来! 较较劲儿!"

瘦子望了望这只大手，胆怯地朝后躲着："哎! 老车! 我这文官还能掰得过你这武将吗?"

"让你俩手!"老车补充了一句，摆好姿势。

"俩手? ……掰……"瘦子犹豫了一下，在手心啐了两口唾沫，仿佛一下子增加了千斤力，"来!"

掰腕子开始了。一群小伙子高喊助威："胡云鹏! 加油! 胡云鹏! 加油!"瘦子用两只手，咬着牙，涨红了脸。大个子笑嘻嘻地用绝对优势把他压倒。

胡云鹏一败涂地，手抚摸着被掰痛了的腕子，朝着哄笑的人群："你们甭笑！有能耐自个儿试试！"

老车也把脸一仰，挑战似的扫视一周："谁还来？"

一只左手伸到他面前。原来是那位中校，早脱去了军上衣。

"谁？你？"老车望了望这位四十多岁的人，轻蔑地一笑，"不行！不行！俩手你也不是个儿啊，老伙计！"

中校微微一笑："一只手试试看吧！"说着在老车对面坐下来。

人群一声呐喊："好！"

胡云鹏又从人群中钻了出来："老车！就会欺负我呀！"

老车被激怒了，伸手与中校相握："来！老伙计！"

二人各尽全力。中校几次要被压倒都翻了起来。老车钦佩地看着这个四十多岁的人："不含糊啊，老伙计！"

人们为中校鼓劲儿，结果，一片惋惜声，还是中校输了。

老车又伸出右手："再试试这只……"

中校站起来，活动了一下不大自然的右臂，摇了摇头。

广播器里传来声音："〇〇二五部队的高建民同志，高建民同志，请你到七号车厢来！"

"高团长——"小吴气喘吁吁跑来，"高团长！农垦局田副局长请你去！"

中校点头，忙穿好军衣匆匆走去。

大家望着中校的背影，不约而同地互相问着："谁呀？"

小吴非常严肃："谁？咱们未来农场的党委书记！"

"啊？"老车怔住了，摸了摸后胸勺，"我的老伙计！"

列车继续前进。

一节专车里，一群一伙的人在谈着工作。

墙上挂着一幅"密山垦区国营农场分布图"。一位花白头发的老首长面向地图吸着烟。

秘书引着那位中校走进来，到首长身后："田副局长！高建民同志来了！"

田副局长转过头来，中校举手敬礼。

田副局长亲切地伸过手来："太好了！刚打完了美国鬼子，又来跟荒地作战了！这两个敌人么，形式不同喽……"

高建民插了一句："本质上一样，都是纸老虎！"

"对！不过纸老虎……"

"也得当真老虎打！"高建民连忙补充。

"对！对！"田副局长非常高兴，"到底是打虎的老行家，虎性全摸透了！啊？"他看了看身旁的秘书，爽朗地大笑起来。

"副局长同志！"高建民请求，"我们希望能打一只大老虎！把最困难的任务给我们！"

"那不困难的任务谁还要啊？嗯？"田副局长把一只椅子拉过来，按高建民坐下，"别急，打虎英雄嘛，一定优待！分配给你的那帮小伙子你看到啦？"

"看到了！"高建民满意地回答，"都是好样儿的！"

田副局长一笑："嗯！怪不得呢，心里早有了底啦。"

高建民也不好意思地笑了笑。

"好！"田副长局熄灭纸烟，"咱们来谈谈具体任务！"他一手按着椅子背，一手指着地图，"目前，我们国家最需要的是钢铁、粮食。我们这一支大军，就是要在这一大块荒地上生产出粮食来！"

地图上红线标明场界，许多红圈标明场址。

田副局长继续说："根据总路线多快好省的精神，我们今年计划一下子建立六个新场，这叫做'分区布点，一下铺开'。你们的任务就是其中的一个，看一看，提一提你自己的意见。"说着，又点起一支烟。

高建民急站了起来："我听从领导上决定！"

田副局蛮有兴趣地看着高建民："领导上想听一听你自己的意见嘛。"

"那……"高建民毫不犹豫地指着最边上的一个红圈，"我们希望分配到这儿去！"

"雁窝岛？"秘书叫了出来，"是个条件最差的地方！"

"对！"田副局长吐出一口烟，"这可是一只最难降伏的老虎哇！困难相当多哩！本来不准备把这任务给你们，不过……"田副局长把手搭在高建民的肩上，指着地图，"可以把情况介绍一下。这里有二十万亩最肥的土地，可是条件非常困难，三面儿是河，一面儿是水草地，就和红军长征过的草地一样哩！只有冬天能进去，一化冻就交通断绝……"

高建民点着头："我全知道！"

"哦？"田副局长看着高建民，"这个地方你很熟悉？"

"从前在这儿战斗过！"高建民回答。

"那太好了！"田副局长更加高兴，"你来看，从这儿往北，是几千万亩沼泽地带。许多人都把它当成不毛之地。可我们共产党人要看到另外一面，那就是：征服了它，就可以给国家扩大好大一块粮食基地！大规模向沼泽地进军的计划还正在研究，可这个雁窝岛是个前哨阵地，今年安不上点，就会影响下一步'全面铺开'……"

高建民站得笔直："我请求……"

田副局长止住了他："好！就这样决定，这只大老虎交给你们来打！"

高建民压抑不住激动的心情，用铁一样的声音回答："保证把它打下来！"

田副局长看了看秘书："记下来，再给他们调一名经验丰富的副场长！"

高建民喜上加喜："那就更好了！"

田副局长紧紧地握住高建民的手："出发吧，志愿军！"

列车飞驰。

车轮在铁轨上飞转。

# 二　踏荒原风雪迷途

拖拉机链轨转动。

四台拖拉机驶入雪原，后面都拖着装满物资的爬犁。为首一台车是"东方红"，驾驶员是老车，身旁坐着党委书记高建民和通讯员小吴。第二台车和第三台车上，坐着韩长兴、尤通和另外两个拖拉机手。最后一台"斯大林八〇号"上坐着江志红和胡云鹏。

北大荒的二月正是严冬，人们都穿着棉军装，戴着毛茸茸的皮帽子，口里喷着哈气，驾驶台玻璃上一层冰碴。

拖拉机在高低不平的雪岗上行进。

拖拉机在茂密的森林里行进。

突然，眼前豁然一亮，拖拉机到了平原地带。白雪覆盖着土地一直伸向远方，无边无际。矮树丛和荒草也都让"雪被"压弯了腰。

拖拉机停下，人们走出来。

高书记深深地吸了一口冷空气："咱们的北大荒多美呀……"

静静的雪原，没有一点声音。晚霞在蓝天与银地之间抹了几笔玫瑰红，更显得别致。

高书记感慨地说："这么一大片富饶的土地，就这么沉睡了几千年……"

老车把腰一扠："从今往后它再也睡不着啦！"他朝前跨了一大步，扯开大嗓门喊了一声"喂——"

"喂……"山谷、田野传来回声。

老车侧耳听了听又喊了一声："我来啦——"

回声："我来啦……"

大家兴奋得像一群小孩子，天真地一齐喊了起来"我们来啦——"

回声："……来啦……"

江志红深情地望着远方，激动地唱了起来："五星红旗迎风飘扬……"

大家一齐跟着唱起来：

> 胜利歌声多么响亮。
> 歌唱我们亲爱的祖国，
> 从今走向繁荣富强。

热情洋溢的大合唱在天地间回旋着：

> 歌唱我们亲爱的祖国，
> 从今走向繁荣富强。
> ……

忽然天空一片黑影掠过雪原，山河为之变色。高书记一声大喊："注意——大烟炮……"

几个小伙子都不明白："什么炮？"

高书记："就是暴风雪！快上车！"

众人急忙上了拖拉机，机车起动。

只有江志红还站在那里不动，胡云鹏从车内伸出头来："江志红！快上来吧！"

江志红仰头望着天空："我看看这大烟炮到底啥样儿？"话还未止，一阵风过，把他的帽子吹得无影无踪。

顿时，风怒吼，雪漫卷。

江志红顾不上去追帽子，赶忙爬上机车。

前三台拖拉机顶着风雪急驰。

江志红的拖拉机后面紧追。

风雪越来越大。

"东方红"车内。小吴手中指南针上的指针乱转，他惊慌地望着高书记，老车急了一头汗，紧握操纵杆。

高书记非常镇静："沉住气！千万不能停车，停下会被雪埋住，小吴，联系后边车，别叫走散了！"

小吴推开车门伸出头来喊："……"只见张嘴，听不见话。

第二台车上，韩长兴伸出头来喊……

第三台车上，尤通伸出头来喊……

第四台车内，胡云鹏惊慌地把头缩在皮衣领子里。

四台拖拉机在风雪中失散了，朝着三个不同方向开去。

风扫处，链轨踪印皆无。

风停了，雪原又恢复了平静。天已经黑了下来。

两台拖拉机停在深雪里，车顶上坐着韩长兴、尤通和那两个拖拉机手。

尤通对韩长兴发着牢骚："我紧跟你，可你倒紧跟着前边儿啊，可到好！跟着你一块儿掉队！"

韩长兴看了他一眼，没吭气。

"哼！"尤通还在唠叨，"还是炮兵呢，眼睛也不知是看什么的……"

韩长兴忍不住了："你还有完没完？"

"没完！"尤通把脖儿一歪，又上了劲。

"哎——"一个拖拉机手递过一水壶酒来，"尤通！喝两口儿暖和暖和吧，回头咱们两台车分头去找……"

"对——"尤通嘟嚷着，"回头咱们两台车再谁也找不着谁……"

"你这人……"老韩凑过来。

"别理他！"那个拖拉机手把酒给老韩。

"哎——"另一个拖拉机手喊起来，"你们听，是不是吹号呐！"

四个人都兴奋起来，侧着耳朵听。

另一个地方，拖拉机停在高岗上。小吴跪在车顶吹着号。他放下号坐在自己腿肚子上，叹了一口气："北大荒这地方真大呀！"

高书记举着望远镜瞭望着，突然从镜中看到雪地上出现了一个黑点。小黑点向前移动着，慢慢地看清楚了，是一只小熊。

小吴和下面的老车也看到了，同时喊出："小熊！"小吴马上就要端枪，高书记用手一按枪筒："抓活的！"三个人隐入车后。

小熊嗅嗅这儿，闻闻那儿，好奇地朝着机车走来，越走越近。

小吴第一个跳出来，一下子按住小熊。小熊回头就咬，小吴痛得大叫一声放开了手，小熊跑掉了。

老车急得喊了一声："你呀——"

高书记把皮帽的护耳往上一推，喊了一声："追！"三个人喊着追上去："追呀——"小熊吓得连跑带跳。

三个人形成了一个包围圈。老车的嗓门儿最大："缴枪不杀！"小熊吓得缩成了一团，老车一把按住脖子，"哪儿跑！"

三个人逗弄着被抓住的小熊，高书记摸着小熊的头："别害怕！我们优待俘虏，送你到北京动物园去，管吃管住……"

小吴把被咬伤的手背伸到小熊眼前："瞧！你给咬的！"说着举手要打下来。

小熊一闭眼一缩头。老车哈哈大笑："嘿！瞧这个熊样儿！"

　　三人大笑着，深一脚浅一脚地向机车走去，雪地上留下了清清楚楚的脚印。

　　茫茫白雪，一片银海。江志红、胡云鹏也停了车，在雪地上寻着车印。突然，胡云鹏发现了脚印，兴奋地喊了一声："小江！找到啦！"向前跑去。

　　江志红扫了一眼，机警地从车上抓起步枪。

　　胡云鹏用脚踏着一个坑一个坑的脚印跟向前去，一直跟进树林。脚印越来越清楚了，猛抬头："哎呀！我的妈呀！"原来是一只大熊。不喊还好，喊声惊动了熊，返身朝胡云鹏扑来。胡云鹏没命地往回跑，一不留神，滑进一个大雪坑里，大声喊起来："江志红——"

　　江志红赶到了，连射两枪。熊不但没被打倒反而被激怒了，猛地转身朝江志红扑来。

　　江志红且战且退，一边躲一边喊："统计员！快跑——"可是，雪坑里一点动静都没有。

　　子弹打完了，熊越逼越近。江志红忙把刺刀拔了出来，眼看一场人和熊的肉搏战就要开始了。

　　突然间，一声长长的呼哨，接着一阵犬吠，一只猎犬从树后扑来咬熊的腿，大熊为了对付猎犬只好转身。正这时，一声枪响，击中头部，大熊似一堵墙似的倒了下去。

　　江志红抬头望去，一个身穿白色毛皮衣裤、头戴虎头帽的年轻人站在树边，手里横着一只猎枪。

　　年轻人厉声大喝："你是干什么的？"

　　听声音才知道是个女的，江志红惊讶地看着这位姑娘："我是从农场来的……"

　　"农场来的？"姑娘上下打量着江志红。口气缓和多了。

　　正说着，树林里又响起了一声呼哨，姑娘忙把手指放入口中回了一声呼哨，高喊着："爷爷！"跑着迎过去。

　　一位身材高大的老猎手走来，长长白须飘在胸前，威风凛凛。

　　老人声若洪钟："燕子！刚才是谁打枪？"

　　燕子——那位姑娘，把头略一扬，翻眼看了看江志红："那不是！五六枪没把熊瞎子打死，想动刀子了！"

　　老人走到熊尸前蹲下来看了看："小伙子，枪倒是都打中了，可惜都不是致命的地方！"说着站起来打量着江志红，"部队上来的？"

　　"嗯！"江志红点了点头，把枪背好，"刚从部队上转业到农场来的！"

　　老人问："就你一个人出来的？"

　　江志红想了起来："还有一个……"他急忙跑了几步，把手卷成喇叭形喊着，"胡云鹏——统计员——"

没有人回答。猎犬朝着一个地方叫着，燕子忙过去把它拉开。雪坑里的雪抖动了一下，胡云鹏从雪中钻了出来。满头满身都是雪，狼狈不堪。

江志红和老人把他拉了上来，江志红一边帮他打着身上的雪一边问："怎么样？"胡云鹏只是大喘着气，摇着头。

老人一把拉住江志红："我家离这儿不远，走！去暖和暖和！"

江志红轻轻推开老人的手："不啦！谢谢您，老爷爷！我们还有三台拖拉机走散了，我得找他们去！"

老人哈哈大笑："这么大的地方，你上哪儿找去？教给你个法儿，小伙子！点上一把火，能烧红半拉天，五十里开外都瞅得见，你们在我家甭动窝儿，他们自会找你来！"

"对！"胡云鹏开口了，"咱们等着他们找来吧！"

"好！"江志红同意，"你先去歇歇！"说着又拔出刺刀砍起干枝来。

老人也拔出大刀砍着树枝，回头对姑娘喊："燕子，先把这位同志带咱家去！"

"哎！"燕子答应着，用眼看了看胡云鹏，"跟我来！"自己先拔脚走了。

胡云鹏把衣领竖起来，再抬头，姑娘已走了好远："姑娘……你慢点儿……"艰难地跟上去。

这里，大堆干枝燃起熊熊篝火。

# 三　元宵夜故人重逢

一幢宽敞的木屋里，点着一支红蜡。

燕子蹲在火盆旁边鼓起两腮吹着火，火苗一会儿闪现一会儿隐没。她的虎头帽扔在桌上，一条大长辫子拖在背后。

胡云鹏迫不及待地把手脚伸过来烤着，仰头四下打量："这儿还挺宽敞嘛！……就你们爷儿俩在这儿住？"

"不！"燕子揉着眼，加着柴，"七八个人呢！农业社的打猎组冬天都上这儿住，他们都回屯子过年去了！你们也是打猎的？"

"不是！"胡云鹏又把坐着的木墩朝前挪了挪，"我是搞统计工作的，那个是拖拉机手！"

燕子站起来："哎！你们那个小伙子可真愣！弄把刀子就敢跟狗熊干仗！"

"喝！"胡云鹏一面捧别人，一面也抬抬自己，"我们那位原来是海军军官，神枪手，百发百中啊！……"

"你呢？"燕子劈头问了一句。

　　"啊!"胡云鹏没防这一问,"我?嗯……我们俩是一文一武,工作性质不一样……"

　　屋外传来几声狼嚎,胡云鹏吓得站了起来,瞧了瞧窗户:"燕子! 这个地方野兽这么多,你们老的老小的小,待在这儿就不害怕?"

　　燕子把帽子和枪挂在墙上:"那有什么可怕的?"她闪着两眼顽皮地瞅着胡云鹏,"怎么? 你害怕呀?"

　　胡云鹏故作镇静:"我怕什么! ……"

　　"哎哟!"燕子猛然一指胡云鹏身后,"你身后头那是什么?"胡云鹏一回头,屋角里蹲着一个黑家伙,吓得他大叫一声朝外就跑。

　　燕子格格的笑声他又站住了。回头仔细看,燕子在屋角提着一张兽皮,笑得直不起腰。

　　胡云鹏又走了回来:"你,你……别开玩笑啊!"

　　燕子笑得更响了。

　　老猎人一脚踏进门来,江志红跟在身后。老人大喝:"傻丫头! 光知道笑,客人来了知道不?"

　　"知道哇!"燕子翻了翻两眼。

　　老人嗔怪她:"知道不拿酒去?"

　　"哎!"燕子放下熊皮,一掀门帘进了里屋。

　　老人把刀挂在墙上,拉着江志红到火盆旁取暖。

　　燕子从里屋走出来。这时她脱去皮衣,露出大红色的紧身棉袄,手里端着一个托盘,又是酒又是肉,热气腾腾。

　　江志红急拍了拍挎包:"老爷爷! 我们带着吃的哪!"

　　老人帮燕子往桌上摆着酒肉:"什么你的我的,俗话说碰上打猎的,气死卖肉的,吃!"

　　胡云鹏见到酒肉精神振作起来,刚要往下坐,江志红捅了他一下。

　　老人一看两个人还是不动,有些恼了:"怎么不吃啊! 噢! 我明白了,你们解放军的规矩,不准动老百姓的东西。可我这个老百姓啊,也有个规矩,你不吃不行! 吃! 吃!"说着一手拉一个都按坐下。

　　胡云鹏求之不得:"我说小江! 我看咱们到哪儿就随哪儿的规矩吧!"

　　老人高兴起来:"今儿个是正月十五,鹿子肉炖了一天!"老人把托盘里的三把尖刀往肉块上一插,"来! 自己动手!"

　　"好! 好!"江志红饮了一口酒,"老爷爷! 您知道雁窝岛离这儿还有多远?"

　　老人一怔:"雁窝岛? ……"

　　燕子一旁搭了腔:"雁窝岛哇,往前再走十五里就是,嘿! 那儿的雁蛋可多了……"

"哎！哎！"老人忙把她止住，转过脸来问江志红，"你们要去雁窝岛干什么？"

江志红："开荒种地呀！"

"种地？"老人抓住江志红的手，"这话是真的？"

"啊！"江志红点头，"在雁窝岛上办一座农场！"

"好！"老人喝了一口酒，"你们有眼力呀！那儿的土一把能攥出油来，真是块宝地呀！"

江志红又把老人的酒碗倒满："老爷爷！您进去过？"

老人叹了一口气，轻轻地点了点头。

燕子天真地望着爷爷："咱们哪一年不进岛去呀！"她又转脸对着江志红，"我就是在雁窝岛上长大的，我爹我妈的坟就在岛上……"

"燕子！"

老人把她喝住："别说了！"

江志红、胡云鹏好奇地望着老人。

沉默。只见红蜡的烛光突突地跳着。

江志红忍不住了："老爷爷！是怎么回事？能给我们讲讲吗？"

老人闭着眼睛，似乎陷入了沉思。听到江志红的话，他猛然睁开眼，往起一站："你们来看！"他转身从墙上把刀摘下来，刀拉出鞘一半，明亮的刀背上刻着字。

胡云鹏轻轻地念出来："抗联三师！"

老人轻轻把刀推入鞘内，慢慢地坐下来，端起酒一饮而尽，喘了一口气："那是十八年前的事了……"

燕子剪了剪红蜡的蜡芯。

窗外，半天乌云把月亮遮住，只是这半边天上闪着寒星。

老人的声音："我儿子黄永和在抗联三师打鬼子，那天，他们十几个掩护着乡亲们撤退……"

十八年前……

硝烟弥漫，枪声四起。一群逃难的老百姓扶老携幼往雪原上奔跑。

日本鬼子端着刺刀嚎叫着冲来，雪岗后一班抗联战士开枪阻击，掩护老乡撤退。

一个年轻的抗联战士——黄永和，一个接着一个扔着手榴弹，成排的敌人倒下。

"永和！永和！"十八年前的老猎人黄老清背着猎枪紧张地跑来，拉住黄永和，"永和！你媳妇叫鬼子的……她……"

黄永和紧咬着下嘴唇，眼都红了，又扔出一个手榴弹。

一个背大刀的战士来到他身旁："永和！去看看吧，说着把他推开……"

永和媳妇躺在一个破烂的小草棚里，昏迷不醒，一个襁褓中的婴儿躺在一旁啼哭着。

黄老清父子急匆匆跑进来。永和叫着："凤英！凤英！"永和媳妇的眼皮动了一下，嘴张了张。

又一个炮弹落在小草棚边。

"爹！"永和扶起媳妇，"您背她走！我还有任务！"说着扶媳妇爬在老人背上。

老人一指："孩子怎么办？"

小孩子哇哇地哭着。

永和连忙抱起，紧皱双眉。

背大刀的战士出现在棚口："永和！快走，部队全撤了！"

永和把怀中孩子要交给背刀的战士："给你！我掩护！"

"不！"那战士一推，"你们一家子快跑，掩护的任务是我的！"

硝烟中，黄老清背着儿媳妇，黄永和一手持枪一手抱着孩子向前跑着。

背刀的战士边打边退。

一小队鬼子包抄过来，挡在永和父子的前面。永和赶忙卧倒，骂了一声："他奶奶的！"放下孩子，举枪迎战，黄老清背着人朝左手里跑去。

鬼子越逼越近，永和还击着，一颗子弹射中他的胸部，他看了一眼孩子便晕了过去。

三个鬼子冲到跟前。

孩子躺在雪窝里哭着，一个鬼子狞笑着举起刺刀戳下去……当！一把大刀挡开刺刀，那个战士赶到了，再一刀，鬼子倒下。另外两个鬼子扑了过来，战士正准备迎敌，被流弹打中右臂。战士咬紧牙关，把刀交左手，抡开来，两个鬼子嚎叫着倒下去。

战士一手抱起孩子，一手扶着黄永和随着黄老清奔去，隐入树林之中。

雁窝岛上一座美丽的白桦树林内，堆起两座新坟。

那个背刀的战士安慰老人："老大爷！您别难过！别看鬼子这么疯狂，可是我们有共产党的领导，胜利一定是我们的！我联系上部队就来接您！"战士把刀连着鞘送到老人手中："这个！您留着防身！"说着，又把棉衣脱下，给孩子紧紧裹住，孩子安详地睡着了。

战士用腰带勒了勒透风的夹衣，按了按右臂上包扎好的伤口，背起枪，准备走了。

"同志！"黄老清激动地把战士叫住，开口问："你……你姓啥！"

战士笑了笑，停了一会儿回答："我是个共产党员！"说完，打了个招呼，顶着北风走了。

黄老清流下两行清泪，望着共产党员的背影。

北风凛冽。共产党员迎着风，大步地走着。越走越远。

木屋内，红蜡已燃去了一半。倚在爷爷怀里的燕子早已热泪盈眶。老人抚摸着刀背，轻轻地重复着："共产党员……可一直也没有回来……"

江志红、胡云鹏出神地望着老人。

一阵拖拉机马达声惊破了屋内的沉寂。

"高书记来了！"江志红兴奋地喊了一声，四个人都连忙站起来。

屋外，篝火旁又停了三台拖拉机，高书记等人走下车来。

江志红、胡云鹏和黄老清祖孙也迎出屋来。离老远就听见老车喊："你们要不点这堆火呀，八辈子也找不着你们！"

江志红忙做介绍："是这位打猎的老爷爷给出的点子。老爷爷，这是我们农场的高书记！"

高书记急走过来拉住老人的手："老大爷！您老好哇！"

"好！好！"老人兴奋地笑着。

燕子一旁忍不住了："我叫燕子！"

黄老清大笑，指着她："我的小孙女，傻丫头！"

燕子不高兴地撅起嘴："又说人家傻！又说人家傻！"

"好！不傻！不傻！"老人哈哈大笑。

"本来不傻嘛！"高书记端详着燕子，"多机灵的姑娘！"

黄老清拉着高书记："屋里坐！屋里坐！"

两个人走进屋去。

拖拉机手们保养机车，掏着链轨上的雪和泥，互相诉说分散后的遭遇。

燕子好奇地走到红色拖拉机跟前，跳上链轨板，摸着车身，从小窗户向驾驶台里看了看，嚯！一只小狗熊被绳子捆住了四条腿躺在座位上，两只小眼朝燕子翻着，燕子也调皮地朝它眨了眨眼睛。

木屋里又点起一支大红蜡，显得格外明亮。黄老清和高书记开怀畅饮。

高书记："老大爷身子骨可真够硬朗的，今年有六十好几了吧？"

黄老清一欠身，五个手指头一捏："这个整儿！"

高书记一惊："七十啦？"

黄老清捻着胡子："还小哪！"

二人大笑，饮酒。

高书记抬头看了看屋顶："这房子盖得好哇！"

老人自豪地说："社里专给打猎组盖的！"

"是啊！"高书记感叹地点着头，"变化多大呀，我记得那时候这儿没这么整齐的房子，只有个小草棚，还破得不成样子！"

黄老清："哎！这都是毛主席领导的好哇，自打合作化，日子越过越好啦……"老人眨了眨眼，仔细琢磨了一下高书记的话，"草棚子？……这个地方你来过？"

"来过！"高书记点头，"少说也是十七八年前的事了！"

黄老清："那时候你是在部队上？"

高书记喝了一口酒："啊！抗日联军，第三师！"

"三师？"老人一喜，"我打听个人你认识不？"

"谁？叫什么？"高书记注视着老人。

"嗐！"老人非常遗憾地捶了一下桌子，"就是不知道叫啥名字！"

高书记笑了："那可就不好找了……"他仔细端详老人，"三师的人您见过？"

老人慢慢地饮了一口酒："见过，我儿子就在三师！"

高书记"哦"了一声，把刚端起的酒碗又放下。

"牺牲了！"老人叹了一口气，"跟他媳妇都牺牲了……"

高书记慢慢地站了起来，思索着什么，踱了几步，猛抬头，见一把刀挂在墙上，鲜红的刀穗静静地垂着。高书记紧盯着这把刀，猛转身问老人："您儿子埋在什么地方了？"

"就埋在雁窝岛上了！"老人又补充了一句。

高书记紧紧追问："是不是埋在白桦树林里了？"

黄老清慢慢往起站："是啊，你怎么知道？"

高书记走到老人面前："您是黄永和同志的父亲？"

"对！"黄老清激动得声音有些发抖，"你是……"

高书记："永和同志的老战友，高建民！"

"高建民？"老人听着这个陌生的名字，摇了摇头，上下打量着对方。

高书记把右臂衣袖挽起，一只带着伤疤的胳膊伸到老人面前："黄大爷！您不记得了？"

黄老清看了看伤疤又看了看高书记，一步上去抓住这只手臂，激动地喊出来："共产党员！"

高书记也紧紧抓住老人："黄大爷！"

老人抚摸着高书记的伤臂："要不是这伤疤，可真认不出来你了……"老人走至墙边，把刀摘下来捧至高书记面前。

老高抽出刀来，寒光闪闪。刀的亮光反射到老高的脸上，坚毅英勇的神态不减当年。

老人走至门口喊着："燕子！"

随着清脆的回答声，燕子一阵风似的跑了进来，江志红、老车等人跟在后面。

黄老清把燕子拉在身边，用手一指老高："你看，那是谁？"

燕子莫名其妙："高书记！"

老人一跺脚："嘻！我这个老糊涂，那时候你还不满一岁哪！还记得是谁把你从鬼子刺刀底下救出来的？"

燕子一下严肃起来："共产党员！"

老人猛一指："就是高书记，就是他！"

燕子怔住了，两眼盯着高书记，不知怎样才好。

刚进来的一群人也怔住了。

高书记轻轻地叫了一声："燕子！"

燕子泪花闪闪。

老人走到燕子跟前："燕子！你不是从小就哭着要爹要妈吗？如今你的救命恩人共产党员回来了，他就跟你亲爹一样，过去，叫一声高大叔！"

燕子眼泪汪汪，胸部激烈地起伏，哭喊了一声："高大叔！"猛扑在高书记怀里，泪涌如泉。

江志红、老车等人也明白过来，又感到高兴，又感到鼻子酸。小吴也用手背抹了抹眼角。

高书记抚摸着燕子的头："燕子！别哭啊！高大叔不走了，和大伙一块在雁窝岛办农场……"

老人抢步上来："老高！十八年前你说的话我一句没忘！我们爷儿俩也跟着你在一块儿，给农场出把力！"

老高点头："好，太好了！回头我们跟农业社商量商量，我们也正需要一个好向导哩！"

老人擦了擦眼泪，招呼大家："今儿个是大喜的日子，来！小伙子们，痛痛快快喝上几碗，明儿一早我带你们进岛！"

大家欢笑着围过来。

窗外，夜空晴朗，几丝浮云捧着一轮圆月，银光四射。

## 四　进雁岛桦林宣誓

黎明。银白色的地平线上一片朝霞，红装素裹，分外妖娆。

一对长角大鹿拉着爬犁飞跑，上面坐着高书记、燕子、小吴和胡云鹏。黄老清亲自扬鞭赶着鹿。

爬犁后面，四台拖拉机排成一路纵队。

飞跑着的鹿腿，飞转着的链轨。

进岛的队伍在一片洼地前停下了。

小吴奇怪地问："怎么不走了？"

"嗯！"黄老清翻身下了爬犁，用鞭鞘指着前面，"下来瞧瞧吧，见识见识这地方！"

人们都跳下来。后面的拖拉机也赶到了，江志红、老车等人也停车走过来看。

黄老清指着前面的洼地："瞅见了没有？这片洼地那一边就是雁窝岛，这洼地可是进岛的关，叫大酱缸！"

"什么？大酱缸？"人们议论纷纷。

"啊！大酱缸！"燕子在人群中解释，"这时候有雪，看不见。到开春一化冻，喝——就成了一片大泥塘。那泥呀，就跟酱缸里的面酱似的！上边有这么一层草皮子，人在上边走，四外老远的地方都跟着你忽悠忽悠地直颤，可好玩了！"

"好玩？"黄老清瞪了她一眼，"掉下去可就不好玩了！"

胡云鹏很关心地问："下边有多深？"

黄老清看了看他："唔！没底！"

尤通挤了过来："老爷子！从别处绕过去行不行？"

老人摇头："进雁窝岛就这一条路啊！"他转身找到高书记："老高啊，这地方眼下上着冻不要紧，可往后是块病啊……"

"嗯！"老高望着洼地，思考着，"人员、物资都趁着冬天往里抢运啊！"

"哎呀……"胡云鹏非常担心，小声嘀咕，"这玩意儿，进去了……往后怎么出来呀！"

"咳！"老车不耐烦了，"还没进呢，就想出去？别听说得那么邪乎！"他越说嗓门儿越大，"我就不信它大酱缸能把人给吃喽！"

江志红特别赞成："咱们说什么也不能叫它给吓住。"

"是不能叫它吓住！"高书记插进话来，"可是也不能小瞧了它！"他从犁上拿起一面小红旗，仰头看了看身边的一棵白杨树，"咱们留个记号，跑运输过这儿的时候要特别加小心！"

"我来！"江志红把棉衣一脱，接过小红旗叼在口中，用力摇摇这棵杨树，一纵身"蹭——蹭——"地爬了上去。

大家仰头望着，一面鲜红的小三角旗飘扬在树顶。

江志红溜了下来，拔出刺刀在树干上划了一道白印："咱们是一过大酱缸！"

高书记命令："进岛！"

鹿又飞跑起来，爬犁、拖拉机——驶入大酱缸。

晴空下，一座美丽的白桦树林。经历了十八年，树木长得又高又大。虽然一冬的北风把它们吹得光秃秃，但它们还是挺直了斑白的身子，你的枝扶着我的权，像一群亲密的朋友。

桦林中间，两座坟茔前面，人们脱帽肃立，机车也安静地排成一列横队。

高书记的声音激昂有力："昨天，多少先烈为了消灭敌人，曾经在这块土地上洒下了鲜血，今天，我们为了建设社会主义，生产粮食，又要在这块土地上流汗。我们宣誓！"

"我们宣誓！"人们跟着高书记一齐举起左手。

高书记："我们一定继承艰苦奋斗的革命传统，英勇顽强的战斗作风，高速度地开发雁窝岛！"

人们一字一字地复诵着："艰苦奋斗！英勇顽强！"声音震荡着整个树林。


一首自豪而又幽默的歌曲唱起：


　　　嗨……
　　　现成的柱子现成的梁哎，
　　　加上那茅草就盖成了房哎。
　　　又挡风来又挡雨哎，
　　　还有那大个儿的沙发床哎。
　　　高楼大厦比不上哎，
　　　咱白手起家，
　　　建设北大荒哎！


歌声中，一棵棵大树轰然倒下。拖拉机拖着木材驶出森林。

江志红和几个人在竖好的房架上绑扎着。

燕子领着一群人在编草排子。

老车举起一个大草排递到房顶上去。

已盖好的草房里，小吴用树条和草铺在地下，自己先躺在这厚厚的草床上颤悠颤悠，眼睛笑成了一条线儿。

白色的帐篷拉了起来。

歌声止。

又有好几台拖拉机拉着物资开来。房子前面人来人往，有推油桶的，有背粮食的，热火朝天。

一声马嘶。一只马拉爬犁在房前停住，爬犁上面有四个人跳了下来。

"老秦！"小吴认出了其中的一个，大喊着跑过来。许多人也都喊着："老秦——"呼啦一下子围过来。老秦笑呵呵地和大伙儿打成了一团。

小吴亲热地拉着老秦的手："你这个老家伙，又来当炊事班长来啦？"

"什么班长？"老秦故意板起面孔，"我现在是管理员，秦管理员！"说完自己也绷不住笑了。

大家都哄笑起来。

高书记匆匆走来，老远就打招呼："老秦！"

老秦急忙迎过去："高团长——"他跑到高书记面前敬礼报告，"第二批人全部到齐了！"他忽然想了起来，"哎？你瞧，差点儿给忘喽……"说着从口袋里掏出一封介绍信，"局里分配给咱们三名大学生！"

爬犁边站着刚刚下来的三个年轻人。一高一矮两个小伙子，还有一位健壮的姑娘。一条天蓝色的毛围巾裹着她那一张红扑扑的圆脸。

高书记把介绍信一举："同志们！咱们的首都大力支援北大荒的建设，这是北京农业机械化学院的三位毕业生，我们自己培养出来的专家，分配到咱们这儿工作！"

大家热烈鼓掌："欢迎！欢迎！"

高书记亲热地和三个年轻人握着手："你们两个男同志分配到第二队和第三队去！你……"他正走到姑娘面前，"留在第一队！"他回头叫了一声，"老车！"

"到！"老车高声答应，从人群里走出来。

高书记一指姑娘："这位同志分配到你们组！"

"啊？"老车有些意外，"嗯……好，好！"

姑娘走过来，大方地伸手给老车，自我介绍："我叫刘学军，学习的学，解放军的军！"

人们都绷住笑看着老车。

老车倒腼腆得像个大姑娘，把手在衣襟上抹了抹和姑娘握了一下："我姓车！嗯……就管我叫老车！"

周围爆发了一阵大笑。

笑声传到了帐篷里，燕子正在里面打扫着。

黄老清提着个行李走了进来，刘学军跟在后面。

"燕子！"黄老清把行李放在铺上，"见见！这是北京来的刘姐姐，和你住在一块儿！"

燕子望着这个和她年龄相仿的姑娘，茫然不知所措。

老人走到燕子身边悄悄地嘱咐："人家可是有学问的人，往后好好跟人家学学!"

"哎!"燕子点头,两眼一直盯着刘学军。

"姑娘!"黄老清指着床铺对刘学军说:"你们坐着说话吧!"说完走了出去。

刘学军朝着老人背影喊着:"谢谢您啦,老爷爷!"

刘学军转过身来,燕子正一动不动地朝她望着,目光一碰,两个人都微微笑了。

"燕子同志!"刘学军过去亲切地拉住燕子的手,"你是从哪儿来的?"

燕子睁大眼睛,很认真地回答:"我就是从这儿来的!"

两个人亲热地坐到铺上。

包车组长齐集在新盖好的俱乐部里,在座的还有管理员老秦,统计员胡云鹏,还有黄老清。高书记在主持开会。

一个包车组长正在发言:"咱们到雁窝岛整整四天了!大伙都憋得劲头挺足。我们组的人都提议说,留一少部分人盖房子、搞勘测,大部分人马上开始跑运输!"

江志红接过来说:"对了!我们组也有这个意见。大伙儿还说,将来咱们不光开荒,也播上它一部分种子,当年咱们就见粮食!"

高书记在小本上迅速地记着。

老车一下子跳了起来:"这么干才带劲儿!现在咱们是一边勘测,"他伸出一只手在空中抓了一下,"一边跑运输!"又伸出一只手在空中抓了下。

韩长兴抢过来说:"往后是一边开荒,一边播种……"

尤通急忙补充:"还一边盖房子!"

高书记站了起来:"说得对!咱们走道就是不能学小脚婆娘一步扭三扭,就得像上阵冲锋!党给咱们指出来要多快好省,咱们就来它个几件大事一把抓!发扬部队的老传统,边打边建!不过也得分清主要次要。现在,最重要的工作是运输和勘测,我和黄大爷、老秦留在岛里搞勘测,余下的人全部投入运输工作,我们一定要抢在化冻之前把物资全部运进岛!"

## 五　抢运输 "酱缸" 陷车

链轨飞转。大队拖拉机拖着空爬犁驶出雁窝岛,经过插红旗的白杨树……

猎人的小木屋旁又增设了一个大棉帐篷。两个炊事员在屋外新砌的灶下点着火,燕子把一大桶雪倒在锅里……

拖拉机手们在木屋前匆匆地喝着水,咬了几口馒头就又翻身上车……

拖拉机队拖着装满物资的爬犁进岛……

大酱缸边有红旗的树干上刀痕已有了三道……

岛内，黄老清领着高书记在雪原上走着，一边走一边指指点点。老秦随后把标杆插在地上……

雪地上的脚印……

飞转着的链轨……

黑夜，岛上的草房中，高书记在地图上画着标记……

黑夜，岛外的路上，拖拉机的车灯连成一条火龙……

有红旗的树干上，刀痕增加到第七……

一道冰河，冰面上出现了龟背似的裂纹……

又是脚印，模模糊糊地印在快要化尽的雪地上，遍地泥泞……

又是链轨，经过有刀痕的树驶入冰雪化尽的大酱缸。大酱缸中水将近没了一半链轨……

冰河解冻，水里飘着浮冰，燕子在河边舀上一桶水……

雁窝岛内，地面上已见不到雪，只有树脚和低洼处还留着薄薄的残雪。

一把大刀向地面插下去，刀头"吃"进土内。

插刀的是黄老清，他大吃一惊："哎呀——地面化得这么快？今年暖和得早哇！比往年起码要早半拉月……"

站在黄老清身边的高书记紧皱眉头："我们的运输队……"

大酱缸里，一台拖拉机的链轨打着滑，车后溅起老高的泥浆。

驾驶台内，尤通急忙换速，再冲。链轨还是光打滑不走，越陷越深。

坐在旁边的胡云鹏问："怎么了？"

尤通正没好气："没瞧见吗！玩不转了！"说着马上跳到泥水中朝后面大喊着，"喂——帮帮忙哎！"

"东方红"赶到，停下，老车跳了下来，迅速地把拉着的爬犁摘掉，用钢筋挂住尤通这台车的车头。

刘学军看着老车的手势把车调到尤通那台车的前面，挂上钢筋。

老车大吼一声："拉！"

刘学军脚踏离合器，"东方红"往前一蹿，不但没拉动后边车，自己的链轨也打起滑来。

老车摆了摆手，摘去钢筋，刘学军再起动车，糟糕！也陷住了。

老车把钢筋朝水里一扔，望望后面，又有三台车陷住了。

拖拉机手们都跳到没膝的泥水里，用铁锹挖着堵在链轨上的泥。

刘学军摘掉手套，把着车门，刚要往下跳……

"不许下来！"老车一声大喝，"水太凉！用不着你！"他用手背抹了抹脸上的汗，马上满脸泥。

刘学军犹豫了一下，马上跳了下来。

"你！"老车暴跳如雷。

刘学军抓住老车手中的铁锹把儿："组长！给我，你去指挥大伙！"

老车看了她一眼，无奈只好撒手，朝另一台车走去。

第一台陷车内，胡云鹏手把车门，伸着一只脚，畏缩缩地向下面探着，刚沾到水面，马上又收了回去，用手擦了擦新毛皮鞋的底。

每一台车的周围都汇成了一个大水坑，拖拉机手们个个都滚成了泥人。

胡云鹏脱成光脚，把新皮鞋搭在肩上，趟着泥水偷偷地往回溜。

正走着，迎面一台车开来，江志红从小窗中探出半身朝前望着。

胡云鹏急忙招呼："小江！别去啦！留神你自个的车也陷住！"

江志红根本不理他，对开车的小吴喊："五速！"

机车急驰而过。胡云鹏急躲开飞溅起的泥浆，怒视着这台"C－80"："哼！逞这份英雄干吗！"

大酱缸外，小木屋前，又有许多台拖拉机驶来。燕子挡在前面挥手大喊："别走啦——不能走啦——大酱缸里陷车啦——"

大队机车全停住了。

一阵马蹄声，后面一骑快马飞至。马上人问："怎么了？"

燕子仰起头："好几台拖拉机都在大酱缸里陷住了！"

刚跑回来的胡云鹏用手指着："那台八十号又闯进去了……"

那人不说二话，把马加了一鞭，催马飞奔而去。

胡云鹏盯着骑马人的背影："又是一个冒失鬼！"

大酱缸里，江志红从自己车上牵出一条钢绳，正准备拉"东方红"。

快马赶到，马上人大喊："不许拉！"说罢翻身下马。

江志红停住手。老车甩了甩手上的泥走了过来："你是干什么的？"大家伙也都围过来。

那人并不回答，反问一句："高书记呢？"

刘学军："在岛里呢！"她这时也抹合得像个泥小鬼。

"唔！领导不在，就这么胡来！"那人语气很重，把手一挥，下命令："把钢绳摘下来！"

"干吗摘下来？"老车很不乐意，"不拉怎么办？你能用肩膀把它扛出来！你是干吗的？嗯？"

那人并不生气："我是你们的副场长，我叫纪庆山！"

老车怔住了。大伙互相望了望，小吴偷偷吐了一下舌头。

纪副场长亲自动手把江志红牵的钢绳解下，做了个手势："把车倒回去！"

江志红一怔。

纪副场长："怔什么？快倒回去！"

江志红急钻入驾驶台往回倒车，但，链轨也打滑了。

纪副场长："哼！自己车都动不了啦，还拉别人！下来吧！"江志红无奈，只好下来。

纪副场长把棉衣一脱，往链轨后面一塞，众人会意，也纷纷脱下棉袄。纪副场长一纵身跳上机车，熟练地换速，把车倒回来。他又跳下来喊一声："开回去！"

江志红一使眼色，小吴把车开走了。

老车此时心服口服："副场长……"

"哼！"纪副场长看了他一眼，"哪个部队来的？"

老车："坦克兵！"

纪副场长："技术兵种嘛！又不是不懂，拿国有财产冒险！嗯？"

老车低下了头。

尤通问："纪副场长！那几台车怎么办哪？"

纪副场长朝那边扫了一眼："陷得太深，另想办法吧！大家先回去！"说着，跳上马先走了。

大家你望着我，我望着你，谁也不作声。

忽然一个人喊起："高书记！"

大家急抬头看，果然，高书记和黄老清满头大汗从岛里匆匆赶来。

高书记在陷车边上看着："怎么陷下这么深？"

江志红低头走过来："高书记！批评我吧！"

老车抢过来："不！该批评我！"

高书记抬头看了看他们两个，又看了看大伙："批评你们什么？"

"车都给弄陷了……"尤通小声嘟囔着。

高书记温和地对大家说："车陷了不能怪你们，你们争取时间进岛没有错！只不过今年化冻早，化得又这么快，谁也没料到！"

"是啊！"黄老清一旁补充，"跟往年差半拉月！"

高书记扫视一周："可我要批评你们另一点，是不是……都有点泄气啦！"

"没有哇！"大家异口同声回答。

高书记："那为什么一个个都像鼻子尖上吊了个秤砣，头都抬不起来了？"

大家连忙抬起头来。

高书记走到江、车二人身后，两手搭在二人肩上，小声地批评："特别是你们两个，是干部，又是党员，遇到问题自己心里不能先压上一块石头，要想法子搬开群众心里的石头！"

江志红、老车感到眼亮起来。

"您批评得对！"江志红振作起来，"老车！咱们马上去砍木头，垫在车底下，免得再往下陷！"

"对！"老车向大家一招手，"走！"

"走！"人们都活跃起来。

高书记笑望着这群年轻人，和黄老清交换了个眼色，向岸上走去。

小木屋里，两位领导人亲切地交谈。

高书记："老纪！多亏你赶来呀，要不然……"

纪副场长笑了笑："也难怪他们，年轻！又没有经验！"说着把一张信纸递过来，"老高！局里来通知叫我们去参加全局的春播誓师大会，我对咱们场的情况一点也不了解，还是你去一趟吧！这儿一摊子我来收拾！"说着，抓了一把烟末到一张纸上，慢慢地卷着。

高书记看完信："好，我马上动身！救拖拉机你有了办法了?"

纪副场长拿起卷好的烟卷，用舌头舔了舔纸边，把它粘好："只有一个办法，用绞盘机往上绞！农垦局有一台绞盘机，你去了马上请局里派卡车送来！"

高书记站起来："那我更不能耽误了！"他把桌上的一卷地图推过来，"岛里的地还有三分之一没勘测完，你有空可以跟黄大爷一起去看看！"

"你就放心吧！"纪副场长自信地说。

高书记拿起桌上的马鞭："我骑马去，马比拖拉机快！"

"好！"纪副场长点头。

大路上，高书记纵马飞奔，渐降下来的夜幕把远去的骑影隐没了。

夜深了。夜空如墨染，没有月也没有星。

棉帐篷里，几十个拖拉机手在草铺上睡着了。

小木屋里，燕子和爷爷在火盆周围架上许多树枝。为拖拉机手们烤着湿衣裤。

桌上点着一只小马灯，纪副场长看着地图。

屋外的荒野里漆黑一团。刘学军打着手电朝前走着。远处有小儿哭似的狼嚎声传来，她连忙站住，恐怖地望了望周围，又镇定了一下，咳了一声壮壮胆子，用手电照着路，涉入大酱缸，深一脚浅一脚地走着。

陷车的黑影隐约可见，车后传来哗哗的水声。突然一个人影一闪，刘学军吓了一跳："谁?"急用手电照去。

手电亮光刺得老车眯起了眼："是你? 小刘……"他爬上驾驶台，"你来干什么?"

"我……"刘学军被夜寒冻得直打哆嗦，"想看看车……"

一只大手伸下来："上来吧！"刘学军借着老车的拉力上了驾驶台。老车把一件棉大衣给她披上，自己拿了个脸盆跳到车后去。

原来，车的周围用麻袋打上了圈子，圈子里面，江志红、小吴、韩长兴，还有新来的魏大成正在一盆一盆地往圈外舀水。

刘学军忙甩掉大衣，跳入水内，挽起袖子用手往外舀水。

忽然对面车上"当"地响了一声。

"谁？"老车大喝一声。

对面车上一个黑影晃动："我……"

老车仍不放松警惕："你是谁？"

"我是……尤通……"黑影微弱的声音。

"尤通啊！"江志红笑了，"你这个睡神，怎不睡觉？"

"睡不着……"尤通还是那么大的声音。

几个人都笑了。大家又都不说话了，只听见哗哗的舀水声。

哗哗的舀水声。

天已经亮了。老车、江志红等人还在一个劲地舀着。

燕子趟着水老远就喊："好啊！你们把我刘姐姐藏哪儿去了？"

江志红把手指往嘴唇一放："嘘——"指了指"东方红"。

燕子扭头一看，驾驶台里，刘学军靠着犄角睡着了，身上盖着军大衣，一缕短发搭在脸上。

纪副场长也赶来了："好哇！你们熬了一宿，干劲儿挺足……"他的语调很温和，"可是这法子不行啊！大酱缸是从底下冒水，再舀还不是那么多！"

黄老清和胡云鹏也走来。

胡云鹏站在圈子上，跺了跺高统胶靴上的泥水："你们折腾了一宿，水一点儿没见少哇……"

黄老清忙安慰大家："回去歇歇吧！我跟副场长进岛去！"

大家疲惫不堪，提着脸盆往回走去。

燕子爬上"东方红"，叫着："刘姐！刘姐！"

刘学军睁开眼睛，见燕子的脸贴在玻璃上："走！咱们捞鱼去！"

河水滚滚，柳芽丛丛。靠岸边的水面上漂着一层亮晶晶的东西。

两个姑娘提着桶和脸盆来到河边。

"鱼？"刘学军睁大眼睛，"这么多！"

真的是鱼，一条条躺在水面，银鳞闪光。

燕子蹲了下来，用脸盆舀了一下，满满腾腾的一盆："这鱼呀，都是化冻时候上来的，全叫冰碴子给撞死的！大伙都累了一天一宿，回去叫他们吃个够!"又一盆鱼舀进水桶。

刘学军也蹲下来舀着:"这是什么河呀?"

"宝清河!"燕子直起腰,把辫子甩到身后,"这一头通雁窝岛!那一头……听爷爷说,可以通到农垦局……"

河水滚滚,顺着弯曲的河道流向远方。

# 六  遇难关进退相争

河浪滔滔,高书记策马驰过横在宝清河上的木桥。临河一片楼房、工厂,这是农垦局所在地。

一座大礼堂里传出热烈的掌声。

高书记在礼堂前勒住马,跳下来把马拴在树上,快步跑进门去。

舞台的横标上写着:"牡丹江农垦局一九五八年春播誓师大会"。下面挂着酱红色的绒幕。

高书记急忙找了一个座位坐下来。

掌声中,大幕里走出一个司仪,一身军衣,头戴大檐帽,威武英俊。

未曾开言,先是一阵大锣大鼓,锣鼓声的间隙里司仪高声朗诵:

> 打起惊天鼓,
> 敲起震天锣。
> 冰消雪化要春播。
> 各场代表齐列座。
> 满堂高唱跃进歌。
> 谁的干劲大?
> 谁的巧计多?
> 指标订多少?
> 请到台上说!

司仪宣布:"现在,密山农场代表发言……"

大幕拉开了……

四十多个男女青年整齐列队,中间拥着红底金字的指标牌,队伍后面衬着"密山农场"四个大字。男的一色绿军装,女的各色花衣裙,手捧鲜花齐声朗诵:

> 宁在上游活一日,
> 不在下游活百年。

小麦播种三万六，
大豆播种六万三。
耕地扩大两万亩，
粮食产量翻一番。
北大荒的黑土争口气。
要叫江南赶密山！

台下报以热烈的鼓掌。一排观众席上坐着田副局长和其他几位首长小声交谈着。

老高兴奋地在小本上记着。

台上又换了二十个年轻力壮的小伙子，穿着一色的机务人员工作服，衣服后衬着字："光明农场机务大队"。小伙子发出壮语豪言：

天不怕，地不怕，
光明农场志气大。
抢播种、抢开荒，
要和密山比上下！
你们三万六，我们三万八。
你们六万三，我们七万还要加。
秋后粮食堆金山，
一颗大豆滚山下，
保守老兄由此过，
砸破他的脑袋瓜！

全场热烈鼓掌。

司仪又出现了："现在，请……从我们的最前线上回来的勇士们，鸿雁农场代表队发言！"

全场热烈鼓掌。

大幕又拉开了，台上空无一人。代表们奇怪地小声谈论着，四下里寻找着。

高建民从座位上站了起来。

大家又使劲鼓起掌来，老高穿过鼓掌的人群向台上走去。

雁窝岛内燃起燎原大火，荒草被火烧得"噼噼啪啪"乱响，烧荒的火光把夜空染红。

黄老清抓起一把黑土："老纪呀！多肥的土啊，嗞嗞直冒油！"

老纪接过来嗅了嗅："好啊！我在北大荒六年，这样肥的土还是头回见！"

二人又向前走去。

胡云鹏扛着两脚规，夹着一些标杆旗跟在后面。

三人来到一片沼泽地带。

老纪急打开地图："这块地在地图上怎么没写着？"

黄老清凑过来看："我跟老高还没把这块地走完！"

老纪从胡云鹏腋下抽出一只标杆，一下子入土半截。

"地这么湿！"胡云鹏看着标杆入土的地方。

老纪举目望去，一个挨一个的水洼子，水面上浮着一层油花。

老纪摇了摇头，脸色阴沉，用红笔在地图上打了一个大问号。

农垦田副局长的办公室，电灯明亮。老高和田副局长正在交谈。

田副局长："老高啊！雁窝岛的那些低湿地可是不大好对付哩！"

老高："越碰到狡猾的敌人，我们的战士就越能创造出新的作战方法来！"

"对！"田副局长很同意，"发动群众，这是我们党的一件重要法宝。你们是个新场，本来，不准备给你们播种任务……"

老高："可是我们主动提出来……"

田副局长："局党委同意你们的边开边播的计划，这是一个很有意义的创举！假如这个计划能实现，就可以把几年才办起一个场的常规打破！是一件了不起的事情啊，老高！你们得好好注意总结经验哪！"

老高有些不好意思："比起兄弟农场的那种干劲，我们还差远了！我们现在机车还在大酱缸里陷着呢！"

"对了，"田副局长告诉他，"绞盘机已经叫卡车连夜给你们送去了！"

老高站起来："我也该回去了。"

"不！"田副局长按住他，"昨天你就跑了一夜，今天休息一下，明天一早走！"

老高只好又坐下来。

大酱缸边，天近中午，小木屋外停着两辆解放牌汽车，一台绞盘机和几盘钢丝绳分别放在两辆车上。

人们把两台车围了个水泄不通，吵吵嚷嚷。

"同志们！"一个较高的土坡上，老纪兴致勃勃地喊，"抬到这儿来，这儿土结实，在这儿钉桩子！"

老车把棉衣一甩："抬！"

江志红拉了拉老车的胳膊："安这儿不如安岛里，一下子就拉进去了！"

"对呀!"老车摸了摸后脑勺。

二人走上土坡来。

"副场长!"江志红建议,"咱们把绞盘机安到岛里去吧……"

老车补充:"一锤子买卖,省得费两道手!"

"是啊!"土坡下人们议论,"一下子就拉进去了!"

老纪冷冷地回了一句:"还想进去!"

"咦?"老车怔住了。

"不进了?"坡下人们乱纷纷地嚷起来。

小吴:"明明能拉进去嘛……"

胡云鹏:"你说得好听!往里拉距离远,拉到正中间,叭!钢绳断了……"

魏大成顶了他一句:"你怎么不往好处想啊!"

尤通:"吵吵什么?听领导一句话,进去就进去,回去就回去,咋说咋好!"

老纪在坡上沉思着,听着大家的议论。当大家静下来以后,他很冷静地做了个手势:"好!那咱们就把情况摆一摆,看一看进去还是不进去!"

大家都席地而坐。

老纪开始讲:"我和黄大爷进岛勘测了一下,发现一些新的情况,第一,化冻以后看得清清楚楚,岛内有许多低湿地,根据老场开荒的经验,低湿地根本不能进行机车作业……"

老车和小吴嘀咕着什么。

黄老清低着头,一个劲儿地吸着烟袋。

刘学军、小吴等人注意地听着。

"第二!"老纪接着讲,"化冻以后交通断绝,使雁窝岛形成一座孤岛,假如我们冒冒失失地闯进去,会给国家带来损失!"

尤通和几个拖拉机手点着头。

老韩和老魏小声地争论着。

胡云鹏凑近他身旁的一个人:"昨儿个我也进岛了,是真够呛啊……"

老纪慢慢走下坡来:"这次高书记去局里开会,也一定要讨论这个问题……"

大路上,高书记快马加鞭,风驰电掣般地飞跑。

大酱缸边,老纪还在讲着:"……局里会有新的决定,也许先修路,也许先回去!所以我们就必须认清实际情况,免得轻举妄动!"他特别看了老车一眼,"好!"他扫视坡上坡下坐着的人,"大家谈谈吧!"

刘学军站了起来:"副场长!我想提一个问题……您说……"她拘束地摸索着手中的毛围巾,"那个低湿地有法子治没有?"

"当然有了！"老纪亲切地走到小刘面前，"世界上还有没法子治的事情？不过……现在解决不了，那是将来的事情！到目前为止，世界各国的专家还都没能解决这个问题呢！"

"我是这么想！"小江抬起头来，"要都等别人给解决了，那……还有什么意思啊！"

"对！"老车猛地站起来，"这意见我同意！闯进去再说，管它湿地干地，什么日本鬼子，美国鬼子，还不一样揍它个稀里哗啦！"

许多人表示赞同，哄哄地议论着。

纪副场长把手一摆："同志们意见很好，还保持了咱们部队上猛打猛冲的那个劲头子……可是，跟自然作斗争，那就是另外一套学问了……"

"我说两句行不？"黄老清早就憋不住了。

"行！行！"老纪正愁说服不了大家，这下子可得了帮手，"同志们！黄大爷和我一块儿进岛的，又是这儿的老前辈，咱们听听他老人家的意见！说吧，黄大爷！"

黄老清磕了磕烟袋，慢条斯理地讲开了："雁窝岛好比一匹红鬃烈马，乱踢腾乱咬，好马可是不好骑呀……"

老纪连连点头，用眼瞟了瞟大伙儿，意见是说：听到了吗？

老人的话逐渐快起来："大清国，光绪坐皇上的时候，有人进岛垦荒，没站住脚！日本鬼子想进岛种大烟，一连折腾了三年，也没站住脚！"

大家聚精会神地听着。

老人越说越激动，索性站起来："他们为啥站不住脚？没那个胆量！可要说共产党，解放军也进不去，也站不住脚……我黄老清不信！"老人的高大身躯站在那儿，铁打钢铸一般。

一霎时群众沸腾起来，有的挥拳，有的呐喊，都被老人的话激动了。

老纪万没想到，像被针刺了一下，倒吸了一口凉气。

"喂——"燕子一声高喊打破僵局，"高大叔回来了——"

人们欢腾起来。

高书记在坡下勒住马，下来和大家亲热地打着招呼。

"回来啦，老高？"老纪迎过去，"怎么样？局里有什么新决定？"

"有啊！"高书记擦着汗，喘着气。

老纪忙朝大家摆了摆手："同志们静一静！高书记从局里带回来新的决定……"

大家在坡上坡下站满，目不转睛地望着老高。

"说说吧，老高！"老纪也盯着老高，心想这回大伙儿该没话说了吧。

"同志们！"老高一脚踏住坡顶，"这个新决定，就是局里边同意了我们的跃进计划，批准我们一边开荒一边播种，今年我们雁窝岛就给国家生产粮食！"

"好哇！"人们欢呼着跳了起来。

"现在……"老高又接着说，"大家开个诸葛亮会，把进岛的困难找出来，把克服困难的办法也找出来！"

"保证找出来！"老车领头喊着。

人们欢笑着，老纪默默无语。

傍晚，小木屋里，高纪二人在争论。

老纪很激动："老高，我绝不是反对开发雁窝岛，我的意思是一步一步来……"

老高耐心地说服："我们现在就是长着翅膀飞还嫌慢哪！"

老纪也想说服老高："老高！你恐怕还不大了解我，我比你早离开部队几年，刚一到北大荒，也是你这个劲头子，嘻！可是经一事，长一智，碰上几个钉子也就冷静多了。我在老农场搞了六年，总算摸到了一些……也算是经验吧，建设一个农场没有五年那是下不来的，一年勘测，二年基建，三年开荒，四年试种，五年，才谈得上大面积播种。"

高书记："那就是说，五年才能见到粮食？"

老纪："跃进一下，三年也可能……"

老高："不是三年，更不是五年，是一年！也就是今年，我们就要见到粮食！党中央指示我们要多快好省地建设社会主义，我们提出来的一边勘测一边基建，更重要的是一边开荒一边播种，就符合这个精神，把五年的事情，一年干出来！"

老纪沉思不语。

窗外人声喧哗，拖拉机手们一边讨论着一边向木屋走来。

老纪："以后的问题咱先不说，就是现在想把机车拉进岛也是有很多问题呀！"

"是有很多问题！"老高把屋门打开，"咱们一块儿来合计！"

老车为首一群人进到屋里，站不下的人就挤在门外，窗口。

"讨论好啦？"老高问。

"好啦！"人们一齐回答。

"好啦？"老高端详着大伙儿，"我得考考你们！第一，绞盘机这么重，怎么运进岛去？"

老车第一个开口："拆成零件，扛！"

韩长兴抢着说："就是一人一件顶在脑袋上，也送进去了！"

小吴："考不住啊！"

"好！第二个！"老高又问，"钢绳那么粗，那么长，怎么送进？"

魏大成："几十个棒小伙排成一溜，扛在肩膀上就进去了！"

"对!"人们挥着拳头,决心很大。

"呵!"老高满意地望着大家,"考不住啊!"

"还有个问题!"老纪走过来,"是个最严重的问题,要想往里拉,就得从前边挂钩,可是车头栽到泥里那么深,水都没了驾驶台,牵引钩在泥里边,怎么挂上?"

大家怔住了。

江志红挤了出来:"潜水挂钩!"

大家一致赞成:"对!潜水!"

尤通连说带比划:"扎猛子下去挂!"

老纪走到尤通面前:"同志,现在不是三伏天下河摸鱼,气候还在零下,水里还带着冰碴儿,甭说脱衣服下去,就是穿着棉裤胶靴走一趟,腿肚子还直转筋呢!"

尤通直翻白眼。

江志红抢上来:"不要紧,只要下水的时候,喝上点酒,身上再擦上点酒,一时半会没关系!"

老纪:"可谁能保证在这一时半会把钩给挂上?"

"我!"江志红立即回答。

老车抢上前:"我!"

"我!我!"屋里屋外响成一片。

"别嚷!"老车大吼一声,"这个活儿是我的!"

小江一把拉住老车的手,"老车!别的活儿能让你,这个活儿不能让!"

老车急了:"谁叫你让啊,咱凭条件嘛,论个儿比你高,论岁数比你大五岁,论劲头子,让你俩!就凭这个,再喝上它半斤老白干,一个猛子扎下去,完成任务!"

群众大声喝彩:"好!"

小江:"我当过五年海军,水性比你强!"

老车急忙解释:"这不是三伏天下河摸鱼!"

小江不慌不忙:"对!三九天我在渤海湾里救渔民,在水里泡过一天一夜,我用不着你那半斤老白干,也能完成任务!"

"好!"屋里像打了一个闷雷。

尤通上来说和:"我看哪,谁也别争了,领导一句话,叫谁去谁去!"

"谁去?"屋里屋外人们异口同声发问。

纪副场长看了看大家,很难启齿,为难地看着老高:"你看……你来决定一下吧!"

老高点了点头,赞许地望着大家:"都是诸葛亮,又都是赵子龙啊!

决定潜水挂钩！"

"谁去？"人们都往前挤。

下达命令前的时候，异常安静。

非常意外，高书记没有宣布谁去，只说："我和副场长再仔细研究一下，大家先回去休息！"

## 七　救机车冰水挂钩

天边泛出鱼肚白色，大酱缸边插着一杆大红旗，上书"向地球开战"，风吹红旗飘飘。

小吴雄壮地吹起集合号。号声响遍荒野。拖拉机手在土坡下列队集合。

高书记和纪副场长站在坡上。

高书记做动员："当年，红军有十八勇士强渡大渡河。今天，我们这些勇士要下大酱缸，把机车拉进岛，那就是胜利。江志红！"

江志红立正："到！"

"你的任务是潜水挂钩！"高书记指着他。

江志红："保证完成任务！"

老车一怔，两眼瞪着高书记。

"韩长兴！魏大成！"高书记又叫了。

二人连忙答："到！"

高书记分派："你们两个一齐下水，保证江志红同志安全！"

二人立正："是！"

老车焦急地挺身往前走了一步："高书记！我……"

高书记先不理睬他，转身对老纪说："你带一部分人负责绞盘机的拆和装！"老纪点头下坡。

"吴华！"高书记又喊。

小吴答："到。"

高书记指示："选三十名棒小伙子，准备送钢绳！"

"是！"小吴跑开了。

老车实在忍不住了，挡在高书记面前："高书记，我呢？"

高书记打量了一下老车，轻轻地对他说："你留下，砍柴火、烧火，做好后勤工作！"

老车大吃一惊："我做后勤工作？高书记！我做后勤工作？"

高书记看了他一眼："工作需要！"

老车耷拉个脑袋坐在坡上。

小吴跑来报告："送钢绳的人选好了！"

"好！"高书记走下坡来，挨个儿看着列成一字横队的小伙子，有的穿着绒衣，有的穿着背心，上面都印着部队代号和兵种名称，一个个雄赳赳气昂昂。

队伍里站着尤通。高书记笑了，用手指弹了弹尤通挺着的胸脯："睡神！下了大酱缸可别睡着了！"

尤通故作严肃："不敢睡！怕成冰棍儿！"

引起一阵哄笑。高书记向前看去，一件运动衣："北京农业机械化学院"，抬头一看，是刘学军，连忙把她拉出来："女同志，留下！"

小刘急忙分辩："高书记！我会游泳！"

高书记很严肃："这是大酱缸，不是游泳池，留下！"他指了指老车，"听你们组长指挥！"

高书记看着一个个精神百倍的面孔，突然，两个高个子之间少了一个人，低头看才见一个矮个子站在那里，红棉袄，一顶旧军帽扣住半拉脸。老高伸手把帽子摘下，原来是燕子，连忙把她拉了出来："这个假男同志也留下！"

燕子委屈地望着高书记："高大叔……"

"听话！"老高对她严厉，转身对老车，"老车！她们俩交你了，要是有一个私自下去，我找你负责！"

老车憋了一肚子怨气，把头一扭。

高书记也不理他，喝了一声："出发！"

小吴的喊声："立正——向右转——"

队伍行动了。

棉帐篷里，江志红喝着酒。黄老清蹲在一边帮他打裹腿。韩长兴、魏大成也已准备停当在帐篷口望着。

韩长兴喊了一声："送钢绳的人出发了！"

大酱缸的水面上一层薄冰飘动，一个大个子水兵打着那杆"向地球开战"的大旗为前导，后面，高书记为首，一字长蛇，三十个转业官兵肩扛钢绳涉入冰水。

音乐惊心动魄。

冰水忽深忽浅，一会儿齐胸一会儿齐腰。

队伍在红旗引导下前进。

纪副场长领着一部分人，抬着绞盘机零件也涉入大酱缸。

坡上，燕子和刘学军焦急地望着，老车还坐在那里生闷气。

刘学军委屈地走下来问："组长！我干什么？"老车把头扭开没理她，刘学军抽了一下鼻子，又跑到另一边问："组长！我干什么？"

老车冒火了："我干什么，你干什么！"

燕子抢下坡来，朝着大酱缸就跑。老车一把抓住："干什么去？"

燕子："下大酱缸帮忙去！"

老车："女同志不许去！"

燕子也瞪起眼："我从小就在大酱缸里来回跑，不许我去？哼！"挣开手就跑。

老车追上去一步把燕子紧抓住："不许去，留下烧火！"

燕子挣扎着："烧火谁不会。"一指小刘，"她烧火。我下！"

刘学军："组长！在大学里我是游泳选手，让我去吧……"

燕子可有了伴儿："刘姐！咱俩下，老车烧火！"

"什么？"老车可真急了，紧紧地抓住两个姑娘的胳膊，"谁也不许去！"

两个姑娘一边挣扎一边大喊："女同志为什么不许去？为什么？为什么？为什么……"

老车大吼一声："别吵！"他嘟嘟囔囔地，"为什么为什么！"他终于爆发出来，"可我也想下去！"

燕子倒干脆："那还说什么，一块下去……"

老车不动，嘟囔着："后勤工作……工作需要……都跟我砍柴火去！"一手拉一个上土坡。燕子和小刘使劲挣也挣不开。

大酱缸里，送钢绳的队伍排头已到岛里。大红旗就竖在陷车旁，高书记也站在这里。一个小水兵站在陷车顶上打着旗语。

大酱缸边，江志红把棉大衣一甩，露出水兵衫。

黄老清拉了一下江志红的两手："祝你马到成功！"

江志红对韩魏二人喊了声："下！"自己先趟入冰水。韩魏二人甩下棉衣随着也跳入冰水。

黄老清捻着胡须，站在岸边望着。

岛里，一些人在安装绞盘机，纪副场长担心地朝陷车方向望着。

江志红已到陷车旁，抓起钢绳的头，向高书记看了一眼，高书记一点头，江志红迅速地钻入泥水内。

人们的两眼紧盯水面。

水面一冒泡，江志红钻出来，泥浆粘到胳膊肘以上，冻得话都说不出，只是抖了抖嘴唇，摇了摇头。韩魏二人把他扶住。高书记把一水壶酒递到江志红嘴边，小江喝了一口。

水兵站在另一台车上向两岸打旗语："没挂上！"

岛里，一片惋惜声。老纪忍不住了，制止住发绞盘机的人："先等一会儿安！"说着，又趟入大酱缸，朝挂钩处走来。

岛外土坡上，老车和两个姑娘望见旗语也慌忙跑下来。

黄老清急得直跺脚，把腰带紧了一紧，随着老车等人一起涉入大酱缸。

陷车旁。江志红又一头钻下去。

水面下，江志红的脸贴着泥面，整个右臂探进泥里摸着牵引钩，摸不到，他改用脚碰，碰到了，但离手还差一公尺多，只好一仰头又钻出水面。

韩魏二人忙把他架住。高书记一手用毛巾擦着小江脸上的泥水，另一只手又递过酒壶。

高书记命令："抬上去暖和一会儿……。"

老韩和老魏把小江抬到一台陷车顶上。

小江缓了过来，胸部一起一伏："不要紧……"他又喝了一口酒，望了望四周。

纪副场长赶来，问："怎么样？"

老韩回答："两次了，还是没挂上！"

高书记望着水面，沉思着。

黄老清、燕子、刘学军、老车都来到了，岛内的许多拖拉机手也来了，人们围在车旁。

老纪走到老高身边："不行啊，老高！车头挂钩太危险哪！"

人们望着老高。老高深思不语。

老纪："要慎重啊，老高！是不是咱们还是朝外拉……保险点……"

江志红再听不下去了，猛挣起身，跑下泥水去，一头扎下。

大家紧张地望着水面。

老车紧攥着拳头，浑身替小江使劲。

燕子紧拉住爷爷的衣服。

高书记看了看表。

难挨的时候呀！人们息气凝神，心都要跳出来。

水花一冒，江志红钻了出来。满头是泥，人们几乎不能再认出他来了。他刚钻出水面就支持不住了，身子一倒，高书记忙把他接住。

"小江！"人们一齐拥过来喊着。

老高用手巾擦着小江的脸，慢慢地露出了眉眼、鼻子、嘴……小江的睫毛动了一下，慢慢睁开眼睛，用微弱的声音说："挂……上了……"

人们不敢相信："挂上了？"

老纪用手拉了拉钢绳，水面下吃住了劲。

拖拉机手欢喜若狂："挂上喽——"

高书记紧紧地把江志红抱在怀里。

水兵兴奋地打着旗语："挂上了！"

岛内一片呜呼。尤通帽子扔向天空。小吴跳着，喊着。

高书记踏在一台陷车顶上："现在就开始拉机车！老车！"

老车站出来："到！"

高书记笑望着他："憋足了劲啦？推绞盘机需要大力士，我要你负责！"

老车大吼一声："好！保证完成任务！"

"向地球开战"红旗飘动。

号子声中，老车领着几个胳膊粗力气大的小伙子推动绞盘机。

钢绳逐渐绷紧，"东方红"车头拉出水面。

人声欢呼震耳。

云海里托出一轮红日，霞光万道。

# 八　喜迎春生产跃进

朗朗晴空，雁群飞翔。

雁窝岛上拖拉机来往如梭，五铧犁过处，翻出滚滚黑浪。

一群白色的鸥鸟飞下来，扑拉着翅膀追拖拉机，啄食新土里的小虫。

老车驾驶的"东方红"和小江驾驶的"Ｃ－80"并排而过，刘学军和小吴分别坐在两部犁的铁座上，掌握着犁刀的起落。

黄老清飘着白须，蹲下来捧起一把黑土，满脸带笑地对身旁高书记说："老高啊！从前连做梦也没敢想雁窝岛会有今天哪！"

老高意味深长地望着远方："这才是开始啊，黄大爷！"

两个人又跟着车向前走去。

俱乐部门口摆着一座红旗台。胡云鹏一边看统计表上的数目字，一面升着每一根杆上的小红旗。

纪副场长穿着一身油渍斑斑的工作服情绪饱满地走来："胡云鹏！昨儿个谁又创纪录啦？"

"江志红！"胡云鹏指着一个最高的红旗："前儿个是老车，这俩小伙子摽上了！"

"不坏呀！啊？"纪副场长满意地望着红旗台，"进度蛮快嘛！"

地里，拖拉机拖着重耙、轻耙把土耙碎。

一台拖拉机拉着三台播种机播着小麦。

老纪站在地边，欣赏地看着顺开沟器流下的麦种，春风满面地和播种手打着招呼。

一棵伞状的大树下，黄老清坐在一块石头上叭嗒叭嗒抽着烟，不时地偷眼望着前面席地而坐的老高。

老高坐在一个水坑前面，两眼发直，一动也不动。

黄老清实在忍不住，开口了："老高啊……瞧你这两天，心里头琢磨什么事儿吧？"

"嗯！"老高回过头来，"您猜我在想什么？"

黄老清哈哈大笑："好！我来猜猜……"老人站起来，装起烟袋，提着大刀来到老高面前蹲下，蛮有风趣地用刀一指水坑："你琢磨的是这个玩意儿，对不对？"

老高点头："是啊！雁窝岛的第二道难关就是低湿地呀！"

老人用大刀在水坑周围划了几道沟，水很快地顺着小沟往外流。划完之后，笑问："老高！你也猜猜，我这叫啥名堂？"

老高仔细看着水坑和小沟："这是说……雁窝岛中间地势高，四下里低，又要挖上几条排水沟，湿地里的水自己就会流到河里去！还有……挖沟以后就是下了雨，地里也存不住水！"

水坑里的水真的流干了，露出泥底。

"对，对，对！"老人把大刀往地下一插，与老高挨肩坐下，"你说的比我想的还全合呢！"

爷儿两个对着脸笑了，笑得那么亲切，那么自然。

夜，地里的开荒机车依然在喧闹着，车灯像无数只明晃晃的利刃劈开漆黑的夜幕，使满天星斗失色。

微风吹得白桦树叶哗哗作响，老高在小道上信步走着，他来到一座帐篷前站住了。

白色的帐篷上映出两个姑娘的黑影，一个大辫子姑娘俯在桌上写着，另一个剪发的姑娘在翻着书。

帐篷里点着一盏油灯。燕子在灯下吃力地写着字，刘学军坐在她的对面翻阅着几本书。

帐篷的帆布帘一掀，高书记走了进来。

燕子叫了一声："高大叔！"连忙合上本子。

刘学军也连忙站起来："高书记……"

老高走过来轻轻把小刘按坐下，把燕子的本子拿了过来。

燕子有些害羞："写得不好……"

本子打开，满纸写的是歪歪扭扭的"拖拉机"这三个字。

刘学军在一边说："燕子的字写得很不错了！"

高书记把本子放到桌上："还不是多亏你这个老师！"他随手翻弄着小刘看着的书，"小刘同志！我是找你借书来的！"

"书？"小刘一听借书，连忙把床头的、床下的几摞书一齐搬过来，

"您要看什么?"

"有没有……"老高问,"在低湿地进行机车作业的?"

"低湿地?"小刘皱起眉头,"是不是沼泽地?"

老高点头。

"没有!"小刘摇了摇头,"还没听说过有这样的一本书!"

"哦!"老高用手支着下巴,坐下来,"你能不能来写一本呢?"

"我?"小刘大吃一惊,困惑地低下头,"我又没学过……"

老高也笑了:"对我们来说都是第一课!小刘,你有很多宝贵的知识,再加上拖拉机手们丰富的经验,咱们就能写出一本低湿地机车作业的书来……"

小刘得到很大的鼓舞:"是世界上第一本……"

老高:"世界上有的,我们超过它;世界上没有的,我们创造它!"

小刘眼里放出无限光彩。

老高叮嘱小刘:"要多向老拖拉机手请教。"

小刘:"嗯!"

老高又望了望燕子:"还有你!要好好学习!"

燕子:"哎!"

清晨,荒野里蒿草托着露水珠儿在阳光下一闪一闪,绿草中夹杂着五颜六色的许多不知名的野花。

一阵马铃声。老秦赶着大车,大车上装着几大桶饭和开水。后面坐着一个炊事员和背着猎枪的燕子。

大车来到那株伞状的大树下停住了,老秦和炊事员把饭和水抬下车来。

燕子站在大车上把二指往口内一放,打了一个响亮的呼哨。

田野里拖拉机都停住了,拖拉机手一齐伸出头来。

燕子大声喊着:"开饭喽——"

拖拉机手们都跳下车向大树走来。

大树下勺碗响起叮当叮当的清脆声音。

拖拉机手们有说有笑,吃着饭。

燕子偷偷地离开了大家,来到停在地边突突叫着的拖拉机旁边。

她回头看了看众人,一纵身跳上了驾驶台,坐在驾驶员的位置上,屏住气息,心激动得几乎跳出来。嘴里自言自语:"先踩这个……"用脚踩住离合器,"再搬这个……"手拉了一下换速杆。她的脚刚一抬,车身猛一震,真的向前开走了。燕子可吓坏了,手忙脚乱,摸这摸那,不知如何是好。机车一直向前开去,燕子急得伸出头来大喊:"刘姐姐……"

刘学军正在吃饭,一回头见此情景,急放下碗追了过来。

机车好像脱缰的马，忽东忽西地跑着。统计员胡云鹏正在地里测量，转着两脚规数着数字迎面走来，猛抬头见机车开来，急忙左躲右躲。燕子也急得满头大汗，紧张地拉着操纵杆。说也怪，胡云鹏往哪躲，机车往哪边开，好似故意做对。

刘学军跑得上气不接下气地追上来："燕子……快！踩住！踩住！"

燕子急踩离合器，车站住了。

胡云鹏擦着汗，站在车前，看清里面是燕子，气得大骂起来："野丫头！不会开就上车，撞着人怎么办？还不快下来！"

燕子自知闯了祸，忙抬脚准备下来，谁知一抬脚，车又往前开去。胡云鹏吓得大喊一声，拔脚就跑。燕子忙又踩住离合器，车又站住了。

刘学军赶了过来，挂了空挡，燕子才敢慢慢把脚离开。

胡云鹏气得脸色发青："这是诚心哪是怎么的？野丫头！"

燕子用手抹着额上的汗，一语不发。

刘学军跳上车，熟练地把车调过来，向回开去。胡云鹏瞪着两眼看着机车从面前过去。

车回到大树前停下。燕子跳下来，扫了吃饭人群一眼："我高大叔怎没来吃饭？"

老车一指远处："在那边哪！"

低湿地里，"C－80"停在那儿，链轨上滚满了泥泞，旁边站着高书记、黄老清、江志红、小吴。

高书记沉吟片刻："小江！开慢一点，再试一次！"

小江跳上机车，高书记也跳上犁座亲自掌握犁。开出去没多远，链轨又打滑了。

老纪走来，莫名其妙地问老高："老高啊！那么些干地还不够你开，偏调一台车跑到泥塘来打滚儿！"

老高从犁上跳下来："要是干地开完了呢？"

老纪笑起来："我的老高哎！干地要都开完了就很不简单哩！这一阶段咱们搞得不坏，个把月的功夫连开带播，快顶上老农场一年的活啦！说实话，过去我真有点儿保守哩！老高啊！我找你是想庆祝庆祝这一阶段的成绩，建议开个晚会……"

当晚，俱乐部里开起了晚会。

一块大帆布把一个不高的土台分成前后台。帆布上贴着红纸剪的字："迎春晚会"。

台口上面两盏大汽灯，台口下面一溜松明子，舞台上亮堂堂的。

晚会已开了一半，台下观众热烈的鼓着掌。老纪一边使劲鼓掌，一边喊："再来一个！"

燕子穿了一身东北秧歌式的紫红衣裙，一阵风似的跑了出来对着台下请了个安，又一阵风似的跑了回去。

"再来一个！"掌声更响了。

黄老清在人群里呵呵笑着。

台下乐队起奏，燕子又跑了出来，拉起绿色方绸巾遮住半拉脸，亮了个相："王二姐来呀哈……女裙钗呀啊，一朵腊梅花儿啊……"

一句过后就是一个满堂好。

过门声中，燕子转着手中花儿，甩着大辫子，在台上边转边扭……。

后台，胡云鹏已换好一身大褂，正在给尤通扣大褂衣襟上的纽扣。

老秦拿着一把二胡到处喊着："高书记……"

老高走来："咱们的节目到了吗？"

老秦："相声完了就是！小吴那小鬼也不知上哪儿去了？"

"我去找！"老高说了一声。

白帐篷里，收音机播送着一支西藏舞曲。

江志红、小吴、刘学军在桌上铺开一张图，指指点点在研究着。

高书记走进来："你们三个小鬼都在这儿哪！"

小吴："高书记！我们在研究改装机车……"

老高走过来，把图纸一卷，把三个人一推："现在是文娱活动时间，走！走！"

四个人走出帐篷。

俱乐部的舞台上，胡云鹏、尤通一起鞠了一个九十度的大躬。

台下哄笑。

胡云鹏细着嗓子："下一个节目……"

尤通粗着嗓子："志愿军乐器合奏……"

胡云鹏："表演者……"

尤通："老秦、小吴，还有我们的高书记！"

掌声中，三位"演奏家"走出来。

老秦拉起一把罐头盒做的二胡，小吴吹起飞机残骸铝皮制的笛子，高书记打击一种新式乐器：十几个玻璃瓶子，盛着多少不一的水。

高书记先用小锤横着一扫，一阵悦耳动听的音阶传出来。

台下哄然大笑，热烈鼓掌。

演奏开始了："南泥湾"。

观众浸沉在美妙的乐声里。

乐曲越奏越快，老高的小锤越打越欢。

　　晚会结束了。寝室里点着小马灯。老高只穿件背心在洗脸。老纪倚在枕头上吸着烟。

　　老纪望着顶棚："老高啊！我真佩服你呀！"

　　老高打趣："够上交响乐团的水平了吧！"

　　老纪："不是说那个，是说咱们生产这一摊子总算是铺开啦，你的预见……边开边播……跃进计划正在一步一步实现哪！"

　　"噢！"老高擦着脸，"你说是那个保守计划呀？"

　　"保守计划？"老纪一惊，坐了起来。

　　老高："可不是！落在群众后头的计划当然是保守的了！咱们应该挖潜力再跃进一下！"

　　"老高——你呀……"老纪一挥手，"咱们现在已经跃进不少了呀！你的胃口也太大了，我知道你又在打低湿地的算盘，我早就说过，那玩意儿得不偿失！"

　　"老纪！"老高把毛巾搭在绳上，"咱们俩的算盘大概打的不一样，我一算，增产！你一算，赔本儿！明儿个开干部会仔细研究研究！"

　　"也好！"老纪又躺在床上。


　　老纪手中拿着一尺来长的小木铲，在干部会上对大家讲："现在，干地全开完了，播完了，湿地里机车又下不去。根据老场的经验，用这个玩意儿来人工点播大豆！"

　　包车组长们窃窃私语："那小玩意儿一天能播多少……""累一天还不够拖拉机拐个弯呢！"

　　老纪接着说："播的虽然不多，可播一亩是一亩，总比不播强！"他坐下了。

　　高书记站起来："纪副场长说得很对，人工点播我们马上要搞。可是我们有没有条件再争取多播一些呢？有条件！"他拿起两张图纸，"根据江志红同志的建议，搞出一张机车改装图，根据黄大爷的建议，搞出一张排水图。这两张图要是实现了，咱们就能够从低湿地中再夺过几万亩土地，把它种上粮食！"

　　包车组长们热烈鼓掌。

　　老纪低头不语，手中摆弄着豆铲。

　　老高："咱们现在决定，一方面马上请示局党委，一方面我们马上人工抢播，挖排水沟，试验改装机车，三路分兵！"


　　大酱缸边，老高一身行装，身后背着一个挎包和两卷图纸，老纪在送行："老高！别忘了跟局里要新劳动力呀！"

老高涉入大酱缸："忘不了！家里可得在雨季之前把排水沟挖出来呀！"

老纪抬头望着天空："雨季还早着呢！"

老高在齐腰的水中，慢慢走远了。

# 九　起"右"风一错再错

正午，新翻开的黑土地里，一群人在弯着腰用豆铲点豆子。播得最快的是纪副场长，他直起腰来，抹了抹汗，回头看了看后边的人。

落在最后头的是胡云鹏，他也直起腰来，用拳头在后腰上捶着，大喘着气。

忽然听到副场长的叫声："胡云鹏！"

"哎！"胡云鹏急忙跑过去。

老纪："咱们播种的进度太慢了！排水的人占得太多了……"他看着远处的一群小黑点，"你去！从老车那儿再抽十个，从尤通那儿再抽四个，都来点豆！"

"哎！哎！"胡云鹏巴不得逃开这弯腰点豆的累活，"这就去！"

排水工地，人们都穿着胶靴在湿地里挖着渠。老车挥动铁锹，在沟底干得正欢。

胡云鹏走来："老车！"老车停了手跳上来。

胡云鹏用豆铲一指："副场长叫你们再抽十个人去点豆！"

"什么？"老车把铁锹往地上一捅，"还抽人？"

二十几个小伙子也都停了手，诧异地望着。

胡云鹏："你们别冲我瞪眼珠子，有意见找组织提嘛！"

老车把手一挥："一班！先去！"十个小伙子放下铁锹。

另一处排水工地，尤通领着四个人在挖水沟。胡云鹏走来："尤通啊！副场长叫你们再抽四个人点豆去！"

尤通在沟底翻着白眼："昨儿个不是抽了不少了吗？"他拉着铁锹，"那……干脆抽五个吧！"他看了看身边的人。

"副场长说就要四个！"胡云鹏带人走了。

尤通气得把锹一扔："我成光杆司令啦！"

胡云鹏懒洋洋地在树林边走着，口里哼着歌子："草原大无边，路途遥又远……"

迎面纪副场长走来，胡云鹏急加快了脚步迎了上去："副场长！人都调去了！"

"嗯！好！"老纪点头，"你也快去吧，就数你播得少！"

"我……"胡云鹏实在怕点豆子，他一见老纪手中拿着镰刀，计上心来，"副场长！是不是豆铲不够用了，您去弄新的？"

老纪没说话，但看样子是那么回事。

"我去弄吧！"胡云鹏主动要求，伸手向老纪要镰刀。

"也好！可得快着点儿！"老纪把镰刀给他。

老纪转身走了。胡云鹏望着纪副场长刚一拐弯，马上把镰刀一扔，捶了捶腰，懒懒散散地坐下来，掏出一支烟，燃着打火机……

低湿地里一片机车声。

"C－80"的链轨上加了许多木头块，小吴在开着车来回试着。小江和小刘满手油泥站在一旁看。

纪副场长走来站在二人身边："就这么拿木头改装？"

刘学军急忙解释："小江想的办法，链轨一加宽，着地面积大了，地面上承受的压力也就分散了……"

小江过来："大酱缸里咱们不是用木头垫的车吗？现在咱们让木头长在链轨上。"

老纪一笑："木头怕吃不消吧？"

小江急忙补充："用的是椴木，可结实了！"

机车又在打滑了。三个人走过去看，加在链轨上的木头都裂开了。

"创造发明是长期的、艰苦的事情！"老纪的声音，"不要把事情都看得那么简单！小吴，你下来，跟小刘先去参加点豆！"

"啊？"小刘小吴意外地怔住了。

老纪对小江说："再很好地动动脑筋，不要光图快，图省事！"他对刘吴二人，"走！跟我去领豆铲！"

刘、吴二人相对望了望，只好跟着纪副场长走了。小江手里拿着一块掉下的破木头，默默地望着三人的背影。

三个人走远了。小江转身蹲下来，对着机车链轨出神。

燕子斜背着猎枪，还提着两只打死的野鸭子远远走来，一见小江蹲在这儿，就放慢了步子，轻手轻脚地走过来，把野鸭子放在江志红眼前。

"哎唷！"小江吃了一惊，吓得站了起来。

燕子格格地笑弯了腰。

小江很生气："人家脑袋都快急炸了，你还开玩笑！"他又蹲到机车前。

燕子放下野鸭子和枪，也蹲在小江身边："什么大不了的事儿那么着急？哎！小江！"她从口袋里掏出两个又大又白的蛋，"给你，天鹅蛋！可不好得啦！拿着呀！"

小江哭笑不得："你呀！就知道打野鸭子拣鸟蛋！什么也不懂！"

"你怎么了？"燕子把蛋放在地下，"什么事儿那么着急！"

"告诉你有什么用？"小江头也不抬走到一边去。

燕子跟了过来："你得告诉我！"

小江又气又烦："哎呀……你……"他生气地把木头一摔，往地下一坐，"我就是不告诉！"

燕子也坐在小江对面："那我就是不走！"

小江看了看燕子，又好气又好笑，毫无办法，只好告诉她："那不是！木头吃不住劲儿，全碎了……"

燕子拿起一块木头来看："你怎么不找结实的木头？"

小江头也不抬："椴木还不结实！"

"嘿！"燕子站起来，"你才真是傻小子呢，椴木湿的时候结实，一干就爱劈。柞木才结实呢，跟铁疙瘩一样！"

小江高兴万分连忙站起来："哪儿有柞木！"

燕子故意把嘴一撇："人家就会打野鸭子，拣鸟蛋，什么也不懂！"

"懂！懂！"小江连忙道歉，"你给帮了个大忙！"

"你要多少吧？"燕子快活地笑着，"树林里有的是！"

小江把一把手锯递给燕子："你先去，我随后就来！"

"好嘞——"燕子接过锯轻身向树林跑去。

燕子正跑着，忽听有人叫："燕子……"回头一看是胡云鹏坐在地下吸着烟。

胡云鹏笑嘻嘻地走过来："燕子！你到树林捎带给我帮个忙。要这么粗，这么长的小杨树条子，三十根做豆铲！"

燕子："你自己干什么的？"转身就走。

"燕子！"胡云鹏大喝一声。燕子站住。

胡云鹏晃着膀子走过来，官气十足："告诉你，这是纪副场长的生产命令！"

燕子好像真的害了怕，慢慢地回来把镰刀接在手中，比划着："这么长……这么粗……三十根……"

胡云鹏洋洋得意地点着头。

燕子猛地把豆铲往地下一摔："我管不着！"转身一溜烟跑进树林，只留下格格的笑声。

胡云鹏气得追了两步，骂着："野丫头！"

老纪领着小刘和小吴来到办公室，一进门，见尤通在里边坐着。

尤通连忙站起来："副场长，我等了您半天了……我一个人排水也没大意思，干脆！给我把豆铲，我也播豆子去吧！"

老纪沉吟了一下："也好！"随手拿起一把豆铲给尤通。

老纪又弯腰挑了两把豆铲。

办公室门口，老车和黄老清匆匆走来，尤通从办公室里走出。

老车很奇怪："尤通，你怎么回来了？"

尤通把豆铲一晃："我也改行了！"耷拉个脑袋向地里走去。

老车和黄老清刚要进门，小刘和小吴一人拿一把豆铲走了出来。两个人低着头，一句话也不说。

老车问："试验呢？"

小吴："小江一人在那儿呢！"

两个小鬼撅着嘴朝地里走去。车、黄二人急翻身走进办公室。

办公室里，老纪刚刚喝了一杯水。

车、黄二人进来。黄老清十分激动："老纪！你这做得不对！"

老纪放下杯子："慢慢谈！老爷子，坐下！"

老人一屁股坐下。老纪给倒了一杯水。

"我不喝水！"老人气呼呼地，"我跟你说，挖沟的人今儿叫你调仨，明儿个叫你调俩，都点豆子去了。四五天了，大渠还没挖成，这天要一来雨，你说怎么办？"

老纪胸有成竹："黄大爷！您在北大荒是老住户了！如今雨季还不到，您不是不知道！"

黄老清急忙说明："今年雁来得早，化冻也早，雨季兴许也来得早！"

老纪又慢慢卷起了烟草："黄大爷！我们不要犯经验主义。"

"啥？"老人眼里冒火，站起来，"'主义'？我看你才是'主义'哩！"他转身走到门口，"你这做法就不对！"

老车一把没拉住，老头气冲冲地走了。

老车忙走过来："副场长！大伙儿也都有意见，上回干部会上讨论的都没按着做！"

老纪耐心解释："什么事也得分个轻重缓急，现在抢农时，多播一点是一点。老车，你是党员，要帮助领导做工作，耐心说服群众！"

老车："我自己还没说服呢！"

老纪："问题就在这儿了嘛！"

老车两个手按着桌角："党员就该听取群众意见，你改变计划为啥不找大伙商量？党委书记不在，可委员们都在，你为啥不召集开会？我对你这个党员还有意见哩！"他也走到门口，手拉门把，"我的意见提完了，你寻思寻思吧！"

老纪怔住了，"当"一声门响把他惊醒。他端起碗来想喝水，碗里已经干了，他把碗用劲往桌上一放，赌气地坐下来。

夜晚，大宿舍里，人们都睡着了。

老车的大嗓门把许多人惊醒："喂——帮小江去摘木头去啊……"

小江在一边制止他："老车！别叫那么些人……"

老车不理，继续喊："改装机车是大伙的事儿啊！"

人们一个个穿衣起床。

尤通从被窝里露出头来："就你嗓门大！点了一天的豆子，腰酸腿痛的，连睡觉都不让人家安生！"

魏大成瞪了他一眼："你不去拉倒，少啰唆！"

"那是，我不去！"尤通一拉被子蒙上了头。

人们纷纷拿起斧、锯走出屋去。

## 十 抢修渠冒雨夜战

早晨，大酱缸里水齐腰。高书记领着一群妇女，肩上背着粮袋，艰难地走着。

一个妇女惊叫了一声。高书记一回头，见那妇女陷下一只腿，水齐了胸膛。老高急忙把她拉上来，把她的粮袋接了过去。

远远传来燕子的喊声："高大叔！"随着喊声，燕子赤着两只脚，在草皮子上轻巧地跳着，一会儿来到老高面前。

高书记擦了擦汗："燕子！你来带路！"

"哎！"燕子点头，把老高肩上多扛的一包粮袋接过去，对众妇女招呼了一声："跟我来！我走哪儿，你们走哪儿！"又选择着草皮子，一步一步向岸上跳去。

一个妇女站在一块颤悠悠的草皮子上不敢迈步，大喊着："慢一点儿……"

总算到了岸上。妇女们嬉笑着，有的把胶靴脱下往外倒水，有的拧着湿透的裤子。

高书记吩咐："燕子！回头把你这些大姐、大嫂全领到新宿舍去！"

"哎！"燕子忙穿好鞋走过来问，"高大叔，她们都是来干什么的？"

老高笑着回答："干什么的？来建设咱们雁窝岛的！"

办公室里，胡云鹏向纪副场长报告："听说高书记回来了，还带回几十个劳动力！"

老纪很高兴："好几十个？豆铲又不够了吧？"

"我这就弄去！"胡云鹏匆匆走了。

老纪把卷好的一支烟叼在嘴里，向外走去。

新宿舍外头，燕子一个人在收拾着粮袋。纪副场长走来："燕子！新来的同志呢？"

燕子一指："都在屋里！"

纪副场长一推屋门走了进去，马上怔住了。原来是一群妇女。

妇女们一个个跪在床铺上铺行李，一齐回过头来："谁呀？"

纪副场长掩饰着心里的不高兴："同志们，都辛苦啦！"

一个小个子妇女做了个鬼脸："心到不苦，腿可苦了！"

满屋妇女都格格笑起来。

另一个妇女捅了小个子一下："你知道谁呀，就瞎乱说。"

老纪站在那儿感到很别扭，推开门又走了出去。门缝里又传出一阵笑声。

老纪问燕子，"男同志都住哪儿了？"

燕子眨了眨眼："没有男同志，全是大姐、大嫂。"

老纪一声不吭，蛮打算添一些劳力，这下子可好，在他看来是一群"麻烦"。

老纪一边走，一边自言自语："老高这是怎么搞的？"

排水工地上稀稀拉拉的几个人干着，高书记站在一旁自言自语："老纪这是怎么搞的？"

低湿地里，"C－80"旁堆着许多新锯的柞木，小江一个人把木块用大螺丝往链轨上拧着。

一旁，高书记问："怎么就剩你一个人了？"

小江回答："纪副场长都给调去点豆子去了！"

老高紧皱起眉头。

办公室里。办公桌一边一个坐着老高和老纪。老纪默默卷着烟，老高默默看着一张统计表，谁也不作声。

老纪先开口了："老高！表看完了吧？咱们现在情况很好，由于集中了大部分力量投入人工点播，我们在六天的时间里抢播了大豆两千多亩……"

老高把话打断："我认为咱们现在的情况很不好！关于排水渠连一半也没挖成，改装机车进展也不大，我们要播的不是两千亩而是两万亩！局里已经批准了我们的新计划！"

老纪："我们也要讲究一些实际，现在农时这么紧……"

老高："所以才要两条腿走路，机器人工一齐出动！"

老纪："问题是没有两条腿呀，机械化那条腿根本迈不动，人力也不足，实际上我们只剩下半条腿了，书记同志！"

老高："为什么呢？"

老纪："那么多的低湿地……"

老高："排水？"

老纪："机车下不去……"

老高："改装?"

老纪："劳动力……"

老高用手朝外一指："那不是来了吗?"

老纪苦笑了一声："那是家属……"

"不!"老高非常严肃，"是女职工!"

老纪把两手一推：　"本来粮食就不好运，凭空又添了这么几十张嘴……"

老高抢上一步："你别忘了，她们还有几十双手!"

老纪无语可答，默不作声。

老高走到老纪面前："老纪! 我的意见是马上组织全部人力突击挖排水沟!"

老纪再三说明：　"用不了那么急，我敢保证，半个月以内不会有大雨。"

老高斩钉截铁地挥了一下手："有雨也要排水，没雨也要排水，这是开发雁窝岛的根本问题!"

老纪看了看表："现在已经不早了……"

老高："夜战!"

俱乐部门前，老秦敲着一只铁轨，清脆的声音传遍四野。

夜晚，田野里点起一堆堆的篝火，全场职工在这里突击挖排水沟。

火光映红了劳动者的脸。

高书记在沟里挥着锹，把泥翻上来。

忽然，闪电划破夜空，一阵风刮来。

黄老清仰着头："大雨来了!"

一声焦雷，大雨倾盆。篝火欲熄。

高书记在雨中振臂高呼："把篝火加大!"

火堆更大，火苗更旺。

妇女们手举松明子跑来助战。

雷声、人声交织在一起。雨水、汗水湿透衣衫。

老纪也紧张起来，用劲挖着泥。

雨下如注。一个拖拉机手跑来，急喘喘地："高书记! 西边的麦子苗叫水泡了……"

老高手一招："跟我来!"一队人跟着跑去。

麦子地里水汪汪的，水往上涨，很快没了麦苗。

远远一条火龙飞来。

高书记向地下一指："在这儿，打开一条渠!"

锹镐齐下，人声鼎沸。

一会儿的工夫，麦田里水往下落，绿苗露出头来。

水顺着小沟流向大渠，大渠里水流湍急。

雨还是一个劲儿地下着。

寝室，雨水顺着房檐哗哗地流着。

室内，灯光如豆。老纪一个人倚在枕头上，吸着烟，想着什么，口里喷出一团团白色的烟雾。

老高披着雨衣从外面进来，把灯芯挑了挑，屋里顿时明亮起来。

老高朝床上望了一眼："还没睡？"

老纪叹了一口气："睡不着！"

老高脱下雨衣："怎么？刚才党委会上大家对你提的意见还没想通？"

老纪："有的通了，有的通不了！"

老高笑了笑，坐在自己床头，点起一支烟。

"老高！"老纪翻身坐起来，"这一场雨，我没料到，说我主观，我接受！淹了麦田，我负一部分责任！可怎么能说我是经验主义呢？我的经验还很不够哩！"

老高走过来，坐在老纪身边："经验是可贵的！可你不该死抱着老皇历不放，对群众的意见不采纳，对群众的创造不支持，遇到问题也不和群众去商量。老纪呀，这样下去可太危险了！"

老纪走到窗前，凝视着玻璃上的流水："我看危险的倒是咱们那摊子生产计划！大雨一来，低湿地更多，水更下不去。大雨一来，大酱缸涨了水，交通断绝，油料……这种情况下，我主张人工点豆不正是跃进吗？我想今年在雁窝岛站住脚就不错，能够本儿就不错，免得落个鸡飞蛋打一场空！"

"老纪！"老高激动地走过来，"你这还像个共产党员说的话吗？生产计划是群众通过，上级批准的，可你——一个有经验有技术的领导干部却没有一点儿信心，难道我们进雁窝岛仅仅为了够本儿吗？我们是为了生产更多的粮食给国家！是为在低湿地里摸索一些经验给国家扩大耕地面积！低湿地经过排水，湿度一定会减弱，机车经过改装，就可以闯进去。交通问题，局里正千方百计地帮我们解决，这些，你为什么不去看呢？老纪同志！你应该承认，是你错了！"

老纪口气不再那么硬，但心里还是不服："往后看吧！谁是谁非，事实会说明的！"

# 十一　断柴油难上加难

细雨蒙蒙。大酱缸里一片汪洋，草皮浮动，水溢两岸，那棵有红旗的白杨树几遭没顶。

雨停了。天空出现了草原独有的双虹，恰如在地平线上架起两座彩桥。桥下一片碧绿的麦苗，微风掀起禾浪层层。

田野里沟渠纵横，水流潺潺。

绿草丛中黄花盛开，一群妇女臂挽小篮采着黄花，一边采一边唱着歌子。

宝清河里，一队小木筏在芦苇中穿行。燕子领头，一只木筏上蹲着一个姑娘，沿着浅滩拣着一窝窝雪白的雁蛋，她们也愉快地唱着。

歌：

> 北大荒呀好地方啊，
> 这是我们新的家乡。
> 肥沃的土地宽又广，
> 背靠山来面临江。
> 河里的鱼群捕不完，
> 雁窝岛上万宝藏。
> 小河的流水哗啦啦地响哟，
> 欢迎我们来到它身旁。
> 千年荒地种呀种米粮，
> 美丽富饶的江南出现在北大荒。
> 啦……
> 啦……
> 北大荒啊真是个好地方。

歌声传到田里，湿土地上人群紧张地点播大豆。尤通直起腰来喜滋滋地听着歌子，用搭在脖子上的毛巾擦了擦汗。他一扭头见后面的人已赶了过去，连忙弯下腰熟练地播起豆来。

歌声传到停车场，一台台机车整齐地排列在那里。

只有一台"C－80"旁边有三个人忙碌着，他们是江志红、刘学军和高书记。

拆下的七长八短的加宽木扔了一地，三个人又往链轨上安装新尺寸的木头。

歌声渐渐隐去了，小刘感叹地说："多好听的歌儿啊！"

小江蹲在地上拧着螺丝："可惜声音太小！"

"太小？"小刘不明白。

小江："等咱们改装一试验成功，所有机车一齐发动，朝着低湿地一开，嘿！"他用活动搬子敲了一下链轨，"你听吧！拖拉机大合唱'空！空！空……'保险带劲儿！"

小刘："那敢情带劲儿，可是……"她指了指地下的一堆拆下来的木头，"唱了六七回了，也没唱响！"语气里带着一些自责。

小江蛮乐观地说："别急！憋得劲儿越足，唱出来声儿越大，这一回呀，准成！"

高书记一边拧着螺丝，听着两个年轻人的谈话，脸上闪出一丝笑容。

小江站起身来搓了搓手："得！就等油了，来了柴油，咱们就马上开始第八次试验！"

小刘回身望了望远处："小吴这家伙，一桶油领这半天！"

高书记也停了手，走过来："拖拉机不喝油跑不动，人不吃东西劲儿不足，来！咱们该开饭了！"他掀开地上放着的饭盒。

油库里，纪副场长和胡云鹏在油桶群中穿行着。老纪不时用手晃晃桶——很轻，一晃就动；用测油器敲敲桶皮——很响，叮叮当当。说明桶内空空。

老纪边走边问："大油罐里还有多少？"

"就剩下一点儿啦！"胡云鹏急忙回答。

老纪顺着扶梯登上高台，打开油罐盖，用测油器探了探，拉出来一看，油迹很浅。

胡云鹏翻开纸夹："这些日子用油就是江志红一台车……"

"我知道！"老纪走下木台，"搞试验用的！"

"副场长！"胡云鹏把夹子送到老纪面前，"您瞧！试验一次不行，又一次，总共七次了，在泥里一呼隆就是几十公斤出去了，这玩意儿……要是成本核算……"

老纪把夹子从面前推开："运输线断了，新油来不了，我们那么些台车保养、大修也都要油，剩下的这一点儿不能再动了，没有场部批的条子，谁领油也不给！"

"是！"胡云鹏把纸夹子一合。

试验车旁，小吴把空油桶"当啷"一声扔在地下，嘴里嘟嘟囔囔："咱们试验又不是为了自己，凭什么要油不给！"

小江、小刘走了过来："怎么了？"

小吴气得往地下一坐："胡云鹏不给油！"

小刘："你说咱们急等着用啊！"

小吴："说啦！我说就等着油试验哪，他倒好，把俩小眼儿一翻，朝我一伸手：'条子'我问：'什么条子？'他就要场部批的条子，没条子不给！"

高书记也走过来。

小吴急忙站起："高团长！干脆，您给开个条子，我再跑一趟，看他给不给！"

老高一笑："不，一定是油不多了，我和副场长研究一下，一定给试验车柴油。正好，趁这个时候你们先睡一觉！"

"我们不困！"三个人一齐回答。

老高把脸一绷："瞎说！两天两夜没合眼还能不困？每人去睡五小时觉，这是命令！"

三人立正："是！"

小江关心地问："高书记！您呢？跟我们一样熬了两宿……"

老高急忙解释："我还得给你们去要油哇！"

"不！"小江走到高书记面前，"油回头再领。您也得先睡五小时，这是群众意见！"

小刘小吴也走过来："对！要不，我们也……"

"好！"老高哈哈大笑，"接受意见！走！一块儿完成任务去！"

四个人挽起臂膀一起向前走去。

河水清清。小江一个人跪在河边，把头扎在水里泡着，停了一会儿，把头抬起，抖着头发上的水，长舒了一口气。

"哟喝！"胡云鹏的声音来自背后，"小江，冷水浇头哪！"

"啊！"小江头也不回。

胡云鹏穿着一身比较干净的衣服，叼着烟卷，端着一盆脏衣服，提着个暖水瓶。他也走到河边，放下自己的东西，把小江身边改装机车的模型——一个木制小拖拉机拿了起来："试验不少次了吧？油用了不少，结果呢？……哼！"他扫了小江一眼，见小江没理他，更得意地哼起评剧腔来："好一似……冷水浇头……怀里抱着冰……"

小江刚想再泡第二次，听见胡云鹏恶意的唱词，轻蔑地一笑，指着河水："统计员同志！凉水这玩意儿好啊！越泼的多了，脑袋瓜子越清醒！"

胡云鹏听这话觉得很不是味，收拾起自己的东西哼哼呀呀地走开了。

小江把模型搬到原来位置，压住一叠图纸。

忽然，一件什么东西扔到河里，激起的水花溅了小江一身。

"谁？"小江急回头找，没有人。

一阵格格的笑声来自水面，芦苇里荡出一只小木筏，燕子站在上头。

"是你呀！"小江笑着，从口袋里掏出手帕擦着脸。

木筏靠岸，燕子跳上来，随手从筏上提过两篮雪白的雁蛋。

"弄这么些雁蛋?"小江抓了两个在手里把玩着。

燕子又把两个蛋放在小江手里："这都给你!"

"给我?"小江笑了，猛地举起一个蛋朝着石头砸去，"好!我马上就吃!"

"哎!"燕子忙把小江的手拉住，"生的!"

小江调皮地转着眼睛："生的你给我，叫我怎么办?"

燕子把小江手里的蛋都夺过来："好!煮熟了再给!"她把蛋放进篮内，大方地坐在小江身边，"小江!教我开拖拉机行不行?"

"咦?"小江很奇怪，"不是小刘教你了吗?"

燕子把嘴一撇："她这个老师太保守，光叫人家在旁边看着，不叫人家动手，那得哪辈子才学会呀!"

小江哈哈大笑。他被燕子急于学会拖拉机的心情所感动了："行!试验成功了一定教你开!"

燕子高兴起来，紧盯着小江："什么时候能成功?"

小江被问住了，用手摆弄着模型："现在没有柴油了……"

燕子脸上露出失望的神色。

办公室里也在讨论这个问题。老纪在室内踱来踱去："油只剩了那么一点儿，我们不能给试验车，别的车还要保养，要大修。再说，给了试验车，它再试不出个所以然来怎么办?还不是白白浪费!老高啊，咱们要慎重考虑。"

老高是在冷静考虑："很清楚，摆在我们面前两条道，一条是争取试验成功，机车全部下地多开荒多种粮食，一条是机车全部停止，维持现状。"

老纪站下来："能维持现状就很不错了嘛，我们可以利用这个时间盖些房子，打一些鱼呀，组织个打猎队呀……"

"老纪!"老高又激动了，"别忘了我们是农场，主要的任务是生产粮食，而且我们现在还有条件完成这个任务!"

老纪苦笑一下："柴油，这是个现实问题，局里准能在播种期结束以前把油运来吗?"

老高站了起来："局里一定会大力支援我们，这是一方面;另一方面，我们自己能不能组织一些人，找出一条路，抢在播种期结束之前把油运来呢?"

老纪做了个无可奈何的表情，慢慢坐下来："我们运来?……雁窝岛是座孤岛!……"

农垦局田副局长的办公室里。

一个运输科的干部向田副局长汇报："雁窝岛是座孤岛！我们已经去侦察了，大酱缸涨了水……人走有没顶的危险，又尽是飘垡甸子……"

田副局长："难道就不能再找一条路？"

干部："从古至今雁窝岛只有一条路。"

田副局长快步走到窗前，把窗子打开，指着不远的一道河："宝清河就直通雁窝岛！"

干部："听老百姓说，宝清河有名的三多：小河汊多，柳茅子多，险滩多。从古至今没有走过船。"

田副局长转过身来："那就从我们这个时候起让它通船！雁窝岛的困难，就是我们全局的困难。后勤工作最重要的一条就是一切为了最前线！"

干部面有难色。

田副局长抓起帽子："马上把全运输科的同志召集来，具体研究！"说完先走出门去。

那位干部也急跟出去。

窗外，宝清河咆哮着流向远方。

# 十二　苦钻研湿地试车

晚上，雁窝岛的低湿里，"C－80"亮着灯光，老车和小江二人往油箱里加着油。

小吴、小刘紧张地挂着铧犁。

拖拉机手们站在地边瞪圆眼睛望着。

机车起动了，带着加宽木的链轨在湿地里行驶。他们欢呼起来，鼓着掌跟在后面跑。

老车的大嗓门喊着："小江！拐个弯儿试试！"

小江拉左操纵杆，机车朝左偏，突然"轧轧"几声，宽木断了几块，链轨又打滑了，人们惊愕地围了过来，一个个都愣住了。

小江跳下车来，刘吴二人面面相觑。

纪副场长分开人群走来问："哪儿弄的油？"

小江刚要开口，老车抢上来："我那台车上的储备油！"

老韩、老魏等人："还有我们的！"

老纪看了看大家，又看了看陷住的机车，停了半天开口："你们哪……唉！……算了，都回去睡觉吧！"

大家垂头丧气地往回走去。

只有小江拣起一块碎木头，沉思不语。

小吴走到跟前："组长！回去吧！"

小江："你先回，我就来！"

白帐篷里，小刘伏在自己床上哭起来。

燕子走进来奇怪："刘姐！你怎么了？"

刘学军急拭泪坐起来："没什么，我头有点痛！"说着掀起帆布帘走出去了。

燕子莫名其妙地望着小刘背影。

棉帐篷里，人们准备睡觉。

尤通发着牢骚："我就知道不行嘛，又跟着熬了俩钟头！"

老车："尤通！你少发牢骚啊！试验又不是小江一个人的事。"

尤通急忙解释："不是我发牢骚，今天都几儿啦！再等半个月，就是试验成了也没用了，播种期也过了！"

小吴："用不了半个月，准成！"

尤通："成了也白搭！没柴油，那么些台拖拉机，你一人推着走？"

老魏："你这不抬扛吗？"

尤通："什么抬扛不抬扛，实话嘛！"

谁也没睡着，议论纷纷。谈话声、争论声响成一片。

高书记不知道什么时候走进来的，这时候开口了："同志们！不要吵，咱们一块儿来谈谈！"

大家都静下来。

老高讲："试验八次全失败了，这是一。柴油剩下了很少一点儿，这是二。由于这两点，我们的一些同志就失去了胜利的信心，这是三。"

尤通知道是说自己，往后缩了缩。

老高望着大家："困难摆在前头。有的人克服困难的办法失败了，信心也跟着失掉了，结果是怎么样？新办法再也找不出来了，克服困难的勇气也没有了。还有的人，办法失败了，信心没有失掉！相反地从失败当中找出教训，信心更加强了，因此他也就想出了新的办法……"

棉帐篷外，小刘站着，听着。高书记的话句句打中她的心坎。她猛地一转身，理了一下头发，朝地里走去。

地里，试验车旁，小江爬在车灯前面摆弄着一块拆下来的加宽木。

小刘来了，在小江身后默默地站下。

小江忽然想起什么，打开一张纸，准备画一下，摸了摸胸前，没带着笔。

一支笔递了过来。小江注意力完全集中，根本没在意是谁给他的笔，直到画完了，喘了一口气坐下来，才发现身旁有人："哟！小刘……"

小刘急蹲下来问："怎么样？"

小江滔滔不绝地讲起来："以前没走远过，更没拐弯儿，这一拐弯问题就出来了。加宽木太长，厚度又不够，再结实的木头也吃不住转弯磨损哪！你看……如果咱们把木头搞成这么长，这么厚……"

小刘接过图，自言自语："太软弱了……"

"什么？"小江不明白，"你说木头太软了？"

小刘自责地说："我是说我自己！"

黑影里一个饭盒悄悄地放在二人中间。

两个人同时扭头："老秦！"

果然是老秦，笑眯眯地打开饭盒盖子。里面是热气腾腾的面条。他指着饭盒："吃吧！高书记叫我给你们送来的热面汤！我还特地多加了点儿油！"

两个年轻人感动地望着饭盒。

办公室里灯光亮着，老高一个人吸着烟在沉思，端详着雁窝岛的地势图。

黄老清披着一件棉袄推门进来："是你呀，老高，黑更半夜的还办公？"

老高点了点头："您去睡吧，不早了！"

黄老清没有走，反而走到桌前坐下了："你心里有啥为难事儿？咱们爷儿俩念叨念叨，啊？"

老高眼看地图，欲说又止。

黄老清："你是发愁运油的事，对不对？"他观察了一下老高的神色，"对了是不？"

老高："我在想另找一条路……"

黄老清："走宝清河！"

老高："对！走宝清河。可这儿从来没走过船……"

"我走过！"老人猛地站起来，"我可以带路……"

"您？"老高又惊又喜地站起来，望着老人，看到老人的白须白发，不由得摇了摇头，又坐下了。

黄老清："老高！你这是嫌我……"他摸了摸洒在前胸的白须。

老高："黄大爷！这宝清河是有名的三多呀！"

黄老清："不是我老头子好逞这份能！走宝清河别人实在不认识路啊，咱能眼瞅着这些拖拉机在那儿当摆设？咱能眼瞅着那么些种子播不下去？老高啊！豁出我这条老命不要，也得叫我给党给毛主席尽这份心哪！"

"黄大爷！"老高激动地抓住老人的手，慢慢扶老人坐下。

"怎么？"黄老清望着老高，"还有什么不放心？"

"不是！"老高解释，"我是想找哪几个棒小伙子跟您一块儿去！"

"那好哇！"老头子快人快语，"赶早不赶晚，明儿个一早就走！"

老高："您别急！党委会还要讨论一下。"

早晨，俱乐部里。

老纪举着一张纸读着："现在宣布走宝清河去局里运油的人员名单：队长，车向前！"

"到！"老车站出来。

老纪接着宣布："水手：韩长兴、魏大成……"五个人一齐站出来。

老纪宣布："负责登记物资，胡云鹏！"

"啊？"胡云鹏万没想到有他，吃了一惊，大家的笑声才使他清醒过来："到！"

老纪最后宣布："向导，黄老清！"

"到！"老人威武地答了一声，大踏步入列。

大家热烈鼓掌，燕子使劲为爷爷鼓掌。

宝清河边。靠岸有两只大木筏。水手站在筏头，胡云鹏坐在一只筏子中央。筏上还放着老头子的大刀和几把板斧。

岸上人们互相告别。

老车："小江！祝你试验成功！"

小江："老车！祝你胜利归来！"

老高紧握住黄老清的手："黄大爷！全靠您啦！"

老人拍了拍燕子的肩膀，向老高打着招呼："放心吧！老高！"

木筏离岸，渐渐远去，隐入柳茅丛丛的河湾中。

低湿地里，"C－80"又安好新尺寸的链轨加宽板。高书记亲自站在链轨上往油箱里加着油。小江、小吴、小刘、老秦忙成一团。

老高跳下来，对小江说："胆子大些！现在剩下的柴油全部供给你们试验！"

小江跳上驾驶台，小吴跳上犁座。

机车起动，犁刀落下，走得很好。

小刘喊着："拐弯！拐弯！"

机车顺利地拐了一个弯，走得很好。

小刘和老秦一齐喊："再拐一个弯……"

机车又顺利地拐了一个弯，犁刀画出五道泥浪。

地的另一边，纪副场长领着拖拉机手和妇女们在点播豆子。燕子一声大喊："拖拉机下低湿地喽——"

大家朝着机车狂奔而去，呐喊着。

老纪也兴奋地赶了过去。

人们包围了试验车，拖拉机手们扔起了小江、小吴，妇女们围住了刘学军。

小江、小刘穿过人群来到高书记面前，拉着手，不停地摇着。

老纪低着头，望着加宽了的链轨出神。

夜晚，大宿舍里的人都睡下了，只听到外边有人在锯木头，"吃——吃——"响个不停。

"谁呀?"一个人翻了个身，"这么晚不不睡!"

大棉帐篷外面，尤通借着月光在锯加宽木，他的助手也在忙着。

帐篷里有个人打开小窗户："干什么? 干什么?"

尤通一歪脖子："干什么? 机械化——你说干什么?"

"喂——"帐篷里人说。 "歇会儿吧，点了一天豆子，腰酸腿痛的……"

"唔!"尤通答腔，"我这儿就为的是腰不痛!"

拂晓，农垦局的船码头。

河里，一只大船装满粮食、柴油。老韩、老魏、胡云鹏还有那位运输科的干部在捆着绳子，盖着雨布。

岸上，老车和黄老清向田副局长辞行。

黄老清："副局长啊，我们那两个场长可有点儿不一样啊! 一个能跟大伙拧成一股绳，一个可总拉大伙的后腿呀!"

田副局长："我已经听到汇报了!"

刚想再说什么，秘书走来："副局长! 农垦部急电!"

"哦!"田副局长急迎去看。

老车拉了一下老人："咱们走吧!"二人上船，撑船离岸。

岸上人招着手，人影越来越模糊了，只听到田副局长洪亮的声音："向雁窝岛的全体同志问好!"

# 十三　闯水路浮桶运油

天大亮。雁窝岛上所有的拖拉机都安装好了链轨加宽木。

老高和老纪在车前巡视着。

老高："现在是万事俱备，只欠东风啦!"

河浪滔滔。

宝清河里船行似箭。

黄老清和老车并肩站在船头。

撑船的人看着黄老清的指点，掌握着方向。

黄老清指着前面："快到柳茅子阵了。"

老车忙喊："准备!"

船驶进一片柳茅地带，速度减慢下来，桠桠权权的柳茅子挡住去路。

看得出来，柳茅子已被砍掉一些，这是来时的功绩。

老车、大韩、老魏等人手持板斧跳入水内为船开路。黄老清也跳下水来用大刀砍着柳茅。胡云鹏见到别人都下水，自己也跳下来吃力地抢着斧子。几个人弄得满头大汗。

船行很慢，终于渡过了这道关口。

人们都回到船上，继续前进。

老车递给胡云鹏一条毛巾，胡云鹏接过来擦着汗笑了——笑得那么愉快。

黄老清目不转睛地盯着前面："水流急啦！"

老车走到撑船人面前伸出手："我来！"他接过大篙用力撑着。

胡云鹏又惊喊一声："又是柳茅子！"

黑压压一片的柳茅子，有如铜墙铁壁一船迎着船头推过来。

胡支鹏紧张地闭上眼睛。

老车沉住气，把篙抽出水面，用力一顺，船进了窄窄的"胡同"。

胡云鹏睁开眼，船已安全通过。

黄老清和几个拖拉机手长舒了一口气。

老车用手背抹了抹额头上的汗，胡云鹏忙把毛巾递过去。

黄老清又指着前方："这可是最险的地方，三个猛拐弯。"

老魏："不怕！来的时候能过，回去就没问题！"

老车："可别那么说，现在是顺水，水流急，船又大又重……"

黄老清："可别大意！"

胡云鹏贴着粮袋油桶，紧张地望着前面。

水流很急，船身顺着河道猛地一个直角拐弯，刚拐过来，迎头就是一面柳茅子。水速船快，想躲也躲不及。

胡云鹏惊得一声大喊。

船翻了。

拖拉机手们在水中摸着东西。

船扣了过来，船头被碰破。

黄老清和胡云鹏在水中游着。

老车大喊："大韩！马上回岛上送信，报告情况，说我们一定想办法把东西运回去！"

大韩应了一声急忙游走了。

老魏游了过来："老车！粮食袋子沉了底啦，没法子捞！"

"油呢？"老车大吼，"岛上最需要的是油！"

几个人分头去找。

黄老清钻出水面，把大刀捞了上来，他四下一望，发现了目标，急用刀指着："喂——那是什么？"

老车第一个游过去。

老魏和其他几个人也游过去。

胡云鹏也用力地游过去。

原来，油桶都浮到一条小河汉子里，一个挨一个挤在一起。

老车游过来，抱着一个大桶，"乖乖！都跑这儿集合来啦！"

大韩在水里拼命地向前游着。

雁窝岛上人们焦急地等待着。

大韩坐在岸边，大喘着，往嘴里塞着被水泡成疙瘩的馒头。天已近黄昏。

天黑了。雁窝岛上，办公室里，高书记和纪副场长静静地坐着，不时地看着手表。

大韩沿着河边，在荒草中跌跌撞撞地走着。

天已经大亮了，办公室的小马灯还亮着，高纪二人焦躁地在室内吸着烟。

门被推开了，小江、小吴架着浑身泥水的大韩进来。

高纪二人忙迎过去。

大韩喘了半天，说出一句话："船……船翻了！"

老纪一跺脚。

老高毅然决定了什么。

俱乐部门前，高书记拿起铁锤，用力敲着铁轨。

拖拉机手们、妇女们蜂拥而来。

老高站到一个高处："同志们！船翻到宝清河里了！咱们马上出发去抢捞油桶，就是背也要把它背回来！"、

群众斗志昂扬："保证完成任务！"

老高把手一挥："出发！"

人们沿着河边疾走着，不！几乎是跑！

忽然传来一阵歌声："我是一个兵，来自老百姓……"

人们站住了，惊讶地听着，找着。

小刘："有老车的声音！"

歌声更近了："我是一个兵……爱国爱人民……"

燕子忽然一指河面上："红的！红背心……"

河面上，远远地飘扬着一面小旗似的红背心。歌声就来自那个方向。

高书记："是他们！"大家又向前跑去。

歌声更大了，"红背心"原来是移动着的，越飘越近。

看清楚了，一个个的油桶绑扎成排，顺水慢慢浮来。

黄老清盘腿大坐在中央，怀抱宝刀。老魏、胡云鹏还有几个拖拉机手臂挽着臂靠在一起。老车扶着一棵砍下的小树干，顶端飘着的，就是那个红背心。

"咳！咳！枪杆握的紧，眼睛看的清，谁敢发动战争，坚决打他不留情！"

岸上人高声欢呼着，头巾挥舞，帽子飞向天空。

歌声停了。桶排上人都站了起来，随着老车向岸上举手敬礼。

岸上，老高老纪举手还礼，眼里闪着激动的泪花。

英雄们回到岸上来了。

老纪第一个迎过去，猛把老车拥在怀中。

老高和黄老清紧紧抱在一起，燕子快慰地笑着。

小江和拖拉机手们握着手。

尤通拉住胡云鹏的和："老胡！这回干得不错呀？"

胡云鹏面有愧色："嗐！别提了，人家是挺着胸脯过来的，我……是闭着眼睛过来的。"他猛一抬头，"尤通！你往后瞧吧！"

人群如海，大家争着和归来者握手。

忽然一阵"嗡嗡"声响传来。

人们仰起头，惊喊着："直升飞机！"

晴空万里，浮云朵朵，一架直升飞机飞来。

人们欢喜若狂，在荒野里飞跑着。

飞机落下，田副局长走出舱口，向拥来的人群高声祝贺："同志们！你们干得好哇！"

办公室里，老纪低下了头："……我错了！"他旁边坐着老高和田副局长。

田副局长："纪庆山同志，好好想一想，老高走的是一条什么路？你走的是一条什么路？大酱缸、低湿地并不可怕，可怕的是你的右倾思想！"他走到老高面前，"高建民同志！你们在雁窝岛上边开荒、边播种、边生产、边建设的做法非常好！给我们农垦事业创造了很好的经验！雁窝岛上同志们开天辟地的英雄气魄，是我们全体北大荒人的榜样！农垦部首长对这里非常关心，特地从总后勤部借来直升飞机支援你们，希望你们做出更大成绩！"

机车轰鸣。

窗外，十几台拖拉机一齐开动了，链轨上带着加宽木，铧犁的大轮上带着加宽木，播种机轮上带着加宽木。

拖拉机手们久已盼望的"大合唱"开始了。

# 尾　声

雁窝岛上汇成一片金色的海洋。

浮云在阳光下飞驰，使得麦海里一会儿绿浪滚滚，一会儿黄浪滔滔。

江志红、老车的两台拖拉机，各牵引一部康拜因。康拜因上站着吴华和刘学军。

燕子扎着两只小辫子在自动联合收割机上驾驶，身后面站着纪副场长。

高书记和黄老清站在齐胸的麦田里笑着，向收割的人们招着手。

粮仓前，老秦和胡云鹏忙碌着，登记、过秤……

自动传送带传送粮食上垛。

脱谷机的喷口中流出金黄的大豆。

豆垛如山。

解放牌汽车运载着粮食沿着新修的公路驶向岛外。第一台汽车的驾驶员是尤通。

办公室里电灯明亮，电话铃不停地响着。

老纪推门进来拿起听筒："喂——是鸿雁农场场部……"

老高和黄老清走进门来。

老纪把听筒递过来："老高！你的电话，局里来的……"

老高接过听筒："嗯！……好！明天出发……"

"什么事？"老纪问。

老高把听筒放下："局里决定要我们组织一个开荒大队，去支援新的垦区！"

老纪："老高！我请求带队去！"

老高："局党委正是指定你带队去！"

"那太好了！"老纪感到无比兴奋，"咱们马上召集党委会讨论吧？"

老高："好！"

老纪走了出去。

黄老清转过头来："老高……"

老高倒了两杯水，笑着说："怎么？您这老将也想出马？"

黄老清："不是！我想叫小将出马！"

"您是说叫燕子去？"老高几乎喊了起来，停了一会儿，温和地说，"不行啊！您就这么一个孙女儿……"

"谁说的？"老人把眼瞪得老大，"全农场一千来年轻人，哪个不跟我亲儿女一样？老高！孩子的翅膀长齐了，就该叫他飞。别光顾咱们一个雁窝岛，全国不是还有不老少雁窝岛吗?"

老高深情地望着老人，轻轻地抓住老人的手："您说得对! 这是我们北大荒人的本色!"

白桦林前，一色的"东方红"拖拉机整齐列队。

为首是纪庆山，站在"向地球开战"的大旗下。

拖拉机手站在车后，包车组长站在车头前：老车、小江、刘学军、燕子⋯⋯排在最末的是胡云鹏。个个胸前戴着光荣花。

乐声一停，人群涌向出征者献花。

老魏、大韩和老车、尤通告别。

小吴来和小江告别。

老秦拉住胡云鹏的手，千叮万嘱，胡云鹏连连点头。

妇女们和小刘、燕子告别。

黄老清挤进人群来到燕子面前，把红绸裹着的大刀捧过，燕子紧紧握住。

老纪和老高手拉手，难舍难分。

出征者把高书记围在当中。

老高讲："我们是一支同荒地作战的大军，是毛主席的好战士! 我们祖先千年万代所开垦出来的耕地面积，我们在党的领导下，要在短短的时间内超过他们!"

群众热情欢呼。

老高振臂高呼："让我们永远保持北大荒人的光荣传统，艰苦奋斗，英勇顽强。出征的同志们，出发吧!"

拖拉机手跑上车，机车起动。

浩浩大队向前挺进。

千百台拖拉机驶向荒野。

——剧　终

1960 年 10 月 20 日第三稿于北京

# 程树臻

**作者简介**　程树臻，笔名秦木。1934 年出生，江苏邳州人。1957 年毕业于
天津大学机械系。曾在富拉尔基重型机器厂工作。曾任黑龙江省作协专业
作家、副主席、主席，省文联副主席，《人民文学》主编。中共十三大代
表，中国作协第四届理事、第五届全委会委员及第六、七届名誉委员，中
国期刊学会、中国报告文学学会、中国延安文艺学会副会长。1951 年开始
发表作品。1979 年加入中国作家协会。著有长篇小说《大学时代》、《钢
铁巨人》、《春天的呼唤》、《生活变奏曲》、《那年冬天没有雪》、《遥远的
北方》，中短篇小说集《人约黄昏后》、《程树臻集》、《假如生活欺骗了
你》，报告文学集《励精图治》、《吉星高照》、《黑土魂》，散文集《万绿
丛中》、《人间沧桑》、《岁月轨迹》、《人生情怀》，儿童文学集《闪熠在铁
窗里的小星》等，结集二十部，五百余万字。《冰城之光》获全国火凤凰
杯报告文学奖、黑龙江省政府奖，《今日大庆》（合作）获中国潮报告文学
二等奖，《生活变奏曲》获黑龙江省首届政府文艺二等奖，《励精图治》获
首届全国优秀报告文学奖、首届《当代》奖。

## 钢铁巨人 （内容简介）

　　这是一部工业题材的电影剧本，描写了工人阶级自力更生、勇攀科技
高峰。讲述我国工人阶级在十分困难的条件下成功制造出我国第一台大型
轧钢机的故事。一九六〇年冬，工段长戴继宏带领职工冲破重重阻力和反
动派的封锁，承担起自力更生制造我国第一台大型轧钢机的任务。该厂李
主任大加反对，与此同时思想反动的技术员梁君也对机器采取破坏活动。
戴继宏在党委领导支持下与各种阻力进行了坚决的斗争，终于完成了制造
大型轧钢机的任务。

# 张天民等

**作者简介**　张天民，1933 年出生，河北涿县人，中国电影编剧、小说家。中学时代开始从事诗歌和小说的写作。1952 年入北京电影学校编剧班学习，毕业后历任中央电影局电影剧本创作所、长春电影制片厂、北京电影制片厂编剧。1957 年后先后发表短篇小说、长篇小说、诗集。1960 年开始将电影剧本搬上银幕。如《鸿雁》、《路考》、《创业》、《希望》、《自豪吧！母亲》、《但愿人长久》等。《创业》由大庆油田和长春电影制片厂创作组创作，张天民执笔。

## 创　　业

## 第　一　章

### 一　拉骆驼的人

一九四九年初秋。

连绵无尽的祁连山雪峰，风起云涌，"叮咚""叮咚"的骆驼铃声响起……

戈壁滩上，一支骆驼队缓缓前来。这是裕明油矿的运输队。

骆驼队走过一望无际的大沙丘，沙丘上留下长长的一行蹄印。

拉骆驼的是一个二十三岁的石油工人。穿着一件糟烂的老羊皮，旧布头巾扎着一头粗硬的短发，一双眼睛闪着光芒，若有所思，望着远方祁连山脚下一片黑雾笼罩的油矿——他是十斤娃。

十斤娃走着。一双补丁摞补丁的大鞋沉重地踩着戈壁上的卵石。

一个黑制服、大盖帽的矿警在后面押运。倒挎着步枪，满头大汗，打开水壶，贪婪地喝一口水。

十斤娃和他的骆驼队走在干旱的戈壁滩上。

突然，狼嗥似的警笛声传来。十斤娃停步望去。

一辆黑色的铁皮囚车，从油矿那边扬尘卷土而来。铁栏杆的窗口内有几个被捕工人的面孔。最显眼的是冯超，他是油矿工务课的小职员，三十岁的样子，穿着一件直领旧学生装。头发蓬乱，戴着手铐，以惊恐悲凉的眼色看着过路的十斤娃。

囚车急驶而去。十斤娃心情沉重。

"叭"的一声，十斤娃浑身一震，矿警从背后抽了他一皮鞭。糟纸似的老羊皮裂开一道口子，鲜血从肩头泅了出来。十斤娃摁住肩膀，猛地转过头。

——一双愤怒的眼睛！

这火山即将爆发似的眼睛，瞪着那贼眉鼠眼的矿警，矿警四顾无人，吓得连连后退。

十斤娃手掩一下衣襟，猛然想起：这衣襟里，贴着热乎乎的胸口，藏着一件《中国人民解放军布告》，是他从外地一个小镇的墙头上偷偷揭下来的，他要把这带进矿里，告诉那些受尽苦难的工友……于是，他强压怒火，不与矿警纠缠，拉紧缰绳，向前走去。

黑沉沉的百尺峭壁夹着乌黑的石油河谷。巨大的阴影投在"裕明油矿"的大门上。大门内外，站着两对荷枪实弹的黑衣矿警。

骆驼队走过来。

押运的矿警拿出"特许证"给站岗的看，请求通行。顺手掏出香烟，让着他们。

十斤娃的骆驼队被放进矿里。

戈壁滩上的土坑上下，坐着一群探望亲人的妇女们。在那里等待、避风，有人已经等了几天了。十斤娃的母亲周大娘突然发现儿子回来了，爬起来，扬起手，叫："十斤娃！"奔向门口。

十斤娃听见喊声，忙回头，惊喜地喊一声"娘！"甩掉缰绳，想奔出门外见亲人。

矿警拦住他："干什么？快回去！不许出去！"

十斤娃返回身跑到铁丝网跟前。手抓住铁丝网，眼巴巴地望着娘。

矿警连推带搡地推走周大娘，周大娘望着儿子，踉跄后退。无奈，离开油矿，走向茫茫的戈壁滩。

突然，喇叭响起。装满箱笼行李的卡车从矿里开出来——国民党开始逃跑了。汽车催促着前面的大车。大车上摞着七八具尸体，盖着草席，露出一双双乌黑的赤脚。十斤娃明白：矿上又有工友被折磨死了。尸车来到门外，那群等在戈壁滩上看望亲人的妇女蜂拥而上。有的人总算见到了亲人，哭喊着："叫我看一眼吧！""我可怎么活下去呀！""孩子他爹……"疯了似的追逐着尸车。赶车矿警的皮鞭雨点似的打在她们的头上、背上。

十斤娃心如刀割。抓住铁丝网的手越握越紧，鲜血从手心里滴落下来……

## 二　井　喷

黄昏。沉闷的下工汽笛声震动山谷。

峭壁下弯曲的小道上，一群小工、童工、老头排成长队在挑最后一趟原油。他们劳累一天，筋疲力尽，工头提着皮鞭驱赶着他们。

工头甲："快点！下班交衣服！"

工头乙："快！别磨磨蹭蹭的！"

戴着破毡帽的范师傅关照着十四岁的童工油娃，向山上爬去。

黑沉沉的峭壁下，压着一排排被油烟熏黑的小窑洞。

一个窑洞，挂着破草席，洞内一片漆黑。

在这大山的胸膛里，有人正说着话："……今天，又抓走了工务课职员冯超他们几个人。听说还要炸掉这个油矿。天黑得大发劲了……"哧的一声划亮一根火柴，点上大块卵石抠成的原油灯，洞内红光烨烨，黑烟袅袅。那人接着说："也就快亮了！"

谈话的是老周师傅，十斤娃的父亲，一个身材魁梧的壮年汉子。十斤娃、十四岁的童工小油娃惊奇地听着。

十斤娃突然想起那张冒着生命危险带进来的布告，忙从胸口掏出来，递给老周师傅。

老周师傅接过来，打开看。

毛主席签署的《中国人民解放军布告》在灯火的红光中展开。

老周师傅看到布告背面有糨糊和揭过的痕迹，欣喜地问儿子："从墙上揭下来的？"

十斤娃点点头。

老周师傅："好小子！"

油娃不解地问："周大伯，这是啥？"

老周师傅眼里闪烁着温暖的光彩："小油娃，这是毛主席、解放军的命令！"

一句话勾起了小油娃的心思，他说："周大伯，我今个还听说矿上来了个解放军！"

十斤娃一惊。

油娃忙告诉他："真的！就在你出门的这几天……"

老周师傅看油娃一眼，叮嘱地："小油娃，可不能乱说，咱们要用身家性命保护他！"说着，叠起布告，对十斤娃说："孩子，这有用啊！我马上就交给他！"老周师傅把这个"他"字说得很重。但是，现在只有老周师傅一个人知道，这个"他"指的是谁。

老周师傅刚刚把布告揣在怀里，洞口传来一声吆喝："收衣服啦！"随着声音，马鞭子一挑破草帘，撞进来一高一矮两个工头。

拿马鞭的工头："快把衣裳鞋都脱下来！"

挂着一根青铜棍的工头："怎么还不脱！"

官僚资本家怕工人逃跑，每天下工收衣裳。可是近日来他们自己正准备逃跑，顾不上了。所以油娃问道："领班，好几天没收了，今天犯了什么病？"

老周师傅："到这节骨眼上，谁还想跑？"

挂青铜棍的工头说走了嘴："跑光了倒省心了！就是不许你们出去！"

拿马鞭的工头："少跟他们废话！快脱！"

十斤娃知道事情有些蹊跷，看看父亲。老周师傅警觉地思谋着。他想出道理来了，对工头说："啊！今儿黑价有事吧？"

正这时，外面传来吓人的吼叫声。

老周师傅一怔，听听声音，喊道："井喷！"

拿马鞭的工头骂起他的伙伴："他妈的！这儿还没收完呢！"

老周师傅全明白了："杂种！你们想毁掉这个油矿！"一把揪住一个工头的脖领，十斤娃也一跃揪住另一个工头。

工头："周老大！你……你想造反？"

老周师傅揪住工头，向儿子喊道："十斤娃，快把收的衣服给工友们送去，叫大伙出来压井，保住油矿！"

十斤娃一搡把工头扔倒在地上，跑了出去。老周师傅也推开另一个工头，奔出洞外。油娃也跟着跑出。

拿马鞭的工头一边爬起来一边向同伙喊："快，别让他们跑了！"

油矿井场。敌人制造了井喷，企图破坏油矿，毁掉钻机。这时，油、气、水大量喷出井口，黑色喷柱喷了几十米高，井场一片油海。

国民党匪兵、工头、矿警队把井场团团围住，枪口向外，戒备森严，不准入内。

老周师傅赶来，带领着工友们往里冲。

工人们用铁锹、撬杠跟矿警、匪兵搏斗。

老周师傅和工人们冲进井场。碰上十斤娃和油娃，老周师傅说："快去挖油池，一滴油也不能糟蹋！"十斤娃和油娃领会地转身跑向石油河坡下。

"跟我来！"老周师傅一挥手向井场跑。

后到的工人仍在与矿警搏斗。矿警狼狈后退。蠢猪似的矿警队长嘶嚷着："站住！再不站住我要开枪啦！"工友们根本不理他，还是往里猛冲。

老周师傅指挥着工人们压井。范师傅跑来，望望井架，井架上还亮着电灯，灯头在气流的冲击下摇晃着。他喊道："老周！天然气很大，灯泡一碎，马上就是一场大火！"

老周师傅想了一下，向配电房猛跑。

配电房。老周师傅跑进来，拉下电闸。

井架上的电灯熄灭。井场一片漆黑，人声嘈杂。井喷的吼声震耳欲聋。工友们在压井。

井场外。裕明油矿伪特别党部书记长赶来，看到工友们正在压井，冒了火，叭地打了矿警队长一个耳光，骂道："混蛋！为什么不开枪？"

矿警长捂着腮帮答道："怕着火。"

伪书记长眼睛闪出阴冷的光："废物！美国顾问的深谋远虑全叫你们这帮蠢猪给毁了！去，推上电闸，烧光！不能给共产党留下！"

跟随他前来的油矿经理在一旁说："书记长，这些工人聚众闹事，得给我想办法呀！"

伪书记长阴冷地笑笑。

蠢猪似的矿警队长拔枪向井场跑去。

配电房前。

老周师傅高高举起一把大管钳，威武地挺立着，向前来合闸放火的矿警吼道："谁敢合闸！"

矿警队长手举匣枪，向老周师傅喊道："躲开！不躲开我可开枪了！"

老周师傅高举大管钳，凛然不动。

井场外。一个戴鸭舌帽、穿西装的特务跑到伪书记长跟前，递上一本档案夹子，里边有叛徒的口供，神秘地小声报告："书记长，重要情报！周老大跟那个共产党有联系！"

伪书记长眨动着小眼珠，想着："周老大？"

伪经理："对，对。周老大抓住就好了！"

特务："抓住周老大，就能抓住那个共产党！"

伪书记长想想，命令道："走！"

伪书记长带一班人跑到配电房前。这时，矿警队长正瞄准老周师傅。伪书记长边跑边喊："别开枪，抓活的！"

话音未落，一声枪响，子弹飞出枪口，弥漫在井场的天然气轰的一声着起熊熊大火。井架立即成了一只天灯。

伪书记长对矿警队长："他妈的！你们怎么开枪了呢？"矿警队长支支吾吾地解释着。

举着大管钳的老周师傅中弹。忍着伤痛，昂首挺立。

工友们怒火中烧，冲向矿警们，这不可阻挡的洪流，压垮了矿警的队伍。

老周师傅挺立着，火光映照着他刚毅的脸，像一尊铜像。

石油河边，正在挖土油池拦油的十斤娃和油娃听见枪声，望见大火，扔下铁锹，向井场迅跑。

范师傅几个人抬着身受重伤的老周师傅离开火海，来到石油河边。

十斤娃扑到父亲身边。

油娃和工友们一递一声地叫着："周大伯！""老周！""周师傅！"

老周师傅靠在一个工友的胸脯上，睁开眼，看见大斤娃，从胸口掏出一件红色的东西。这是一只"护矿队"袖标，上面穿了一个弹孔，被鲜血浸透。老周师傅急速地把它塞进十斤娃的衣襟里。

十斤娃不知道父亲给了他什么物件，只觉得有一种黏糊糊的东西贴在胸脯上，他想看看，抽出那只带血的袖标的一角。父亲的大手一下子捂住他的胸口。而后，警觉地望望周围。

井场，人声嘈杂，井吼震天，人影在火光中闪动。伪书记长带着一班人狼狈地从石油河上逃窜。

老周师傅的大手从十斤娃胸口无力地滑落下来……

他，中国第一代石油工人，戈壁滩上倔强的奴隶，我们党的一个新党员，就这样英勇地牺牲了。

被烧得通红的钢铁井架，轰然倒下。油井在怒吼，大火在燃烧，汽笛在长鸣——是他庄严的葬礼。

十斤娃，年轻的奴隶，瞪大一双悲愤的眼睛，黄豆大的泪珠子无声地滚落下来！

### 三　天快亮了

又是那压在沉沉大山下的小窑洞。

地上铺着草。有三个用芨芨草捆成的枕头，现在，屋里只有十斤娃和油娃两个人了。

小油娃悲痛地抽泣着。这无父无母、无名无姓的孤儿，自从进了油矿，就跟周老大相依为命，周大伯像他亲生的父亲，十斤娃就是他的哥哥。然而，现在只剩下两个人了……

悲愤已极的孤儿油娃，愤愤地用拳头抹去眼泪，顺手抄起一根铁棒，一声不响地奔了出去。

十斤娃惊异地看看油娃的背影：他干吗去？他是报仇去了！怎么办？

他猛然想起父亲的遗物，从怀里掏出红袖标。

带血的袖标告诉他："护矿"。

他收起袖标，匆匆赶出去。

黎明前。油矿的山峦黑沉沉。

峭壁上，美国顾问居住的"裕明别墅"灯火通明。

顺着弯曲的小道，黑压压的人群涌过来，爬上来。人们举着火把，拿着大钳、铁棒、木棍、斧头，去给老周师傅报仇。

小油娃和范师傅走在最前头。

这愤怒的波涛，翻卷，奔流。

马上就是一场血和火的恶战。

谁能阻止这一股洪流？

"站住！"一声呐喊，有如雷鸣，有如洪钟，余音在山谷中传荡。

人们停了下来。惊异地抬头望着。

十斤娃抄近路从上面下来，大扬着双臂，堵住只容两个人侧身通过的小路。

人们吃惊地议论着，愤怒地质问着十斤娃。

油娃："我们去给周大伯报仇！"

工人们吼着："报仇！""躲开！""让我们过去！"

十斤娃想不出怎么说服人们，突然，他掏出红袖标，双手撑开，举过头顶。

火把的红光辉映着有弹孔的袖标："护矿队"。

要组织起来护矿，不要盲目行动。工友们沉默了。范师傅放下肩头的大管钳，思谋着。

油娃："范大叔，咱们怎么办？"

范师傅低头不语，一时拿不定主意。

火把呼呼地燃烧，山上山下连绵成长长的火龙阵，后面的人继续朝前涌。前面人越集越密，议论纷纷。人人心里都是一个问题：到底应该怎么办？

突然间，十斤娃的身后响起一个洪亮的声音："工友们！按老周师傅的嘱咐去干！"

这声音惊动了人群。十斤娃转回身看去。

一个三十岁的工人站在眼前。穿着粗布裤子，粗布对襟褂子，戴着一顶旧工人帽。方圆脸，两道浓黑的眉毛，眼睛炯炯有神，闪着机智的光芒。他是华程，解放军某部团政委。现在，奉党的指示提前进矿，组织工人护矿，迎接解放。

十斤娃、范师傅、油娃惊异地看着他。

华程一眼瞥见十斤娃手里的袖标，这只袖标的主人他是熟悉的，可是他已经牺牲了，华程伸手想接过袖标看看，然而，十斤娃警惕地一甩手，把袖标藏在背后，冲他瞪起一双疑惑的大眼睛。

华程不生气，反倒亲切地笑了。

年轻的奴隶十斤娃，看够了冷眼和蔑视，这辈子头一回看见这样一张陌生人的和蔼可亲的脸。

华程机警地判断："我没认错，你是十斤娃！"并鼓励地说，"你做得对！"

是怎么回事？十斤娃更加迷惑了。

范师傅大声问："你是谁？"

华程："我是顶着别人的名字来矿上干活的。"

一句话，把他和工友们的距离拉近了。矿上每天都在死人，工头不上报，吃空额，有时招一批人，也是顶着死人的名字干活。

华程为了证明自己的身份，从口袋里掏出一张叠得四四方方的大纸，打开，是那张《中国人民解放军布告》。十斤娃、油娃想起周老大那句话："我马上交给他"，不用问，就全明白了。

十斤娃的眼里又惊又喜。

天真的油娃冲口而出："毛主席派来的解放军！"

"解放军？"

"解放军！"

人们像潮水一样往前涌，紧紧地围上了华程。

华程张开手臂，热情地说："毛主席关怀着我们这些戈壁滩上的石油工人！咱们中国石油工业未来的希望寄托在你们身上！"

十斤娃看看大伙，看看华程，眼睛放射出光辉，好像突然之间他更年轻了，更英俊了，火把的红光在他身上、脸上熠熠闪烁。

华程沉静了一下，望望那峭壁顶上灯火通明的"裕明别墅"，接着说："这个油矿是咱们这些奴隶创造的。可是那些毒蛇猛兽，喝干了我们的血！要报仇，就得组织起来把他们消灭干净！一切归劳动者所有，我们要做新世界的主人！"

十斤娃憨厚地笑着，这些话是他容易理解的，是他心里片片断断想过的，今天，华程把它说了出来。在十斤娃眼前展现出一个全新的世界，他在向着这个世界微笑。

华程说着，脸色严肃起来："但是，敌人在垮台以前，要把油井炸掉，把油矿烧毁……"

工人们愤怒地喊道："我们不干！"

范师傅望望那还在燃烧着的油井，自告奋勇地说："我带人去救火！"一挥手，领一群人走了。

一个青年工人："我带人去起炸药！"又有一群人跟他向采油矿方向走了。

一个老工人："我们去找经理！"

华程看看他，说："好，用工人护矿队的名义告诉他们：听候接管。保护有功者奖，怠工破坏者罚。"

华程就是这样把工人们组织起来，按照毛主席签署的《布告》指引的方向，行动起来，保护人民的财产。这时，许多工人从怀里掏出火红的袖标。戴在自己粗壮的胳臂上，戴在那破旧的老羊皮衣袖上。十斤娃也戴上了父亲热血染过的袖标。他转身刚要跟着工人们走，华程叫住他。

"十斤娃。"华程把那张墙上揭下来的布告又还给他。"你去裕明别墅，送送那位可爱的洋大人，不能叫他把地质资料和章工程师带走。"

十斤娃会意，接过布告，转身而去。

## 四　愤怒的眼睛

拂晓。在峭壁顶上的"裕明别墅"。

十斤娃把《中国人民解放军布告》端端正正贴在大理石的墙壁上，转身看看。

一间宽大的客厅，摆着沙发，流线型躺椅，铺着华丽的新疆地毯。

美国顾问在中国这个革命的火山口上再也坐不住了，他忙了一宿，准备天明启程，回老家去。

油矿工程师章易之——一个三十多岁的细高个子，衣着有点寒酸，但很干净规整。他从被窝里被顾问请来，让他考虑跟着一块"撤退"。他没答应，顾问不放他走，只好坐在一架落地式大收音机前，无聊地拧来拧去。

突然，收音机里出现一个新鲜的、明朗的广播员声音。

"……《别了，司徒雷登》"

这声音立即吸引着章易之，他专注地听着：

"美国的白皮书，选择在司徒雷登业已离开南京、快到华盛顿、但是尚未到达的日子——八月五日发表，是可以理解的，因为他是美国侵略政策彻底失败的象征。……"

美国顾问被这声音吓了一怔。他看看章易之，倒了一杯"威士忌"，斯文地走过来，关掉收音机，说："喏，我说你想好了么？工程师先生！跟我走。"

章易之看一眼顾问："不！大学毕业以后，我骑着骆驼来到这里。……我要用我的知识，使我的祖国富强起来。"

正这时，十斤娃走进走廊，站在客厅门口听着。

美国顾问："章易之先生，你以为你的祖国会富强么？它还会找到新油田么？"走到皮箱跟前，翻腾出一本发黄的美国石油杂志，"章，你听，'中国东南部找到石油的可能性不大，西南部希望更为遥远，西北部不可能成为一个重要的油田，东北、华北也不可能含有大量的石油……'"

十斤娃站在门口听着。

——一双愤怒的眼睛。

美国顾问把杂志给了章易之。接着说："好呀！这位美国权威给你们描绘出一幅多么美好的图画！哈哈哈……"仰天狂笑起来。

章易之心情复杂地看着他。顾问对中国的蔑视，伤害了他作为一个爱国者的自尊心，杂志上的话他又无可反驳，只得捧着杂志发呆。

美国顾问顺手装进几个唐三彩陶马和小型佛雕，提起皮籍，匆匆走出。

章易之不动，又拧开收音机。

顾问来到前厅，遇到十斤娃，给他送行的是一双愤怒的眼睛。

"你！……"顾问不由得后退了一步。今天，一切都反常了，章易之不驯，这个普通苦力又这样大胆地盯着他。他一反斯文的常态，近乎歇斯底里地咆哮道："我们会封锁中国的沿海，叫你们活不下去！"手杖碰到墙角的"美孚"油桶，当的一响，顾问杀气腾腾地敲击着油桶，说："看！'美孚'！没有'美孚'，你们这里只是一片黑暗！"

十斤娃站立着——一双愤怒的眼睛。

美国顾问不敢正视。回头叫一声"章！"悻悻而去。

屋内传来广播声："……我们中国人是有骨气的。许多曾经是自由主义者或民主个人主义者的人们，在美国帝国主义者及其走狗国民党反动派面前站起来了……"

章易之拿着那本旧杂志，挺着腰杆走出来。

在门前的雨搭下，美国顾问等候章易之："快！没有时间了！"

章易之果断地："不！我不能跟你走！"

美国顾问看一眼章易之，无奈地："哼！那么，把油矿地质资料统统给我拿来！"

章易之看看十斤娃，十斤娃坚定的眼色使他胆子壮了起来："不！我不能！"

顾问老羞成怒，举起手杖威胁。十斤娃、章易之不屈地站住。这时，顾问发现墙上有张布告，他歪着头看着，念道："……一切外国侨民，必须遵守人民解放军和人民政府的法令……"伸手要去撕下来，十斤娃抓住他的手，一把推开，提起一只"美孚"油桶，一桶油全泼在美国顾问身上！

顾问从头到脚都是油，像一只落汤鸡。皮箱、手杖全扔了："来人哪，造反啦！"尖叫两声，奔向一辆黑色的福特轿车，一想，又跑过来，抱起皮箱，拣起手杖，钻进汽车，开足马力，仓皇逃去。

十斤娃愤恨地把空油桶向汽车尾部砸去。"当啷啷"，油桶滚出去很远很远。

十斤娃余怒未消，扭回身，夺过章易之手里那本旧杂志，三把两把扯个稀碎，扔在地上。

章易之不满地嘟囔着："这是学术著作……"弯下腰，想把它拣起。

十斤娃补丁摞补丁的大鞋踩在破碎的杂志上。

广播声："……多少一点困难怕什么。封锁吧……"

章易之逐渐直起身来听着。

广播声继续着："封锁十年八年，中国的一切问题都解决了。中国人死都不怕，还怕困难么？"

十斤娃年轻英俊的脸放射着光彩。他的大鞋踩着"中国贫油"那本杂志，挺立着。

远方传来隆隆的炮声。

## 五　解放了

炮声隆隆，越来越近。

十斤娃在山巅上，向着晨光熹微的东方奔跑。

短撅撅的老羊皮，火红的袖标，充满希望的脸色。……他在高山上瞭望、倾听。

远方炮声隆隆。大地震动。

雪峰夹峙的祁连山口，出现一个小小的红点，像一团火在跳动。近了，更近了，是一面红旗。红旗引路，大队的中国人民解放军飞奔而来。

骑兵，马蹄扬尘。

战车，卷起烟雾。

重机枪在战士的肩头上颠动着。

赤脚的、穿补丁鞋的人们，爆发出欢呼声，潮涌一样地奔跑，奔跑。

十斤娃穿过人群，向前奔跑。

火红的旗，火红的袖标，火红的心啊！

压在三座大山底层的石油工人们，今天，终于见到了、亲手摸到了毛主席领导的工农子弟兵！

战士，尝一尝戈壁滩上的红枣吧！大娘用抖颤的手端着这粗瓷碗，尝一尝吧!

战士,贴一贴小女孩的脸蛋吧,如果不是你们来了,她还会有比她的父兄更好的命运吗?

十斤娃一把抓住第一个碰到的骑兵战士,激动得说不出一句话。这个战士叫许光发,年纪跟他仿佛,脸上挂着亲切的微笑。几年以后,他转业到石油战线,朝夕和十斤娃相处。两个人,一个粗壮豪爽,一个细致柔和,性格完全相反,倒也很合得来。这在当时,谁也没有想到。许光发跟他打个招呼,忙去赶队伍,追击散匪去了。

华程同志公开露面了。他身穿军装,风度潇洒地穿行在人群之中,年轻的通信员跟随着他。

一辆战车停下,下来的是战车团长,穿着长筒靴,挎着手枪。迎上华程,热烈握手。

战车团长:"老华!你腿真快呀,什么时候离开延安油矿,到这儿接管来了?"

华程:"才到两个月。"

战车团长跟他告别,走向战车。

有一个人来向华程报告:"被捕的工人回来了。"

人们闪开一条路,四个刚从敌人监狱里出来的人走过来。领头的是冯超,他衣裳破烂、满面伤痕,华程同情地看着他们,与他们握手。

冯超不认识华程,问道:"您是……"

通信员:"华程同志,咱们矿的军代表。"

冯超自我介绍:"我叫冯超。"

华程:"你们受苦了。"

冯超看着周围的人,担心地问:"老周师傅呢?"

华程:"他……牺牲了。"沉静了一下,而后抬起明锐的眼睛,"不过,有人又戴上了他的袖标!"

不远处十斤娃的背影。臂上有弹孔的袖标红得耀眼。

冯超看一眼十斤娃,心里打了个寒噤。

华程招呼一个干部:"送他们回矿。"那人领着出狱的人走了。

华程走到十斤娃身边,拍拍他的肩膀,关切地问:"十斤娃,你没有个大名么?"

油娃:"他大名叫周挺杉。"

华程重复着:"周挺杉?"

范师傅心情沉重地说:"对。这个大名起了二十三年,没人叫过……"

华程不由得一阵心酸,涌出泪水。他克制一下,对十斤娃说:"周挺杉同志,心里装着天下受苦人,挑起担子跟党走!咱们,解放了!"

"解……放？……"周挺杉念叨着，豆大的泪珠忽地涌出眼眶，抬头望祁连雪峰，望望潮水般的工人弟兄们，气吞山河地喊道："解——放——啦!"

"解——放——啦!"工人们呼应着。

"解——放——啦!"千山万谷回荡着这喊声。

黑沉沉的大峭壁轰隆隆地倒塌下来!

不可一世的阴暗碉堡稀里哗啦地倒塌下来!

## 六　不信没有油

茫茫的云海。

壮丽的山河。

钻机轰鸣，转盘飞转。

——二十四岁的周挺杉在党旗前举手宣誓。

转盘飞转。

——进入壮年的周挺杉已经成为一名钻井队长。他头戴铝盔，大汗淋漓地拉着猫头绳。

转盘飞转，岁月流逝。

裕明油矿新区。井架立在山包上。钻机轰响，正在钻进。井场峭壁边缘立着大标语牌："为实现一九六〇年持续跃进奋斗!"

周挺杉在扶刹把。这时已经三十四岁，身材魁梧健壮，精神焕发。一双眼睛坚毅有神，专注地盯着前面的指重表。

井场上，成排的钻杆前，范师傅和油娃指点着一张草图，在研究一项技术革新方案。范师傅还是老样子，瘦长脸，黑眉毛下有一对严厉的眼睛。油娃已长大成人，成为一名司钻。三座大山压了他十四年，到底没有把他压倒。他乐观豪爽，不知道什么叫苦和累。

女地质技术员姚云朗走来。她二十六七岁，结实健美，穿了一身褪色的布工作服，半高腰翻皮靴。她是石油地质学校的毕业生，在井队劳动和工作六七年了。紧张劳动荡涤了她身上的学生味儿。她来到油娃、范师傅跟前，一拍油娃的肩膀："油娃，马上到五千米啦!"

油娃："是么？技术员!我马上就去。"

姚云朗走上钻台。主任地质师章易之也站在钻台上，两个人专注地看着方钻杆，这是一个关键时刻，周挺杉井队在向月进尺五千米大关冲击。

方钻杆上用红铅油画着一个杠杠，这是到达五千米的一个标志。方钻杆转动着，钻机轰隆作响，钻头在地下猛烈钻进。一会儿，红杠杠隐没在井口。

姚云朗高兴地："章地质师，周队长！月上五千米实现啦！"转过身，向井场上干活的工人们喊，"月上五千米实现啦！"

工人们欢呼着。

周挺杉交班，若有所思地走下钻台。

石油河上。卵石累累，水面上漂着一层原油。

两岸峭壁之间有一架铁索栈桥，桥上挂着标语："下班多捞一勺油，支援社会主义建设"。

此时，石油河上聚集着许多人，有下了班的工人们，也有工人家属，小孩。人人拿着一个铁舀子在水面上撇油，倒进小桶。国家缺油，石油工人就这样一点一滴地增产节约，支援社会主义建设。

周挺杉的母亲周大娘两鬓白霜，精神矍铄，也在捞油。周挺杉的妻子陈淑芬帮她提着水桶去倒油。

周大娘叫住儿子，关心地问道："这口井能喷油么？"

周挺杉没言声，这口井没给他们带来什么好消息，地质部门已经决定不下套管，不试油了。他没法回答母亲，叹口气去捞油。

周大娘从儿子的脸色就明白了：又打了一个干眼。她深深地叹了口气。

周挺杉默默地，一勺一勺地捞着油。他为国家缺油而焦急，而忧虑。心上像压了一块大石头。

小溪那边，跑来了兴致勃勃的冯超，老远就喊道："周队长，你们创造了全国进尺新纪录，晚上开发奖大会。六点钟，你带上队伍……"精明强干的冯超，安排得十分周到，连入场仪式都计划妥当了。

可是，周挺杉却打断了他："冯处长，大伙商量了，我们不去领奖！"还是闷头捞他的油。

冯超出乎意料，不知道是怎么回事，他从卵石上连跳带蹦地过来，严肃地说："这是专家建议。"

周挺杉："你是专家工作处处长，你知道：一棵树上的果子还酸甜不等，都是专家建议，也有对有错。"

这样对待专家，可把冯超吓一跳，他左顾右盼，然后小声告诫："老周，这话你只能跟我说……"

"冯处长，电话！"河对岸有人来找冯超接电话。

冯超不耐烦地："你叫他等会儿！"继续对周挺杉说，"咱们不会搞工业，你不靠人家靠谁？"

"靠自己。"周挺杉简单明确地回答。

"自己？你，还是我？"冯超找一干净的石头坐下，"我只不过是华程同志进矿以前，领导过一次自发的罢工，至于搞工业，还得照猫画虎地跟人家学。在旧社会，你一直是个拉骆驼的，念过几本书？"

周挺杉："毛主席说：破除迷信，解放思想。一句话，壮了我们石油工人的胆！十年了，我们打了不少干窟窿，拼了命才找到两三块十几平方公里的小油田，得想想走什么路了！"

冯超严肃地："你有一股危险的情绪！"

"冯处长！"叫电话的人又来了，"专家的电话，发脾气了！"

这才引起冯超的重视，答道："哎，我马上去接！"又对周挺杉，"这么说，领奖的事你准备对抗到底了？"

周挺杉不言声。

冯超："好吧，我报告给矿长，如果通报批评，我可……"冯超话没说完，走了。

周挺杉"哼"了一声，并无回头之意。

冯超跳过卵石，迎面碰上章易之，又匆忙去接电话了，章易之看着他的背景，对周挺杉说："整个油矿数他最忙，风云人物……"然后，回过头，劝解似的，"老周，奖还是去领吧！"

周挺杉仍是不言声。

章易之："你怎么啦？"

周挺杉看一眼地质师，在身上揩揩油手，从口袋里掏出一张磨毛了边的报纸，递给章易之。

章易之打开报纸。这是一张《人民日报》。报上头版头条发表了一条新闻公报，红字通栏标题："第二个五年计划，提前三年完成。"

章易之叹口气："啊，我看过了，全国许多工业部门都提前三年完成了国家五年计划，我们石油没有提前。"

周挺杉思潮起伏，抬眼望望群山中的油矿。

油矿全景：只有几平方公里大小，山顶山洼，抽油机密布，一上一下地抽着油。

周挺杉朴实诚挚地说："过去，我是蛤蟆坐在井里，只看见碗大的天，不知道咱们这油矿有多大。参加群英会，出去一看，人家各行各业都在大跃进，都需要油呵！"

北京街头，公共汽车背着巨大的煤气包。

周挺杉接着说："我问人家，这是哪国的汽车？背着个啥家伙？人家告诉我，这是咱们的汽车，没有油烧，背的是煤气包！老章，我是个石油工人，让国家作这么大的难，还有脸领国家的奖金？"

一番话，出自肺腑。周挺杉深深地激动着。

章易之不理解这种感情，他劝慰地说："找不到大油田，是地质上的事，你急有什么用？"

周挺杉感情深沉地说："国家没有油，国家有压力，咱们是国家的主人，要分担这个压力！"

章易之还是劝解地："可……老周，你不明白，咱们可能确实是……贫油！"

周挺杉的心头受到猛然一击，他听不得这种没出息的话，额上绷起青筋，问："谁说的？"

章易之为了向周挺杉通俗地解释地质学，弯腰拣起一块岩石，说："陆相地层是不可能有大油田的。"

周挺杉接过岩石，眼睛放射火一样的光芒，严峻而自豪地说："我就不信，石油就埋在人家地底下，咱们这么大的国家就没油！"说着，高高举起那块岩石，向石油河底砸去，石头激起一片水花……

轰隆巨响，北方广阔的大草原上。一股股黑色烟柱拔地而起，直冲晴空。

这是石油地质普查人员在采用连片地震方法查明地下构造规律。地震车里，仪表亮着红绿灯，自动记录着数据。操作员聚精会神地工作着。

轰！轰！轰！一连串的爆炸。

三月。黄昏。裕明油矿石油河上。

像往常一样，工人们捞油。

一个穿旧军装的人气喘吁吁地跑来，顾不得绕桥，顾不得踩着石头，他穿着鞋在河水里奔跑，水花溅湿了半截身子。他是井队指导员许光发——裕明解放时与十斤娃相见的骑兵战士。

许光发边跑边喊："同志们！老周！"喘息未定，对围上来的工人们说，"咱们在北方大草原田家庄，发现了大油气藏！中央决定，石油战线要集中优势兵力，调集全国的精兵强将，在那里展开一场石油会战！"

章易之听见这话也奔过来。

许光发："章地质师，让你马上回矿长室，给你买好了飞机票。"

章易之也非常兴奋，拿着油勺就走，走了两步，才发现，把勺子还给工人们，急忙走了。

人们欢腾起来。

范师傅："队长，我们怎么办？"

油娃："我们要首先报名！"

周挺杉想想，说："指导员，赶快打报告，请求参加石油会战！"

工人们围着指导员许光发七嘴八舌："打报告！"

周挺杉来到捞油的家属里面，站在周大娘面前，激动地看着娘，说：

"娘！……"

周大娘慈祥豁达地望着儿子，深沉地说："去吧，孩子，娘懂！"

周挺杉振奋地抬头仰望。

晴空白云，一只雄鹰振翼高飞。

# 第 二 章

## 七　草原盛会

汽笛长鸣。列车在飞奔前进。

八百里秦川。嫩柳、麦田、桃花从车窗外闪过。

嫩柳、麦苗、桃花化作大雪纷飞……

北国大雪原。雪后初晴。

田家庄小站。两股道岔，小小站房。月台上人群熙攘，锣鼓齐鸣，一片欢腾。

火车进站。周挺杉穿着雪白的老羊皮，站在车梯上。凛冽寒风吹袭着他，他热血奔腾，兴奋地望着这场面：铁路沿线，万头攒动，车辆穿梭。全国各地支援会战的物资，石油战线调集来的各种设备，堆在车站内外，堆在线路两侧的雪地上。汽笛声、马嘶声、机器声、人吼声交织成一曲雄壮的交响乐。

会战前线指挥所王副指挥、当地驻军的代表、田家庄老贫农田大爷在车门口迎接井队。

周挺杉走在月台上，穿过人群。五湖四海的口音此起彼伏。有的寒暄，有的问路，有的找不到队伍，有的在找他们井队的设备。

周挺杉在人群中碰到一个老工人，一杆"硬骨头钻井队"的大旗在他手中擎着。他一把抓住这个老伙伴，一指红旗："嗬！老盛！离开裕明三年，扛着这家伙来了？"

老工人："我算啥，我们这帮四川娃子厉害哟！"指着他身后的一群个子不大的小伙子们。

正说着，一个工人走过来，抓住周挺杉。

"老周！好家伙，你月上五千米，把我们青海冷湖都搅翻了！"

"那算啥！快去看看大草原吧，到这儿，不上一万米不行啦！"周挺杉豪壮地大声吵吵着。

转业战士秦发愤背着包跨过铁轨走过来。东张西望，不论见谁都一律叫师傅。他拍拍一个戴着大皮帽子的人肩膀："师傅！采油……"那人一回头，是个年纪只有十八九岁的姑娘，是个女焊工。

秦发愤不好意思地"嗯呐"了两声，尴尬地笑着走了。

女焊工继续整理着她的脸盆、电焊面罩。

秦发愤走着，迎面碰上油娃。

秦发愤"师傅！采油指挥部在哪儿？"

"采油？……"油娃这才认认真真地看看秦发愤。只见这个人在面前一站，像是戳起一截铁塔，棕黑的方圆大脸，显出一副憨厚淳朴的神态。一身整洁的新军装，就是没有领章帽徽，背着一床叠得有棱有角薄薄的被子，油娃越看越喜欢这个人，于是他眉头微蹙煞有介事地说："真可惜了儿你这么个大儿！干采油？上班四件：量油、测气、清蜡、扫地。连女娃子都能干。"

"啊？"秦发愤吃了一惊。

偏巧，这时从站台传上来一声清脆的喊声："新疆女子采油队集合啦！向右看齐，向前看，报数……"女子采油队的红旗飘扬，几十名女娃子英姿飒爽。

这里秦发愤可犯了愁。

油娃趁热打铁："有把子力气，还得说是干钻井啊！"他充满一种自豪感。

秦发愤下了决心："钻井活重？行！那就干钻井去！"跟上油娃走了。油娃帮他抱着军用皮大衣，秦皮愤边走边说："参军前在家打过井，熟悉！"

油娃忍住笑："水井啊？"

秦发展认真地："啊！"

油娃忍不住，哈哈大笑起来。

站台一角搭了个席篷，这是田家庄生产队设立的接待站。老贫农田大爷提着把铜壶，给石油工人倒水。茶棚里，有不少工人就着热水啃干粮。

一个临时搭就的锅灶前，农村姑娘龙燕扒着灶门吹火，她揉揉被烟气呛红的眼睛，对田大爷说："舅老爷，你看我爹够多小气，借他点柴火净给些湿的！"

"你爹又怎么啦？"龙虎滩富裕中农龙富贵对闺女专揭自己头上的疮嘎渣儿很为不满。他穿着大个牛皮乌拉，嚓嚓地过来，把一摞大碗捧给田大爷。"舅舅，我龙富贵为了石油会战，连金边细瓷碗都贡献出来了。"又补充说，"八个呵！"

一个挑水的青年农民："瓷公鸡也拔毛啦！"

说得在场的人都哄笑起来。

在茶棚里喝水的一个新工人赵春生，笑得前仰后合。突然，他停住笑，看见周挺杉在前面跟人说着话。赵春生喜出望外，叫一声"周大哥！"奔去。

周挺杉："赵春生，你怎么来了？"

赵春生："油矿招工，我爹就叫我来了，到矿一问。你们走了，我紧撵慢撵……"

周挺杉："总算撵上了！好，就在这儿好好干吧！"

"哎，当个石油工人多荣耀，头戴铝盔走天涯！"到底是个初中毕业生，赵春生说话还有点诗意哩。

在两股道岔之间，巨大的部件还没卸下货车，把这里夹成一个胡同。

周挺杉好容易打听到指挥所的地点，正要去找，迎面碰上油娃。他后边还跟着一个大个子转业兵。

油娃报告："队长，咱们的钻机还没到。"然后凑近来，在周挺杉耳边说，"转业战士，拣的！"

"拣的？"周挺杉莫名其妙。

油娃向他挤挤眼睛，意思是说，搞会战，不分工种。哪里有活就在哪里干呗……

秦发愤上前一步："师傅！"

"叫什么名儿？"周挺杉问。

"秦发愤。"

"啥？秦发愤！这个名儿好啊！咱俩换换？"周挺杉风趣地说。

秦发愤却当了真，正经八百地："抗美援朝的时候起的。"

"啊，有纪念意义！"周挺杉一拍他的肩膀，"好哇，发愤拿下大油田吧！"

秦发愤认真地点点头。

周挺杉对油娃："走，咱们到前线指挥所去。"

油娃对秦发愤："好啦，妥了！"把皮大衣还给秦发愤，跟周挺杉走了。

## 八　决策时刻

大雪原，一望无涯。远处，矗立着几座蒸气腾绕的井架。

周挺杉、油娃深一脚浅一脚地走着。

圆木棚栏院内有几座大牛棚，几座新搭的活动板房。没有转移净尽的奶牛在远处哞哞叫着。拖拉机开进开出。圆木桩子上挂着白木牌子："草原牧场第五牛舍"。

周挺杉、油娃走到门口，愣住了。

一个女干部从牛棚内出来，摘掉牛舍牌子，换上一块新写成的木牌："创业油田会战前线指挥所"。

周挺杉笑了，与油娃走进院里。

牛棚内，大牛棚用布帘、棉毯、木箱隔开，过道两侧，一个桌子或是一张行军床就是一个科室。牌子上写着：供应处、后勤处、财会科、生产处。背行李的，拿网兜的，背工具袋的人进进出出，几台电话铃这个响完那个响。总调度室更是繁忙。

一群人围着总调度——这是一个三十多岁、精明强干的人，他几乎是同时回答着几个人的要求。

一个井队长："我们井队到了，住在哪儿？"

总调度："到田家庄。"

特车队长："总调度，我们特种车辆大队明天到，还没房子呢。"

总调度："天大的房子地大的炕，在四区找地方搭帐篷。"

"我们井队行李到了，有卡车吗？"

"两台够不够？"

"我要两台吊车！"

"我们手里只有一台吊车，还是借铁路的！"

"没有吊车可怎么卸钻机呀？"

"总调度，给我两台拖拉机吧？"

"……"

周挺杉看插不上话，就给油娃示意，两人离开总调度室。

刚来到过道里，碰上一个穿蓝棉袄、戴栽绒帽、架着一副眼镜的年轻人，他叫魏国华，北京石油学校学生，抱着一大卷图纸。

周挺杉："哎，同志，我们的井位在哪里？"

魏国华停下："井位？井位还没定下来呢！"

周挺杉急切地："什么时候定下来？"

魏国华不慌不忙地推推眼镜："难说。"说完要走。

周挺杉叫住他："哎哎，我说你是地质所的秀才吧？你们怎么也不着个急？"想了一下，幽默地，"那好吧，我跟你上地质所，就住在你们那儿啦！"说罢，看一眼油娃。

油娃立即领会："对，对，不定下井位，就睡在你们的办公桌上！"一转脸工夫，魏国华走了。两个人连忙追出去。

魏国华向地质所走去。

周挺杉、油娃跟踪不放。

魏国华被纠缠得有点不耐烦了，带有点教训的口气，说："哎，你这个同志，急哪门子呢？等几天，不就是少打两口井吗？"

周挺杉一心扑在多打井、快打井上，怎能容忍这种话，他急了："少打两口井？你为什么不叫我多打两口井？我看，你老兄脑袋里有条虫，得想个什么法子，给你捉出来！"说着，伸出手要把魏国华那条虫从脑袋里挖出来似的，小魏不高兴地一躲。

油娃憨厚地乐着。

魏国华转身走到一幢活动板房门口。

周挺杉大声吵嚷着："说话轻飘飘的，你……"

"嘘……！章总正在讲话呢！"魏国华轻轻拉开门走进去。

周挺杉和油娃也跟进去。


活动板房是用三角钢做架子，胶合板做墙拼装起来的。屋内，是地质指挥所。墙上，挂满了图件：创业长垣构造图，田家庄设计井位图，钻机运行图，某井综合柱状图。前线指挥所政治委员兼指挥华程、年轻的王副指挥、原专家工作处处长现任副指挥的冯超坐在前头。女地质技术员姚云朗坐在几个工程技术人员中间。还有一些工人代表，有坐长条白木板凳的，有坐木箱的。这是在开"三结合"设计座谈会，根据总指挥部意图，讨论油田勘探方案。

总地质师章易之拿着一根白木指示棒，不时指指某个图件，兴奋地说："……通过地震，圈出了这个地区有三个大构造：田家庄、龙虎滩、无名地……"

魏国华悄悄地走进来，把一卷子图纸放在桌上。

周挺杉、油娃悄悄进来，坐在门口的木箱上，专注地听着。那张大图上画出的三个可能含油的构造，使他异常兴奋，眼界顿开。多少年来，他盼的就是走出小山沟，甩开膀子干，拿大油田呵！

章易之："……其中，田家庄构造上几口探井，先后喷出工业性油流，日产十二吨左右。来头不小！我们一定要好好地搞，珍重这个发现！因此，准备以田家庄一号井为中心，用比较小的井距，逐步向外扩大，争取快些——最多两年吧——查明田家庄地下油藏的情况，而后，投入开发。"放下指示棒。回到自己位子前，安然地坐下。

周挺杉大为失望——田家庄是三个构造中面积最小的，两年才能查明，第三年以后才能投入开发，什么时候出油呢？龙虎滩那么大，无名地更大，什么时候才去勘探呢？国家的石油落后帽子什么时候才能甩掉呢？

人们也是这样思考着。会场一片沉默气氛。

华程敏锐地扫一下会场，风趣地说："这几天，章总地质师熬红了眼睛——哦，在冯副指挥的参与下——搞了这样一个方案。大家可以横挑鼻子竖挑眼，品头论足嘛……"

章易之也风趣地："我这个丑媳妇不怕见公婆！"

全场活跃，气氛一下子热烈起来。

姚云朗洒脱地站起来："我来向我老师的方案开一炮！"

章易之长者风度地："欢迎，欢迎。"

姚云朗整理一下思绪，犀利地说道："别忘了历史教训。五八年以前，我们吃够了照抄书本、迷信洋人的苦头！油田勘深，一上手就局限在一个局部构造上，小井距，一步一步爬行。这种少慢差费的勘探方法，章总今天还在用。"

华程意味深长地看一眼章易之。

章易之脸色微红，有点尴尬，也有点惊异。

会场上，人们议论起来。

一个技术人员："国外有的油田，就是这样。爬行了十几年，才找到油田的主要部位。"

冯超有点不安，看一看会场。

华程兴奋起来，注意地倾听。

章易之不服气地："那依你们说……"

冯超胸有城府地一扬手，制止章易之，站起来，神采飞扬地说："几天来，心情振奋！石油工业开会坐末排的日子结束了！该我们施展一番了！我支持章总这个方案，同时，还有一个进一步的设想，那就是：完全凭借我们自己的力量，在草原上建设一座有街心花园，研究中心和工人文化宫……这样现代化的石油城。"

周挺杉注意地听着，动脑筋地思索着。

冯超身旁的王副指挥忍不住了，说："凭借自己的力量走洋人的老路？按照外国人那套先盖楼，后找油的办法，不符合多快好省。今天我们应该按照总路线的精神，因陋就简，先搞生产，后搞生活，建设咱们中国式的大油田！"

周挺杉满意地笑了。

冯超："王副指挥，你可是工人出身啊，应该理解我这个方案是处处为工人着想！"话说得有感情，有不容辩驳的力量。之后，面带微笑地问道："因陋就简，工人心里会怎么想？"

这话问得干部们不好回答，使得一些知识分子慎重思考。华程不动声色，他相信会有人出来回答。

"我们工人想的是：一拳头砸出一口井，拿大油田，让原油咕嘟咕嘟地冒，淹死敌人！"门口，传来了洪亮的嗓音。穿着老羊皮，带一身风尘的周挺杉说话了。

人们的眼光一齐转向门口。周挺杉和油娃并肩而立，像中流砥柱。

华程敏捷地抬起眼睛："哈哈，周挺杉！"忽地甩掉披住肩头的旧军大衣，站起，奔过来，步履生风。兴奋之情，不可名状！王副指挥、冯副指挥、章易之、姚云朗也跟了过来。

人们与周挺杉、油娃握手。

周挺杉："华程同志，快给我们井位吧！"

华程看他那急切的样子，笑笑，转眼看看章易之。

章易之有点歉意地说："马上就给，马上就给。"

华程又指着姚云朗："也别放过姚云朗，副总地质师。"

姚云朗还不知道，吃惊地："政委，我……"

华程："党委昨天深夜决定的。"

周挺杉："那我们队的地质员……"

章易之："党委已经通知了地质所，决定让魏国华到你们队当地质员。"转过脸向会场上寻觅，"小魏啊，过来！"

真是"冤家路窄"，周挺杉和"小秀才"魏国华又见面了。周挺杉伸出手，做一个"捉虫"的样子，爽朗地大笑起来。魏国华本来有点尴尬，这时也被逗乐了。

华程亲昵地挽着周挺杉的胳膊，穿过会场，来到巨幅地质图前。章易之给他介绍情况。

周挺杉兴奋地："这三个构造连起来，可真像一只大老虎，无名地是头，龙虎滩是肚子，田家庄是尾巴。"

华程："老周，时机成熟了，我们要闯出一条自己的道路！"期待地看着他，请他发表意见。

周挺杉激动地："我说华政委，章老总，咱们别抓住老虎尾巴抖威风啦！干脆，骑上这只大老虎吧！"走到桌前，抓起一把红色图钉，又回来，"这里打井，（把一颗图钉按在田家庄构造上）这里也打井，（又把一颗图钉按在龙虎滩的构造上）无名地也穿它几个窟窿！（按上两颗图钉，用拳头"嗵嗵"砸两下）大井距，甩开勘探！解剖整个地区，寻找更大更高产的油田，抱个大金娃娃！"冯超不以为然地皱皱眉头，章易之不敢相信地摇摇脑袋。会场上的人们开始是振动，静听，接着兴奋、激动，人们嗡嗡地议论着。

华程眼里闪出睿智的光，他因势利导，激动地说："好！老周！我补充你的意见。"走到图前，边走边说，"我们现在要采取区域展开，重点突破，各个歼灭的方针。咱们一手拿田家庄，一手伸向龙虎滩和无名地。争取一年内拿下这三个构造。如果能抱个大金娃娃，那好，后到的井队统统压上去！一举改变石油工业的被动局面！"

像是投下一枚炸弹，人们议论、争吵，有的鼓掌，有的深思，有的提出各种各样的问题。华程潇洒地扔下指示棒，拉周挺杉坐下，端起一杯水，吹着里面的水……时而瞥一眼会场。

会场热气腾腾，人们激动不已。一个戴眼镜的瘦高个子青年站起来，在人们头上大声吵嚷："我总的感觉是我们'解放'了！"

章易之沉不住气了，他无限忧虑："政委，这……"

华程招呼大家："大家静一静，听听章总的。"

章易之："雄心太大，怕是骑虎难下啊！"他以质问的口气，"在座的谁敢保证甩开以后井井见油？"

华程看着章易之那种认真神情笑了："马克思主义者不是算命先生，章总！"

章易之张口结舌说不上话来。

冯超见此情景，又站起来，带有杞人忧天的神色，说："我们的会战，是在困难的时期、困难的地点、困难的条件下上马的。田家庄方案加石油城计划，适合今天的需要，它可以帮助我们克服困难、渡过难关、稳定队伍……"

华程紧接着："困难确实存在。但是，克服困难，我们靠什么呢？"

周挺杉回答说："不能靠退缩到石油城里去！我们靠党的领导，大搞群众运动，按照毛主席制定的革命路线前进，坚定地走独立自主、自力更生的道路！"

群情振奋，热烈鼓掌。冯超面带愠色悄悄坐下。

华程："这是完全符合会战总部党委意图的！我们一定能完成这个战略意图！"

群情越发激昂，掌声四起。

冯超立即见风转舵，站了出来，以沉重的口气说："这……我理解错了。既然总部党委也是这个意图，作为一个党员，我撤销原来的方案，坚决拥护甩开勘探！"

章易之大为惊骇地看着冯超，冯超刚一说完，他就涨红着脸霍地站起来："作为一个党员，我服从党委的决定。但……保留意见！"

华程用红蓝铅笔敲打着手心，深思着。

周挺杉眉头紧锁，思考着未来的斗争……

## 九　顺水推舟

深夜。章易之、冯超住的活动板房里。原油炉子烧着火墙，点着煤油罩灯。白木板搭成的桌子上堆着图表、资料和几块有生物化石的岩芯。章易之正伏案审核一张龙一井设计井位图。他翻阅着田家庄、龙虎滩已取得的资料，反复核对着。

另一个角落是冯超的小天地，井井有条，比较考究。有不少外国的小玩意儿，烟斗啦、烟盒啦、几本俄文书啦。冯超用一只刷干净的铝盔权当咖啡壶，正在原油炉子上煮咖啡。煮好后，倒两杯，放上糖，给章易之送过来一杯。

章易之闻见咖啡香味："咖啡？"

冯超矜持地："真正非洲货。专家送给我的。"看看桌上的图纸，问道，"龙虎滩一号井设计出来了？在构造的顶部？最有希望见油喽……"

"如果它有油的话。"章易之答道。审核完了，在图下"负责人"一栏里签上自己的名字。

冯超抿一口咖啡，随便似的："还坚持原来的想法哪？"

一句话又勾起章易之的不满，他直率地说："我不会随机应变。没学会！"

冯超明白这是冲谁来的，解释说："你是地质家，可以坚持己见，像我，搞行政的，是个副手，党内又没有职务，地位难处哇！"

章易之为了表示安慰之意，告诉他一个消息："听说要正式建立前线党委，要补选……"

冯超早就知道，但装作不知道，兴致勃勃地问："知道酝酿什么人吗？"

章易之摇摇头。

冯超："要是能选上你、我，还可以把方案拿到党委会上……"

章易之："我？从来没想过！"

冯超不信，问道："是么？"

章易之热诚地帮助他道："作为一个党员，你怎么可以在会上出尔反尔，你……"

冯超笑了："说你是个书生，政治上的事，你……"莫测高深地摇摇头。

章易之："什么意思？"

"好啦，不说这个。"冯超拉把椅子坐在章易之对面，"你想过没有？这个油田是解放以来最重要的发现！谁没有自己的想法？搞好了，关系重大呵！"

章易之："你说的是对国家，还是对个人？"

冯超不可理解地："这怎么能分开呢？"

章易之认为这话说得含混，于是，申明说："我认为，我们应该为党的事业而坚持斗争！"

冯超笑道："我跟你一样！"

章易之这才放心地去查阅一本资料。

图纸上放着一只放大镜。冯超拿起来。身子匍伏在图上。

放大镜移动着，最后停留在写着"龙虎滩一号井"字样的圆圈上。

"咚咚咚"，测量队员把一个木桩钉在雪地上。木桩上写着规整的仿宋字："龙虎滩一号井"。

测量队员背起图纸、仪器箱上了汽车。

这是几天以后的一个黄昏。在龙虎滩屯外一块高岗地上。错落的农家房屋在望。

离木桩不远，还立着一根小小木牌，上面歪歪扭扭地写着五个大字："龙富贵房场"。富裕中农龙富贵，穿着大皮坎肩子，大乌拉鞋，从房场木牌前走到龙一井井位标记前，眼望着正在装车的测量队员，狠狠地踢了木桩几脚。

摩托车由远而近。冯超骑着摩托来了。

一个戴眼镜的测量队员："冯副指挥，这一家伙甩这么远，能行么？"

冯超听出来问话的人是持怀疑态度的，批评他道："这是总部党委的决策！"

测量队员不敢再说什么。上了车，汽车开走。

冯超检查一下井位标记。

龙富贵笑容可掬地迎上来："您是石油的？副指挥？我叫龙富贵。"

"啊，什么事呀？"冯超不在意地答道。

龙富贵："把我的房场给占了！我问那位戴眼镜的了，他做不了主。这井，能不能挪个地方？"

冯超感兴趣地："挪个地方？往哪儿挪？"

龙富贵："荒草甸子上不行么？别占我的房场。"

冯超沉吟半晌："唔，农民的利益是应该考虑……"看一眼龙富贵。

龙富贵认为有门儿，忙说："你要是答应了，那就不用麻烦测量队，我能挪。你答应了？"

冯超立即收住，板起脸，教训地："答应什么？我什么也没有答应！你们这些人只考虑个人利益！我告诉你说，这口井要是见了油，别说你的房场，全队的地都得占，人也都得搬家！"骑上摩托，"嘟嘟嘟……"一溜烟走了。

　　龙富贵完全摸不着头脑了。他追上几步："你那刚才……"可是冯超已经走远了。他想了一下，被冯超的批评和威吓所激怒，冲着摩托的方向吼道："搬家？我先让你搬！"奔到井位标记跟前，踢了几脚，摇晃几下，拔下来，拿走了。

## 十　喊出党委想喊的话

　　夜。华程宿舍。

　　一张巨幅地质图铺在地上，几块油砂岩芯，一卷井电测曲线放在旁边。周挺杉端着蜡烛，华程拿着一只红蓝铅笔，两人伏在图上，仔细地看着。

　　周挺杉凝视着华程，感情深沉地："政委，你这担子不轻啊？才四十一岁，已经有白发了……"

　　正在凝眉苦思的华程抬起头来，用铅笔划划头发："是么？没什么。"站起来，"今晚上咱们不谈工作，唠唠家常。"

　　拉把椅子给周挺杉坐，问道："几年不见了？"

　　周挺杉："介绍我入党以后，你就走了，十年了。"

　　"这十年都怎么过的？"华程兴趣盎然地问。

　　"一公分一公分地钻地球，钻透了几十座祁连山……这没什么可说的。一句话，不能只顾报答党的恩，要为党的事业而斗争！"周挺杉质朴地说。

　　华程又沉思起来："是啊，斗争……"

　　周挺杉看着华程，关心地："压力大么？"

　　华程立刻警觉，掩饰地："什么？压力？没什么！"一指周挺杉，"说好不谈工作，你……"哈哈笑了，端起茶杯，走到火炉前倒水。

　　周挺杉严肃地："你不用瞒我！"

　　华程装作莫名其妙："我瞒你什么呀？"

　　"压力真的不大？"周挺杉不相信，"这个油田远景怎么样？能不能满足国家的需要？"

　　华程老实承认："正为这个睡不着觉，目前还不敢吹。"推过茶杯让周挺杉喝水。

　　周挺杉："我们应该怎么办？"

　　华程激动起来，一把抓住周挺杉的手："老周！要观大局、辨风向。现在有一股寒流正向我们压过来，我们要逆流而上。你知道，我们，还有敌人，都在眼盯着你手里的刹把子！"

　　周挺杉斩钉截铁地："政委，就是寒流铺天盖地，我们也要打上去！坚决拿下第一口井！"

华程站起来，走了几步，站在窗前，心里波涛起伏，说："他们卖给咱们一吨油料，比资本主义市场价格贵一倍！航空油里有马粪，柴油里对有大量硫磺！"

周挺杉心头冒火，端起瓷茶缸，咕嘟咕嘟喝几口水。眼睛紧盯着华程。

华程转身走到挂在墙上的世界地图前，望着地图："从来就没有什么救世主，也不靠神仙皇帝，还得靠我们自己，靠那些从前的奴隶。"看着周挺杉，提醒说，"得准备有一天连带马粪的油都不给你了！"

周挺杉心绪沸腾，脸色严峻。

华程："连一家美国杂志也看出了其中的名堂，按照他们的逻辑说，'红色中国没有足够的燃料，即使是打一场完全防御性的战争……'你别激动！说我们'支持不了几个星期'！"

叭的一声，周挺杉放茶杯用力过猛，茶杯碎了。

周挺杉的脸———一双愤怒的眼睛。

华程激动地叫一声："老周！"

周挺杉走到门口，披上老羊皮大衣："我们的钻机明天到站！"恨不得马上回去，大干一场。

华程思忖了一下："你等等。我把那台吊车拨给你，你拉上钻机，上龙虎滩，快速拿下第一口井。接吊车去吧！"说着去叫电话。

周挺杉断然地说："不！"

华程焦急地："老周！"

周挺杉想想，从怀里掏出那张给章易之看过的《人民日报》，激动地说："政委，你不用考虑我！这公报揣在怀里，就像一团火，你刚才说的，又是火上浇油，烧着我们石油工人的心！好容易到了大油田，能不上？上，有困难；不上，就更困难！"

华程拿着电话听筒："可一部钻机六十多吨，一台吊车，是最起码的条件了！"

周挺杉："我们井队几十个工人，就是几十台吊车，几十台拖拉机。我们有条件要上，没有条件，想方设法，拼死拼活也要上！"

华程放下电话，几步奔过来，紧紧地抓住周挺杉的胳膊，激情迸发："老周！这正是会战党委想喊出来的话！有条件要上，没条件，创造条件也要上！"

## 十一　人拉肩扛

新出版的《战报》展开着。通栏大字刊登着响亮的口号："有条件要上，没有条件，创造条件也要上！"

田家庄车站，大雪纷扬的早晨。周挺杉井队人拉肩扛卸钻机，此时，正往汽车上装绞车。

周挺杉大扬双臂喊着号子。

人们拉着粗大的棕绳。

许光发和井队工人在拉着……

华程、章易之、姚云朗在拉着……

田大爷、龙燕、解放军战士在拉着……

巨大沉重的绞车在滚杠上一寸寸地移动。

突然，一根棕绳绷断！

绞车下滑！

周挺杉发现，扔掉大衣，跳下来，奔过去，用一根碗口粗的木杠顶住下滑的绞车。

木杠"嘎巴"一声折断。

钢撬杠压弯了。

周挺杉奋力地扛着杠子。

油娃、秦发愤用力地扛着杠子。

绞车一寸寸地向汽车上移动。

漫天大雪纷纷扬扬地撒落。人们披一身雪尘，热汗淋淋，用力拉着。田家庄小站一派沸腾景象。

拉着大部件的汽车，抬着钻杆、套餐、吊钳的人们，在大风雪中艰难的行进。

千里草原，漫天皆白，瑞雪纷飞，朔风怒号。成千上万的人们，结成长长的人拉肩扛的队伍，向前行进。

周挺杉、许光发抬着套管走着。

油娃、秦发愤、赵春生、范师傅抬着套管走着。

踏破没膝深的大雪……

周挺杉满脸汗水，嘴里喷着白汽，狗皮帽子挂满冰霜，他坚毅地迈动双脚，一步，又一步……

汽车陷进雪窝，轮子空转，司机在扒着雪。

人们在前进。摔倒了，挺立起来，再前进！

顽强地向前走呵！

长长的汽车队，长长的马车队，长长的人群队伍。

凛冽的北风扫过雪原。

风雪中，挂着"独立自主，自力更生"标语的井架缓慢竖起。

高高的井架直插青空。

地质所。

周挺杉来了，章易之高兴地迎上去："老周，井架子立啦？"

周挺杉："立了。"

章易之佩服地："真是千难万险，挡不住你周挺杉的一声喊呀！"哈哈乐了。

周挺杉："老兄，找你麻烦来了！"

章易之一惊："唔？说吧，坐！坐！"

周挺杉坐下："井位标记搞得马马虎虎，根本不合规格。"

章易之一听是这事，放下心来，他不在意地说："呵，冰天雪地，埋得不好，不奇怪。见蹶子打井，是多年的老规矩了。你就开钻吧！"

周挺杉认真地提醒他："这是甩出去的头一口井，在这个问题上有争论，万一有什么差错……"

一句话触动了章总那根自尊的神经，他像被蝎子蜇了似的跳起来："你这是什么意思？你怀疑我们的地质所？直说吧，我不同意这么干，但是，搞起设计来，我不能违背科学工作者的良心。"

周挺杉看他那副神态，微微一笑，仍然坚持自己的意见："说正经的，最好复测一下。"

章易之武断地："测量队忙着田家庄，你们准备好了就开钻吧！有油没油我管不了，设计有问题我负责！"红脖子涨脸地走出了地质所。

周挺杉忧虑地自语："老毛病又犯了！"

## 十二 源 泉

地平线上，有一幢地窖。两个小窗透出微弱的红光，大雪掩埋到窗口。寒风呼啸。

许光发背着一筐牛粪干，拉开尽是裂缝的木板门，走进地窖中。过道是个逐渐深入地下的斜坡，周挺杉就睡在这里。许光发给他掖掖被子，掀开草袋子做成的门帘，走进里面。放下筐，往炉子里加两块牛粪干，拿起一张《战报》，坐在炉旁看着。

铺着干草的地铺上睡满了井队工人们。他们穿着棉衣，有的还戴着帽子，盖着各色的棉被，棉被上伙盖着一大块旧帐篷布。

秦发愤脸上盖着铝盔，辗转反侧地睡不着。

魏国华也没睡着，捅秦发愤，小声说："哎，你老咕哝什么？"

秦发愤在铝盔下面说："睡不着，神经衰弱了。"

头上盖着棉袄的油娃钻出脑袋："牛似的，还衰弱呢！你呀，你是盼开钻盼的！"

秦发愤掀掉铝盔，一轱辘爬起来，敬佩地看一眼油娃：他说对了。

魏国华伸手从脑袋前的皮靴筒里摸出眼镜，戴上："太激动了，所以……"

旁边，戴着大狗皮帽子睡觉的赵春生嘟囔着说："他那是冻的！"

说得油娃、秦发愤一愣。

魏国华不注意赵春生的情绪，借题发挥道："嗯，是啊，冷是个大问题。当前，地冻九尺，泥浆池挖不了，也就开不了钻。"神秘地、得意地捅捅油娃，"我算了一下，这地方有五凉：屋里凉、外头凉、水凉、衣裳凉，被窝凉。对不对？"

油娃摁了一下他的脑袋："这秀才！"

赵春生冷冷地说："少一凉。"

魏国华："啥？"

赵春生："透心凉。"

油娃一捂赵春生脑门儿："哎呀，糟了，发烧说胡话了！"

赵春生没好气地推开他的手，披着被子坐起来，说："真没想到，石油工人天当房子，地当炕，连个大厂房都没有，真不如去当个社员啊。"

油娃急了："春生，你！"

赵春生向往地说："真的！你看人家龙富贵龙大叔，开点小片荒，种点自留地，养头老母猪，热炕头，热屋子，热热乎乎的日子……"

指导员许光发注意地听着他们的议论。

油娃生气地："行啦！串了几回门，中毒了！我看哪！自发势力瓦解石油队伍，这是个大矛盾。"

赵春生："去你的！"

魏国华还议论他的："那是个别的。主要是天冷，挖不了泥浆池……"

秦发愤认真地跟他辩论："你挖了泥浆池，我们这批几万名转业战士，不懂技术，也是个矛盾呀！"

"都成了矛盾！主要是……"

"都是矛盾都得解决！"

"……"

人们七嘴八舌地争吵起来。许光发咳嗽一声，人们同时钻进被窝，不言声了。

许光发看看他们，轻轻一笑，说："要是睡不着，还不如围着炉子坐会儿。"话刚落音，油娃、秦发愤、魏国华纷纷围过来，坐在炉旁。

许光发："嘘——！轻点！队长累了……"看看过道，又回过头来，对赵春生："春生，你说咱们在这儿受这'五凉'，图个啥呢？"

赵春生不言声。

许光发深情说："要叫我说，是为全国人民能热火一点儿……队长在这大草原上给咱们拣这牛粪干，他不凉吗？凉，他是为咱们能热火一点儿！"

秦发愤恍然大悟，一拍大腿，大声地赞同："啊！对！"

范师傅看看他徒弟，严厉地："嘘——！小点声！"

大家看看过道。秦发愤一吐舌头。

许光发接着说："甩出来的第一口井就要开钻了。这些日子上上下下有多少人为它睡不着觉！困难很多呀！要摆矛盾至少能摆出几百条，可什么是决定性的矛盾呢？我想，总部党委，前线指挥所都会想这个问题。咱们也要通过实践，认识它，抓住它……"

人们又急诊起来。

魏国华似乎是非常明白："我看就是泥浆池……"

油娃坚持自己的看法："不对，是自发势力……"

赵春生反感地说："别乱扣帽子啊！"

秦发愤的嗓门本来就大：再加上事事认真，吵吵起来了："几万名转业战士……"

范师傅慢条斯理一个人嘟囔着："我看主要还是思想……"

会战刚刚上马，矛盾错综复杂，人们都有自己的经历和处境，认识很不一致，各有各的看法。急论的声音越来越大，互不相让。只听"不对！""我说……"分不出个数来了。

许光发又嘘了一声。但立刻发现了事情不对，难道队长真睡得那么死么？他站起来，向过道走去，大家跟在后面。

地窖过道，草上铺着被窝，周挺杉人已不在了。细心的指导员把手伸进被窝，一试冰凉，判断说："他走半天了！"

旷野，白雪无垠。井架矗立，挂着一串红蓝灯。井场上燃着一堆篝火。

周挺杉挥舞大镐在挖掘泥浆池。镐头刨着梆硬的大地，吭吭响着。

有人喊："老周！"

周挺杉抬起头，火光照眼，没有马上辨认出来，问道："谁呀？"

华程和王副指挥提着两包书走到周挺杉面前。

周挺杉："华政委、王副指挥！"

华程亲切地问："老周，干什么呢？"

周挺杉指指篝火："地烤化了，明天好挖泥浆池呀。"

王副指挥："你不是今天已经挖上了么？"

周挺杉朴质朴地说："我这是搂草打兔子，带捎搭！"说得人们大笑起来。

许光发、油娃等一群人悄悄走来。油娃突如其来地："不许动！"走近了，又说，"好呀！你又一个人跑出来了！"发现华程和王副指挥，"政委也在这哪！我们来抓睡觉的逃兵，没想到，连你们两位也一块俘虏了！"

人们欢笑起来。

王副指挥告诉大家："同志们，华程同志连夜给井队送书来了。"

工人们围上来。争着抢着想知道是什么书，为什么政委要亲自半夜送来。

王副指挥解开书捆，把书递给华程。华程举起两本书。

篝火的红光映照着毛主席著作《矛盾论》、《实践论》的单行本。

华程充满感情地告诉工人们说："同志们，这是党中央派专机从北京送来的。"

周挺杉感动的脸色。

一双双石油工人粗壮的手伸过来，接过书。

周挺杉眼睛闪着激动的光芒，捧着《两论》。领到书的工人们围着篝火席地而坐。有的背对背，有的膀靠膀，有人在翻看着，议论着。

夜空，靛蓝色的夜空，星星闪烁，井架矗立。

篝火熊熊，映照着一张张工人的脸。

人们围着篝火，夜读《两论》。

周挺杉心情激动，眼里泪花晶莹，缓缓地，深情地说："头顶青天，脚踩荒原，我们创业，就靠这《两论》。学一点，好比翻一座山，我们要翻山越岭去见毛主席。"篝火烨烨，映照着他一双深思的眼睛……

深沉的歌声：

> 青天一顶星星亮，
> 荒原一片篝火红，
> 石油工人心向党，
> 满怀深情望北京。
> 要让那大草原，
> 石油如喷泉，
> 勇敢去实践，
> 哪怕流血汗，
> 心中想着毛主席，
> 越苦越累心越甜！

篝火映红夜空。

石油工人的心飞向北京，望见了雄伟的天安门。

周挺杉的脸上闪着红光。

歌声继续着：

天寒地冻不觉冷，
热血能把冰雪溶，
石油工人英雄汉，
乐在天涯战恶风。
用我那大吊钳，
推着地球转，
挥手起风雷，
顽石要打穿，
毛主席领我们向前进，
革命前程多灿烂！

黎明前。钻台上活动着夜战的人影。

北风呼啸，冰天雪地：钻塔巍立在龙虎滩雪原。周挺杉井队工人、贫下中农、解放军战士刨冰取水，用脸盆端水，水筲挑水。周挺杉满身冰凌，肩扛大冰块，奔向井场。

泥浆池已经有了半池水，冰块扔到池中，水花四溅。

油娃推着大吊钳，"卡答"一声咬住钻杆。

许光发拿着蒸气管子刺化钻台上的冰。

周挺杉扶着刹把。皮帽子上扣着铝盔，铝盔上挂满冰溜子。

转盘飞转。龙一井开钻了。

东方天际，红霞初透。映红了周挺杉坚毅的脸。

## 十三　摸规律

夜。挂钟的秒针转动着。

在前线地质指挥所内，人们还在工作。几个地质人员在画地层剖面图、算数据。角落里，王副指挥、冯副指挥、章易之等人围着一张田家庄试验布井图在讨论。门外，传来急促的摩托声。王副指挥兴奋地抬起头："小姚回来了！"

人们都期待着姚云朗带来的消息。

姚云朗风风火火地进来，摘下大皮帽子，满头冒着腾腾的热气，报告说："王副指挥，章总，龙一井经过试油，油气显示不好！"

章易之并不十分惊讶，他早有预料："啊。"

王副指挥："小姚，咱们马上报告给华程同志！"二人急忙走出门去。

冯超站在章易之背后，沉重地说："糟糕，出师不利！章总，这样下去，要把会战搞垮呀！"

章易之想想："我去找周队长！"

旷野，月华如水。井场，空无一人。已经完钻，成排的钻杆立柱立在井架上。工人们休息去了。值班房的小窗亮着灯光。

值班房里。周挺杉在值班看守井场。正在灯下学习《矛盾论》。他哈哈冻僵的手，吃力地写着。

随着一阵摩托响，章易之进来了。

周挺杉："章总，你来得正好，正想去找你。"

章易之："我这不来了么？"从大衣兜掏出一瓶酒，放在钢板焊成的办公桌上。"老同事捎来的，给你了，暖和暖和。"翻翻桌上的书和笔记本，随和地问："学习哪？"

周挺杉："我想去调查，摸摸规律！"

章易之脱下大衣，拿起一个砂样袋，掂量了一下："客观规律就摆在这儿，油层薄，物理性能不好。"走过来，"老周，这口井恐怕要地质报废了！"看周挺杉要急，忙补充说，"不过，我们再努力，千方百计采取措施，诱导油流，你说呢？"

周挺杉："再给我设计第二口井！"

章易之吃惊地："怎么？还干？"

周挺杉："不干，大油田会从天上掉下来呀？不干，半点马列主义也没有！"

章易之忧虑地问："可这龙虎滩希望渺茫啊！"

周挺杉却满怀信心。说："不！咱们有那么多资料，证明创业地区有生成石油的条件。田家庄呢，又见了油，它就是孤零零的，跟龙虎滩就没关系？怎么能一钻不见油，拔起钻头就跑呢？"

章易之解释说："没有希望，撤退队伍，这在地质上是允许的。"

周挺杉幽默地说："一钻就宣布它的死刑了，连个缓期都不给？"

章易之心烦意乱地站起来："没空跟你说笑话。"劝解地，"老周，田家庄够咱们干一辈子的了，你还想怎么的？"

周挺杉霍地站起来，有力地："想把石油落后的帽子甩给敌人戴！"

章易之苦笑着："精神可嘉！"一甩手，"谈何容易！"

周挺杉："人凭志气虎凭威！老章，不能忘掉美国顾问逃走的时候说的那句话。这口气，非争不可！"

章易之警告说："这龙虎滩可能是个无底洞！"

周挺杉针锋相对："不钻老虎洞，逮不住虎娃子！"

"你！"章易之急得没法，拿起酒瓶，孩子气地，"唉，这酒不给你在龙虎滩喝了！"

周挺杉一把夺过来，笑了："我还想上无名地喝哪！"

章易之计穷："嘻！"靠在桌边。

周挺杉挨近他，严肃地："老章，毛主席跟咱们说：世界上的事情是复杂的，是由各方面的因素决定的。你想过没有？这口井情况不好，它不兴许有别的问题？我想咱俩跟工人一块组成个小组，从设计到测量，从阶级斗争到地质情况，来个全面调查，找出原因后，再干！"

章易之听不进去："我是总地质师，不是工作组，这口井造成浪费，由我写检查给总部，你撤回田家庄！"

周挺杉耐心地："不深入事物的内部，研究矛盾的特点，就想动手解决矛盾，没有不出乱子的。"

章易之一边穿大衣，一边发火地说："乱子已经出了！责任就在你们搞的那个异想天开的方案上！我不追究，就说得过去了。再干，还想把整个会战搞垮吗?"

"砰!"章易之摔门而去。摩托发动了，嘟嘟响着，远去。

周挺杉深思着。把挎包往背上一搭，他决定去调查。


风雪之夜。

周挺杉、油娃复测井位坐标归来。几个测量队员在他们身后。他们顶风冒雪地走着。


周挺杉在龙富贵房场和田大爷谈着。

地质所内。

华程在屋内来回踱步，思考着。

刚从井场回来的章易之站在一旁说："我坚决要求撤回井队，重新研究整个部署。政委，通知开会吧。"说着拿起电话，刚"喂"了一声，华程拿过电话听筒挂上。

华程看一眼冯超："老冯，你的意见哪?"

冯超婉转地说："会战队伍还没有完全上来，井队还少，国家又急需要原油，田家庄吃紧，龙虎滩又是这个情况，到底应该怎么办，我也吃不准。"

华程："看来，在这个屋子里撤退派占多数！"

周挺杉推门进来。姚云朗、许光发、油娃、秦发愤、范师傅等人跟在后面。

周挺杉："政委！情况调查清楚了，井位被人挪了！"

华程一愣。

冯超略显慌乱。

章易之气愤地问："谁挪的?"

周挺杉："龙虎滩的富裕中农龙富贵！"

姚云朗：“挪到了构造边部。”

章易之气愤地：“这简直是破坏。”

冯超看看大家，探问地：“真可恶，他是怎么挪的呢？”

姚云朗：“说是占了他的房场。”说着把人们领到地质图前，指点着。

章易之：“这是一个严重的政治事件！”

冯超判断说：“可能出于他小农经济的狭隘和自私！真是严重的问题在于教育农民啊！”感慨系之地摇摇头。

许光发坚决地：“章总，我们井队要求继续打第二口井！”

姚云朗态度明朗：“可以考虑。顶部情况会比边部好。”

章易之：“对！当初老周提出过复测井位坐标。我由于个人的自尊心，而没有……”悔恨地，“唉，教训呀！总部要是同意，可以按原计划打第二口井！”

冯超稳重地：“不要轻率地决定，需要研究、请示……”眼睛寻找着华程，“华政委……”

华程在屋子另一头与周挺杉小声交谈。

冯超心悸地看他们一眼，求助地看看章易之。

章易之问：“政委，你的意见呢？”

华程过走来高兴地说：“好呀，连章总也不主张下马了！看来形势是急转直下呀。我看，可以请示总部党委批准打第二口井！”

许光发：“那我们先回去准备了。”

华程、周挺杉点点头。井队工人走了。章易之、姚云朗、冯超也离开屋子。

只剩下华程和周挺杉。他们继续着刚才的谈话。

华程琢磨着：“龙富贵怎么敢挪井位呢？”

周挺杉：“冯副指挥的那些话，太容易叫人听拧了。一个领导干部怎么能这样处理问题呢？”

华程思考着：“是呵，是应该问一个为什么！”

周挺杉一边想着一边说：“看来，阶级斗争，路线斗争，这是主要矛盾……”

周挺杉坚毅的脸———一双深思的眼睛。

# 第 三 章

## 十四　党和工人

雪原。朝霞初透。

华程从会战总部开完会归来，走进自己的宿舍。

桌子上放着新出版的《列宁选集》、《红旗》杂志，点着油灯。周挺杉由于过于劳累，伏案睡了。他睡得很香，手里还拿着一只苹果，苹果是华程放在办公桌上的，周挺杉手里玩弄着它，看着书，睡了。

华程发现他，笑笑，脱下皮大衣轻轻披在周挺杉肩上。把苹果拿下来，放在一旁。捻亮油灯，拿起《红旗》杂志看着。他想让周挺杉多睡一会儿。

"丁零零……"华程伸手去捂，已经来不及了，周挺杉被惊醒。

华程接完电话，笑着问："真睡在我这儿等井位了？"

周挺杉急切地问："总部批准打第二口井了吗？"

华程笑笑，不直接回答："需要什么东西？说吧！"拿过一张白纸，准备记下来。

周挺杉明白了，高兴地说："水龙带，备用的。"

华程念叨着记在纸上："水龙带，备用的……"一抬头看见周挺杉手里在摆弄他的瓷茶缸，忙拿到一边，风趣地："唔！这可没有备用的了！"又问，"还要啥？"

"没了。"

华程："没了？水龙头有点漏水，换个新的吧。范师傅有胃病，给他领个暖水袋，拿点胃药。"又忽然想起，"对了，给你们两顶帐篷，哈哈，这下可够阔气的了！"凑过来，盯着周挺杉意味深长地说，"帐篷是中央从上海特调的！"

周挺杉感激地看着华程，心想：党比我们自己想得还周到……

华程写完，扔下铅笔，把领料单递给周挺杉，站起来，在屋中走了几步。周挺杉叠好领料单，装进工装口袋，准备离开。

华程站在炉边，一指："你把那个苹果带回去。"

周挺杉莫名其妙地拿起桌上的苹果，看一看：一只通红的苹果，并没有什么特殊的地方。

华程走过来，接过苹果，托在手里看着："多好的苹果呀！"沉静一下，满腔怒火，"知道么？人家逼咱们还债了！这样的苹果还说不合格！在他们那里，卫星上天，红旗倒地，列宁的书被丢掉了！"把苹果给了周挺杉。

周挺杉把苹果装进衣袋里。华程的话使他心中揪起一阵阵怒潮，此时此刻，他更加明确地意识到本阶级的历史使命。他说："变到了这步田地！没什么，世界革命人民会把红旗举得更高，中国工人阶级也担得起！要当铁疙瘩，不当豆腐渣！"

华程听到这些话，内心无限欣喜，他情不自禁地自语道："从前拉骆驼的奴隶，今天自觉的战士！"接着告诉他，"老周，总部党委已经批准你为前线指挥所党委委员了。"

周挺杉谦逊地："政委，我……"他心绪翻腾，说不出话，耳边又响起"叮咚"的驼铃声……

华程拉开窗帘，吹熄油灯。黎明的曙光照射在周挺杉的脸上。

华程坐在周挺杉的对面，作为党委的两个成员，跟周挺杉谈起形势："国家受了自然灾害，我们面临着暂时的经济困难。"

周挺杉判断说："会有人利用困难，里应外合，跟咱们捣乱。"

华程补充道："甚至是打着革命的旗号……"想起刚刚重新看过的列宁的话，翻开《列宁选集》，那里夹了无数个小纸条，找到一页，读道："你看，马克思主义在理论上的胜利，逼得它的敌人装扮成马克思主义者，历史的辩证法就是如此。"

周挺杉从华程手里接过书，又把这句话看了一遍。合上书，抱在胸前，站起说："政委，送给我吧！"不等华程说话，转身就跑。

"哎哎，我还没答应呢！"华程说，一看周挺杉早跑出门外，笑笑，自语地，"这个新委员……"

风云变幻，赤霞千里。

钻台上，井队指导员许光发在落日的余晖中，手托苹果满腔义愤地在对工人们讲述着："帝国主义和现代修正主义者在政治上压我们，在经济上卡我们，我们中国的工人阶级，一定要听毛主席的话，彻底粉碎他们的封锁！"

十二台拖拉机拖着整体钻机井架轰隆前进，气壮山河。白云，向井架后方浮动。

积雪已渐消融。

龙虎滩二号井开钻。井队正在接单根。春寒料峭。泥浆喷射到周挺杉、油娃的身上、头上。从头到脚全是泥汤，他们奋不顾身，英勇奋战。方钻杆猛烈旋转，向地下挺进。声势雄壮的钻机声，钢铁撞击声……

## 十五　秦发愤和范师傅

柴油机在运转，巨大的轰鸣声。

一只写着"赠给最可爱的人"的搪瓷茶缸接在高压油泵下面，油，滴答答落在缸中。秦发愤跪在冰凉邦硬的钢板上，用一团棉纱使劲地擦着机器和地板。口袋里露出《实践论》的一角。

范师傅趴在柴油机旁紧着螺丝，回头向秦发愤大声喊："喂，扳手!"

秦发愤猛然站起，膝盖一阵剧烈疼痛。他停下脚步用手揉揉，忍着痛，去取扳手。

范师傅等不及了，站起来，亲自去取。不满意地看徒弟一眼，回到机器旁边，熟练地操作着。

秦发愤趴在师傅身后，试探地："师傅，我来吧!"

范师傅显得不怎么热心："正打钻呢!"

秦发愤焦急地问："那……那我什么时候才能从'无知'到'有知'呀?"

范师傅拍着秦发愤的肩膀，婉转地批评他说："小伙子，动作要快!啊?"

值班房内。范师傅进来。合上电闸，走到电炉子跟前。

周挺杉正在打电话："啊! 老孙打多少?"

范师傅准备烤窝头，打开饭盒一看，愣了一下，告诉周挺杉："队长，我这儿多了一个窝头。"

周挺杉："多了你就吃呗!" 又对着话筒，"呀! 不是说你! 你告诉老孙，我们队跟他摽上了! 哎!" 放下电话要走。

范师傅："是你搁的?"

周挺杉："不是我。"

范师傅："那是谁呢? 秦发愤?" 磨磨叨叨地琢磨着，把窝头放在电炉上烤着。

周挺杉走过来在电炉子旁边坐下："范师傅，说真格的，你怎么不让秦发愤动手?"

范师傅慢条斯理地："你那儿打井，他要是跟不上劲，误大事。"

周挺杉感兴趣地："什么大事?"

范师傅："跟修字号斗呗!"

周挺杉笑了： "对呀! 他急着学技术，想独立操作，也是为了这个呀!"

范师傅又磨叨起来："他才来那么两天，我有点不放心……"

周挺杉焦急地看范师傅一眼，以火辣的感情说："一个人只要有了革命志气。就什么人间奇迹都能够创造出来!" 他回忆着，像是自己对自己说着，"秦发愤一来，听说外国在柴油上卡咱们，他说：师傅，往后咱们用自己的。他把柴油机当成武器，整天在那擦呀，蹭呀，棉裤都磨出大窟窿来了，你看见了没有?"

范师傅却冷冷地："看见了，工人嘛!" 在他看来，作为一个工人，就应该这样，用不着大惊小怪。

周挺杉忍不住了，他感情热烈地冲范师傅吼道："你呀！他有关节炎，膝盖下头还有一块美帝的炮弹皮哪！"转身大步走了。

"热水瓶"性格的范师傅手拿窝头愣住了，他抬起惊异的眼睛，漆黑的两道浓眉直颤抖，一句话也说不出来。整日在身边的徒弟竟是这样一个坚强的战士！

此时，钢铁战士秦发愤正在练腿。师傅嘱咐他"动作要快"，他就利用工作空闲在钻台扶梯上跑上跑下。受伤的腿不听使唤，一阵阵剧疼。他揉一揉，继续上下扶梯，有时，狠狠地使劲蹬腿，之后，又迅速地扑在机房钢铁地板上，来回擦着。

严厉的、"冷若冰霜"的师傅看到这一切，急速奔到机房，喊一声："秦发愤！"

"到！"秦发愤跪在地上答道。手还在来回擦着。

范师傅上前，一把拉起他，上下打量着。

秦发愤不知怎么回事，这个憨厚朴实的大个子，认真地叫道："师傅……"

范师傅看看他的脸，又看看他的腿。

秦发愤棉裤的膝盖磨出两个大窟窿，棉花、布条在寒风中飘动着。

范师傅抱住这个坚强的战士，石油战线上的新兵，说不出话，捶了他一拳，泪水簌簌地流……

钻井队长周挺杉站在扶梯下，清楚地看到这一幕。他咧开嘴笑了。抬头望望井架，望望天空。

湛蓝的天空飞过雁阵。

草原一片新绿。早春的野花遍地开放。云雀在歌唱。——春天来了。

## 十六　压不弯腰

冯超办公室。冯超坐在桌前削着还债退回来的苹果，自言自语地："得罪了阔朋友，自讨苦吃！"

有人敲门。

冯超放下苹果，庄重地："进来！"

粮食供应站的工作人员小马走进来，手里拿着几张报表："冯副指挥，到了六车皮粮食，怎么分？"

冯超不假思索地："给田家庄各单位按人口平均分配。"在条子上批字。

小马提醒说："龙虎滩和无名地那两个井队怎么办？你看能不能从生产上抽两台车？"

冯超严肃地说："什么？抽生产车？不行！他们正忙着给新到的车队拉设备呢！小马！党委的原则是先生产，后生活。周队长当了党委委员，他能理解。"看看小马，亲切地，"放心吧！他们还有粮食！"

小马无奈："那好吧！"走了出去。

绿草茵茵的草地上搭了几副帐篷。这是井队驻地。周挺杉拿着一把斧子当当地敲着，他正用破板皮钉一把长椅，供工人休息吃饭时坐的。

指导员许光发汗淋淋地挑着两袋粮食走来。

周挺杉迎上去，帮他放下担子："粮食？"双手掂掂口袋，一袋足有七八十斤，放在地上。猛地，他冲到许光发跟前，许光发正敞开蓝布工作服擦汗，周挺杉一下子揭起他的衬衣，看到许光发红肿的肩膀，埋怨地说："我叫你找他问个明白，谁让你挑的？"

许光发学着队长的话："我这也是搂草打兔子，带捎搭。"乐了。

周挺杉："哼！你呀……他怎么说的？"

许光发："他说，眼下车辆紧张，先生产，后生活，党委定的原则嘛！"

周挺杉思索着："啊，他在这儿使出了这个口号！老许，他是想怎么的？他是想让咱们从这里撤下来！"

许光发："对啦！上无名地的一二一〇一井队已经撤下来了！"

周挺杉一惊："什么？"想了一下，断然地，"不给车，咱们自己挑！"

许光发："对！"

狩猎的枪声从帐篷后传来。

两个农民提着猎枪，向前追赶着野物。赵春生背着大帆布地质背包跟在后面看热闹。

周挺杉叫住他："春生！"走近来，耐心地说，"这么乱跑，别把砂样丢了。"

赵春生不耐烦地站住："丢不了！"他伸脖望着远处打猎的。

周挺杉接过背包，拉赵春生坐在草地上，取出一袋砂样，在手心里托着："特别是这标准层，是认识油田的重要资料！"替赵春生细心地装好，扣上扣子，又说："哎，你干吗一天到晚没精打采的，像是丢了魂儿？"赵春生白瞪了他一眼，周挺杉说："没有正确的政治观点，就等于没有灵魂。碰上这么点困难就吓住了？那个龙富贵是个富裕中农，可你偏偏和他好得伙穿一条裤子还嫌肥。你是想跟他走啊？"

赵春生没好气地："我没想。"

周挺杉眯着眼睛望着无际的草原，深情地："在这大草原上，跟天斗，跟地斗，跟阶级敌人斗，跟错误思想斗，心里有多痛快！可你……"

赵春生听不下去了，他反感地："干吗老说我呀！我也是披风顶雨地干嘛！我也知道艰苦奋斗，可艰苦到什么时候算一站，奋斗到哪一天算到底呀？"

周挺杉霍地站起来，眼睛冒火，尽力克制下，扭头叫道："指导员，你过来！"

许光发走过来。

周挺杉扒开许光发的衣服，露出肩膀，激动地："春生，你看看！"

许光发制止他："老周！"

周挺杉只管说着："这肩膀为革命扛过枪，扛过炮弹，也扛过咱们的钻杆。多少次磨掉皮，多少回红肿了。今天刚下夜班，指导员连眼皮都没眨，又挑着这一百多斤重的口袋，跑了几十里路！"

许光发："春生，咱们要挑起担子跟党走，泰山压顶不弯腰！"

周挺杉："咱们是创业的人，要准备艰苦奋斗一辈子！这是光荣！"

赵春生不以为然地站起来："我还得送砂样去呢！"扬长而去。

周挺杉怒吼一声："春生……"赵春生头也不回地走了。

云雀在歌唱。磨盘大的日头落到地平线。无边的、碧绿的草原上站着两个高大的人。

## 十七　砂样丢了

暮色苍茫，龙富贵赶着大车在草原上的大路上走着。看见赵春生，热情地："赵春生，上车。"

赵春生把背包扔到车上，自己也跳上大车。跨着外车辕与龙富贵聊了起来。

龙富贵："上田家庄呀？"

赵春生："送砂样去。"

"……"

大车消失在暮色中。

值班房里。周挺杉在接电话："啊，什么？砂样丢了？……"脸色陡变，对电话，"小姚，我们马上去找！"

草原夜浓。手电筒的光晃来晃去。人们在寻找砂样。

车道上，姚云朗打着手电筒，问赵春生："春生，是这条道么？"

急傻了眼的赵春生："我就是从这条道走的呀！"

许光发和魏国华在另一边寻找着。许光发叫："小魏，来，你往那边走，我到这边！”两人各自走去。

周挺杉打着手电，仔细地寻找着，向草原深处走去。

## 十八　不，我不趴下

牛棚改建的库房，存放着各种器材。这里正在开大会，墙上贴着标语：“靠两论创业，以两分法前进！”“百年大计，质量第一。”“高速度、高水平拿上大油田！”人们高高低低地坐在木箱、器材、长条凳子上，正在听华程讲话。会场上坐满了人。

华程：“……我这个婆婆嘴呀，又要说质量问题啦，我们有个井队打了一口井，井斜超过规定一度半。照过去算合格，可今天，这种井坚决推倒重来！散会以后，大家都去背水泥填井！特别值得一提的是，我们的老标杆队，就是那个赫赫有名的钻井队，丢了标准层砂样……”

工人们小声议论起来：“是不是老周他们那个队？”

“不能吧？”

许光发带着井队工人坐在离主席台较近的地方，当华程提到了他们时，有人低下了头，有人抠板凳边，范师傅在装烟袋，赵春生恨不得钻地缝……人们向他们投过来令人难受的目光。

会场门口集聚着不少没座位的人，伸着脖子向里张望。

冯超在门外踱步。小马走来。冯超急忙迎上去：“小马！”

小马：“冯副指挥！”

冯超：“怎么样？”

小马掏出小本：“调查属实！”

冯超做出决定：“在会上揭发！”

小马不大同意：“这……”

冯超：“华政委号召咱们不要掩盖矛盾嘛！”鼓励地，“去吧！”

小马抬头一看：“周队长来了！”

周挺杉提着白布砂样袋来到会场门口，伸着脖子朝里挤。正在会场门口朝外张望的魏国华挤过来，往下拉他的胳臂：“别伸头，快趴下！”

周挺杉莫名其妙。

魏国华：“正点名呢！火了！”看见砂样袋，喜出望外，一把抓住，“砂样找到了？太好了！快给我，我去顶着。”

周挺杉一闪：“我看你这老兄脑袋里又有一条虫了。扛红旗你叫我当英雄，出事了，你叫我当狗熊？不，我不趴下！”把砂样袋往裤腰上一拴，往里挤。魏国华忙跟着：“哎哎，借光……”

周挺杉走进会场。人们投来惊异的目光，周挺杉大步走着，穿行在过道里。

　　华程在台上继续讲着："……既要有革命干劲，又要有严格的科学态度。砂样虽小，可它直接反映了地下的情况，不允许有半点马虎！从一袋砂样看作风……"

　　周挺杉走到自己井队跟前。秦发愤、油娃都低头坐着，看见自己的队长来了，不知如何是好。许光发腾出个地方让周挺杉坐，一个工人看见砂样袋，放下心来。一捅旁边的人，让那人看。

　　周挺杉看看战友们。

　　华程："老周呀，你坐下吧！"

　　周挺杉想了一下，向台上一步一步走去。他挺着胸，眼睛像清水般澄亮。心中没有一点杂念，只觉得对不起党的培养，出了问题，挨批评是理所当然的。

　　会场上的人们为之震动！纷纷投来或惊异、或同情、或不可理解的目光。

　　寂静。像是听得见心跳。

　　连华程也愣了片刻。但他还是很快地明白了。

　　周挺杉挺着胸站在台上，当着几千人，坦率地说："丢标准层砂样，是我们井队。政委批评得好，大家记住我们的教训吧。"

　　人们投来各种目光，有的感动、有的赞赏、有的佩服。

　　华程继续指名道姓地批评，毫不容情，语调严厉，但充满着爱护："周挺杉，咱们钻井队不能光管在地球上戳窟窿。我们吃不重视第一性资料的亏还少吗？要想站住脚，不单要克服生活上的困难，工作上也要高水平！作风上粗粗拉拉，等于自己把自己打倒！"

　　周挺杉用心地听着华程的话。抬眼看见对面墙上的大标语："自觉从严"。他挺着胸，瞪着一双明亮的眼睛，单纯、质朴、不惧怕、不畏缩。

　　单纯、乐观的油娃忍不住哭了。

　　憨厚、认真的秦发愤眼睛湿润了。

　　范师傅也在抹眼泪。

　　赵春生感到无地自容。

　　魏国华激动地站起来："政委，你批评我吧，我是地质员，是我犯了错误。"

　　许光发站起来："不，小魏！"转身对华程，"政委，是我的思想工作没做好，辜负了党的委托。"

　　油娃站起来："政委，我也有责任！"

　　范师傅站起来："是我们大家的事！"

　　整个井队的人都站了起来，自觉地接受批评……

　　华程坚决地："不！我就抓住周挺杉不放！"

油娃离开座位："政委！让我上台和队长站在一起吧！"

许光发："不，我去。"

工人们七嘴八舌地喊着："让我去，我去！"

周挺杉站在台上，瞪下面一眼："油娃！"

油娃激动地："我，我坐不住哇！"泪水夺眶而出。

华程激动地看着这场面，倒是他心软了："我这个台子也站不下一个井队。老周，你下去听着吧。"

周挺杉回到自己井队的座位那里，挺直腰板坐着。全井队的工人们也都学着队长那样，一个个坐直了身子。一双双清澈的目光，专注地望着台上的华程。

华程："干部要有个婆婆嘴，整天在你耳边嘟嘟：要重视第一性资料。我们要为油田负责一辈子！"

正这时，从后面小马那里传过来一张纸条，一直传到主席台上。冯超马上走到台口，接过纸条，走到华程旁边，说："这儿有个揭发材料！"华程看冯超一眼，拿起自己的茶缸，回到台后的座位上。冯超以得意的语调念道："周挺杉同志在国家暂时经济困难时期，立场不坚定，买了大量土豆。"念完条子，接着说，"买土豆嘛，必然助长农村资本主义自发势力，自己也不免沾染上资本主义臭气！"

周挺杉警觉地听着。盯着冯超。

台下的人们交换着疑问的眼光。

油娃、秦发愤、魏国华等纷纷站起来，气愤地喊："谁揭发的？""胡说！""这是造谣！"

在主席台后边的长桌前，王副指挥和华程交换意见。

冯超皱眉头，沉重地说："事情发生在标杆队队长、共产党员身上，这就更使我们痛心！光痛心还不够，还要揭发出来教育大家。华程同志要我们勇于揭露矛盾嘛！当然，我们也并不是希望周挺杉同志因此而趴下。"

周挺杉霍地站起："说对了，我不趴下。"又走上台去，"冯副指挥提到买土豆的事，那就请当着大伙说说，我们为什么买土豆？"

冯超说不上来，支支吾吾半天。

周挺杉转向在场的几千群众，说："我也来揭揭矛盾：冯副指挥在会上曾经表示坚决拥护甩开勘探。可是，就是他，断了龙虎滩和无名地的粮，理由是先生产后生活。他真拥护这个原则，还是利用这个原则达到别的目的？"对冯超，"你也说说吧！"并不等冯超回答，大步走下台去。

冯超被打乱了阵脚，略显狼狈，他镇静一下，辩解道："这运输困难是客观存在嘛！"求救似的望着走上前的华程，"华政委，这简直……"

华程从容地："对待困难有两种立场，两种态度。"

冯超讨了个没趣，灰溜溜地到长条桌子旁坐下。

华程看看全场，说："周挺杉买土豆，确有其事！"

一句话又掀起了波澜，人们"哄"地议论纷纷，各种眼色投向周挺杉井队。

华程继续说："战区运输是有些紧张。我们这里有个别人扩大矛盾，制造障碍，给周挺杉井队造成了粮食困难！有一天，田大爷和几户贫农送来半车土豆，支援他们。周挺杉取出自己的存款给了田大爷，土豆就这样买了。"华程说到这儿，停顿一下，会场的人们这才放下心来。

华程提高了声音："请问，这是去发展资本主义么？不！这是积极热情地在贫下中农帮助下去克服困难，坚持会战！"他怀着深厚的感情，继续说，"他们要出力气啊，要提一百多斤重的卡瓦啊！同志们！当他们意识到能不能坚持会战是一场政治斗争的时候，这个井队的党支部做出了背粮食的决议，这个战斗堡垒在风浪中巍然挺立。钻机没有停转，井队没有撤退！"

全场肃然，鸦雀无声，突然间爆发出热烈的掌声！有的人热泪盈眶，党和群众，群众和党的感情热烈地交织在一起。

华程继续说："正像毛主席所说的：这个军队具有一往无前的精神，它要压倒一切敌人，而决不被敌人所屈服。"

掌声雷动，全场沸腾，人人精神振奋。周挺杉扭头看看自己的战友：一往无前的闯将油娃、细心的指导员许光发、有志气的秦发愤、"热水瓶"性格的范师傅……就是这些人团结在一起，克服了困难。向着他们，周挺杉带头鼓起掌来。

台上，王副指挥、姚云朗也在鼓掌。

华程接着说："这倒使我想起了一件事，我们有一个工人，从会战开始到现在，每天都跪在那儿擦机器、擦地板。就是这个同志，膝盖下有敌人的炮弹皮，就是这个同志，把每顿两个窝头偷偷地分给他师傅一个。"华程讲着，眼里涌出泪水："老周哇，散会以后，你把我的椅子搬走，给秦发愤同志放在柴油机旁边，有空让他坐一坐。"

秦发愤激动地站起来："政委，我不要，你说的也不完全对。我给师傅窝头，是因为有人给我饭盒里放窝头。"

魏国华站起来："也有人给我放！"

油娃上前一步，说："他自己吃土豆，把粮食给了别人。"

坐在高处的井架工说："他买罐头给高空作业的井架工吃。"

另一井架工："我们不吃，他看着我们吃！"

井队工人你一言我一语地喊着，揭出来一桩又一桩的事情。这声音混在一起，使人听不清了。

华程应接不暇，问道："谁?"

工人们齐声喊着："周——挺——杉!"

会场沸腾了。工人们十个、二十个地站起来，接着全部都站了起来，掌声、欢呼声此起彼伏，像大海的波涛汹涌澎湃。

"向周挺杉学习!"

"向英雄井队学习!"

口号声响彻全场。

小马受到教育，跑过来向周挺杉和工人们道歉。

赵春生热泪盈眶，他拉着指导员的手，说不出话来。

冯超借揭露矛盾之机想搞臭周挺杉的目的没有达到，搬起石头砸了自己的脚，一无所获地叹口气，离开会场。

激昂的音乐声中，热烈的口号和掌声中，周挺杉弯下腰，低下头，检查着自己的差距。白布砂样袋始终没拿出来，还在他的腰带上当啷着……

万里长空。广阔草原。火红的晚霞烧红天地。红光中，矗立着高高的钻塔，钢铁的钻塔……

## 十九　夜　谈

当晚，华程把冯超找到自己的屋子里，严肃地批评他。冯超以偏听偏信小马的报告为理由搪塞着。

华程："是偏听偏信么? 粮食问题无论如何在客观上是给甩开勘探制造了障碍。"

冯超虚伪地："我应该从这个高度来认识。"

华程："还有龙一井井位问题!"

冯超忙申辩说："在那件事情上，我可一句错话也没说。"

华程："可解决问题的方式有点奇怪! 说了一些作为一个领导干部不应该说的话。"

冯超："我当时太偏激了。政委，我保证以后再不信口开河……"

华程："不，有话可以说，不同的意见也可以坚持。不过，要光明磊落。凡是搞阳奉阴违的人，必定有某些个人的私心! 好好想想吧，冯超同志!"

冯超："好吧。"站起来，垂头丧气地走了。

明月夜。

龙虎滩的井队帐篷在风中鼓动。

帐篷里，两排通铺，工人们睡了。范师傅戴着老花镜在油灯下给青年工人补衣裳。他用粗硬的手吃力地捏着小小绣花针，一针一线地缝着。

　　周挺杉归来。给睡在门口的工人盖好被子。走过来，要替范师傅做活。范师傅一躲，另外递给他一件衣裳。周挺杉看看，问："春生的?"范师傅点点头。两个人坐在油灯两边补了起来。

　　范师傅关心地："怎么样呀，这一天?"

　　周挺杉反问道："你呢?"

　　范师傅："我有啥说的?"

　　周挺杉："是啊! 指着鼻子批评一次，让我多想一点事，这心里头就更透亮一层，范师傅!"

　　范师傅停下针，听着。

　　周挺杉深思地说："我琢磨着，政委是想要建设一支拖不烂、打不垮的石油队伍! ……你知道么? 全国的沉积盆地有多少万平方公里? 需要多少个井队，用几年的时间，才能把可能有油的地方普查一遍?"

　　范师傅摇摇头。不理解地看着队长。

　　周挺杉从口袋里掏出一个小本，给范师傅看。小本上记着这些数字。

　　范师傅看完，把小本还给周挺杉，说："你可真能琢磨，想着全国的事?"

　　周挺杉笑了："咱们是石油工人，应该想着国家大事。"停一下，深沉地，"咱们对世界人民的贡献还少啊!"

　　范师傅从老花镜边上看看周挺杉："行，这下我托底了! 周挺杉挨批评，进门没趴下，出门，胸脯挺得更高!"一下针扎了手，"哎哟!"

　　周挺杉哈哈笑了起来。

　　帐篷院里，青草茵茵，月色如水。板皮钉成的粗糙长椅上独自坐着赵春生。白天的大会使他心灵上受到强烈震动。他在思考着自己的生活道路。

　　查铺回来的指导员许光发走过，发现了他。

　　许光发："春生，还没睡?"

　　赵春生："指导员，我睡不着……大会上，队长替我挨批评，我真……"

　　许光发笑了，坐下靠近他，说："你呀! 他自觉从严，不是为了哪个人，队长想得比这远啊!"

　　正谈着，有人叫一声："老许!"

　　许光发抬头看看，田大爷提着一盏马灯，踏着月色来了。龙燕陪着他。许光发站起来迎接他们。

　　"春生啊!"田大爷认出了赵春生，亲热地叫着他，而后又对许光发说，"我来龙虎滩，刚参加完他们的社员大会。"

　　龙燕接着说："队里展开了走什么道路的大辩论，把我爹辩论倒了。"

田大爷："他认了错。老许，大伙叫我给春生捎句话来。"

许光发："坐下说吧，田大爷。"

田大爷把马灯放在春生面前的白木箱子上，亲切地看着赵春生，语重心长："千言万语就说一句，春生啊，看见这盏马灯了吧？为了让这盏马灯永远不点洋油，大伙盼望你跟周队长学，大干社会主义！"

赵春生深受感动："田大爷，我……"

许光发也深思地："田大爷，贫下中农的期望，我们记下了。"

帐篷里。周挺杉和范师傅还在补衣服。周挺杉翻动春生的上衣，发现口袋里有一件什么东西，掏出来看看，是一份"退职申请书"。赵春生在龙富贵的撺掇下写的，一直揣在口袋里没交出来。

周挺杉就着灯亮，念着："退职申请书。自从到草原，白天黑夜干，艰苦没有头，奋斗无期限。想去当社员，户口交给咱，要是真不给，不给也吃饭，赵春生。"

周挺杉气愤得嘴唇微微抖动，他想想，拿着上衣和申请书站起来。

帐篷院里。指导员正跟赵春生谈心。周挺杉走过来，跟田大爷打个招呼，把申请书放在赵春生面前："这是你写的？"

赵春生看一眼，羞惭地："队长，我，我不交了。"说完，把申请书撕碎，扔在地上。

周挺杉严格地："不交就没事了？"沉默一下之后，把上衣塞到赵春生手里。指导员许光发过来，帮他披在肩上。赵春生一低头，发现上衣肩头新补了一块大补丁。他抚摸一下补丁，看看队长。这密密麻麻的粗大针脚是队长补的，他那拈惯了钻杆的手，拿着小小绣花针是多么吃力啊，赵春生深深地感动了。

周挺杉脸色依然很严肃，要说什么，说不出来，他从自己的衣兜里掏出两张纸，说："我这儿也有两份申请书，你看看吧。"

叭的一声，把两张纸放在马灯旁边。

马灯的红光照亮了两份申请书，秦发愤申请入党，魏国华申请入团。

周挺杉感情深厚地讲着这两份申请书的来历："秦发愤不停车修柴油机，叫热油烫了满手大泡，入党申请书就是用这只手写的。魏国华从怀里掏出入团申请书的时候，它被汗水溻湿了，字迹都看不清楚了。"

许发光激动地说："听说现代修正主义者逼我们还债那天，党团支部接到了十几份这样的申请。"

赵春生热泪盈眶。都是一样的青年人，都是自己写的申请书，可申请书跟申请书大不一样呵！

周挺杉拣起退职申请书的碎片，说："光把它撕了还不够，春生啊，我们盼望你像秦发愤他们那样，做一个有志气的青年人！"

赵春生抑制不住热泪，他哭了："队长……"

田大爷拍拍他的肩膀："摔了斤斗爬起来，挺起腰杆好好干！"

赵春生看看田大爷，抹一把眼泪："田大爷，您放心！我……我也不趴下！"

周挺杉、许光发欣慰地笑了。

## 二十　水落油出

龙虎滩二井正在固井，一派紧张气氛。

周挺杉、油娃等正在背水泥。秦发愤胳臂下一边夹一袋。灰尘飞扬，工人们一身白尘。

试喷。油娃充满希望地拧开闸门。

喷油管口咕嘟冒出一股水，之后，水也不冒了。

人们紧张地沉默着。

午休时间。钻台上下都有工人在吃饭。

魏国华一声不吭，闷头用勺子吃着。油娃夺过他的勺子："秀才，你说，它为什么光出水？"

魏国华不理，拿过勺子，闷头吃着。

秦发愤："是呀，它为什么光出水？"夺过勺子，"你倒是说呀！"

魏国华："有能耐你跟地球吵去！"

油娃："地球？也饶不了它，你说……"

指导员许光发过走来，推推油娃："油娃，你看！"一指。

只见周挺杉坐在泥浆泵上，一边咬着窝头，一边聚精会神地读着《矛盾论》。

大家静了下来，也拿出《矛盾论》，读了起来。

华程宿舍。华程坐在桌边看《矛盾论》。有人敲门。

华程抬起头："进来！"

章易之推门进来，说："总指挥部来电话，问这口井替喷情况，他们一宿没合眼，在等消息。北京也在等。"

华程："你怎么说的？"

章易之："我？我很惭愧……"坐在椅子上，"政委，有构造不等于有油，有油不等于有工业价值，现在，该重新研究我和冯副指挥的方案了！"

华程："老章，石油是在我们国家的地底下，贫油的结论是外国人给我们做的，可我们有些人却如此虔诚地信奉它。你看，事情就是这样滑稽。振奋起中国人民的革命精神吧！工人们正向那些形而上学冲击，我们应该支持他们。"

章易之摇摇头，苦笑着说："你总是爱把技术问题扯到政治问题上去，这也许是职业习惯吧。"

华程也笑呵呵地："你总是爱把技术问题与世界观问题分开，这不能说是职业习惯吧?"

敲门声。

华程："进来。"

姚云朗一阵风似的闯进来，连珠炮似的："政委、章总，周队长领我们学习《矛盾论》，我们找到了方向，提高了勇气，增强了信心……"

章易之以长者风度："机关枪……"

华程豪放地："好，就用你们的机关枪，向我们的洋奴哲学、懒汉思想乒乒乓乓地放一阵吧!"

姚云朗："好。"滔滔不绝地说，"周队长说：咱们怎么来认识油层矛盾的普遍性和特殊性呢，他按照矛盾的法则，领着我们把田家庄和龙虎滩的资料拿来进行对比。对比的结果，认识到这两个构造都有储油条件，这是它的普遍性……"

华程、章易之注意地听着。

姚云朗继续说："龙二井又有油和水的矛盾，这是它的特殊性。周队长说，要促使矛盾转化，就要捞水，把水捞干。我们想一不做，二不休，搞它个水落油出!"

华程十分高兴："好哇，辩证唯物论的认识论，在我们工人身上生根开花了!"问章易之，"怎么样?"

章易之有分寸地："听起来是蛮有道理，但是……"

华程打断他，满腔热情地说："噢! 这个道理非同小可! 我想，毛主席和党中央听了这个汇报，会比听到打出个千吨井还高兴!"拿起电话，"要总部党委!"

## 二十一　针锋相对

干打垒工地。人声鼎沸，正在兴建。

半截土墙上，周挺杉和田大爷面对面用木槌打土，白云蓝天，无限辽远。

章易之和冯超骑着摩托车来了。

章易之："老周!"

周挺杉跳下土墙。

冯超打着招呼："周队长，辛苦了!"

章易之迎着周挺杉："老周，找个地方扯扯!"

周挺杉："走!"

一幢没有完工的干打垒房框子，一方蓝天，四堵墙。有两个门通向外面。地上堆着刨花，白木窗框子、大筐。周挺杉和章易之走进来。

章易之："我听说你们正在写一张大字报？"

周挺杉："消息灵通啊！题目是：'冯副指挥，你要把我们指挥到哪里去？'怎么样？"

章易之息事宁人地劝解："老冯都紧张了。我看就算了吧。"

周挺杉严肃地说："老章啊，斗争很复杂！咱们可不能稍微打个盹，更不能当唐僧。"

章易之："你呀！人家直跟我解释。土豆问题他是很后悔的。方案之争嘛，我们也承认有些保守，咱们再跃进一下……"坐在一只大筐上，检讨着。

周挺杉感兴趣地听着。章总终于承认保守了。

"一年半拿下田家庄。石油城也不搞那么豪华，什么街心公园，我给他砍啦！"章易之得意地说。又苦心婆心地劝告："好钢得使在刀刃上，你回去吧，咱们正正规规办工业，别再搞你那套游击作风啦！"

周挺杉听明白了，他失望地说："啊！原来是一碗豆腐，豆腐一碗哪！"昂然地，"不！从全局着眼，甩开勘探。建设城乡结合、工农结合的新式矿区。——这条路走定了，你就是十条老牛也拉不回来！我们还要把你拉回来。"

章易之又跳起来，火气十足："那就拉吧！你想过没有？无名地半途而废，龙虎滩又遇到严重危机！捞水，捞了七天了，怎么样？"

周挺杉充满信心："油柱越来越高！"

章易之挖苦地说："可它最多产百八十公升，叫人家都笑话！百八十公升，要是香油嘛，够吃一阵的了！"他颇有点得意，欣赏自己的幽默。

周挺杉既为章易之痛心，又被他的讽刺所激怒。他极力控制着自己，有力地反驳道："'对转变中的困难和挫折幸灾乐祸，散布惊慌情绪，宣传开倒车——这一切是资产阶级知识分子进行阶级斗争的工具和手段。'你记得这话么？"

章易之："谁说的？"

周挺杉："列宁。"

章易之："啊！"一屁股又坐在大筐上，这话打中了要害，使他哑口无言。坐在那里反复回味着。

周挺杉从口袋里掏出一个小本，撕下一张纸，走过来，递给章易之："我给你抄下来了。"章易之接过纸条，感激地看周挺杉一眼，仔细琢磨着列宁的话。周挺杉坐在他身旁，热诚地、亲切地说："每当我看到这段话的时候，就想，老章要是在这儿该有多好，听一听列宁敲起了警钟，老章……"

冯超进来了："啊哈，你们在这儿？谈什么呢？"

周挺杉看一眼冯超。站起来，走开。冯超拿过章易之手中的纸条，看一遍，说："老周，时代不同了，列宁的某些论断……"

周挺杉转过身来，眼里射出逼人的光："过时了么？"

冯超忙说："不，我是说，原封不动地拿来把自己的同志当成这个……这样好不好？什么资产阶级知识分子啦……阶级斗争的工具啦……"笑呵呵地看着章易之。

章易之这才算琢磨出味道来，愤愤地看一眼周挺杉，拂袖而去。

冯超着急地追到门口，叫道："嗨，章总！"章易之远去了。冯超回过身，笑着摇摇头。"哎，这个人就是这样。算了。"坐在半截上墙上，说，"我反复想了，论搞油，从裕明来的，还得说是你、老章和我，咱们为什么不可以齐心协力呢？一定能搞出名堂来的。"

周挺杉警觉地听着，问："什么名堂？"

冯超言不由衷："搞社会主义，拿大油田嘛！"

周挺杉的眼里闪着机智的光芒："再往下说呀。"

冯超精神抖擞地："咱们拼死拼活地干，一块儿甩掉石油工业落后的帽子，到那时候会是什么劲头？"

周挺杉："什么劲头？"

冯超启发着他："唉，你想一想嘛！"

周挺杉不知冯超的葫芦里卖的什么药，试探性地："我想不出来。"

冯超："真是个质朴的人哪！作为领导，我替你想过。我是最关心人的，一切为了人。你为党的事业做出了贡献，党也就应该给你应得的地位、荣誉和幸福。啊？"

周挺杉明白了冯超的目的，他愤怒地嘟囔着："地位……荣誉……"突然，如火山爆发。冲着冯超吼道，"我想要工人阶级的地位，中国人民的荣誉，全世界被压迫人民的幸福！为了这个，就要在党的领导下，消灭资产阶级跟他们的走狗！"

冯超吓白了脸，忙诡辩地说："对，对！我们的目标是一致的嘛！"

周挺杉斩钉截铁地："不一致！"

冯超："不能那么说，咱们都是共产党员嘛！"

周挺杉雄辩地："不！有的共产党员打着社会主义的旗号，走的却是另一条路。这种人，五七年有过，五九年有过，今天也还有。冯副指挥，现在我对你的主张和目的看得更清楚了！"

冯超一头虚汗，他擦擦汗，镇静一下，恶狠狠地说："老周，形势！

要看清形势，小瞧国际上这股压力要吃亏的！过几天连煮黄豆都吃不成啦！"

"这是冯处长吧？太小瞧我们了！"

门口，巍然站立着周大娘，挂着一把铁锹，风尘仆仆，精神矍铄。

她身边站着陈淑芬，背着一盘小石磨。

周大娘："挺杉，我们上来了！"

周挺杉："娘，淑芬！"

周大娘以慈祥里夹着倔强的语调："孩子，没啥，困难咱们见过！"

陈淑芬看一眼呆立在一旁的冯超："为了拿下大油田，我们不会让他们总吃煮黄豆！"卸下石磨。

周挺杉接下石磨，咚的一声放在地下，抬头看看妻子的肩膀。

陈淑芬，这个温顺又坚强的石油工人的妻子，为了背这一百多斤重的小石磨，小褂肩头被麻绳磨烂了！

冯超从另一个小门溜走。

周大娘看着他的背景："我们头顶青天，脚踩荒原，一把铁锹闹革命，给我当石油工人的孩子们开荒种地！"铁锹往地上一插，巍然立着。

周挺杉，这个钢铁汉子，看着娘，叫她一声，热泪夺眶而出……

门外。笑眯眯地站着潇洒的华程政委。他身旁是一辆装满粮食的卡车。这是他亲自当调度给井队送粮食来了。一个司机从车上卸下周大娘、陈淑芬的行李卷，华程扛着，走来。

## 二十二　红袖标

帐篷里。地上长着黄白色的嫩草。周大娘、陈淑芬收罗了一堆井队工人的脏衣服，缝补着。

周挺杉端一盘菜进来："娘，野芹菜炒肉丝，我的手艺。"放在白木箱拼成的桌子上。

华程也端一盘菜进来："大娘，尝尝我这个，黄花炒鸡蛋。"细致地摆好。

"哎，来啦！"许光发使出全身本领，胳臂上架着好几盘菜，一只手端着酱碗，胳臂下夹着一洗脸盆大馒头，叫嚷着进来，一件一件地放下："凉拌灰菜，蕨菜蘸大酱，大娘，菜齐了！"

周大娘笑着："老许，一块吃吧！"

许光发："不啦！我还得给井队送饭去！"走了出去。

华程招呼着周大娘、挺杉入座。挺杉请娘先尝他的菜，期待得到好评。

周大娘尝一口炒肉丝，龇牙咧嘴，说："哎呀，挺杉，你们这儿吃盐不要钱吧?"

周挺杉一怔:"怎么?咸了!"

华程有点"幸灾乐祸"地瞥周挺杉一眼,得意地用筷子指点着黄花炒鸡蛋:"大娘!"伸着脖子期待着。

周大娘吃了一口,品着滋味:"老华,你可真会过!"

华程一捂脑门,大叫:"唉呀,没搁盐!"哈哈大笑起来。

陈淑芬料理完针线活,走过来,推推娘的肩膀,又是心疼又是抱怨地说:"娘,瞧他们这日子过的!"

周大娘通达地:"孩子,他们的心思没放在这上头呀!吃吧,我吃着挺好的。"带头吃了起来。

周挺杉吃着饭,问道:"娘,我写信跟您要的那件东西……"

"带来了。"周大娘掏出一个布包,打开,是那只红袖标,抚摸一下,眼泪汪汪,递给周挺杉。

周挺杉接过袖标,珍贵地捧在手里。

华程看着红袖标,深沉地说:"老周师傅为了保护油矿牺牲了,我们要永远纪念他,我们加倍地工作,好像身上有两个人的生命……"

周大娘信任地、欣慰地望着华程。

华程对周挺杉:"老周,你是想用它在你们井队进行一次阶级教育?"

周挺杉点点头。政委很理解他。

华程:"那好,咱们再把它发挥一下,先把这个借给我吧。"拿过红袖标。

周挺杉也很理解政委:"你是想在整个会战前线搞起来?手捧红袖标,回忆斗争史?"

华程:"加深对今天斗争的认识。"

周挺杉:"太好了。政委,我觉得要特别警惕那种戴着红帽子,藏着黑心肝的人。"

华程一针见血地说:"把自己打扮成工人领袖。可干的事情总是违背工人阶级的根本利益。"

周挺杉突然想起:"今天又跟我许了一大堆愿,说只要把你甩开,跟他干,我可就名誉、地位都有啦!要不,连煮黄豆都吃不成了!"

周大娘听明白了:"我知道你们说的是谁了。这个人在旧社会当个小职员,拼命往上爬。"

陈淑芬:"坐了一回牢,解放后成天价吹!"

周挺杉:"政委,就叫他看着红袖标,再吹一次吧!"

草原,夕阳晚照。霞光给大朵云彩镶上一道道金边。一束束光线从云缝中投向大地。钻塔直入云霄。扶梯上,井架工矫捷地攀登着,跑上二十多米高的二层平台。

华程和周挺杉并肩走在草原上。

华程："我还想根据冯超的现实表现，准备请示总部，把他调离指挥所，到下边去。"

周挺杉："我同意！党委如果批准，就把他放到我们队。"

华程："好。有工人阶级气魄！"

姚云朗跑来，兴奋地报告说："政委！龙一井经过压裂出油了，龙二井水捞干了，油正在咕嘟咕嘟往外喷！"

华程激动地一挥手："通知章总！"

## 二十三　击一猛掌

"我认输了！"章易之手里拿着钢笔和一份没写完的"思想检查"，诚恳地、有几分尴尬地向姚云朗说："小姚，陆相沉积地层里可能有大油田。至少会有低产油田。所以，我写个……"

这是在田家庄地质所。姚云朗抱着一卷图来找他了。

姚云朗看看"思想检查"，爽朗地大笑起来，说："周队长真行！他告诉我：要是章总在写检查，就给他撕了！"说着要抢，章易之忙躲，莫名其妙地看着姚云朗。

姚云朗继续说："华政委补充他的意思，说：'道路是曲折的，斗争在继续。'还有我个人的想法，现在可以考虑再上无名地了。"

章易之吃惊地："什么？龙虎滩远景不小，还有那么多工作要做，又想入非非了！"

姚云朗："为什么不可以同时进行呢？章总！我记得毛主席批评过一种人，说：……这种人老是被动，在紧要的关头老是止步不前，老是需要别人在他的背上击一猛掌，才肯向前跨进一步。"

章易之："你是说，我……"指指自己的胸口。

姚云郎笑笑，坚定地"嗯"了一声。

章易之下定决心："好吧，谈谈你的方案。"

姚云朗走到桌前，打开那卷图，给章易之看。

门开了。华程、周挺杉进来。章易之迎上来。

华程："章总，是不是搞方案哪？"

章易之："小姚说，要二上无名地。"

姚云朗："政委！"华程走过去，审看姚云朗的方案。

周挺杉问章易之："二上无名地，让谁做尖刀班？"

章易之："这个……还没谈。"

周挺杉："你这个方案连这都没有？不行，不好。"

姚云朗领会了他的意思，忙说："假如说你们算一个呢？"

周挺杉天真地："好！这方案我通过了！"

华程抬起头，对周挺杉说："无名地几口井，关系到我们的决心往哪儿下，关系到全局，中央首长和全国人民在期望我们哪，老周，去降龙伏虎吧！"

周挺杉坚毅的眼睛，似乎在说：放心吧，政委，我准备赴汤蹈火！

# 第 四 章

## 二十四　再上无名地

长长的汽车队。车上装着井架、钻机、活动野营房，向无名地进发。烟尘飞扬。

龙虎滩家属基地。一片新盖的干打垒，一块块新开垦的处女地。一群妇女在拉犁翻地。

犁铧翻起泥土，卷起黑色波浪。

周大娘、陈淑芬在拉犁。

汽车从大路上开来。周挺杉、油娃、赵春生等人站在车上横躺着的井架下面。

周大娘、陈淑芬微笑着，挥动手巾。

周挺杉向娘招手。

欢快的女声合唱：

> 背起钻机走四方，
> 英雄的井队夺油忙，
> 妇女顶起半边天，
> 要让山河换新装，
> 地下的油海千重浪，
> 地上的新粮堆满仓。

无名地。没有人烟，没有牛羊，碧草芊绵，天垂阔野。

转盘飞转。

浓重的雨云。一道闪电，一声惊雷，大雨如注。

钻台上，周挺杉、油娃正在接单根。雨水瓢泼似的浇在铝盔上、浇在钢板上。

周挺杉在紧丝扣。

周挺杉从鼠洞里提钻杆。

欢快的女声合唱:

> 茫茫荒原搭篷帐,
> 四海为家心欢畅,
> 风吹钻塔顶天立,
> 雨打衣裳斗志昂,
> 等到白云传捷报,
> 天涯万里飘油香。

## 二十五　没有油层

泥浆槽出口处,赵春生正冒雨捞砂样。魏国华过来:"现在应该穿过标准层啦!"

赵春生:"没有见到哇!"

魏国华:"没丢吧?"

赵春生:"我连眼皮也不敢眨!"

魏国华摘下被雨水搞模糊的眼镜,焦急地自言自语:"那标准层上哪去了呢?"

井队驻地一幢野营房里。一个人穿着黑色雨衣,扛着行李卷进来。咕咚一声,大行李卷扔在床上。一声闷雷,一道闪电。这人掀开雨帽,原来是副指挥冯超。

坐在桌前看图的章易之扭头看看,热情地欢迎道:"哟,冯副指挥,下现场了?"走到冯超跟前,坐在椅子上。

冯超脱掉雨衣,消沉地:"名存实亡了。"打开烟盒,请章易之自己拿烟。

章易之不想吸烟,摆摆手,问道:"你怎么啦?"

冯超:"一张大字报糊在门口,我简直成了机会主义分子啦!这不来改造了!"

章易之宽宏大量地:"工人的意见嘛,也不必求全责备。"

冯超尖刻地问道:"工人有这个水平?"

章易之好心劝解道:"别想得太多,大家都在搞社会主义建设嘛!"

冯超是敏感的:"这只不过是信号……哼!又突如其来搞什么红袖标教育!"

章易之很不敏感:"你呀,神经过敏!"

冯超:"但愿如此。"吸一口烟,感叹地说,"唉!往后可不敢干扰人家的决心喽！"

章易：“不对！我们是共产党员、是负责干部，对国家建设不利的事就要管。"

冯超冷笑地：“管，没有油层，应该撤退。你管得了么？"

章易之：“小姚把希望寄托在龙四段油层。"

冯超边走边说：“龙四段可靠么？在龙虎滩它不是没有价值么？再往深打，你们考虑到钻机的能力么？你们考虑到柴油供应紧张么？万一断油，钻具卡在井里，你用手往上拔呀？"

章易之吃了一惊：“啊？"

冯超仰身倒在一张床上，看着屋顶旁敲侧击地说：“为了保住自己的地位，逆来顺受……"

章易之急了：“你这是对我的侮辱！"

冯超寸步不让：“可这是客观的反映！"

一声闷雷，一道闪电。青白色的闪电光照射在他们脸上，更显得冯超脸色阴冷，章易之面色铁青。

冯超盯着章易之：“随便放弃自己符合科学规律的方案，工人说怎么干就怎么干。章总，谁是油田的主人？"

章易之当然知道。“地质家是油田的主人"——这是外国专家的口头禅，也是他们的信条。前几年，章易之听得惯熟了。而且说实话，听起来还比较舒服。但时至今日，他有点说不出口。因此，就吞吞吐吐地答道：“过去说……"

冯超紧接着说：“现在不仍然是你画圈圈，工人打井吗？"

章易之无可辩驳，内心斗争激烈。刚才还谢绝抽烟，此时却伸出了手：“请给我一支香烟……"

冯超叭的一声打开了镀金烟盒。

## 二十六　我不是泥捏的

早晨，雨停了。但天气闷热，巨大的乌云停留在天际。还在孕育着雷雨。

焊枪下闪着耀眼的蓝色大花，钻台边上，女焊工——工人管她叫“铁裁缝"，刚焊完一根钢管。她走到工具台边，端起小茶缸，往手上倒着柴油洗手。柴油顺手心流到钢板上。

“不准啊！"周挺杉一声吼，大步从钻台下赶过来，劈手夺下缸子。

“铁裁缝"怔住了：“周……周队长！"

周挺杉拿起一团棉纱去沾钢板上的柴油，沾一沾向小茶缸里拧一下，边拧边说：“这点柴油是全国人民的血汗从外国换来的，留着打井使。"

"铁裁缝"眼圈发红，鼻子一酸，掉下眼泪，用拳头抹抹，抹了个黑鼻尖儿，周挺杉看看她："脏样儿！"用干净棉纱给她擦擦。"走，洗手去！"

周挺杉带着"铁裁缝"从扶梯上下来，到泥浆槽边，蹲下洗手："这泥浆里有火碱，又退泥，又去油。"

女焊工："火碱，不烧手么？"

周挺杉："不怕，烧不坏。"

钻台上传来许光发的喊声："老周，井下不正常！"

周挺杉大步走上钻台。

周挺杉上了钻台。

许光发扶着刹把："井下压力很大！"

周挺杉："给我！"接过刹把。

指重表来回跳动。

周挺杉用力压住刹把："泵压升高，井壁坍塌！"

转盘飞转。

许光发冲过来想抢刹把："老周，你给我！"

周挺杉："危险，都离开钻台！"

许光发："我来！"

周挺杉："快走开！"

周挺杉用肩膀把许光发撞开，推离合器，按住刹把，想让转盘停转。但就在这一秒钟内，井下压力超过钻压，钻杆一晃，往上冲来，方瓦弹出，落在还没有完全停转的转盘上！甩出来，砸到周挺杉腿上，当啷一声巨响，又落在钢板上，把钢板砸一个坑。周挺杉腿部一麻，一下子倒在钻台上。

许光发、油娃等扑上来："老周！""队长！"刚要看看哪里受伤，就在此时，失去控制的钻具下滑，刹把叭地一下弹起来。

躺在钻台上的周挺杉，眼睛一瞄，知道一场恶性事故就在眼前，钻具只要顿到井底，钻杆就会拧成麻花，井也要报废。他心里只有两个字："救井"！惊呼一声："要顿钻！"一咬牙，推开身边的人，呼地一下跃起，用整个身体扑在刹把上，压住刹把。

钻具停止下滑。

鲜血从裤筒里流出来，淌在皮靴上，淌在钻台钢板上。

人们围上来，把他抬到一旁。许光发撕开自己的衬衣，魏国华拿来急救箱，给周挺杉包扎。

周挺杉："油娃！快提钻具！"

油娃去扶刹把，处理事故。

周挺杉疼昏过去了，人们一迭连声地叫着"队长！""老周！""周师傅！"

周挺杉强睁开眼看看战友们。

远处，传来汽车喇叭声。

油娃望一眼："政委的车！"

情势又紧张起来。

赵春生："要叫政委知道了，准得上医院！"

工人们纷纷议论："可这腿……""怎么办？"

周挺杉忍着伤痛，笑笑说："我又不是泥捏的，碰一下，散不了！这口井是关键，在这个时候，我怎么能离开呢？"

赵春生："那好，咱，谁也不许说！"

魏国华："保密！"

赵春生不放心里看一眼女焊工："铁裁缝？"

女焊工领会："队里的事，我什么都没看见！"

赵春生："好！"

周挺杉："来，扶我一下！"大家扶他站起来，他以坚强的毅力站着。人们各自去干活。

一辆吉普车开到井场。华程、章易之、姚云朗等下车，走过来。

魏国华抓起红铅油刷子抹着钻台上的血迹。

章易之走上来，严肃地批评他："那是擦地板的？乱弹琴！"

华程走到钻机旁，问周挺杉："怎么样？还能打下去么？"

周挺杉忍着伤痛，坚强地站着，头上豆大的汗珠……

华程："你怎么啦？"

周挺杉："这天儿……真闷热！"

华程疑惑看着他。正在起钻的油娃叫道："政委！"华程走过去。

油娃跟华程没话找话："井壁坍塌了，周队长已经处理了……"不时偷偷向周挺杉哪里瞥一眼。

章易之来到周挺杉跟前，说："走，老周，看看你们的钻进记录。"一个人前头走了。

周挺杉答应一声。以坚韧不拔的毅力迈出了艰难的第一步……

井架扶梯上的井架工紧张地向下望着。

内外钳工推着大钳，扭头向这边望着。

——谁不关心他们的队长啊！

敏说的华程立即察觉工人们这紧张的情绪，他转头，一双询问的眼光注视着周挺杉。

"保密"就要归于失败了，油娃急中生智，叫道："政委！"

华程无奈地转回头来。

油娃："南泥湾的故事，你还没给我讲完呢！"

华程："下班以后吧……"

周挺杉已经走到钻台扶梯上。他双手撑着扶梯歇了一下，然后，一步一步地走下钻台。

头上，豆大汗球。

眼睛，闪着刚强的光芒。

周挺杉走着，走着……

天空，彤云密布。雷声隐隐。

## 二十七　　忍着巨大的伤痛

值班房。周挺杉艰难地跨进门来，扶着保温桶，倒了一杯水，咕嘟咕嘟地喝下去。抹一把满脸的汗水。

坐在桌旁看钻井记录的章易之头也不抬，说："马上可以完钻了。"

周挺杉："田二段油层即使没有了，还可以往深打，把龙四段钻穿！"艰难地走过来。

章易之仍然埋头看着："设备不行！"

周挺杉："我这部钻机勉强可以带动。"

章易之："柴油也不够了。"

周挺杉："我还留了一手，一点点抠的……"

章易之："现在要全力保田家庄，你们的油也调去！"

周挺杉："老章，我这儿焖饭，你从我灶坑里抽柴火，这饭……"

章易之叭地合上钻井记录夹子："哎呀，适可而止吧！"外面，传来一声炸雷。章易之站起来，踱着步："别浪费时间了，马上完钻搬家，五个井队全撤！"

周挺杉不言声。衣服上已被汗水濡透。

章易之回过头来："你听见没有？"

周挺杉满脸汗水，一双坚毅的眼睛。

章易之又走过来："我真不明白，这是为什么？逞英雄么？国家的人力物力不允许！怕说当初的争论谁是谁非么？我并不想秋后算账！"

周挺杉沉着坚定地说："帐，在那摆着呢！敲开龙虎滩，就是一本。"

章易之："那这无名地呢？"

周挺杉不言声。卷烟卷。无名地还要靠实践，不是一下子能说清的。

章易之得"理"不让人地："唉，多大的奢望，多大的胃口呀！"

这时，华程来到值班房门口，他已经知道周挺杉受伤了，叫过一个工人："赵春生，你去把车叫回来！"赵春生跑去。华程刚迈步进门，正赶上章易之在滔滔不绝地发表宏论，华程停下脚步，站在门口听着。

章易之："田家庄，不过瘾，龙虎滩，不解气，上无名地！什么也没见到，还是不死心，非要'抱个大金娃娃……'"又牢骚满腹地说，"地质上说话不算数！无怪有人问我，谁是油田的主人！"

又一声炸雷响过长空……

周挺杉怒火中烧，拧熄烟头，愤怒地："这话我听见过，在裕明别墅，在专家工作处！"瞪起愤怒的眼睛，"老章……"一阵剧痛，使他差一点摔倒。

华程冲进来一把扶住他。

章易之直到这时才发现事情蹊跷，惊呆了。

华程恳切地："老章，应该是对我说的话，就对我说。在执行勘探方针上，周挺杉他们有不可磨灭的功绩，如果有什么问题，政治上的责任我来负。你知道吗？他刚负了伤！"

周挺杉的裤腿上一片殷红，地板上，几滴血迹。

章易之奔过来，抚摸一下周挺杉的腿，动心地："老周，我送你上医院！"

周挺杉："这没啥！"

章易之歉意地："我……实在不知道……"

华程对周挺杉："马上住院。"

周挺杉恳求地："政委……"

华程："不许讲价钱！"

周挺杉："政委，你让我把心里话全倒出来吧！"

华程看看他。

周挺杉脸上挂着豆大的汗珠，真诚的眼色期待地望着他。

华程理解了周挺杉的意思，点点头，眼里不由自主涌出了泪水。他背转身，用手抹掉。

周挺杉转身对章易之，诚恳地说："老章，我是个大老粗，说的不对，原谅吧！"

章易之感动地听着。

周挺杉："我想，一个地方没有油，不在陆相海相，决定的因素是有没有生成石油的条件，和我们有没有志气把它找出来。"他激动地说着，"毛主席的思想，为我们开辟了认识真理的道路，咱们干什么非要在'中国贫油'这一棵树上吊死？工人农民养活你这个专家，你要和工人们一块按着《实践论》去干，走自己的道路。在陆相地层、海相地层都找到大油田，抖出中国人民的威风来！"

华程听着，脸上是激动、欣喜和自豪。

章易之终于被眼前这个工人的宽阔胸怀、英雄气概和那一片热诚所震动，所感染。他热泪盈眶，看着周挺杉，哽咽地："我……"

华程叮嘱章易之说："老章，记住周挺杉忍着巨大的伤痛说的这些话。大老粗手里有真理，他是我们的老师啊！"

周挺杉谦逊地："政委……"

华程走过来，充满自豪地对章易之说："不要看不起工人，他们是历史的创造者，是我们这个国家的主人，也是油田的主人！"

周挺杉殷切地："我们尊重你章老总，希望你按照党的路线，为社会主义出力！老章！"

章易之上前一步，抓住周挺杉的胳臂："老周，政委，我辜负了……"热泪夺眶而出。

华程："两条路线的决战在油田进行着。但是不管有多少曲折和风浪，我们的前途是光明的！"

突然，电话铃急骤地响起来。

华程拿起话筒："啊，我是……"脸色严峻！"什么？……嗯……"放下电话。

周挺杉担心地问："政委，出了什么事？"

华程不语，在地上踱了几步。

周挺杉紧盯着政委，说："我看得出来，你封锁消息。"

华程压着巨大的愤怒和不安："老周，没有什么！你快走吧！"门外，传来汽车喇叭声，华程接着说："你看，车来了，快上医院，走吧！"和章易之一起扶着周挺杉离开值班房。

## 二十八　要为真理而斗争

井场上，人们送周挺杉上车。

汽车急驶而去。

章易之忧虑地："政委！"

华程转身对工人们，严峻地："同志们，现代修正主义者撕毁了合同，撤退了专家，对我们搞突然袭击，答应供给的油料没有了。"

章易之气愤地："真是背信弃义！"

姚云朗和工们气愤地听着。

华程："现在我们几万人的战区，几十台钻机，只剩下很少的柴油了。空军支援我们一批柴油，可我们是搞油的，怎么好反过来向我们空军伸手呢？"

冯超叹口气，摇摇头。

华程快步登上扶梯："同志们，总部的意见：把情况告诉工人们，我们要团结起来，高举红旗，为真理而斗争！"

雄壮的《国际歌》响彻云霄。

疾风骤雨袭击着草原。迎风劈雨。吉普车飞驰而来。

雨刷来回摆动，扫着车窗上的雨水。周挺杉向车外望着。

龙虎滩。路旁出现一家土炼油厂，雨水猛烈地打在蒸馏釜上，冲刷着大门口的白漆木牌："创业油田家属第八炼油厂"。

陈淑芬和几个妇女推着原油桶小车在泥泞中前进。远处，几个妇女抬着一根钢管奔跑。

穿背心的小伙子在抬油桶。他们古铜色的臂膀上雨水淋漓。

田家庄。油田建设紧张施工。远处，兀立着新建成的大油罐。

解放军战士在修建管线。他们站在泥泞的沟沿上，用脸盆、柳罐斗掏沟里的水。粗大的管线放在沟边，百台电焊机在焊接，上面罩着帆布雨伞，雨伞下面火花四射。

巨幅宣传画在车窗外移动，大字标题："油田就是战场，刹把就是刀枪！"雨水冲刷着画面。

整个油田在沸腾！迎着斗争的风浪，压不倒的中国石油工人在战斗！

雨过天晴。战区医院。

病房内，一张床头挂着患者登记卡，上面写着周挺杉的名字。年轻女护士端着药盘进来，吃了一惊，病床上扔着病号衣，病人却不见了。

连天的芳草被雨洗过，青翠欲滴。草原像一片大绒毯，铺向天边。

周挺杉拄着雪白的拐杖，在草原上走着。

坚毅的眼睛望着前方，他走着……

他亲眼看见了整个战区正在沸腾，他记得华政委接电话时的神色，他了解国际共产主义运动的一些情况，他猜想一定是发生了什么严重事情。对此，华程同志早就告诫说要有所准备。他为早日拿下大油田，革命加拼命，日夜苦战，这正是原因之一。此时此刻，他不能离开井队，不能离开与帝、修、反斗争的最前沿，不能离开英雄的战友们。他急切地走着，恨不得飞回井队。

忍着巨大的伤痛！他走着……

草原上走着我们的周挺杉。他的高大的身影……坚强的面容……白云在他身后浮动。

家属炼油厂。

周挺杉拄着拐杖走来，站在一棵小杨树下。

陈淑芬和一个年轻女工正在往桶里装油。年轻女工发现周挺杉，捅捅陈淑芬："大姐，你看！"

陈淑芬一抹头发，看看，神色紧张起来，撒腿就跑。

陈淑芬跑到周挺杉跟前，扶着他，又跪在地上看看腿上的绷带。

周挺杉："快给我找个车！"

陈淑芬担心地问："说实话，伤，重不重？"

"就擦破一点皮。"为了证实这是真的，周挺杉把拐杖扔给淑芬，自己站着。

陈淑芬半信半疑地："别瞒我！"

周挺杉扶着树："我多会瞒过你？"

陈淑芬想想，激动起来，一口气地说："伤不重，到处闲蹓跶？这是什么时候？我不信！你不是这号人！人家卡着咱们的脖子，撤退专家，撕毁合同，现在全战区的柴油已经剩下不多了……"突然停住。

周挺杉愤怒的眼睛！

扶着树枝的手一使劲，粗粗的树枝咔嚓一下折断。

陈淑芬："你？……"

周挺杉伸手要拐杖："快给我！"准备走回井队去。

陈淑芬："不！你是从医院里溜出来的！"

周挺杉喊了起来："淑芬！"

陈淑芬斩钉截铁："挺杉！"看他一眼，转身要走，"我要打电话问问华政委！"

周挺杉急了："淑芬！——"

陈淑芬停下，一眼看见周大娘。跑去。

田野上，长着碧绿的禾苗。周大娘和妇女们在铲地。

陈淑芬跑到跟前，跟娘诉说。周大娘担心地奔向儿子。

周大娘扶着儿子，弯下腰去看他受伤的腿，关切地："挺杉……"

周挺杉激动地："娘！您看出来没有？这些无产阶级的叛徒，这么压我们，是想咱们改变路线，放下红旗啊！娘！"

周大娘慈祥、豁达的脸。她果决地说："去吧，孩子，娘懂！"

周挺杉感激地看着自己的母亲，这位白发飘动的革命老妈妈……

## 二十九　停钻事件

井场。转盘呼啸，似乎是愤怒地旋转着。

指导员许光发扶刹把，他眼球通红，神色严肃，盯着指重表，加压。

内外钳工冒火的眼睛，抓住大钳，严阵以待……

高架油箱下面，冯超走来，问一个工人："还有多少柴油了？"

工人："还有一吨多了！"

冯超："那为什么不停钻？"

工人："我们队上另外还有油，是周队长一点点攒的。"

冯超："那也不行，都集中到田家庄！"说着走上钻台。对正在打钻的许光发："老许，柴油只够打两个班的了，停钻吧！"

许光发盯着指重表，加压，转盘飞转。

冯超："三班司钻，把指导员替下来！"

三班司钻上来，接过刹把。

许光发叮嘱他："注意，井下压力很大！"转过身看着冯超。

冯超："全战区就要瘫痪，钻具埋在井里，谁负责任。"

许光发："队长不在，我负全部责任。"

冯超气急败坏地："一〇一、一八五、一三四都停了，你们，你们这是跟谁赌气。"

油娃扛着一只钻头过来，当的一声，放下钻头："我们是跟帝、修、反抢时间！"

冯超："我还没被撤职，我再说一遍，人家不进口柴油啦！"一甩手走了。

许光发冲着他的后影喊道："华政委说了，全国都在支援我们，再说，我们还有家属炼油厂。"

走到扶梯口的冯超一转身："家属？她们能炼出油来？一个星期前我去看过！"

油娃走过来，看看天："冯超指挥，今天好像是一个星期以后了！"讽刺地做了一个鬼脸。

冯超气急地："马上停钻！"跑下钻台。

一只手拉下电闸，关掉油门，转盘突然停止转动。

钻台上。许光发、油娃回头望着。

泥浆槽口，章易之、姚云朗回头望着。

工人们满腔愤怒地沉默着。

寂静。听不到钻机的轰鸣，听不到柴油机的运转，听不到人们的呐喊声。井场死一般的沉寂……

"突突突……"一阵急切的摩托声传来。

摩托驰进井场，周挺杉赶到了。拿起拐杖，奔上钻台。

钻台上空无一人。工人们去找冯超了。周挺杉大声喊道："指导员！秦发愤！油娃！"

章易之、许光发、油娃和工人们奔上钻台："队长！""你回来啦！"

周挺杉焦急地问道："为什么停钻？"

人们七嘴八舌地说着。章易之喘息未定，向周挺杉解释着："是这样……老周……"

周挺杉心如火焚："我问你为什么停钻？"

章易之这才想到："老周啊，柴油确实只有一吨多啦？"

周挺杉："我跟你说过，我还有油！"

油娃、秦发愤："队长，是冯超给停的！"

周挺杉犀利的目光望着前面："唔？一起下手了！"稍加思考，扔掉拐杖，奔向刹把。

油娃担心他的伤痛，叫道："队长！"

周挺杉忘记了自己，他手抓刹把，振臂一呼，气冲霄汉："打钻——"

井场重又沸腾起来。转盘呼啸，似乎是愤怒地旋转着。

情势仍然紧张。工人们不安地互相询问着："可是柴油……"

汽车声。

一辆装满油桶的卡车驶进井场。车上红旗飘扬，上写"创业油田家属第八炼油厂"。陈淑芬迎风站在车厢上，风吹起她的头发，英姿飒爽。

陈淑芬："同志们，家属炼油厂送油来啦！"

可以脱身的工人们全部奔下钻台。

在卡车上，陈淑芬一甩头发，自豪地说："有机油、汽油、柴油，质量不太高，可保证没有马粪！是咱们自己的！"下了车。

工人们忙着卸车，滚油桶。

油娃抓住陈淑芬，激动的泪花在眼里闪亮："嫂子！你们来的可真是时候呀！"

陈淑芬多年来一直关照着孤儿油娃，此时，她欣喜地慰问道："油娃，你们辛苦了！"

油娃："没啥！"

"看你！"陈淑芬发现油娃肩头衣服破了，掏出针线包，在井场缝补起来。

油娃挺着宽厚的胸脯让嫂子缝补。这个旧社会的童工，此时，豪情大发，出口成章："旷野是我房，草地是我床，明月来做灯，风雨洗衣裳。为找新油田，艰辛又何妨！越压越革命，越打越坚强！"


井队野营房。

章易之和姚云朗在研究几张油层对比图。章易之还没忘冯超刚才的表演，气愤地说："冯超简直是乱弹琴！"欣喜地用指敲敲图纸。

姚云朗指着图："这就是三结合小组研究的成果。"

章易之："是这样……"俯身仔细地看着。

冯超闯进来，理直气壮地质问："两位老总，龙四段油层很薄，现在还拼命找它，目的何在？"

姚云朗信心百倍："根据我们掌握的大量资料推断：这个油层到无名地加厚了，很可能成为主力油层，打出高产井。"

章易之赞同："是啊！"

冯超一惊："高产井？"

正这时，魏国华当当当地敲窗，向屋内大声喊道："姚地质师，钻开龙四段了，油气显示良好！"

章易之大声问："井下压力大不大？"

魏国华："压力很大！"

章易之对姚云朗："小姚，加大泥浆比重，防止井喷。再调些重晶石！"

姚云朗："我已经通知供应处，他们马上送来！"

章易之："好！"

姚云朗在前，章易之在后匆忙走出去。

冯超眼球一转，叫道："章总！"

章易之站下，警惕地看着冯超。

冯超居心叵测地说："这口井一喷油，你的方案就进了历史的垃圾堆，到那时候人们会不会问：在这外界压力很大的关头，章总拼命反对拿大油田，是什么居心？"

章易之义正辞严地回答："在这外界压力很大的关头，我得跟党同心同德，跟人民一起奋斗。任何个人得失，都置之度外。也绝不会再给人家当枪使！"说罢，毅然决然地离开了冯超，大步跨出门去。

机关算尽的冯超已是孤家寡人。他明白自己的处境，头上沁出汗珠。颓然地坐在一把椅子上。手不自觉地抓住油层图的一角。再绞脑汁……

粮食供应站的小马进屋找水喝。暖瓶空了，小马要走。冯超忙递过一杯凉井水，说："小马，送粮来啦？一直忙，没到你们那儿去。红袖标教育搞得怎么样了？"好像是无意间提起。

小马不假思索地答道："周队长给我们忆苦以后，群众发动起来了。对了，老工人提出周老大的牺牲是有人出卖的。"

冯超像触电似的："啊？"

小马："前天我们又从家属里头挖出一个老家伙，他在裕明当过敌人的典狱长。"

冯超站起来："典狱长？"他脸色煞白，嘴唇颤抖，"他……叫什么？"

小马："不知道。"

冯超不甘心，又问："那么出卖老周师傅的那个人……"

小马："放心吧，他跑不了！"放下水碗，走出门去。

冯超一头虚汗。自语地："搞到我头上来了……"

解放前夕，冯超看国民党大势已去，参加了工人罢工，想捞点政治资本。被捕后，敌人拷问他，他不认识华程，但却知道有个共产党员进矿，知道周老大与共产党有联系，就把这个情况告诉了敌人。他把这段历史一直隐瞒着。没想到今天即将暴露了，他感到前途可怕。

电话铃吓了他一跳。

冯超的手颤抖了两下，还是拿起听筒。有气无力地应付："啊，是，什么事啊？"

电话里的声音："我是供应处。听说你们钻开龙四段油层了。向你们祝贺呀！"

冯超假意地笑了笑。

电话里的声音："你们要的重晶石马上送去。"

冯超："重晶石？"一下子捂住听筒，眼睛四处搜寻一下，想起刚才魏国华说的"井下压力很大"，恶念油然而生，向电话说，"这儿够用了，不用往这儿送了！"急忙放下电话。胆虚地再看看周围。

透窗一望，泥浆池边，章易之、姚云朗、赵春生正在围着砂样筛子看着。姚云朗高兴地喊："章总，你看！地层里的原油凝块！"

希望越来越大，冯超岂肯甘心，他瞪起三角眼，想着，想着。

——让你们井喷！让你们劳民伤财！

冯超决心孤注一掷！

一眼看见地下有一团棉纱。他伸出一只邪恶的手抓起棉纱。

## 三十　短兵相接

会战前线指挥所在无名地前线召开了党委扩大会，讨论形势和任务。

面貌一新的总地质师章易之正讲着，他兴奋的声音传遍会场："……可以预言：甩开勘探，胜利在望。根据党委指示，我们下一步的布置是：调集五十个井队，一家伙压上无名地，打这样几条大剖面，抱个大金娃娃！"

华程雄姿英发："根据周挺杉井队的实践，章总地质师把这个新的方案拿到党委扩大会上来了。还是那句老话，大家可以横挑鼻子竖挑眼，品头论足嘛！"拿着一枝铅笔，扫视了一下会场。

被胜利的前景鼓舞起来的人们欢笑着。纷纷表示同意。

"那么……"华程等待片刻之后站了起来，准备总结。

"我亮亮观点……"会议桌的一头，冯超伸了一下手。他刚刚干完一件冒险的事，很快就要见到恶果，事先他要用三寸不烂之舌征服群众，事成之后就更显得自己的预见和高明。他彬彬有礼、雍容大度地说："我们不必急于展示未来，倒是应该正视一下目前的危机……"他以这样的警句开始发言。

华程端起茶缸，吹着里面的水，眼睛有力地一瞥。

周挺杉拄着拐杖进来，这使冯超吃了一惊。

"周队长来了，这儿坐！"一个工人招呼周挺杉。

周挺杉坐在了门口的一把椅子上。

冯超有些慌乱，镇静了一下，又继续说着："帝国主义封锁，修正义压迫，更严峻的现实还在后头，现在谈抱大金娃娃，为时过早吧？"他提高了嗓门，"我们施行了一条好大喜功的路线，必然得到劳民伤财的结果！"

王副指挥气愤地："冯超，你这是什么话！"

华程从容自若："他这是以突然袭击方式说出来的久经考虑的话。"对冯超，"你继续说吧，我很感兴趣！"

周挺杉心头怒火往上冲，手抖动着。看一眼镇静的华程，他忍着，强忍着……

冯超振振有词："我完全是为了工作。我们为什么会犯这样的错误？根本原因是听不得不同的声音。决策的人物是些什么人？是扶锹把子的！"

会场上的人们震惊了。一向冷静的华程正在一张白纸上随便写着字，铅笔尖叭地折断，他扔下铅笔，腾地站起，怒不可遏："冯超！"

章易之也气愤地说："这是挑拨！"

火暴性子的周挺杉面对冯超对自己的恶意攻击却没有发火，他用一双无私的眼睛望着华程、章易之："政委！老章！"

华程终于克制住自己，接受了周挺杉的提醒："哦，好！好……冯超，你说吧。"坐下了。

冯超慢条斯理地："我暂时就说到这儿吧。"

华程："谁来回答他的挑战？"

人们纷纷站起，喊道："我回答！""我说！"

叭的一声，拐杖倒在地上。周挺杉站了起来，走向冯超，逼视着他，眼睛光芒四射。说："一个国家要有民气，一个队伍要有士气，一个人要有志气！有了这'三股气'，封锁怕什么？扔原子弹怕什么？我们顶天立地地站着！我们不拒绝外援，但是要维护自己的政治独立，根据自己的特点，自力更生建设我们的国家！"

华程："这就是我们的路线。走这条路线，要靠党的领导，靠工人阶级……"

章易之补充说："靠那些推动历史前进的奴隶！"

华程接着说："团结其他劳动阶级，团结知识分子，一同艰苦奋斗！"情绪激昂，声音洪亮，"我们的人民不屈不挠，扶刹把子的工人有伟大的抱负，世界上没有任何力量能压倒我们，永远也没有！"

姚云朗站起来："我们就是'好大喜功'！好大油田，喜为祖国立大功！"

突然，传来井喷的怒吼声。这声音震撼天地，也震撼着每个人的心。人们同时站起。

满头满脸泥浆的油娃奔跑而来，他大声报告道："同志们！打到高压油层，钻头被棉纱堵住，我们起钻的时候抽喷啦！"把一团水淋淋的棉纱扔在桌上。

——这就是冯超抓起的那团棉纱。

华程："暂时休会，都到现场！"

周挺杉把油娃拉着，小声叮嘱说："注意防火，切断电源！"

油娃跑去。周挺杉冷眼看一看冯超。

冯超做贼心虚，又被险恶的井喷吓白了脸，他摆出一副同情的姿态说："它真的喷啦？"

周挺杉与他的看法完全相反，豪迈地说："它喷个落花流水才好哪！人没压力轻飘飘，井没压力不出油，我们要的就是高压井啊！"说完转身跑出去。

## 三十一　千钧一发

井场上。油、气、水、泥浆的混合物突突地喷起来。吼声越来越大，喷柱越来越高。井架上的防爆灯熄灭了。

钻台上，许光发、油娃在强行下钻。

值班房内，华程在打电话："快，快，要紧急动员！"

井场。赵春生跑来，向周挺杉报告："队长，泥浆比重太低！"

周挺杉："快加重晶石！"

赵春生："告诉供应处了，到现在没送来！"

华程匆匆跑来："老周，田家庄、龙虎滩已经出发了。走！"先跑走，周挺杉跟过去。

姚云朗穿着雨衣跑来。迎面碰上章易之。

章易之："小姚，赶快把这个井喷资料取下来！"

姚云朗从怀里掏出个瓶子，"你看！"奔向井口。

章易之："给我！"追去。

魏国华追去，喊着："姚地质师，天然气太大，危险！"

钻台下，井口旁，吼声震耳欲聋，油、水瓢泼而下。姚云朗一低头冲了进去，坚持取气样。取好后，瓶口朝下抱在怀里，转身离开。忽然，她被天然气熏倒。魏国华冲来背起她。章易之冲进来，接过气样瓶。

草原大路上，救火车、小泥车、推土机、拖拉机、卡车奔驰而来。

配电房里，一只抖颤的手伸向闸箱，企图合闸。

"谁敢合闸！"一声怒吼，恰似当年的老周师傅。

手缩回来，猛然转身，是冯超。他眼珠子通红，像要冒出眼眶，脸色苍白，没有一点人色。

周挺杉高大的身躯当门而立，威武雄壮。

——一双愤怒的眼睛！

冯超垂死挣扎，歇斯底里地狂叫："周挺杉，快救火去吧！你们井毁人亡啦！"猛转身双手合闸。就等电灯全亮，灯泡撞碎，遇到天然气燃起熊熊大火。他往外看看。

电源早已被掐断。

冯超最后的恶毒阴谋彻底破产，他像一摊泥瘫在地上。这个工贼、野心家、修正主义分子结束了他的丑恶表演。

周挺杉迈着坚定的步子逼上来。


井场。冯超被拴在井架绷绳的水泥墩上。像一只落水狗。人们围住他，愤怒地声讨他。

油娃挤进来，跳上水泥墩，高高举起大管钳，以满腔的仇恨喊道："狗东西！我找你十几年啦！"想要砸下。

王副指挥制止了他。

华程命令："带走！"

两个武装民兵押走冯超。

华程拿出红袖标，举起来："袖标上有老一代石油工人的血，新的斗争更增添了它的光辉！"给周挺杉戴在胳臂上，"老周，你指挥压井！"

卡车载着田家庄、龙虎滩来的抢险队伍驶进井场。

在喷起又落下的油、水袭击下，华程、章易之等人研究压井的办法。

章易之喊着："快调重晶石！"

赵春生："来不及啦！"

重晶石粉比重大，掺在泥浆里，打到井下去，可以压住井喷。没有重晶石粉，章易之没办法了。

周挺杉用铝盔做了个搅拌水泥的试验，他拄着拐，端着铝盔走过来，说："政委！得赶紧往泥浆里掺土，加水泥！"这在正常情况下是不允许的，因为它可能把钻杆凝固在井里。

章易之沉吟一下。无名地草原的水碱性大，水泥凝固得慢，压住井喷以后，可以再把水泥替出来。这在当前是唯一可行的办法。章易之大声喊道："政委，我看可以！"

华程："好，就这样决定！"

周挺杉向工人们吼道："加水泥！"

泥浆池边。周挺杉、华程、章易之、赵春生等人往泥浆池里倒水泥、加土。烟尘飞扬。油、水瓢泼而下。泥块打着铝盔。他们舍生忘死地干着。

水泥浮在泥浆表面上。

赵春生声嘶力竭地喊："队长！这浮在表面上不行啊！"

一个工人喊道："队长，得想办法同时搅拌！"

负责泥浆泵的副司钻跑来："周师傅，莲蓬头堵塞，泥浆打不上去！怎么办？"

四面八方警报频传。周挺杉抬头看看，钻机、油井都处于极度危险中。

由于地层下陷，井架逐渐倾斜！喷势不见减缓，反而增强，喷柱直上天车。吼声震耳。

周挺杉站住，短暂的一瞬间他想起自己的经历：

——老周师傅高举大管钳，砸向敌人……

——美国顾问仰天狂笑："没有'美孚'，你们这里是一片黑暗。"

——华程举起拳头："要为真理而斗争！"……

——冯超狂叫："你们井毁人亡啦！"……

——周大娘慈祥豁达的脸："去吧，孩子，娘懂"……

周挺杉坚毅的眼睛！

火红的袖标在他臂上闪耀。

千钧一发！压不住井喷，钻机、井架将会全部报废，会破坏油田的原始压力，使生产蒙受不可挽回的损失。他怀着对帝、修、反的刻骨仇恨，他怀着对无产阶级革命事业的耿耿丹心，他怀着对毛主席革命路线的无限忠诚，气贯长虹地一声呐喊："跳！"扔掉拐杖，飞身跃入齐胸深的泥浆池中。他挥动手臂，划动双腿，搅拌着，搅拌着……

水泥、化学药品、火碱刺激着他的伤口，粘度很大的泥浆使他迈不动步，他忍住巨大的伤痛，奋力地搅拌着，搅拌着……

宏伟的歌声赞颂着我们的周挺杉——中国工人阶级的英雄代表，在帝、修、反挑战面前呼啸猛进的石油工人。

> 石油工人一声吼，
> 地球也要抖三抖！
> 自力更生拿下大油田，
> 降龙伏虎显身手。
> 从前当马牛，
> 今日抬起头，
> 在高高井架上，
> 望见五大洲。
> 让那红太阳照亮全球，
> 快给革命烈火来加油！

歌声中：

油娃、许光发、秦发愤、赵春生跳进泥浆池。

他们奋力地搅拌着。

华程和工人们抢装防喷器。

泥浆池翻滚着波浪。

周挺杉弯下腰，嘴巴贴着液面，掏出上水管莲蓬头的堵塞物。

钻台上，强大的喷柱冲击着工人们。许光发、油娃等人战斗在钻台上，强行下钻。

油娃推着钻杆送入井口，被天然气熏倒，人们把他背下去。

许光发冒着井架倒塌或下陷的危险，顶着强大的喷射力，坚持扶刹把。

范师傅冒着油和水的大雨，看守柴油机。

周挺杉上了钻台，抱住钻杆，送入井口。钻杆被刺射得左右摇摆。他被天然气熏昏了头，差点倒下，一挺身又站起来，强行下钻。

救护车旁，护士给油娃包扎，刚包好，油娃爬起来就跑向钻台。

周挺杉在下钻。

钻杆向地下挺进。

> 让那红太阳照亮全球，
> 快给革命烈火来加油……

英雄的石油工人终于战胜了险恶的井喷。

### 三十二　我们这里一片光明

粗大的试油管，突、突、突阵阵巨响，黑色原油以雷霆万钧之力喷射出来。

人们欢呼着。

无名地一井在喷油。

无名地二井在喷油。

五井、六井、七井……在喷油。

创业油田模型。田家庄一片红灯。龙虎滩一片红灯。无名地上，一个小红灯亮了，又一个小红灯亮了，一片红灯夹着几排蓝灯全亮了。一个小红灯是一口油井，蓝灯是注水井。三个构造上红色的小灯连成一片。——大金娃娃到手了，大油田到手了。

怎么能不兴奋，怎么能不欢笑！看吧，这些转战南北、风霜万里，为祖国的富强日夜苦战的人们脸上是多么光彩呵！让我们永远记住他们的面容吧：周挺杉、华程、章易之、油娃、秦发愤、许光发、姚云朗、范师傅、魏国华、赵春生、周大娘、陈淑芬、王副指挥、田大爷、女焊工、龙燕……这些为祖国的大油田出过力、流过汗、流过血的人们。

一列油罐车开动了。

巨大的炼油厂生气勃勃。

广播电台向全世界庄严宣告："现在播送新闻公报：在毛泽东思想的光辉指引下，中国工人阶级奋发图强、自力更生、艰苦奋斗，我国石油产品基本自给。中国人民使用洋油的时代一去不复返了。"

"一去不复返了……"又是一个早晨，在宏伟的创业油田上，站着扬眉吐气的周挺杉和华程，他们望着如林的井架，望着成排的采油井房，望着一片片大油罐，望着巨大的炼油厂和装油栈桥，周挺杉眼里放着光彩，跟华程说道："政委，你还记得在裕明的山顶上咱们第一次见面吗？"

华程："记得。那是一个黑夜。"回忆着当年的情景，幽默地，"十斤娃，你去裕明别墅，送送那位可爱的洋大人……"

周挺杉："他嚎叫着'美孚'……哼，离开'美孚'，顶住现代修正主义的压力，我们这里是一片光明！"

一轮红日冉冉升起，辉煌的光焰普照大地。

（选自《解放军文艺》1975 年第 10 期）

# 李英杰

## 黑三角（内容简介）

我北方某城松滨市，敌特窃取我"110号人防工程机密"后，迅速将其转移到松滨市交通点，并立即通知了国外的特务机关。不想这一密码被我公安机关截获。在公安局洪局长的部署下，侦察科长石岩，侦察员芦德庆、高洁、李虎投入战斗。特务邢祥用取货单取走两把奇特的小钥匙后，在北去的国际列车上被人击毙，钥匙被拿走。石岩等人经过分析，顺着钥匙的线索，找到了配钥匙的于秋兰。于秋兰在劳动人民文化宫担任钢琴伴奏，她的母亲于黄氏是卖冰棍的。石岩等人通过细致的调查，终于查清于秋兰是个无辜的受害者，于黄氏才是埋藏很深，阴险、狡猾的特务，她是通过指挥出租车司机孙福，利用于秋兰的同学姚桂香寄来的画报，和她的外国主子联系的。于秋兰的身世被查清后，被争取过来。公安机关决定以石岩的照片换掉境外取货人郎井田的照片，抢先和孙福接上头，拿到了取货用的信物——半个翡翠扇坠。郎井田迟了一步，没能接上头，只得跑到当年的姘头于黄氏家中，此时得知扇坠已被取走，便决定和货主猫头鹰直接见面，拿走"110机密"。石岩、郎井田、猫头鹰同时来到接头地点——古炮台内。由于郎井田没有接头信物，猫头鹰死也不肯将货交出。乘二人正在狗咬狗之时，石岩拿到了藏有"110机密"的铜蛤蟆，迅速将他二人抓获，并机智地将装有定时炸弹的铜蛤蟆装入猫头鹰的口袋，迫使猫头鹰自己打开了铜蛤蟆，石岩顺利地拿到了"110机密"。

影片通过我方公安人员侦破和劫获"110号人防工程"机密情报的密码的经过，表现了我公安人员的机智、勇敢，和广大群众头脑中较高的警惕性，同时也表明反动派时刻准备颠覆社会主义的企图。这部产生于粉碎"四人帮"不久、电影开始复苏、处在艰难起步阶段的影片，自然还带有"四人帮"时期模式化的痕迹。如我方人员中必有一机智多谋者、一个简单鲁莽者，而敌方的人物则满脸阴险狡诈。但我们也能看出，创作者正在力求挣脱以往条条框框带来的束缚，摸索一条反特、侦察片的新途径。

# 鲁 琪

**作者简介**　鲁琪，笔名华青、风原。1924 年出生，奉天盖平（今辽宁盖县）人。1949 年加入中国共产党。1944 年毕业于伪满新京王道书院文科。1946 年后历任丹东《白山》杂志编辑，西满日报社、西满新华分社、西满新华广播电台编辑，黑龙江文联编创部部长、副主任，黑龙江省文联副主席、主席、党组书记，专业作家，文学创作一级。黑龙江省委第五届委员，黑龙江省第七届人大常委，中国文联第五届委员。1954 年加入中国作家协会。著有长篇小说《诡秘江湖》，短篇小说集《炉》、《妻子》，中篇小说《春耕的时候》，诗集《北大荒》、《北大荒的故事》，电影文学剧本《大渡河》、《勿忘我》，电影文学剧本集《东京之梦》等。

## 大渡河（内容简介）

　　《大渡河》是人们非常熟悉的经典"长征电影"之一。红军战士攀着十三根凌空摇荡的铁索奋勇前进的画面，是中国电影史中的经典镜头。

　　一九三五年五月，中国工农红军长征的队伍来到金沙江到大渡河之间的天险纵横的重叠山川中。数十万国民党中央军和军阀武装围追堵截，蒋介石的座机也飞临川军首脑驻地，两种决定中国命运的力量对峙着……毛泽东、周恩来、朱德、刘伯承等同志部署了佯攻大树堡、暗渡安顺场的战斗。红军进入冕宁县城后，严格执行党的民族政策，释放了被反动政权拘押的群众，使这片彝族聚居地区，成为红军走向胜利的通衢。先遣团迅速夺取了安顺场渡口，十七位勇士孤舟奋勇，直扑对岸守敌。老谋深算的蒋介石也迅速调整了部署，调集部队左右夹击安顺场，妄图半渡而击，将渡河的红军分割围歼，扬言要红军重蹈石达开的覆辙。毛主席等人及时变通部署，将计就计，一面继续造成在安顺场涉渡的假象，一面另辟泸定桥为强渡点。之后，又以刘伯承佯攻雅安，作直取成都状，迷乱了川军，调开了固守泸定的川军二〇八旅。蒋介石察觉了真相后，恼羞成怒，走马换将，令新任川军司令何湘辉火速调二〇八旅回援泸定。这时，我左路部队已占领桥头，攀着十三根凌空摇荡的铁索向左岸突击。当蒋介石打电话训示右岸守敌时，接电话的已是红军战士小张……毛主席安步走下泸定桥头，对身边的战友们说："梦想我们当石达开第二的那个人作何感想呢？"

# 勿忘我（内容简介）

（与刘畅园合作）

这是一部带有伤痕烙印的影片，讲述了一个发生在特殊年代里的特殊的爱情故事。

一九七〇年代初，在一个偏僻的山村，女知青雯雯接到被打成"叛徒"、"走资派"的父亲病逝的电报，她赶去省城悲痛地取回了父亲的骨灰。途中，她受到小流氓的欺辱，经奋力搏斗才脱险。失去父母，遭受凌辱和歧视，使她失去了生活的勇气，准备结束自己的生命。同村中年医生周虹救了雯雯，在他精心治疗下，雯雯恢复了健康。大病初愈的雯雯在山坡上采了一束蓝色的小花。周虹叔叔告诉她，这是一种富有诗意、用来表示爱情的"勿忘我"花。雯雯来到周虹的茅舍，看到书架上放满了书，知道他是有学问的人，便拜他为师，孜孜不倦地学习。十年来，周虹为农民治病，积累了丰富的经验，写出了《北方农村病的防治和诊断》一书。可是因为他是"右派"，没有出版社出版。不久，在公社会议室，靠造反起家的李书记诬蔑周虹的医学著作是右派写的黑书，并把他为雯雯补课当作搞复辟，要送他去劳改。老支书张庆林明批暗保，把周虹的医书手稿当卷烟纸骗到手，还给了周虹，并将他送到二道岭避风。雯雯对周虹的不幸遭遇愤愤不平，还因自己牵连周虹深感不安。粉碎"四人帮"后，雯雯赶车到二道岭去接周虹。她情不自禁地扑到周虹怀里，兴奋地告诉他"四人帮"打倒了。不久，雯雯来到省城领取了补发给爸爸的工资，她给乡亲们和朋友买了礼物，给周虹买了一皮箱急需的医书。雯雯在周虹的鼓励和帮助下，考取了全国重点大学。临行前，雯雯问周虹为什么不结婚，周虹讲述了自己不幸的经历，告诉她不愿再给别人增加痛苦。雯雯将一束"勿忘我"花送给周虹，表达了自己对他的爱慕之情。夜晚，雯雯又来到周虹家，要向他一吐衷情并辞行，却发现屋中无人。原来，周虹对雯雯的表白感到不安，他不愿贻误雯雯的前途和幸福，便悄悄地离开了家。雯雯焦急地等了一夜。次日早晨，雯雯看到周虹留给她的信，信中鼓励她勇敢地去迎接新的生活。雯雯热泪盈眶，取下了镜框内的周虹青年时代的照片，为他做了一桌丰盛的早餐，将"勿忘我"花端正地放在饭桌上，恋恋不舍地离去。阳光洒满了大地，一列火车行驶在山峦翠谷中，雯雯在车厢里含着热泪，深情地望着窗外。远处，周虹奔上开满"勿忘我"花的山坡，向远去的火车凝望……

# 勿 忘 我

火车驰行在春天的山野。

田野、山坡、草原遍开着一种淡淡的紫色小花。

歌声：

> 小小的，
> 淡淡的，
> 紫色的花朵；
> 你呵，
> 你可不要忘了我。
>
> 在这漫长的人生路上，
> 你我相遇在山坡，
> 你张开了花瓣，
> 把美好的一切，
> 都给了我，
> 为什么，
> 为什么，
> 却把我给你的
> 一切都拒绝？
> ……

歌声渐渐地淡了，远了……

车厢内。一个年轻的姑娘，手里握着一束淡紫色的小花，她把头从车窗外转过来，身子仰靠座背，深深地长出了口气。稍顷，轻轻地合上眼睛。她那清秀的嘴唇微微地动了一下，显然并没有吐出声音，但是我们都清楚地听见：（画外）

"怎么能忘，怎么能忘呵！"

这声音是那么深沉，又是那么痛苦而忧伤。

推出片名：

勿忘我

吉他弹奏着《勿忘我》主题歌的旋律，忧郁而缓慢……

茫茫的雪原，起伏的山冈，蜿蜒的小路……

一个白雪覆盖下的偏远山村。

村头一眼水井，井台上遍是闪光的坚冰。

一个姑娘在摇辘轳打水。

姑娘，瘦瘦的，中等个儿，苗条而匀称的身段，微薄的嘴唇闭得严严的，黑亮的两只眼睛，显得有些忧郁。

她一下一下，将水桶从井底摇上来。刚刚把水桶拉到井口边沿上，一个农民老大爷气喘吁吁地跑来：

"孩子，你的电报！"

姑娘松开水桶，接过电报看一下，大惊失色。

她丢开辘轳，转身下了井台飞跑。

井口的水桶一歪，坠进井内，辘轳把像车轮一样，飞转起来……

飞转着的辘轳把，化做火车飞驰的轮子。

火车的轮子，化为汽车的轮子。

汽车的轮子化做姑娘两条跑着的双腿。

某大城市。

姑娘跑到一处设有门岗的大院门前。

姑娘将电报给门岗看了一下，进了大院，一直朝正面的门厅走去。

姑娘走了进去。

姑娘从门厅内走出来。

一个人送她到门口：

"快去，马上去，也可能来得及。"

姑娘点点头，飞快地向大门走去。

那个人望着地，怜悯地摇摇头。

公共汽车站。

等候乘车的人，排着长长的队伍，姑娘跑来站在后面，显得十分焦急。

一辆车开过来了。

人们一下子拥到车门口，队伍乱了，大家一齐往上挤。

汽车开走了，姑娘没有挤上去。

"排好！排好！"维持秩序的人叫嚷着。

人们又排成一队。

寒风呼呼吹着，冻脚的人在跺着双足。

又一辆车开过来，人们刚想上前，那车却虚晃一下，没有停下，便开走了。

人们嚷着，骂着，有人追上一步踢了一下车门。

等呵等，又一辆来了，人们还是一下拥过来。

"你们倒维持一下秩序呀！"有人责问。

公司人员抱膀笑道：

"我维持得了吗？"

姑娘拼命往上挤，终于挤了进去。

汽车开去了，车门上还有一个人挂在外面……

市郊。一处红色的围墙。

围墙里一个高耸的烟囱，烟囱正冒着烟。

姑娘来到围墙的大门旁。

我们看见大门旁边挂着一个长条牌子，上面写着：第三火葬场。

姑娘一直走进了大门。

火葬场房外面。

几个等待火葬的死人，用棺材罩着，停在一旁。

一个人冷冷地对姑娘说：

"已经进去了，等着收骨灰吧！"

姑娘身子晃了一下，几乎栽倒，她双手一下捂住了脸。

眼泪无声地从手缝里流出来。

"应该跟你父亲划清界限。"还是那个人冷冷的声音。

姑娘把手拿开，满面泪痕地：

"你们不是说病重吗？怎么死了呢？"

"他死得快，谁也挡不住啊！"那人回答了一句，便走开，不再理睬她了。

高耸的烟囱，在冒着浓烟。

火葬房的后面。

一个小门的外面，有几个等着收骨灰的人。

姑娘也在等着。

门紧闭着。人们都紧张地望着那扇紧闭的小门。

寒风呼呼地刮，人们等着，跺着脚，来回走着。

高耸的烟囱，在冒着浓烟。

姑娘仰脸望着烟囱，望着那冒出来立即就被寒风吹散了的浓烟。

烟中化出一个五十多岁穿着干部服的人，随风飘动。

姑娘急忙用手揉揉泪眼，望着，望着……

烟中的人消失了。

姑娘哽咽地呼唤一声：

"爸爸！"

小门开了。一个人手端着骨灰盘走出来。

"杨春林的家属来了吗？"

"在这，在这！"姑娘赶忙上前。

她刚伸出颤抖的手，想去接骨灰盘，那人却哗地一下，将骨灰倒在门外一旁的土地上：

"自己收吧！"

姑娘啊地一声惊叫。

一阵风吹来，骨灰在地上飞扬。

姑娘哭喊着：

"爸爸！"将身子一下扑上去，盖住了骨灰。

那人斜视了一眼：

"黑帮！"

转身又走进门内。

姑娘流着泪，口里不住声地低呼：

"爸爸，爸爸！"

她小心地，颤抖地，将盖在身下的骨灰，一点点地收在自己的手帕里。

设有门岗的那个大院。

姑娘从正面门厅里走出来。

还是那个人把她送出来：

"回去吧，没你的事了，你的父亲没留下什么遗物。"

姑娘出了大院。

一个人从后面赶上来叫住了她。这人四外看看，从衣兜里掏出来一个小纸包，偷偷地交给她说：

"这是你爸爸死前留给你的，不要在这儿看，找一个远一点的地方。"

姑娘噙着眼泪望望那人：

"谢谢叔叔！"

"快走吧！"那人叹口气，急忙走开了。

市内一所公园内。

凄清的公园，寥寥的几个人影。

姑娘坐在长椅子上，她打开了纸包。

纸包里有两张拾圆的人民币，另外还有一张纸条。

纸条上写的是：

"雯雯：爸爸不是叛徒，是革命者，是共产党员。今后只好让你一个人生活了，要记住，跟着党！"

姑娘看完了，伏椅痛哭：

"党在哪呀？爸爸！"

一条僻静的街道。

姑娘顺着路一步步走来。她的脚步越走越缓慢，终于停下了。似乎有些无力地靠在一棵落了叶子的树干上。

姑娘的脸慢慢转向一边，面孔毫无表情地，用茫然的目光，望着街对面的一幢房子。

矮矮的红色围墙内，一所洋式的颇为美观的小房子。

小小的庭院里，几株落了叶的参天白杨。

这就是姑娘过去的家。

酸楚得使人落泪的画外音：

"在这里，我有过爸爸和妈妈，有过幸福，有过欢乐；在这里，我又失掉了这一切，爸爸，妈妈，幸福和欢乐。"

靠着树干的姑娘，姑娘毫无表情的面孔，茫然的目光，她一动不动地望着……

寒风掀动她的头巾。

小庭院内的白杨抽出了嫩芽，长叶了，霎时长满了宽大的浓绿的叶子。

矮矮的围墙上，爬满了牵牛花，开满了鲜艳的小喇叭。这是盛夏的时光。

一个身穿连衣裙的小姑娘，在房门口的台阶上独自玩耍。她手里掐了一把牵牛花，嘴里高兴地唱着一支童谣：

> 小喇叭，
> 滴答答，
> 毛主席来到我的家……

一辆轿车戛然停在围墙门外，从车里下来一位四十多岁的中年干部。

小姑娘抬头，高兴地张开两手，从台阶上奔下来，像小鸟似的欢快地叫喊：

"爸爸，爸爸！"扑到那个人的怀里。

围墙上的牵牛花枯萎了，一个个落了。

白杨树的叶子黄了，一阵秋风，刮起满天黄叶。

围墙的墙壁上，出现了用墨刷出的一行大字标语：

"坚决揪出叛徒、走资派杨春林！"

杨春林这三个字是倒着写的，并画上了一个大大的×。

门前静静的，冷冷清清，只有秋风扫着满地落叶。

这幢房子的屋内。

客厅：沙发，茶几，书架，橱柜……

一个五十多岁的中年人坐在沙发上，他无可奈何地望着站在面前的一个三十多岁的中年妇女。

突然，那女人一声歇斯底里的尖叫：

"你欺骗了我，你害了我一生，你，你……"

女人叫着，双手捂着脸冲出门去。

一个身穿黄军服，腰扎皮带，臂带红卫兵袖章的十四五岁的姑娘，从屋里出来，她吓得目瞪口呆。

画面模糊了，渐渐隐去。

在寒风中靠着树干的姑娘，渐渐清晰了。

姑娘还是那张毫无表情的面孔，还是那茫然的目光。她望着，望着对面那幢房子……

只是她的胸脯，可以明显地看出一起一伏，露出了她内心的激动。

又是那间屋子。

又是那个五十多岁的人，他仍坐在沙发上。

又是那个带红卫兵袖章的姑娘，这时正在地板上翻弄一堆文件，书籍。

姑娘拿起一册书问：

"这个烧不烧？"

"不能烧。"

"人家说这是毒草，四旧。"

"不，这是世界名著！"

通向室外的门开了，又是那个三十多岁的女人，她从外面走进来。她的服装不同了，神态也不同了。她手中拎着一个新型的妇女用的提挎两用皮包。

女人进来后，她环顾一下四周，好像有些陌生的样子。

姑娘用恐慌的眼睛望着她。

"爸爸，你还可以再找一个妈妈！"

男人抚摸着女儿的头顶，无限酸楚地摇摇头说：

"孩子，爸爸的爱情，已经在你妈妈身上消耗尽了。"

姑娘抱着爸爸痛哭：

"爸爸，我的好爸爸！"


寒风中靠着树干的姑娘。

她那两只一眨不眨的眼睛里，滚出两颗寒冷的泪珠。

姑娘像从梦中醒来似的，用手抹了一下眼睛，将两滴泪珠擦去，抬腿想要走开。

一辆淡灰色的上海牌小轿车飞驰过来，车停在那幢房子的围墙前面。

车门开了，一个女人从车里走下来。

姑娘见了那女人，不由得打了一个寒噤，下意识地伸手从身上挎着的书包里，掏出包着爸爸骨灰的手帕，朝着那女人急迈两步……

这时，一个四十多岁的中年男人，穿着笔挺的干部服，从车上下来，怀里抱着一个两三岁的孩子，那小孩伸出两只小手，叫着：

"妈妈！妈妈！"

那女人满面笑容地，疼爱地回身抱过孩子，然后与那个男人并肩走进了围墙的小门，一直向台阶走去，她并没有朝姑娘望一眼。

姑娘捧着包着爸爸骨灰的手帕包，站在道旁，浑身颤抖。她用牙齿狠命地咬住抖动的嘴唇，最后，血水从嘴角流下来。

　　男人的嘴角挂上一丝淡漠的微笑，但望着女人的那双眼睛，却是流露出怜悯又带忧伤。

　　父女两人只默默地望着，谁也没出声。

　　那女人走到男人面前，从皮兜里掏出一张纸递给他：

　　"手续办完了，这是你的一份证书。"

　　"孩子是我的！"

　　"当然。"

　　男人接过证书：

　　"我没意见了。"

　　女人轻松地吐口气，随着似乎感到一丝内疚地，沉吟一下说：

　　"我们不能不划清界限，请你原谅。"

　　男人微微一笑：

　　"去吧，愿你幸福！"

　　女人迟疑一下，望望女孩：

　　"你决心不跟我去吗？"

　　姑娘直视着女人，两眼苦痛沉重地点点头。

　　"将来你要后悔的！"

　　一个字冲出姑娘的口：

　　"不！"

　　女人张了张口，想说什么，但没有说出来，毅然一转身，出了房门。

　　那张证书从男人手里掉下来，他弯下腰，把脸埋在手里。

　　姑娘过来，屈膝跪在沙发旁，咽声地叫一句：

　　"爸爸！"

　　男人抬起身子，几滴泪珠，从他那深陷的眼窝里流下来。

　　姑娘呜咽地：

　　"爸爸！"


　　一列火车停在一处冷清的小站上。

　　一双脚从火车的踏板上走下来，踏上了站台。

　　姑娘挎着书包，站在站台上。

　　火车上下来了几个零星的旅客。

　　姑娘向站外走去。

　　火车长鸣，开走了。


　　冷清清的小镇。

　　一个很小的北方小镇，短短的一条大街，矮矮的小平房。

街道上铺满了白雪，寥寥的几个行人。

一辆大车辗着雪道，咯吱吱地走了过去。

整个街道一览无遗，一家供销社，一家挂马掌的铁匠炉，一家小饭馆……

饭馆的门开了，冒出一股白色的蒸气，从里面走出三个十八九岁的小青年。

姑娘几乎是带着小跑走起来。

出现在姑娘面前的是一片稀疏的小树林。几株参天的青松。

树林外，是一处破房框子的残墙断壁。

姑娘急走……

她已听见后面那人踏着雪地的脚步声了。

她已听见后面那人呼吸的喘息声了。

来到断墙跟前，她好像觉得身后那人的呼吸，已经吹到自己的脖子上来，姑娘咬咬下唇，竖起双眉，她猛地回身站住：

"你要干什么？"

一个与她年龄相仿的小流氓，正是从饭馆里走出来的那个小青年，站在姑娘面前。他满脸猥亵地嬉笑着：

"不干什么，看你太漂亮了。痛快点，不然……"说着他从屁股后面掏出一把雪亮的尖刀，在手中掂量了两下："我这玩意儿可不认人。"

姑娘的眼中愤怒的火焰一闪，她望了一下渺无人烟的四野，随即便温和地笑笑：

"是这样。"姑娘望了一眼面前的断墙，轻轻地说，"来吧！"说着向断墙后面走去。

小流氓得逞地：

"对了，顺当点，咱们倒可交个朋友。"说着跟了过去。

姑娘转进断墙背后。小流氓也跟了过去，当他刚要拐过墙角，完全想不到，突然迎面狠狠打来一拳，这拳正打在他的鼻梁骨中间，当时眼前一黑，叫了一声，仰面倒在地上，手中的刀子也撒开了。

小流氓翻将身过去抓刀子，姑娘却从墙后蹿出来，一脚将刀子踩住，弯腰把刀拿到手中。

小流氓惊恐万状，爬起来就跑。

姑娘瞅着往回跑的小流氓。

小流氓渐渐跑远了。只剩下一个黑点。

（闪回）三个小青年嘴里叼着烟卷，脸喝得红红的。

下了火车的姑娘匆匆地从他们身旁走过去，她没有望他们一眼，便朝着镇外走去了。

三个小青年望望姑娘的脸，互相瞅瞅，脸上带着狎邪的嬉笑。

"脸蛋长得真漂亮！"

其中一个恋恋不舍地望着走去姑娘的背影，少顷，他丢掉手中的烟头，对另外两个说：

"哥们，回去等我一会儿。"说着抬腿尾随而去。

剩下两个，挤挤眼睛，嬉笑着又进了小饭馆。

姑娘在野外雪地上走着。

小镇丢在身后，越离越远了。

四野茫茫，没有一个行人，只有她，孤零零的一个人在走着。

姑娘并没有发现，在她身后稍远处，有一个人在尾随着她…

姑娘在走着……

后面尾随的那个人渐渐近了。

北风夹着雪沙，在姑娘脚下滚动。

她在走着……

姑娘离开了大路，她走上了一条蜿蜒的羊肠小道。

姑娘在走着……

后面的人加快了脚步，距离更近了。

姑娘偶然回头，她发现了后面那个可疑的人。

她脸上显出惊虑的神色，加快了脚步。

后面的那人脚步更加快了。

姑娘怔怔地站着，突然双手捂住脸，她觉得自己受到了意外的污辱，伏在断墙上呜咽起来，一边哭一边无助地低声呼唤：

"爸爸呀，爸爸呀！"

一只手拿着尖刀，一下一下挖那冻硬了的泥土。

已经挖出一个坑，还在继续往深挖。挖累了，又换一只手，两只手替换着挖……

不知从什么地方，两滴水珠落在挖土的手背上。

我们听到一种轻微的抽泣声。

两只手似乎有些冻僵了，放下刀子互相搓着。随着手的上移，我们看到了姑娘把两只手送到嘴边，哈气暖手。

她暖了暖手，又继续挖脚下的坑……

坑终于挖成了。她抽咽着从黄书包中，颤抖地捧出了手帕包。轻轻地，轻轻地，将手帕包放进坑底。

"爸爸，你就在这儿安息吧！让青松伴着你。不要挂念什么，也不要再想妈妈，她不再是妈妈了。"

姑娘一边嘟念着，一边用双手将周围的土堆进坑里，大颗大颗的眼泪，落在泥土上，眼泪和着泥，渐渐地把手帕包埋上了。

不多会儿，姑娘在青松下垒起了一个小小的土包。

她呆呆地坐在小土包前，望着小土包。望着，望着，伸手缓缓地解开布袄的扣子，脱下棉袄轻轻地盖在小土包上：

"爸爸，你多冷啊！"

姑娘坐在土包旁，土包上面盖着她的棉袄。

北风在吹，松涛在她头上鸣奏。

姑娘身上只剩下了一件单布衫，她似乎已经冻僵了，一动也不动。

她的眼泪已经哭干了，再也没有眼泪了。

她坐着，坐着，默默地，好像再也没有什么痛苦。

那把挖土的尖刀，直立地插在地上，她望了尖刀一眼，眼睛停在尖刀上面……

直立在土中的尖刀。

一只手慢慢地向尖刀伸过来，握住刀柄，将刀从地上拔出来。

姑娘的前胸。

单布衫在北风中抖动。

手中握着的尖刀，渐渐向胸前移动，尖刀指向心脏的位置。

姑娘淡漠的目光，毫无表情的面孔。

刀尖向心脏移动……

有人十分小心地，用柔和的声音，轻轻地说了一句：

"放下刀子！"

姑娘好像从梦幻中醒来，蓦地从地上跳起。

她看见一个四十上下的男人，挎着个带红十字的诊疗包，站在身后。

姑娘紧紧地握着刀子问：

"你干什么？"

那人又严肃地说了一句：

"放下刀子！"说着向姑娘跨近一步。

姑娘腾地跳开：

"你敢过来！"

她把手中的刀子亮了一下。

那人并不理会，继续说：

"赶紧穿上衣服！"说着上前去拿棉袄。

姑娘把刀子对着那人，

"不准动！"

那人站住，脸色温和地端详一下这个横眉立目的姑娘，笑笑说：

"干吗这样凶呢？"

姑娘冷冷地，她把手中的刀子又亮了一下："你敢上来！"

那人笑了："你怎么连住在一个屯子里的人都不认识了？"

姑娘惊异地：

"你……"

"不要说了。你不是雯雯吗？赶紧把衣服穿上吧！我看你是病了，一定在发高烧！"那人说着上前把棉袄拿起来。

拿起棉袄，他发现下面那个小土包。疑惑地瞅瞅问：

"你这埋的是什么？"

姑娘张大了眼睛，嘴唇哆嗦了半天，吐出两个字："爸爸！"说完，她身子摇晃一下，便栽倒在地上。

夜。

这是一间普通农民的住屋。

曾经在井沿上见到过的那个老大爷，手里端着一盏煤油灯。

姑娘盖着被躺在炕上，她的面色潮红，呼吸急促，嘴唇发青。看样子正处在半昏迷的状态中。

她在路上遇到的那个中年人，侧身坐在她头上的炕沿边上，胸前挂着一个听诊器，手中拿着注射器，他刚给病人注射完。

一个五十上下的农民打扮的人，站在屋地上，他是大队党支部书记张庆林，他见注射完了，关切地问，

"怎么样？不要紧吧？"

"还要观察观察。"

那人说：

"周大夫，你可要经心点，这孩子一个人在这儿插队，又没亲人，唉！公社为什么把她一个人送到这儿来，也没个单位管她，真叫人不明白。"说着又有些不放心地，"要是有危险，可赶紧送到公社医院，别耽误了。"

被称为周大夫的人名叫周虹，他把注射器放进针盒，回答说：

"支书，你放心吧！"

"好吧！那就交给你了。"大队支书一边说着一边向外屋走，到屋门口

又回头对端着灯的老大爷说：

"老王头，告诉老嫂子，给她做点软食吃，缺什么去找我，明个儿拿口袋到队里领点面！"

深夜。

一盏昏黄的煤油灯，在炕柜上摇曳着。

周虹手拿体温计凑到灯下，查看体温计的度数，然后将体温计甩了一下，放回针箱里。

他从针箱里拿出一个药瓶，倒出两片药，回身从炕柜的暖瓶里倒出一杯水。

他把水和药片放在炕沿上，轻轻地在姑娘身边叫了两声：

"醒醒，醒醒！"

姑娘慢慢地睁开眼睛，惊惧地动了一下。

"雯雯，你该吃药了！"周虹说着，一手扶起姑娘的头，另一只手拿起药片放进她嘴里，然后端起水杯，送到她那干裂了的唇边。

姑娘望望周虹，顺从地喝了水，咽下了药片。

仍然是深夜。

周虹轻轻地拉出姑娘的手臂，摸了摸她的脉搏，然后又轻轻地将手臂送回被窝，并拉拉被子给她盖好。

一只猫跳到炕上来，悄悄地来到姑娘身旁，依偎地卧下。

周虹见了，伸手将它赶开。

猫跳到了炕梢的一个木箱上。

木箱上面，放着牙缸、皂盒、木梳……几本书摞在一起，上面放了一个彩色的小泥人，这是一个扎着两条辫子的小姑娘，两只大眼睛，带着天真调皮的神态，抿着嘴向人嬉笑。

小猫蹲在书旁边，偎着小泥人，跟她一起，用两只圆圆的闪亮的眼睛望着周虹。

"咪——"猫叫了一声。

周虹注视着猫和小泥人，少顷，他不由得笑了。

周虹走过来，拿起小泥人端详着。

小泥人向他笑。

周虹望望炕上的姑娘，又瞅瞅小泥人，露出惊异的脸色，小泥人那张天真调皮的面孔，不知是什么地方，竟然很像姑娘呢！

"水！水！"

姑娘舔着发干的嘴唇，梦呓似的无力地叫着。

周虹赶忙将小泥人放回，拿起水杯……

黎明。
小油灯熄了，窗上透出淡淡的微光。
周虹坐在靠近姑娘头边的凳子上打盹。
南炕的老大爷醒了，他悄悄地下炕走过来。
周虹睁开眼睛。
老大爷轻声问：
"怎么样，好点了吗？"
周虹点点头。

春天，一片嫩绿。
傍晚，西天红霞一片。
周虹向自己的家走来，他住在村子的一头，是一所小小的茅草屋。
茅屋的门前用柳条夹成的篱笆墙，围作一个小院。
周虹拉开篱笆院的小门，意外地发现姑娘坐在他的房门口。
"雯雯！"
姑娘由于病愈不久，显得比过去清瘦些，但那双黑黑的眼睛，却不似过去那么哀伤和忧郁。她见周虹走进院来，眼睛一亮，站起来欢快地叫一声：
"叔叔！"
周虹来到姑娘跟前：
"你跑出来干什么？"
"我觉得完全好了，想出来走走，大娘叫我给你捎来几个鸡蛋，她养的那个母鸡下蛋了。"姑娘说着笑眯眯地把手中拎的手巾包向周虹照照面。
周虹一边开房门的锁一边说：
"真不该把鸡蛋拿来，王大娘连买个针线、打个酱油都没有钱。"
姑娘笑笑：
"大娘说了，我不拿也不行啊！"
周虹推开房门，回头：
"进屋吧！"

屋内。
北面一铺火炕，炕上有一床叠起来的被子。
南面靠窗有一张桌子，桌前放了一把木板椅子。
靠墙用木板钉的一排架子，架子上放着一排书。

其他日用品，零散地放着，屋内显得杂乱无章。

姑娘进屋来，把手巾包放在桌子上，她打量了一下周虹，微微皱一下眉：

"叔叔，这屋就你一个人住吗？"

"是啊。"

姑娘的嘴角向上翘了翘，没再说什么。

桌子上面放着一个小相框，框里镶着一个年轻人的照片，年轻人满脸朝气地带着天真的微笑。

姑娘拿起相框看了看，然后又瞅瞅周虹，歪着脑袋问：

"叔叔，这个人是谁？是你弟弟吗？"

周虹笑笑：

"一个朋友。"

姑娘放下镜框，又看见桌上撂着的和靠墙架子上的书，不由赞叹地："这么多书啊！"

姑娘说着，伸手到架子上想拿本书，却发现书旁边放着一把匕首，她不由得把手缩回来，呆呆地望着那把匕首。周虹见了含笑问：

"你认得它吗？"

姑娘点点头。

周虹笑笑：

"敢于面向生活的人，从来不那样对待自己的生命。"

姑娘好似从梦幻中醒来：

"现在我不想自杀了。"

"你哪来的匕首？"

姑娘微带得意地笑了：

"这是我的战利品。"但她显然不想把这个话题继续下去，岔开地问，"叔叔，这些书都是你的吗？"

"是我的。"

"我家也有许多书，可是现在没有了，"姑娘的脸色黯然了，"没有家了，没有爸爸，没有妈妈，跟你一样，一个人了。"

姑娘的眼睛里，涌出了泪珠。


春天的山坡。

枯草丛中钻出来嫩绿的草芽。

蒲公英的骨朵刚伸出亮黄的花瓣，但有一种小小的淡紫色的小花，却一丛丛开遍了山坡。

姑娘从山洼的枯草丛中钻出来。她手持镰刀，抱了一抱枯枝和蒿草，走到山坡的小路旁，将柴草同原先割的放在一起。

姑娘直腰用手背抹了一下额上渗出的汗珠。

一丛丛淡紫色的小花，在微风中摇曳。

姑娘采了一束小小的紫花，坐在山坡上休息。

姑娘手拿着花，呆呆地凝望山下，好像在沉思，又好像在望着什么。

远处是蓝天，白云，山下是一条弯弯曲曲亮闪闪的小河，还有刚刚开垦的大地……

周虹挎着诊箱，从山上顺着小路走来。他突然发现了姑娘，叫了一声：

"雯雯！"

姑娘回头，马上喊出来：

"叔叔！"

周虹来到姑娘跟前站住：

"打柴吗？"

"大娘的柴火又快烧光了。"

周虹从肩上拿下诊箱：

"镰刀呢？我去割点。"

"不用啦，已经够背的啦！"姑娘说着把手中的小花举起来，仰脸问："这是什么花？"

周虹笑笑：

"你不知道吗？这种花有一种很有诗意的名字。"

"叫什么？"

"勿忘我。"

姑娘重复了一句：

"勿忘我？"她想了一下说，"是不是说不要忘了我？"

"对！"周虹点一下头又说，"人们常常用这种小花来表示爱情。"

姑娘的手像被花刺了一下似的松开了。花落在地上。少顷，她悄悄地拾起来，握在手中，嘴里轻声嘟念着："表达爱情的小花？"她望着周虹咯咯地笑了，"真有意思！"

姑娘背着一捆柴，和周虹肩并肩顺着山坡慢慢往下走着。

姑娘手中仍然握着那束"勿忘我"花。

走着，走着，姑娘突然问：

"叔叔，你怎么会治病呢？"

"我是学医的呀！"

"在哪学的？"

"学校里。"

"大学吗?"

"是呀!"

"那为什么不到医院里当医生呢?"

周虹的脸上掠过一丝阴影,但随即又开朗地笑笑:

"我不是也在给人治病吗? 而且还给你治了病。好啦,不谈这个了。"周虹避开了这个问题。

姑娘带着疑问的眼光,望周虹一下,便不再往下问了。

停一会儿,姑娘自言自语地:

"我若能上大学,该有多好!"

"不上大学同样也可以学习。你愿意学习吗?"

"愿意又能怎样?"姑娘凄然地笑笑,"一个黑帮女儿,叛徒女儿,谁给你学习的机会呢?"

"我来教你!"周虹说得又热心又认真。

"你!"姑娘的眼中闪了一下欢快的光,但随即熄了,她摇摇头,"算了,学了又有什么用? 中学时学的那点课程现在也都给忘净了,还学它干什么。"

"知识在任何时候都是有用的,你还年轻,不应该把生命白白地浪费掉。"

姑娘叹口气。

"如果我教你,你肯学吗?"

姑娘点点头。

"好,就从明天开始。"


姑娘与周虹走下了山坡。

姑娘手中仍握着那束紫色的小花。

突然,她又问,

"叔叔,这叫什么花啦?"

"勿忘我!"

"噢!"她笑了。


傍晚。

姑娘挎着书包来到周虹的住处。她拉开篱笆门,走进院子,一直朝屋里走进去。

周虹正伏在桌上写什么,面前堆了一叠写完了的稿纸,还有两本打开了的厚厚的精装书。

姑娘进屋，立正站好，调皮地向周虹鞠了一躬，大声说：

"老师好！。"

周虹抬头笑：

"怎么不叫叔叔了？"

"不叫啦，以后你是我的老师啦！"

"很好，你今天按时到了，以后一定要遵守学习制度！"

"是，老师！"姑娘答应一声，把书包从肩上拿下，向桌前去。

周虹将桌上的稿纸收拾起来，放进抽匣里。

姑娘看见那两册厚厚的精装书，拿起来：

"这么厚！"翻开看看怔住了，"这是什么书？"

"医学书。"

"是外文？"

"英文。"

"你懂吗？"

"懂点。"

姑娘望着书摇摇头。

"太难了！"

"天下无难事。你将来也会懂。"

"我？"姑娘吓了一跳，不相信地摇摇头。停一下她问，"你很多医学书吗？"

"不多。"

"怎么不多买点呢？"

"如今很少出版，书店里也不多，再说这也需要有……"

"什么？"

"钱！"周虹笑了。

"噢！"姑娘不吱声了。

周虹从抽屉里拿出几册书：

"课本我找来了，喏，这是语文，这是物理，代数……"他将书一本本摆在桌子上。

姑娘惊喜地：

"都有啦！"


深夜。王大娘家。

姑娘趴在炕上写作业。

一盏小煤油灯放在木箱盖上，箱盖上的那个小泥人，调皮地望着她。

小猫依偎在她身边，闭着眼睛舒适地打呼噜。

姑娘看样子是碰到难题了，她拿着笔写不下去，皱着眉头，思考着。

小泥人好像在嘲笑。

姑娘仰脸，瞅瞅，向小泥人筋了一下鼻子。

南炕传来房东王大娘的关切声：

"孩子，歇歇吧！"

"大娘，你睡吧，我再学习一会儿。"

王大娘爱怜又深情地：

"好好学吧，学了本领，将来也像你那老师，来给咱们乡下人看病，人家医道好，人也好，深更半夜，不管谁去找，都没说的。"

姑娘好似偶然想起一个问题，放下笔，仰脸问：

"大娘，你说他为啥不娶个媳妇呢？"

王大娘也有同感地：

"是呵，岁数不小了，到这屯四五年，人人都夸这个人好，给他介绍过不少对象，可人家一个也不同意。"

姑娘歪着头问：

"这是为什么？"

王大娘笑了：

"这个大娘可不知道，你问问他吧！"

画外音：

"问问他，一个姑娘怎么好意思问人家这种事呢？他是那么严肃，看起来又是一个很厉害的老师。"

姑娘又默默地拿起笔。


姑娘伏在炕桌上看书。

周虹走进来，他把手中的几张纸，向姑娘面前一撂，面孔严肃地：

"看看你的答卷吧！"

姑娘望了一眼周虹，忐忑不安地翻阅面前的答卷。她看了一张，又看一张，最后眼睛停在卷子上，低着头，半天一动也不动。

"看完了吗？"

姑娘不动，也不出声。

"是我没讲明白吗？"

姑娘仍低着头。

"我出的题也不难呀！你……"周虹住嘴了，他看见姑娘的眼泪扑扑地滴在桌面上，怔住了，"你怎么还哭起来啦？"

王大娘进屋听见：

"哎呀，这是干什么，也得慢慢学呵！"

"这些都是高中学过的呀!"

王大娘替姑娘辩解地:

"唉,那阵不都是闹什么'革命'了吗,斗什么资本派了吗,到处都一样。"

姑娘伏桌呜呜地哭起来。

周虹见状,又气又急又无奈地:

"哭什么呀!"

姑娘抬起头,抹了一下眼泪,绝望地望着周虹:

"我根本不会有什么出息,命运注定了。"

"命运!干什么相信命运?"

"相信不相信都一样,一切都是安排好了的。"

"你要改变这种安排!"

姑娘用哀怨的眼光望着周虹,摇摇头:

"改变?不可能!你说的是书本上的话,事实是办不到的。"

周虹争辩地:

"不对,你……"

姑娘拦住周虹的话:

"不要说了,我已经看透,不管怎样都是没有出路,我,我不……"姑娘又呜呜地哭起来。

姑娘这些话和她的绝望,深深地伤了周虹,他难过地不出声了。

王大娘怜悯地:

"这孩子也够累的了,要到队里去干活,又要念书本,唉,真没法!"

周虹望了姑娘一眼:

"那么,你是不想学了?"

姑娘抬头,张着泪眼,用绝望的语气哀求着他:

"老师,你不要管我了,不要再费心了,我不行,我……"

周虹伤心极了:

"好吧,我没想到你是这样,你……"他不再说下去了,一边转身一边说,"以后不要再来找我了,学习结束了。"说完一直向门外走去。

姑娘止住了抽泣,惊骇地睁大了眼睛,她被吓住了。

稍停,她高喊一声:

"老师!"她不顾一切地跳下炕来,光着脚追出去,一边追一边哭着喊:

"老师,老师,你不要吓唬我,我学,我学!"


冬夜,北风呼啸。

周虹的小屋里。周虹伏在桌上,写着……

桌上堆了一叠厚厚的原稿。

姑娘围着头巾，悄悄地推门进来，她把书包放在炕上，回身站在周虹背后。

"有难题了吗?"周虹停笔抬头。

"不，不，今晚我不想打扰你了，我自己能想明白。"

"那好，需要自己多动动脑筋!"

姑娘笑笑。

周虹又拿起笔来。姑娘看看桌子上那叠稿子：

"你写这么多了!"

"还早呢!"周虹没有停笔。

"什么时候能出书呢?"

"那可不知道。"

姑娘离开周虹，脱鞋上了炕，她盘腿坐在火盆跟前，用火筷子拨弄拨弄火，伸出手来烤烤，然后从书包里拿出一本书来默默地读着。

一会儿，姑娘抬头瞅瞅周虹，见他不停笔地写，又过一会儿，抬头瞅瞅，见他还是不停笔地写。

画外音：

"一个人生活得多么艰苦呵，他这样写下去，深夜里，有谁给他准备吃的呢，有谁给他暖暖那冻僵了的双手呢?"

姑娘想了一下，便悄悄下了炕，走到墙角处，从一个麻袋里掏出一捧土豆来。姑娘上炕将土豆埋到火盆里，又拿起书本，读着。

周虹伏桌，不抬头地写……

窗外寒风呼啸。

一盘剥了皮的热乎乎的烧土豆，送到周虹面前，放到桌子上。

姑娘的声音："吃两个烧土豆，暖和暖和。"

"嗯，嗯!"

周虹答应着，但没有抬头，也没停笔。

姑娘挎上书包，围上围巾，悄悄地推开房门走了出去。

周虹继续伏桌在写。

少顷，他叫了一声：

"雯雯!"

没听见应声，又叫了一声，

"雯雯!"

周虹停笔，转头，见屋内无人，他怔了一下，才知道姑娘已经走了。

周虹望了望桌上那盘剥了皮的土豆，脸上带着欣慰、幸福的微笑，搓搓冻僵的手，拿起一个，放在嘴里大嚼起来……

春天了。

周虹撂下笔，站起身来伸了一下腰，欢叫一声：

"雯雯，我写完了，我终于写完了！"

周虹说完，回头看看，屋内并没有人，才意识到雯雯并不在这儿，他自嘲地笑了。

姑娘捧起厚厚的原稿，兴奋得两眼闪闪发光。

"这么厚呵，写几年了？"

周虹："这是我下乡十几年来的收获，从写第一个字算起已经五年多了。"

姑娘将原稿放在桌上，外面加上封皮，用锥子扎眼，然后再用线穿起钉上。完了，她伏在桌上，端端正正地，用心地在封皮上写下几个字：

北方农村地方病的诊断与防治
周虹著

写完，她拿起，笑嘻嘻地给周虹看：

"行吗？你看写得好吗？"

周虹认真地：

"很好，你的字很好看。"

姑娘听了很高兴：

"出版社能把我的字也给印上吗？"

周虹笑了：

"这可就在他们了。"

姑娘点点头，表示是这么回事。她端详了一下手中的稿子，仰脸问：

"咋办？寄出去吗？"

"你说呢？"周虹好似拿不定主意地。

"当然寄，我看马上寄去！"

周虹：

"那就经你的手，给我寄出去吧！"

姑娘疑问地瞅着周虹。

周虹笑笑："你年轻，将来也许会有个好运气，我老了，运气一直不好。"

姑娘惊异地、好似第一次看见周虹，她直直地望着他的脸："你怎么会是老了呢？"

"是老了，快四十岁啦！"

姑娘咯咯地笑了："没听说四十就老了，我爸爸五十多，还总说他不老呢！"

周虹："还是你给我寄走吧，人是奇怪的动物，明白的人，有时也要迷信的。"

姑娘："那好吧！我给你寄，可是他们一定能出版吗？"

周虹黯然地："雯雯，那咱们只好祈祷上帝保佑了！"

小镇。

公社邮电局。

雯雯手拿包装好了的原稿，递给了邮局一个年轻的女工作人员。

那个女工作人员接过掂了掂，看看问：

"这是什么？"

"稿子！"

"稿子是什么？"那个人没明白。

"稿件。"

那人明白了，自语地："这么厚？"她丢到秤盘上，一边称一边问："挂号吗？"

"挂号"。

姑娘往邮件上贴邮票。贴好了又将邮件递给那个人。那人接过来，看看，又送回来：

"写上姓名。"

姑娘接过，掏出笔，在邮件的地址下面端端正正写上"周虹"两个字。那人拿起邮戳刚要往上盖，发现"周虹"这个名字，她拿邮戳的手停了一下，抬眼望望姑娘，然后才盖上了邮戳，丢给姑娘一张挂号单据。

姑娘揣起收据走出去。

那人拿起邮件：

"周虹！"她嘴里轻轻嘟念一句，站起身来。

那个女工作人员，来到一个中年男人的办公桌前。她把邮件放在桌上，指指封皮上地址下面，周虹的名字。

中年男人看了一下，抬头见周围无人，把邮件推给那人，轻声地说：

"发出去，擅自检查邮件是非法的。"

"他们说是公社李书记的指示。"

"没看见，就别理他们。"

那个女工作人员拿回了邮件。

中年男人望望她，颇有用意地说了一句：

"做人，要做个正派人哪！"

那个女工作人员点点头，拿着邮件走了。

小镇的供销社里。

一间长筒屋子，一排栏柜。

货架上摆着布匹，日用杂货……

在卖食品的栏柜前，姑娘掏遍了衣袋，把所有的硬币、纸币加在一起，递给了售货员。

售货员瞅瞅她，微笑地称了一小包糖块给了姑娘。姑娘揣起糖块，转身走出供销社。

周虹刚走出林子，在路口遇见了姑娘。

周虹："寄走了吗?"

姑娘点点头："挂号寄的。"她见周虹挎着诊疗箱问，"出诊吗?"

周虹："三队派人来送信，说老陈大爷儿媳妇病了。"

姑娘："你让我到你屋里去吗?"

周虹："做什么?"

姑娘："你那里安静，我想复习功课。"

周虹："怎么不行，我可以给你一把钥匙，什么时候去都行。"

姑娘高兴地："真的吗?"她伸出手，"给我吧！"

周虹笑笑："你真性急。"他从兜里掏出钥匙链，从上面摘下一把钥匙，送到姑娘手里。

拿着钥匙的手。

钥匙插进一把锁头内。

周虹的房门开了，姑娘走进屋来。

姑娘进屋既没拿起书本，也没拿起笔，她看了一下屋子的周围，便将南北窗户打开，然后用毛巾包上头发，操起笤帚扫起墙壁、棚顶上的灰尘……

姑娘手拿抹布擦桌子。

姑娘拿起桌上的相框擦灰尘，擦完端详一下，自言自语地：

"蛮漂亮呢！是一个朋友?"她想起周虹那句话，微微摇头，"真像是他弟弟。"

说到这儿独自笑了，又把相框放回原处。

周虹的屋子面目一新。

棚顶、墙壁上的灰尘没有了，屋内的桌、椅、木箱、书籍……一切物品，家具，都摆得整整齐齐，擦得干干净净。

姑娘从一个木箱里掏出一堆待洗的衣服，其中有上衣、裤子、衬衣、袜子……

她把这些都塞进一个盆子里，堆得冒了尖。

姑娘端起盆子走到屋外，回身锁上门，又端起盆子走出篱笆墙，一直向村外走去。


村外。

一条亮亮的小河。

小河哗哗地流淌着，两岸遍生着柳毛子。

姑娘坐在河岸边的一块石头上洗衣服，她挽着裤腿，把两只脚丫插在水里，弯着身子，一下一下搓洗着。

我们看见她一边搓洗着衣服，嘴里却不住地嘟念着什么，有时声大，有时声小。

断断续续可以听见：

$$sin(\alpha + \beta) = \cdots\cdots$$

声小了，就听不清了。原来她是在背数学公式。

我们又听见；

$$sin^2\alpha + cos^2\alpha = 1$$

突然她住声了，手也停止了搓洗，她睁大眼睛，一动不动地向河里望着。

随着她的目光，我们看见她面前的河里有一处浅沙滩，一条小水沟的浅水里游来一条鱼，看来鱼不大，脊梁上的鳍都露在外面。

那鱼继续向浅水处游着。

姑娘放下手中洗的衣服，她把裤脚又向上挽了挽，蹑手蹑脚下了河。

她轻轻地抬起腿，一步一步向浅滩里走去。

她快到跟前了，张开了两手。

这时鱼发觉了，猛然一摆尾，打了一个水花，掉头向回游去。

姑娘蹿窜上一步，双手直向那鱼扑去，她把整个前身都扑进水里，脸也扎了进去。

姑娘从水里站起来，扑棱一下脑袋，甩掉脸上的水珠，嘴里喷出一口水，喜笑颜开。

我们看见她双手掐住了一条甩动着尾巴、有一筷子多长的大鲫鱼。

黄昏。

周虹挎着诊箱，从外面走回家来。

一进篱笆门他吃惊地看见，院内晾了一长串洗干净了的衣服。

周虹进了屋又是一惊，见屋内焕然一新，井然有序，什么都干干净净，简直叫他有些认不出来了。

屋内没人，桌上放着一册打开了的课本，一支笔和一个笔记本。

人呢，看来刚刚还在这儿。

周虹撂下诊箱，他趴窗探身向外低声地：

"雯雯，雯雯？"

院内没人应声，周虹转回身来，突然听见吃吃一笑：

"在这儿！"

周虹抬头，见姑娘站在北窗外面，探出一个脑袋，冲着他笑。

"淘气，进来！"

姑娘笑嘻嘻地从外面跑进来。

"你学习了吗？"

"学啦。"姑娘理直气壮地。

"谁叫你干这些活来？"周虹的面孔板着。

姑娘委屈地眨着眼睛不出声。

周虹温和了些说：

"你要抓紧时间才行！"

"知道了。"姑娘答应着，嗫嚅地说：

"饿了吧？我把饭做好了。"

周虹无奈地：

"那就一块吃吧！"


姑娘高兴地从外屋端进一盆稀饭，又端两碟咸菜，接着又端来一个盘子，里面盛着糖块。周虹忍不住笑了问：

"这也算是菜吗？"

姑娘含笑不语，又回身到外屋，笑眯眯地端进来一个大盘子，里面盛着的是一条红烧大鲫鱼。

周虹惊异地叫起来：

"鱼！哪来的鱼？"

姑娘只是笑眯眯地不出声。她把碗筷放好，坐在周虹面前，好像赔不是似的恳求说：

"不要怪我，让我替你做点小事，一方面祝贺你把书写完了，另一方面也是报答报答你。"

周虹感动了。是什么涌上了他的心间，使他感到从来没有过的一种温暖，但是他尽力控制了自己的感情。半天，眼睛有些湿润地轻声说：

"谢谢你，雯雯，以后可不要这样了。"

姑娘似乎看出周虹内心的激动，她满足了，高兴地：

"吃饭吧，你尝尝这鱼！"

周虹顺从地吃了一口，不由得称赞：

"真鲜，好久也没吃到这么好的鱼了。"

姑娘听周虹的称赞，喜欢得咧开了嘴。

"你到底从哪弄来的？"

"我抓的！"

周虹露出不相信的样子：

"抓的？"

"真的！你愿意吃，明天我再去抓一条。"姑娘认真地。

周虹笑了：

"这条鱼很可能没长眼睛。"

姑娘赞同地：

"也没长耳朵！"

两个人都忍不住痛快地笑出声来。


周虹在明亮的窗下，伏桌在判姑娘的考试卷。

他迎面的窗户大开着，从屋内清清楚楚地看见篱笆围墙和小院子。

周虹看完了作文，欣喜地用红笔打了个八十分，看了数学，兴奋地打了个九十分，正在看另一份物理卷。

不知什么时候，姑娘不声不响地走进了院子，她悄悄来到窗下，伏在窗台上，笑眯眯地眨着眼睛，一动不动地望着专心看卷的周虹。

周虹没发现她，只是在欣喜地翻阅考卷。

停一会儿，姑娘见周虹不抬头，便像小猫咪咪似的轻声叫：

"喵……"

周虹一怔，抬头见姑娘趴在窗台上的样子，不由得笑了：

"调皮！"

姑娘咯咯笑了，回身从房门跑进来。

进屋，她看见桌上放着她的答卷，收敛了笑容，有些不安起来。

"坐下！"

姑娘规规矩矩坐在凳子上。

姑娘的担心是多余了，周虹满面春风地说：

"你这次的考试成绩很好。"说完把判定的卷子推给姑娘，"看看吧！"

姑娘忙拿起卷子，一张张地看起来，看完，放下卷子，抬起头望望周虹，不出声地呆笑。

"你已经闯过头一关了！"

"真的吗？我能学下去了吗？"

周虹认真地：

"你完全可以学得很好。进步很快！"

泪水一下子涌上了姑娘的眼窝，她噙着眼泪松了口气："那回你可把我吓坏了。"

周虹大声地笑了：

"你还记得那回事？"

"我总是忘不了，常常梦见你那伤心的样子。"

"你以为真正想学到点知识，就像喝口糖水那样痛快吗？不会的。现在你也不要高兴，我还要给你加上一门课呢！"

"什么？"

"外语。"

姑娘一惊：

"外语。"

"对了，英语。"

姑娘呆住了，低低说了一声：

"妈呀！"


公社党委李书记的办公室。

李书记坐在他的办公桌前，四周的椅子、凳子上坐了十多个农村干部打扮的人，看来是在开会之前。

屋内烟气弥漫，闲谈声时高时低。

一公社干部手拿包邮件走进来，他把那邮件送到李书记面前：

"出版社给寄来了，你看看吧！"

李书记接过来，拆开封，露出一册厚厚的原稿，一看便可以认出，这是周虹写的那本书。封皮是雯雯钉的，上面是她写的那几个字：

《北方农村地方病的诊断与防治》

李书记随便翻了一下，丢在桌上，对进来的人说：

"放在这吧！"

那个干部又请示问：

"给可以教育好的子女开会，你参加吗？"

"我没空，让老刘主持吧！"

那个干部走了。李书记向屋内环视一下问：

"各大队都到齐了吗？"

一个人回答：

"齐了。"

另一个人说：

"没有，张庆林还没来。"正说着，门口闯进来一个人忙接上：

"来了，来了。"说话的人，正是周虹那个大队的党支部书记张庆林。

李书记有些不悦地瞅了张庆林一眼：

"老张，你对这种会总是不大积极呀！"

张庆林嬉笑又像带点歉意地说：

"积极，积极，怎能不积极呢！只是来晚了一点。"说着赶忙找个地方坐下。

屋里的人，都瞅他笑了。

李书记严肃地宣布：

"好吧，开会啦！"说着从兜里掏出个笔记本，刚想往桌上放，发现桌面上灰尘太多，伸手抓起周虹的稿子，刷地连封皮带原稿撕下来几页，擦了擦桌面，然后团了团丢在地下。他放好笔记本，把身子往椅子背靠上仰了仰，向众人问：

"你们都是大队的支部书记，作为党的支部书记主要任务是什么。都清楚吗？"停一下，没人回答这个问题，他又接下去说，"就是抓阶级斗争嘛！今天这个会。我主要向你们讲讲阶级斗争的新动向。"说到这，他看见张庆林在跟身边的一个人悄声说话，便不高兴地，"张庆林，你要听着。"

张庆林忙扭过身子说，

"听着呢。"

"你要特别注意，阶级斗争新动向在你们那就有所表现！"

张庆林怔了一下。

"你们那个叫周虹的，最近干了些什么活动？"

张庆林惊异地：

"没什么活动呵！只是劳动了。"

李书记冷笑一下：

"不对吧？"他拿起那册厚厚的原稿晃了晃："你看，他写了些什么？写了这么厚的一本大毒草，还能有时间劳动？我向邮局打过招呼，对那些重点分子往外寄信要经过公社检查，可不知为什么漏掉了。幸好，出版社来信向我们征求意见，这才把它要回来，不然真的出版了，不知给国家和人民带来多大损失呢？"

张庆林问：

"李书记，他写些什么？"

"写的什么还用问？你想他还能写什么？"

张庆林问：

"他到底写的是什么？"

"他写的是……"李书记拿起原稿，看看封皮已经撕掉了，说不出名来，又翻过来看看后面，还是说不出名来，丢下说："是什么病的诊断，不用问了，反正他写不出香花来。"

刷！在李书记旁边坐着的一个人，伸手从原稿上撕下来一张，丝地又扯成一个小条，他卷了一支烟。

李书记看了笑笑：

"对了，这玩意儿当抽烟纸还有点用处。"

那人抽了口卷好的烟。听了李书记的话，笑笑说：

"这纸还真不错，抽起来挺柔和。"

听了这话，又一个人上前，刷！又撕下一张，然后又扯两开，分给了另外一个人。

张庆林睁大了眼睛，坐不住了，他笑眯眯地两步抢上去，把正册的原稿拿到手里：

"李书记说得对。这种大毒草只能当抽烟纸，送给我吧！"

刚才那个卷烟的人，忙伸出手来：

"喂，你别独吞哪，分给我一半，我也没抽烟纸，队里钉的两份报，你争我抢，也不够抽的。"

张庆林不给，躲闪着回到自己座位，急忙塞进他的挎包里。

那人不依，还要追过去。

李书记皱起眉头：

"算了，算了，几张纸抢什么，一点开会的纪律都没有！"

人们都静下来。


在公社另一间办公室门口。

门开着，里面好似已经坐满了，门外还坐了几个人。

这门外坐着的几个青年中，姑娘也坐在那儿。她低着头，听着屋内一个人在讲话。

看不见里面的情况，只听里面在讲：

"要记住，你们是可教育好的子女，可以教育好，就说你们不是死不改悔，就说要给你们出路，就说……"他说不下去了，停一下又说，"就说关键的关键看能不能跟你们那个臭老大、臭老二、臭老三，一直到臭老九的家庭划清界限。划清界限的关键是什么呢？那就是劳动，劳动可以改造一切，劳动可以创造一切，可以把你们创造成新人。劳动！劳动，记住没有？"

里面有两个人轻声回答：

"记住了。"

李书记办公室的会议散了，人们纷纷往外走。

张庆林刚站起来，便被李书记叫住。

李书记："喂，你们那个周虹想怎么处置？"

张庆林一时不知如何回答。

李书记："听说他还跟一个叛徒、走资派的子女不清楚？"

张庆林吃了一惊，忙笑笑说："这可是谣传，他的情况，支部都掌握，只是给那个下乡青年复习复习功课。"

李书记："看看，复习功课还不是搞复辟活动？培养修正主义黑苗子嘛！好啦，我看把他送公社专政队来劳动吧！"

张庆林："我们已经决定叫他到二道岭去了。"

李书记："去二道岭干什么？"

张庆林："看苗圃。那里四外没人家，孤零零的，派谁去谁都不愿意，正好让他去改造改造。"

李书记沉吟一下："嗯，也好，这跟蹲监狱差不多，不过要严加看管才行！"

张庆林松了口气，连忙点头："这当然了。"

姑娘的脸上毫无表情地从公社走出来。

一个个参加会的青年，全都木然地无声地走出来，各自分散走去了。

一个公社的勤杂人员，提了一篮子垃圾，扬在公社门前路边的垃圾堆上。

随着一阵风，从垃圾堆上吹来一个纸团，纸团滚动在路上。

姑娘望了纸团一眼，突然站住了，两眼紧紧盯住滚动的纸团。

纸团继续向前滚动。姑娘跑上去用脚踏住，俯身将纸团拾起来，急忙摊开，不由得惊叫一声：

"呵！"她转身看见那个倒垃圾的人，正向公社门里走去，便追去喊："同志，你等等！同志！"

在公社办公室外面的走廊里。

姑娘同那个倒垃圾的人，一起来到李书记办公室门前。

倒垃圾的人：

"我就是从这屋里扫出来的。"

"这是谁的屋?"

"李书记办公室。"

姑娘上前拉门,拉不开,门已经锁上了。

姑娘从门上玻璃向里面望望,见屋内空无一人,桌面上光溜溜的,什么也没有。

倒垃圾的人:

"散会了,李书记走了,你找他吗?"

姑娘不知怎么回答好:

"呵,呵,不! 不!"说完转身向门外跑去

倒垃圾的人莫名其妙地望着跑去的姑娘……


周虹从自己屋里把支书张庆林送出来。

两个人一边唠一边向院外走去。

张庆林:"你就暂时去一下吧,过一阵子消停了,再回来。"

周虹的情绪有些激动,他微皱着眉头没出声。

张庆林又解释地说:"去二道岭是我想的主意,你不要往别处想。"

周虹:"我明白。"

走到篱笆门前,张庆林站住,他又想起地说:"跟雯雯暂时也不要接触了。"

"怎么? 你也相信他们的话吗?"周虹直视着张庆林。

张庆林摇头笑笑认真地:"不,我不相信。"

周虹长出口气,感慨又带着感激地:"支书,你有一颗金子一样的心。"

"什么?"张庆林望着周虹。他哈哈地笑了,"金子,这样的心,如今不值钱喽!"说着,他拉开篱笆门,走出小院。

在门外,他又叮嘱一句:"不要灰心,到那安心写你的书吧!"


黄昏。

姑娘一下子推开周虹的门。她跨进门来,站在门旁没有动。

独自默默坐在桌前的周虹,回头看见了她,吃了一惊问:

"你怎么啦?"

姑娘双眼含泪地望着周虹,嘴唇微启,抖动了几下,似乎想说什么。

周虹站起来向姑娘走过去,他轻声问:

"怎么啦?"

姑娘躲开周虹的目光,嚅嚅地说了一句:

"没怎么，我，我想该学习了。"说着她上前两步，将书包放在炕上，像有些疲倦似的，在炕边坐下。

周虹仍用疑问的目光瞅着姑娘：

"是呵，课本带来了吗？"

"带来了。"姑娘把课本从书包里掏出来。书拿在手里又放下了，她仰起脸，直直地望着周虹，嘴动了动却没有出声，突然，双手捂起脸呜咽起来。

周虹着慌地：

"雯雯，你到底怎么了？"

"你，你还不知道呢，他，他们……"姑娘哭起来。

"怎么回事，说呀！"周虹急了。

"他，他们把你那个……"说着这姑娘从兜里掏出来在公社门外拾到的那两张纸，交给周虹，"你看看！"

周虹明白了，他接过看看，苦笑了一下问：

"在公社拣的吗？"

"嗯！"

"雯雯，不要难过，算了，不值得哭！"

姑娘大声地：

"算了？这是你十年来的心血呵！是你五年多日日夜夜一笔一笔写出来的呀！"

周虹转回身到桌子跟前，拉开抽屉，拿出原稿："你看，剩下的全在这儿！"

姑娘惊喜地过来，拿起稿子翻看；

"真的呀，只少了几张！是他们还给你的吗？"

周虹淡淡一笑：

"怎么会呢？是支书把它当抽烟纸抢来的。"

姑娘舒口气：

"天哪，支书真好！"

"是呵，就是因为有这样的人，我们活的才有信心。"

姑娘珍惜地看着稿子问：

"怎么办？我写个皮，再寄出去吧！"

"寄也没有用，以后再说吧！"周虹十分感慨地，"看来，人还是不能迷信，经你手可也没有给我带来好运气，还是干正经事，咱们学习吧！"

周虹说着到炕前从雯雯书包中拿出一册英语书，他翻开问：

"雪莱的那几句诗，你能背诵了吗？"

雯雯想了一下，用英语背诵：

"Riselihe ionsl after slumber

In unoangvi shable humber——"

她背了两句突然停下说：

"不，今晚我不想学习了。"

周虹一怔：

"为什么？"

"很久了，有些问题憋在心里，想问问你。"

周虹见姑娘忽闪着两只发亮的黑眼睛，脸上显得是那样的严肃而认真，于是点点头说：

"好吧。"

窗外。篱笆院内，几棵向日葵，低垂脑袋，在微风中轻轻摇晃。

静寂的山村，听不到什么喧闹声。

暗淡的天色，渐渐黑下来了。

稍顷，村内一所所屋子的纸窗内都透出淡黄的灯光。

生产大队的办公室里，也透出灯光。

我们听见，从里面传出支部书记张庆林的声音：

"你是生产队长，不抓生产抓什么呢？别听他们那一套，他们不生产有饭吃，可是我们不打出粮食来，社员吃什么呢？"

一个人，长长地叹口气。

周虹的屋里也点上了灯。

姑娘的两只眼睛，在灯光下闪闪发光，现在她从炕沿边上站起来，走到坐在桌前的周虹身边：

"你说说，这是为什么？红卫兵那阵，我背熟了几百条语录，什么实事求是，什么坚持真理，修正错误，什么人民利益，什么，什么一大堆。可是这些年来，谁照这样做了呢？实事求是了吗？坚持真理了吗？修正错误了吗？人民的利益谁管了吗？"姑娘紧紧盯着周虹，她激动得脸都有些发红了。

周虹默默地听着，虽然一直没有说话，但可以看出，他的内心也是很不平静的。

姑娘继续说，她很激动也很痛苦：

"爸爸到底叫他们迫害死了，我们国家有个宪法，说那是国家的根本大法，我看过，讲什么人身自由，言论自由，又讲什么公民权，可是要抄家就抄家，要打就打，要捕就捕，要死要活任人摆布，宪法究竟在哪？我们上哪申冤，上哪告状呢？我孤零零一个人，看不见一点希望，一切都没有希望，我看透了这痛苦的人生，所以我才想结束我自己的生命，但是没有想到遇见了你。"姑娘充满感情地望着周虹，她眼睛里含满了泪水，声音降低了说，"是你使我活了下来。"

姑娘那火样的眼睛，使周虹不由得颤抖了一下，他避开姑娘的目光。

"雯雯，不要说了。"周虹站起来，"这些问题我跟你一样，想不出该怎样回答。但我想，人是不应该放弃希望的，我们不是都有两条腿吗？腿是向前走的，只要向前走，不论黑夜有多长，总会走到天亮的。就说到这吧，课程从今天起也不再往下讲了，你要用三个月的时间总复习。"

姑娘顺口答应："好吧！"

"你也不用天天到这儿来了。"

"为什么？"

周虹没有回答。姑娘又紧盯问一句："如果我想来呢？"

周虹有些慌乱地："噢，那就来吧，你不是有钥匙吗！好啦！你该回去睡觉了。"

姑娘迟疑地望望周虹，拿起炕上的书包。

"再见，雯雯！"周虹自己也没想到从他这句话的语声里，流露出那么多依依之情，这种突然流露出来的感情，姑娘一下子就感到了，她惊异地睁大眼睛，好像面对一个陌生人似的望着周虹。

她停住刚迈出房门的脚，站住了。

周虹觉察出来，忙掩饰地笑笑："你看什么？"

姑娘满脸狐疑地："你……"

周虹冷下脸来催促地说："回去吧，天不早了！"


深夜。

周虹一个人默默地坐在桌子前。

他呆呆地望着从煤油灯投下来的淡黄的光圈，沉思着。

他坐着，坐着，一动不动地坐着……

画外：姑娘那充满感情的声音：

"但是，没有想到遇见了你，是你使我活了下来。"

他坐着，坐着，一动不动地坐着……

寂静的屋子。

寂静的深夜。

寂静的山村。

煤油灯的油熬尽了，灯光一点点暗了下来。

周虹坐着，坐着，深深地长长地叹了口气："人生呵！"

两滴清泪，无声地，缓缓地从他的眼窝里流了出来……

早晨。

周虹背着一个小行李卷，拎着一捆书，从村内走出来。

他一个人，孤单个地顺着村边向前走。不久，我们看见他拐上了一条蜿蜒的小路，爬上了一个山坡，越走越远，最后不见了。


晌午。

姑娘手持镰刀在田野里奔跑。

她张着惊惧的眼睛不顾一切地奔跑。跑过了高凹不平的荒地，跑过了高粱、谷子地，跑过了包米、大豆地……

她跑过了小河的木桥，顺着河沿不停地跑。

头发迎风飘动着，劳动时系在颈上的毛巾迎风飘动着。

她一直跑进村子，来到周虹家的篱笆门前，拉开院门，奔到屋门口站住了。

房门上了锁。

姑娘从兜里掏出钥匙，开了锁，推门走进去。


在屋里，姑娘站在屋当中，喘息地茫然四顾。

炕上，空空的，那往常叠的被褥不见了，桌上，那往常摆着的纸笔不见了，只剩下那盏带罩的煤油灯，放在桌上。墙壁架子上的书，也明显地少了……

这间平时在姑娘心中是那么亲切、那么热火的小屋，如今骤然使她感到有说不出的冷清，说不出的凄凉。

姑娘呆呆地站了一刻，恐惧似的捂起脸，退出了屋子。

姑娘坐在周虹的房门外，她双手捂着脸，弯腰把脸埋在双膝里。

镰刀丢在一旁，她的双肩微微颤动。

周围静悄悄地，只有窗下那一排垂头的向日葵，在风中轻轻摆动。

一会儿，我们听见了姑娘那轻微的抽泣声。

小院的篱笆门半开着。

有人从篱笆外向院内望了望。这是支书张庆林，他看见了姑娘，便走进院来。

张庆林来到姑娘身旁："雯雯！"

姑娘抬起头。

"哭了！怎么哭了？"

姑娘用袖子抹了一下脸上的泪痕，站起来："支书，他写了一本给人治病的书有什么错？他让我学习教我读书有什么错？"

"没错，没错！"

"那，这是为什么？"

张庆林没有直接回答这个问题，他安慰姑娘说："雯雯，你不要急，周大夫这些年，给群众做了那么多好事，群众不会亏待他的，也不会忘了他，你放心吧！"

"我要上二道岭看他去。"

"现在不要去！"

"为什么？"

张庆林用父亲的眼光望着姑娘，他沉吟了一下，温和而慈爱地问："雯雯，你说，周大夫对你很好吗？"

"很好！"

"除了学习，他还跟你说过别的吗？"

姑娘明白了："支书，你不要问了，这都是冤枉的呀！他从来都是拿我当个孩子，他，"姑娘哽咽了一下，"他根本没有把我放在眼里……"说到这竟伤心得忍不住呜咽地哭起来。

"看看，还委屈起来了。"张庆林哈哈地笑起来，"好了，好了，叔叔不再问了。噢，这里还有周大夫给你留下的复习题呢！"说着，他从怀里掏出一个笔记本。

姑娘接过来本子，眼泪更止不住流下来："都是我害了他。"

"别说傻话了，害他的不是你。"张庆林转身想走，但又站住回头说，"雯雯，你是个懂事的好姑娘，听大叔的话，不要去找他，过一阵他就回来了。你安心学习吧，别看大叔是个庄稼人，可也知道读书是有用的，青年人不学知识，将来谁来建设我们的国家呢？学吧，不要辜负了周老师的一片苦心。"他说完了这番话，走出了院子。

姑娘手中握着周虹留下的本子，流着眼泪，望着走去的支书。望着，望着，她忽然伸出一条手臂，要把支书喊住，她想问：

"支书，假如我真想嫁给他呢？"（画外：轻轻的声音。）

张庆林没有回头，一直向村外走去了。

姑娘也没有喊出来，她那伸出来的手臂，缓缓落下了。

晨光曦微。

村庄外面的小树林内。

枝头的小山雀都醒了，唧唧喳喳闹个不停。

姑娘拿着一本书走来。

她调皮地仰头向小山雀打招呼：

"小鸟！早晨好！"然后，

"Good morrning, little bird！"

她流利地把这句话用英语高声地说了出来。

枝头的小山雀立刻住声了，它们歪着头静了片刻，又不约而同地唧唧喳喳起来，好似争着回答姑娘的问好。

姑娘笑笑，她打开手中的书本，低声诵读英语课文，一边读，一边缓缓向林中走去。

后来我们听见她大声朗诵一段诗歌，这是她曾经背诵过的雪莱的诗。她用英语诵出来，同时画外用中文朗诵：

"Rise lire lions after shumber

In umanqishable nnmder——"

英文朗读声渐渐小了，听不清了，姑娘渐渐走进树林深处，但画外中文朗读一直读完：

> 你们是千千万万，
> 他们是孤孤单单。
> 当沉睡的时候，
> 悄悄地给你们套上了锁链。
> 醒来吧，
> 抖掉颈上的锁链！
> 像迎风的劲草，
> 抖掉露珠一般。

一支大笔。

在整个画面上，一笔一画书写了四个大字：

"人心大快！"

酒。

无数只酒杯。

无数只手举起了酒杯。

酒杯互碰，发出了清亮悦耳的响声……

山村。

生产大队队部门前。

一个小伙子挑起了一串长长的鞭炮，不知是谁的主意，在鞭炮上还挑着一张漫画式的三男一女的肖像。

男女老少社员们热热闹闹地围在四周。姑娘也在这儿，她在跟几个姑娘们说笑。

支书张庆林走来，他把姑娘招呼到跟前："雯雯，队里要派你出个工。"

姑娘慷慨地答应："派吧！"

"这可是个苦差事呵！"

姑娘笑了："一不怕苦，二不怕死，再艰苦也去！"

（一个十来岁的小孩，一手捂着耳朵，一手拿着烟头去点鞭炮。他触了一下回头就跑，点了两次没有点燃，惹出人们一阵阵笑声）

张庆林也笑了，点点头："那好，让你明天上二道岭去看周大夫，向他报告这个好消息，再告诉他过几天去人接他回来。"

姑娘愣了，她怎么也没想到是这个事，半天站在支书面前，张口结舌，一句话也说不出来，最后她醒悟过来，却不敢相信地悄声问："这是真的？"

"当然是真的，让二丫和秀琴跟你做伴，明天一早就去！"

（那个小孩终于把鞭炮点燃了，鞭炮响起来。）

姑娘的眼里涌出泪水："大叔，谢谢你！"

张庆林望着燃起来的鞭炮，有些感慨地说："感谢这件大喜事吧，不然咱们谁也没有好日子过了。"

爆开的鞭炮，炸碎了那张画像，最后竟燃烧起来。人们随着烧起来的画像，发出一阵欢呼。

不知是谁大声高喊："送瘟神喽！"


早晨。

这是深秋的季节。山岭上金黄色的深红色的各种树叶，倒像是开满了鲜花。

三个年龄相仿的姑娘说说笑笑走在山坡上，她们顺着弯弯曲曲的山路，在鲜红的柞树丛中穿行着。

个儿高些的秀琴对姑娘说："李大嘴有点憷门了，支书说叫他们打成走资派的老书记要回公社来。"

姑娘问："李大嘴是谁？"

二丫头说："这你咋不知道？公社造反上来的李书记呗！他说啥算啥，都叫他大嘴。"

秀琴："支书还说，老书记回来，咱们大队就成立卫生所，让周大夫正式当大夫。"说到这儿不由得称赞，"周大夫这人可真好！"

二丫抿嘴笑笑："就有一个大缺点。"

秀琴认真地问："什么？"

二丫：“不找对象。”

姑娘瞪了一眼二丫：“没正经的！”

秀琴问姑娘：“周大夫是你什么人？”

姑娘停一下好像思索地：“他呵，是叔叔，是老师，是朋友，是……”

二丫急了：“啥呀？”

姑娘脸有些红地笑了：“不知道！”

二丫：“我可知道。”

秀琴：“是什么？”

二丫：“是亲人！对不对？”

秀琴：“二丫，你正经点吧！”

姑娘面色有些凄然地：“说得对，是亲人。我没有家，没有爸爸，没有妈妈，他是我唯一的一个亲人。”

三个姑娘都沉默了。她们顺着山坡走下来，又走上一个山坡。

沉默了一会儿，二丫带着愤愤不平的语气说：“那一阵子，他们造谣，说你们这个那个的，若是我呀，哼，我就不在乎，我就嫁给他！唉，可惜，”二丫做出好像伤心的样子，“我一没学问，二没知识，人家不会要我。”说到这儿，她笑嘻嘻地但又是认真地：

“雯雯，我看你有点门，像你这么漂亮，又有知识，我不相信他不要你。”

姑娘一下子跳起来，她红着脸扑向二丫：“死丫头，你……”

二丫撒腿向岗上跑，姑娘随后追去。

二丫大声喊：“秀琴，快救命呵！”

三个姑娘咯咯笑着，一口气跑上了山冈。

山冈下面半腰处的树丛中，隐约可见一所小小的泥房子。

秀琴伸手一指：“看，二道岭苗圃！”


二道岭苗圃。

山冈半腰在窝风处，有一间小小的泥屋，四周既没有院墙，也没有篱笆。一条小径直通到房门口，小径荒芜，看起来，走这条小径的人也很少。

从小泥屋门前望去，可以看见对面山坡上人工栽植的一趟趟幼树苗。

泥屋外面没一个人，门前空地上有一堆黄土，土堆上插着一把铁锹，靠墙处有个木条凳，上面放着一把瓦刀和一块抹泥板。

不多时，周虹挑了一担水，从小径一步步走上来。

他来到土堆跟前，把水倒进土堆当中的坑里，然后又挑起桶来，刚迈步想走，突然听见一声喊叫：“老师！”

姑娘从泥屋后面山坡上飞奔而下，她像一只小鸟，直向周虹扑来。

周虹转过身，也没有看清来的人，姑娘已经来到身边，双手一张，便搂住了他的脖子。

这完全出乎意外的袭击，突破了周虹在感情上的防线，扁担从肩上滑下来，水桶光啷啷滚在地上，他抱住胸前的姑娘，用手抚摸着姑娘的肩头，嘴里轻轻唤着："雯雯，雯雯！"

姑娘把脸埋在周虹胸前，一动不动。

周虹战栗了一下，他觉醒了，有些慌乱地："雯雯，松开，松开！这么大了，不像话。"

姑娘撒开手，离开周虹，眼里噙着泪水，问了一声："你好吗？"说完垂下头，满脸通红地害羞了。

周虹向周围看看，吃惊地问："你怎么一个人来了？"

姑娘这才发觉秀琴和二丫没在这儿。

"秀琴！二丫！"

二丫从房后探出个笑嘻嘻的脑袋来："在这啦！"

二丫走出来，秀琴也跟着走出来。

周虹不大好意思地笑笑："你们两个为什么不早露面？"

二丫大声地说："雯雯见了你，小翅膀一扇乎就飞起来了，我们也跟不上呵！"

她们来到土堆跟前，秀琴问："要抹墙吗？"

周虹："准备过冬呀！"

二丫："用不着了。"

"为什么？"

二丫："雯雯没告诉你吗？出了大喜事啦！"

周虹莫名其妙地瞅瞅雯雯和秀琴。

二丫："过来，我告诉你。"

周虹半信半疑地凑到二丫跟前。二丫跷脚贴耳向周虹说了几句话。

周虹的眼睛一下子睁大了，半天没有出声。他从来没有这么激动过。他的眼睛怔怔地望着三个姑娘的面孔，看出她们没有一点开玩笑的表情，于是大声问："真有这事？"

雯雯："我们都放鞭炮庆祝了！"

周虹欢呼起来："好了，有希望了！国家，人民，一切都有希望了！"他说着，两行泪水，不由得从脸上流了下来。

秀琴："这墙还抹不抹了？"

周虹："抹！还得好好抹呢，明年这苗圃一定会大发展。"

秀琴："我去挑水。"说着去拾扁担。

雯雯："我和泥！"说着脱了鞋袜，挽起裤脚，双脚一蹦，跳进倒了水的土堆里。泥水迸的溅起来，二丫哈腰去拿铁锹，妈呀一声，溅了她满脸泥点子。她急忙用手去擦，这一下却变成了泥花脸。

周虹见了哈哈大笑，他从来没像今天这样痛快地笑过。

生产大队办公室对面西屋。

门框上钉了个小牌牌，上面写着：卫生所。

屋内有一张检查病用的木板床，一个药柜，一张桌子，两把椅子。

周虹身穿白大褂，在给一个来看病的老太太开方抓药。

老太太："打那帮玩意儿倒台后，这一年可舒心多了，那阵子整天抓什么'新动向'，连我这老太太也找去问，看没看见'新动向'，把人折腾得没法。我这病就是那几年做下的。"

周虹将包好的药递给老太太："大娘，你这病不要紧，吃点药，养养就好了。"

老太太满意地答应着，接过药走了。

屋内没有病人，周虹坐下翻开刚来的报纸。他看到一处，脸上露出兴奋的表情。看完，他急忙把那张报纸折起揣进衣袋，站起身走出卫生所。

在卫生所门外，周虹向大道上一辆往场院拉谷子的大车喊：

"二丫，雯雯在哪儿？"

二丫坐在那装得高高的谷车上回答："在后面车上啦！"

周虹站在门前等着。一会儿，又一辆谷车过来了，周虹看见了姑娘。

"雯雯！"周虹迎上去。

姑娘听见周虹喊她，从谷车上跳下来，跑到周虹跟前。

"有个好消息！"周虹迫不及待地说着从兜里掏出那张报纸递给姑娘。

姑娘惊异地接过来打开，看了一下，她没有明白周虹的用意。

"你看这儿！"周虹指着报纸的下角。

姑娘看见了，那上面有一行大字：全国高等学校招生简章。

姑娘的手颤抖了，她怔怔地望着周虹。

周虹笑了："你发什么呆，要准备报名投考！"

"报名！我？"姑娘的脸色白了。

"当然是你！"周虹不容分辩地，"把报纸揣起来，下工后到我那去，商量一下报名的事，还要抓紧准备功课呢！"

"还有政审，我够资格吗？"姑娘迟疑地。

"你看看就知道啦，现在不同了。你先去吧，晚上再商量。"

周虹说完转身向卫生所走去。姑娘手拿报纸，怔怔地望着走去的周虹。

夜。

周虹的家里。

带罩的煤油灯下，一本展开的课本合上了。

周虹从椅子上站起来，问：

"明白了吗？"

姑娘坐在桌前回答：

"明白了。"

"尤其是公式，一定要记得纯熟才行。"

姑娘收拾起桌上的书和笔记本，整整齐齐地放在桌上的一角，然后坐着不动，用两只大眼睛，忽闪忽闪地望着周虹。

周虹被姑娘望的有些莫明其妙。

一会儿，姑娘像下了个决心似的：

"我想提一个问题。"

"什么问题？"

"你为什么不结婚？"

完全出乎周虹的意外，他怎么也没想到姑娘会提这么一个问题，而且问得又是这么直截了当。周虹避开了姑娘的眼光，转过身去，一时没有回答，他在地上踱了两步，才回身有些凄然地笑笑：

"我一个人生活得不是很好吗？"

"可总不能一辈子都是一个人生活呵？"

"你怎么为我操心这种事来了？"

"我想知道！"姑娘今天显得很固执。

"算了！"周虹的脸色突然变得冷漠了，"时间不早了，今晚就学习到这儿，你该回去睡了。"

姑娘望望周虹那冷漠的脸色，不出声了。她紧闭着嘴唇，慢慢地站起身来。

月色照着篱笆墙。

周虹送姑娘走出篱笆门。

在门旁，周虹说：

"对我，你要叫叔叔或是老师。"

姑娘回头瞅瞅周虹，轻声地但又是那么固执地说了一句：

"我不愿意！"说着回头快步走去，消失在淡淡的月光中。

周虹怔住了，呆呆地站在篱笆门前，望着向村中走去的姑娘。

画外，姑娘固执的声音：

"我不愿意，我不愿意，我就是不愿意！"

周虹站着，怔怔地站着……

十一月末的天气，北方已经是冰天雪地了。

小镇上的一所学校，学校的大门上贴着：高考第二试场。

站在学校的操场上，对面是一排教室。每间教室的门上，都贴着明显的号码：1、2、3……

教室的门紧闭着，考试正在进行中。

操场上有些人在等待着，他们大多是考生的父、母、兄、姊……

操场上的积雪虽已扫过，但地面仍是白色的，天很冷，周虹站在篮球架子下面，不住地活动着双脚，他的眼睛不时地望望教室的门，不时地看看腕上的表。

有人议论：

"题一定很难，这么半天也没有一个答完的。"

终于有一个考生从教室里出来了，又一个出来了。

有几个人跑上去，把考生围上，争着在问什么。

周虹没有动，他只是紧紧盯着一个教室的门。

考生出来的渐渐的多了，周虹看看表，脸上显出有些焦虑。

周虹盯着教室，门又开了，姑娘走出来。她的面孔煞白，站在门外四处张望。

周虹急忙喊了声：

"雯雯！"

姑娘看见了周虹，跑了过来。

周虹问：

"怎么样？"

姑娘的嘴唇抖了抖，眼里含着泪水，低头不敢看周虹的面孔：

"不知道，我好像都算错了。"

周虹一震，但随即安慰地说：

"不会的，告诉我都是什么题？"

"第一题是解方程。"

姑娘从书包里掏出笔记本，两个人在篮球架子下面蹲了下来……

周虹看着笔记本，兴奋而高兴地问：

"你就是这样做的吗？"

姑娘提心吊胆地回答：

"是这样。"

"都对了！"

姑娘睁大了眼睛：

"啊！"

"都对了，只是最后一题，你忘掉一个根，扣不了多少分。"

"真的吗？"姑娘高兴地跳起来，"天哪，我还以为都错了呢！"

姑娘一个人在篮球架子下面低头看笔记，一个跟姑娘同样年龄的男考生，来到姑娘身旁。他问了一句：

"第二道题，你的得数是多少？"

姑娘抬头，两人一照面，都怔了一下。

姑娘：

"你！是你？"

那个考生睁大了眼睛，惊骇地后退两步，急忙转身。姑娘低声地，但却严厉地：

"站住！"

那考生站住了，转过身，满面羞愧地用哀求的目光望着姑娘小声说。

"我改过了，学好了，请你原谅我！"

姑娘瞅瞅他，脸色变得有些温和地：

"你也来参加考试吗？"

考生点点头：

"是！"

"考得怎么样？"

考生懊恼地：

"题太难，我答不上来，以前也没好好学过。"

姑娘笑了：

"后悔了吗？"

"后悔也晚了。"

"不晚，明年再考吧！"

"我一定努力。只是那件事，你不要去……"

姑娘宽厚地：

"你已经改过了，不要再提啦！"

那考生感激地：

"谢谢你！"

姑娘笑笑说：

"还有那把刀子？"

考生的脸又一红：

"留作纪念吧。再见！"说着转身要走。

姑娘上前一步，伸出手来：

"来，握握手吧，祝贺你改过自新！"

考生红着脸伸出手，感动地说：

"你，你真好！"

考生转身走了。迎面周虹走过来。他瞅瞅那个走开的考生，来到姑娘身旁问：

"你认识他吗？"

姑娘微笑着说：

"认识！"

姑娘向周虹一边笑着一边讲过去的那一段遭遇。

画面叠印出：

姑娘从断墙后面狠狠打击一拳，小流氓仰面栽倒。

手中的刀子丢在地上。

小流氓爬过去抓刀子，姑娘从墙后蹿出将刀子踩住，抓刀在手。

小流氓惊恐，爬起来逃跑。渐渐跑远了，只剩下一个黑点。

姑娘："那把刀子就是他的，我用它挖土埋了爸爸，又想用它……"姑娘说到这儿，不好意思地瞅瞅周虹，然后又说，"这段事我以前不好意思告诉你。"

周虹笑笑："他学好了？"

姑娘："看样子是学好了。"

周虹从棉袄里面掏出一个纸包："快吃吧，还热乎呢！"

纸包里包的是几张油饼，姑娘高兴地拿起一张，用含着深情的眼睛望着周虹，笑眯眯地咬了一口。

周虹也拿起一张，躲过姑娘的目光，催促地："吃吧，吃饱点，还要考二门呢！"

画外音：高考以后不久，接到省里来的一个通知，我便匆匆来到了省城。

姑娘来到我们曾经见过的那个有门岗的大院。她给门岗看了一下通知，便进了院子，一直走进正面的门厅里。

一间办公室内。

一个干部坐在办公桌前，满面笑容地跟坐在对面的姑娘谈着话。谈话好似已经结束了。

"我看就这样吧，放心好了，你爸爸被诬陷的事，我们很快就会查清，到时候会通知你，这次只向你了解一下当时被抓和抄家的情况。你可以先回去了。"

姑娘站起要走，那人又叫住她，"等等！"说着回身从装档案的铁柜里，拿出两捆人民币，"这是你爸爸生前扣下的工资，现已领出来发还给你，你收起来吧！"他把钱放在姑娘面前。

姑娘吃惊地望着这么多钱，不知所措地："我要这么多钱干什么？"

"多少也得拿去啊！"

姑娘想了一下：

"能不能给我爸爸交党费呢？他已经好些年没交了。"

那人赞赏地望了一下姑娘，但却摇摇头说：

"你爸爸的党籍还没恢复，再说组织上也不会收这么多，你拿走吧！"

姑娘为难地：

"我要这么多也没用啊！"

"你会有用的，将来是要用的，噢，对了，"那人想起来，"你现在拿这么多钱可能不大方便。我看这样，组织上先给你存起来，等你爸爸问题解决后，你再来取，怎么样？"

姑娘想想，点点头：

"好吧！"

"不过你还是先拿点去用。"那人说着拆开一捆，拿出一叠数了数，递给姑娘：

"先拿这些去吧，其余给你存银行里。"

姑娘接过了钱。

"来，给我写个收条。"

那人递给姑娘一张纸。

曾经见过的那条僻静的街道。

还是那幢房子。

矮矮的围墙，小小的庭院，几株参天的白杨。

围墙的门口，站着几个妇女，还有几个过路的行人。几个小孩蹦蹦跳跳发出一阵阵闹声。

院内的台阶上坐着一个衣衫不整，披散着头发的中年妇女，她一阵哭，一阵笑，一阵嘟嘟囔囔地骂，但听不出她骂的是什么。

姑娘从街口缓缓地走来，她的神情显得十分忧伤，一步一步走来……

画外音，忧伤而又眷恋地：

我不想到这里来，可我为什么又来了？我怀恋什么呢？是那小小的庭院，还是那几株白杨？也许是那从儿时就熟悉的台阶吧！

我来了，我多么想再看看爸爸深夜里工作时他那桌上的灯光，多么想再听听爸爸从院外归来时的脚步声啊！

难道这一切都过去了？难道这一切就真的再也不会来了吗？难道……

画外声音逐渐小了，消逝了。

姑娘来到围墙门外惊异地站住。

她听见两个人的谈话：

"这个女人跟从前的丈夫离婚后，就嫁给了有名的朱大常委，'四人帮'一垮，朱大常委被隔离反省，她就得了这个神经病。"

"哼！"另一个人没说什么，只用鼻子不屑地哼了一声，走了。

姑娘急忙向前走两步，她往院里一看，脸色立刻变了。

这时台阶上的那个女人一下站起来，一边"嘿嘿"冷笑着，一边冲着门走来。

小孩子笑闹着跑开了，门外看热闹的几个人也忙闪到两边。只剩下姑娘木然地迎着门站着。

那女人迎面走来，她一见姑娘，突然惊恐地站住了，她的眼睛一动不动地盯着她，而身子却往后退，一步步往后退……突然她把两只胳膊张开，嘴里发出一种吓人的疯狂大笑。

姑娘打了一个寒噤，连忙捂起眼睛，从门口跑开了。


繁华的大街上。

姑娘从百货大楼里走出来，她手里拎着一个崭新的旅行用的手提箱。

姑娘走进一家眼镜店。

她在看陈列眼镜的货柜。

售货员：

"买墨镜吗？"

"不！"

"买近视镜？"

姑娘回答：

"买花镜。"

售货员瞅瞅姑娘，从货台上拿出一副眼镜来。


书店里。

在柜台上，姑娘选了很大一摞书。

她付了款，打开手提箱，将书一本本地装在手提箱里。

　　姑娘提着箱子，趔趔趄趄走进了村子。

　　迎面来了二丫和秀琴。这是两个经常跟她在一起的姑娘，见了她，欢叫着跑过来：

　　"雯雯回来啦！"说着伸手去接手提箱："哎呀！你带来些什么好玩意儿？这么沉！"

　　姑娘笑着：

　　"走，都跟我去，还有你们的哪！"

　　姑娘的住处，王大爷家。

　　手提箱打开了，姑娘从里面拿出一副眼镜。

　　"大娘！"

　　王大娘从外屋跑进来答应：

　　"哎，哎！"

　　姑娘走上去把眼镜给大娘戴上：

　　"你看行不行？"

　　王大娘惊喜地顺手从北炕拿起姑娘的一本书，倒着看：

　　"哎呀，可真亮啦！不戴这镜子我看这字都分不清个数来。"大娘喜欢的不得了，"这多少钱？"

　　"大娘，这是我送给你的。"

　　姑娘说着又翻弄手提箱，这时王大爷也从外屋进来，她见了，从箱子里拿出来一顶帽子，送到王大爷眼前；

　　"大爷，我给买顶帽子，冬天来啦，你那顶旧的都坏了。"

　　王大爷不好意思地嘿嘿笑：

　　"这孩子，干啥花这么多钱呢！"

　　"大爷，我有钱啦！"姑娘兴冲冲地说。

　　姑娘笑眯眯地望了一眼站在旁边的两个伙伴，回身从手提箱里一手拿出两条鲜艳的头巾，往两个姑娘头上一盖：

　　"这是你们的。看，多漂亮的新媳妇呀！"

　　三个姑娘咯咯地笑做一团，扭打起来。

　　王大爷哈哈大笑。

　　姑娘拎着手提箱，拉开篱笆门，走进周虹的家。

　　一进外屋，见周虹在烧水做饭。

　　"我回来啦！"姑娘愉快地喊一声。

　　周虹见姑娘拎着一个沉重的提箱，忙上前去接，姑娘却笑着闪开，神秘地：

　　"不行，你不能动！"她笑着拎进屋去。

　　周虹也随她进来，感到稀奇地问：

"里面是什么?"

姑娘放下箱子,坐在炕沿边上,微微有些喘嘘地,只是咧嘴笑。

"我要打开看啦?"

周虹故意上前,姑娘忙把箱子按住:

"你猜猜吧!"

周虹摇头:

"这上哪儿猜去!"

"那你转过身,我说一、二,你再转过来。"

周虹笑了,不同意地:

"干什么像小孩子似的,我不看了。"说着要往外屋走。

"好吧,好吧,你打开看吧!"姑娘妥协了。

周虹带着好奇的神色把手提箱打开,果然出他意外,里面竟然装了几乎满满一箱子新书。

他伸手抓出一本,看了一下书名:《内科诊断学》,接着一本本地拿出来,全是一些医学书。他抑制不住地欢呼起来:

"雯雯,你怎么弄来这么多好书?"

姑娘见周虹这么高兴,心中说不出的喜欢,她得意地说:

"我给你买的呀!"

"给我买的?"周虹瞅瞅姑娘,"你哪儿来的钱?"

"我有钱了,爸爸的工资他们给补了,还要给爸爸平反呢!"

"你花多少钱?"

姑娘疑惑地收住了笑容,从炕沿边上站起来,眼睛盯着周虹:

"干什么?"

周虹没有注意到姑娘的神色,他回答了一句:

"该把钱给你。"

姑娘的脸色刷地一下变了,用伤心、委屈、气愤的目光瞅着周虹,嘴唇抖了半天,一句话也说不出来。

周虹慌了:

"雯雯……"

姑娘实在忍不住,冲到桌子跟前,伏桌呜咽起来。

周虹被这突然的变化惊住,一时什么也说不出来。

一会儿姑娘猛地抬起头,她咬着嘴唇,忍住抽泣,愤愤地说:

"我知道,你是怕欠了我什么,那么我欠你的就不怕了吗?好吧,你算算,这两年的学费究竟要多少?我还给你!"她说着就从衣兜里往外掏钱……

"雯雯,你听我说……"周虹急于想解释。

姑娘不理睬地继续掏钱，一直把里、外衣兜里的钱都掏干净，堆在桌上：

"说吧，救我一命的钱是多少？这些不够我还有，在银行里。"

"雯雯，你这是怎么了！你听我说呀？"

"我不听，我不要听，我全明白了。"姑娘伤心绝望地，"你救了我，教了我，把人生的道理告诉我，我欠下你的有多么多啊！可你，你总是躲躲闪闪，怕沾着我一点，你……"姑娘又哭起来。

"别说了，这是我的错，原谅我！我没想到只那么一句话，会伤了你。"

"你没想到，你什么都不想，从来也不想……"姑娘更加伤心地哭起来。

"好啦，好啦，别哭了。我再不这样了，你给我买的书我收下，以后就是给我买座山来，我也收下，好吗？"

姑娘望了周虹一眼，见他从来没有这样恐慌过，心中有些满意了，渐渐止住了哭声。

稍停，姑娘抬起了泪脸，撅着嘴怄气似的问周虹：

"若是考不上学校，我就不走了，跟你在一起，你教我看病，一起读这些书，一起研究地方病，还有帮助你洗衣服、做饭，行不行？"

周虹不敢再说别的，连忙答应说：

"行，行！"说着去拿来一条湿手巾，递给姑娘，"擦擦脸！"

姑娘有了一点儿笑意，她擦脸瞅瞅周虹，从衣兜里掏出一件东西：

"还有这个，我也要送给你。"

周虹一见她手里拿的东西，直了眼睛，原来是他常见的那个小泥人。这个梳着两条小抓髻的泥姑娘，她睁大着两只黑亮亮的大眼睛，笑眯眯地，一脸调皮捣蛋的神情瞅着人。

周虹为难地：

"这是干什么？"

"你要不要？"

"要，要！"

姑娘笑了：

"我不在时，我想让她陪着你！"

周虹毫无办法地：

"好，好，雯雯，这回你可把我吓着了。"


村外面那片稀疏的小树林中。

周虹在树林中拾着一些干枯的树枝。

姑娘从林外跑来，她手里拿着一封信。

她进了树林，看见周虹，欢叫一声。

"来啦！"便朝周虹扑来。

周虹还没弄明白怎么回事，姑娘扑到她跟前，双手一张，便抱住了他的脖子。

周虹不好意思地：

"放开！又犯毛病了，放开！"

姑娘硬是不撒手，最后竟伏在周虹胸前咽泣了。

周虹吓一跳：

"雯雯，你又怎么了？"

姑娘仰起带泪的脸：

"来啦！"

"什么来啦？"

"学校的通知书。我考上了！"

周虹忍不住哈哈笑起来：

"可把我又吓了一跳，通知书在哪儿？"

姑娘把拿着通知书的手从周虹的脖子后抽出来：

"在这儿！"

周虹接过通知书兴奋地说，

"好了，你把大学的门敲开了！"

姑娘嘟囔着：

"在关内，离你，离咱们村子多远哪！"

周虹看着通知书笑：

"傻孩子，你这是全国重点学校啊！"

姑娘瞅了周虹一眼：

"孩子，孩子，你怎么不知道我已经是个大人了呢！"

周虹敷衍地：

"对，是大人了。"他仍在看通知书，"噢，明年春天入学，还有几个月呢，这个时间不应浪费，我来教你一点大学课程。"

姑娘想听的分明不是这个，她轻轻地叹口气。

冬天的小树林变成了春天的小树林。

树枝抽芽长叶了。

大地、山坡，一片嫩绿。

几株参天的青松。

这里是姑娘埋下爸爸的骨灰的地方。

　　但是松树下那个小小的坟墓不见了，一个五十多岁身穿干部服的男人，微笑地站在那里。

　　姑娘亲昵地依偎他："爸爸，这几年该告诉你的都说了，还有一件事，我……"姑娘垂下头不好意思了。

　　"什么事？"

　　姑娘抬头，毅然地："我要嫁给他！"

　　"看人要看心，你看见他的心了吗？"

　　姑娘："我看见了，他的心是透明的！"

　　那人微笑不语。

　　姑娘撒娇地："爸爸，你说呀，说呀！"

　　那人慈爱地抚摸着姑娘的头发："孩子，祝你幸福！"

　　姑娘高兴极了："爸爸，你同意了！"说着跳起来去搂爸爸，可是爸爸突然不见了。

　　姑娘大惊失色，尖叫一声："爸爸！"

　　这一切都不见了，我们看见，姑娘伏在青松下那个小小的坟头上。

　　坟头上的青草埋着她的脸。

　　周虹站在她身旁，语声酸楚地唤她："雯雯，回去吧！"

　　姑娘抬起头，茫然地四外看看，如梦初醒地又扑到坟头上来，用哀求的声音哭着说："爸爸呀，你已经睡了好几年，怎么也不醒醒呢？"


　　这是他们曾经来过的山坡。

　　山坡上绿草如茵，那淡淡的紫色的"勿忘我"花，正开满山坡。两个人坐在山坡上，居高临下，望着那山下开耕的土地，望着那亮亮的弯弯曲曲的小河，望着遥远的天空……

　　两个人好久没说话了。过一会儿，姑娘好似自己问自己地："明天这个时候，我在哪呢？"

　　"你已经出了我们省，快到山海关了。"

　　"好远哪！"姑娘叹息地。

　　周虹笑笑："古人赶考，要走一二个月呢！"

　　姑娘的心事好像很重，她不出声了，只是一动不动地望着山下。半晌，她又突然地提出来那个没有得到解答的问题："你为什么不结婚？为什么要一个人生活？"

　　姑娘说得直截了当，周虹无可奈何地："你一定要知道吗？"姑娘固执地点点头："要知道！"

　　"你完全没有必要知道，可是，好吧！"周虹开始说下去。他的眼睛望着远远的天空，一句一句缓慢而轻声地说着。

姑娘默默地听着。

"我十六岁考进了医科大学，毕业后留在学校附属医院当医生。五七年党号召整风，有一次我在宿舍里跟一个同志议论，我说，现在农民生活太苦了，有病都找不到医生。反右时他揭发了我这句话，于是我被开除党籍成了资产阶级右派，他呢？成了左派。当时我整二十岁，像你一样年轻，桌上的那张照片，就是那时的我……"

姑娘意外地：

"啊！"

画面是：

遥远的云天，亮亮的小河，河岸的沙滩，丛丛的柳毛子，大地，山坡……一切周围的景色。

周虹的叙述变成了画外音：

"那时我太天真，太幼稚，不懂得这'右派'两个字的分量，有什么严重性。以为只要过一段时间，一切都会过去，都会变好，我仍然可以当医生。但是事实并不如此，我渐渐感到它的严重性了。我没有写文章的权利，没有听报告的权利，没有学习权，没有发言权，总之一切都失掉了，只有劳动，劳动。我在一个农场里劳动了五年，后来摘掉了右派帽子，但除了多几个工资外，其他并没有什么大改变，我成为'摘帽右派'回到医院当卫生员，以后又当了助理医生。'文化大革命'开始了，一个摘帽右派当然不准再拿听诊器了，这样我又被下放到农村来劳动改造了。这就是我的故事，我的二十年来的遭遇。"

姑娘坐着，手托着腮，静静地听着，到此，她始终没有抬头。

"你的家呢？"

周虹酸楚地：

"我是个孤儿，八路军在战火中把我养起来，可以说是吃共产党的奶长大的。"

姑娘激动地：

"你……"她抓住了周虹的手。

周虹轻轻地将她的手移开，继续说：

"你想想，我还有什么心情结婚呢？一个人的忧伤就足够了，为什么还让另一个人分担这种忧伤呢？自己已经毁掉了何必再毁掉另一个人呢？你知道，在'四人帮'那阵，像我这种人，生了孩子也只能是狗崽子。"

姑娘缓缓地抬起头来，眼睛里闪着晶莹的泪花，她恳求地又带着恐惧的语气说：

"难道我也不能分担你的忧伤吗？"

周虹的身子不由得震颤了一下，半天不语。随后他有些掩饰地笑笑：

"雯雯，你太天真了，要知道，对待生活决不可轻率，如果你要笑了它，它会报复你的。好了，不谈这个了吧！"说着他站起来，"你看，北面上来云彩了，可能有雨，咱们回去吧！"

远方有阴云。

天色已近黄昏。

姑娘和周虹从村外走回来。姑娘手里采了一把那紫色的"勿忘我"花。

他们走到周虹的篱笆门外站下。

姑娘把手中的花送到周虹面前，

"明天我就走了，请你把这花接过去吧！"姑娘的脸有些羞红地，"你知道这是什么花，是你告诉我的。"

周虹犹豫一下，但望望姑娘，他只好伸出微微颤抖的手，把花接过来：

"雯雯，再见吧，该说的都说了，明天一早队里出车送你上站，我就不去了。"他说着向姑娘伸出手。

姑娘没有伸手，她的眼睛固执而又深情地瞅着周虹，她说：

"不，我还要来！我有话要说，有许多许多话要和你说！"姑娘说完，根本不再听周虹的回话，转身离去。

周虹拿着花，呆然地站在门旁，他想说句什么，却没说出来。

夜，漆黑的夜。

王大爷家中。

窗外落着雨，从屋里可以听出沥沥的雨声。

姑娘要带走的东西已经全部收拾好了，一个装得满满的黄书包，一个她在省城里买的旅行手提箱，全都摆在炕的一头。另外还有一个行李，也已经捆好。

王大娘把自家的被子给姑娘铺上，爱怜地：

"孩子，上炕睡吧，明儿一早还得走呢，听说要坐两天一夜的火车。"

姑娘有些坐立不安，她一会儿坐在炕沿上，默默地沉思，一会儿又突然站起走几步，王大娘催促她几遍，也不上炕。

"王大爷怎么没回来？"

"饲养员有事，今晚他喂牲口去了。"

姑娘点点头。

王大娘一阵阵端量她，琢磨她，停一会儿问："孩子，你还有事吗？"

姑娘思索着抬头：

"周大夫有件衣裳，我没有给他补完。"

王大娘瞅瞅她：

"那你就快去吧，补不完，拿来我补。"

姑娘毅然地站起来，摘下墙上挂着的雨衣，然后又从书包里掏出手电：

"那我去啦！"

"去吧，把雨衣穿上！"

姑娘披上雨衣，一只脚跨到门外，又站住，她垂着眼帘，羞红着脸回头对大娘说：

"大娘，你不要等我了。"

大娘怔了一下，但没等说话，姑娘已没影了。

漆黑的村路，雨在下着。

泥泞的道路，两只脚一跐一滑地急走。

手电打出一个淡黄的光圈，在脚前晃动着。


姑娘拉开篱笆门，走进小院。

周虹的屋子，窗内已经熄了灯。

轻轻的画外音：

"他睡了，他以为我不会再来了。"

姑娘走到窗下，轻轻敲几下窗户，里面没人应声。

轻轻的画外音：

"睡得真沉啊！"

姑娘走到房门前，推了一下门，没有推开，她用手电照照，见已上了锁，她掏出钥匙，开了锁走进去，又把门轻轻地关上。

手电的光照在炕上，炕上的被子叠得齐齐整整的，手电照了屋内的四周，屋内什么人也没有。

姑娘划了根火柴，点燃了那盏煤油灯。

姑娘脱下了雨衣，挂到了墙上。

她脱鞋上了炕，靠着被坐着，默默地坐着……

轻轻的画外音：

"他到哪儿去了呢？是谁家有病人把他找去了吧？我等他，等他……"

河边。

一个人穿着雨衣，面对低语的小河，坐在一块石头上。

夜空落着无声的小雨，四周一片黑暗。

看不清那人的面孔，他一动不动地坐着，好像一尊塑像。

好久，好久，那人嗤地划着了一根火柴，双手捧火，点燃了一支烟。

这时看清了那人的面孔，他是周虹。

　　火柴熄了，又剩下一个人的黑影。

　　他仍坐在那块石头上，我们看不清他是在望什么，也不知他在想什么，只见在黑暗中，那枝燃着的纸烟一明一灭……

　　雨，淅淅沥沥的雨，在窗外落着。

　　煤油灯的火苗，不时地跳动几下。

　　姑娘靠着被子，静静等着……

　　夜越来越深了。

　　姑娘疲倦了，时时在打盹，她不时地揉揉眼睛，又重新坐正了身子。

　　她在等，等着……

　　煤油灯里的油快熬尽了。

　　灯光渐渐暗下来。

　　姑娘的眼睛，不时合上又睁开，她在等，等……

　　雨停了。

　　天上的阴云散开了。

　　淡淡的月光，从流云的空隙间投下来，夜色时明时暗。

　　周虹从村子外缓缓地走回来，走到篱笆门前，拉开门，刚迈进院子，便停住了脚步。

　　他一动不动地望着窗户上透出来的灯光。

　　站了一会儿，他退回来，轻轻地掩上篱笆门，转身离去。

　　屋内。

　　煤油灯燃尽了最后一滴油。那微弱的火苗，跳了几下，终于熄灭了。

　　姑娘身靠着被子，半卧半坐地睡着了。

　　大海。

　　茫茫无际的大海。

　　长长的海岸，明亮而柔软的沙滩。

　　姑娘和周虹手拉着手在沙滩上飞跑，快活地大声欢笑。

　　他们追逐着海潮的浪花。

　　浪花涌上来了，他们在浪花前飞跑，浪花退回去了，他们又转身追逐。一来一去，海潮打湿了他们的全身，姑娘和周虹哈哈大笑。

　　一排海浪向他们涌来，姑娘拉着周虹向岸上飞跑。

　　跑着，笑着，突然她手里拉着的周虹不见了。

姑娘站住，转过身来，见周虹正迎着海浪，向大海里走去。

姑娘惊骇地大声喊：

"站住！你上哪儿去呀？"

周虹不应声，头也不回，一直向大海走去。

姑娘急了，抬腿追去：

"等一等，我也跟你去！"

周虹仍然不停地向前走。

姑娘奔跑着：

"等等，不要丢下我，不要丢下我！"

周虹却一直没回头，走到海里不见了。

姑娘骇极，狂奔：

"不要丢下我呀！"

一个大浪涌来，淹没了一切。

姑娘猛地从炕上坐起来，她惊慌地四外张望。

窗外已经透进微明的天光。

天就要亮了，姑娘瞅瞅屋内空无一人，她失望极了，眼里立刻涌满了泪水。她含着泪下了炕，拿起面盆到外屋打了一盆凉水，从晾绳上拿下毛巾，擦了一下脸，深深地叹口气，坐在桌前的椅子上发怔。

坐了一会儿，她偶一回头，看见桌上放着一束"勿忘我"花，那正是她送给周虹的，现在已经枯萎了。她难过地将花拿起来，发现花下面压着一张纸条。

姑娘拿起纸条，读着：

画外音，周虹的声音：

雯雯，如今，真正的生活在你面前展开了，勇敢地去迎接它吧！人生是严酷的，但却是美好的，只要充满信心，一切都是光明的。

不要找我，我也可能很快离开这里了，我们不能永远在一起，你没有必要为我做出牺牲，这对你是不公平的。

去吧，祖国和人民期待着你。

再见了，雯雯，珍惜你的青春！

你的叔叔和老师

姑娘读着字条，浑身颤抖，泪水如雨。

读完她站起来，一下扑到炕里的被子上，抓着被子，委屈，难过，失望地呜呜痛哭起来。

天渐渐亮了。

姑娘哭了一阵，从炕上爬起来。

她到外屋点火熬了点稀粥。然后用盆端进屋来。

她在桌子上放了两双筷子，两个碗，又端来两碟咸菜。自己盛了一碗粥，坐下来。拿起筷子想吃饭，但看了看面前那双没人用的筷子和空碗，泪水又从眼中流出来了。她实在吃不下，便撂下筷子。

姑娘又呆呆地坐了一会儿，看看腕上的表，站起来，将桌上的那张字条，小心地折起来，放进内衣的口袋里。然后望望桌上的饭菜碗筷，她到书架前，把上面摆着的那个小泥人姑娘拿来，端端正正地放在桌上自己的饭碗旁边。最后又依恋地环顾了一下这小屋，突然想起的，她走到桌前，拿起周虹的相框，将里面的照片抽出来，揣进衣兜里，刚要走，她又看见那束已将枯萎的"勿忘我"花。

姑娘从桌上拿起一只茶杯，来到外屋，盛上一杯水，回来将花插了进去。然后，呆呆地对花望了一会儿，回身拿起雨衣，走出屋子。

姑娘走了，她走出了篱笆门。

她不时回头，瞅瞅那间小屋，那小小的篱笆院。

她的脚步迈得多么艰难啊!

她越走越远了……

一列火车开出小站。

姑娘最后收回了向站台上搜索的目光，失望地走进了车厢。

火车鸣着汽笛，加快了速度……

火车在飞驰。

车窗开着，姑娘探着头向外凝望。

田野、山坡、草甸子，遍开着"勿忘我"那淡淡的紫色小花。

画外歌声：

　　　小小的，
　　　淡淡的，
　　　紫色的花朵，
　　　你啊，
　　　你可不要忘了我!
　　　在这漫长的人生路上，
　　　你我相遇在山坡，

你张开了花瓣，
把美好的一切，
都给了我，
为什么，
为什么，
却把我给你的
一切都拒绝？

你啊，
你！
为什么，
为什么，
却把我给你的
一切都拒绝？
小小的，
淡淡的，
紫色的花朵；
你啊，
你可不要忘了我！

火车在歌声中驰远了，最后不见了。

我们看见一条弯弯的路上，站着一个人，他一直目送着这列火车，直到看不见了，他仍然站着，站着⋯⋯

这个人的手里握着一束"勿忘我"花。

这个人正是周虹。

（选自鲁琪《东京之梦》，北方文艺出版社，1993 年）

# 关守中

**作者简介** 关守中，1932 年出生。1945 年 10 月参军。1959 年写作歌剧《兴安岭战歌》在东北各大城市巡回演出。在此基础上改写的《带枪的新娘》于 1981 年获中国作协和国家民委颁发的少数民族文学创作奖。1982年在东京出版日文长篇小说《海誓》，后改编成电影剧本，另有电影剧本《美丽的囚徒》。话剧《黑俊妮告状》获全国少数民族戏剧创作奖。原任哈尔滨市剧协主席、市文联副主席，一级编剧，美国印第安纳州立大学访问学者。

## 海　　誓（内容简介）

常娟的哥哥常荣早年留学日本的时候曾寄宿在了伊田家中，博学、正直的常荣很快便得到了伊田家人的认同，在与伊田娟子相恋的同时也与其哥哥义男建立了深厚的友谊。

但此刻正值一九三一年，中日关系日趋紧张，力主反战的常荣为了避免日本当局的迫害，只能被迫回国。不久后日本便发动了蓄谋已久的侵华战争，义男也因战争需要而被派遣到中国，他同时还带着妹妹寻找常荣的嘱托。不料两人在哈尔滨偶然的见面却被其上司海野怀疑为叛国，义男也因此从一名下士沦为了辎重车队的二等兵，除了每日的繁重训练还要忍受班长惨无人道的折磨。此刻寻找哥哥和未婚夫的娟子随日本的开拓团来到中国，车站与哥哥短暂的相见却已成为他们的诀别。一次任务中，义男身负重伤，生命危在旦夕间，是常荣的游击队救了他，两人再次劫后重逢。随后日军的围剿却使得游击队不得不被迫撤离，一直照顾他伤病的六岁孩子小梅在撤退间被日军突袭的飞机扫射而死，常娟进城侦查被俘。义男也被重新送回到日军军部，得到日军的信任后委任其与常荣的昔日好友叛徒乔文青一起负责围剿常荣驻扎的七星山的游击队。前去围剿途中，义男悲愤的杀死叛徒乔文青，为常荣的游击队送来十万弹药，自己也因此而牺牲。

一九四五年，抗日战争尾声，日本的战败已经成为不争的事实，但海野军队依然负隅顽抗，并意图杀害遣送回国的开拓团的老少，娟子身处其中。正在这时，常荣的游击队及时赶到，阻止了这场悲剧，但常荣却在战斗中牺牲。苦苦找寻了多年的未婚夫，终于得以见面，却成为了最后一面，悲痛的娟子只能带着失望和眷恋回到了日本。一九五五年的春天，常娟远渡重洋从中国来到日本，通过日本友人小谷的帮助在一个偏僻的渔村找到了失散多年的亲人伊田娟子，两人的重逢让这一段往事再次浮现。

# 美丽的囚徒 （内容简介）

　　伪满统治下的哈尔滨郊外刑场，响起了一阵枪声，爱国志士一个个倒下，其中有位容貌俊美的姑娘，她是伪江防舰队殷祚堃少将的女儿殷红。她的罪名是共产党帮凶，被拉来陪绑。原来，殷红在面临流氓侮辱之际，被地下党员石勇救下。殷红后被白俄匪徒绑架作人质，威逼交出二十万元赎身费，又是石勇深入虎穴救出了殷红。为避免白俄继续纠缠，石勇将殷红领进深山游击区暂避。途中，村姑白月娥为了掩护殷红与敌特英勇搏斗，献出了年轻的生命。这些亲身感受，使殷红的思想发生了急剧的变化，她开始懂得了人生的真正意义。回到哈尔滨之后，殷红为了报答石勇两次救命之恩，请求父亲让石勇去舰队当武术教官。殷祚堃策划比武竞技会，选拔教官，石勇武功过人，战胜了日本武士道名手岗野。殷红钦佩石勇为中国人出了气，深深地爱上了他。伪满舰队上的中国水兵惨遭日军迫害，石勇唤起了水兵们的爱国热情，利用殷红提供的情报杀了日本军佐，率领"东亚"、"大同"两舰起义。此事触怒了日寇海军部，派要员前来查办。殷祚堃为了保全乌纱帽，竟不惜以女儿去和肇玉玺中校"联络感情"。殷红打死了企图侮辱她的肇玉玺而被捕，并被扣上受中共指使"谋杀宫廷海军武官"的罪名投入监狱。殷红被捕前后，陆煜良的胞兄被日本侵略军杀害。陆煜良参加调查此案，他从殷红的日记中得到启发，也从事实真相中良心受到谴责，开始醒悟。凶狠的敌人最后想拿殷红作细菌试验。在押送殷红去七三一部队的途中，陆煜良以提前执行枪决为由，命令宪兵将殷红的镣铐打开，将殷红推下囚车，并毅然拉响了手雷与敌人同归于尽。

# 刘子成

**作者简介** 刘子成，笔名流星、溪曲。1942 年出生，黑龙江双城人。1960 年毕业于哈尔滨工人业余艺术学院。历任文工团、宣传队演员、创作员、宣传部干事、厂报编辑，《小说林》杂志编辑，哈尔滨市作协副主席，专业作家。1960 年开始发表作品。1989 年加入中国作家协会。著有长篇小说《捉住一个太阳》、《座山雕世家》、《火的战争》等七部，中篇小说《越过防线》、《青山夕照》、《青纱帐，母亲》等一百五十余篇，中篇小说集《丑妻》，报告文学《荒原的觉醒》，电影文学剧本《江湖怪狼》、《男性世界》，电视连续剧剧本《硝烟散后》、《原野上的马车》、《暴风骤雨》（续篇）等一百余部。电影文学剧本《飞来的仙鹤》（合作）获文化部优秀故事片奖及意大利、法国电影节奖，另获第十一、十二届飞天奖一等奖，改革潮二等奖，全国第三届报纸连载二等奖，黑龙江第三届天鹅大奖一等奖，还连续七届获东北三省电视剧金虎奖。

## 飞来的仙鹤 （内容简介）

在嫩江草原一望无际的芦苇荡中，住着勤劳、善良的贺凤鸶夫妇，他们以养鹤、捕鱼为生，守护在丹顶鹤的故乡。"文化大革命"中，他们收养了一个男婴，并为他取名"小翔"。从此，他们和小翔组成了一个美满幸福的家庭。拨乱反正后，排练"丹顶鹤"舞剧的芭蕾舞演员白鹭，为体验生活和寻找失去八年的独生子，来到丹顶鹤的故乡，住在贺凤鸶家里。小翔带着白鹭到碧波荡漾的湖中捕鱼，戏耍；领她到绿草茵茵的原野，在鹤群中翩翩起舞。白鹭喜欢上了嫩江的草原、丹顶鹤，爱上了聪明活泼的小翔及贺凤鸶夫妇。经过接触，当白鹭认出小翔就是她离散多年的儿子时，无法控制自己的感情，紧紧地把小翔搂在怀里，激动地亲吻着思念多年的儿子。可是，她想到贺凤鸶夫妇哺育小翔的艰辛和恩情，不忍心再去破坏这个和谐的家庭，刺伤两位老人的心，便把爱子之情深深地藏在心底。对此，贺母也有所察觉，她同情白鹭的不幸遭遇和痛苦，让小翔与白鹭住在一起，要他们尽情地享受母子之爱。夜晚，白鹭写了一封热情诚挚的长信，表达了她对贺凤鸶夫妇深情厚谊的感激。随后，她吻别了熟睡的儿子，挥泪而去。白鹭悄悄地离去，使贺凤羲夫妇深感不安，在秋天鹤群飞往南方的时候，贺凤羲夫妇忍痛将小翔送还给他的亲生父母。小翔来到北京后，望子成龙的白鹭逼他学钢琴，想让他成为钢琴家；爸爸丁振鹏要他学画画，想让他继承父业，成为画家。小翔对此不感兴趣，只有任鸟类学教授的爷爷理解他，针对他的兴趣和志愿，因势利导地启发教育他。在春天丹顶鹤飞回故乡的时候，小翔十分怀念嫩江的丹顶鹤和养父母。一天，小翔在妈妈误消了他录制的百鸟争鸣的磁带后，伤心地不辞而别。小翔伴随他的丹顶鹤，又回到了哺育他的嫩江和养育他的父母身边。

影片以小翔的身世为主线，通过他的情绪和反映，表现普通人与大自然的和谐，肯定了人们朴素、善良、美好的心灵，并提出人的社会属性大于人的自然属性，养育之恩可以大于人的血缘关系的观点。影片注重细节刻画，着眼于对人物内心情感的描绘，达到一种抒情与哲理的结合，并通过以鹤喻人的象征手法，体现出一种诗的风格与意境，使作品充满自然美和人情美。

# 硝烟散后（内容简介）

这个故事以参加朝鲜战争的安玉国为主人公，讲述了他在新中国建设时期的故事。

安玉国的小儿子安险峰错过了参军报名时间，未能入伍，王参谋去家里找老安，征求他的意见，安玉国坚持原则办事，结果儿子参军的事就落空了。一天，老安去民政局领取残废金时巧遇了老战友得知搞点副业，能发家致富。这边，小儿子入伍心切，和女友周冬梅直接去找接兵首长说父亲是活着的烈士，在《谁是最可爱的人》里有父亲的名字，引起首长注意。但老安不承认自己是"烈士"，首长就让老安作为一个老兵在送兵仪式上讲话，讲话让新兵得到极大鼓舞。

老安回到自己单位，在一次分房讨论会上，发言指出身为党员的姜副主任没有照顾到无房户，自己还要分房。而老安，却主动把自己的申请拿出，让群众再次感受到党员的先进模范作用。此前受资助的战友也养猪致富了，带着感激之情把钱还给了老安。过了一段时间，接兵的少校来请老安回部队协助军史处提供有关松骨峰战斗的情况，在部队遇到了当年的通信兵、如今已是少将的小良子。此时，老安终于承认自己是活着的烈士，并检阅了老三团。在士兵中突然发现自己的小儿子，原来是王参谋奉命送来的……

检阅部队之后，安玉国又回到了家乡，继续在平凡的岗位上，在这硝烟散后、大地葱茏的土地上发挥着自己的余热。

# 王　毅

**作者简介**　王毅，1940 年出生，北京市人。1963 年毕业于北京大学中文系。大学毕业分配到黑龙江文化局剧目工作室工作，后调黑龙江省龙江剧实验剧院任编剧、副院长、院长，省文联副主席等职。1980 年与锦云合著的《笨人王老大》获得优秀短篇小说奖。《皇亲国戚》获 1980—1981 年度全国优秀剧本奖。另有短篇小说《不该将兄吊起来》，中篇小说《对照检查五重奏》、《人间尴尬事》，以及长篇小说《可爱的男子汉》等。

## 皇亲国戚（内容简介）

　　西汉文帝二年，天子发下寻亲榜，寻找窦皇后失散了十年之久的弟弟窦少君。窦氏姐弟父母早丧。姐姐被征入宫后，弟弟憨郎流落街头，被人拐卖，最后落在华山县令沈梦得的大女婿卫高家里，为烧炭奴。憨郎记得自己叫窦少君，当他得知皇后寻找弟弟少君时，决心进京去认姐姐。他私逃下山，路遇从小与他患难与共，结下深厚友谊的民女杏花。在她的掩护下，少君躲过了奴隶主卫高的追捕，闯入县衙，求县令沈梦得上一个进京认亲的公文。利欲熏心的沈梦得把这个"身上露着肉，鞋尖露着脚趾头"的烧炭奴奚落了一番，以冒认皇亲罪把他关了起来。沈夫人携小女二凤去庙中烧香，求得"要遇大贵人"的签。沈夫人认定烧炭奴是这个"不露相"的贵人，他们夫妻商定，教唆女儿夜里去后花园勾搭国舅爷，以达到攀上皇亲的目的。沈梦得为了断掉国舅爷的念想，还把杏花关进了沈府。沈府新来的师爷白忙为了和沈梦得争攀皇亲，放走憨郎、杏花，乔装成"国舅爷"，夜里与二凤私会，浑水摸鱼。二凤不认识白忙，在后花园里，错把白忙当成国舅爷。亲自导演这场丑剧的沈氏夫妇得意扬扬，一面往京城送寻到"国舅爷"的本折，一面发放喜帖，准备二凤与"国舅爷"结亲。一夜之间，沈梦得由一个小县令变成了"皇亲国戚"，身价倍增，大小官员蜂拥而至，门庭若市。白忙与二凤拜堂后，公开了身份，沈方知上当。这时朝廷驳回本折，命沈三日内押冒认皇亲者前来认罪。沈梦得只得带衙役紧紧追赶逃走的憨郎和杏花。憨郎、杏花在赶往京城的路上定下终身。为逃出虎口，杏花女扮男装，星夜赶赴京城，替憨郎求见皇后。窦皇后见来认亲的是一乔装女子，要把她轰出宫去。杏花哭诉姐弟十年前分别的悲惨情景，勾起窦皇后的沉痛回忆。杏花拿出当年姐姐留给弟弟的信物——玉镯，说明了憨郎的危险处境，窦皇后在杏花带领下，赶往华山县，窦皇后制止了正要烧山的沈梦得，离别了十年的姐弟终于相见、团圆。

# 不该将兄吊起来

**一 秋，黄昏，内。**

马先生家里，烟雾腾腾，雀战正酣。

屋子中央的方桌周围，两女三男正紧张地摸牌，打牌，不时简短地念叨着：

"八万！"

"西风！"

"七饼！"

"吃！"马先生高高擎起腕子，像透水袖似的在空中抖了抖，不慌不忙地抓过那张七饼。

马先生的上家，一个长脸男人不无羡慕地："嘿，吃得真香！"

马先生摇头晃脑地哼起京剧《凤点头》的锣鼓点儿和二黄散板的过门。

马先生对家，一个小眼睛女人催促地："别美啦，马先生，快打出一张啊！"

配合着嘴里哼哼的节奏，马先生抽出一张牌，掂了掂，啪地拍到桌子上，眼睛盯着下家："大白梨！"

众人望着马先生打出的那张白板，又不约而同地望着马先生的下家——一个擦着厚厚的雪花膏的男人——哄笑起来："哈哈，大白梨，马先生怎么拿你当白板给打出来了？"

被称做大白梨的皱皱眉："少扯淡，马先生上'停'啦，看着点儿吧！"

一个小小子挤到马先生身旁："爸，看着谁呀？"

马先生不耐烦地："去，写你的作文去。"

小小子："桌子你们占着，叫人在啥地方写？"

马先生："床上！"

小小子望望皱皱巴巴的床单和摊在被垛上的作文本："妈——"抓起作文本跑开。

二　秋，黄昏，内。

厨房里，马先生老婆，一个胖胖的中年妇女正忙着渍酸菜。

小小子拿着作文本跑来："妈，我不写啦，他们玩了一天，也不让位！"

当妈的停住手，望着屋里，恨恨地："这帮混世虫！乖，等着吧，晚上他们有演出，待会儿全滚。"

三　秋，黄昏，内。

屋子里。

"二条！"长脸男人又打出一张牌。

大白梨迫不及待地伸手去抓："岔！"

马先生不慌不忙，搪开大白梨的手："您先别岔，交银子吧！"拿过那张二条，又推倒了自己面前的牌。

同桌三人异口同声："怎么？和了？"

马先生洋洋得意，回头对坐在自己身后的一个打扮得花里胡哨的女人："小水葱，给先生收钱！"

小水葱站起身，替马先生从那三人手里敛过当作钱的扑克牌："今儿个马先生的手也不知沾了什么仙气，真够兴的。"

马先生："什么叫兴？吃边七饼，专留夹当二条的口儿，这是技术！"眯着眼睛，又哼起来："御马到手精神爽，金鞍玉辔黄丝缰，两旁相称赤金镫，小小的提胸对成双……"

四个人不停闲地洗牌，码牌。

长脸男人："别说，马先生就是玩得不错，不服还真不行。"

小眼睛女人紧了紧鼻子："可惜，他这点儿精神头，全用到牌上了。业务上，能赶上这一半儿，也不至于这么惨！"

马先生正唱到："攀鞍坠镫把马上，得意扬扬……"听见这话，脸上的笑容忽然僵住。

大白犁出来挡横，却总是一副斯斯文文的样子："哎，打你的牌，少拿我们哥们儿开心。"

小水葱也上来帮腔："那可不！马先生业务怎么了？窝在京剧团，那是因为不会来事儿，领导不用！真凭能耐，谁比谁差？谁不能唱几出？不信，是骡子是马，咱们拉到台上遛遛去！"

小水葱比比划划，还要往下讲。外面走廊里，传来一声吆喝："发通勤啦，晚上参加演出的，快上车！"

马先生心绪不佳，推牌欲起："算啦，上剧场吧！"

大白梨赶紧按住他："忙什么？咱俩不都是前朝官、后校尉吗？开了戏再扮也赶趟儿！"

小水葱："对，我这宫女梳大头还不着急呢，再来两圈儿！"

马先生犹犹豫豫地："那，通勤车发了，你们——"

小水葱："没关系，你拿自行车驮我去！"

大白梨："我也借台自行车！"

"那……"马先生话未出口，走廊里又传来清脆的喊声："马佩良！马佩良！"

屋子里的人一齐侧耳静听。

大白梨："哼，是夏小凤！"

小水葱："找咱们呢。晚上是她的《秦香莲》，听听，又不够她张罗的啦！"

大白梨："别理他，玩咱们的！"

"……马佩良，马佩良……"喊声越来越近。

**四　秋，黄昏，内。**

"夏姨！"小小子跑出厨房。

马先生的老婆也跟了出来。

小小子打开屋门。

夏小凤，一个三十出头的俊俏女人，怯怯地站在门口。

**五　秋，黄昏，内。**

"小凤，进来！"马先生的老婆上前把夏小凤拉到屋子里，"什么事？"

夏小凤甜甜地笑着："大嫂！"转向牌桌，周到地招呼着："马大哥——哦，你们都在。通勤车快发了，该上剧场啦。"

马先生身不由己地站起来："嗬，主演亲自来请，不敢当，不敢当。"

大白梨不凉不酸地："呦，主演亲自招呼人，什么时候兼了队长的差事？够辛苦的！"

小水葱一面悄悄拉着马先生的后襟，叫马先生坐下，一面嬉皮笑脸地对着大白梨："怎么的？主演兼队长算什么？兼团长也是手拿把掐的！"

夏小凤轻轻咬起了下嘴唇："晚上的《秦香莲》，有专区领导陪着外宾看戏，团长叫我喊喊宿舍楼里的人，别去晚了。"

马先生的老婆走到马先生跟前："佩良，这么重要的演出，还磨蹭什么？玩了一天，还不过瘾呐？"动手要去收拾牌。

大白梨连忙制止："嫂子，放心，不就是跑跑龙套吗？准保误不了！"

小水葱冲着夏小凤，仍是嬉皮笑脸地："对，赶趟儿！主演，您先去吧，到时候，我们这几个底围子保险能把您这位角儿侍候好！"

夏小凤尽量装作什么也没听出来，温温顺顺地："那——通勤车可先发了，反正我把团长的意思传达到啦！"转身走了出去。

"小凤！"

"夏姨!"

马先生的老婆和小小子撵着送了出去。

屋子里,五个人都露出愤愤不平之色。

"瞧那神气劲儿,上法啦!"大白梨说。

"主演多个屁呀!"小水葱说。

"就是,就是!"长脸男人和小眼睛女人应和着。

小水葱五官挪位地:"也不知怎么的,我一看报上登她的文章,书上登她的剧照,再一看领导一来,先冲她点头说话,我这心里呀,都直哆嗦!"

"别说这个行不行?心烦!"马先生满脸醋意,快快不快地,"摸牌,摸牌,我抓的五条,打的五饼。大白梨,该你的啦!"……

六　秋,夜,外。

剧场门口。彩灯闪烁,车水马龙。观众正纷纷入场。

七　秋,夜,内。

剧场前厅,一些观众在争相购买京剧团演出《秦香莲》的说明书,一些观众聚在广告栏前看剧照。

摆在首位的《秦香莲》的大剧照,下面写着:"秦香莲——夏小凤饰"。

八　秋,夜,内。

剧场后台。已经扮好秦香莲的夏小凤,正对着镜子做最后的修饰。

其他演员也在忙着化妆,穿服装,一片嘈杂。

"小凤!"一个衣冠楚楚、戴着金丝镜的中年男人走过来,他是骆团长,说话有点儿女声女气,"马佩良他们几个怎么还没来?不是叫你喊喊他们吗?"

夏小凤急忙辩白:"骆团长,我喊了,可——"不敢再往下说,话锋一转,"不要紧的,待会儿他们能到。"

"到?啥时候到?"另一个花白头发、敦敦实实的男人插了进来,说话一口东北腔,"还差十分钟开演,咋整?小凤,你在那疙瘩住,你咋不管?"

"黄书记,我……"

骆团长:"他们是不是又玩牌呢?"

夏小凤讳莫如深,连连摇头:"不,我没看见,我不知道……"

"黄书记!骆团长!"勾着小花脸,扮张三阳的演员急急跑来,"前台说,专区领导和外宾的车到剧场门口啦!"

黄书记慌了神:"走,快去接接!"

骆团长跟着跑了两步,又回头对扮张三阳的演员喊:"叫他们把贵宾室的门打开!"

十 秋,夜,内。

一只手推开一扇门。

马先生的老婆正开门放烟,拿着笤帚往走廊里扫满地的烟头。

小小子在收拾牌桌,高兴地喊:"滚喽,都滚喽!"

马先生的老婆关上门:"乖,该你写作文了。"

小小子:"不嘛!妈,我要看一休哥!"

马先生的老婆:"不行,写作文!"

小小子躺在床上耍赖:"哎哟,我困啦,我要睡觉!"

马先生的老婆上去给了一巴掌:"不着调的东西!你爹咋养的你?随你那缺德的爹,随了个贴!"

十 秋,夜,外。

路灯初上,昏暗的小街,蹬着自行车的大白梨同驮着小水葱的马先生并排驶来。

小水葱拍着马先生的背:"先生,您倒是慢点骑呀,怪吓人的。"

大白梨:"就是,忙什么?不就那两个小破活儿吗?开了戏扮都不晚。"

马先生蹬得有些上喘:"不行啊,开场陈世美他爹在后台搭一句架子,是我的!"

"咳,不就那么一句'儿啊,你要早去早回'吗?怎么,马先生又犯戏瘾了?怕去晚了过不着戏瘾?"小水葱拍拍打打地揶揄着。

"胡扯!一句词儿,又是在帘儿里喊的,能过什么瘾?"马先生不服地反驳着。

"那,一定是怕侍候不好,角儿生气喽?"大白梨冷冷地挑逗着。

马先生来了气:"呸!我侍候她?我怕她生气?哪位呀?论起班里的辈分来,我还是她师大爷呢!"

小水葱:"那你还怕什么?"

马先生:"我怕,我怕误了事,挨眼!"

大白梨:"得了,能挨什么眼?那一句架子,谁不能替?"

小水葱又拍拍马先生的背:"对,慢慢儿骑,赶趟儿,赶趟儿——"忽然发现了前方的什么,惊慌地:"快,下车,警察,警察!"

小水葱不顾一切地跳下车来,马先生车把一歪,朝大白梨撞去,两辆车一齐摔倒。

三个人趴在街上,狼狈地互相望着。

十一 秋,夜,内。

剧场内,骆团长扒着幕从台上向下望着。

专区领导和外宾正互让着入座。

骆团长回过头来："不能等了，那句架子，我顶。打铃，开戏！"

**十二　秋，夜，内。**

舞台上。鼓师抄起键子，打起了开场点儿，大幕随之徐徐拉开。

上场门的侧幕后，扮好的秦香莲、陈世美、英哥、冬妹在候场。

骆团长和一个女演员并肩站在话筒前，正准备搭架子。

前奏曲牌结束。骆团长和女演员深提一口气，正要张口，马先生突然从两人中间钻了出来，对着话筒便喊："儿啊，你要早去早回！"

**十三　秋，夜，内。**

观众席里，马先生带着破音、且又音量过大的喊声在回荡："……你要早去早回！"

观众惊愕。外宾疑惑地交头接耳。

**十四　秋，夜，内。**

上场门的侧幕后，女演员吓得目瞪口呆，该同时念的那句词儿，没念出来。

骆团长气夯夯地："马佩良，真有你的，才来，懂不懂这里的规矩？"

马先生嗫嗫嚅嚅："骆团长，我没误，我没误……"

骆团长不依不饶："我服了你了，行不行？爷太，我服啦！"说着，竟向马先生深深作了一揖。

马先生慌做一团，磕磕绊绊地连连摆手后退："啊……啊……"

**十五　秋，夜，内。**

后台化妆室里，马先生、大白梨、小水葱打开彩盒子，正匆匆往脸上拍油彩。

骆团长站在对面："爷太，你们都是爷太！你们比专区领导和外国人的架子还大呀！"

马先生伸过涂满底彩的脸："骆团长，都怨我老婆，这饭呐，老也做不得！"

骆团长："别找辙啦——我问你，是不是又玩牌来着？"

小水葱涂满底彩的脸也凑了上来："谁说的？谁说的？"

骆团长："甭管谁说的，反正我知道，行啦，下回注意吧，赶紧扮戏！"

骆团长转身离去。三人若有所思地怔在那里。

一个水灵灵的女演员拿着一叠钱走来："三位，来来来，领这月的奖金，一人六元。"又转对正勾包公脸和正扮皇姑的两个演员："你们俩，一人十元，还有夏小凤的十元，也归你们代领。签字，都签字！"

勾包公脸的演员一面签字，一面对那三人说："怎么样？挨眼了吧？

玩，也不看看火候。还算万幸，没扣你们的奖金！"

大白梨捧着手里的钱，接上了茬："扣？凭什么扣？明说吧，这么干，够对得起这六块钱的啦！"

小水葱愤愤不平地帮腔："那可不，就算跑群众吧，哪出戏不赶两三个活儿？不比你们当主演的轻省。"

大白梨："这不，回头卸了朝官，还得赶校尉，站堂，一站四十分钟，两腿酸麻，那也等于唱一出大戏！行，咱没那命，咱摊不上主演，叫你们每月多拿四元，咱不言声儿。怎么着？还不知足？还想把人都整死啊！"

小水葱越发来了劲儿："啊，真不要脸，动不动还上团长那儿去告我们的密！"

勾包公脸的演员见势头不对，赶忙解释："哎哎，方才人家夏小凤可没说什么，你们可犯不着冲她去。"

"不冲她冲谁？"马先生爆发地，"别替她兜着，我们不傻！"恨恨的目光，盯向通往舞台的通道。

**十六　秋，夜，内。**

舞台上，第一场戏已近尾声。

英哥、冬妹跪拜："爹爹！"

陈世美："随你母亲回家去吧！"

秦香莲："官人保重了！"

伴着音乐，夏小凤走下台来。

**十七　秋，夜，内。**

夏小凤沿着通道，迎着马先生的目标走进后台。径直拿起镜子，仔细检查自己的妆。

旁边的马先生猛地一摔彩盒子："什么玩意儿！"

夏小凤吓了一跳，从镜子里向外观察着。

小水葱挤眉弄眼地："呦，马先生这是冲谁呀？"

大白梨凑过来："这还不明白？冲谁？马先生冲你！"

小水葱故作不解："我？我怎么啦？又没多拿那四块钱，我不是挺好的吗？"

大白梨："听听你唱的，瞧瞧你做的，哪个师父教出来的？你也配多拿那四块钱！"

小水葱："咳，大白梨，这又何必呢？我跟局长也没一腿，我又没拉团长下水，清清白白，干吗跟我过不去？"

大白梨和小水葱一唱一和，更加放肆："清白不清白，自己寻思去。反正咱们井水不犯河水，少上团长那儿告密去！"

马先生狠狠瞪了夏小凤一眼："哼，小谗妃！"

夏小凤咬起下嘴唇，忍不住两滴眼泪掉了下来。撂下镜子，跑出了化妆室。

勾包公脸的演员："哎哎哎，不近不离的，见好儿就收吧，人家又没搭茬儿，这是干什么呀？"

"我们又没冲她！"小水葱理直气壮地顶了一句。

"得啦，都是这里的人，耍阴损谁还不明白？都把人家气哭啦！"勾包公脸的演员依旧劝解。

"哭？还哪儿不合适？还哭什么？党票到手，仨屋一厨住着，五级工资长了，哪儿对不起她？哭？我还想哭呢！"说着说着，马先生真的伤感起来，带了哭腔。

骆团长匆匆走进化妆室，显然知道了方才发生的事。

"怎么回事？有完没完？开搅哇？这么重要的演出，谁影响了谁负责！"

马先生不敢当面反驳，却不服气地小声嘀咕："得，拼死拼活赶着参加演出，差点儿叫警察罚了款，结果倒挨了好几顿臭训，今天真是点儿背！"

骆团长没听清："马佩良，你嘀咕什么呢？"

马先生故作可怜地一摊手："我，我没敢吱声啊！"

骆团长正欲质问，身后又来了黄书记，风风火火地："快到了，快到了，都准备上场！"指指大白梨，"哎——你，你的胡子！"

"胡子？"大白梨摸摸下巴，故意犯嘎："刮了呀！"

"是——是戴的胡子！"黄书记急得直比划。

"噢，是这个呀——"大白梨返身从墙上摘下一副黑三，"您说明白，这叫髯口！"

化妆室的人不禁掩口窃笑。

黄书记仍无察觉："还有帽子，戴上帽子！"

"是啰，是啰！"大白梨又取过自己的鸭舌帽，扣在头上，同身上穿的行头、脸上化的妆，格格不入。

黄书记急了："不对，是戏里戴的帽子！"

大白梨偷偷做着怪相，表面却极为顺从，摘下鸭舌帽，顺手托起一顶荷叶盔，慢悠悠地："噢，这呀，这叫盔头！"

化妆室里又是一阵哄笑。

"笑啥？笑啥？"

黄书记脸上一阵红一阵白，回头看看骆团长，骆团长忍不住也在笑，不由得火起，正欲发作，骆团长却忽然喊了一声："哎呀，王延龄都上了吧？"借故躲开。

十八　秋，夜，内。

骆团长抱着膀子，站在侧幕后看戏。

舞台上——

秦香莲："是，相爷容禀！"

王延龄："慢慢讲来！"

扮演秦香莲的夏小凤真的抑不住悲愤之情，流泪唱道："结发夫妻十余载，停妻再娶理不该。亲生儿女不看待，死去爹娘不葬埋。小妇人投奔千里外，不认糟糠赶出来。满腹含冤深似海，望求相爷做主裁！"

十九　秋，夜，内。

观众席里掌声四起。

专区领导和外宾满意地点头。

二十　秋，夜，内。

化妆室通向舞台的过道上，小水葱正和黄书记谈话。小水葱贴贴乎乎地拉着黄书记的胳膊，黄书记感到不舒服，想挣，又挣不开。

小水葱连珠炮似的："黄书记，您可千万别吃心，我敢担保，方才大白梨那么耍，绝对不是跟您过不去。"

"那他是跟谁？"黄书记气哼哼地问。

"还不是因为对骆团长有意见！"

"噢？"

小水葱神秘地把脸凑上去，黄书记下意识地躲开，却又禁不住想听。

"黄书记，咱们那位团长啊，可不像您这么关心群众，和蔼可亲。他那眼睛里，只有主演。对群众，说训就训。跑群众的怎么啦？红花还得绿叶扶呢，我们的贡献哪比主演差？再者说了，我们怎么就不能唱一出？不是我们不能唱，是他不用。比方马先生吧，您瞧——"

二十一　秋，夜，内。

后台化妆室里。

顺着小水葱的下巴远远望来，马先生已扮好朝官，正对着镜子比比划划。

小水葱的画外音："最热爱艺术，唱两句特有味儿，要身上有身上，要扮相有扮相，虽说脸长点儿，可戴上髯口一挡，正合适。您知道吗？他为什么起名马佩良，就因为他最佩服马连良。这么多年，京剧团的说明书上，除了老军甲、特务乙后面偶尔露过他马佩良三个字之外，剩下的，您就从众虾兵、众蟹将、众土匪、众乡亲里去找他吧！四十多岁的人，有脸有皮，他能不苦恼吗？"

二十二　秋，夜。

化妆室通向舞台的过道上。小水葱越讲越起劲，越讲越亲切："黄书记，我这是向领导汇报思想，咱们可是哪儿说哪儿了。咱们团长啊，仗着懂点儿业务，太独断专行。不是我挑拨领导关系，他连您都没放在眼里，我们看着都气不公。毕竟您是书记，您是一把手，可他，欺负您是老外，拿您当累赘……"

骆团长突然出现："宫女，朝官，上场！小水葱，谈话偏找这时候？快！"

扮演宫女、朝官的演员纷纷从黄书记面前跑过。

"哎，哎——"小水葱答应着，身子却不动，匆匆地对黄书记，"瞧瞧，又来了不是？嫌您碍事啦！"

说罢，急急向舞台跑去。

黄书记站在那里，喘着粗气。

**二十三　秋，夜，内。**

舞台上，最后一场戏正在进行。

前面，包公唱："香莲击鼓为哪般？"

秦香莲唱："国太抢我的儿和女……"

后面，扮演宫女的小水葱和扮演校尉的马先生、大白梨恰好站在一起。

小水葱目视前方，表面做戏，嘴里却在悄悄递话："哎，方才在书记那儿，我可没少给团长上眼药，瞧热闹吧！"

扮演秦香莲的夏小凤唱完一句，刚好走到他们身旁。

大白梨用一股冷森森的目光正盯着她。

夏小凤一愣，几乎跑了戏，赶紧挪挪位置，两句风凉话又送了过来。

小水葱："遭恨！"

马先生："小谗妃！"

夏小凤浑身一震，水袖垂地。

包公恰好唱到："国太呀，欺压民女心何安？"

夏小凤轻轻咬起嘴唇，又落下泪来。

**二十四　秋，夜，内。**

观众席里，两位老观众在评论。

"瞧，秦香莲真哭啦！"

"真实，真实！"

**二十五　秋，夜，同人。**

舞台上，戏已近尾声。

包公唱："……断过多少无头案，难道此案断不全！罢！头上摘下乌纱帽，纵有那天塌地陷某承担！"

包公念："刽子手，开铡！"

大幕徐徐落下。

**二十六　秋，夜，内。**

观众席里，观众热烈鼓掌。专区领导陪同外宾向台上走去。

二十七 秋，夜，内。

专区领导和外宾接见演员。

折叠椅已排好，准备合影留念。

马先生笑容可掬地向外宾伸出手去。

"马佩良！"

马先生吓得缩回手。

骆团长正指挥："后头站着去！快，宫女、校尉都站后排！"

马先生狠狠地斜视着骆团长。

二十八 秋，夜，内。

舞台上，合影队形已摆好。

马先生、小水葱、大白梨站在后排凳子上，望得见夏小凤坐在前排中间，正同专区领导和外宾谈笑寒暄。

小水葱对马先生揶揄道："先生，也不掂量掂量，您老人家是哪盘菜？还想往前端？闹一脸包米面吧？该！"又朝下面努努嘴，"瞧瞧，都不知咋贱好啦！"

大白梨冷冷地："这是人家的本事！眼儿热呀？你也学呀？再浪点儿，你也当新秀！"

马先生这个气呀。

二十九 秋，夜，内。

后台盥洗室里。马先生和扮包公的演员在洗脸卸妆。

看见夏小凤走进来，马先生故意装出欢快之色，挑衅地大声哼起西皮原板过门。

夏小凤老老实实地躲到一旁洗脸。

马先生哼完过门，开始唱："一事无成两鬓斑，叹光阴一去不复还……"

扮包公的演员打断了他："马先生，哪儿不舒服？哼唧什么呢？"

马先生戛然而止，偷偷看看夏小凤，自己嘟囔："丧气，我怎么偏唱这个？"

三十 秋，夜，外。

剧场门口，有人在上通勤车，有人在跨自行车。

马先生推车走了出来。

骆团长站在通勤车下高喊："明天早晨照常发车，响排《穆桂英》！"

三十一 秋，晨，外。

翌日早晨，熙熙攘攘的大街上。

马先生闷闷不乐，骑车走来。突然，发现了什么，跳下了车。

前面，无轨电车的天线断了，搭拉下来。一辆无轨电车和一辆大卡车头顶头，横在大街中央。交通阻塞，人群聚集。

马先生又来了兴头，推车朝人群里挤，东打听西问："怎么了？怎么了？出车祸啦？撞死人没有？啊？啊？"

路旁一位姑娘在伤心地哭。

马先生走到跟前："怎么，你家的人出事啦？"

姑娘摇头。

"那，你受伤了？"

姑娘又摇头。

马先生认真了："咳，到底是怎么个岔儿啊？"

姑娘抽抽咽咽："八点……招工考试……什么车……都不通……好不容易……有个机会，赶不上……就全完啦……"

马先生听着，不住"噢噢噢"地点着头，听完，不禁一拍车把："哎哟，了不得，这可是大事！"

姑娘哭得更凶。

马先生上了热心劲儿："姑娘，别愁，在哪儿考？走，我驮你去！"

姑娘停止了哭。

马先生催促："快着点儿走哇！"这味儿挺像京戏叫板。

马先生带着姑娘才走两步，才要蹬车，忽然看见前面维持秩序的警察："警察！罚款！唉，不行啊！"

姑娘失望地停住脚。

"干脆！"马先生大喝一声，又拍拍车把，"会骑车吧？"

姑娘有些不解地点点头。

马先生："得，您把我的车骑了去！"

姑娘眼睛一亮，又有些犹豫："这……"

马先生使劲将车把往姑娘手里一塞："咳，考试要紧，我姓马，京剧团的，考完试，您给我送回去不就得了？"

姑娘感激地："那，你呢？"

马先生底头看看表："行，抄道儿还能赶上我们的通勤车！"说罢，转身便跑。跑两步，又停住，朝姑娘摆手："骑呀，快骑呀！"

"哎！"姑娘抹抹眼泪，踮脚跨上了自行车。

马先生跑着，一步三回头，心满意足，像完成了什么重大使命。

**三十二　秋，晨，内。**

京剧团的通勤车里。

"停车，快停车，是马先生！"小水葱尖声地叫。

汽车向街旁靠去。从车窗里望得见，马先生正站在马路牙子上招手。

车停、门开，马先生跳了上来，汽车复又启动。

马先生笑逐颜开，身穿一套高粱米色西装，格外醒目。

"嗬，马先生置新行头啦，真精神！"

不知谁喊了一句，大家一齐鼓起掌来。

马先生一面鸡啄米似的冲大家点头，一面抻抻西装下摆："这算什么？这是先生平常挑煤穿的，今天没来得及换。"

车上的人哄笑，七嘴八舌地问：

"先生怎么今天骑车改坐车了？"

"瞧这样子，定有喜庆之事，许是嫂夫人同意给你娶二房了吧？"

"马先生，讲讲，快讲！"

马先生站车门口没动，心里美，却偏偏做出一脸苦相："哎呀，大事不好，车祸，出大车祸啦！"

**三十三　秋，晨，内。**

大街上，车辆拥挤，京剧团的通勤车挤在长龙中，停停走走。

**三十四　秋，晨，内。**

"……就这么着，我就一路蹚行，赶上通勤车！"

马先生话音一落，车厢里顿时炸了窝。

"嘿，马先生这心灵真够美的！"一个胖乎乎的男演员喊。

"得，这月的精神文明奖没别人的啦！"一个水灵灵的女演员喊。

小水葱更起劲儿："马先生，年底不给你评上先进工作者，我到局里告状去！"

大白梨乜斜着眼睛："马先生，赶快递入党申请书！"

男演员带头呼起了口号："向马先生学习！"

满车的人一齐呼应："向马先生致敬！"

马先生越发兴奋，双手抱拳，冲全车来了个罗圈儿揖，作出谦虚庄重之态："没什么，没什么，这都是佩良应该做的，感谢同志们的鼓励！"又模仿着香港歌星的口吻，咬着舌头，"谢谢，谢谢，接下来是——"忽然，他的眼睛定住了。

夏小凤紧靠车窗，脸朝窗外，兰指微舒，正一心一意琢磨新戏里的台词。

顺着马先生的目光，小水葱的脸也转了过去，露出鄙夷之色。

大白梨的冷森森的逼人目光。

马先生底火又起，话锋一转："不过，像咱这样的，能给点儿鼓励也就知足啦，咱在京剧团算个屁？又不是什么得宠的人物！"

小水葱心领神会，悠着长声接了上来："别价呀，你这叫响当当的先进事迹，又不是跟谁去犯腻，凭什么不给奖励？"

大白梨阴阳怪气，更为尖刻："不行啊，马先生是男的，咱们书记、团长也是男的，还想得宠？历来的规矩，男的想出头，非得领导是女的不可。领导是男的，只有女的才能当新秀！"

夏小凤的一对大眼睛转过来了，含着惊，含着怨，含着怒，含着惧，终于，像受惯了气的丫环似的，默默垂下了眼皮，轻轻咬起了嘴唇。

小水葱往里挤了挤，拍拍空出的半个座位："来，先生请坐，到时候，还得咱们老铁互相照顾！"

马先生向小水葱的座位走来，眼睛却盯着夏小凤，又唱开了："不由得豪杰哭开怀！"

汽车猛地一刹，马先生的头和小水葱的头撞在一起。

两个人咧着嘴，揉着脑袋。

满车的人哄笑。

**三十五　秋，晨，外。**

一幢破旧的楼，外面挂着"维今专区京剧团"的牌子。

人们下了通勤车，纷纷向楼里走去。

骆团长倒背手，站在楼口，进楼的人，不断向他打着招呼。

扮包公的演员走向骆团长："骆团长，老徐住院了，今天响排《穆桂英》，这前半部的杨六郎，谁来？"

大白梨停下来，注意地听着。

骆团长："先排着，等研究完了，最晚明天一早儿宣布。"

大白梨身后，夏小凤匆匆走过。小水葱和胖乎乎的男演员、水灵灵的女演员拥着马先生走过，一面仍在议论着。

小水葱："马先生，你傻了，应该问问那姑娘的姓名住址。"

水灵灵的女演员："对，应该留下证件。不然，真不给你送车来，哪儿找去？"

马先生："哪能呢？真格的，她还能给我昧下？"

胖乎乎的男演员："那可不，那也太没良心了！依我看考完试，准给送到！"

……骆团长和扮包公的演员并排走进楼里。

大白梨不动声色地盯了上去。

**三十六　秋，晨，内。**

京剧团走廊里。

骆团长摸着口袋，想掏烟。大白梨及时赶上，递过一枝香烟，又故意亮亮烟盒。

骆团长接过香烟："嚯，总督的，真高级！"

大白梨默默一笑，打着了打火机。

骆团长狠吸一口，然后放开嗓子，对走廊里走来走去的人喊："《穆桂英》剧组的，赶快上排练场！"

三十七　秋，日，内。

京剧团排练场里。乐队坐在一旁，骆团长和导演坐在前面。夏小凤扮穆桂英，扮包公的演员和另一个男演员，分扮孟良和焦赞，正排着打山一段戏。

排练场一角，水灵灵的女演员看看手表："妈呀，都快十一点三十分啦，大白梨，大白梨——"

大白梨正远远地盯着骆团长琢磨心事，不情愿地转过头来。

水灵灵的女演员："你说，她要真不给马先生送车来，怎么办？"

大白梨看看身旁的马先生，又看看坐在前面的骆团长，一语双关："这回呀，撞撞大运吧！"

胖乎乎的男演员似乎也有些沉不住气："马先生，她要真是一去不回，你也真没咒念，是不是想想辙。"

马先生略有犹豫："这……"

小水葱兴冲冲地跑进排练场，进门便喊："来啦，来啦！"

排练中断。

骆团长站起来："喊什么？喊什么？"

"哦——"小水葱停下了，仍有些上气不接下气，"骆团长，叫你马上到团部，黄书记有请！"

"净事儿！"骆团长皱皱眉，吩咐道："上午歇了吧！"径自向排练场外走去。

排练场里的人围住了小水葱。

"小水葱，什么事？"

"谁来了？"

"姑娘送车来啦，连她爸爸都来啦，说是要当面致谢，还说要给登报！"小水葱眉飞色舞，"马先生，别端着啦，黄书记请你快下楼呢！"

三十八　秋，日，内。

京剧团团部。

黄书记和骆团长各自坐在自己的办公桌后。

姑娘和自己的父亲——一个气宇轩昂、文质彬彬的中年人——并排坐在沙发上。

门被推开一道缝儿，从上到下，探进一溜儿看热闹的人头来。

姑娘看见了，有些害羞，向父亲身旁靠了靠。

"……多亏了这位马同志，给我们解决了大问题呀！方才，我们已经去过报社，报社答应，在明天的《新风颂》专栏里予以发表。"父亲正很热情地述说着，"黄书记，骆团长，看来京剧团的思想工作抓得很紧，有了你们这样的领导，才培养出境界这样高的好同志啊！"

黄书记乐得眼睛眯成了一条线，不住地点头。

骆团长仍有些心不在焉，随口应酬着，仍带着女声女气："哪里，哪里，我们的工作还有很大差距。"黄书记不悦地瞪了他一眼，又对挤在门缝儿里的人头喊："去去去，叫马佩良快来！"

门缝儿里的人头倏然消失。

三十九　秋，日，内。

楼梯上。一群人正拥着马先生往下走。

小水葱："听说，她爸爸是哪家大工厂的总工程师呢！"

胖乎乎的男演员："是吗？那可有权有势！"

水灵灵的女演员："马先生，这一钩可千万搭住呀！"

大白梨微微一笑，故意问："哎，小水葱，那姑娘漂亮吗？"

这一问，引得大伙更来了兴致。

小水葱，"漂亮，绝对漂亮！"

胖乎乎的男演员："嘿，逮着啦！"

水灵灵的女演员："第一印象良好，说不定马先生要走桃花运！"

"净扯淡！"马先生嘻嘻笑着，挣脱人群，快步下楼。

"且慢！"大白梨一嗓子喝住马先生，快步赶上去，弯下腰给马先生捋裤线，抻裤脚。

"对对对，精神点儿，别给京剧团丢派！"水灵灵的女演员也上来给马先生整理上衣。

小水葱上去给马先生抿头发，一面吩咐别人："住单身的，快，取发蜡！"

马先生无可奈何地笑着，任人摆布。

胖乎乎的男演员朝着团部方向，用唱戏的韵味高叫一声："马先生驾到！"

四十　秋，日，内。

京剧团团部。只剩下黄书记和骆团长相对而坐。

黄书记仍然兴奋不已："看来，明天上午报纸一到，咋也得开个全团大会。"

骆团长仍然显得缺乏热情："哎呀，《穆桂英》响排时间很紧，再耽误，恐怕……"

"咋的，我足足有三四天没召集全团大会了，开这么一回都不行？"黄书记老大不高兴，话里带着刺。

"可是——"骆团长面呈为难之色，"我这一摊子业务，实在太忙……"

"嘿嘿，你那一摊子算工作，我这一摊子就不算工作？"黄书记突然笑了，走过来亲切地拍拍骆团长的肩膀，语含讥讽："伙计，是不是嫌我碍事，嫌我累赘呀？"

骆团长有些慌乱，忙也堆下笑来："不，不，我的意思是……"

里屋传来电话铃声，黄书记起身去接。

黄书记一走，骆团长一脸的笑立刻变成一脸的愤懑和蔑视。掏出一枝香烟，用力墩了墩，点燃，狠吸一口，吐出一股浓烟。

一阵风来，吹开了窗子，吹散了浓烟，也吹开了里屋的门。黄书记打电话的声音从里面传出。

"……可不咋的！事迹挺突出，又正是时候，方才我跟局里打招呼，就是想好好抓一家伙……"

**四十一 秋，日，内。**

团部里屋。

黄书记拿着话筒，正说得兴致勃勃："对，这项工作，我要亲自抓，全力抓，抓狠抓实，抓住不放，非抓出个眉眼高低叫他们看看不可……"

骆团长来到身旁，冷冰冰地："老黄，那就定明天上午开大会？没别的事了吧？我还得上排练场。"转身欲去。

"等等！"黄书记撂下话筒，盯着满脸不悦的骆团长，似乎毫无察觉，稳稳坐下，"还有，前半部的那个杨六郎，你打算叫谁接？"

"实在没合适的，我看，叫后半部的杨六郎一个人全担算了。"

"不行，那咱你不是说，一个人到底，太累吗？"

"那，你看谁合适？"

黄书记直视对方："马佩良可以接。"

骆团长不禁现出一丝蔑笑："他？"

"他咋的？"黄书记追问。

"老黄，咱们这出戏是改良的，这个活儿，加了不少身上，还加了一排子唱，他——怎么说呢，这里的事，你还不摸门儿……"骆团长脱口而出，露出了几分不敬。

"是啊，我是个老外，白帽子。不过，我的意见还可以供参考嘛！"

骆团长吃了一惊，抬头观察着对方的神色。

黄书记愤愤不平、却又严肃公正的脸。

骆团长默默垂下眼皮，木然地听着对方滔滔不绝的训教。

"当然，我是不懂。可是，照着笨想法寻思，啊，马佩良在京剧团这疙瘩这么多年，啊，热爱艺术，要嗓子有嗓子，要扮相有扮相，咋就连几句唱也喊不了？咋就连几个身段也做不了？这个同志，啊，境界高，啊，思想红，啊，咋对待他，关系到我们领导提倡啥不提倡啥的大问题。老弟，对这样的好同志不应该压制嘛！"

**四十二　秋，夜，同人。**

马先生家里。

一家人围着桌子正吃晚饭。马先生悠然自得地喝着酒。

小水葱和大白梨闪了进来。

小水葱："先生，快着点儿啊，三缺一，今天在我家。"

"好，好，快马加鞭，即刻便到！"马先生一口喝下残酒，抹抹嘴，站起身。

小小子："爸，老师叫家长辅导我的作文呢！"

马先生拍拍儿子的头，和颜悦色地说："不是后天才交卷吗？赶趟儿。乖，待为父明日教导与你，也就是了！"

马先生拉小水葱和大白梨欲走，却被老婆挡住了门。

"不行！这家不是你的？这儿子不是你的？玩疯啦？"

小水葱连忙上前说情："嫂子，今儿个先生心里痛快，我们哥儿几个玩玩，也算给他庆功！"

大白梨凑趣地："对，我们替他跟嫂子请个假！"

"听见没有？特殊情况，十点准收，回来上床陪你！"马先生赖皮赖脸地恳求着，又冲老婆深深一拜，上了韵："乖他妈，唉，我那贤德的夫人呐！"

马先生的老婆赌气地："滚，滚！"

"得令！"马先生如获大赦，一溜烟似的同小水葱和大白梨跑了出去。

马先生的老婆生气得对着门喊："你总也别回来，你死在外头吧！"

"哈哈！我也放假啰！"小小子一蹦，滚到床上，顺手抄起广播节目报："看看有什么好节目！"

**四十三　秋，日，内。**

一张新到的日报，抓在黄书记手里。

京剧团的排练场里。

前面摆了一张小桌，黄书记站在小桌后，手里抖着报纸，正在讲话。

"……报上表扬，这是对我们思想工作成绩的充分肯定，是我们全团的光荣……"

骆团长在一旁架着二郎腿，似睡非睡地抽着烟。

排练场里的人，有的挤坐在几把椅子上，有的坐在台毯上，有的靠墙站着，表情各异，却都在聚精会神地听。

黄书记斜睨了骆团长一眼，提高了声音："领导认为，事情虽小，境界崇高，号召全团向他学习，佩良同志是精神文明的标兵，甚至可以说，是活着的没穿军装的雷锋！"

"好!"全场起哄似的叫了起来,一齐热烈鼓掌。

马先生惊呆的不自然的脸。心话:"这是表扬我呢,还是糟践我呢?"

掌声中,胖乎乎的男演员喊:"马先生站起来,让大伙瞧瞧!"

不少人附和地哄:"对,站起来,站起来!"

大白梨背对主席台坐着,拼命鼓掌,又打了一声口哨。

黄书记乐呵呵地远远招呼:"佩良同志,大家欢迎,可以站起来嘛!"

小水葱跑过去,硬把马先生薅起来:"马先生,站就站,怕什么?"

又是一阵哄笑、鼓掌。

大白梨仍旧后背朝前,使劲用脚跺着地板:"瞧不清楚,站前头去!"

马先生可怜巴巴地孤零零地站在头前。众目睽睽之下,尴尬、狼狈,活像动乱中挨斗的牛鬼蛇神。

黄书记毫无察觉,自顾得意地往下讲:"现在宣布,发给马佩良本月精神文明奖——相当于主演的奖金。另外,《穆桂英》里前半部杨六郎,由马佩良担任。散会之后,立即到财务科领钱,找导演领剧本!"

再一次哄笑、鼓掌、吹口哨、跺地板。

夏小凤和扮包公的演员善意地鼓掌。

胖乎乎地男演员和水灵灵的女演员既无善意,也无恶意,没心没肺地鼓掌。

小水葱鼓掌的手停在半空,脸上现出意外之色。

大白梨扭过身来,又射出那种冷森森的目光。

**四十四　秋,日,内。**

京剧团走廊一角。

小水葱正颇为不平地跟大白梨嘀咕:"大白梨,你说这都是哪儿的事啊?认认眼、攘攘脓还行,怎么,还当成真的啦?"

大白梨若有所思地眯起眼睛:"想不到,叫他红了!"

走廊那头,传来一阵吵嚷声。

二人抬头望去。

**四十五　秋,日,内。**

京剧团的走廊里。

一群人拥着马先生从挂着财务科牌子的门里走出。

胖乎乎的男演员把马先生捏钱的手高高擎起:"马先生领钱啰!六元之外,又补四元!"

小水葱迎上来,脸上僵笑着,酸溜溜地:"马先生,请客吧?饶着没叫警察罚上款,又不费吹灰之力,白拣了四块钱,多俏!"

马先生有些不舒服,绕开欲走。小水葱追着喊:"下回再在大街上碰见这种美事,千万别忘了叫我!"

马先生才想说什么，导演走过来，给了他一个剧本："马先生，来，上午我先给你说说戏，说说唱。"

马先生刚走两步，又遇上了大白梨。

大白梨阴阳怪气、妒意十足地看看马先生手里的剧本："嚯，接戏了？了不起呀！马先生当一辈子演员，没登过报，这回歪打正着，登报啦，接着又要当主演！祝贺，祝贺，我们跑大兵打下串的，一定严点儿傍着！"

周围的人，有的笑，有的附和。

马先生觉得不是滋味，没说什么，同大白梨擦肩而过，跟着导演继续往前走。

身后，大白梨对那群人仍在念着秧秧儿："京剧团真不赖，是人不是人的都想唱一出，三只手也能当活雷锋！"

马先生听到了，不禁愤愤然，停住了脚步。

身旁，导演在催促："马先生，快来呀！"

马先生只得随着导演走去。

**四十六　秋，日，外。**

京剧团楼门口。

小水葱正贴着骆团长咬耳朵。

"骆团长，这太不公平！这一个月，我天天顶着出勤，不迟到，不早退，还经常打扫排练场，任劳任怨，精神文明奖凭什么给他？凭什么叫他多拿那四块钱？光凭一时一事啊，全面衡量衡量，他那问题少吗？再者说了，我们好好表现了这么多年，也没摊上那么重的活儿，凭什么给他？他是有嗓子，还是有扮相？私下倒挺精神，可一到外场，脸子也成了死脸子，眼也成了死羊眼，荒腔走板不搭调，这您又不是不知道。像这样的，都能领奖，都能上戏，我们……还有什么奔头？"

说着说着，小水葱伤心地掏出手绢，抹开了眼泪。

骆团长嘟丧着脸，表面却在劝解："行了，别说别的了，要正确理解领导的决定！"

"得了，什么领导决定？还不是有人一手遮天？"小水葱擦去眼泪，更加贴近，"骆团长，咱们可哪儿说哪儿了，传出去我概不负责。您猜大伙怎么议论？都说这要是您，绝做不出这种外行的决定。行了，您也别为难了，冲您，我什么都认了！"

大白梨绷着脸，从楼里走来。

"骆团长，我得跟你谈谈！"

**四十七　秋，日，内。**

京剧团团部。

骆团长坐在自己的位子上，大白梨坐在沙发上。

"笑话，简直是成了笑话！"大白梨又掏出那盒总督香烟，抽出一支，老朋友似的扬过去，"骆团长，你是团里的老人，又唱过青衣，你知道，他还不是因为上不去场，自己认哏，管自己叫先生，才这么叫开的？他算什么先生？哪位呀！"

大白梨偷偷观察着骆团长。

骆团长狠吸一口烟。

"唉，难呐！"大白梨低头摆弄着烟盒，满怀同情地，"大伙都明白，笑话不是你闹的——"又指指骆团长对面的空位子，"你也是有苦难言。可戏演砸锅了，找谁呀？还得你替人家兜着！"

骆团长霍地站起身。

大白梨不失时机，也站起来，摆出一副两肋插刀的神态："骆团长，你心里有数就行。看看吧，那个杨六郎若是实在不行，我来，保证不洒场不漏水，冲你，我也得争这口气！"

**四十八　秋，日，内。**

京剧团食堂。

人们挤在窗口买饭，争相喊着：

"一个炒青椒，一个粉皮，四两大米饭！"

"别挤，排队！"

"师傅，给我留两个烧茄子！"

马先生挟着剧本走进食堂，口中念念有词，正默着戏。

大白梨斜眼看着，突然上去拉开正在窗口的胖乎乎的男演员："喂，让开，让开，马先生来了，让马先生先买！"

胖乎乎的男演员不知深浅，被人当枪，有口无心地扎呼起来："对对对，让标兵先买，标兵吃饱了，还得开创京剧团的新局面呢！马先生，请！"

小水葱拉着水灵灵的女演员一左一右架住马先生往前挤。

水灵灵的女演员："马先生，别客气啦！"

小水葱："师傅，菜码大点儿，可别影响标兵下午排戏！"

马先生稀里糊涂地被拥到窗口，又稀里糊涂地抱住一大堆装满饭菜的盘子和碗。

饭桌旁，马先生正闷闷吃着，扮张三阳的演员跑进来喊："《秦香莲》的景车回来啦，全体卸车！"

**四十九　秋，日，外。**

京剧团楼门口。

一辆卡车放下了大厢板。车上车下的人们，抬的抬，搬的搬，扛的扛，正把一件件景片、道具、灯光器材、服装箱子往楼里搬。

车上，扮包公的演员和扮张三阳的演员吃力地挪动着几个大灯光箱子。

大白梨用胳膊肘碰碰胖乎乎的男演员，同时用下巴指指从楼里走来的马先生。

胖乎乎的男演员会意，再次当枪吆喝着："别动别动，这几个箱子，谁也别抢，全给马先生留着，咱们得为标兵的成长铺平道路！"

小水葱在车下拉过马先生："对，马先生，来！"

大白梨和胖乎乎的男演员将一只大铁箱搭在马先生背上。

马先生龇牙咧嘴。

胖乎乎的男演员："嘿，马先生还真有点儿功夫！"

大白梨阴沉沉地："什么话？标兵嘛，精神变物质。马先生，再加一个！"

小水葱乐不可支："好好好，这才看出境界，再多给八块钱也值！"

胖乎乎的男演员又拖过一只大铁箱。

夏小凤在车下制止："胖子，干什么？有这么闹的吗？真压坏了怎么办？"

扮包公的演员也过来推开胖乎乎的男演员："过分了啊，过分了啊！"

夏小凤弯下腰，望着马先生的脸，关切地："马先生，行吗？"

马先生青筋暴涨，却感激地点着头："行，走吧！"

夏小凤跟上去："来，我给你拥着点儿！"

马先生步履蹒跚，背着大铁箱，夏小凤在后面用力拥着，向楼里走去。

**五十　秋，日，内。**

通向仓库的过道。

大白梨和小水葱合抬一个小景片，超过了马先生和夏小凤。

大白梨故意挑话："哎，小水葱，知道小谗妃后来跟谁勾搭上了吗？"

小水葱密切配合："知道，跟了老奸臣！"

大铁箱底下，马先生翻起愤愤的眼睛。

大铁箱后面，夏小凤又轻轻咬起了嘴唇。

大白梨和小水葱唧唧嘎嘎的笑声。

**五十一　秋，日，内。**

楼梯上。

马先生擦着汗，一磴一磴地往上爬。

楼梯口，两个学员正和夏小凤说悄悄话。

女学员："夏老师，马先生是偷过东西吗？"

"别瞎说！"夏小凤制止。

女学员："真的，我是听大白梨跟一大帮人讲的，说马先生文化大革命期间，把团里的两把椅子拿家去了，到公物还家的时候，才被迫交出来。还说……"

"还说，"男学员接过来，"马先生的老丈人也因为偷东西判过刑。"

夏小凤生气地："这些人，谁出头往下踩谁，少搭理，练你们的功去！"

三人往楼上走去。

马先生怒容满面，返身跑下了楼。

**五十二　秋，日，秋。**

京剧团收发室里，马先生堵住了大白梨，大有兴师问罪之意。

大白梨满不在乎地微微一笑："哟嗬，闹着玩真急眼呐？马先生，你想想，冲咱们的交情，为那四块钱，我犯得上跟你过不去吗？"

"那，你为什么到处抖落我从前那点儿事，还抖落我老丈人？"马先生仍不放过。

"谁？谁告诉你的？"大白梨装傻充愣，又想了想，"噢，是不是小水葱？"

马先生："这你别管，我还亲耳听你骂我三只手！"

"什么？三只手？"这回，轮到大白梨急眼了，"马先生，我若骂过你，我若有一句歪派你的话，我是王八犊子！你听错了吧？这话，我倒是听小水葱说过，人家惦记那精神文明奖，嫌你撬了行市。我亲眼看见，她找骆团长谈的话，还哭了一鼻子呢！"

马先生疑疑惑惑地注视了一阵大白梨，转身便走。

**五十三　秋，日，内。**

京剧团的水房子里，马先生又堵住了小水葱。

小水葱柳眉倒竖，指着马先生的鼻子："谁？谁说我到处抖落你？我对着灯泡起誓，我若是讲究过你，出门让车轧死！"

马先生又有些疑惑了："那，你找骆团长？"

小水葱立刻接上："不错，我是找骆团长谈话了，可那是为别的事。我听骆团长讲了黄书记怎么跟他拍桌子了，批评骆团长忽视政治，也听骆团长抱怨黄书记借题发挥，乱号角色，我可是半句言没敢插。再说，这又是谁传给你的呢？肯定是大白梨！其实，找骆团长密谈的是他！他才嫉妒你，他想接杨六郎，叫你给顶了，才四处扒扯你。他说的多啦，说你是色货，见人家姑娘漂亮，冲你娇滴滴一哭，你就动了心；还说报社编辑是你小舅子——都是他说的，怎么往我头上扣屎盆子？走，找他去，咱们三头六面，当场对质！"

小水葱上去扯住马先生的袖子，马先生倒怯阵了，一个劲地往后缩。

"走哇！"

"不不！"

一拉一缩，马先生的袖子被撕了个大口子。

马先生一副哭笑不得的脸。

远处传来导演的喊声："楼上排戏啦！"

**五十四　秋，日，内。**

排练场里。

骆团长黑着脸亲自坐镇。

导演在排练。

现在是穆桂英和杨六郎的对打。夏小凤和马先生各执长枪交锋。马先生心情紧张，手笨脚拙，一枪捅到夏小凤肩膀窝上。

夏小凤捂住肩头，禁不住嘶了一声。

导演喊："停！"

小水葱和大白梨交换了一下眼色，掩口窃笑。

马先生慌乱地跑过去："小凤，对不起，对不起！"

夏小凤："没什么，导演，再来一遍！"

导演："好，再来！"向鼓师示意。

鼓师又开起锣鼓。

夏小凤和马先生又交锋。马先生一涮枪，正巧打在身后扮演员兵的大白梨头上。

大白梨捂住头，蹲了下去，虚张声势地喊："哎哟，妈呀！"

导演："停！"

马先生愈加不知所措。

大白梨哼哼唧唧地："先生，您使的这是枪，还是柴禾棒子？"

鼓师不耐烦地将鼓键插入袋中。

小水葱似对鼓师，却拿眼睛瞟着脸越来越黑的骆团长："照这么排法，还不得猴年腊月，能赶趟儿吗？"

骆团长终于站了起来："我说，马先生，现成的一套小快枪，怎么也打不下来？"

马先生狼狈不堪。

夏小凤赶忙解围："骆团长，他才接，不熟，这段戏先让过去吧，等下去我陪他单练！"

导演也趁势圆场："好，往下接，杨六郎落马！"

鼓师懒洋洋地又抄起鼓键。

马先生单腿跪地，已是汗流浃背。

夏小凤冲他一指，念着穆桂英的台词："呔！你家元帅派将，也不派个有能耐的，单单派了你这酒囊饭袋。今儿个，叫姑娘打下马来，干脆，你叫我三声大姑，我就饶了你，叫哇，叫哇，你倒是叫哇！"

扮山头观阵的杨宗保的演员接念："小姐，那是父帅到了！"

夏小凤接念："哎哟，收兵收兵！老爷子，怎么不早点儿跟我说呀！"

夏小凤带扮女兵的小水葱和水灵灵的女演员等人退下场来。

鼓师开凤点头，琴师拉西皮散板过门。

扮杨六郎的马先生开唱："穆桂英这一枪果然厉害，杀得我喘吁吁撞下马来！"

排练场的人交头接耳，琴师边拉边皱眉。

唯有夏小凤和扮包公（现扮孟良）的演员关切地替马先生揪着心。

马先生又唱："满营争笑宋元帅，宋元帅敌不过野寇裙钗！"

声音嘶哑，有些跑调。

大白梨站到骆团长身旁："哼，什么玩意儿！"

马先生听见了，怔住。胡琴过门已到，导演催促："张嘴呀！"马先生一惊，忙接唱："我本当点人马扫平山寨——"

向上一翻，出了破音。

"停！"不等导演发话，骆团长先喊了出来，越发火，女声女气越重："我说，马先生，思想红，还得业务精。如今，大兴改革之风，这两条不齐备，可没饭门呐！"

马先生忍无可忍，正欲抢白，黄书记跑了进来，满面春风地："马佩良，快下楼，报社记者来采访你！"

排练场的人都愣愣地站在那里。

马先生愣愣地站在那里。

黄书记："快呀！"

**五十五　秋，日，内。**

京剧团的会议室里。

戴眼镜的记者端着笔记本，正耐心启发："马佩良同志，事虽小，你的风格却可嘉。请问，见到那位姑娘的当时，你是怎么想的?"

马先生双手抱头坐着，闷声不语。

记者："别谦虚，随便说，是怎么想的?"

马先生猛抬起头，放出了攒了一天的火："当时，我只想，她是女的，又年轻，又好看，我没安好心。我是小偷，我是流氓，我是没饭门的柴头！"

马先生声色俱厉，记者的笔记本被吓掉在地上，慌忙拾起便走，边走边回头张望。

**五十六　秋，日，内。**

京剧团团部。

黄书记笑容可掬："谈的咋样?"

记者指着会议室："他……他有病！"破门而出。

"啊?"黄书记变颜变色地走向会议室。

**五十七　秋，日，内。**

京剧团的会议室里。

黄书记踱来踱去。

马先生又抱起了头:"黄书记，搁谁也受不了哇!"

黄书记停下来，眼珠子似乎冒出火光:"马佩良!不要向这种歪风低头，就是要顶风上，对着干!这不是你个人的事，这也是把我这个书记摆到啥位置的大问题!他们越嫌我碍事，越嫌我累赘，我还偏要大张旗鼓，替你鸣锣开道!明天还开全团大会，请你讲心得体会!"

马先生又抬起头:"我?"

"对，你要理直气壮地讲，大讲特讲!"

**五十八　秋，夜，内。**

马先生家里。

一家人吃过晚饭，正收拾桌子。

外面传来大白梨的声音:"小水葱，玩啊?"

又传来小水葱的声音:"好哩，叫不叫马先生?"

马先生不由得侧耳细听。

**五十九　秋，夜，内。**

京剧团家属宿舍的走廊里。

大白梨和小水葱站在马先生家门口，正故意大声对答。

大白梨:"找他干什么?人家另占高枝啦!"

小水葱:"对，咱们是棒槌，丸子，可别影响了人家进步!"

**六十　秋，夜，内。**

马先生家里。

小小子坐在桌前，摊开作文本:"爸，大家不带你玩了，该帮我写作文了吧?"

马先生:"去去去!"烦躁地躺到床上。

小小子:"妈，你看他!"

马先生的老婆坐到儿子身旁:"别理他!驴一天狗一天的，他还叫人?混世虫!来，妈帮你写!"

马先生仰面朝天，闭目哼唱:"一轮明月照窗下，陈宫心中乱如麻……"

眼泪顺着他的眼角淌下来。

哼着哼着，声音逐渐模糊，似乎睡了过去。

**六十一　幻觉。**

马先生扮演杨四郎，正在台上唱《坐宫》。

台下彩声四起。

马先生扮演薛平贵，正在台上和夏小凤合演《武家坡》。

台下彩声四起。

舞台上，马先生正和专区领导及外宾热烈握手。

专区领导："好，唱得好，演得好！"

外宾竖起大拇指，洋腔洋调地："顶好，顶好！"

大白梨和小水葱突然出现。

大白梨："好什么？棒追，丸子，三只手，什么玩意儿！"

小水葱："他老丈人判过刑！"

老婆也钻了出来，领着小小子，指着他："叫他死外头吧，混世虫！"

马先生慌作一团，求援地喊："团长、团长，我……"

骆团长冷笑："思想红，还得业务精！"

马先生四处寻找："书记，书记，我……"

黄书记怒下可遏："对着干！大讲特讲！"

突然，铃声大作。

众人乱跑，骆团长走过来："开戏了，爷太，你误场了！"

幻觉完。

**六十二　秋，晨，内。**

马先生家里。

马先生一骨碌从床上坐起来。

闹表在响。

老婆孩子还在沉睡。

马先生揉揉眼睛，晃晃头。

**六十三　秋，晨，内。**

京剧团的排练场外。

骆团长气哼哼地走向排练场。

铃声大作，伴着喊声："开会啦，全团大会！"

人们纷纷走向排练场。

黄书记庄重地走向排练场。

身后，大白梨和小水葱冲前头二人做着鬼脸，并肩走向排练场。

夏小凤、扮包公的演员、扮张三阳的演员、胖乎乎的男演员、水灵灵的女演员、导演，走向排练场。

有的带着善意的笑，有的带着恶意的笑，有的带着好奇的笑，有的带着漠然的笑。有的没笑。

**六十四　秋，晨，同。**

排练场里。

还是上次大会的情景，坐的，站的，东一群，西一伙，只不过人多了些。

骆团长仍是头天的姿势。

黄书记开场白已快结束："……好了，别听我白话了，下头，请马佩良同志介绍经验！"

"好！"不少人放开喉咙一声暴喝。

黄书记："佩良，别紧张，站到当间儿来！"

众目睽睽之下，马先生慢慢从人群中站起身，慢慢走到排练场中央。

他咳嗽两声，定定神，开始讲。

"诸位领导，诸位同志！马先生从离娘胎，头一回当着这么多人讲话，我先得感谢大家站脚助威！"

"好！"又是一声暴喝。

马先生："其实，我这人，不会说话……"

背朝前的大白梨用胳膊肘碰碰身旁的胖乎乎的男演员。胖乎乎的男演员张口便来："对啦，先生月科里坐过病！"

小水葱遥相呼应："别谦虚，马先生！"

全场哄笑。

"不许捣乱！肃静！"黄书记起来弹压。

马先生仿佛什么都没听见，自管往下讲。

"按说，马先生这回是露脸啦，一辈子没这么红过，应当心情舒畅吧？可是，说不上怎么了，这滋味儿不好受，心里老寻思：咱又不是江里沉船，跳下去捞小孩；宾馆起火，冲进去抱汽油桶。这么点子事，这么抬举，至于吗？寻思来寻思去，就想了秦叔宝被困三家店的两句唱词儿——不该不该大不该，不该将兄吊起来！"

大白梨背着身喊了一句："马先生，唱着说吧！"

胖乎乎的男演员："来马派的！"

小水葱："欢迎！"

大白梨又用胳膊肘碰了碰，胖乎乎的男演员便带头唱开了："不该不该大不该，不该将兄——"

大白梨、小水葱和部分人跟着合唱："吊起来！"

大白梨带头鼓掌、跺地板、吹口哨。不过，他是背朝前，领导看不见。

这回，骆团长发话了："起什么哄？开会呢，知不知道？不想听的，出去！"还是那种女声女气。

大白梨和小水葱互相对对眼神，双手做鼓掌状。

黄书记坚决地："佩良，讲！别跑题！"

马先生反而坦然了许多。

"哄吧，闹吧，马先生不在乎。从前，我比谁不能哄？我比谁不能闹？京剧团搅牙的人里，马先生也数上八仙！为什么搅牙？说了归齐，是不服气呀，见谁上去，心里都别扭！"

会场里一阵议论，渐渐肃静下来。

"关于夏小凤的谣言，我是没少传。跟谁不正经啦，给谁送过礼啦，唱的怎么不地道啦，身段怎么不归路啦，反正逮机会就扒扯她。为这，局里正式替她辟过谣，也批评过。可是我不以为然。心话了：入党，分房子，涨工资，全成她的了，还动不动去找领导哭鼻子，不是得便宜卖乖吗？何况，传她的那些事，别瞧辟过谣，止不定有没有呢！"

大白梨听着不对路，用胳膊肘碰碰胖乎乎的男演员，又欲起哄。这次，胖乎乎的男演员听得入了神，没有理他。

大白梨又示意小水葱一起鼓掌，两人比划一下，却没敢真鼓。看看周围，人们都在静静地听。

"没曾想啊，现在轮到马先生头上啦。马先生这才哪儿到哪儿？多领四块钱，接个二路活儿，老天爷，真的假的，有的没的，前八百年谷，后八百年糠，全朝我来啦，只差没抖落我的祖宗八代！受得了吗？"

"别说，夏小凤还真没记仇，不但没趁乱给我一脚，反倒处处维护着我。为什么呢？她尝过！马先生糊涂一世啊，这回才悟出点儿做人之道来。以己度人，将心比心，我信啦，以前我参与讲究过夏小凤的那些事，纯属扯犊子！难为她这些年是怎么熬过来的！"

众人的目光转向夏小凤，夏小凤默默低下头。

胖乎乎的男演员挠挠头，狠狠捶了一下自己的大腿。

小水葱有些慌，目光盯住大白梨。

大白梨斜睨了胖乎乎的男演员一眼，又向马先生射出了冷森森的光。

骆团长拿下了二郎腿。

黄书记伸出手，似乎想制止马先生的发言，但又没说出什么。

马先生继续讲着，更加激动。

"既然领导命令我谈谈，那我就给脸不要脸，谈这么两条吧。第一，马先生不过做了点儿平凡小事，对得起道德良心，足矣，实在不值当这么兴师动众。四块钱，我愧领。杨六郎，另选高明，别叫我遭罪啦。我不管领导之间有什么矛盾，只求别拿我当手榴弹甩。领导，饶了我吧，马先生谢谢啦！"

马先生朝黄书记和骆团长深深作了一揖。

水灵灵的女演员想笑，想鼓掌，被扮包公的演员推了一下，缩了回去。

黄书记和骆团长有些举止失措，愣在那里。

马先生又找见夏小凤："第二，我借这个台面，向夏小凤同志当众赔礼道歉——小凤，原谅糊涂的马先生吧！"说罢，来了个九十度的大鞠躬。

夏小凤含泪站起。

扮包公的演员突然带头鼓起掌来。

排练场里一片掌声。

接下来，是安静，安静……

**六十五　秋，黄昏，外。**

京剧团楼门口。

随着"下班啦，发通勤啦"的喊声，人们纷纷向外走。

马先生推过自行车，跐几步，正欲跨，看见夏小凤吃力地拎着一个大塑料桶走过，忙停下来。

"小凤，拎的什么？"

"托人买的豆油。"

"上车下车的太沉，我给你驮回去！"马先生支好车子，抢过油桶，往货架上夹。

夏小凤忙过来帮忙，没敢看马先生，小声而真挚地："谢谢，马先生！"

马先生鼻子有些发酸，忙扭过头去："咳，好说，好说！"

小水葱和大白梨正巧从楼里走出，从他们身旁走过。

大白梨斜瞪了他们一眼，赶上小水葱："喂，你的屁股上沾土了，我替你拍拍！"说着。便往小水葱的腰上乱拍一气。

小水葱会意，含沙射影地："嘿嘿，瞎拍什么？别拍到腰上！"

二人扬长而去。

夏小凤望着他们的背影，深思。

马先生望着他们的背影，长叹。

**六十六　秋，夜，内。**

马先生家里。

马先生吃罢晚饭，躺在床上："乖，作文判回来没有？为父的要检查！"

小小子答应一声，去拿作文本。

正拾掇碗的马先生的老婆，诧异地瞟了马先生一眼："哟，太阳打西边出来了，啥时候变出息的？"

床上，小小子骑在爸爸身上。

马先生打开作文本："怎么？才七十分？怎么不学学班里的优等生？"

小小子紧紧鼻子，学着大人腔："什么优等生？还不都仗着家长跟老师的关系好？像你呢，从来不给老师送礼！"

马先生忽地坐起来，抱住小小子，摇头晃脑，深有感慨地："儿啊，记住，长大了有本事凭本事，没本事练本事，练不出来，咱们忍着。万不可从小先学这套邪的歪的，到头来，一辈子岂不废了？"

小小子瞪起圆圆的小眼睛。

马先生的老婆扑哧一乐："哪儿搬来的这番大道理？他懂吗？"

马先生唉了一声，复又躺下。摇着小小子，唱道：

> 不该不该大不该，
> 不该将兄吊起来。
> 弟不知来兄不怪，
> 弟兄相逢笑开怀！

**六十七　秋，夜，内。**
前节定格。
马先生的唱里，映出演职人员表，厂标。
剧终。

（本作品获 1986 年广电部第七届电视剧"飞天奖"三等奖，1986 年中央电视台全国喜剧展播一等奖）

# 孟 烈

**作者简介** 孟烈，原名孟宪忠。1931 年出生，辽宁省台安县人。黑龙江影视中心艺术顾问，一级编剧。现为中国电影家协会会员，影协黑龙江分会副主席，中国电影文学学会会员，中国电视艺术家协会黑龙江分会理事。1949 年入东北鲁迅文艺学院美术部绘画系学习。1975 年参加电影纪录片和电视专题片的拍摄工作。1980 年初，参加了黑龙江电影制片厂的创建，编导了建厂后的第一部风光纪录片《北疆的雪》，1986 年被调到黑龙江电视台。主要的影视作品有：宽银幕风光艺术片《冰景奇观》（编导）、中日合拍的立体故事影片《侠女十三妹》（编剧）、电视剧《雪城》（编剧）、《湖南和平起义》（编剧、与他人合作）、大型电视系列片《中国影星》（编导，与他人联合）以及故事影片《塞外雄魂》（编剧）等。其中，电视剧《雪城》获《大众电视》"金鹰奖"和东三省"金虎奖"的一等奖、全国优秀电视剧"飞天奖"三等奖。电视剧《湖南和平起义》获全国电影制片厂首届优秀电视剧评选的连续剧二等奖，并获最佳编辑编剧提名。2006 年黑龙江省首届"文艺终身成就奖"获得者。

# 侠女十三妹（内容简介）

清朝雍正年间，权倾朝野的大奸臣纪献唐依仗皇帝的宠信，迫害文武忠良，制造了许多人间悲剧。纪献唐欲霸中军副将何杞之女何玉凤为儿媳，遭何家拒绝，他竟设毒计把何杨柳全家老少几乎全部杀害。何玉凤强忍悲痛，遵父嘱托携宝刀乘乱逃出，避祸于深山密林之中。她发誓一定要杀掉纪贼，报仇雪恨。何玉凤拜邓九公为师，不畏严寒酷暑，练就了一身硬功夫。邓九公为她取艺名——十三妹。次年秋季，十三妹听说纪贼要归里省亲，便与师兄弟一起埋伏在其必经之路青石桥下。谁知纪贼已有准备，暗中偷梁换柱，十三妹刺死的只是一个替死鬼。十三妹得悉受骗，又潜入纪府行刺，但因府内戒备森严，功败垂成。从此，纪贼密令恶僧铁罗汉出山。十三妹去红柳村途中，偶然听到两骡夫商量要谋害安公子，夺取钱财。她不顾自己的安危，来到悦来店，向善良的安公子报信，并向师兄弟们筹金三千，为公子救父赎罪。公子轻信坏人言，误入黑龙岗，被困能仁寺，险遭铁罗汉手下凶僧的毒手。十三妹闻讯骑马赶到，独战众凶僧，救公子脱险。不料，十三妹自己在归途中却陷入铁罗汉的重兵埋伏中，她终因势单力薄，被俘入狱。纪贼听说捕获十三妹，在府中大摆宴席庆贺。突然，舞女队中飞出一人，手持匕首，直刺纪贼，这人正是十三妹。原来在押解途中，十三妹被师兄们救出，混于舞女之中。纪贼罪恶多端，终于被十三妹结束了性命。夕阳下，十三妹告祭亡父在天之灵，了结心愿，骑上骏马奔向远方。

# 雪　　城（内容简介）

### （根据梁晓声同名小说改编）

　　"文革"结束后不久，数十万知青大返城。姚玉慧、王志松、严晓东、姚守义、徐淑芳、刘大文等人正是这行列中的几位。原在生产兵团当教导员的姚玉慧出身高干家庭，在省教育厅任人事处长的母亲告诉她，她今后的工作，父母会为她安排得满意的。她听从了母亲的话，尽量不去想工作，但有时会问自己：一个二十九岁的一无所长的其貌不扬的老姑娘，究竟适合做什么工作呢？她觉得自己像是无法推销出去的废品。她想呼吸到室外的空气，当她几天来第一次走出房间，终于感受到被雪滤过的清新空气。她望着冰封的松花江，忽然想起被这个城市吞没的二十几万返城知青，他们都在哪里呢？正在她凝神时，一阵鞭炮声响起，一个大杂院里正办结婚喜事。她不由得也凑了过去，有三个给新娘抬来花圈的人，也是她认识的返城知青。此刻这三个人正和新郎郭立强及他的亲属们对峙着，新娘也是她认识的，叫徐淑芳。她很诧异那三个人为什么给新郎新娘送来花圈。当其中一个穿黄大衣的青年向新郎要酒喝完后，三人同时掏出钱包默默地放在雪地上，而后大步走出了院子。这时，新房里传出"新娘割手腕"的喊声，新郎像豹子一样冲进屋里。姚玉慧跑回家叫来开车的郭师傅，把新娘送进市医院的急救室。当她从医院往家里走时，在黑暗中听到一个卖烟的熟悉声音，她向着那个穿兵团黄大衣的高大身影走去，正在喊叫"卖烟"的刘大文见是姚玉慧，亲热地叫了一声"姚教导员"。姚玉慧不能理解当年各方面都令七营骄傲的刘大文怎么一点自尊也不要，而偷偷混在夜市上卖烟！给新娘送花圈中穿黄大衣的青年叫王志松，如今他已在铁路局以"接班"的名义找到了工作，而他的那两位朋友严晓东和姚守义却仍在东闯西荡没有着落。在这方面，他要比他俩甚至上万名返城知青优越得多，虽然这是他的老父亲在一次事故中用生命换来的机会。

　　一张本市晚报登出师院师资班招生的通告，在无数返城待业知青心中唤起了各种各样的幻想。后来姚玉慧把从妈妈那里听来的有关这次招生对象完全是为照顾省干部子女，而且已内定好了人名的消息，泄露给了她的补习老师。当同样是知青的后者向外宣布这一消息后，报考的知青扰乱了整个考场，警察们很快包围了考场。在这场冲突中，郭立强为了保护姚守义，打倒一名公安人员，因而被公安人员带走了，徐淑芳陷入了深深的痛苦中。返城的知青们为金嗓子刘大文开了一次成功的演唱会，刘大文的演唱得到了一位老歌唱家的赏识，就在老歌唱家积极准备把他调到省歌舞团的时候，刘大文的妻子却因煤气中毒而死了，这给刘大文带来致命的打击，当老歌唱家来接他时，刘大文的嗓子完全嘶哑了。报社记者吴茵和王志松是中学同学，直到现在，她心里仍然爱着这个当年学校的冰球队长。一次，吴茵邀请王志松参加舞会，此后他们便勇敢地相爱了。尽管吴茵的丈夫威胁、恐吓等手段全用了，结果也只是徒劳。闹考场的事件仍然没有过去，郭立强在狱中因顶撞看守人员被开枪打死。此事导致了五一节那天二十万返城待业知青示威游行。整个城市被震慑了。大雨淋透了所有参加游行的知青。数百名刑警队员出动了，市长也赶来了。忽然一声震响，地震发生了，树一棵棵地倒下，路开始向中间塌陷，严晓东、王志松、刘大文等无数知青跳下塌陷地段救人。

　　经过几番梦一样的变化，严晓东已是一家饭馆和一家新潮服装店的老板，但他觉得活得没有一点意思，每天大把大把地赚钱，也大把大把地花钱，除此而外，再没有别的生活内容。姚守义是木材加工厂车间主任，后又当上了厂长。王志松和吴茵结婚后，开始生活得很幸福，王志松如今是局长的秘书，吴茵因写了一篇报道被下放到工厂当工人。结婚第三天王志松从徐淑芳那里接回了孩子，吴茵始终怀着做孩子的好母亲的热忱，当王志松想利用抚养被弃儿这件事作为向上爬的阶梯时，吴茵和他在感情上发生了深深的裂痕，最后，经过痛苦的抉择，毅然带着孩子离开了他。刘大文进工厂当了一名工人，但始终沉浸在失去妻子的痛苦中。徐淑芳经过努力，从失去丈夫和待业的困境中挣脱出来，当上了百花玩具厂厂长，后远嫁异国。当年的教导员姚玉慧没有太多地改变自己，她在一家律师事务所里工作，搬出市长家后，独自享有"两室一厅"，过着宁静的单身生活，常常陷入对北大荒生活的回忆里。他们几个，有空就聚在一起交谈交谈，互相关照。只是没有人再和王志松有来往了。

# 杨利民

**作者简介** 杨利民，1947 年 11 月 7 日出生，黑龙江省齐齐哈尔人。毕业于中央戏剧学院八七届研究生，文学硕士。黑龙江省作家协会副主席、黑龙江省文联副主席、大庆市文联名誉主席，国家一级编剧。曾被评为"新时期全国十佳编剧"、全国首届"百名德艺双馨艺术家"、获中央戏剧学院首届学院奖。著有戏剧、影视、小说、散文、随笔等多种，共五百多万字。主要话剧作品有《黑色的石头》、《大雪地》、《大荒野》、《危情夫妻》、《地质师》、《在这个家庭里》、《北方的湖》、《特殊的故事》、《活着，并且高贵地活着》、《秋天的二人转》、《铁人轶事》等。主要影视作品有《家庭的荣誉》、《北方往事》、《北方故事》、《漂亮女孩》、《两代人》、《今晨，雨加雪》、《撼天雷》、《眷恋》等。曾多次获国家"曹禺戏剧文学奖"、"文华大奖"、"五个一工程奖"。有些作品被国外翻译出版。其中，《黑色的石头》被学术界誉为新现实主义代表作；《危情夫妻》在韩国参加第二届亚洲戏剧节引起轰动；《大荒野》被收入《20 世纪中国当代文学大师文库》；《地质师》被收入建国五十周年《中国当代文学精选》戏剧卷，并被全国部分艺术院校列为教学剧目；《秋天的二人转》入围国家精品工程。另有长篇小说、戏剧集《北方故事》、《杨利民剧作选》、《北方的湖》、《杨利民剧作集（上、下卷）》等多部著作出版。

## 家族的荣誉（内容简介）

九十年代的大庆人有着自己的活法。他们没有丢掉过去的老作风，也有着新时代的思想。青年钻工汪铁林代表着新一代钻井工人的心态，他要奉献，也要得到。当然，这与这个石油世家汪氏家族中的老一代人的心态是有差距的。

铁林的爸爸仍保持"三老四严"的老作风，对铁林的追求和工作态度很不满，爷俩矛盾越发深化，以至见面无言而过。尤其是铁林与女友黑玛丽在一起，使爸爸更不理解，误认为他的儿子与女人非法同居。而从小与铁林青梅竹马的女大学生林娜，也一直对他有着很微妙的情感。

铁林带着父亲的误解回到井队，再无音信。而爸爸又为儿子担忧，经过铁林的叔叔、姑姑们做工作，铁林渐渐理解了爸爸。而在这时，爸爸却带病死在工作现场……这名历经了事业与生活磨难的青年石油工人最终能够实现自己的人生价值吗？是像姑夫那样被世间种种新鲜的诱惑摧垮，还是与年少轻狂的时代告别，去开辟一条不同于老一代人的崭新道路？

作品通过汪氏家族三代石油工人勇于牺牲、无私奉献的奋斗历程，表现了当代大庆人的壮美情怀和精神风貌，展示了不只是一个家族而是一个民族的不屈不挠、拼搏向上的精神。

# 家族的荣誉（节选）

## 第 八 集

### 一

喷水处很快形成一个圆坑，泥水像火山的喷口在翻滚着。

输水管线的裂缝喷出的水柱虽然缓解，但水势却未减小，浑浊的泥水开始四溢。

施工暂停。

李维新把几个有经验的老工人叫到吉普车旁，紧急商量着对策。汪淑英阴沉着脸坐在一旁。

"应该立即通知南六二注水站，把输水的总闸门关掉！"一个老工人说。

汪淑英一听便急了。

"这不行！这条输水主干线关系到几个采油队的注水井，要是一停，注水井就得关井。"

"是啊，注水井一关，几天后地层压力就得下降，油井就迅速减产。"另一个工人补充着说。

"咱们这油田全靠注水撑着呢！"

李维新看了大家一眼。

"还有其他措施吗？"

一个满脸络腮胡子的老工人吭了一声。

"嗯。倒是有个办法——就是带压焊接堵漏。一九六一年夏天，老标兵金东昌曾经带压焊接保住了八一水管线。那技术是真过硬……"

"别扯远了！你就说咱们厂有没有能焊的吧？"李维新严肃地说。

"有一个人能焊。"

"谁？"

"一九六四年五一技术大练兵，荣获头名的铁裁缝——汪家福！"大胡子自豪地说。

"大哥！"汪淑英脱口而出。

李维新思考了一下。

"这样，"李维新显得很有组织才能，"淑英，你带着刘师傅立刻坐我的车去请大哥，让刘师傅替他看井。老赵立刻组织人往外淘水，清理坑底。大王，你马上跟调度通话，要他们立刻派电焊车来，要最好的设备和各种焊条，就说我说的！大家立刻行动吧！"

"好！"

临时会议散了，人们各奔岗位。

## 二

喷水处。

工人们用水桶往外淘水，浑身泥浆。

## 三

荒原的土路上。

吉普车飞奔着，卷起的烟尘扬得老高。

车上坐着大胡子师傅和汪淑英。

## 四

生产指挥车上的电话机旁。

大王在喊话："调度！调度！……"

## 五

荒原深处，气井井场。

汪家福正坐在小凳上吃面条，他把碗里的面条拨给身旁的狗一半。

"吃吧，吃吧。你都跟我享受一个待遇了，有啥不高兴的。等过些天，我老伴捎肉来，我就把骨头给你留着。"

刹车声惊得汪家福一抖。

汪淑英从车上跳下来拉着汪家福就走。

"出什么事了？"

"到车上我再跟你说，快走吧！"

"我的井!"

"有人替你管。"

"老伙计,你还信不着我?"大胡子师傅捋着胡子笑了。

吉普车在荒原上飞驰。

汪淑英在车上向大哥汪家福诉说着事情的经过。

车轮碾过野草。

"到现场再说吧。"

汪家福睁大了眼睛,显示出一种信心和力量。

## 六

输水管线裂缝的喷水处。

工人们已经掏开了个一人多深的大坑,坍塌的泥土不住地往下滑落,然而粗大的管线都暴露出来,喷水的裂缝也十分清晰。

李维新也浑身沾满了泥水。他从兜里掏出高级香烟,一把撕开。

"换换班,换换班,你们先抽棵烟!"

"不用!不用!"工人们感激地说。

## 七

电焊车赶到。

大王老远地喊着:

"电焊车来了!"

电焊车停住后,电焊工迅速接线,准备焊具。

## 八

远处。吉普车像一个黑点,冒着烟朝这里飞来,越来越大……

工人们伸着头,踮着脚企盼着。

吉普车一直开到现场。

汪家福还没等车停稳,便跳下了车。

李维新上去一下子握住汪家福的手。

"大哥……"李维新眼圈红了。

"别急,我看看。"

汪家福跳进坑里,左右察看了一下裂缝,然后又爬出了坑,只这一下,他浑身便被泥水湿透了。

大王拉着一个大汉走到汪家福跟前。

"汪师傅,这是电焊班的李班长。"

"师傅。"李班长憨笑着。

"是虎子呀！你来了更好。"汪家福走到李维新前面，"裂缝不大，我可以焊。这样，"汪家福蹲在地上，顺手拿起根草棍画着，"前面有一个闸门池，这有个放空口，你们去两个人带上大管钳，可能锈死了。什么时候打开，你们等这边的信号。这样可以减缓喷水裂缝的压力。"

李维新不住地点头。

"大王！小赵！你们立刻去。"李维新显示着权威。

汪家福看了一眼电焊班长。

"虎子，你配合我。你找一块薄钢板，站在我的对面，挡住裂缝儿，改变喷水的方向。我从这儿点焊，先凝结一堆铁水，不等它冷却，我就用榔头猛地向裂缝砸去，你立刻挪开钢板，然后，我再快速焊接。"

"太好了，我明白。"班长点着头。

"那就开始吧！"

## 九

一切准备就绪。

汪家福脱了外衣长裤，只穿着背心和短裤，他光着精瘦的身子。

汪家福抄起了焊把，他把虎子递过来的防护面罩扔在一边，纵身跳下了一人多深的泥坑。紧接着电焊班长虎子也拿着一尺见方的钢板跳了下去。

"开始吧！"汪家福朝上喊了一声。

在高处的小伙子一挥旗，前边二百米外的两个人用大管钳迅速地打开放空口。水，急速地喷射出来。

裂缝处喷射的水柱迅速而明显地减弱了，只剩下微弱的一点儿流量。

汪家福和徒弟虎子按他们设计好的程序，准确无误地开始了焊接、堵漏抢险工作。

焊花飞溅，钢水流淌。

汪家福的眉毛和脸都被喷溅的火花烤破了，可他的双眼却一眨也不眨。

"师傅！"虎子心疼地喊了一声。

"别说话！"汪家福训斥着。

泥坑的边上，围着一圈注视的头和目光。

随着铁榔头一声脆响，微弱的水柱不见了。汪家福快速地把焊枪移向裂缝，熔化的焊条钢水不间断地焊接着。

站在泥坑上面的工人们交口称赞。

"真厉害！"

"这活儿干得利索！"

"这是功底厚啊!"

李维新高兴地喊着。

"大哥,上来吧! 可以了。"

"不行,我再多焊一层。现在也别管好看赖看了,不漏才是真的。"

汪家福又加焊着裂缝。直到他认为满意了,才对上面喊着:

"给个信号,让前面把放空口的闸门关掉!"

高坡上的小伙子又摇旗发信号。

闸门池的两个人狠狠地把放空口关死。

裂缝安然无恙,汪家福脸上露出一丝满意的微笑。

"行了。嘿嘿……这点活……"汪家福朝上看了一眼围着的人,又摆摆手说,"都去干活吧,没啥好看的。"

"师傅,你先上去,我托你一把。"

汪家福拍拍电焊班长虎子的屁股。

"客气啥,快上去吧!"

汪家福托着虎子,上面的大王拉着他的手,虎子一纵身爬出了深坑。

就在虎子返身伸手去拉汪家福的时候,深坑两侧的泥土沙石突然塌方了,坍塌的泥土沙石迅速地从汪家福的腰部埋到胸腔,最后汪家福只有头露在外面。

汪淑英尖叫了一声。

"大哥——"

工人们拿着工具飞快地跑过来。

"天哪,这,这怎么办哪?"汪淑英急得哭起来,两手不停地在空中乱动。

"快抢救!"李维新喊着。

几个工人挥起锹镐要往下刨,被虎子一下拦住。

"这不行! 别伤着师傅。快,咱们用手扒!"

虎子说着便一下扑上去,用手拼命地扒泥土沙石,紧接着汪淑英和几个工人也不顾一切地扑上去用手往外扒土。

"没事,别急……"

开始汪家福还咧嘴笑笑,轻轻地说了一句话。可不过几十秒钟,他的脸色由红变成青紫,双眼凸出,像要冒出来一样。

"大哥,你要挺住啊!"

汪淑英哭喊着,手拼命扒土。

用手狠命扒土的几个人,指甲盖磨出了血,脸上淌着汗和泪水,口中喘着粗气……

然而,汪家福却呼吸困难生命垂危,他面部的各个器官由于脏器受压迫开始往外渗血。血从嘴角、鼻孔流出来。

有的工人不忍看下去，扭过头抽泣着。

汪家福最后断断续续地说了几个字：

"告诉……我儿子……我想……"

十

生产指挥车上。

李维新颤抖着双手在打电话：

"家仁吗？三哥，出事了……大哥他……你能不能通知铁林，要他立刻赶到大医院急救室，他爸爸想见他……"

十一

钻井公司经理办公室。

汪家仁拿着电话说了句："我立刻赶到青年钻井队。还有，我顺便告诉二哥一声。"

汪家仁放下电话，边穿风衣边冲出办公室。

十二

工地上。

人们把满身泥水的汪家福从深坑里拖出来，抬上了汽车。汪家福已经完全失去了知觉，不省人事了。

吉普车拐上了公路，飞快地行驶着。

汪淑英用血糊糊的双手抱着大哥汪家福的头，双眼流着泪水。

李维新坐在旁边低着头，汪淑英含泪的双目凶狠地盯着他。

"快，再快些！"

吉普车飞快地消失在公路上。

十三

下午。钻机旁。

青年钻井队打的这口井已经完钻。

年轻的钻工们正在紧张地固井。

小伙子们夹着袋子飞快地往返着，而汪铁林每趟都是夹着两袋水泥，他浑身上下满是灰垢，汗水一道道从脸上淌下来，水泥在脸上结下一块块硬痂。

吉普车紧急刹车声，使小伙子们回头望去。

汪家仁跳下车，快步走过来。

"铁林，快跟我上车。你爸爸要见你。"

"他不是不认我这个儿子吗？"

"他出事了，在医院里。"

"他、他怎么啦？啊，快说？"

"别问了。上车！"

汪铁林连衣服也没来得及换，就被汪家仁拉进了吉普车。

吉普车在荒野中狂奔着。

汪铁林和三叔汪家仁一句话也不说，都预感到一种可怕的事就要降临……

## 十四

医院急救室外。

福婶、汪家民、汪淑英、李维新还有一些工人，都在焦急地等待着。只有汪老爷子不在。

汪家仁和汪铁林气喘吁吁地赶来。

"怎么样？"汪家仁问。

在场的人谁也没回答他的问话。

福婶走到铁林跟前，哭着说：

"铁林，你爸爸最后说，他想儿子……你真狠心哪，这么些日子，你咋就不去看看你爸爸呀？……他一人在大草甸子上看井，嘴说是不愿见你，可我看出他寻寻摸摸的想见你……"

急救室的门开了。

几个医生走出来，汪家的人围了上去。

"大夫，他的情况？……"汪家民问。

"我们尽了一切努力，可他的肝破裂，肺部充血，已经停止呼吸了……"

汪铁林推开医生，疯狂地闯进急救室，他"扑通"一下跪倒在父亲的床前，沙哑着嗓子呼喊了一声：

"爸爸！我有话跟你说！我有话跟你说呀……"

汪铁林失声痛哭起来，这男人的哭声像森林里受伤的猛兽一样哀伤。

汪家民死死地握着汪家福冰冷的手，两眼含着泪水。

汪家仁深深地低着头站在一边。

汪淑英扶着浑身瘫软的大嫂福婶哭在一起。

李维新失魂落魄地躲在一边。

## 十五

大医院门前。

汪老爷子真的很苍老了。他独自躲在医院前卖水果食品的摊床后面，傻呆呆地望着过往的行人。他又把那个红袖标摘下来，揣在怀里。

人们匆匆忙忙，来来往往，叫买叫卖，讨价还价，这个世界还是热热闹闹……

一个买水果的老太太把称好的苹果滚落到地上，汪老爷子像没看见一样，也不帮着捡。

"这老爷子，也不伸把手儿？"老太太说。

"呃，呃……"

## 十六

夜晚。路灯下。

汪铁林独自徘徊着……

## 十七

深夜。汪家民的书房里。

汪家民面前摆着许多资料书籍，然而他却想不起来要做什么。

"吃药吧。"民婶走过来劝着，"人死了，你再难过也没用。好在人家二八厂党委、工会，决定要为一个普通工人召开全厂追悼会，听说还要现场转播呢！这也够一说了……"

"想想大哥这一生，我就想哭……"

"你别瞎琢磨了！"

"他们厂请我为大哥写份悼词。我在想，这悼词该怎么写。不像一些大人物，什么几几年入党，排长、营长、师长政委，几届委员的。他是一个普通人，就像一把泥土垫在路上，让大家从他的身上走过去……"

"现在说这些还有啥用？这样的人多了。吃药吧。"

民婶把药递到汪家民嘴边。

## 十八

深夜。福婶家。

福婶倒在床上，她神志模糊地睁着眼睛。汪淑英坐在一边默不作声。

"回家睡吧，我不要紧。"福婶劝着汪淑英。

"我害怕回家。"

"那就在这儿睡吧。反正说明天就火化……"福婶说着又流下眼泪，

"听说，要是冬天，你大哥的尸首兴许能让多存几日。可这大夏天的放不住哇……"

"大嫂，你要是心里堵得慌，你就哭吧，哭哭会好受点儿。"汪淑英劝着。

"不哭了，不哭了……哭啥？你大哥这么狠心，扔下我一个人走了，他可清静了，留下我一个人……听老年人说，谁先走谁是福啊！"

"看你说哪儿去了。"

"有一次我俩赌气，我说，我真跟你过够了！你看你大哥吓得呀，赶忙说，啥事值得你这样，有错咱改还不行吗？"福婶淡淡地笑了一下，"上次我到井上去，晚上该留下陪陪他，说说话儿……让他一个人就这样走了，最后也没见到我和儿子……"福婶说着又呜呜地哭起来。

汪铁林回到家，他透过门缝看了一眼妈妈，便走进爷爷的房间。

汪老爷子坐在床上卷旱烟，铁林坐在爷爷旁边也找块纸欲卷支烟。

"来，抽这个。"汪老爷子从床下摸出一盒外国烟："这还是我过生日那天，你爸爸给我买的。"

"爷爷，你不是戒烟了吗？"

"哎！我这是想起来就抽，想不起来就不抽。"

汪老爷子表面显得若无其事，但他划火柴点烟的手却在微微地颤抖着。

"爷爷，爸爸他……"

"井打得怎么样？"汪老爷子故意把话岔开，"你黑了，也瘦了……"

"这口井已经完钻，正在固井。"

"你的那帮朋友咋样？"

爷儿俩都不出声了。过了一会儿，汪老爷子说：

"铁林，爷爷老了，你爸爸也……今后的事儿就得你自己做主了。明天你爸爸火化，我就不去了……他死了，我还活着，站在人堆里我受不了……你就替我前后张罗张罗，尽点心吧。……过些日子，我想搬出去住，到我原先的老单位去看仓库，打更。我的身子骨还行，你常来看看爷爷。"汪老爷子的嘴不住地抖动着。

"爷爷，我不会给老汪家丢人的！"

汪铁林含着热泪望着爷爷那苍老的脸。

## 十九

午夜。宁静的油田上空一弯残月。

一排排磕头机，宛如一个个虔诚的朝圣者，匍匐在苍茫的大地上。它们跪下，起来；起来，又跪下……不知疲倦地企盼着，在期待着明天的太阳……

## 二十

黑暗中。荒野里。

汪家福生前养的那条狗，望着永恒的星空、大地、荒野狂吠着。它像是在寻找和思念着自己的主人。

## 二十一

早晨。火葬场殡仪馆外。

天空飘着细雨，各种停靠在一起的车辆在雨中闪着亮光。

汪家的人站在殡仪馆门口，迎接着前来吊唁的工人、干部和汪家福生前的好友。

哀乐从殡仪馆断断续续地传出来，使人们的心情像天空一样阴郁。

汪铁林望着前来吊唁的人群，他怎么也想不出会有这么多人前来为一个普通工人开追悼会。

一个个老工人走到铁林面前握住他的手，这使汪铁林非常感动，他觉得这每一张脸都记着一部历史，都有一个讲不完的故事。

福婶拉着汪家民悄悄地问：

"怎么来了这么多人？我都不认识……"

"好多都是外单位的，听说了大哥的事儿，主动来的。"汪家民小声说。

工人们站在雨里等候着，排着长队朝殡仪馆里络绎不绝地走着。他们胸前的纸花已经被雨水打湿，渗着水滴……

## 二十二

殡仪馆内。

简陋的殡仪馆内光线很昏暗，前面摆着几盆花草和几个朴素的花圈。正中是汪家福模糊不清的照片，看得出是临时加工放大的。

参加追悼会的人都默默地伫立着，会场显得十分庄严和神圣。

汪家的人站在最前面，脸色疲惫而悲伤。

主持追悼会的是常局长。他慢慢地走到前面，看了大家一眼。

"同志们，我们今天在这里为一位普通而平凡的工人举行追悼会。说他普通，是因为在我们油田上有千千万万个这样的老工人；说他平凡，是因为他没有惊天动地的事迹，就像一滴滴石油，放在哪里他都燃尽自己，献出全部的光和热。

"同志们，现在追悼会开始。

"让我们向在工作中为保护油田正常生产而献出生命的老工人汪家福

同志默哀！"

窗外的雨渐渐停了，屋檐下还滴着水滴，显得很静很静。

"默哀毕。"常局长看了一眼汪家民，"下面，请汪家民副总地质师为他哥哥致悼词。"

参加追悼会的人交流着目光，他们不清楚为什么弟弟为哥哥致悼词。

汪家民拿着几页稿纸，走到前面。

"同志们，我跟汪家福是兄弟，也是朋友。有些人可能不知道，我是在童年无依无靠的时候，被汪家收养的，这个石油工人世家收养了我！"汪家民有些激动，他停了一下，"为我完成学业，大哥过早地辍学，十五岁打短工，十八岁到油矿学徒，二十二岁从玉门转到西北油田。就是在当学徒最艰苦的日子，他还把十八元钱的工资省下十元寄给我……我每次拿到那汇款单，都一个人躲在教室里掉眼泪……"汪家民眼里充满了泪水，为了掩饰自己的冲动，他拿起了那几页稿纸，"汪家福同志一九三五年四月出生在甘肃酒泉。一九六〇年四月参加举世闻名的松辽石油大会战，任电焊工。曾参加著名的横贯南北的输油大动脉八三管线工程，一九六五年冬又南下江汉油田，会师汉中，任管工。曾创日接管线一千八百零四米的记录。五年后重返松辽平原，主动要求到新油区，会战喇嘛甸，创建了新区的第一个采油队。一九七五年底我们组织精兵强将会战辽河，他又随队开赴沟帮子杜家台，参加了抢建曙光一号转油站，获得投产一次成功。四年后返回我们油田，这时他的两鬓已经染上了白霜，可他还是到油田最边远的二八厂当了采气工。直到他死前，还是一个人守着荒原深处的一口气井。他吃在井上，睡在井上，一条狗陪伴他……星空、大地、风霜雨雪陪伴着他……他管的气井远离都市，却供养着我们都市，给我们输送着取暖、烧饭的燃料……"

汪铁林死死地咬住嘴唇不让自己哭出声来。

工人们流着泪水，默默地听着。

"汪家福同志是个普通人，他普通得像荒原上的每一株草。他工作了将近四十年，尝尽了风风雨雨酸甜苦辣。他实实在在，任劳任怨，从不贪图名利、地位。他实现了自己的人生价值，走完了最后的路程……他值得我们想一想，他是平凡的，更是伟大的！他将在这块土地上永生！他留下了一座无字的丰碑！

"同志们！我们是兄弟，这不仅仅是指我们两个人，而是指所有为这块土地付出代价的工人和知识分子！

"同志们，我们是一个大家族，这也不仅仅是指血缘关系，而是指我们从天南地北走到一起的所有父老兄弟！

"我爱我的大哥，他在我心中长存。

"汪家福同志永垂不朽!"

汪家民向汪家福的遗像深深地鞠躬。

哀乐又骤然响起。

所有参加追悼大会的人都泣不成声。

## 二十三

殡仪馆外。雨停了。

流动的云掠过火葬场高大的烟囱,在云缝中露出的蓝天,是那样的高远深邃。

## 二十四

殡仪馆外。

人们渐渐地离去。

汪铁林的几个小哥们儿尤子、龙宝、顺儿抬着个花圈呼噜带喘地赶来。

"完了?"尤子问。

"嗯。"铁林应着。

"我们才知道,你看这事整的。"

"花圈咋办?"龙宝说。

"咱们哥儿几个抬到空地上烧了,再把这些纸钱也烧了,也算咱们对大伯的一点儿孝心。"

"还是回去开你的出租车吧。"铁林说。

"车早卖了。我跟尤子、龙宝都考了徒工,说不上分到哪儿呢。"尤子说。

尤子、龙宝、顺儿抬着花圈拉着铁林,朝殡仪馆围墙外走去。

## 二十五

围墙外。空地上。

这里是烧死者遗物和祭奠的地方,地上一块块黑糊糊的,到处是灰烬和烧得糊巴乱啃的点心酒瓶、灰垢等杂物。

铁林和尤子、龙宝、顺儿几个人把花圈点燃,围坐在一起,不停地往火里扔着纸钱。几个人谁也不说话,飘起的纸灰带着火星升上天空。

不一会儿,曹亮带着黑炭、可兵、小猴子和林娜也赶来。

"你们来干啥?"铁林问。

"铁林,你歇几天,陪陪妈妈,让她老人家静静心。"曹亮劝着。

"你的班,我先替你顶。"黑炭拍着铁林的肩说。

林娜胳臂上戴着黑纱，铁林不解地望着。

"铁林，大伯是个了不起的人。"林娜说着便流下泪来。

铁林的伙伴和小哥们儿都围坐在一起，默默地望着那堆冒着青烟的灰烬。

尤子深有感触地说：

"哎，等我死时，有这么多人就知足了……"

"一个人咋样，在别人心里都有杆秤，不是你说自己好，别人就买账的。"曹亮默默地看着这些年轻人说。青年们一双双眼睛都在沉思着。

风，刮起灰烬飘向远天……

## 二十六

夜晚。福婶家。

汪家的人围着汪老爷子坐在一起，柜橱上摆着汪家福的遗像。方桌上摆着别人送来的点心，然而谁也不去碰一下。

"爸，你别难过了。人活一世，总有个死，再了不起的人也没逃过这关。今天你是没去呀，那追悼会开的，里外都挤满了人，就像给什么大人物送葬似的，家福也该知足了。"福婶安慰着汪老爷子。

"二哥的悼词写得极其感人。"汪淑英说。

"那是大哥的事摆在那儿。"汪家民说。

汪家仁一直在琢磨着什么事儿。

"今天家里人都在，我想跟你们商量个事儿。大哥不在了，家里就剩大嫂和爸爸，我想把铁林调回来，安排在大嫂身边。还有，我想把爸爸接我家去。你们看咋样？"

"我的事不用你管！"铁林坚定地说。

"孩子大了，让他自己拿主意吧。"

"这好。"汪老爷子开了口，"老三，我也有自己的打算。你们都干好自己的事，别为我操心了。"

汪家仁看着汪铁林。

"铁林有这个雄心，那太好了。他在井队是个骨干，我真舍不得调他……"

敲门声。

汪淑英去开门。

李维新抱着一个红包和一个荣誉证书走进来，汪淑英陌生地望着他。

李维新进到屋里看了一下在座的人，他显得有些兴奋。

"正好，你们都在。"他把东西放在福婶面前，"我尽到了最大的努力，上下跑了不少单位，已经决定追认大哥为烈士！"

汪淑英一双愤怒的眼睛。

"还有，我准备亲自起草报告，递给上边主管领导，要组织一个强大的写作班子，把大哥的事迹好好整理整理，要在报刊电视上好好宣传宣传，号召全油田的职工家属学习大哥的英雄事迹！"

"人都死了，还折腾啥。"福婶平淡地说。

"大嫂，你这就不懂了。大哥的光荣也是我们的光荣。你看，"李维新打开证书和红包，"这是我给大哥批的烈士证书。还有，这是给大哥争取的残废补助金。现在我们的六口新井也顺利投产了，这季度完成任务不成问题。全厂上下又掀起学习汪家福的热潮，我们的工作，领导也比较满意……"

"啪"的一个大耳光打在李维新的脸上，汪淑英愤怒地吼着：

"你出去！出去！"

福婶赶紧上来拦阻。

"淑英，你这是干什么？"

"我，我说他什么好呢？……"

汪淑英捂脸大哭起来。

李维新尴尬地笑了笑。

"你看看淑英这脾气，我简直是……哎，我知道大哥遇到意外，你心里难受。难道就你一个人难过吗？我们大家都感到这是一个不可弥补的损失。还有，工作中的失误谁也难以料到……"

"我不愿意看到你。你走不走？"

"爸爸，你看……"

汪老爷子也不吱声。

汪淑英一把抓起外衣。

"好，你不走，我走！……"

"淑英！你上哪儿？我们有话好好商量……"

李维新也追出去。

## 二十七

深夜。路灯下。

汪淑英满脸泪痕地走着，她漫无目的，眼里充满绝望和悲伤。

李维新在楼区的小路上有气无力地走着，他像是衰老了许多，一双无神的眼睛像是在忏悔自己……

## 二十八

深夜。马路上。

汪铁林送二叔汪家民回家。

"铁林，回去吧。"

"我再陪你走走。"

"你老姑像是被什么伤害了，不然她不会这样暴怒。"

"谁知道啊。反正我觉得在老姑夫身上有一种说不清的东西。他从前不是这样，现在好像只剩下一个外壳，不实实在在，没有真情。反正，我说不清楚……"

汪家民指着一棵柳树下的长凳说：

"咱们坐一会儿吧。"

汪铁林和二叔汪家民坐在长椅上。

"二叔，你身体怎么样？"

"没问题，破车走得更远。哎，铁林，我跟你问点儿事。"

"什么事儿？"

"林娜在井队怎么样？"

"她进步很快，跟井队的工人们处的挺融洽。最近她一边研究砂样，一边给我们上课，讲解进口钻机的原理和操作规程，业余时间还陪大家跳跳舞，现在队上的人都离不开她。"汪铁林介绍着。

"你应该多关心她。"

"为什么？"铁林歪头瞅了一眼。

"她给我写过一封信，在信里谈到你。"

"她说，很喜欢你……"

"胡扯，她是一个大学生，而我是一个工人，这怎么可能？"

汪家民停了好一会儿才说：

"铁林，我告诉你一件事情，林娜是我亲生的女儿。"

"你不是在开玩笑吧？"

"不。你知道，我结过一次婚，我们很相爱，可是由于种种原因，她抱着刚刚几个月的女儿离开了我。直到前几个月前我患病，她作为专家给我确诊，我才完全清楚……"

汪铁林高兴起来，他点燃一支烟。

"那她应该是我的妹妹，这太好啦！"

"可她也完全可以成为你的情侣呀！"

"不不，这不行！"

"你们没有任何血缘关系，就像我跟你一样，是叔侄也是朋友。铁林，老实说，我也很喜欢你，包括你犯的错误。在你身上有你爸爸的东西，又有我的东西，还有一种更新鲜的东西。未来的生活你们是主宰……"

"我很喜欢林娜，可我不配。尤其是我们有了这层亲属关系……"

"你呀，我真担心，传统的东西给你注入得太多。林娜都不在乎，你怕什么呢？再说，我们都说好了，不公开我们的父女关系，还是师生。"汪家民笑了一下，"铁林，你还是多读些书，了解一下这个世界。在这一点上，林娜的现代意识要比你强。还有，我向来觉得，人的地位、身份、职务，都是暂时的。因为这一切别人都可以拿走，也可以改变，只有人自身的质量才是重要的。"汪家民拍着汪铁林的肩膀。"你的文化底子不错，好好干些年，还可以到大学深造嘛！然后，再返回井队大干一场，搞钻井是挺过瘾的工作！"

汪铁林似乎没听见汪家民的话，他一直在想着自己的事。

"真有意思，她居然是我妹妹。"汪铁林自言自语地说着。

## 二十九

深夜。汪家民住宅楼门前。

汪铁林一直把二叔汪家民送到门口。

"我回去了。"

汪铁林一转身，看见林娜在这里等候着。

"林娜，你没回井队？"

"我在等汪总，想见见他。"林娜喃喃地说着。

汪家民显得异常激动。

林娜闪着一双明亮的眼睛，望着自己的老师和父亲……

# 第 九 集

## 一

早晨。油井压裂试验现场。

十几台重型压裂车后面，一条条如巨蟒似的管线从四面爬向井口，连接在采油树上。

压裂试验正在进行。强大的压力使管线在颤抖，各种仪表的指针不停地波动着。机器的轰鸣声震得大地在微微抖动。

汪家民眯起双眼注视着压力表，身旁的助手刘伟在不停地记录着。

负责压裂工程的技术员走到刘伟跟前。

"还是停下来吧！"技术员喊着，"这么高的压力，出了问题我负不起责任！"

"汪总，你看……"刘伟看着汪家民的脸色。

"你把试验报告给我。"汪家民从技术员手中拿过试验报告，"我签字！出了问题我负责。不过有一点儿，要是钢管质量不合格，那可是原材料的问题！"汪家民说着便在试验报告上签字。

"汪总，材料没问题，我们已经全部进行了试压！"技术员放心地笑了。

油井压裂在继续进行，十几台压裂车怒吼着向千米地层进军。

刘伟激动地举着记录给汪家民看。

"汪总，你看！已经压开二十几个薄油层，效果比预想的还要好！"

汪家民的脸上终于露出了笑容，他举目望着千里油田。

## 二

几个合同工不负责任地用沥青涂抹着管线焊接口。为了赶进度多挣钱，接口的下面没认真进行沥青防腐。

汪老爷子一直蹲在坑边看着，他气呼呼的眼里充满怒火。

"把你们队长找来！"

"这老爷子，你是干啥吃的？"

"就是管你的！"汪老爷子吼起来。

"我，我们怎么了？"一个瘦子有点儿害怕。

"狗屎的！你们这是人干的活吗？你看看那接口下面，连沥青都没抹到。还百年大计，我看用不了明年就得渗漏。你们这是糊弄谁？"

"你，你怎么骂人呢？"

小队长听见吵声跑过来。

"哎哟，汪老师傅，您这是……"

"你听好了，今天下午，我就让常局长在你们这儿开现场会，让全油田都知道你们光想挣钱，不讲质量！"

"我们改还不行吗？这几个是刚来的合同工，他们不……"

"把他们辞了！咱油田不能要这败家子！"

几个合同工哀求着汪老爷子。

"老师傅，我们改！我们改！以后再有这事，你怎么处置都行。"

一个合同工赶紧钻到管线底下重新涂沥青。

汪老爷子的火气压下了点儿。

"咱们宁要一个过得硬，不要九个十个过得去！当年创业，老标兵周大成，为了一毫米误差，几次返工，站在冰水里肩扛管线焊接！"汪老爷子说着离去，嘴里还叨念着，

"我儿子，就是为了焊接管线……"

"我儿子……"

汪老爷子走出好远，还念叨着。

## 三

下午。油田开发作战室。

"中低渗透层限流压裂法"技术成果鉴定会正在召开。

常局长和各种有资历、学识的专家聚集一堂，正前方一个巨大的投影屏幕正显示着各种数据和图纸。

这种关系到油田命运的科技鉴定会，使人们感到格外的庄重。

汪家民的汇报已经进入实质性阶段。

"这种夹杂在砂岩、石灰岩以及泥岩中间的零点二米到零点五米的薄油层占全油田的四分之一。大家清楚，石油开发，越薄的油层越难采集，有人将它比喻成鸡肋，弃之可惜，啃又艰难。世界上许多高产油田都不将它作为储量计算。今天，我们"中低渗透层限流压裂法"科研项目组向大家郑重宣布：我们经过现场实验，终于取得了一次压开二十至三十个薄油层，最高一次压开七十个薄油层的成果。"汪家民翻阅了一下报告，"具体论证和试验过程请见技术报告。这样，我们用微机计算了一下，整个松辽油田可增加可采储量十六亿吨，等于又找到一个大型油田，获得直接可计算的产值约二十八点二八亿元，为稳产高产再十年打下基础。这一总体攻关科研成果，在世界上达到先进水平！这是我们油田上几代科技人员、领导和工人同志们共同努力的结果！"

会场上爆发出狂热的掌声。

常局长站起来，快步走到汪家民面前，一下子握住他的手，激动的泪花在常局长饱经忧患的眼睛里滚动。

"谢谢！谢谢你们……"

许多年长的老专家也站起来望着汪家民，眼里闪动着泪花。

## 四

卫生间里。

汪家民匆匆地赶到卫生间，他将门反锁上，迅速地从兜里掏出药片塞进嘴，用手掌接了一点凉水喝下去。

司机在门外等候汪家民。

夜，已经降临到沸腾的油城。

"你走吧。"汪家民对司机说。

"那你……"

"我想一个人走走。"

汪家民独自行走在橘红色的路灯下，过往的行人来去匆匆。

画外音：

乔梦，你真的不给我回信吗？我要不要把我们新的成功告诉你？算了，我为什么要去打破这平静而稳定的生活呢？我能跟她说些什么，是炫耀自己吗？也许，生活本身就是残缺的，就像我的胃病……"

五

午夜。李维新家客厅。

客厅内空无一人。少顷，门铃时而急促短暂、时而缓慢拖长地响着。

钥匙开门的声响。

李维新进门，从过道里关切地喊着：

"淑英，淑英……你别躲着了，我们有话好好说。"

李维新听听没有动静，"小青，小青。你妈妈没回来吗？"他停了一下，听听还是没有动静："都到哪去了呢？"

李维新不安地脱下外衣，换上拖鞋，赶紧到卧室和女儿住的房间看看，仍无一人。他又回到客厅，他发现室内很凌乱，许多东西摆得都不是位置。

电话铃声响起。

李维新赶紧抓起电话。

"淑英吗？啊……是于经理，这么晚了你还来电话。"

电话里传来甜甜的声音：

"你怎么老不来呀？我都想你了……是不是嫂夫人管得紧哪？"

"不不，最近很忙。生产上的事再小，也是大事；个人的事再大，也是小事。"李维新对着电话一本正经地说着。

电话里又传来：

"什么时候变得这么正经？你忘了，那夜你喝得倒在我身上……"

"你不要在电话里说这些。"

"没事儿。我是躺在床上给你打电话的。维新，我这进来一批好酒，还有从南方进来的活甲鱼。你什么时候来，我随时恭候。"

"好吧。这些天总算把产量搞上去了，一块石头落了地。后天晚上，我去你那里……"

六

汪淑英从卫生间里出来，她慢慢地走到李维新身后，一直在听他打电话。

李维新一回头吓了一跳，他看见汪淑英脸色阴郁，头发乱蓬蓬的，披着一件长长的睡衣。

"你在家呀！那我刚才喊你，你为什么不答话？"

汪淑英脚下有些不稳，她满脸怒气地坐在沙发上，一句话也不说。

"算了算了，事情总算过去了。大哥死得很壮烈，后事安排的也不错。光悲痛也不行，还得想想活着的人，今后还得过日子。你说是吧?"李维新温柔地说，"你饿了吧? 我去给你拿点点心，冲杯奶粉还是启罐饮料?"

"你以为这事完了吗?"汪淑英失态地吼着。

"你别担心。我已经找那个推土机手谈了，我们都很懊悔，但说出去，对谁也没有好处……"

"趁我这会儿还没失去理智，你赶紧拿上东西滚出去，不然我会拿菜刀剁了你!"汪淑英冷冷地说。

李维新自嘲地笑了笑。

"淑英啊淑英，你这人哪点都好，就是这脾气让人受不了。工作顺利的时候，你有说有笑像个孩子，可一旦遭到挫折，你就挺不住了。唉，我真不知拿你怎么办。你看看这屋里造的，这哪儿还像个家呀? 好了好了，我收拾，你休息吧。"李维新讨好地欲干活。

汪淑英狂叫着:

"你放那儿! 别动!"

李维新也有些火了。

"你喊什么? 这深更半夜的，叫邻居听见好看吗? 有些事我一直让着你，可你也不能太过分。我李维新大小也算个干部，在人前人后也算个人物。你到厂子里看看，哪个人见我不溜儿溜儿的? 就是回到家，你一上来那股劲儿，想损就损一顿，我真受够了!"

汪淑英鄙视地冷笑了一下，过了一会儿她的双目又变得冷酷无情。

"小青呢? 去她爷爷家了? ……你倒是说话呀? ……算了，你想怎么样就怎么样吧。"

李维新说着便开始脱衣服。他脱掉长裤和上衣，露出过早发福而又松弛的肌肉。

"你冷静冷静，我先洗个澡。"

汪淑英"忽"地从沙发上站起来，命令道:

"你穿上衣服。"

"淑英，你要干什么?"

"你把衣服穿好。"

"我穿我穿，裤子也穿吗?"

"都穿上!"

"你这是干啥? 难道夫妻在一起，不穿衣服就不能谈话吗?"李维新差点儿哭出来。

"把鞋也换好!"

李维新气呼呼地把一切都穿戴停当。

"行了，都穿好了。你想把我怎样——随你便吧。你还是剁了我，还是掐死我，悉听尊便！"李维新又软下来，"淑英，你到底想怎么样？"

"不怎么样。很简单！"

汪淑英说着走到衣柜前，她打开柜门，从里面拿出个旅行皮箱，把李维新日用的衣物放进去，锁好。

"你……你要干什么？"

"你提上箱子，离开这个家！"

"怎么，你要我跟你分手吗？"

"对。我想了很久，我们还是分开的好。你先住到单位去，随后我们就办手续。"汪淑英冷静地说。

"你难道就不注意影响、后果？"

"你注意影响和后果了吗？"

"你是不是听说了些什么？是领导点了我的名，还是群众有些什么反映？他们都跟你说了些什么？你可以告诉我嘛！"

"还用我告诉你吗？你自己最清楚！"

"我清楚什么？"李维新问着。

汪淑英两眼暴怒地盯着李维新。"我最好别说出来。我怕我说着说着控制不住自己，会弄出人命来！"

"我知道了，你是说大哥的死跟我有关系，是吧？"

"不许你提大哥！"

汪淑英打断了李维新的话。

李维新拍着自己的脑门像是恍然大悟了。

"啊——我明白了。你是刚才听见一个女人给我打电话，胡乱猜疑起来，这是一种女人的嫉妒心。你呀，我跟她毫无关系，我们不过是在她那儿请请客人……"

"以前，我觉得男人对妻子的不忠是可怕的。现在我才知道，还有比这更可怕的事情。那些并不重要……"

"你到底想说什么？我真的糊涂了……"

李维新哭丧着脸，显得可怜巴巴的。

汪淑英踢了一脚箱子，指着门外：

"你快出去！我想一个人待一会儿。"

李维新突然变起脸来。

"为什么让我出去？这是我的家，我有权待在这儿！"

"好。你不走，我走！"

汪淑英从衣架上拿下衣服穿着。

李维新扑过去抱住汪淑英。

"别走，别走……你告诉我，这到底是为什么……"

汪淑英的眼里一瞬间滚出热泪。

## 七

时钟指在午夜两点。客厅。

汪淑英呆呆地坐着，李维新抚摩着她的头发。

"好了，我们不吵了。咱们睡一会儿，明天把青青接回来，好好生活。这些天，真是把我搞得焦头烂额。"

汪淑英绝望地盯住一个地方，慢慢地说：

"你明天就去辞职，下来当工人。"

"你看看，又来了。这为什么？"

汪淑英的眼睛里又充满泪水，她像是有许多话憋在心里。

"你已经不是正常人了。你活得太累太可怜。你每天都在琢磨，上级领导对你的脸色好不好，开什么会没通知你，提干的名单上画着什么符号。你早已不会用自己的头脑思考问题……"汪淑英停了一下，内心的怒气又冲上来，"你怕什么呢？一个男人，最重要的是，要有自己的品格，堂堂正正地活着！实实在在地办事，老老实实地做人。你看看大哥，二哥，三哥，他们谁像你活得这么窝囊？那个官，能当就当，不能当就下来当工人，我不在乎！我记得，刚参加工作的时候，老指导员就苦口婆心地对我们说：'当老实人，办老实事，说老实话。'这是我们工作的作风，也是做人的标准！"

"咱们党不是有一个最重要的传统，叫做实事求是吗？你不也是整天地在喊吗？可是实际上又怎么样呢？"汪淑英刚平静的心，又激动起来，"如果你老老实实报了产量，他们能杀了你？如果你承认产量报高了，完不成这个季度的任务，接受个教训，难道领导能把你送进监狱？如果你实事求是，会怎么样？能撤你的职吗？你自觉得聪明，其实非常愚蠢！好多事情，你瞒得了一时，还能瞒得了一世吗？我就不信，领导就能喜欢你这一套！你为了讨好、提职，连人格都不要了。这值得吗？"汪淑英眼里又滚出热泪，"我刚认识你的时候，你是个快快活活的小伙子，而现在为什么变成这样啦？"

李维新捂着半边脸呻吟着。

"我牙痛，真的。我得吃片药……"

"你站住，我还没说完呢！"

"饶了我吧。我真的牙痛得厉害……"

"你要是现在死了，我马上给火葬场打电话，让他们派收尸车来。把你完成任务的奖金和大红喜报放在棺材盖上，那是你的财产！"

李维新捂着半边脸欲离开。

"我的脑袋要爆炸了，别说了。我得躺一会儿，躺一会儿……"

"你等等！"

李维新摇摇晃晃地站住。

"大哥开追悼会的时候你去哪儿了？"

"我，我去工地了。"

"胡扯！你连大哥的追悼会都来不及参加，就赶紧去汇报你按时完成了投产计划！你知道吗？你对大哥的死要负全部责任，你应该在他的灵前悔过。那天在工地上，我阻止过你，推土机手也拒绝过你，是你用强迫的手段……"

李维新恐惧地狂叫着：

"别说了！"

汪淑英冷冷地笑了一下。

"你还会发火，真难得。老实告诉你，今晚我第一次想到杀人……当我从窗户看见你回来，上了楼……你用钥匙开门……喊我的名字……我自己害怕得两手不停地抖着，出了冷汗……我怕我做出蠢事，赶紧躲进了卫生间……我的天，我怎么会这样……"

汪淑英捂着脸痛哭起来。

## 八

午夜三时。客厅里。

李维新躺在沙发上，一只手捂着脸。

汪淑英在地上来回走着。

"听说，你还给铁林介绍过对象？你不就是为了那个女老板赏你一口酒喝吗？还有，你居然跑到二哥那儿请他为你搞假资料。你呀，要是真把事业看得那么神圣，就是再大的失误我也可以原谅，可你不是！你是一个混杂的怪物！"汪淑英走到李维新跟前，"起来，到镜子前照照你的形象，看看你自己，看看你自己是个什么东西！"

李维新一把推开汪淑英。

"够了！你太过分了。"

"是你逼的！"

汪淑英从地上爬起来，疯狂地把室内的一切东西砸碎，嘴里下意识地喊着：

"我恨你！我恨你！……这个家，咱们谁也别要！别要！……"

"别砸了，别砸了……"

"我就砸！就摔！……你还我的大哥！……"

李维新突然呜咽着哭起来。

"砸吧，摔吧……在我心里还有什么完整的东西，你都砸碎，摔掉吧……"

突然，两个人一下子静下来。

地上到处扔着破碎的花瓶、茶杯……

电子钟还在"嗒嗒"地走着，指针已经指到凌晨三点二十分上。

透过窗帘可以看到天空泛着朦胧的白光。

李维新像是在回忆着什么，他轻轻地说：

"我说什么呢？十几年前，我当工人，你总嫌房子小，生了小青你就更是发脾气。看到别人提干，你就骂我是窝囊废，太老实。后来我就学着，说些别人喜欢听的话，干些讨好别人的事儿。我走上了一条光彩的道路，由一个窝囊废变成一个无耻之徒……我爱你，怕失去你。当时你长得漂亮，又活泼。而我只念了小学五年，我除了卖力气还能有什么本事呢？为了你，为了这个家，我小心谨慎，一步步熬到这个位置。有时晚上我一个人躺着，想想白天做的事儿，我都恨我自己！总是下决心明天不再这样了。可是天一亮，我就又像化了妆似的变成另一个……"李维新眼里充满了泪水。

"淑英，你是你们家的老姑娘，有时很任性。你总像才孵化出来的小鸟，把每一天都看得那么新鲜。可你知道，一切事情都有它的过去，历史渊源……"

李维新站起来，朝卧室走去。

"事到如今，我还说这些干什么呢？我明天就去坦白自己，辞去我的职务。唉，太累太累了……"

汪淑英慢慢地抬起头来，望着李维新的背影……

## 九

卧室里。

汪淑英打着盹儿，她突然被一阵痛苦的呻吟声惊醒。这声音来自李维新的卧室。汪淑英走了几步，又停下来。

痛苦的呻吟声越来越强烈。

汪淑英找出两个药片，倒了一杯水，狠了狠心走进了卧室。

李维新看汪淑英走进来，从床上立刻坐起来，充满希望地一下抱住了汪淑英。

"别离开我！我改，我改，你说的我都改还不行吗？"

"你放开我！"

"我们有孩子，有一个幸福的家庭……淑英，你不会那么狠心的……

你看，我牙痛，你还是心疼我，给我送药。"

汪淑英把药和水狠狠地摔在床头柜上。

"我会照顾邻居，尽点人道。我还没到了连点同情心都没有的分上！"

汪淑英说着，转身走出卧室。

"等等！"李维新喊住了她，"你给我一次机会，让我改正自己的错误不行吗？"

"除非你真的去辞职，坦白这次事故的真相。"

"我照你说的去做。"

"你先睡吧。让我想想。"

汪淑英走出了卧室。

十

汪淑英闭着眼睛躺在客厅的沙发上沉思。

李维新吃了药后，渐渐地睡着了。

这时，早晨的太阳升起来，明丽的阳光从宽大的窗户斜射进来。

十一

卧室里。

李维新一觉醒来，又恢复了常态。他赶紧刷牙漱口，烧水冲奶粉。

汪淑英坐在客厅里透过开着的门看着李维新。

这时，楼下传来汽车的喇叭声。

李维新走到阳台上，打开窗户朝司机摆了摆手。

"你等一会儿。"

李维新端着一杯奶粉，拿一块面包殷勤地走到汪淑英面前。

"快吃口东西，坐我的车一起上班，已经晚了。"

汪淑英陌生地望着李维新。

"你昨天夜里说的话还算吗？"

"我说什么了？"

"说什么难道你自己忘了？"

"那都是气话，你别往心里去。"

"我，我不往心里去？"

"昨晚，为了一些鸡毛蒜皮的事儿两口子吵架，说了一些不三不四的话，过去就过去了。其实，我这个人不像你想的那么糟。我有些时候不太冷静，但事后，我还是能明白过来的。"

"明白过来？"汪淑英睁大了眼睛。

"好了好了，快吃点东西，车还在外面等着呢。"

汪淑英拎起自己的提包，拿上外衣就往外走。李维新拦住了她。

"你去哪儿?"

"我去哪儿跟你有什么关系？让开!"

"不，你不能走!"

"你干什么？放开我!"

"我不放。淑英，这样吧，你给我几天时间让我考虑考虑，研究研究。好多事情不像你想的那么简单，就是辞职也要按组织程序……"

"我已经对你失去信心了。让我出去!"

李维新万分不解地跺着脚。

"你怎么能这样不讲情分!"

"还讲什么情分。我的大哥……"

"又来了。你大哥你大哥，他已经死了，难道要我也去死吗？好吧，那你就杀了我吧！只要你能出这口气，要我干什么都行。辞职、当工人，退房子，降级，你想怎么样，随你的便!"李维新狂怒地吼着。

"我要的就是这些吗?"

汪淑英绝望地瘫倒在沙发上。

李维新赶紧上去扶住汪淑英。

"淑英，你到底要我怎么样?"

"要你成为一个正常的人。"

"是啊，我已经停不下来了，这些年我也感到有些不正常。可有什么办法呢？我像得了一种病，老是在猜疑，是不是得罪了什么人，哪个领导批评了我。每到晚上，我从不敢切断电话，生怕领导找我，我不在。你知道，我为什么一天老是惶惶然，要是把我想的都写出来，那才更可怕，那不是思想，是一团噩梦……"李维新眼睛似乎亮了一下："好了，我这就去辞职，坦白自己。"

汪淑英又被感动了，她望着丈夫：

"我可以什么都不要，只要实实在在的生活……"

电话铃突然响了。李维新下意识地跑过去抓起电话。

"是我，是我。什么？领导让我汇报……这太好了!"

李维新放下电话。

"淑英，快走，今天上午十点领导要听我汇报。"

汪淑英坐着没动。

李维新匆匆地拿上材料，回头说了一句：

"要不你在家休息一下吧。"

李维新跑到楼下钻进了汽车。

"快点。"他看了看手表。

司机把车开走了。

汪淑英仍坐着一动不动，大颗的泪水从眼窝里滚落下来。

## 十二

公路上。

汽车在公路上飞驰。

李维新靠在座椅上，望着窗外掠过的车辆和行人。

李维新在沉思着，他显得有些疲惫……

## 十三

上午，街道两旁。

这是一个宣传日。街道两旁插着彩旗，各种宣传画、黑板报以及广播车。中学生们穿着漂亮的蓝衬衣白裙子舞动着花束。

标语上大部分写着这样的口号：

"支援新疆，开发新油田！"

"发扬优良传统，争取更大光荣！"

"誓做新一代的铁人！"

汪铁林背着一个双肩挎旅行包，在一个交通车站的站牌下等车。他的眼睛不停地注视着那些醒目的标语。

这时，参加宣传日活动的小雨跑过来。

"铁林，你去哪儿？"

"我回井队。你也参加宣传日了？"

"嗯。我告诉你个好消息！"

"啥好消息？"

"我考上大学了。录取通知书都来了，我以五百四十六分的成绩考上了中国科技大学。"

"太棒啦！你爸爸妈妈知道吗？"

"当然知道。"

"林娜还在你家吗？"

"没有。爸爸领她去研究所，说帮她搞一篇什么论文。"

"什么论文？"

"说不清。好像，好像林娜姐在你们井队的砂样里发现了什么……"

"小雨！"另一个女同学喊着。

"哎，我们还要出节目。再见！"

汪铁林看看交通车还没到，就信步朝宣传日最热闹的地方走去。他在一块写着巨大标语的条幅前停住了。

那标语上写着：

"支援新疆，开发新油田！"

## 十四

热闹的人群中。

汪铁林一抬头，看见林娜和她的同学刘伟走在一起，他刚想躲开，被林娜叫住。

"铁林！"林娜回头对刘伟说，"别送了，你回去吧。我跟铁林一起回井队。"

刘伟停在那里上下打量着汪铁林。

"来，认识一下。我叫汪铁林。"

"啊，我叫刘伟，是林娜的同学。你的气质确实不错！"刘伟赞叹着。

"我？"汪铁林笑了。

"听林娜说起过你。"刘伟扬了一下手，"再见！"

"走吧，车快到了。"

林娜拉着铁林朝交通车站走去。

黑玛丽迎面走来。

"铁林？"

"是你。买卖怎么样？自由女神。"

黑玛丽瞅瞅汪铁林又看看林娜。

"这位小姐……"

"这是我妹妹。"

"干妹子吧？"

"不。是亲妹妹。"

林娜惊愕地看着汪铁林。

黑玛丽捋了一下头发笑了笑。

"好漂亮啊……嗯，是有点像……"黑玛丽朝铁林靠了靠，嗔怪地说，"怎么，把我给忘了？"

"本来想去看看你。可这次回来，时间太紧。"

"我可是到处打听你。"

"我爸爸去世了。"

林娜悄悄地走开了，可她的眼睛不住朝黑玛丽看着。

"你们在哪儿打井？"黑玛丽问。

"说了你也不知道。"

"那……再见吧。再回来，一定来找我，我还住在那间平房。"

黑玛丽说着放荡地踮起脚亲了铁林一口。

## 十五

交通车站上。

林娜低着头站在一边，不理汪铁林。

车，开过来停在站牌下。

汪铁林和林娜分别在两个车门挤上了车。

"买两张票。"

"用不着你。我自己买！"林娜冷冷地说。

车。开动了。

汪铁林看着林娜笑了笑。

## 十六

下午。采油队会议室里。

不大的会议室里挤满了人，采油二八厂的部分领导坐在前面。李维新手里拿着讲话稿，像是刚刚讲完的样子。

会议的横标上写着"基层评议干部形象民主讨论会"的字样。

李维新擦了一下汗水尴尬地笑了笑。

"我今天没准备，本来以为是开别的会……所以拉拉杂杂地谈了一堆。下面，我诚恳地希望大家多提宝贵的意见，帮助我更好地工作，完成各项任务！"李维新说得很诚恳。

会场上出现一阵冷场，工人们谁也不出声，偶尔相互地交换着眼神。

李维新有点儿紧张，他干笑了两声。

"有啥说啥，别客气……"

一个穿皮夹克的中年工人，操着一口地道的东北话说：

"我整两句儿。这个李副厂长，一讲成绩就是二十八条。一讲缺点就是两句话：一是方法简单，二是工作急躁。我在这个单位工作十来年了，你一年简单急躁，两年简单急躁，三年还简单急躁，那你简单急躁到什么时候是个头呢？再说了，这世界这么复杂，科学技术发展这么快，你老简单急躁咋行呢？……"

工人们一阵笑声，鼓起掌来。

李维新强装着镇静，但汗已经流下来。

一个女职工站起来要求发言。

"我说几句。这样的会我还是第一次参加，让我们工人评价领导的形象，这说明咱们的领导很有魄力，我很激动！咱们厂的领导我接触的不多，不像我们家那口子，身上的疤拉节子我都清楚。"

工人们在笑。

"真的，你别笑。我说这话的意思，是你们领导自己心中有数。你们关系到我们厂的兴衰，直接牵涉到我们工人的利益，你们办啥事都得想这条！你们要是有私心，我们可就遭罪了。就说李副厂长吧，他有时候就不听工人的意见，上次垫井场，我们家小李开推土机，提出过……我不说了！反正各人心里最清楚……"

李维新记录的手在抖着，他的头很低。

汪淑英站在门口静听着。

## 十七

会散了。

李维新还坐在那里。

刚才发言的女职工远远地看着他。

有几个同情李维新的工人走过来。

"老李，来，抽一棵！"

"谢谢。"

"别上火。有错就改，我们工人最欢迎这样的！"

"我不称职呀。"

## 十八

黄昏。荒原上。

燥热的天气过去了，斜阳变得十分柔和。土路上一簇簇柔软的黄鼠草和毛茹嘟花掩映着深深的车辙。

汪铁林和林娜一前一后地走着，远远的井架立在天边。林娜走着走着突然坐在草地上。

"走啊！"汪铁林回头喊着。

"累了。歇会儿。"

"你晚上还给大家上课呢。"

林娜索性躺在草地上，仰望着天空。

"那你留这儿喂蚊子吧，我走了。"

林娜偷偷地瞅着汪铁林躺着不动。

汪铁林头也不回地朝前走着。林娜忽地爬起来追过去，把腿一横将汪铁林弄个大跟头。

"好哇，你还真有两下子！"汪铁林躺在地上说。

"我在学校练过武术。起来，我教训教训你。"林娜虚张声势地叫号。

"好吧。我要用两只手就算欺负你。"汪铁林笑着说。

林娜和汪铁林在柔软地草地上半开玩笑地打斗起来。

一只土拨鼠歪着小脑袋怔怔地看着。

最后汪铁林和林娜都笑着躺在草地上。

他们静静地仰望着蓝天，像倒过来看这世界一样。

"真好。"林娜自语着。

"什么真好？"

"这天空。"

"天空？"

"它什么都没有，可什么都被它包容着。"

"我们人真是小得可怜。"

"要是心胸像天空这么大该多好啊！"林娜像自责着自己。

林娜坐起来看着铁林。

"老实说！你跟多少女孩好过？"

"记不住了。"汪铁林故意气人。

"你这个坏蛋！"

"你才知道我是坏蛋哪！"

林娜停了一下说：

"你要真是坏蛋就好了……"

林娜说着把头躺在汪铁林的胸脯上。

"你的心跳得这么凶，震得我头痛。"

"不跳，人就死了。"

"铁林，你想一辈子在井队吗？"

"不。到干不动的时候就离开。"

"去哪儿？"

"去找爸爸……请他原谅我。"汪铁林的眼角流出了泪水，"我对不起父亲……"

"铁林，你今天在交通车站上，是为了等那个女孩吗？"

"不。我是看一幅标语。"

"什么标语？"

"支援新疆。"汪铁林推开林娜，"走吧，队里的人还等你上课呢。"

汪铁林和林娜消失在荒野里……

## 十九

傍晚。井队的游艺室里。

游艺室摆满了小凳子，成了临时课堂。吃过晚饭的年轻钻工们夹着笔记本陆续地朝游艺室走来。

林娜站在小黑板前看着外文资料。一个小伙子歪头瞅着。

"坐那儿。你看得懂吗？"林娜一脸严肃。

年轻的钻工们像一个个小学生规规矩矩地坐在小凳上。

一个小伙子在使劲吸烟。

"把烟掐了！"

"就剩两口了。"

"一口也不行。"

"好好，我掐我掐。"小伙子乖乖地服从。

林娜清了两下嗓子，巡视了大家一眼。

"在没讲新课之前，我要把前几次讲的提问一下。侯全！"

"我叫侯小全。"小猴子站起来。

大家笑了一下，都有点儿紧张。

"你说说，进口钻机泥浆立管的接头与国产的有什么不同？"林娜提问着。

小猴子不停地朝上翻着眼睛。

"这个这个……这个知道不知道有啥用啊？"

"我在提问题！"

"好，我说我说。就是吧……这个公扣和母扣，"小猴子比划着，"中国的这个母扣和外国的公扣，它的……"

"什么公扣母扣的，你连这个都不知道还当钻井工！你坐下吧。"林娜挺得意。

小猴子并没坐下。

"老师，我想请教个问题。你说狗熊它姥姥是怎么死的？"

"这……"

"你连这个都不知道，还当大学生？我告诉你，狗熊它姥姥是笨死的！"

年轻的钻工们一阵欢笑。

林娜也憋不住地笑起来。

"好了，好了。今天讲进口钻机的操作规程和注意事项。美国进口钻机，整体为六十吨重，载车底盘布满了精密的零件，有些部件离地面只有三十厘米高。因此，在低洼地打井、搬迁要特别注意。下面，我分三个部分讲搬迁的操作规程……"

青年钻井队的 U 形小院静悄悄的。

不远处的钻台上，偶尔传来几声打大钳的钢铁撞击声。

## 二十

深夜。钻台上。

汪铁林手扶刹把熟练地起下钻杆。

大柱和黑炭打着内外大钳。

几个年轻钻工的劳动，有一种美的快感。

"照这样打下去，我们这个月六开六完不成问题！"大柱充满信心地喊着。

"保持这个速度，今年咱们进入全国金牌队手拿把掐！"黑炭回了一句。

"别太乐观，要到雨季了。"铁林说。

"什么？铁林你说什么？"大柱问。

"我说别太乐观，雨季要——到——啦！"

三个人都不出声了，聚精会神地换单根。

"大柱，你儿子病好了？"铁林问。

"好啦！我老婆说让你给我儿子当干爹！"

"行啊！"铁林笑起来。

"铁林，人家大学生林娜可给咱们队出了大力了！"

"我看林娜对你有意思……"黑炭给捅破了。

"别扯远啦！注意！"

汪铁林喊着，抬头看上面的天车。

小猴子在二层平台上朝下摆摆手，像是伟人在接见。

星空，钻塔，荒原……

## 二十一

早晨。井队值班室。

早晨六点半，天边还燃烧着一片云霞，汪家仁带着各路负责人，坐着吉普车赶到了井队。

值班室里，青年钻井队队长曹亮和各班班长都早已入座等候。

汪家仁经理和各路神仙毫不客气地坐在前面。

"好。现在是六点半，准时开会。"汪家仁看了一下手表，"这种现场联合办公会，我们就作为一种制度定下来了！整个前线二十八个钻井队，按日程排好一队每月一次。"汪家仁看着井队的同志笑了笑，"你们看，我把各路神仙都给你们搬来了，有管装建运输的，有管泥浆固井的，还有管后勤供应的。你们有什么困难、要求，都当面解决，省得事后扯皮！"

"好！我提两点：一，快到雨季了，我们的后勤要有保障，钻机搬迁要及时。"曹亮说。

"记上。"汪家仁插话。

"二，"曹亮继续说，"我们的队干部一直没有配齐。老队长调走，支部书记住院，我是又当爹又当娘，又是队长又兼支部书记，实在忙不过来，请上级领导考虑。"曹亮说完坐下了。

汪家仁充满希望地望着这支年轻的队伍。

"老实说，我一看到你们，就觉得大有希望。这话不是夸大。"汪家仁打开了花名册，"我看了一下你们的花名册，平均年龄二十三岁。曹队长最大，三十。最小的侯小全十九岁。同志们，这是一群娃娃呀！他们把六七十吨重的钻机玩得溜溜转，上个月创出了六开五完，打了七千米。今年上半年交井二十八口，为国家创造价值上千万，这了得吗？"汪家仁显得很激动，"你们在座的一定要保证他们生产生活的急需，谁要是扯皮，别说我翻脸不认人！"汪家仁又笑了一下，"可话又说回来了，你们青年队怎么办？我不逼你们，那太不尽情理。可你们能不能再上一个台阶，打进全国的金牌队？创造一个奇迹，给共和国的年轻人争点志气，长点儿脸！"

汪家仁把办公的稿纸裁了数张，看了一下在场的人数。

"现在，我给每人发一张纸，进行无记名测验，你们看还有谁能当队长。支部书记，我说了不算，可队长副队长我们回去就定！"

汪家仁边说边把一张张纸发给大家。

"我忘了一件事，我们公司办公会已经决定，取消对汪铁林的处分。"

汪铁林猛地抬起头。

## 二十二

荒野的土路上。

吉普车飞速地行进着。

汪家仁轻轻地打开那一张张民意测验的纸条。他看到纸条上写着：

"汪铁林。"

还是"汪铁林"。

"汪铁林。"

汪家仁把眼睛移向窗外……

## 二十三

上午。井队 U 形小院。

一辆值班卡车停在小院当中，从上面跳下来五个小青年，其中有尤子、龙宝和顺子。

队长曹亮和汪铁林等人拍手欢迎。

五个小青年从车上往下拿行李，龙宝把背着的吉他碰得叮当乱响，顺子把带着的麻将扬了一地。

林娜新奇地走到汪铁林身边小声说：

"这回可热闹了。这哪像钻工啊，一个个像地赖子。"

"一来时都这样。半年下来，走路都变样。你不信？"

尤子认出了林娜。

"哎哟！大姐！"

"谁是你大姐，别沾边就赖。"

"你坐过我的车，忘了？"

尤子摇着头，抬着东西走了。

"这又来一个刺头。"林娜说。

"他能把车卖了上井队，我都做不到！"

汪铁林帮他们拿东西。

林娜望着他们的背影。

## 二十四

中午。井队 U 形小院里。

黑玛丽背着大包小裹的服装，满面汗水地赶到井队。井队来了陌生的卖服装的姑娘，小伙子们一下都围了上去。

"卖啥的？卖啥的？"

"新式服装，时髦新潮！带的不多，快来看哪！"

小伙子们把服装一抢而空，各自试着。

"这件多少钱？"

"你看着给吧。"

黑玛丽顺口答应着，她的眼睛却四处张望着，她的心思根本不在卖服装上。

"给你钱。"

"放那儿吧。"

服装不一会儿便空了，提包里扔满了钱。

小猴子盯着黑玛丽带来的一网兜食品。

"这个怎么卖？"

"这是给人捎的。哎，我打听一个人，你们这儿有个叫汪铁林的吗？"

"在，在。我去给你喊。"小猴子朝列车房走去。

林娜走到黑玛丽跟前。

"是你？"林娜不无嘲讽地，"你可真是一心一意呀！"

黑玛丽笑了。

"别逗了，我还不是为了赚几个钱。"

汪铁林跑过来，后面跟着尤子。

"玛丽，你怎么来了？"

"找你呀！你们这儿好远哪。"

"你真够意思！走，我那儿有好吃的！"尤子说。

"铁林，这是我给你买的，都是高级营养品。"

"你不是为了赚钱吗？"林娜讥笑着。

"有时候，也讲点感情。"黑玛丽也不生气。

"走吧，吃饭去！"尤子催促着。

"我不饿。铁林，陪我转转。我还是第一次到井队来，这儿真美……"

"好吧。"

汪铁林陪着黑玛丽朝钻机旁走去。

林娜转身离开。但她又回过头来偷偷地注视着汪铁林和黑玛丽。

林娜睁着一双失落的眼睛……

# 第 十 集

## 一

钻井公司基地。

林立的钻工楼群。

漂亮的职工医院。

儿童游乐中心。

钻工游泳场。

图书馆。

汪家仁和钻井公司的领导们在这些场所检查工作，他们在各处贯彻着一切为油田服务、为打井前线服务的意图。

钻井公司办公大楼里。

汪家仁正在会议室里召开经理办公会。

"我们为钻工盖了住宅楼，建了医院，为孩子们建了儿童游乐中心、中小学，为全体职工家属修了图书馆，还有大菜棚，网箱养鱼……可有一点，再高的机械化，井也不可能搬到大楼里来打。"汪家仁看了大家一眼，"所以，我们要树立一切为油田、为钻井前线服务的思想。美国一位专家叫帕金森，他说机关大楼越高，越豪华，内部就越腐败。而我们，则要把大楼装上轮子，把每个干部的脚上装上轮子，到基层去，到钻工当中去！永远当人民群众的公仆！"

汪家仁点燃了一支烟，有点激动。

"过去是我们布置，下边干，现在是他们自己要干，你不让干不行。我们实行了单井承包，独立核算，跟工人阶级自身的利益挂上了钩，我看这才是社会主义优越性!"

一个副经理插话。

"上次,青年钻井队把剩下的材料一点点收起来,留到下口井用,说要是成本高了,这口井就白打了,不挣钱!"

"我看这个账算得好!我们也得树立这个思想,该挣的挣,该要的要!上次采油厂有十口低洼地井不好打,没人包,我说我要!怎么样?有的公司,八个月就没活干了,咱这儿还是能吃饱!"

汪家仁很得意。秘书进来与他耳语。

## 二

汪家仁办公室。

汪铁林不好意思地走进来,汪家仁不解地看着他。

"什么事儿?"

"能不能给我们多加几口井的任务。吃不饱。"

"走后门呀?不行。"

"你毕竟是我三叔嘛!"

"这会儿学乖了。"

"听说,你又要下来十口井的任务?"

"你小子,从哪打听来的?"

"信息嘛。我三婶透露的。"

汪家仁笑了。

"那可是低洼地呀!要求打一组定向井,你们青年队行吗?"

"打不好,我上断头台!可以立字据。"

"你们是想争气,还是想搞名堂?"

"又争气又搞名堂,更想多挣钱!"

"是个老实人,好吧!"

## 三

秋天。雨季到了。

平原上烟雨迷茫,低洼地面泛着一片片灰白的亮光。秋野里草尖开始发黄,沼泽地里的芦苇已经吐穗,芦花在风雨中摇曳。大雁候鸟贪婪地到处觅食,准备着向南方长途迁徙。

偶尔可见几台重型车辆像东倒西歪的醉汉陷在泥淖里一动不动。

远处,一座钻塔在风雨中毅然挺立。隆隆的打钻声时断时续,显得荒野更加空旷寂寥。

## 四

钻台上。雨中。

汪铁林握着刹把正在打钻，雨水顺着他消瘦的布满胡茬的脸流下来。

副司钻黑炭一手捂着肚子，一手扶着大钳，望着泥泞不堪的井场。

"铁林，我下去方便方便！"

"你怎么了？"

"不知吃了什么东西，肚子不得劲儿！"

黑炭捂着肚子跑下了钻台。

滚钻杆的尤子和龙宝看着黑炭笑。

## 五

井队。伙房里。

年轻的钻工们围着一大盆清汤发愣。

小猴子把碗往桌上一摔。

"这一连喝了好几天清汤，尿尿都葱花味。这他妈能打井吗？"

"打井？维持生命吧。"另一个说。

炊事员为难地走过来。

"对不起大家了。实在没办法，队上已经断水断菜好几天了。多亏队长留了一个心眼，让我多存几袋面，不然连饭都吃不上了。"

曹亮走过来，看看菜汤又看看大家的脸。

"后勤送水送菜的车，都陷在泥坑里。有一台车翻了，司机和两个后勤的同志都负了伤，住进了医院……大家再咬咬牙，公司的领导正在想办法。"

"听天气预报说，这半个月都是连雨天！"

"我看，干脆放假！"

大家七嘴八舌地议论着。

铁林满身泥水地走进来。

"这样吧，各班选一些身体好的同志，跟我顶在井上，钻机不能停！身体弱的和闹肚子、头晕恶心的可以在宿舍休息。"

"我看这样可以。"曹亮说。

"我是不干了！"尤子拉着长声，"身板是本钱，没本钱哪有利息呀？"

"你不干，你就滚！"汪铁林躁怒地吼着，目光很吓人，"你去翻翻咱们的队史。一九六〇年，老队长带着大家吃野菜打井，饿得昏倒在井台上，也没像咱们这样熊。"铁林盯着尤子，"你他妈还算个男人，不就是几顿没吃菜吗？"

"铁林，你，你别发火，这汤我喝还不行吗。"

尤子带头盛了一碗汤，接着小伙子们都跟着盛汤，拿起馒头吃饭。

"怎么了？"龙宝问。

"你看……"顺儿指着清汤。

曹亮和汪铁林仔细地瞅着清汤，只见汤的上面漂着一层极小的虫子。

"怎么搞的？炊事员！"曹亮喊着。

"队长，这是沼泽地里的水，我过滤了多少遍，还是这样，实在没办法……"炊事员都要哭了。

小猴子看看汤，大喝了一口。

"味道好极了！这是虾米皮，海鲜！我告诉你们，在南美有一家著名的昆虫餐馆，什么蚂蚁呀、蟑螂啊，那都是高蛋白！吃吧吃吧，这汤壮阳补肾！"

小猴子大吃大喝，小伙子们都笑了。

"哎哟！"小猴子两腿一夹，"不好，肚子里的东西喊着口号往外冲。闪开——"

小猴子飞快地跑出伙房。

大家又都笑起来。然而，铁林和曹队长没笑，他们相互地看了一眼。

## 六

夜晚。井队宿舍里。

年轻的钻工们东倒西歪地躺在床上，有的床头放着洗脸盆，准备随时接吐出的脏物。

小桌上放着空药袋，空水杯。

可兵晃晃悠悠地爬起来找水喝。

小猴子撅着屁股在床下找什么。

"找啥呢？"可兵问。

"烟头。"小猴子拿着烟头从床下钻出来，"真他妈损，这谁抽的烟头，真干净，连个烟屁股都不留！"小猴子甩掉烟头，"可兵，你怎么样？"

"我就是头晕恶心……"

"这最不好。你别看了我跑了几趟茅房，这反而没事了，就怕你这样！"

"咱们队，不少都像我这样。"

汪铁林和曹亮走进来，看着床上的伙伴们。

队长曹亮心疼得直拍脑门。

窗外，雨还在下着……

## 七

夜。雨。林娜宿舍。

林娜躺在床上有点儿发烧。

床前的小桌上还放着她没完成的论文稿子。

汪铁林轻轻地敲门。

"进来。"林娜无力地应着。

汪铁林进到列车房，他把手放在林娜的额头上摸了摸。

"你在发烧?"

"没事，就是头晕，老是恍恍惚惚的。"

"是不是我们喝的水里有菌?"

"我想有杂质的水，烧开后使用问题不大。我查了一下资料，这个地区的水，可能含有过量的碘和少量的镉，因此人喝了会头晕恶心，这样下去很危险。"

汪铁林从兜里掏出一个橘子。

"你自己剥皮吃吧。我赶紧去找队长!"

汪铁林快步冲出宿舍。

## 八

雨夜。队部值班室。

雨水不停地拍打着窗子。

曹亮拿着报话机呼叫着，汪铁林紧张地站在旁边。

"于调度! 于调度! 我刚才谈的情况，你听清楚了吗? 我们急需药品! 急需药品!"

报话机里调度的声音:

"听清楚了，听清楚了! 我派人把药品准备好，用车送到沼泽地北岸。你们最好派人去取，他们路不熟，过不去，有危险!"

曹亮停了一下。

"好吧。你让司机把车灯打开，我们好有目标!"

电话机里的声音:

"好，就这么办。"

队长曹亮放下电话机对讲器，看着汪铁林。

"我去!"小猴子不知啥时候进来了。

"你……"曹亮犹豫着，"不行，不行。还是我去吧。"汪铁林说。

汪铁林的话音还没落，二班司钻浑身泥水地闯进来。"队长，泥浆循环不畅，再这样下去就得停钻。"

"什么原因?"

"风雨太大,还不清楚!"

"我去看看!"

汪铁林说着跟二班司钻钻进风雨中。

队长曹亮穿雨衣准备出发。

"队长,你不能去!你一走,群龙无首,让大家怎么办?"小猴子急了。

曹亮停下了,觉得小猴子说的有道理。

"你,你他妈瞧不起人!"小猴子差点儿急哭了,"我小猴子虽然淘气,可啥时候没完成任务?这路我熟,我的腿又快,人称飞毛腿!"

"好吧,路上要小心。"

曹亮眼睛热辣辣的,他把雨具和一个大工具袋递给小猴子。

"千万别把药品浇湿了。"

"嗯!知道了。"

小猴子穿上雨衣,背上工具袋冲出值班房。

"雨鞋!"曹亮喊着。

"穿它碍事!"

小猴子头也不回地消失在风雨中。

## 九

夜雨中。钻台上。

汪铁林迎着风雨爬上了几十米高的井架。他一步一步爬着,雨水顺着他的面颊流淌,钢铁在灯光的反射下闪着亮亮的寒光。

汪铁林在井架上检查泥浆立管。钻工们在钻台上睁大眼睛紧张地注视着。

汪铁林检查完泥浆立管,在下井架的时候,腿有些发抖,身子有些发软。伙伴们为他捏了一把汗。

铁林终于安全地下到钻台上。

"泥浆立管没问题!"铁林说。

"那毛病到底出在哪儿呢?"

二班司钻扶着刹把皱着眉头。

"我到泵房和泥浆池看看!"

汪铁林说着,走下钻台。

## 十

沼泽里。风雨中。

小猴子趟着齐腰身的泥水，拼力地行走着。

尖利的芦苇叶子不住抽打着他的脸颊，划出一条条血道子。由于穿雨衣涉水不方便，他几乎是光着身子，抱着工具袋行走在沼泽里。两臂和双肩也都被杂草划破，钻心地疼。

茫茫的暗夜，浩浩的大水，飘摇的风雨。一个只有十九岁的孩子，朝着远处朦胧的灯光行进着。他在盼望……

## 十一

井队，值班室。

汪铁林浑身泥水地闯进来。

"怎么回事，停钻了？"曹亮问。

"一号泥浆泵有滋漏现象，得马上换配件。"

汪铁林气呼呼地抓起报话器。

"找汪经理！"

一阵噪音过后，话务员的声音：

"请讲，汪经理来了。"

"汪家仁吗？这就是你的务实求真吗？这就是你的一切为钻井前线服务的指导思想吗？泥浆泵配件，我们提出三天了，到现在还没送来！你别说大话了，经理不能干，就换换！"

汪铁林说完摔下电话。

## 十二

风雨中。

汪家仁驱车来到后勤办公室。他突然闯进去。几个头头手中的扑克还没来得极藏好。

汪家仁强压着怒火。

"青年钻井队提过泥浆泵配件的事吗？"

"提过，我们已经派车送了，可车陷在……"

"你们没再想办法？"

"我们想等天晴了，再……再……"

"不用等天晴了，你们被免职了！至于在工作时间打扑克，按规定处罚；前线工人喝菜汤打井，我跟曹书记急得团团转，送粮菜的车翻了，伤了人……你们还有心在这打扑克？你还是个共产党员吗？"

## 十三

沼泽地岸边。送药品的吉普车旁。

一个中年的医务人员向小猴子叮嘱着药的用法：

"这个先吃，小片的后吃，四个小时一次，记住了吗？"医务人员有点儿激动。

"记住了。谢谢你。"

小猴子把药品装在工具袋里，又用雨衣包好，生怕被雨淋湿。

"大夫，再见了。"

中年医务人员望着小猴子浑身上下都被杂草划出一条条血道子，他泪眼模糊了。

"小同志，路上要小心哪！"

"嗯哪！"

小猴子又涉入茫茫的沼泽里，由于他抱着药品，所以行走起来更加艰难。

小猴子用肩膀撞开一片密集的苇草。

小猴子差一点儿摔倒。

小猴子站住，望着茫茫的黑夜呜呜地哭起来。

小猴子一边哭一边朝前赶路。

无边无际的暗夜中，茫茫的沼泽里，一个小小的黑点在移动着……

## 十四

深夜。队部值班室。

汪铁林洗掉浑身的泥水，正在换衣服。旁边站着黑炭、大柱、可兵、尤子和龙宝几个人，他们给铁林拿着换洗的衬衣、长裤、腰带和袜子。

"耳朵，耳朵。"尤子指着汪铁林的耳朵。

汪铁林的耳朵眼里还在往外流泥水，他不停地用手抠着。

林娜披着雨衣跑进来。

"铁林，你不要紧吧？"

"泥浆泵不漏了，又开钻了。"铁林笑着说。

"我还以为你悲壮了呢！"

林娜正说着，值班室的门"当"的一声开了，小猴子抱着药品一头栽倒在地上。大家惊呆了。

"快把他抬到床上！"曹亮喊着。

"药，都弄来了……"

小猴子微笑着指指地上用雨衣包着的工具袋，又说："大的两片先吃，小的一片后吃，四小时一次。大夫说的……"

林娜望着浑身血糊糊的小猴子，两眼一下子涌出了热泪，她走到小猴子床边。

"这，这怎么办哪？"

"划破点皮肉没事儿，又不是泥捏的。"小猴子笑了笑，"哪天举行舞会，我请你跳舞，你别不理我……"

"我跳，我跳，到时候我专请你……就咱们在一起，我谁也不陪……"林娜流着泪水紧紧地抓住小猴子的手。

年轻的钻工们也都热泪盈眶。

## 十五

雨中。钻台下。

曹亮和汪铁林望着钻台上旋转的钻杆。

"马上就打到位置了，如果材料明天上午送不上来，下不了套管又固不了井，那就不能完钻，卡在这儿死等。"曹亮阴着脸说。

"更严重的是，不能按时搬迁，下口井就不能按计划开钻！咱们创金牌的目标就他妈全泡汤了！"铁林焦急地看着多雨的夜空。

## 十六

早晨。钻井公司机关院里。

雨，小了些，但还在下。天空布满着密集的乌云，由北向南移动着。

钻井公司的机关干部整装待发，站成一排。汪家仁站在大家对面。

"同志们，我们今天办一件事——为基层服务！青年钻井队被水围了好几天，他们在断水断了材料供应的情况下坚持打井。"汪家仁看了大家一眼，"今天上午，我们坐上卡车给他们送菜送水送材料。有些地段，车过不去，我们就得用人背，用肩扛！大家咬咬牙，好在不是常事。机械化耍熊，你说怎么办？我看还得发挥点人的能动性！出发吧。"

机关干部们爬上了一排停靠着的卡车。卡车上的竹筐里装着蔬菜、肉蛋，塑料桶里装满清水。还有两台平板拖车拉着套管。

卡车迎着风雨拐上了公路。

## 十七

上午。秋雨绵绵的钻台上。

钻机已经完钻，正等待下套管。

队长曹亮和汪铁林急得团团转，不时地望着远方。

"停的时间长了会出危险！"

"给调度喊话，让他们把东西送来！车开到哪算哪儿，剩下的我们扛！"铁林说。

"可以！"

曹亮跑下钻台。

## 十八

风雨中。沼泽地岸边。

卡车陷在泥泞里喘着粗气，再也走不动了。

"下车！"汪家仁喊着。

机关干部们跳下车。有的背起菜筐，有的背起塑料桶，有的抬起套管，一支用人组成的运输队伍，开进了茫茫的沼泽地。

大个的挺直腰，小个的踮着脚，机关干部们扛着东西谁也不甘落后，都默默地行进在沼泽地里。

行进是艰难的。

脚下的杂草泥淖。

头上的风雨汗水……

## 十九

风雨中，沼泽地岸边。

曹亮和汪铁林带着井队的人马迎过来。

"你看！他们送材料来啦！"一个钻工喊着。

曹亮高兴地带着队伍迎上去，与对面肩扛人背的队伍胜利会师。

## 二十

雨中的沼泽里。

工人和干部们相互搀扶着，争抢着，都想把最重的东西加在自己的肩头。劳动是残酷的，而激情却是热烈的……

汪铁林突然愣住了，他万万没想到这竟是一些长年工作在机关的干部。看着几位年老而瘦弱的老干部，汪铁林的眼睛涌满泪花。

汪家仁背着一大筐鲜菜走到汪铁林面前。

"铁林！"

"三叔！"

汪铁林使劲儿握住汪家仁的手，似乎有许多话说，可他只说了几个字：

"谢谢！经理。"

汪铁林扭头奔过去，把肩膀横在一根钢管中间，扛起便走。

沼泽地里，艰难地行走着步履蹒跚的工人和干部们，他们朝着神圣的彼岸跋涉着……

高高的井架，在风雨中挺立。

## 二十一

井队。食堂里。

工人和干部们满身泥水的坐在一起吃饭，谈笑着。汪家仁端着饭碗走过来。

"趁大家都在，我宣布公司的一项决定。汪铁林同志，被任命为青年钻井队的副队长，协助曹亮工作！"

小伙子们敲盆敲碗地表示欢呼。

## 二十二

傍晚。野外。

雨稍停，汪铁林便在野外察看钻机搬家的路线。

林娜走过来。

"雨，停了。"

"我看一会儿还得下。"

"你看什么呢？"

"我看看明天钻机搬家的路线。"

汪铁林觉得林娜此刻的精神状态非常好。

"你像是有什么高兴事儿？"

"当然！"

"能告诉我吗？"

"是领导的关心，还是朋友的爱护？"

"都有。"

"好吧。今天我接到一封信，是汪总写来的。他说，我写的论文被选为秋季石油开发会议的发言。"

"太好了！这个会议相当重要。"

"汪总要我两天之内赶回研究所……"

林娜看着汪铁林，突然沉默了。

"那就走吧。"过了一会儿铁林说。

"一想到要离开，心里总是空落落的。"

"是啊，我也一样。"

林娜充满感情地望着汪铁林的眼睛。

"铁林，我一直在等待你能明确地向我说……"

汪铁林仍像大哥哥似的朝林娜笑了笑。

"我们不合适。有一天你会明白它的含意。我这一生，可能注定要头戴铝盔走天涯的。"

"为什么不能带上爱人走天涯呢?"

"生活是具体的,不是写诗。"

林娜失望地低下了头。

"这些时候,你那么关心我,我还以为……"

"是我二叔汪总让我关照你……"

"你……"林娜气呼呼地,"你当队长了,将来还要成为戴铝盔的巴顿将军! 你的野心那么大,怎么能看得上我呢?"林娜说着,一扭头跑开了。

汪铁林愣愣地站在荒野里。

雨,又慢慢地下开了……

## 二十三

早晨。林娜宿舍。

汪铁林帮林娜捆着简单的行李。两个人一句话也不说。

## 二十四

晴朗的早晨。井队小院内。

年轻的钻工们整齐地列成两队,夹道欢送林娜。

当林娜从列车房里拎着东西和汪铁林走出来时,她看到了这种场面,心也随之缩紧了。

"立正——"可兵喊着。

林娜走到中间,她深深地向年轻的钻工们鞠了一躬,当头抬起的时候,两行热泪已经潸然而下了。

"再见了……各位小师傅们,伙伴们,我永远也忘不了你们……这可能是我一生中,最重要的一页……在今后许多日子里,我会想到你们,想到你们给我的帮助,想到我们在一起的时候……"林娜已经泪流满面。

小猴子走出队列,他双手捧着一块岩芯。

"这是来自两千米地下的一块沉积岩,上面刻着我们大家的名字。送给你,留个纪念吧。"

"谢谢。"

林娜哭着钻进了吉普车。

汪铁林赶紧走过去,双手把住车门。

"我不送你了,路上多保重。"

"哥哥,给我写信。"

汪铁林脸上微笑着,眼里却闪着泪花。

他使劲儿地握了一下林娜的手,催促着司机:

"快开车吧!"

吉普车开走了。

年轻的钻工们追着还在喊：

"再见！到井队来玩！"

林娜伏在椅靠背上呜呜大哭起来。

## 二十五

画面：

还是飞旋的钻盘……

日历，翻动的日历。

每一个日子都模糊地印在飞旋的钻盘上。

日出，日落；

风雨，霜雪。

汪家仁带领慰问的队伍，拉着大猪，带着大红喜报，庆贺青年钻井队夺得金牌。

飞旋的钻杆上系了一道红色的绸带。

当红色的标记钻到位置的时候，钻台上下一片欢腾，锣鼓伴着鞭炮齐鸣。

钻工们把汪铁林抬起来……

画外音：

"这一年，我们步入了全国金牌钻井队的行列。我们还创出了打定向井的好成绩。我也随之名声大振，参加劳模会，接受记者采访，上电视，被别人请去作报告……然而，每到寂静的夜晚，我就不停地问自己：你需要的就是这些吗？那些井队的伙伴对我越来越客气，这使我无法忍受！……我想，人生或许是一个拒绝诱惑的过程。我不过是找到了合适的位置，这能说明什么呢？我想到了父亲，他实实在在地走完了自己的一生，从不哗众取宠、沽名钓誉，去接受自己不该得到的东西。我有什么可吹的呢？我打过架，伤过人，进过拘留所。我为此而感到害臊。但我想，一个人年轻时没荒唐过，也许他一生才是荒唐的。这就是我，一个不安分的我。"

画面：

汪家仁经理找汪铁林谈话，要他组织一个钻井队去新疆塔里木参加油田会战。

画外音：

"入冬以后，我们队开始整训。这时，新疆塔里木油田上马，三叔，也就是我们的经理，他找我谈起这事，要我组织一个钻井队去参战，我欣然答应了。我决定离开我出生的土地，离开大平原，去遥远而陌生的大沙漠，去进行一次人生的较量，试试我自己！我无法改变这个家族给我的意志，我身上流着他们的血！但我想，我绝不是简单地重复，我们要开创自己的路，迎接新的生活。因为，今后的路，还相当漫长……"

## 二十六

下午。火葬场停放骨灰的房间。

汪铁林走到骨灰管理人员面前。

"要取走吗？"管理人员问。

"不。我只是看一眼。"

管理人员戴上老花镜，翻着登记簿。

"三号房间，第五排七号，你自己找吧。"

汪铁林走进了阴冷潮湿的停放骨灰的房间。他在一排排贴有各种照片、各种形状的骨灰匣子中间寻找着。

最后他看见了父亲汪家福的骨灰匣。

汪铁林把它抱起来。

"大爷，我一会儿送回来……"

"天黑前上锁。这是你什么人？……"

"我父亲。"

"小伙子，你是个孝道的人。好多骨灰匣扔在这没人管，过期了也不取走。哎，人死如灯灭呀……"

## 二十七

黄昏。草地上。

汪铁林坐在父亲的骨灰匣前抽烟。

没有风，没有人影，一轮血红的落日沉降在遥远的平原。

汪铁林就这样坐着，一直到天黑。

## 二十八

夜晚。汪家。

汪氏家族的人都在。他们围着一桌丰盛的家常酒菜坐在一起。

汪老爷子自然是坐在中间。

福婶把一条大鱼放在桌子上。

"吃吧。你们先喝酒。"

汪老爷子站起来，端着一杯酒。

"铁林，爷爷跟你干一杯，为你饯行。"

"爷爷，祝你长寿！"

爷孙俩干了一杯。全家人也都举杯相陪。

"新疆塔里木盆地的前景非常可观，很可能成为世界上又一个第一流大油田。我赞同铁林的选择！"汪家民兴奋地说。

"听说那儿可远了。我看了一下地图——从鸡脑袋一下子遛到鸡屁股上去了。"民婶神秘地告诉大家。

"我还是那句话，铁林大了，主意他自己拿。哎，就是太远……见一面都难哪……"福婶忧心忡忡地叨咕着。

汪家仁端起酒杯跟汪铁林碰了一下。

"来，我敬你一杯！"汪家仁一饮而尽，"大嫂，你别担心。从哈尔滨新增加了班机，直达乌鲁木齐，一天能飞个来回。我倒是有一点儿不放心，这次塔里木开发建设，采用新的管理体制，我担心咱们的队伍能不能适应。"

汪老爷子把酒杯往桌上一放。

"这有啥新鲜的？一九四一年，在玉门老君庙油田，美子德士古公司就是这么干的！咱们还在乎它那一套？"

汪家的人都笑起来。

"维新怎么没来？"汪家民问。

"我们分开住了。"汪淑英说。

"你们？"福婶问。

"立功赎罪，以观后效！"

"我这妹子，真厉害！"

## 二十九

深夜。街道上。

夜市上还零零散散地有一些人，在吃烤地瓜和羊肉串。而卖冰激凌的老太太却无人问津，她在初冬的夜晚瑟瑟发抖。

汪铁林在街上走着，他突然感到这里的一切都非常新鲜。他登上了一座天桥，举目望着油城的万盏灯火。

## 三十

深夜。一片平房区。

汪铁林沿着狭窄的小巷，来到黑玛丽租的平房前。屋内还亮着灯。汪铁林不停地敲着小院的门。

过了好一会儿，才从里面走出一个八十多岁的老太太。

"老奶奶，这儿有个姑娘，她在吗？"铁林大声地问着。

"呃……呃……呃呃……"

老太太老得满脸皱褶，耳聋眼花，她已经不是在说话，只是能发出一种声音。

汪铁林终于弄明白老太太要说的意思——那姑娘走了。汪铁林欲走，被老太太拉住，她从棉裤腰上掏出一封皱皱巴巴的信。

汪铁林接过信，走到一个无人的路灯下，打开看着。这是黑玛丽给他留下的。

画外音：

"铁林，我走了……如果你能拿到这封信，我会告诉你一个秘密。我是从家里出走的，尽管家里很富裕，可我想寻找自己的世界，试一试自己的生存能力。我很幸运，幸运的是遇到了你……不是我们女孩没有真情，而是太缺少有骨气的男孩子。明天，我就要离开这里了，也许我们将永远天各一方，但我会想起你……"

汪铁林默默地停在那里，他回过头，猛然在一个宣传栏里看到一张布告。布告上有大脑袋的照片和判决有期徒刑十五年……的字样。

<h2 style="text-align:center">三十一</h2>

上午。火车站。

送站的车辆和人群挤满了站前的广场。

大横幅标语上写着"热烈欢送支援新疆油田开发建设的队伍"。

妻子送丈夫的。

父亲送儿子的。

战友送战友的。

同学送同学的。

到处是一片别离的深情和热泪。

站台上。

汪家的人围着汪铁林话别着。

特快列车进站了。

画面，无声的画面：

汪铁林和他的伙伴们黑炭、可兵、小猴子、尤子、龙宝、顺儿登上了火车。

汪铁林和伙伴们从车窗口探出头来朝送行的人挥手。

汪老爷子第一次流了眼泪。

汪淑英扶着满脸泪痕的大嫂福婶。

李维新穿着工人劳动的服装远远地站着，他又黑又瘦，粗糙了许多。

汪铁林的目光在送行的人群中搜寻。

林娜和刘伟在人群中拼命地挤着，这时列车已经徐徐开动，她终于看到了铁林，朝他挥舞着火红的长巾……

画外音：

"这是十一月四日。在这个初冬的上午，我和我的伙伴们登上了南去的列车。我们将在北京小憩，然后换乘直达乌鲁木齐的客机。我知道，那是一个陌生的世界，漫漫的大沙漠像无边的火海，不知有多少孤独寂寞在等待着我们，我也不知道，我是成功或失败。但我必须积极努力！……"

列车拐过弯道更快了，它掠过大平原。

"再见吧！"汪铁林在心里呼喊着。

——剧　　终

（该剧由大庆电影制片厂影视部、黑龙江省影视制作中心于上世纪九十年代初摄制，荣获 1992 年国家"五个一工程"奖）

# 杨宝琛

**作者简介**  杨宝琛，1939 年出生，北京人。1958 年志愿报名来到乌苏里江畔建设"共青城"，后来调到东方红林业局开发完达山原始森林。后任鸡西市戏剧创作评论室主任，国家一级编剧。话剧代表作品有《将军的战场》、《天鹅湖畔》、《北京往北是北大荒》、《大青山》、《大江弯弯》、《虎头要塞》、《关东大集》、《青山不老》、《老矿》、《土豆圆舞曲》等，电视剧代表作品有《北京往北是北大荒》、《关东大集》、《雪乡》、《光荣街 10号》、《杨靖宇将军》等。曾多次荣获文华奖、五个一工程奖、曹禺戏剧文学奖及中国话剧金狮奖、飞天奖、中国戏剧学院颁发的学院奖等。由中国戏剧出版社出版戏剧集《北京往北是北大荒》。

## 杨靖宇将军（内容简介）

这是一部描写我军高级将领、东北抗日英雄——杨靖宇的传奇故事，该剧以全新的视角和传记的形式全方位地展示了民族英雄杨靖宇的战斗故事。

一九三二年秋天，在日寇践踏下的哈尔滨，杨靖宇被派到磐石县工作，刚到磐石县的杨靖宇，便开始了整顿党内部纪律的工作，联合五虎一枝花，做好了初期的抗日统一战线。日军闻听此消息，准备派特工替代原有在我军的卧底——程斌，把游击队扼杀在摇篮之中。叛徒程斌趁杨靖宇视察工作，不在磐石县之机，巧设圈套致使游击队三位新领导被地主杀害牺牲，与此同时，日伪围剿大军及时赶到，此件事情的发生使杨靖宇察觉我军部队中有敌特的卧底。为了防备内部奸细，杨靖宇建立了保密制度，并团结民间的抗日武装力量，成功粉碎了日军的第一次围剿，军威大震。日军吃了大亏，斥责卧底情报不及时，同时向我军展开了第二次的围剿。在二次围剿中，我军机密信息泄露，被俘日军神秘被救，种种事件的发生使杨靖宇更加确认了敌人的卧底就在自己的身边。敌人两次围剿均遭失败，又要发动第三次围剿。敌人一边采取拉拢党内动摇分子搞内部策反，一边实施断绝抗联和农民关系的策略。此次杨靖宇认真地处理对待叛徒问题，采取突然改变计划的办法，巧妙地引开内奸叛徒，给予敌人毁灭性的打击，抗日武装的力量逐渐壮大。杨靖宇联合义勇军和山林队等民间力量统一作战，遭到内奸的出卖，日军突袭我军控制的警署，致使一百多警察被活活打死，此时杨靖宇把工作的重点集中在调查内奸上。杨靖宇成功破译敌军电报密码，利用内部奸细，做假情报，成功击败日军六百多精锐部队，大获全胜。杨靖宇的名字已让日军惶惶不可终日。日军采取各个击破的方法，分裂杨靖宇的抗日统一战线。日军想通过伪装的共产党交通员，来暗杀杨靖宇，结果被我军抓获，故此在我军埋伏的另一叛徒也陡然现身，最后两奸细自杀身亡。杨靖宇将计就计，放出自己被暗杀的口风，日军被捉弄，我军轻松占领了敌人日军最大的军用仓库。抗日武装队伍再次壮大。两奸细死亡之后，潜伏在我军的头号卧底——程斌更为谨慎，利用抗日民间组织听信神灵的信条，鼓动其与日军硬拼，结果无一人生还。杨靖宇面对此事知道其中定有欺诈，但又死无对证。党内发现程斌反常表现，命令对其进行调查，程斌身份逐渐暴露。由于程斌的出卖，民间抗日组织"义勇军"又惨遭敌人埋伏，二十位士兵全部牺牲，杨靖宇又一次死无对证。程斌的叛变行为越发严重，经过程斌的挑拨离间，义勇军几个士兵投降日本，连续的败仗使得刚刚兴起的抗日武装又冷了下来。为重振抗联威风，杨靖宇攻打老岭隧道，大获全胜，同时兵力大增，抗联队伍有力地牵制了日寇侵华的兵力。

最终我军查明程斌已被日军收买为"间谍"，但为时已晚，程斌率领我军庞大的西征部队早已改变了原定的路线，叛变日军，西征失败。程斌正式投入日军队伍当中，使我军陷入了极度被动中。程斌向日军介绍了杨靖宇游击战术的特点和抗联各地的密营地点以及县委成员名单。对于程斌的叛变，杨靖宇采取了应变措施，把部队化整为零，分成小分队，并通知各地下党成员转移。另一边，敌人按照程斌的战术寻找杨靖宇，并挖走储粮。日军成立了八个暗杀组织，采取了擒贼先擒王的策略，对杨靖宇展开大搜捕，而杨靖宇则采取了走与拖的战术牵制敌人，以极少的伤亡打了一个漂亮的伏击战。但少年营孩子的草莽，使杨靖宇的行踪暴露。在程斌的指挥下，敌人立即调兵一万多人采取拉网的方式紧紧跟进杨靖宇。杨靖宇立刻又将二百多部队再一分为二，并寻找突围的机会。我军士兵为了掩护杨靖宇将军，假扮杨靖宇被敌人抓住，就在斩首的最后一刻，程斌指认：此人不是杨靖宇。并猜测杨靖宇身边定不足百人，要立刻派重兵围剿。就在此时日军被我军成功引入死亡之谷，导致六百敌人冻死，冻残，日军不禁钦佩杨靖宇将军的神勇智慧。为了解决百人的吃饭问题，杨靖宇派十名士兵下山取粮，结果被埋伏的日兵抓获，两名士兵叛变，带领日军进山寻找杨靖宇。杨靖宇发觉事情蹊跷之后，把余下的队伍又一分为二，带领三十多个孩子在缺粮的威胁下慢慢走向饥寒交迫的死亡边缘。为了保存孩子的性命，杨靖宇动员孩子迅速突围以保存我党的后备力量。最后杨靖宇带着两个士兵，严防死守，情况越来越艰难。由于山民的出卖，在断粮十多天的情况下，杨靖宇将军被敌人围困，最后不幸以身殉职，身体靠在巨石上直挺挺的像一尊雕像，双手紧握着双枪。日本官兵被如此的英雄气概所折服，全体俯首跪地，表达对中国英雄的敬仰，纷飞的大雪为英灵送葬。

在杨靖宇英雄业绩的鼓舞下，浩浩荡荡的抗日联军在长白山黑水之间奋勇向前。

# 梁国伟

**作者简介** 梁国伟,1952年出生于上海。1969年下乡到黑龙江省黑河地区,1978年考入黑龙江省艺术学校戏剧文学系编剧大专班,1981年进入黑龙江省文化厅工作。1987年考入中央戏剧学院戏剧文学专业攻读硕士研究生,师从谭霈生教授,1990年获艺术硕士学位。现任哈尔滨工业大学媒体技术与艺术系主任、教授。中国剧协、中国影协会员,黑龙江电影艺术家协会理事。曾获中国电影华表奖,中国长春电影节评委会特别奖,中宣部"五个一"工程奖,夏衍电影文学奖,文化部、中国剧协、黑龙江省政府颁发的奖项。电影剧本有《孤注一掷》、《俄德克血酒》、《复活的罪恶》、《边城医生》、《今晨雨加雪》(与杨利民、贾宏图合作)、《女人寻梦》(根据梁国伟小说《金沟里人家》改编)、《毛泽东与斯诺》、《一个科学家的24小时》、《李宗仁归来》;电视剧本有十二集电视连续剧《隐形伴侣》、十二集电视连续剧《哈尔滨没有冬天》。其中电影《复活的罪恶》1994年获长影小百花一等奖;电影《毛泽东与斯诺》2000年获中国长春电影节评委会特别奖、2001年获中国电影华表奖优秀故事片奖、2001年获中宣部"五个一"工程奖;《李宗仁归来》2005年获中国夏衍电影剧本奖。

## 爱没有冬季(内容简介)

俄罗斯姑娘达尼娅随中国丈夫李滨生嫁到大北陵市(哈尔滨)定居,不幸的是,李滨生罹患白血病。家境的拮据把这个异国情缘组合的家庭一步步推向困境。美国学成归来的医生林和平和达尼娅在俄罗斯曾有一面之缘,此时全力投入到抢救李滨生的行动中。但林和平的内心有更多的烦恼,他和前妻李小雨之间矛盾重重却又始终不能互相割舍。达尼娅为抢救丈夫不顾一切,这种无私之爱的力量使林和平和其他许多人开始反思自己内心的自私。最终,为了抢救这个家庭、抢救一份至纯至真的爱,许多人放下了一己的盘算。大家纷纷伸出热情的相助之手,无数人汇集到医院为李滨生捐献造血干细胞。最终,巨大的爱之流使整个冰城没有了冬天。

# 李宗仁归来（内容简介）

　　这是一部以中华民国总统李宗仁暮年返回大陆的传奇经历为蓝本的优秀剧作。该剧以北京、台湾、苏黎世三地为特殊的叙述视角，真切的语言和对话，加之历史画面回忆穿插和扣人心悬的情节步步铺叙，国共两党领导人不同的细节刻画，侧面描写的成功运用，使该剧不仅具有强大的历史维度感，还复原了一个个生动的个人镜像。

　　一九六三年冬，李宗仁秘密在瑞士会见程思远，商讨回归大陆的事宜并了解大陆中共高层的意见。毛泽东、周恩来等领导人十分欢迎李宗仁回国并高度重视此事，周恩来直接指挥整个李宗仁回国诸事宜。一九六五年李宗仁离开新泽西到苏黎世，为回归大陆做准备。不料，李宗仁回归大陆的事情被台湾的蒋介石得知，他命令蒋经国和叶翔之负责阻挠李宗仁返回大陆事情。蒋的特务首先在香港暗算程思远夫妇，以割断李宗仁与中国的联系。同时，蒋经国派李宗仁旧友夏宗昌和白秋月以亲情和金钱说服李宗仁打消回大陆的想法，其实，这也是一种监视。但是，周恩来等人做好了周密应对措施和部署。他们将李宗仁安排到一个自己人设的乡村宾馆，同时使用替身让程思远脱离蒋特务的监视，使李宗仁与程思远在苏黎世会合。

　　之后不久，程思远的替身被发现和周恩来即将结束对非洲访问回国。中共果断采取措施保护李宗仁等人从日内瓦，途经罗马、卡拉奇、香港回归大陆。蒋气急败坏，启动代号一〇一的刺杀李宗仁的行动。周恩来、陈毅等领导人动用一切关系，在卡拉奇用专机将李宗仁等人接送回国，挫败了蒋企图破坏这一爱国将领回归大陆的阴谋。

　　一九六五年七月十八日清晨五点，上海虹桥机场，周恩来、李宗仁激动地拥抱在一起！

# 齐滨英

**作者简介**　齐滨英，女，1962 年出生。毕业于哈尔滨师范大学，大专学历，二级编剧。1979 年进入黑龙江电影制片厂但任责任编辑、编剧及制片人等职务。创作编剧电影《鹤童》，电视剧《黑土绿荫》、《爱之一瞬》、《二匪三仇》、《走进高一》等作品。有多部影视剧作品获得国际、国内、地区及省级大奖。故事影片《鹤童》获得第五届阿尔特克国际儿童电影节"热爱大自然浪漫题材创作奖"和"最佳影片音乐奖"；获得中宣部 1996 年度精神文明建设"五个一工程"入选作品奖；获得黑龙江省首届文艺精品工程奖一等奖。《走进高一》获得"五个一工程"奖、电视剧"飞天奖"二等奖；电视剧《黑土绿荫》获第十届东北三省电视剧"金虎奖"中篇连续剧三等奖、获黑龙江省精神文明建设"五个一工程奖"。

## 鹤　　童（内容简介）

　　小强、大聪和丹丹生活在扎龙自然保护区，这里风景独特、仙鹤成群。他们热爱大自然，热爱鸟儿，更喜爱丹顶鹤。他们自觉保护国家珍稀动物——丹顶鹤。他们利用课余的时间护理和喂养受伤的小鹤，康复后又送回大自然的怀抱。孩子们通过护鹤养鹤，相互间增进了友谊，陶冶了情操，增强了保护生态环境的意识，学习了新的知识。由此表现出了他们美好的心灵和优秀的品质。天真的童趣，美好的大自然景物和童话般的意境结合在一起，构成了清新明丽的艺术风格。

# 邵宏大

**作者简介**　邵宏大，1944 年出生，吉林省长春市人。先后毕业于哈尔滨艺术学院、中央戏剧学院。黑龙江省戏剧工作室国家一级编剧。从事戏剧理论研究及创作三十多年，创作涉及戏剧、电影、电视剧、广播剧、小说以及美学论文等领域。代表作品有话剧《少年周恩来》、《失去的童年》、《那个燃烧的大冬天》、《江祭》、《恐龙涅槃》及大型历史舞剧《渤海公主》等，电影剧本《雪花和栗子球》、《桃花水》、《失去的梦》，电视连续剧《响山》、《家事风云》、《灼热的雨丝》等。曾荣获中央戏剧学院首届学院奖，文化部、广电部、中国少儿福利基金会、国家民委及黑龙江省天鹅艺术节等颁发的三十余项奖。中国戏剧出版社出版有戏剧集《恐龙涅槃》。

## 雪花和栗子球（内容简介）

一九七六年夏天，洛城驯兽团到北州市演出，人们争相观看，场场客满，而北州市文工团演出的阴谋话剧《占领颂》却门庭冷落。市革委会陈常委和文化局闻处长气急败坏，绞尽脑汁要拆驯兽团的台。一天晚上，驯兽团的小白狗"雪花"和黑熊"栗子球"正表演得带劲儿，突然全场灯光熄灭，原来是陈常委命令供电所断电。驯兽团在观众支持下，点起火把继续演出。闻处长恼羞成怒，训斥演出为"非法"，强令把动物关进动物园展览。小演员延宝、小红带着"雪花"和"栗子球"跑出来，生物学家安教授收留了他们。闻处长带人学狗叫，引出了"雪花"。陈常委把"雪花"献给"首长"。不料"首长"被"雪花"咬了一口，盛怒之下，给陈常委戴上了手铐，并判"雪花"死刑。闻处长正要烧死"雪花"，安教授急中生智，说"雪花"患有狂犬症。被"雪花"咬过的闻处长大惊失色，瘫倒在地。"雪花"得以获救。《占领颂》即将开演时，"栗子球"闯进了剧院，台上台下乱作一团。"栗子球"追着闻处长抢面包吃，闻处长出尽洋相。在善良、正义的人们保护下，延宝、小红终于领着"雪花"、"栗子球"逃出了魔掌，紧追不舍的闻处长却连人带车翻进了河里。

# 张雅文

**作者简介**　张雅文，女，1944 年出生，辽宁开原人。1959 年参加工作，曾是冰上项目运动员。黑龙江省电影电视制作中心专业作家，黑龙江作家协会副主席，中国作协会员。1979 年开始发表作品。著有长篇小说《趟过男人河的女人》，中篇小说集《爱献给谁》，报告文学集《玩命俄罗斯》，长篇传记文学《韩国总统的中国御医》，电视连续剧剧本《冰雪人生》（十七集）、《妈妈，拉我一把》（二十集，均已录制播出）等。电影文学剧本《冰上小虎队》获 1998 年政府华表奖，电视连续剧剧本《趟过男人河的女人》获黑龙江政府 1997 年文艺大奖一等奖、第十六届飞天奖三等奖，另有电视连续剧剧本《盖世太保枪口下的中国女人》等。

## 冰上小虎队（内容简介）

　　新一代冰雪健儿雷雷在男子少年自由滑冰比赛中荣获第三名，按规定应该入选国家集训队。但在全国少年花样滑冰选拔赛中，上调国家集训队的名单里没有他的名字，而他的队友、仅获第八名的赵联却榜上有名，很明显雷雷的名额意外地被人顶替了。为了实现几代人对我国花样滑冰运动的理想，体育学校从娃娃抓起，除了体育训练以外，还加强心理素质训练，使孩子们在逆境中承受考验。雷雷名额的事件终于得以圆满解决。以雷雷为代表的孩子们接受严格训练，培养顽强拼搏、刻苦学习的向上精神，茁壮成长起来，终于为祖国争得了荣誉。

## 盖世太保枪口下的中国女人（内容简介）

　　该剧描述了一段真实的历史，也是一个传奇的故事。五十多年前，女主人公金玲为追求科学与理想，从中国到比利时留学。不料战争爆发，比利时被德国纳粹占领。金玲从此投身于反法西斯的斗争，以她人格力量，感化了德国将军，使其未泯的良知得以复苏，从盖世太保的枪口下挽救了上百名反战人士的生命。战争结束后，比利时政府授予她"国家英雄"的勋章，人民誉她为"比利时母亲"。主人公传奇般的经历激动人心，感人肺腑。在她的身上体现了中华民族女性的优秀品质，体现了崇高的国际主义精神，体现了人类反对战争、追求和平的愿望，也体现了正义对邪恶、生命对死亡、人性对兽性的殊死较量。在这部剧本中，作者通过真人实地的采访，获取大量珍贵翔实的资料，再现了"二战"历史，再现了主人公当年的生活场景与情感经历。

# 龙秀梅

**作者简介** 龙秀梅，女，黑龙江省电影电视家协会会员、作家协会会员。1956年出生于黑龙江鸡西市城子河，1977年毕业于鸡西市师范学校（中专），后当了三年中学语文教师。1981年至1983年就读于鸡西师范学校（大专），毕业后到鸡西市委党校任教至今。1991年至1992年就读于中央戏剧学院（戏剧文学系编剧高研班）。影视剧作品主要有电视剧剧本《八月的葬礼》、《蜿蜒的山路》和根据自己的长篇小说《新来的班主任》改编成的六集电视剧《燃烧的烛光》、根据长篇小说《不再孤独》改编成的五集电视剧。2000年6月出版长篇小说《酷在雨季》、2001年七月出版长篇小说《激情女孩》。电视剧《燃烧的烛光》获1996年至1997年度"五个一工程"奖及第十七届电视剧"飞天奖"。《不再孤独》获东三省长篇儿童小说"金虎奖"。《酷在雨季》获黑龙江省首届文艺精品工程奖。

## 燃烧的烛光（内容简介）

这是一部描写上世纪九十年代中学生生活的电视连续剧。女主人公林老师是下乡的老三届知青，后任农场中学的语文老师，由于工作出色，被交换回省城的北方中学，任全校出名的落后班级的班主任。林老师的女儿金凤被安排在母亲班中学习，在班里巧遇林老师当年与同是知青的丈夫所生的儿子金龙。由此引出一连串有关师生情、母子情、姐弟情及与前夫重逢等等感人至深的动人故事。

# 鲍 十

**作者简介** 鲍十，原籍黑龙江省，现居广州。中国作家协会会员。已出版中短篇小说集《拜庄》、《我的父亲母亲》、《葵花开放的声音——鲍十小说自选集》，长篇小说《痴迷》、《好运之年》、《我的父亲母亲》，日文版小说《初恋之路》，电影小说《樱桃》。部分作品被《小说选刊》、《小说月报》、《作品与争鸣》、《中华文学选刊》、《小说精选》选载，并被收入多种年度小说选。中篇小说《纪念》和电影《我的父亲母亲》同被台湾某大学选作"国文课"阅读欣赏教材。

## 我的父亲母亲

一

三合屯越来越近了，我的心越来越紧。司机一句话也不说，小心翼翼地开着车。山路不怎么好走，小汽车偶尔弹跳一下，让人产生失重的感觉，心便跟着一颤。

今天早上六点，村长大爷把电话打进了我的宿舍。我一时没听出他是村长，当我听出他是村长时，也便知道了父亲的死讯。我的心一下子就乱了。今年春节我还见着了父亲，那会儿他还好好的……好好的一个人，怎么就……我总觉得这不是真的。这有多么不可思议！

我赶紧给一个朋友打电话，借了一辆车，天一亮就朝三合屯赶。

小汽车来到三合屯跟前了。透过挡风玻璃已经看到了屯里朴素的房舍。

小汽车驶到了屯头，我让司机把车停下："我到了。"

司机："送你到家门口吧。"

我："不用了。这么远的路，你抓紧回吧。"

司机："那你多保重。"

我打开车门，迈出右腿："跟你们老总说，回去我再谢他。"

小汽车开走了。我大步流星进了屯子，朝家里走去。我来到我家的院门口。我心里呼啦一亮，就像那儿撕开了一道口子。我想起了母亲：她现在怎么样？她能受得住吗？我在院外停了一瞬，走进了夹着树条障子的小院。

二

屋门关着。

我轻轻拉开门，走进屋。屋里静悄悄的。这种情况我并不陌生，平日里母亲一个人在家，就总是这样的。

我径直进了东屋，我以为母亲会忙着什么，也许会在炕上躺着。可母亲没在这里，这使我有点儿吃惊。我又来到西屋，这里也没有她。我想母亲可能到别人家办事去了，等一会儿就会回来的。

正在这时，屋门被打开了。我以为这是母亲回来了，就迎出去。不料进来的却是村长和夏木匠。我愣了一下，一时竟没说出话来。

村长："看见你进屯我们就过来了。"

不等我说什么，村长和夏木匠就踏拉踏拉地进了屋，并在炕沿上坐下了。

我也在地上的一只长凳上坐下来。

停了一瞬，村长说话了。说话之前，他先看了看夏木匠（似在征询他的意见），这才把目光重新投向我："电话里没跟你细说，这不是嘛，你爸想翻盖学校，出去张罗钱，先去镇上，又去县里，折腾了好几天，回来就犯了病。"说完，村长还叹了口气。

屋里静了下来。

夏木匠："谁也不知道他还有心脏病……偏偏还赶上了一场鹅毛大雪。那雪也忒大了……"

村长轻轻咳了一声，这是制止他的意思。听他一咳，夏木匠就不再说话了。

村长："这不是嘛，骆先生还在镇医院，寿衣也穿好了。后天吧，咱就把他接回来。你看行不行？"

我知道，村长这是在跟我商量正事。我马上表了态："就照大爷说的办吧，我没啥意见。"

村长迟疑道："这个……还有个事跟你商量。"

我："啥事？您说。"

村长："你妈说，她要把你爸抬回来。"

我："抬回来？有啥说法吗？"

村长："有。这是老俗了，让老人再走一趟老道儿。你爸是在外头

'老'的嘛!"

我:"要是这样,那就抬吧。"

村长:"我也这么想过。论情论理,都应该的。我就是觉着,现今单干了,小青年们都在外头打工,屯里缺人手啊。我都想好了,咱去两辆小四轮子……"

我已经明白村长的意思,我看他挺为难的,就说:"大爷您别担心,这话我跟我妈说。我妈……她在哪儿?"

村长叹了口气:"你真得好好劝劝她。这不是嘛,自打从医院回来,你妈就老上学校去。一去就往学校外头一坐,一坐就大半天。昨儿去了,今儿又去了。这么冷的天儿……"

夏木匠:"谁劝也不听。"

村长:"你去把她劝回来吧。"

我心里挺急:"我就去。"

我站起身走了出去。等我走出院子,村长他们也出来了。

三

我再次穿过屯子,下了那道缓坡儿,又走过那座小桥。这时,我已经看见了学校。这里是学校的背面。学校是三间草房,已经相当破,房墙东倒西歪,好几处地方支着木杆。这时我还没有看见母亲,她肯定在学校的前面。等我一绕过去,果然就看见了她。

母亲背对着我,坐在学校门口一堆木桦子上(那是引炉子用的)。她穿着父亲那件蓝色棉大衣,头上包着一块半旧的围巾,双手抄在胸前,稳稳地坐在那里。

一看见母亲,我立刻加快脚步,奔过去。我一边快走一边叫:"妈!妈!"我想母亲已经听见了我的叫声和脚步声,但她并未回头。这时我来到她的身后,弯腰扶住她的肩头:"妈,我是生子!"

我感觉到母亲哭了,她轻轻地抖动着肩膀,头巾也抖动着。我心里非常难过,无法克制自己,顷刻也哭了。我哽咽着:"天这么冷,妈,咱回家吧!"

一时间,母亲哭得愈发厉害了,她甚至哭出了声音。我心里又热又痛,有种无法言说的温柔。

这时,村长他们也来到了学校。他们都身穿黑衣,远远地站在雪地上,看上去木雕泥塑一般。

过了一会儿,我才将母亲搀起来。母亲满脸的泪痕:"生子啊,你爸没有了……我再也听不着你爸的念书声啦!"

话说完，母亲再次哭了。

我紧紧地抓着母亲的胳膊。将她搀回了家。

# 四

我和母亲回到家。这时她已平静许多，但身子仍然抖抖的。

我："妈，看你冷的，快上炕热乎热乎！"

母亲没说话，我帮她脱下父亲的大衣，又扶她上了炕，还将大衣给她盖在腿上。她坐在炕头，背靠着墙，过了片刻，忽然叫我："生子，去，上小仓房，把织布机给妈搬出来。"

我愣了一下："搬织布机？你要织布？"

母亲："我给你爸织一块遮棺布。"

我："都这么多年没织了，要不我去买几尺吧。再说，织布机早就坏了，还能使吗？"

母亲："收拾收拾就能使了，去找你夏大叔，让他给收拾。"

我并不理解母亲的心思，起码是不完全理解。此刻我更担心母亲的身体，她已这么大年纪，又这了如此大的打击，我实在怕她累着："我是说，这几天你这么累……"

母亲："让你搬，搬就是了。"

母亲说得如此坚决，这是以前很少有的。我不敢再说什么，出了屋，来到小仓房。织布机放在仓房的角落里，陈旧自不必说，且真的已坏了，有的部件已脱落下来。

织布机立刻让我有了一种十分复杂的感觉。我沉吟片刻，把它搬出来，又拿上脱落的部件，离开家门，朝夏木匠家走去。

# 五

夏木匠在三合屯当了一辈子木匠，手艺好是有名的，他也是父亲多年的朋友，在屯中他是与我家走动最多的人。

我将织布机径直扛进夏木匠家的屋子里。夏木匠已从窗户中看见了我，我开门时他正从屋里迎出来。一同迎出来的还有夏大婶，夏木匠与夏大婶都未说话，夏木匠先帮我将织布机从肩上取下来了。

夏大婶："进东屋喝口水吧，生子。"

我："不了，大婶，我不渴。"

夏木匠："生子有事，不喝就不喝吧。咱上西屋吧。"说着，他帮我把织布机搬进西屋。这是他做零星木工活的地方。尽管我说了不喝水，夏大婶还是给我倒了杯水，端进来，大概想说句安慰的话，但并没有说，又出去了。

夏木匠显然知道我的来意，一进屋就扎上了黄帆布的围裙，并且拿起了木匠斧子，然后就过来查看织布机："这织布机还真是有些年头了，别人家早就拆巴了，就你妈还留着。"

他一边说，一边开始修理织布机。用斧子在织布机上乒乒乓乓地敲打着："看样子你妈这是非抬不可了！"

我不明白夏木匠如何看出母亲的想法，看着他，等着他继续说。

夏木匠："你妈打小就是个倔性子，谁也别想轻易劝动她。要不，这块布就不用织了。"

我："这我不懂。"

夏木匠："难怪你不懂，你见都没见过。这是老礼，讲究呢。光抬不行，还得喊，喊魂儿。'老'在外头的人，怕他认不得回家的路。棺头再包块白布。现在早不兴了，都使小四轮拉。再说，也没有那么多人手，年轻人都出去了。照实说，抬不抬的，也就是个心思吧。"

他是在修理织布机的过程中说的这番话。等他断断续续把话说完，我心里也算有了谱。

## 六

现在，织布机已经摆在了东屋的地上，母亲也从炕上下来了。她就像换了个人，又严肃又冷静，好像一下子攒足了精神。她拿过已经准备好的线，然后就坐在织布机前，织起了布。

屋里随即响起了织布机的咔嗒声。声音虽不大，听起来却那么清脆，让人怦然心动。

母亲背朝着我。她的瘦削的双肩和后背，此时正随着织布机的声响在抖动，咔嗒一声，抖动一下。

## 七

天黑了，屋里亮了灯。

我和母亲刚吃完晚饭，都在炕上坐着。

屋里静悄悄的。

我正在考虑怎样劝母亲放弃原来的想法。我当然理解她的心情，因此有些犹豫，我同时也认为村长和夏木匠的话有道理，这样做确实有难处。想来想去，我终于说："妈，听村长说，你想把我爸抬回来。"

母亲："是。"

我："我是想，要不就算了，那样挺麻烦的。"

听我这样说，母亲立刻就急了："这是他村长说的？我不管他麻不麻烦，我就是这个要求！你爸在屯里教了四十多年书，这个事儿就这么难吗？还嫌麻烦了！你让他从头数数，这屯子里的后生哪个不是你爸的学生？"

我："村长他不是这个意思。"

母亲："我不管他啥意思，反正得抬回来。我都想好了，要是他村长有难处，我就自个张罗这件事！"

我："村长说了，他给安排了两辆小四轮。我觉得，也是一样的。"

母亲："那不一样！"

看见母亲这个态度，我就不再往下说了。我看出来，母亲已经生气了，她真的生气了。

母亲不再说话。

又坐了片刻，母亲就下了地，又坐在织布机前。

我："妈，今晚就别织了。"

母亲摇摇头："那就织不完了。"

她又开始织布，屋里再次响起了织布机的咔嗒声。母亲织了几下，又停下来："你跑了这么远的道，歇着去吧……"

随即又补充道："你还睡西屋吧。"

说完这话，母亲就不再理我了。

织布机的声音再次响起来。

# 八

我来到西屋的门前。从前，这是我的房间，在我因读书离家以后，父亲便利用起来，变成了他的"书房"。

屋门是关着的。我轻轻地把门推开，进了屋。

同以前相比，这屋子并没什么变化。靠窗是一个铺炕，地上有一张三屉桌，桌上放个小书架。桌子很旧了。书架刷着黄漆，倒很新鲜。书架上高高低低地插着一些书。桌前有一只四角方凳。

几乎是下意识的，我来到了三屉桌前。我先是站着，手指抚弄着桌面，感觉凉瓦瓦的，眼睛则看着那一溜书。然后，我就坐下了，坐在了那只方凳上。开始的时候，我就那样坐着，一直看着那一溜书。

坐了一会儿，我从书架上取下了一本书，这是一本教学参考书，翻开一看，里面画着许多笔道。我把它放回去，又取出了另一本书。书上包着牛皮纸的书皮儿，还用毛笔写着书名：《十万个为什么》——字写得很饱满，也很朴拙。

我一直坐在三屉桌前，不知坐了多久，其间还到母亲房里去过一次。我知道天已经很晚了，想劝她早点休息。

我过去时母亲正专注地织布，半晌没发现我。后来我走到她跟前，她才看了我一眼："你还没睡呀？"

我："我睡不着。"

母亲："织布机吵着你了吧？你把两道门都关上，都关上就好了。"

我："你也歇着吧，都这么晚了。"

母亲："我得赶在接你爸的时候织完它，抬棺就得使了。"

我趁机问："为啥呢？为啥非抬不可呢？"

母亲停了停："也不为啥，我就是想再陪你爸走一趟老道儿。我老想着，那样你爸就踏实了。"

母亲这话让我心头一震，半天都没说出话来。

母亲："我再织一会儿，你先过去吧，你在这儿耽误我做活儿。"

母亲这样一说，我就只好离开了。

我重新回到西屋，在三屉桌前坐下来。

一坐下，就发现了那张照片。

这是一张一寸照片，已经很旧了。但是，父亲的形象还是清晰的。不仅如此，父亲的形象还那么动人。父亲是一副朝气蓬勃的样子，还满脸的踌躇满志。

细一看，照片上还印着两行手写的字。上一行写的是：志在四方。下一行写的是：奔赴农村教学第一线纪念。一九五七·八·二十六。

不用说，父亲就是在这一天照的这张像。

我心里一阵颤动。

我听父亲讲过，这张像是在他临来三合屯的前几天照的，他那时刚从师范学校毕业。父亲说他当年真是满怀激情。这话我一点都不怀疑。

父亲在三合屯一待就是四十多年，对此当然可以做出多种解释：说他热爱教育事业，说他喜欢这个地方，这都没有问题。但是，父亲认识了母亲，恐怕这才是最主要的……

父亲那年才二十二岁，是一挂马车把他拉到三合屯的。

这期间，织布机一直响着。渐渐的，织布机的声音变成了马蹄声。

# 九

那是那年的初秋。那天天气极好，太阳特别明亮。明亮的太阳张贴在瓦蓝瓦蓝的天空，就像一张烙饼。一挂马车奔跑在秋天的山路上，车上套了三匹大马，两匹红的，一匹铁灰的。山野一片斑斓。秋风在山梁上荡来荡去，吹动着树木和即将成熟的庄稼，发出阵阵喧哗。印有两道辙印的车马大道，带子一样在山间起伏。有一只老鹰在半空中飞旋着。马的浑圆饱满的身体充满了活力。下午时分，嘚嘚的马蹄声一路敲打着驶进了三合屯。

那天，屯里好多人都聚到屯头迎接父亲。母亲也在人群里。母亲穿了一件红布衫。红布衫通红通红的，这还是她娘去年给她缝的。这衣裳她可喜欢了，平时从来不穿的，今天才穿上了。

人们远远就看见了马车。人群轻轻骚动了一下，但是立刻就安静下来，每个人的眼睛里都流露出一副好奇的神情，似乎也有点儿不知所措，只把目光紧盯在渐行渐近的马车上。尤其是母亲，她始终都一动不动，眨着明亮的双眼，看上去是那么沉静。

马车驶进三合屯的情形轰轰烈烈。马蹄敲击着路面，路面嗵嗵直响。马打着响鼻，马的身体湿漉漉的。

马车停住了，父亲纵身一跃，干净利落跳下马车来。当年父亲身穿制服，宽肩长腿，一身英气，母亲不禁在心里赞叹了一声。

这时村长迎到父亲跟前。村长跟父亲年纪相当，只比父亲略长几岁。他搓着自己的双手，吞吞吐吐地："啊，先生来了？……啊，先生贵姓啊？"

"我姓骆，我叫骆长余……"父亲这样回答。父亲的声音又宽阔又响亮，和村长形成了鲜明的对比。

村长："哈呀骆先生……"

父亲赶紧纠正了一句："别叫先生，别叫先生，叫老师就行……"

站在人群里的母亲，把这一切都看在了眼里。她觉得这老师多有意思，又觉得这老师多帅，觉得这老师浑身有种说不出来的来西。在此之前她还从未见过这样一个男人。

恰在这时，父亲的目光无意间向母亲投过来。她发现他怔了一下。她又发现他的目光那么清澈。她心头一亮，随即热潮涌动，脸立刻红了……

这当儿村长提议父亲去看看学校。不知不觉间，他已经扯起了父亲的一只袖子。村长和父亲走到最前边，其他人都拖拖拉拉地跟在周围。只有母亲一人远远地跟在最后。

学校在屯子的另一侧。大家一路穿过了整个屯子。那时的学校还不能称为学校。因为学校还正在盖，已经盖成了大半。

工地上忙忙碌碌的。

村长和父亲在工地前边站住了。村长又搓起了双手，他一边搓手一边呵呵地笑着，笑得挺抱歉："看这，看这！也没个现成的房子。一接到镇上的通知，立马就开始操办。看这，看这！没想到先……老师来得这么快……"

村长说到这儿，冷不丁朝工地喊了一嗓子："小木匠，这学校再有几天能盖成啊？"

只听工地上有人说："快了快了，也就几天的事儿啦！"

话音刚落，那个被称为小木匠的人已来到村长和父亲的跟前。他脸上带笑，手拎一把木匠斧子，耳朵丫上插着一截铅笔，笔尖朝后。他比村长和父亲的年龄都要小一些，隐约还带点孩子气。可是，他的举止神态，却又故意做出老成的模样，显示着是见过世面的。他还和父亲拉了一下手："这就是先生吧？我是夏木匠，叫我小木匠就行。再有三五天，保准利利索索的。你要是没啥事儿，就过来瞅着点儿。总归你是房主家嘛！我说得对不对，村长？"

村长："看你这嘴！"

这时，母亲已悄悄地离开这里向家里走去了。她先是走，走着走着就小跑起来。她跑在村街上，朴素的村庄在她眼睛里跳动。她的脚步充满弹性，跑起来就像一头健壮的小鹿。她饱满的胸脯因跑动而起伏着，长长的辫子则在红布衫上扫来扫去。她心里有种说不出来的感觉，既激动又忧伤……

## 十

母亲一直跑到自家门前，方才放慢了脚步。可是，她心里仍然难以平静，她的饱满的胸脯仍然在剧烈地起伏。她在门口站了一会儿，才进了门。

母亲一进门，就听见她娘说："是弟儿吧？你还在门口站了一会儿，我寻思你要上茅房呢！"

母亲她娘就是我姥姥。姥姥眼睛坏了，是前几年的事儿。我姥爷几年前死了，姥姥夜夜都哭，哭瞎了眼睛。姥姥眼睛不好，耳朵却好。

姥姥坐在炕上，正在摸摸索索地做着针线活儿："一大早就闹哄哄的，都说是看先生，这会儿倒没啥动静了，先生定是来了……"

这时候，母亲正在脱她那件红布衫："他来了……"

姥姥："这多好！咱们三合屯，总算也有了先生了！"

母亲把红布衫脱下来正仔仔细细地叠着："不是先生，是老师！"

姥姥："那这先生……对，老师……是个啥样人？是不是个老头子？"

母亲："是个小伙子。"

姥姥："小伙子啊！小伙子就当上老师了？那这小伙子娶没娶媳妇呢？"

这次母亲没吱声，她打开炕梢的一只箱子，从里面拎出一个包袱来。

姥姥突然笑了，说："看你这瞎娘！我问你，你问谁呢？"

现在，母亲解开了包袱皮儿，把红布衫放在了里面几件衣服的上头，却没马上包起来，而是用手抚弄着。

姥姥又问："那他，住在哪儿呢？"

母亲："村政府吧。"

姥姥："村政府，倒也行，东屋有铺炕，吃饭呢？也在村政府？"

母亲："说是吃派饭，一家吃一天，挨家轮……"

然后，母亲就朝织布机走过去。

母亲刚在织布机前坐下，姥姥就说："你又给学堂织'红'吗？快织完了吧？"

母亲："就完了。"

母亲一边说话，一边便织起布来，咔嗒、咔嗒的声音响起来，轻柔而又清晰，母亲当年那年轻又灵巧的手，轻快地忙碌着。母亲当年红润细嫩的脸上，充满了神圣和虔诚；那双明亮清澈的双眼，深情而执著。

姥姥谛听着母亲的动静，再没说什么。

我的家一直就有这个习俗，家家户户盖新房，都要在房脊的梁木上包一块红布，这叫包"红"，包"红"布家织的最好，由没出阁的闺女织出来的，那就更好。当然，织完了还要染。那年，屯里把这件事儿交给了我母亲，她又是织又是染，那个上心啊……

# 十一

昨天晚上，母亲就把那块布织完了。今天一吃完早饭，就把布染了。

母亲忙忙碌碌的，一趟屋里一趟屋外，满脸专心致志的神情。

忙了一阵儿之后，她双手一拎，把一块红布拎了起来。

她又把红布轻轻攥了攥，然后再抖开，晾到了屋外的障子上。

母亲染完布，又去井台打了一趟水。按说了，这本不是她每天打水的时候，她以前打水都在傍晚。

果然，一听见水桶响，坐在里屋炕上的姥姥就不解地问："弟儿呀，你摆弄水桶干啥？挑水去呀？往常不都是下晚儿才挑吗？"

母亲没搭理姥姥。她觉得这话没法儿对姥姥说，索性就不说了。她的心思只有她自己知道。

母亲担上水桶走出家门，没走几步就看见了工地。她一看见工地，眼睛立刻就直了。她眼睛直勾勾的，只想看见父亲，可她一直也没看见，只见那儿人来人往的，有些人还打着赤膊。

母亲未免有点失望，还以为父亲不在这里。但她并不死心。不过，她已经离工地越来越近，就不敢直勾勾地看了，她只能看一眼，再看一眼。她怕人家看出她的心事，笑话她。三眼两眼的，人已经走过工地了。她一直也没看见父亲的影儿。

母亲来到井台，这才大胆起来。她放下水桶，放下扁担，又将水桶系在井绳上，摇着辘轳把打上了第一桶水……

在做这一切的同时，她的眼睛一直在看着工地。她心里就像揣着一只青蛙，仔细地看着那些忙忙碌碌的人，看着那些打着赤膊的乡亲，还看见了夏木匠……突然她眼睛一亮，终于看见了那个穿制服的人。她看见他背朝自己，正跟夏木匠说话儿。她一看见他，就觉得心都不跳了。她当时正在摇第二桶水，但马上停止了摇动。她呆了不知多久，才将第二桶水摇上来。

一会儿她担起水桶，离开了井台。

满满的一担水压在肩上，她只得快走。

她脸色红扑扑的，心里有种说不出的滋味。她莫名其妙地兴奋，莫名其妙地感动，又莫名其妙地紧张。她担着水桶快走的样子，真是好看极了。当她重新经过工地时，禁不住又朝里面看了一眼，不过，这次她几乎什么也没有看见。

母亲回到了家。她先在厨房站了一瞬，想着什么，然后就拿定主意，走到了厨房的北端。那儿放着几个装粮食的口袋，都不很满。

她掀开其中的一个，朝里看了看，从里面舀出了一些面粉，舀到一只盆里。

母亲开始和面。和着和着，从里面传来了姥姥的声音："弟儿呀！你咋这么早就煮饭了！要送公饭是不？天儿还早着呢！急个啥？"

母亲："还早？都贴晌了。"

母亲和好面，又到菜园拔了两棵大葱，洗了洗，在菜板上切碎了。

待把这一切做完，她便涮锅点火开始做饭。

她烙了两张葱花油饼。

她又挑了一只青花瓷碗，反复洗刷，又仔细擦干，然后将饼放进碗里，再用一块蓝底儿白花儿的布头包好。

快到该吃晌饭的时候了，母亲拎着包着蓝花布的青瓷碗。来到了学校工地。工地外面放着一块长木板，长木板上已经放着几只碗。母亲把她的碗也放了上去。母亲这时再次看见了父亲，他正帮一个乡亲递东西。

母亲忽然有点慌张，放下饭碗赶紧就走了。母亲来到井台，看见陆陆续续地其他女人也来了，其中还有小孩子。他们也都把饭碗放在那块木板上，木板上很快就摆满了碗。

母亲见他们终于停了工开始吃饭。她见他们呼啦一下就拥到了木板前，捧起一只碗就到一边吃起来。她见父亲的碗是夏木匠给端的。她竭力想看清父亲端的是只什么碗，可惜太远，怎么也看不清。

工地上的人把饭吃完了，纷纷把碗送回到木板上，之后就仨俩一伙地蹲到一起唠嗑儿、抽烟去了。

说起来，这在当年也算个规矩。凡是盖房这类大事，女人都沾不得边儿，她们只能远远地看，看看而已。

## 十二

晾在障子上的红布已经干了。母亲从工地一回来就看见了。她先把青瓷碗送进屋，就去收那块红布。母亲将红布抖了抖，一边往屋里走，一边开始叠。

母亲突然站住了。很显然，她心里有了什么想法。

母亲只站了一瞬，就转身朝院外走去。母亲显得很激动，因此走路很快。不料刚走出院子，就被人叫住了。叫住母亲的是年轻的夏木匠。夏木匠平日总是嘻嘻哈哈的，一见到母亲却总是很腼腆："招弟姐……"

母亲一愣神儿，站下了。

夏木匠："你要出去啊？我正想上你家呢！"

母亲："你去吧，我娘在家呢！"

夏木匠："不用找你娘，找你就行。"

母亲："找我？干啥？"

夏木匠："找你拿'红'啊。"

母亲呆住了，呆了半晌，才把手里那块已经叠得好好的红布猛地朝夏木匠递过去。

夏木匠有点吃惊："你这是想送去呀？"

母亲没理他，转身朝院里走来。

## 十三

第二天，母亲做的是小米干饭和韭菜炒鸡蛋，还切了几根咸菜条。

今天送饭时，母亲去得特别晚，她去时别人早就把饭碗在木板上摆满了。母亲把她的碗放到了紧边儿上。母亲当然是有意去晚的，她就是要把自己的碗放到这儿。

因为母亲去得晚，所以很快就开饭了。

母亲这时刚刚站在井台上，母亲的双眼紧紧盯着那只青瓷碗，可是人多手杂，几乎眨眼之间，木板上的碗就都不见了，根本没看见她的碗被谁端去了。

母亲精精心心送了好几天公饭，一直不知道父亲吃没吃上……

## 十四

房子上梁是次日上午。这天吃完早饭，母亲就来到了井台，这次她没挑水桶，而是端了一只盆，盆里装了几件衣服。她在井台洗起衣服来。她一边洗衣服一边远远地看着工地。她看见了村长、夏木匠，也看见了父亲……

她看见工地上今天特别热闹，乱哄哄的，人们走过来走过去。她突然看见许多人一起把一根木头高高地举起来，木头的中间包着一块红布，她还听见夏木匠唱起了喜歌：

> 大梁好比檀香木，
> 二梁好比木檀香，
> 三梁好比一条龙，
> 摇头晃尾空中行，
> 行到空中它不动，
> 单等亲朋来上红。
> 左边修的金银库，
> 右边修的万石仓，
> 金银库里金银满，
> 万石仓里把粮装。
> 今日咱把学堂盖，
> 庄稼子弟作文章。
> ……

她听见工地上传来一阵欢呼，她看见那块"红"高高地悬了起来，那"红"鲜亮鲜亮的……

## 十五

房子盖好了，学校就开学了。

大清早，屯里的孩子就朝学校走去。母亲看见了，心里有种抑制不住的兴奋。她又穿上那件红布衫，脚步匆匆地也到学校来了。可惜她来得晚了点儿，这时学校已开始上课了。

母亲远远就听见了从学校传出来的念书声，不由放慢了脚步。

先是一个人的声音："读书识字……念!"

随后是许多人的声音："读书识字!"

接着又是一个人的声音："多长见识……念!"

随后是许多人的声音："多长见识!"

接着还是一个人的声音："能写会算……念!"

随后还是许多人的声音："能写会算!"

接着又是一个人的声音："是件好事……念!"

随后又是许多人的声音："是件好事!"

母亲听出来，凡是一个人说话时，那声音都清晰而厚重，而许多人一起说时，则像喊叫一般。

这时候，母亲来到了学校的大门口。她不免有点惊讶，她见这儿已经聚了一些人。他们有的蹲在窗户底下，有的就在院子里站着，有的抽着旱烟袋，都在静静地听从屋里传出来的声音。

母亲在人群外面站住了。她又听见了教室里传出来的声音。她先听见那个人的声音说："现在咱们完整地念一遍。大家一起念。读书识字……念!"

教室里再次响起了喊叫似的念书声：

> 读书识字，
> 多长见识，
> 能写会算，
> 是件好事……

母亲听着，她听得那么专注、痴迷，听得心里直痒，听得她都要哭了。

这期间，还有一些新的人不断地走过来，每来一个人，都静悄悄地一站，听着里面的念书声。

大家听着听着，念书声突然停下来。停了一瞬之后，便听父亲说："现在下课。"

父亲声音刚落，学生们就从教室跑了出来。学生一出来，院子里立刻就乱了。

接着父亲也出来了。父亲怔了一下，显然这是看见了听课的乡亲们的缘故。父亲很快就看见了母亲，不知有意还是无意，他的目光在母亲的脸上停留了一瞬。

不过，这次母亲却低下了头。

院子里乱哄哄的，谁也没有注意到这一点。

# 十六

父亲和母亲到底有了相遇的机会。

那一天，母亲到草甸子去采韭菜花儿。

这时正是九月，山野和田地一片绿。下午时分，艳阳还颇为热烈。天空格外高格外蓝，使山野的一切都愈发清新。只有初秋的风微微地吹着，吹得草甸子的绿草轻轻摇动，吹得母亲的衣襟一起一落……

母亲寻寻觅觅，偶尔一抬头时，突然看见从远处来了一拨人，他们连跑带跳，连滚带爬，连喊带叫，看上去就像一股旋风，直向山坡下的草甸子刮过来。这拨人越滚越近，细一看，竟是念书的孩子们。

母亲心头猛地一跳：有学生必有老师。

母亲红着脸，心却沉静下来，她装作什么也没看见，继续采她的韭菜花儿。

父亲是最后一个走过来的。他步履从容，知道这是孩子们的天地，他不管不问，任他们疯跑。此时此刻，就连他自己，也有一种心旷神怡之感。天这么高这么蓝，地这么远这么新鲜，阳光这么明亮这么没遮没拦，还有初秋的微风轻轻地吹着，真是浑身上下都自在都舒服呀！

父亲很快就看见了母亲。他看见母亲时，母亲正被孩子们围在中间说着什么话。然而孩子们很快就散走了。马上又剩下了她一个人。

母亲这时已经十分慌乱，感觉心就要从嗓子眼儿跳出来了。她弯着腰，装出一副寻寻觅觅的样子，却早对眼前的韭菜花视而不见了。她听见父亲的脚步声已经越来越响。这时她才直起腰来，将目光朝他迎去，她的目光既大胆又羞怯，就像一泓激荡的湖水。然后，便快步走开了。

这只是一瞬间的事儿，父亲几乎还没有完全反应过来，不过，他已经认出她是谁了。他有点惊讶，微微一怔。

母亲毕竟有点心慌，走开时忘了地上的篮子。她走出好几步，突然听见他叫了她一声："哎！"

她一怔，回过头，才见他手里提着自己的篮子，正朝自己跟前走。她急忙迎向他，伸手接过了篮子，立刻就慌慌地走了。

这时候，有几个学生朝父亲迎过去，他便问他们："她是谁呀？"

一个学生："她是老田家的招弟。"

另一个则马上对着母亲的背影喊起来："招弟姐，我们老师问你呢！"

母亲却走得更快了。

# 十七

那时候，母亲每天都去要听父亲的念书声。一天不听就像生活里少了些什么。当然，她只是悄悄去听，只能在大街上听。自打学校开学，母亲就从未放弃过在学校门前经过的机会，而去井台打水，是最好的方式之一。

母亲一出屯头，便听见了学校的念书声。她听见一个人在念："……春天来了。春风吹化了冰雪，吹绿了草地。农民在种庄稼，牛在耕田……"

这时候，母亲已经来到了学校的门前，那个人还在往下念："……大雁飞来了，青蛙结束了冬眠，小燕子在惊喜喜地喳喳叫……"

现在，母亲已经在学校门前站住了，那人接着往下念："……春天是播种的季节，万物都在生长，充满了勃勃的生机，我们的心情也跟万物一样，充满了新的希望，充满了新的理想……"

母亲当然知道，这书是谁念的。她已经听得入了迷。直到念书声停下了，她还在那儿站着。

母亲还沉浸在父亲的念书声里，学校的房门突然被打开了。

母亲这才缓过神来。

母亲刚想走，又见父亲走了出来。母亲顿时一阵心慌，这才快步离开学校，朝井台走去。这时母亲心里十分复杂，她当然想多看他几眼，可又不能多看，她不好意思啊！

母亲开始打水。母亲打水时，父亲还在教室门口站着。母亲发现了这一点。母亲还发现，父亲不仅在那儿站着，他还朝她这看呐！母亲不知道父亲看什么，也不知他为什么要看她。在父亲目光的注视下，母亲浑身都觉得不自在，心里热烘烘的。

母亲刚把水桶在井绳上系好，正往井里放时，眼睛立刻一亮。她见父亲也向井台走来，而且担着水桶。

那一刻，甭提母亲心多慌啦。

母亲说不上哪来的勇气，还脱口说了一句话："你也来打水啊！"

与其说是一句话，听起来倒更像一声长长的叹息。

父亲："是……是呀。"

母亲因为心慌，摇起辘轳把来便有点吃力。

父亲："我来帮你打吧。"

母亲急忙地："不用不用我能行！"

父亲对母亲充满关切，大概也有点好奇："我老看你打水。别人家都是男人啊，你家怎么……"

这时母亲正往井下放空桶，她要打第二桶水了。听了父亲的话，她一时那么感动，她听出了父亲的关切，她觉得这人心眼多好。

母亲："我家没个男人，我爹……他死了。"

父亲心一惊："是吗？那……"

没等父亲把话说完，突然听见学生朝他喊："骆老师，生字写完了，我们还干啥？"

父亲朝学校那边一看，见学生们已经出了教室，正挤在校门口朝这边看。

母亲和父亲都有点儿慌张。

忙乱中父亲喊道："别吵吵！等我打完这担水，回来再说！"

这时候，母亲已经打上了第二桶水，她迅速解下了井绳，担上水桶，赶紧走了。

父亲看着母亲的背影，心中似有所动。然后，也很快离开井台，向学校走去。

# 十八

打水回来以后，母亲突然有了一种特别的感觉。她不光是感动，还特别幸福。她反反复复地回想父亲说过的那几句话，她的聪明而敏感的心告诉她，父亲是个好人。她看出他心是善的，还看出他有多诚实。

母亲盼望第二天再去打水。

一到打水的时间，她立刻放下手里正在做的事儿，担上水桶就出了家门。

母亲来到了井台不多久，父亲就来了。

父亲朝母亲笑了笑。

母亲打完了水，突然大胆地说："听人说，你家在县里住……"

父亲："是呀。"

母亲："那咋上咱三合屯来了？"

父亲："……"

母亲："你在这儿能待惯吗？"

父亲想了想："这个……慢慢就惯了吧。"

母亲不再说啥，担起水桶，走了。

# 十九

　　明天该轮到父亲到母亲家吃派饭了。

　　母亲对此早已心中有数。实际上，她一直都在留意父亲的"动向"。今天一早，她就有意到街上去了好几次。她又是倒灰又是扫院子，总之还要找点儿借口。后来她终于看见了父亲。她见父亲被邻居毛嫂领着，走进了毛家的院门。父亲也看见了她。不过，父亲和母亲并未说话。他们只是相互看了一眼。

　　母亲进屋后，姥姥对她说："差点儿忘了跟你说。东屋你毛嫂昨个儿过来了，她说今儿先生……"

　　母亲："不叫先生，叫老师。"

　　姥姥："对，叫老师……她说老师今儿轮到她家吃饭了。"母亲一听是这，就放心了。

　　母亲："我知道。"

　　姥姥："你知道？你咋知道的？"

　　母亲："我估摸的啊！"

　　姥姥："你估摸的？你咋估摸得这么准？"

　　母亲："前天是张婶儿家，昨天是李叔家，今天不是毛嫂家了嘛！"

　　姥姥："你倒挺能估摸的……"

　　下午，母亲又去打水。走过学校时，她又听见了父亲的念书声。不过，这次父亲并不是在念，而是在讲。

　　父亲："现在我有六棒包米，李财又送来两棒儿，王芝又拿来了一棒儿，同学们想想，我手里这会儿是几棒包米？"

　　静了一瞬。

　　一个男孩儿："九棒儿！"

　　许多孩子一哄声儿地："九棒儿！老师手里有九棒包米了！"

　　父亲："同学们说得对。现在我有九棒包米了。同学们看黑板。这是我手里的六棒包米，现在再加上二棒儿，最后再加上一棒儿，最后等于几呢？大家一齐说。"

　　同学们立刻齐声地："等于——九！"

　　母亲听到这儿，就不再往下听了。母亲来到井台，动手打水。今天父亲来晚了。母亲都打完水了，父亲还没来，母亲有意磨蹭了一会儿，父亲才来了。

　　父亲几乎是跑来的。

　　母亲看了父亲一眼，低下头："明个儿，轮到在我家吃饭了……"一边说一边担起了水桶。

# 二十

第二天一大早，母亲就起来了，当时天还没亮。母亲心里有事儿呀！母亲蹑手蹑脚地起了身，她知道天还早，不想惊动姥姥。可是，母亲刚伸手拿衣服，姥姥就发了话："这么早就起来了？天还早着哪！看你这一晚，翻身打滚的，折腾我一宿都没睡好。"

母亲知道现在挺早的，一时也有些犹豫，可她最终还是打定了主意。她借着微曦的晨光，三下两下就把衣服穿好了。

母亲出了屋门，发现天真是早着呐。母亲看了看清晨的天空，看了看一片清白的村庄……之后，便重新回到屋里，回到了厨房。

她决定还给父亲烙葱花油饼，外加韭菜炒鸡蛋。

一经决定，先要准备东西，她舀了白面，拿了鸡蛋，又去菜园割了韭菜拔了葱。她先和了面，放面盆里醒着。接着便剥葱洗韭菜，洗完又切了。最后再把鸡蛋一打……做完这些之后，她朝门外看了一眼。

她这是在看时间——她家没有钟表，只能看天色。

她觉得时间差不多了，就涮锅点火。她先炒了菜，接着就动手擀饼，擀了又烙，烙了一张铲出一张，铲出来的饼都放在青瓷碗里，最后把青瓷碗往锅里一放，再盖上锅盖。

在做这一切的时候，母亲始终双唇紧闭，面容严肃而又认真。

这一切都做完了，母亲轻轻地吐了一口气。

她估摸父亲就要来了，人便站在外屋门口，眼睛看着大街。

父亲向母亲家走过来时，母亲正在那儿站着。屋门敞开着。她站在这儿就像站在一张画儿里一样，门框是画的边缘，她就是画上的人物。

在朦胧而清白的晨光里，这张画模糊而又真切。

父亲看见母亲时，就是这个印象。

父亲刚来到院外，母亲就迎了出来。母亲并未说话，只是看着父亲。

父亲进了院。

这时候，姥姥也起来了，她正在屋里认真谛听，伸长了脖子，头一动不动。

父亲刚一进门，姥姥的声音就从里屋传出来："弟儿呀，老师来了吧？"

母亲："来了。"

姥姥："我就说嘛，不是你的脚步声嘛！快让老师进屋来，进屋让我看看，看看他啥样儿？"

父亲又进了里屋，母亲也跟着进来。

姥姥一边说话，一边将身体挪动了几下，挪到了炕沿前。她一手扶着炕沿（生怕从炕上掉下来），一手凭空伸着，并且轻轻划动着："孩子，你过来，快过来，让我看看你……"

父亲一时有点不知所措。

母话："我娘眼睛坏了。"

父亲这才走过去。姥姥触摸到他的身体："这孩子，这么高！你坐下，你坐下呀！"

父亲在炕沿上坐下，将脸对着姥姥。姥姥便抖着手，在父亲脸上触摸起来："真是个好小伙子！一看就是个好小伙子！看这脸，看这腮帮子！看这耳垂！看这鼻梁骨！看这厚嘴唇子……"

姥姥说着摸着，突然笑了："你这么个好小伙子！你就娶我家招弟儿当媳妇吧！"

父亲当时就红了脸。

母亲没有看到这个情景，她已经到厨房来了，她搬来桌子，端来菜，又端来葱花油饼，又拿来筷子："上炕吃饭吧。"

父亲脱了鞋，上了炕。

母亲一直在看着父亲，也在看着青瓷碗，心中若有所思。

父亲拿起了筷子。他对青瓷碗并没什么感觉。很显然，他并不认识这只碗。

父亲又把筷子放下了："大婶儿……一块吃吧。"

母亲："你是客，你先吃。"

姥姥一直谛听着，这时点点头。

父亲重新拿起了筷子。

母亲走过去，故意把青瓷碗朝父亲推了推。父亲仍然没有反应，母亲注意到了这一点。

父亲开始吃饭。

姥姥："家里多久没有男人吃饭啦！吃得多香，听着就香！"

父亲吃着葱花儿油饼。

母亲突然地："你认得我家的碗不？就是这个青花儿的……"

父亲有点儿疑惑，不由端起青瓷碗看了看："不认得。"

姥姥一听母亲的话，立刻就笑了："这可真是瞎了招弟儿一片心了。盖学校吃公饭，她调着样儿做好的，就指望你吃呢！你是老师呀……就用这碗送去的。"

父亲听了姥姥的话，心里忽然明白了什么，随即道："你说吃公饭啊？这碗我还真使过。"

母亲："你使过?"

父亲："我说嘛,有点眼熟嘛!"

母亲："碗里的饭,你也吃了?"

父亲："吃了,吃了。"

母亲看着父亲："你吃了,那你说,你都吃啥了?"

父亲大概没想到母亲会这么问,父亲立刻就慌了,不知道怎么好了。

母亲意识到了这一点："我告诉你吧!我头一天送的葱花油饼,第二天送的小米干饭和韭菜炒鸡蛋,第三天送的是蘑菇馅儿蒸饺儿……"

父亲怔怔地看着母亲。

母亲已经看出来了,她是从父亲的神态上看出来的,看出来父亲并没吃过。

母亲："等下次吧,下次你再来吃派饭,我就给你蒸蘑菇馅儿饺子。"

# 二十一

有一天,父亲到镇上去了一趟。头天晚上,村长给父亲捎了个信儿,让他到镇上的中心学校去开会。开完会以后天还早,父亲便到供销社去了一趟,想给学生要些本子回来。买完本子后,他又在里面转了一会儿。在转到卖妇女用品的柜台时,突然看见了一只镀着银光的发卡,就买了下来。

当然是给母亲买的。

父亲还想马上就把发卡送给母亲,为此他还专门到井台去了一趟。无奈这时已经过了打水的时间,就只好等到第二天了。

发卡被父亲装在了裤兜里。因此,第二天上课时,他就总是是时不时将手伸这裤兜去摸一摸。并且,他这天还比母亲早一步就来到井台。

父亲一边打水,一还朝屯里张望着。他打完了第一桶水,母亲也走过来了。

母亲也早早就看见了父亲。一看见父亲,不知不觉就加快了脚步。母亲来到井台跟前时,父亲正在打第二桶水。

母亲站在井台下边,看着父亲打水："你昨儿上镇去了?"

父亲："是呀。你咋知道?"

母亲："我看见了。"

父亲已经把第二桶水打上来了。他解着井绳："我开会去了……我还买了个发卡子。"

母亲："发卡子?"

父亲解下了井绳,腾出了手,把发卡掏出来,用手掌托着："你看。"

母亲看着发卡，知道这准是给她买的了，便红了脸。不过，她却什么也没说。

父亲："你要是喜欢，就给你吧。"

母亲仍然不说话，看着发卡。看着看着，便突然伸出手，一把将发卡抓到了自己的手里。动作是那样快，快得像抢似的。而且，她甚至都没再看，就迅速揣进了衣兜。

父亲也没再说什么，他抓起了扁担，担上了水桶，走了。

母亲看着父亲的背影，一直看到父亲走进学校。

# 二十二

母亲回到家，把水倒进水缸后，立刻就把发卡拿出来。她又来到镜子跟前，把发卡戴在头上，对着镜子左照右照，心里充满了喜悦，几乎忘情了。

姥姥不知母亲在干什么，问："弟儿，你鼓鼓捣捣地干啥呢？"

母亲这才缓过神儿来，急忙地："我没干啥。"

母亲一边说，一边把发卡取下来了。然后，她又拿过包袱，把发卡放进了包袱里。

# 二十三

冬天了。

一阵一阵北风刮过来，一场一场大雪落下来，天地间陡然有了一种凛冽的感觉。

世界是银白的了。

母亲穿上了一件蓝底儿白花儿的小棉袄。

这会儿，母亲正顺着大路往三合屯走。她今天上镇上去了，胳膊上挎着一只小篮子。

母亲远远地走过来，脚步轻轻快快的，脸上还带着浅浅的笑意，一看心里就特别愉快。

三合屯就在眼前了。

母亲走进了屯子。

母亲这了屯子又进了院，最终拉开屋门进了外屋。

母亲一进屋姥姥就知道了："弟儿你回来了？你都买了些啥？快进来，让我看看！"

母亲走进里屋，笑吟吟地把小篮子往姥姥跟前一放，姥姥就把手伸进了篮子里。姥姥摸摸索索地，不时还把手伸到鼻子下透闻一闻："嗬，你打了清酱（即酱油）了，还打了醋了，你还割了一块冻肉……"

就在姥姥自顾自说话的当儿，母亲已悄悄地担起水桶，走出屋门。

现在，母亲已经走到了学校。走到学校时，她自然又放慢了脚步。听着念书声。

母亲来到了井台。

就像约好了似的，母亲刚到不多会儿，父亲就从学校出来了。母亲看见父亲，马上会心地一笑。

父亲来了，站在井台下。

母亲："又快轮到上我家吃饭了。还差一家了。"

父亲笑了笑："……我正等着呢，等着吃蘑菇馅蒸饺儿呢！"

母亲低了低头，又抬起来："我把肉都割回来了。"

父亲："那蘑菇呢？这大冬天儿，你可上哪儿采蘑菇呢？"

母亲："干蘑菇呀！秋天采的，一面袋子呢！拿水一泡就行了。"

这时，母亲摇着水。两人就有一瞬没说话。

父亲："可是，学校这就放寒假了呀！"

母亲是聪明的："噢，放到啥时候？"

父亲："放到开春儿呢！三月一号呢！"

母亲："那你就得回家吧？"

父亲："是呀！我就怕……吃不上蘑菇馅蒸饺儿了。"

母亲不由着急了："那你啥时候放？"

父亲："明天呀！明天就放了。"

母亲"哎呀"了一声，特别失望，脸都急红了："那……那你就晚一天再放吧！晚一天再放不行吗？"

父亲笑了一下："看你急的。跟你说笑话呢！还有四天才放呢！"

母亲听了这话，这才放了心。母亲有点嗔怪父亲，他吓了她一跳。母亲又觉得挺甜蜜，觉得父亲怪有意思的。

母亲回到家，先把水倒进了水缸，接着就舀了一盆清水，把蘑菇泡上了。

母亲忙忙碌碌的，可是，她老是忍不住想笑。

# 二十四

不料想，第二天突然出了变故：母亲又去打水时，看见学校来了一个人。

这是一个中年男子，城里人打扮。他先进了学校的院子，接着又敲了敲教室的门，把父亲叫了出来。父亲似乎并不认识这个人，他怔了一下。

那人对父亲说着什么，说完了，父亲便接着说。父亲好像挺激动，有两句话声音挺大，这声音随风过来，母亲也听见了。只是没听清他说的是什么。

那人摆了一摆手。

父亲返回了教室。

那人被关在了教室外面。父亲刚进教室没多久，就见学生们都出来了。学生一出来，就往屯里跑去，似乎是放学了。之后父亲也出来了，他先是锁了门，然后就领着那个人进屯去了。

母亲看见这个情景，就知道父亲今天不能来打水了。打完水以后，她便先自回家去了。母亲一边走，心里一边疑疑惑惑的，不知道这个人是谁，也不知道父亲何故那么激动。

到家后，母亲便一直心神不定。她坐也不是站也不是，后来干脆就上村政府来了。刚开始，她走得很快，快到村政府时，却不由慢下来了。她似乎有点犹豫，不知该不该去。

母亲来到村政府门外，再次停住了脚步。她心里一时没了主意，不知自己该不该进去。正犹豫间，村长从门里出来了。没等村长说话，母亲反应挺快："老师明天该上我家吃饭了，我想跟他说一声。"

村长表情有点怪，他咧了咧嘴："吃饭哪？我跟他说。"

母亲："那他……能来吃吗？"

村长："能来能来。不来他上哪吃去？"

母亲听了这话，才稍许放了些心，便离开村政府，回了家。

到家之后，她就开始剁饺子馅儿。她先把昨天泡在盆里的干蘑菇捞出来，攥干，剁了，放进一只盆里，又把那块肉剁了，放进了另一只盆里，接着又切了葱花。她并没把它们拌在一起，她要等明早儿再拌。

# 二十五

第二天，母亲起得比上一次还要早。

母亲起来时姥姥曾经翻了一下身，不过并未说话。母亲看了姥姥一眼，将动作放得更轻些，来到了厨房。

母亲来到厨房后点着了煤油灯，煤油灯的灯火呼啦呼啦的，微弱的亮光照在母亲失神的脸上。

母亲将煤油灯在锅台的一角放好后，立刻就忙碌起来。她和了面，拌了馅，又铺好蒸笼，点燃了灶膛……

母亲在做这些时，脸上就没有失神的感觉了，只有专注和平静。

天渐渐亮了。

这时候，母亲已经蒸好了蒸饺儿。她已将灶膛里的火弄小了，锅盖却还盖着。之后，她便进了里屋，拿来包袱，从包袱里取出了那只发卡。

母亲戴好发卡，走出里屋，等着父亲过来吃饭。

母亲等了一会儿，期间还剥了蒜，倒好酱油和醋。又到外边去了两次，都没见到父亲的影儿，直到第三次出来，才看见父亲站在院门那儿。

母亲料想父亲肯定会进来，她就在屋门跟前站住了。可是父亲并没再往院里走，就站在院门那儿，向母亲招着手。

母亲不知何故，这才走过去。

母亲走到大门口，看着父亲。

父亲："我来跟你说一声，我要走了。"

母亲心里一沉："走？不是还有好几天，才放寒假吗？"

父亲："我回去……有点儿事儿。"

母亲："啥事儿这么急？"

父亲又停了一下："也不是啥大事儿。"

母亲："我都看见了。是他叫你回去的？"

父亲："是他。"

母亲："他是谁呀？"

父亲停了一下："我也不认识他。"

母亲："不认识找你干啥？你别蒙我，到底啥事？"

父亲想了想："真不是啥大事儿。他们有事想问问我。问完了就没事儿了。"

父亲把话说得挺轻松，心里却并不轻松。

母亲："在这儿问问不就行了？"

父亲："他自个儿做不了主。"

母亲相信了父亲的话："那你……还回来吧？"

父亲："回来呀！"

母亲："那你还急啥？你就吃了饭再走嘛！"

父亲："可他……正在屯头等我呢！"

母亲："那就招呼他一块儿吃呗！……你先进屋，我去招呼。"

母亲说着要走。

父亲赶紧地："那……还是我去，我去招呼吧。"

母亲犹豫了一下。

父亲看着母亲："你戴这个发卡挺好看的。"

母亲脸一红，伸手在发卡上摸了一下。

父亲："我走了，招弟……"

父亲已经在说告别的话，母亲居然没听出来："那你快点儿回来。"

父亲走了。

母亲回到屋里，马上就开始搬桌子端碗。

# 二十六

这时候，父亲脚步匆匆，已经来到屯头。

屯头静悄悄的，那儿站立着村长和几个乡亲，其中有人是恰巧碰上的，有的还拿着拾粪的叉子和装粪的筐。

此外还有一挂马车，那个人坐在车上。

父亲走过来时，有个人正问村长："先生咋走了？"

这人问话时，大家都看着村长，很明显，他们都不清楚发生了什么事儿。

父亲来到了人群跟前。

村长："他都着急了，怕赶不上班车。"

父亲："我还没跟学生说，待会你去说一声吧。"

父亲一边说，一边向马车那边走。

村长："要是有空闲，就过来看看吧！啊！"

父亲上了车，车走了。

有人问："到底咋回事儿？"

村长叹了一口气："说是让他当个右派……"

那人又问："啥叫右派啊？"

村长："这都是城里人的事儿，我也没整明白。"

过一会儿，村长和乡亲们就散开了，有的接着拾粪，有的往屯里走去。

# 二十七

母亲等了一会儿，还不见父亲回来。她就再次来到院门口。来到院门口时，正巧村长从这儿经过。母亲是知情理的，她跟村长打了声招呼："老孟大哥，早呢！"

村长："唉！送老师去啦。"

母亲："啥？他走啦？"

村长："走啦！刚走。"

母亲的脸一下子就白了。她二话不说，赶紧回了屋。然后迅速揭开了锅盖拣了一碗蒸饺儿，还拿了一双筷子，顺手用头巾一包，拎上就往外跑。

母亲跑到屯头，屯头空空荡荡。

母亲又跑到屯外，仍然不见父亲和马车的影儿。

母亲跑着跑着，跑到一条小路的叉口。这是一条捷径。母亲想都没想便拐上了这条小路。

小路虽然是捷径，却很崎岖，又布着积雪，走起来一呲一滑。母亲顾不得这些，她只是往前快走。实际上，她是连跑带走。

母亲跑到半山腰了，这才看见了马车，也看见了父亲。她脚步不停，接着往前跑去。她很快就跑到了山顶，她一看，马车已经落在她的身后了。

就在这时候，发生了一件意想不到的事：母亲的脚下滑了一下，立刻摔了个跟头。在她摔倒的同时，把装着饺子的青瓷碗也摔了出去。

青瓷碗一声脆响。

母亲顾不得身上的疼痛，她也没觉得疼痛，她爬起来就去看青瓷碗。她看见青瓷碗已摔破了。青瓷碗摔在一块裸露的山石上，摔成了三块儿。碗里的蒸饺则滚在一边，沾满了土。

母亲看着青瓷碗。她看着看着，便一屁股坐在地上，哭了。她用双手抱住双腿，将脸伏在膝盖上。

她哭得那么委屈，那么伤心。

母亲的心地那么单纯，那么朴素，简直就像个孩子。母亲那年只有十八岁，从某种意义上说，还真的像个孩子。

就在这时候，马车缓缓跑了过去。

母亲不知自己坐在那儿哭了多长时间。她并不是放声大哭，她哭得几乎没有声音，只是肩膀在不停地抖动。后来她不哭了，她也觉得冷了，她就回来了。

母亲抽泣着站起来，还将那只碎了三块儿的青瓷碗拾到篮子里，失魂落魄地回了屯。

# 二十八

母亲进了屯子，可她并没有回家，她来到了学校。

她在学校门外站住了。

学校锁着门。

院子里有几个学生，显然是来上学的，都带着书包。他们有的在那玩耍，有的扒着门缝儿往教室里看着。

响了半年的念书声，天籁一般的念书声，如今停下了，母亲心里是那么空，那么乱，她不知念书声什么时候才能再响起来……

母亲就那么站着，静静的。

# 二十九

母亲回到了家。她先把头上的发卡摘下来放进了包袱，然后就在炕沿上坐下了。

姥姥坐在炕上，她一直在谛听母亲的动静。很显然，她已经知道了很多。她本来不想说话的，可实在憋不住，还是说了："弟儿，咱吃饭吧。"

母亲并不想吃饭，她正在呆呆地看着放在那里的饭菜。可是，听了姥姥的话，她还是站起来。

她一站起来，禁不住又哭了。

# 三十

现在，母亲和姥姥吃完了饭。她又收拾了碗筷，然后，就坐在织布机前，开始织布。

听见织布机的响声，姥姥问母亲："弟儿，你又织啥？"

母亲："村头老周家不是求我织块布吗？你忘了？"

姥姥"哦"了一声，她坐起来了。

以后的几天，母亲一直都坐在织布机器前，织她的布。

# 三十一

有一天，母亲正在织布时，突然听见街上传来了吆喝声："锔缸锔锅锔盆锔碗来！"

母亲似乎没听清，便认起真又听了一遍。

"锔缸锔锅锔盆锔碗来！"

母亲这下听清了。她一点也没犹豫，马上推开门跑到院子里。她看见了那个在街上边走边吆喝的老人，她朝他叫道："大爷，您等会儿！"

老人停下来，慢慢转过头，看见了母亲，他高声地："闺女，你锔东西呀？"

母亲："我要锔一个碗！"

老人朝母亲走过来，边走边说："锔碗哪？拿来，拿来吧！"

母亲："这大冷的天儿，您进屋来锔吧。"

母亲把老人领进屋。

刚进外屋，老人就说："我就在这儿吧，这就挺好的了。"

老人一边说话，一边拿出自带的马扎子，打开了，坐下来："锔个啥样的碗，给俺拿来吧。"

里屋传来了姥姥的话："弟儿你干啥呢？这是谁来了？耳音这么生。"

母亲去取青瓷碗："锔盆锔碗儿的。"

姥姥："要锔青瓷碗对不对？都七裂八半的，还锔它干啥？"

母亲根本不听姥姥的话，已经把碗拿来了。老人正在往腿上垫帆布。母亲把青瓷碗递给他。老人一看见碗，立刻就噘起了嘴，还一连声地："哎哟哟，这碗……"

母亲："大爷，您锔不上？"

老人："锔是锔得上啊。"

母亲："那您就锔。"

老人："我可是照钉儿收钱，锔个碗可比买个碗都贵啦！"

姥姥听见了："弟儿啊！那就别锔啦！"

老人："我说也是。看你闺女心眼儿好，我才这么说。要说这挣钱的事儿，可没有往外推的。"

母亲："你锔吧，大爷，多少钱我都给您。"

老人这才拿出工具锔起来。他扑啦啦、扑啦啦地钻着眼儿："闺女，这碗就这么金贵？花这么多钱也锔？"

母亲怔了一下，没回答。

老人："是祖上传下来的吧？"

母亲："不是。"

老人："这我就不明白了。他一边说话，一边停下来，朝母亲一笑，神神秘秘地，"要不就是……这碗有人使过？"

母亲红了脸。

老人："你还想让他使？"

母亲的脸更红了。

老人为自己猜到这个秘密而高兴，他得意地笑起来："那你瞧好吧，我保证把它锔得滴水不漏。"

老人把碗锔好了，他将碗托起来，先自端详了一会儿："瞧见了吧，闺女，就跟好碗一样了，一个钉儿五分钱，一共十二个钉儿，就给五毛钱吧。"

老人把碗放在了锅台上。母亲赶紧给老人拿了钱。老人收拾着自己的东西，收拾完了，还朝母亲眨了眨眼睛，这才走了。

母亲把青瓷碗轻轻地拿起来，放到了碗橱里。放好了，看了一眼。

青瓷碗放着幽幽的光，像油画里的静物。

"锔缸锔锅锔盆锔碗来！"

街上又响起了老人的吆喝声，渐渐远了。

# 三十二

时间一天一天过去……

这些天，母亲一直在替别人家织布。

母亲织布时，姥姥则在炕上做针线。

屋里总是响着织布机的咔嗒声。

有一天，母亲正在织布，织着织着，她突然听见了什么声音，似乎就是读书的声音……她立即呆住了。接着，她就往门外跑去。

母亲的举动把姥姥吓了一跳："弟儿，你慌啥？"

母亲根本没听清姥姥的话，已经跑出了院门。

母亲一直来到了学校的门前，这才冷静下来。根本就没有什么念书声。不用说念书声，连个人影儿都没有。

母亲在学校前边站住了，看着学校。

学校仍旧锁着门。

学校的窗上糊着窗纸。

有的窗纸已经破了，正在风里"呼哒"。

母亲回到家，迅速地戴上了围巾和手套，随即就向门外走。

姥姥听见她的动静："弟儿，干啥去？"

母亲："我有点儿事儿。"

母亲出了家门又出了屯子，走上了通往镇上的大路。当时已是下午，路上没有一个人一辆车，空空荡荡的。

母亲走得飞快，像跑似的。不一会儿，就走得浑身热烘烘的，脸色也红扑扑的。她红扑扑的脸上，看上去那么坚毅和执拗，一副不顾一切的样子。

母亲一到镇上就直奔供销社。当时已是快吃晚饭的时间，供销社即将关门了。母亲直奔买窗纸的柜台。以前她在这儿买过窗纸，知道它的位置。

售货员正在换下她的工作服。

母亲急急地："我买十张窗户纸。"

售货员："这就下班了，明天再来吧。"

母亲一下子愣了。

售货员看了母亲一眼，大概是什么打动了她，她才改了主意："拿钱吧。"

　　母亲拿出钱，钱是一个卷儿。母亲把卷儿展开，递给售货员。

　　售货员已经把窗纸放在了柜台上，母亲将纸一拿，转身就走。

　　那天，母亲从镇上回到三合屯时，天已经黑透了。母亲却一点也不害怕。母亲进屯后并没回家，而是直接找到了村长。村长似乎有点儿吃惊。

　　村长："招弟，有事儿？"

　　母亲："我来拿学校的钥匙。"

　　村长："拿钥匙？干啥？"

　　村长打量着母亲，发现了她胳肢窝下夹着的窗纸。

　　村长："哪来的这么多窗户纸？"

　　母亲："买的。"

　　村长："刚买的？在镇上？"

　　母亲点点头。

　　停了一下，村长："老师他不能回来了。"

　　母亲："为啥不能？"

　　村长："他犯了错儿了。"

　　母亲："他犯了啥错儿？"

　　村长："这个……我还不知道。反正是跟教书有关联。"

　　母亲："我不信他犯错儿。他跟我说了，开了春儿，他就回来。"

　　村长："他是宽你的心吧？依我看，难了。要不，乐意糊你就糊吧！反正还得来新老师，到时候也得糊。"

　　村长愁眉苦脸，站起身到挂在墙上的一只小篮子里拿了钥匙，递给母亲。

# 三十三

　　第二天吃完早饭，母亲就开始打糨子。打糨子需不停地搅拌，里屋的姥姥听见了动静："弟儿，刚吃完早饭，你这是又煮啥？"

　　母亲没吱声儿。姥姥也没再问。母亲打完糨子，盛到一只盆里，拿上窗纸，又拿了一把扫帚，就到学校来了。

　　母亲掏出钥匙打开门，走进了教室。

　　母亲这是头一次来到这里，她感到这里既熟悉又陌生，有一种新鲜感。

　　教室当然是空的，只有一些桌子和板凳。母亲的新鲜感消失了，接着而来的，便是一种难言的伤痛了。

　　母亲长久打量着教室，打量着课桌和板凳，也打量着讲台和黑板，打量的同时，心里一阵阵地痛着。

课桌上落满了尘土。

地上丢着些纸片。

母亲看着看着，还看见了她亲手织的那块"红"。它包在房梁木的正中，才半年多时间，因此还很鲜艳。

母亲站了一会儿，打量了一会儿，心痛了一会儿。之后，就忙碌起来。

她先把那些破了的窗纸一张张剔下来换上新的。

她又进教室打扫干净了。她又把所有的桌子凳子都擦了一遍。

把该做的都做完之后，教室已经换了一副样子。现在的教室是那么的整洁，那么清爽，这令母亲有了一种新的心境。一时间，她倒觉得特别愉快，那是劳动之后的愉快。她打量着教室，似乎在检查是不是还有什么该做的。她左看右看。当她站到讲台上，耳旁边依稀响起了念书声，她站在门前听过的念书声，那么悦耳，那么响亮。一时间她十分激动……

可是，过了一会儿，她就冷静下来了。

她的情绪也有了变化，她在第一排的课桌后面坐下了。

她就那样坐着，一直坐到天快黑了。

这时候，院子里响起了脚步声，同时，还不断地叫着母亲的名字："招弟！招弟！"

是村长的声音。母亲听见了，惊慌了一下，站了起来。这当儿，门也被拉开了，村长走进来。母亲看着村长，有点儿不知所措。

村长："天都黑下了，你还不回家呀？"

母亲："我刚想走。"

村长打量着教室。教室是如此整洁。村长被感动了，半晌没说话。

这时，母亲正在收拾她带来的那些来西：糨子盆、笤帚、剩下的窗纸等等。

村长看了一圈儿，最后把眼光落在母亲身上："你信老师他能回来？"

母亲："我信。"

村长："你这么信，连我都信了。"

村长说完这话，先叹了一口气，然后说："就这样吧。先回家吧。"

母亲先出了门，村长随后也出来了。

村长锁了学校的门。

这时候，母亲已先自走了。

渐渐沉没的天光，勾勒着学校的轮廓。

# 三十四

母亲正仰头看着日历：二月二十八日。

母亲知道学校是在三月一日开学，就是明天。

看完日历，她就默默地干起活儿来。她先是打扫屋子，接着又扫了院子。

母亲心里鼓鼓捣捣的，不得不找些事儿做。

把院子扫完了，母亲呆呆地站了一会儿。她站着站着，就把扫把放下了，然后便快步走出院子。母亲突然有了个想法：如果父亲回来，一定会今天回来。

母亲脚步匆匆，朝屯外走。

母亲到了镇上，径直来到长途汽车站。可惜她晚了一步，汽车已经来过并且回去了。

母亲走进了候车室，她是第一次来到这里，难免有些慌张。她正左顾右盼，突然从一个小窗口里传出声音："你坐车吗？车早走了。"

母亲吓了一跳，这才看见那个窗口。她慌乱地点了下头，也不知道那是什么意思，接着就走出候车室，朝三合屯走。

她已经听清楚了，客车已经来过并且已经走了。她当时还想，没准父亲已经回来了，没准我跟他错过了。这样一想，她心里反倒有了希望，脚步与朝镇上走时一样快。

母亲回到了三合屯。她先去了学校，学校仍旧锁了门。她又到村政府外边转了一圈，这里静静的连个人影也没有。

# 三十五

第二天一早母亲又去了镇上，她连早饭都没吃。早上起来后，她给姥姥烫了稀饭："娘，饭我做好了，待会儿你自个儿吃吧，我出去一趟。"

姥姥："啥事儿这么急？吃口饭再走不行吗？"

早晨清白的大街上，母亲再次向镇上走去。

母亲一到镇上，再次直奔汽车站。她又到了候车室，见这里正有几个等车的人。她向一个人打听了一下，知道汽车还没到。

等车的人陆续多起来，母亲就站在他们中间。

春寒料峭，大家都在不停地走动，时或还跺跺脚，也有的人在抽烟，只有母亲静静地在一边站着。

不知等了多长时间，直到等车的人都骚动起来，并且一齐朝门外拥去，母亲才意识到这是车来了。

母亲也跟着大家出来。

汽车果然来了。母亲紧紧地盯着车门，盯着每一个下车的旅客。旅客一个个走下车，直到汽车上的人走空了。

　　母亲没有看见父亲。母亲知道从县里到镇上的汽车一天只有一趟，所以她就回来了。母亲这时是那么失望，同时也觉得身上不舒服，浑身生痛生痛的，似乎一点力气也没有，她好不容易才回到家。

　　母亲一到家，姥姥立刻就告诉她：“弟儿，你过来，让娘看看你。我咋总觉得你身上不对劲儿呢！”

　　母亲在炕沿坐下来。姥姥凑到了她的身边，抓住了母亲的手：“手咋这么凉！”她又摸了摸母亲的额头，不由更加吃惊了：“啊！脑门儿这么烫！”

　　母亲感到自己是那么无助：“娘，没事儿的。”

　　母亲躺了一晚，觉得好些了，第二天又做了早饭，吃了几口，她又要走。

　　姥姥听见了，替母亲担心，便劝她：“弟儿呀，你都不舒服了。屯里人早就说，老师不能回来了。你见天朝外跑，你看你这几天瘦的……”

　　母亲咬了咬嘴唇，淡淡说了声：“我到县上找他去。”

　　姥姥急了：“你咋找？又不知道他家……弟儿，你回来！回来……”

　　母亲根本不听姥姥的话，她已经走出了家门。

　　母亲又走出了屯子，沿着通往镇上的大路向前走去，渐行渐远。

　　母亲走啊走啊，再也撑持不住，突然昏倒在路上了……

　　邻屯的一挂马车把她送回了家。

　　母亲生病的消息全屯人都知道了。那一天，母亲家里聚满了人。大家都用一种怜悯的、心疼的、不解的又是赞赏的目光看着在炕上昏迷着的母亲。

　　姥姥特别不安：“这可咋办法儿呀？老师要是不回来，她不还得去吗？我又拦不住她，去个人吧，去把他找回来吧！”

　　听了姥姥的话，所有在场的人都非常感动，当然，也很伤感。

　　村长：“照理说是该。人都这样了。可就是不知上哪去找呀！”

# 三十六

　　母亲昏睡了一天两夜，才苏醒过来。

　　母亲慢慢地睁开了沉重的双眼，她一醒就朦朦胧胧地听见什么声音，很像是念书的声音，但是声音很小，小到几乎难以听见。

　　她以为这是幻觉。

　　姥姥立刻就听见了动静，她高兴地：“弟儿呀！弟儿呀！你醒过来了？你还不知道，老师回来啦！”

　　母亲看了姥姥一眼，似乎没反应过来，也似乎不信。

姥姥："昨晚儿他就回来了。说是搭便车回来的。他一回来就到了咱家，在咱家坐了半宿呢！"

母亲还是不说话，她似乎想着什么。

姥姥："他还给你买了白糖。"

姥姥说着说着，竟然抽噎了一声，她这是为母亲高兴呢。

母亲这才起来了。她似乎看见了那包白糖，又似乎没看见。她慢慢下了地，身子摇晃了一下，接着，就朝门外走去。

姥姥连忙地："弟儿，你干啥？你还病着呢！"

母亲已经出了门。

姥姥："天冷，你披上件衣裳啊！"

母亲一出门就听出来，这真的是念书声啊！当然，这时还听不那么真切，声音还很小，母亲越往前走，声音就越大了。

母亲听见父亲正在念："……中国地大物博，有广阔的粮田和无边的森林，还有丰富的地下矿藏。我们一定要用自己的双手把祖园建设得更加繁荣、更加富强……"

母亲走着走着，竟跑起来了。她跑得并不快，踉踉跄跄的，但是，她跑着，跑着，心里感动着。她还没跑到校门口，却远远地就看见，那儿又聚了那么多人，那么多的乡亲，就像去年第一次上课时的情景一样。乡亲们一样听得那么专注，那么痴迷，一样听得满脸的庄重，一声不响。

夏木匠也在其中。

母亲跑到校门口时，那声音就更大了，就像浪涛一样，向母亲扑来。

母亲的脚步声惊动了站在学校院里院外的乡亲们，他们纷纷回过了头，目光是那么惊讶又那么感动。他们立刻给母亲让出了一条路。

可是，母亲却在校门口站住了。

这时候，也不知是谁，大概再也忍不住了，便大声朝教室喊起来："骆老师，招弟来看你了！"

喊声刚落，父亲便从教室出来了。

父亲看见了母亲。

母亲看见了父亲。

母亲的眼里哗哗地流出了眼泪。

父亲回来了！乡亲们都知道，他是为了母亲才回来的。

不过，父亲这次回来，只在三合屯待了一天一夜就又走了。因为母亲天天去接父亲，为接他都昏迷在路上的事儿传到了父亲的耳朵里。他就私自跑来了。就为这，还使他和母亲再次相见的日期又延长了好几年。

从那以后，父亲就再没离开母亲一步。

# 三十七

我向村长家里走去。

我在门上敲了几下，开门的正是村长。看见是我，他好像有点吃惊："玉生！快进屋！快进屋！"

村长的老伴在屋里问："他爹，谁呀？"

村长："骆先生家生子。"

我接着村长的话："我找我大爷说个事。"

村长老伴："进屋来，屋里说吧。"

我："不用，不用，就这儿说吧！"

这时候，我和村长就站在外屋，村长正看着我。

我："大爷，我想，还是抬吧。"

村长怔了一下："你也说抬？"

我："我知道大爷的难处，这事儿无论如何得麻烦大爷。"

村长："那就啥也别说了。我本来想让你劝劝你妈的，如今你也同意，那咱就抬吧。可就是，咳，屯里这会儿人手真是不够了。"

我想了想："那咱能不能从外屯雇些人呢？"

村长也想了想："要说这事儿，眼下还只能这么办了。"

我："那，大爷你帮我算算，这一共得多少人？看给多少钱合适？"

村长略算了一下："要是雇人，一个人总得给一张吧。一副架是十六个人。中途还得换一次肩，那就是三十二个人……"

村长说话的时候，我已经从兜里掏出钱来。我把钱递给村长："这是五千块钱，大爷您先拿着，不够再说。"

村长看见钱，似有些窘迫，想说什么，却又没说，只是把钱接过去了。

我："天这么晚了，那我先回去了。"

# 三十八

现在，我们就要到镇上去接父亲了，屯里仍旧出了两辆小四轮。其中，前边一辆拉着父亲的棺木，我和母亲坐在棺木的旁边。后边的一辆坐着村长、夏木匠和一些精壮汉子。

此刻，两辆小四轮正朝镇上赶。

寒风阵阵。

母亲迎风而坐，微眯着双眼。她还带着一只小篮子，小篮子上盖着一块布。

小四轮到了镇医院，在大门外停下来，熄了火，大家把棺木抬下来，抬进院子里。放好了，村长朝大家看了看："好了，咱们让骆先生入棺吧。"

太平间的门被打开了，人们都往里头走，母亲也要进去，却被夏木匠拦住了："你们就别进去了，在外面等着吧。"

别人都进去了，外边就剩下了我和母亲。

不多一会儿，人们就把父亲的遗体抬出来，放进了棺木里。把父亲抬出来时，有四个人扯着一匹白布。白布张在父亲的遗体上面。这是家乡的习俗，人死后就不能再见天了。直到把父亲放进棺木，那匹白布也一直张着。

把父亲的遗体放进棺木后，村长才走过来："去看骆先生一眼吧。"

我和母亲迅速走过去。

快到棺木跟前时，村长又说了一句："看见骆先生千万别哭，可不能让眼泪掉在他身上啊！"

我和母亲来到了棺木跟前。

母亲果然没哭，她先是默默地朝棺木里看着，看了一会儿，就把那只小篮子拿出来，又揭去了盖在上面的布，然后便从里面拿出了几样东西，拿出一样，往棺材里放一样。

她先拿出了一只手电筒，又拿出了那套《十万个为什么》，最后拿出了那只青花瓷碗。

母亲没哭，我却哭了。

村长："现在盖棺，盖棺吧。"

棺盖盖好了。有人在乒乒乓乓地钉着钉子。接下来，有人又包好了遮棺布，然后他们用绳子把棺木绑好，又把木杠插进绳子里，先是十六个人，都弯着腰，都把杠子架在肩上。

夏木匠喊了一声，"起！"

随着夏木匠的喊声，十六个人一使劲儿，就把棺木抬起来了。

# 三十九

自此，夏木匠担当起了抬棺的主持者。

大家抬着棺木出了镇子。

路上布满了积雪。

这就是父亲当年来到三合屯时走过的那条路。

如今，父亲又将沿着这条路回到三合屯。

抬棺的人们走在前头。后边还跟着一些准备换肩的人，还跟着那两辆小四轮。我和母亲还有村长也跟在后边。

抬棺的人里，除了本屯的一些人，还有挺多我不熟悉的人，还有一些花白头发的人。从服饰上看，他们更像是城里人，或者更像干部，其中还有穿军装的人。不论什么人，他们一样扛着木杠，有的暂时没扛木杠，便紧紧地跟在棺木的旁边，随时准备接替正在扛着木杠的人。

雪地上，这些人簇拥着父亲的棺木，他们的脚步踏得雪路嗵嗵直响，踏得雪末子纷纷扬扬，他们的脚步杂乱着，匆忙着。他们都不说话。他们的神情肃穆着，真诚着。

这是后来村长说的，这么多人，他们都是父亲的学生，他们听到了父亲的死讯，就自己赶来了。村长说，他只给他们其中的某一个人打了个电话，他们就都知道了这个消息。

村长说：“啥叫情义？这就叫情义啊！”

与此同时，夏木匠在不断地喊着话。

走出镇子的时候，夏木匠喊：“骆先生，咱这就回屯了！”

前边有个上坡，夏木匠喊：“骆先生，前边有个上坡，你高抬脚啊！”

前边有段弯路，夏木匠喊：“骆先生，你当心，前边拐弯了。”

前边有段下坡，夏木匠喊：“骆先生，你慢点儿，下坡了。”

夏木匠一路喊着，他的声音让人听得那么苍凉，那么响亮，又那么真情。

我和母亲还有村长始终跟在后面。

这期间，我曾经劝过母亲，让她到小四轮上去坐一会儿。村长也劝过她，但都被她拒绝了。她摇摇头，再摇摇头，走着，什么也不说。

眼看着就到三合屯了，村长忽然想起了什么，他拉住我，接着就把我给他的那些钱还给了我。看见钱，我惊诧了一下。

村长：“这钱，你拿回去吧……他们都不要。”

村长再没说别的，我只好接过钱，放进了衣兜里。

父亲被安葬在了学校对面的山坡上，那儿离井台不远。这是母亲为他选的地方，她要让父亲总能看见学校。他们还在父亲的坟旁修了座空坟，那是母亲将来的“老地儿”，这是母亲自己的要求。

# 四十

安葬了父亲，我和母亲回到家里，我们前脚进屋，村长和夏木匠后脚就来了。

大家都没说话，默默地坐了。

村长：“这不是嘛，骆先生是为了盖学校才‘老’的。我跟乡亲们商量过了，学校还是要盖，为骆先生咱也要盖。今年是不行了，明年咱们一定盖。就照骆先生的意思，就盖个全砖的，挂瓦。”

母亲听了这话，问：“拿啥盖？你哪来的钱呢？”

村长："这个还没想好，我打算开个会，大家伙儿先凑点，不足的，再想别的招。"

静默了一会儿，母亲便走到箱子跟前，打开了箱盖。大家不知道她要干什么，都看着她。她很快就从里面拿出了一个手帕小包。打开了，里面包着一些零碎的钞票。接着，她又朝我看了看："生子，把你的钱也给我。"

虽不知她要干什么，我还是把袋掏出来，递给了她，就是村长还给我的那些钱。

母亲接过钱去，和她的钱放到一处，递给了村长："那，我这就算头一份吧。"

村长愣住了。

村长："不急，不急，到时候再说。"

母亲仍旧举着钱："你拿着。"

村长想了想，又看了夏木匠一眼，终于把钱接过去："那好，我就拿着，你们就算头一份儿。"

村长和夏木匠走了。

我和母亲送他们，送出了大门外。

# 四十一

送走了村长和夏木匠，母亲提出让我陪她到学校去看看："我还要上学校去看看，你也去吧。"

我和母亲来到学校。我们先在学校的院子里停了片刻，然后就进了教室。教室冷清清的，不单是寂静，还让人觉得某种凄凉。教室中间有个铁炉子，铁炉子早就熄灭了。

进屋后，母亲先自愣了一会儿神，然后轻轻对我："看这学校！"

此时母亲必定怀有不尽的感慨，其实我也如此。

母亲："这些年，你爸待在这儿的工夫，比待在家里还多。"

我看着母亲。

母亲："多快，一晃就是四十多年。"

母亲一边说，一边抬起头来朝房顶望去，我见了，也跟着朝那儿看。

母亲："看见房顶那块红布没有？那就是我织的，来年盖学校，我还要织一块搁在那儿。"

我当然看见了那块红布。我知道那就是人们所说的"红"，不过，如今已经看不出红了，那"红"黑糊糊的，又脏又旧。

母亲："你爸本想让你也当老师。他前些日子还跟我叨咕呢。说你念了一回师范，竟连一堂课也没上过。"

母亲已将目光转向了我。

母亲的话让我心动，我知道父亲会有这个想法的。

说完这些话，母亲就慢慢地向外走去。我跟在她身后，也向外走。我们走到了门口。

母亲："也不知啥时候学校再能上课。"

我："我听村长说了，过几天，还会派个老师来的。"

母亲："我也听说了。可我总觉得谁念书也不能有你爸念的好听。"

我和母亲走出了学校，在我关门的时候，母亲独自向前走着："你爸那念书声，我一辈子都没听够。"

# 四十二

我和母亲回到了家。

这会儿，我和母亲都在炕上坐着。虽然安葬了父亲，我心里的伤痛并没减少。我想母亲也是如此。

开始，我们都没说话。

我正默默地打量着这间屋子。我打量着织布机、炕上的箱子和墙上的年画。我突然感觉到，这屋子有多么空！

这时，母亲下了地。

我同："妈，干啥去？"

母亲："妈煮饭去。"

我："那我给你烧火。"

母亲没说话。我们来到厨房，母亲揭开锅盖，添水涮锅，我则点燃了灶膛。

母亲涮完锅，拿起一个盆来："这几天都没好好吃顿饭，妈给你擀面条吧。"

我赶紧地："熬点粥得了。"

母亲："明天你不要走了嘛！"

我："妈，这次，你就跟我去吧。"

这话是我一直想说的，也是我早就考虑好了的。

母亲并没马上回答我，过了一会儿，她才说："我不想去。"

我："可你一个人在这儿，我放不下心呀。"

母亲："没啥放不下心的，我能照顾自个儿。再说，有你爸在这儿，我哪儿也不想去。"

我知道这是母亲的真心话。我还知道，母亲一旦打定主意，就很难说得动了。

我半晌没说话。

母亲："这趟回来，你也没说说你在外头的事。"

我知道，母亲这是想改变话题。

我："我在外头挺好的。"

母亲："我知道，人在外头不容易。我老想跟你说，让你抓紧点儿成个家。别老挑拣，找一个跟你贴心的比啥都强。"

母亲这话让我又温暖又酸楚。

母亲："到时候，领回来让妈妈看看。"

我："行。"

我哭了。我也说不上，我为什么哭。

# 四十三

次日一早，母亲起得比我晚。母亲醒来一看，我已经不在炕上了。母亲并未多想，穿好衣裳后，就来到了院子里。一到院里，她立刻就听到了什么声音。

母亲对这个声音那么熟悉：这是念书声！

母亲必定感到奇怪。

母亲侧耳细听：肯定是念书声！

母亲一听出这是念书声，她就管不了那么许多了。她立刻就朝学校走过来。她走得那么急，有好几次都磕磕绊绊的。

母亲一下就听出来，父亲刚来三合屯时念的就是这一段：

"读书识字……念！"

"读书识字！"

"多长见识……念！"

"多长见识！"

"能写会算……念！"

"能写会算！"

"是件好事……念！"

"是件好事！"

母亲来到了学校的门外。

读书声继续响着……

"读书识字，

多长见识，

能写会算，

是件好事……"

母亲来到学校门外时，看见这儿又聚了许多的乡亲、其中也有村长和夏木匠，就像前两次一样。母亲发现大家仍然像以前一样安静。他们都看见了母亲。他们立刻就为母亲让开了一条路。但是，母亲却没再往前走，站在那儿了。

这时候，我走出了教室。

我一眼就看见了母亲。我看见她一脸的惊讶，一脸的痴迷。我看见她就像看见了当年的只有十八岁的田招弟。母亲当然也看见了我，她看见了我时，是不是也看见了父亲当年的样子呢？

我不知道为什么这样做。头天晚上，我就挨家挨户通知学生了。我当时就对学生们说了，说我要给他们上一堂课。我有点冲动。不单为母亲，也为父亲，还为我自己，我想我要做这件事……

我念的正是父亲第一次上课时念的那段课文。其实这不是课文，这是父亲自己编的一段识字歌儿……

可是，几乎是突然之间，母亲就背过脸去，而且捞起衣襟捂住了眼睛。我知道母亲这是哭了。母亲的肩膀一抖一抖的，我知道母亲是多么悲痛。那么，母亲，你就哭吧！

我朝母亲走去。我来到她的背后，双手扶住她的肩头。我跟母亲一样，也哭起来。我的簌簌滚动的泪水，不断地流着。

这时候，那些听课的乡亲，村长和夏木匠，还有那些被我叫来的学生，都静静地看着我和母亲。

# 四十四

这天一早，我离开了三合屯。

我是悄悄离开的，没有惊动村长大爷和夏木匠。我要先步行到镇上，再在那儿搭公共汽车回城里。

我和母亲走出屯子，来到屯头。母亲站下了，她什么话也没说，也没向我招手，只在那儿目送着我。

我渐行渐远。

走着走着，我回了一下头，看见母亲还在那儿站着，看见寒风吹动着她的衣裤和她满头的白发。

我心里又温暖又忧伤。

我没再回头，走着……

# 韩乃寅

**作者简介**　韩乃寅，1947 年 11 月 1 日出生于山东章丘明水镇。1981 年毕业于牡丹江师范学院中文系。曾先后担任鸡西市文联编辑，鸡西市委秘书、副秘书长兼办公室主任，市委秘书长兼机关工委书记，鸡西市鸡冠区区委书记，鸡西市委常委兼虎林市委书记，黑龙江省农垦总局党委副书记、副局长。省政协第九届委员。中国作家协会会员、中国影视家协会会员。省作家协会副主席、省影视家协会副主席。牡丹江师范学院兼职教授。已创作中长篇小说、电影电视剧作品二十部。主要作品有长篇小说《远离太阳的地方》、《高天厚土》、《岁月》、《龙抬头》、《特别的爱》。另有《密林虎啸》等八部儿童中长篇小说。《远离太阳的地方》获东北地区首届文学奖优秀作品奖；《岁月》获丁玲文学奖一等奖、中宣部"中国图书奖"、黑龙江省文艺精品工程三等奖、天津市优秀图书特别奖，由本人改编成二十六集电视连续剧《破天荒》获全国"五个一工程"奖；《高天厚土》获丁玲文学奖一等奖。曾被黑龙江省作家协会和省文学院评为优秀作家，其创作实践被载入《中国作家大辞典》、《中国文学家辞典》、《中国小说大辞典》。

## 爱在冰雪纷飞时（内容简介）

　　一九六九年的隆冬，妙龄少女白玉兰从北京来到了北大荒农场，与她同到的还有其恋人郑风华以及同学李晋、张向红等。在这个风雪交加的日子里，从北京、上海、天津、哈尔滨一下子涌进三连二百多名知青。来的当夜这些男女知青们只得挤在一间大宿舍里，当中拉起了一道帘子，知青生活就这样开始了。

　　白玉兰是一个貌美婀娜温柔可人的女子，她很快引起了三连连长王大楞的儿子王明明的垂青。王明明是个鲁莽敢作敢为的人，他不断骚扰白玉兰，引起了郑风华及李晋等知青的不满。李晋想教训王明明，却被王明明打倒，王明明公开宣称他相中了白玉兰，谁说北大荒的小青年不能爱大城市来的女知青？白玉兰一心爱的是郑风华，根本不理睬王明明的疯话……该剧以"文革"后期社会大背景为典型环境，以五对知青的爱情故事为线索，展示了从下乡到返城酸甜苦辣、悲喜交加的十年知青生活，故事情节复杂跌宕，各类知青人物栩栩如生。

# 破天荒（内容简介）

一九五八年抗美援朝的硝烟尚未散尽，上甘岭的战斗英雄贾述生、高大喜、席皮等就带着新的使命，马不停蹄地挺进了北大荒。一大批来自山东的支边女青年，如冯二妮、王俊俊等也揣着梦想走进了陌生的人生旅途。曾在山东老家暗恋贾述生七年的县妇联主任魏晓兰，千里奔波追到贾述生所在的光荣农场，却发现贾述生仍然爱着多年没有音信的老乡马春霞。魏晓兰失望之余无奈地嫁给了并不爱恋的方春。情感失意的魏晓兰因爱成仇，处心积虑赢得了局长吴新华的赏识并走上了领导岗位。在垦荒大会战、三年自然灾害、知青上山下乡等北大荒变成北大仓的岁月里，她飞扬跋扈、发泄私愤迫害贾述生，压制马春霞，排挤高大喜，刁难方春。致使贾述生有志难酬，马春霞难产早逝，高大喜罢官靠边，方春忍气吞声，并酿成了八名女知青丧生火海的悲剧。迫于多种压力，魏晓兰逃离了北大荒。二十年以后，贾述生的女儿嘉嘉却嫁给了魏晓兰的儿子连喜，而连喜心中却爱慕起了高大喜的女儿小颖。三个童年的伙伴，在国营农场的改革大潮中又荡起了新一代北大荒人的情感浪花。这时候魏晓兰又回来了……最终在一次新的波折之后，北大荒走向了科学发展的道路。

# 蔡沛林　李国昌

**作者简介**　蔡沛林，1932 年出生于四川彭县。参加过抗美援朝战争，1959 年转业到玉门油田，1960 参加大庆石油会战。曾任大庆政治部宣传处副处长，大庆油田建设公司党委书记。

　　李国昌，1948 年出生，原籍湖南。1962 年到大庆参加石油会战。代表作品有短篇小说《宝刀》、电视连续剧剧本《铁人》（与蔡沛林合作）、长篇小说《铁人之歌》等。

## 铁　　人（内容简介）

　　钻井工人王进喜和他的工友黄豹、牛进才等人从玉门油田转战到大庆油田，在艰苦的自然环境和生活条件下，勇于牺牲自己与地球开战，为甩掉中国贫油的帽子而忘我拼搏，最终创造辉煌的成绩。剧本既叙述了王进喜从一名普通钻井工人到被称为"铁人"的光辉历程，也塑造了铁人王进喜周围同样具有"铁人精神"的一个石油工人群体。

## 铁　　人（节选）

### 第　二　集

　　第一口油井井场。
　　夜。雪花纷飞。王进喜抱着大镐在挖泥浆池。旁边是他的老羊皮袄。黄豹枕着铁镐，躺在老羊皮上，鼾声如雷。
　　雪住。晨光。直插云霄的井架。
　　王进喜从老羊皮袄上跃起。黄豹还在挖泥浆池。
　　王进喜身轻如燕，噌噌飞上云梯，把一杆红旗插在塔顶，回身紧固井架上的钢丝。巨大的扳手。扳手上的血迹。王进喜紧固螺丝的手——斑痕

累累，血泡和冻裂的口子重叠罗列。（化出）

下一个晨光。

月怡正给王进喜的手上药。她惊恐的眼神，感动的泪水。（化出）

月怡在用清水和着泪水清洗护丝。

苏健在一个木箱子上画地质图。

马福贵凑近月怡。王进喜喝住。

王进喜："你把泥浆槽子、井筒子检查一下，防止开钻后井漏。"

马福贵："好咧！"

王进喜转去。马福贵帮月怡擦护丝。

（化出）

晨星。

王进喜歪在井架底座旁边，披的老羊皮袄已悄然掉下，一只手捏着宋若怀的茶缸，面带笑容。茶缸里的水已冻成冰。另一只手里的馒头已掉在雪地上，但手依然做着送馒头进口的姿势……

王进喜的脸。胡子长长了，头发长长了，又乱又脏。脸上是血、汗和油污。狗皮帽子四周全是冰挂儿，老羊皮袄本来的白色，已脏得面目全非。他的脚上，大头鞋已裂开了口子，张着嘴。（化出）

马福贵的脚悄悄地接近月怡的脚。

月怡从酣睡中惊醒。

马福贵仓皇逃窜。

月怡倒在苏健怀里哭诉。

苏健愤怒的目光。手中的铅笔被气愤的两个指头折断……

又下一个清晨。朝阳从雪线下冉冉升起。银装素裹的千里草原轻轻荡着金色的涟漪。出奇地静。

王进喜站在钻台上，手握刹把，心情激动。宋若怀在钻台下，望着他。

王进喜："老宋，怎么样？干吧！"

宋若怀："老王，大家各就各位了。你下命令吧！"

王进喜："开钻！"他一按刹把，钻杆转动。钻机声、泥浆流动声、乐曲声骤起。

画外音：大庆石油会战第一口油井在一九六〇年四月十三日清晨开钻了！

井场。值班房。

宋若怀叫黄豹上钻台换下王进喜。

王进喜走进值班房。

王进喜一口气喝了三茶缸水。

宋若怀："老王，你已经顶了三天三夜了。今晚我在这儿，你回去休息一下。"

王进喜："现在才打四百八十多公尺。这头一口井，地质情况不明，得摸索着干，踩着石头过河，一步一步来。啊，苏健呢？"

宋若怀："在整理地质资料。月怡姑娘闹得很厉害，非要他回北京不可。"

王进喜："指导员，你多做点儿工作，大学生，能留下，咱们井队可就棒了！"

钻机声异常。井漏了，泥浆供不上，类似一种干嚎。

黄豹在钻台上急了。

黄豹急叫副司钻。副司钻急忙奔上钻台，被黄豹一脚扫下来。

黄豹："操你妈！我要泥浆！"

王进喜冲上钻台。

黄豹："没泥浆了！"

王进喜急得要揍黄豹。

王进喜气愤地要找马福贵算账："马福贵呢？这狗娘养的！"


草原。

马福贵藏在草窠里酣睡。


井场。

副司钻拽着马福贵走上钻台。

马福贵：（心有余悸）"这是干啥哩！"

马福贵踏上钻台扶梯，迎面撞上黄豹，被黄豹一脚扫倒在地。

马福贵："你这山神的卵子，虎蛋玩儿！"

黄豹："打头一口井，你就藏猫猫，你才是阎王爷奶奶肚子里的——球毛鬼胎！"

井场泥浆池旁。

宋若怀、王进喜、黄豹、龙四柱、马福贵等，望着逐渐干涸的泥浆池。

苏健跑来报告。

苏健："总调度说，今天确实没有水罐车，南调度长急得骑马到草原上找水罐车去了。"

宋若怀："别指望水罐车了！"

大家都看着王进喜。

王进喜："我又不是水罐车，都看着我干什么？马福贵，娄子是你捅的，你去堵漏！"

马福贵："堵住了漏洞，水也不够，也得停钻！"

王进喜："放屁！这么大个草原，我不信就没有水！"

马福贵："眼下，总不能尿尿打井！"

王进喜："就是尿尿也要打井！"

王进喜眉头一皱，环顾大草原，然后低声和宋若怀商量了一阵。宋若怀的浓眉舒展。

王进喜："全队集合，把能盛水的家什都拿着，跟我来。"

冰泡子上。阳光照在冰面上，闪闪发亮，有如条条金龙飞舞。

王进喜抢起铁镐，凿开冰层，从冰洞里取水。有的用水桶，有的用脸盆，有的用帆布袋……

人们端水、提水、拎水，来往于冰泡子和井场之间。水，倒入泥浆池。（化出）

池里越来越多的水，水流……

人群越来越多，人流……

人流中有各种发式、各种衣着的人，有刘大娘和青杏。

南调度长翻身下马，也加入端水的行列。

宋若怀在搅拌泥浆。

泥浆在池里旋转。钻杆在旋转。端水的人流也在旋转。

井场值班房。

苏健把画好的一张地质图挂在值班房墙上。

王进喜、黄豹、马福贵侍立图前。

苏健："打到这儿，可能是高压层。据第三号基准井的资料，大约是一千公尺左右。"

王进喜："打到这儿，可得注意。这个地域的地质情况复杂，一定要小心谨慎。马福贵，你到总调度室去一趟，要两车重晶石粉，到时候好加重泥浆，压制井喷。"

马福贵："好咧！要两车重晶石粉！"

第一口井井场。

晚上。井架底部非常昏暗。

月怡拎着提包来到井场。

王进喜倚着钻杆，躺在老羊皮袄上，他脸上满是油污和泥浆，胡子拉碴。月怡认不出来，吓坏了，一声"妈呀！"急忙跳过，钻进值班房。

苏健正在搞地质图，未发现月怡进来。

月怡生气，把手伸到苏健眼前。

月怡："你看看我的手！"

苏健看了看："起泡啦！"说罢，拿起铅笔刀擦了擦，拽住月怡的手，挑着水泡。

月怡："哎哟！疼死人了！"把手抽了回去。

苏健："长痛不如短痛。忍着点儿，泡一挑破，长成茧子，就好了！"

月怡无可奈何地又伸出手。

苏健捧着月怡的手，认真地挑着水泡。月怡扭过头去，不敢看，眼中流着泪。

苏健："好了！"看了看流泪的月怡，"手上打个泡就哭鼻子，纯粹是大小姐作风。"

月怡一梗脖子："就是！怎么样？"

苏健在挑衅面前不吭声。

月怡继续哭着："你在玉门待了五年，我在北京等了你五年。五年在一起没有俩礼拜。本以为跟你到了东北好一点儿，能好好在一起过，没想到，这儿比爬雪山过草地还苦！"

苏健在图上标着数据，不耐烦地说："你如果实在受不了，还是回北京去吧！"

月怡的哭脸顿时转变成笑脸，亲切地对苏健说："那你也跟我回去！我让爸爸给你找个工作！"

苏健："我是学石油地质的，离开油田，如鱼失水，还有什么出息！"

月怡："没出息，我认了！"

苏健："你——"

月怡："我今年都二十九岁了。你还要叫我守几年空房？你说！"

苏健无可奈何地看着妻子。

月怡："你发话呀！你哑巴了？"

苏健："月怡，我说过了，我不能走！这是会战。我们石油工作者梦寐以求的，就是找到石油啊！"

月怡："你以为我是娇小姐，怕苦吗？苦，我受得了。我是担心这场会战将以失败告终。现在天寒地冻，过几天，一开化，遍地沼泽，寸步难行，蚊蝇丛生，将苦不堪言。随后是雨季，到处一片汪洋，在水里泡着，不生蛆才怪哩！这里无霜期才一百三十二天，随后就是严冬。你们能站住脚吗？你们有地方过冬吗？还有，几万人一下子拥到这狭长的不毛之地，等待你们的，将是冻死！饿死！困死！"

苏健："不一定吧。车到山前必有路。"

月怡："可你忘了，我是爱你的，我不愿你在这儿毫无意义、毫无作为地受苦！"

苏健："咱俩的看法相反。我不能走！"

月怡："那我走！"车转身，大哭。苏健去拽她。她返回身。

月怡："走不走？"

苏健："你走吧！"

月怡怒极，用手捏住他绘的地质图。苏健去夺，两人撕扯，把图纸撕得粉碎。

纸屑纷飞。

雪花纷飞。

月怡向井场奔去。

苏健呼喊着追去——

第一口井井场。

王进喜被月怡、苏健的奔跑和呼喊声惊醒。替他盖上军大衣的宋若怀劝他再躺一会儿。

钻台上正在起钻杆。

苏健追逐月怡从钻台下飞奔而过。

一根钻杆正从钻台上滑下来。

王进喜霍地冲了过去，一把推开正跑的月怡和赶上来的苏健。钻杆滚下来，砸在王进喜的脚上。王进喜挣扎了几步，倒下。

众围上来。王进喜恢复知觉。苏健等大哭。王进喜缓慢地站起来，咬紧牙关站稳。

王进喜："哭什么！我又不是泥巴捏的，哪能砸一下就散花了！这不好好的。都快干活去。黄豹，打了多少米了？"

黄豹："还不到一千米。"

王进喜："看看地质图，到什么地层啦？"

总调度室外。

马福贵和一年轻调度员避在一角，抽烟。

马福贵："这年头，没好烟，抽支'大绿树'。你是哪个油田来的？"

调度："新疆。你们王进喜干得挺红！"

马福贵："一将功成万骨枯。还不是我们这些人替他卖命！"

调度："我就恨这号踩着别人肩膀往上爬的人！"

马福贵："王八操的才不恨哩！这不，派我来要重晶石粉。"

调度："没有！有也不给！"

值班室。

黄豹去看地质图，面对一堆纸屑。

井场。

王进喜面对下决心离去的月怡和懊恼的苏健。

王进喜："月怡同志，你们的事以后再说。你们在刘大娘家住了好几天，我这里有二十块钱和十斤粮票，你们快送去。"

马福贵押车回到井场。

王进喜："拉来重晶石粉啦？"

马福贵："王八操的，没有货！拉来了一车水泥。"

王进喜："固井才用水泥，还早着哩！先卸下来，再去联系重晶石粉。"

马福贵虔诚地一笑："好哩！"

王进喜挣扎着迈步，他要巡视井场。

没迈几步就栽倒了。牛进才看在眼里，扶他。王进喜推开他。牛进才转身离去。王进喜挣扎着来到泥浆泵旁。

泥浆泵工去扶他。他站稳。

王进喜："现在泥浆比重是多少？"

泵工："一点五。"

王进喜："压制井喷，比重该多少？"

泵工："起码也得三点五。"

王进喜："你有准备吗？"

泵工："加几十袋重晶石粉，比重就上去了！"

王进喜满意地点头。

牛进才给王进喜找来一根棍子。王进喜拄着迈了几步，咧嘴笑了。他拄着棍子，继续巡视井场。

杨树林小路上。

马福贵匆匆回井队驻地。撞上拎着小筐蹒跚而来的刘大娘。

刘大娘："邪乎！这不是马大爷吗！这么多天不见，忙啊。"

马福贵："开钻了，要打井，脱不开身。大娘拎的啥宝贝？盖着掖着的。"

刘大娘："庄户人有啥值钱玩意儿？几个鸡蛋。你们王队长，连工人捡了几个鸡蛋也要给我送回去。北京来的那个小美人在我们家住了那么几天，又给银子又给粮票。听说你们王队长，一连五天了，也没回来打个盹。这几个鸡蛋，自己吃糟践了，给你们王队长送去——"

马福贵："那敢情好！我先尝尝。"

刘大娘："得了！我看你们队三十多号人，就你'格路'，又懒又馋。这鸡蛋，得给王队长吃，补补身子。"

马福贵："谁吃不长膘！我这是烧香忘了掉腚，得罪佛爷了。啊，那青杏是你的闺女？"

刘大娘：（警惕地）"比闺女还亲哩！她有主了！你们这些泡卵子，不要打她的主意了。要是做个饭，打个补丁什么的，大娘还中！"

马福贵大笑，大娘也大笑。


井场。

钻台上，王进喜倚着护栏问司钻黄豹。

王进喜："现在进尺多少？"

黄豹手不离刹把，嗳嗳嚅嚅。

黄豹："怕到一千公尺了吧。"

王进喜："离高压层还有多远？"

黄豹张嘴无言。

王进喜浓眉倒竖："你别乱弹琴！问你打到高压层没有？"

黄豹瞪着眼珠子，表示不知道。

王进喜挥起拐棍。黄豹硬挺着，准备挨一下子。拐棍从空中画个弧，未落到黄豹头上。黄豹滚动眼珠子，表示无限庆幸。

王进喜："我不叫你去看地质图吗！"

黄豹："哪来的地质图？都成粉蛋蛋了！"

王进喜呼地一下甩掉拐杖，气得两眼圆睁。

王进喜："毁了地质图，咱们不都成了瞎子了！哪个龟孙子干的？"

王进喜瘸瘸拐拐，疾步走进值班房，拢起一堆纸屑，愤然一脚踢去。

王进喜："苏健！苏健！"

有人告诉他，苏健和月怡走了。

王进喜强咽了一口怒气，又瘸瘸拐拐直奔泥浆池。他来到泥浆槽旁边。

王进喜趴在泥浆槽上用鼻子嗅。脸贴近浑浊的泥浆。

王进喜："什么味？嗯！油气味。"

他顿时两眼发直。不好，有气浸现象，井跑气。他忙叫副司钻。

王进喜："副司钻！快去报告总调度，急用重晶石粉！"

井场上人们大惊失色，奔跑相告。

泥浆上喷。钻台上油气熏天。井口泥浆不断喷涌，渐渐不见人影，并发出嗷嗷的啸声，越来越大。

马福贵冲进值班室。他吩咐一钻工。

马福贵："快去叫拖拉机，准备拉井架！"

王进喜听见了，忙喝住。

王进喜："站住！干啥？"

马福贵："这井一喷，天塌地陷，赶快把井架子、人、设备抢出来。"

王进喜："屁！这井是咱们的命根子！我在井就在！"

马福贵："你还强得过天灾？"

王进喜："快去搞重晶石粉，加重泥浆！黄豹那猛张飞有勇无谋——"

王进喜从泥浆、油气中冲上钻台。他去夺黄豹的刹把。

但握住刹把的却是精神抖擞的宋若怀。

两人相视。泪花。

宋若怀："情况危急，这上面有我！"

王进喜："这里太危险！"

宋若怀："大家都下去！你在下面指挥，保住油井！"

王进喜："老宋！"


总调度室。

南天啸正在拍着桌子骂调度员。

南天啸："为什么不送重晶石粉？！他妈的！穷搅和，窝里斗！王进喜他们豁出性命来打井，勒紧裤带子在冰天雪地里干活，你们有点儿良心没有？谁不受感动，那他准是冷血动物！我们的事业，败就败在无休止的内耗上。全体出动，去装重晶石粉！"

汽车、人员出动。

南天啸骑马飞奔。


井场。

井喷越来越严重。油气、泥浆、水柱直透重霄，发出震天撼地的响声。

王进喜拄着拐杖，站在泥浆池旁，叫黄豹率领当班司钻往泥浆池里倒水泥。

王进喜："不能等重晶石粉了！往泥浆里加水泥！"

副司钻："王队长，水泥一会儿就凝固了，会把井堵死的！"

马福贵："真把井堵死了，倒是万幸！"

众钻工："队长，不能倒水泥呀！"

王进喜心如刀绞，可没有重晶石粉。他考虑再三。只见他紧咬牙关，毅然命令。

王进喜："加水泥！"

黄豹等不动。

王进喜："加水泥！"

黄豹等仍不动。王进喜睁圆两眼发出火光，猛地给黄豹一拐杖。

王进喜："你是头死猪呀，不会动弹！"

黄豹等扛水泥加进泥浆池。

黄豹等一脸忧伤。

副司钻："队长，水泥凝结成团！"

王进喜："知道了！"只见他啪的一下扔掉拐杖，跳进泥浆池里，用身体和四肢不住地搅拌泥浆。

黄豹翻身跳下去——

转业兵李勇翻身跳下去——

马福贵："这泥浆是火碱泡的，比开水还厉害！哎！"


井场。

刘大娘、青杏等赶到井场。青杏忧心忡忡。刘瘸子嘴里吮喝着什么给自己壮胆。


井场。

冲天的吼声越来越低。渐渐烟消云散。

钻机恢复了正常的响声，更加高昂地歌唱。


值班房附近。

南天啸小心翼翼地指挥一台水罐车靠近地上躺着的王进喜、黄豹和李勇。三个人全身是泥浆。

刘大娘走上前。

刘大娘："王队长！"她认不出王进喜了，一个劲地呼喊。

南天啸叫人打开水龙头，用水冲洗这三个泥人。三个人渐渐露出了原来的面目。

刘大娘终于从眼神上认出了王进喜。

刘大娘脑子里的回闪：

当初见到的胖胖的王进喜；

睡在井台上的王进喜；

送还鸡蛋时的王进喜；

眼前骨瘦如柴、满脸黝黑、胡子拉碴的王进喜。

刘大娘："王队长，你真是个铁人啊！"

南天啸："是呀，真是个铁人，打从玉门来，一下火车到现在，七天七夜，没有睡过一个囫囵觉啊！为了石油，心甘情愿吃大苦、耐大劳——"

黄豹躺在另一侧，青杏爱怜地给他搓手臂上被泥浆烧起的水泡。

黄豹疼得直哎哟。

青杏："你看人家，那才是铁人啊，咋痛，也一声不'埋怨'。"

黄豹："那他是没人搓啊！"

青杏："搓咋的了？不搓，会烂坏生蛆的。"

黄豹："这是火碱烧的，不是冻伤！"

青杏："对了，烫伤，听我妈在世时说过，要用盐搓。"

黄豹："那好，再加点儿花椒大料。"

青杏："干吗？"

黄豹："腌了吃！"

青杏笑。

刘瘸子怒目而视。


铁人那一侧。

南天啸指示：立即送铁人去住院。

铁人："没事！大家各就各位。快往泥浆里加清水，循环泥浆，加快钻进，打过这高压层。"

众人各就各位。

龙四柱冲上钻台。

宋若怀靠在刹把上，手紧紧握着刹把，但已失去知觉。

大家把宋背下钻台。

宋若怀醒来。

铁人刷刷流泪，扶住宋若怀。

铁人："老宋，你才是铁人！"

宋若怀摇头笑着招呼南天啸。龙四柱心疼地对铁人说。

龙四柱："队长、指导员，你们去住院吧！"

铁人摇头。宋若怀拍拍胸脯，表示自己不要紧。

南天啸仰天叹息，翻身上马，以果断和命令的口气对铁人说："我先到县城联系医院。龙四柱，你随后把他俩送进医院。"

匀和的钻机声顿起。嘚嘚的马蹄声远去。


井队驻地。

一辆大卡车拉着王进喜、宋若怀和龙四柱。卡车随着铁人的手势停在队部门前。

铁人："四柱，去把我那台摩托车装上车。"

龙四柱："摩托车又没病，它去住啥医院？"

铁人："你懂个屁！快去！"

医院。

医生把化验单递给宋若怀。

医生："去化验一下肝功。"

医生给铁人检查腿伤。

井队驻地。

全队职工集合在篝火旁。

马福贵正喷着唾沫星子给大家讲话。

马福贵："现在，队里一切都是我说了算。我现在代理队长，在党内还是党支部书记处成员。"

李勇："支部不叫书记处。"

马福贵："地方和部队不一样！你小子少看老皇历。现在我们要追查事故责任。有人说这次井喷是因为重晶石粉，这是放屁，真正的原因是地质图被毁掉了，我们成了睁眼瞎子。更重要的是地质图怎么被毁的，是我们贫下中农干的吗？不是，是有人破坏！"

众哗然。

马福贵："严肃点儿。我就是要举旗抓纲！今日，在狠批苏健和月怡之前，我们先忆苦思甜，吃顿忆苦饭，唤回我们那些斗争意识淡薄的人的灵魂……"

医院。外科。

铁人被医护人员扶上床。

宋若怀嘱咐龙四柱："你在这儿看护队长，一步也不准离开！"

龙四柱："你呢？"

宋若怀："我住三病区。先去化验肝功。"

井队驻地。

一锅忆苦饭，是糠皮和冻白菜帮子熬成的。

马福贵亲自掌勺。大家拿着碗一言不发地从他勺前经过。每人一碗。有人吃了一口就不吃了。

马福贵："张全同志到底苦大仇深，已经吃了第三碗了！"

许多人仍然不去添。马福贵急了。

马福贵："今天要开一夜批判会，不吃饱能行吗？"他拿着勺去给人添。

医院。

宋若怀从内科病房疾步走出。他把化验单装进上衣口袋……

宋若怀搭上顺路卡车，返回井队。

井场。值班房。

两碗忆苦饭。

马福贵端着碗来到值班房里，叫道："苏健！苏健！"

苏健从一张图纸上抬起头来："什么事？"

马福贵："你咋不去吃忆苦饭？"

苏健忙解释："我只顾画图了！补上这张地质图。队长还提出来要搞钻机整体搬家。"

马福贵："我说你这个人就不问政治。"把忆苦饭递上，"月怡呢？真的走了？"

苏健不解地看着马福贵，月怡闻声从值班房黑暗的一角出来。

马福贵迎上去："钻机整体搬家那么好搞？你搞成了，王进喜又立一功，脸上光彩！要是砸了呢？十几层楼高的井架一栽歪，问题可就大了！苏健，现在王铁人可是全国都叫得响的标杆，你可不能把标杆吹了！"

苏健："我没那个意思！"

月怡："啊——"她一脸惊慌。

马福贵："你主观愿望可能不错。如果弄砸了，你的家庭和社会关系、海外关系加在一起，倒霉的不会是王铁人！"

月怡走到马福贵跟前："马队长，那你说呢？"

马福贵："路要自己走啊！记住这一条，知识分子要改造，要劳动改造！"

苏健："我要画好这张地质图啊！不然，队长又要说我了。"

马福贵："地质图重要，还是改造思想重要？这里有把镐，你去挖一会儿泥浆池！劳动改造思想！"

苏健接过马福贵扔来的大镐，吃了一口忆苦饭，扛着镐走出值班房。月怡紧跟着。

地质图未完，随风飘落。

井场。

苏健汗水流淌，在挖泥浆池。月怡在帮他铲土。

苏健脖子上套着一根绳套，用力拉套管，月怡在一旁拉帮套。

井场。夜。

马福贵在检查吃忆苦饭后的效果。

手握刹把的黄豹，两眼射出饥饿的凶光。他勒紧裤带。打大钳的李勇也饿得两腿发软，学黄豹勒紧裤带。

在井场上的人都在勒紧裤带。

黄豹的腰带已紧了三扣。

牛进才悄悄走上钻台，从衣兜里掏出一个窝头塞给黄豹。依次塞给李勇。塞给另外几个钻工。他正把最后一个窝头塞给抡镐挖泥浆池的苏健。手，冷不丁被人抓住。窝窝头掉了，在地上滚动。牛进才回过头来，面对一双凶狠的眼睛——马福贵正抓着他的手。

井场灯大亮。马福贵命令紧急集合。

马福贵面对鸦雀无声的井场和大家。

马福贵："刚吃了忆苦饭，就忘了阶级斗争。只有张全是好样的，立场站得稳，饿死也不吃窝窝头！谁吃了给我吐出来……"

宋若怀从医院回来，他先悄悄来到井场，又悄悄地离去。

井场。夜。

宋若怀挑着两只桶来到井场。

宋若怀呼唤大家："都过来。开会！"

大家严肃、木然而疲乏地站成一排。黄豹、李勇、苏健等着挨训。

宋若怀从一只桶里拿出碗来，每人发一只碗、一双筷子。

大家木然。

宋若怀从另一只桶里给大家盛上面条。

大家捧着面条木然。

宋若怀："咋啦？"

黄豹："吃了，立场就站不稳！"

宋若怀："吃了，站稳了去打井！"

黄豹第一个把面条和泪一起倒向嘴里。

大家开始吃。一片呼噜声。

苏健一根根地吃着面条。一行行热泪。

张全不动筷，两眼对着面条发愣，把面条倒回桶内。

众人各回岗位。

钻机声昂然。

宋若怀叫住张全。

宋若怀："张全，你把这两只桶送回去！"


井队驻地。

饥饿难忍的张全见四周无人，急不可耐地喝剩面条汤。他怕惊醒了正在被窝里酣睡的马福贵。他轻声呼唤。马福贵鼾声大作，手里还拿着一只鸡腿。地上有鸡骨头。旁边有一只茶缸子，张全端起茶缸子喝了一口——张全呛得慌，直咋舌头——里面是酒。他稳住神，又喝了一口，从鸡骨头上啃着残肉。


医院。

铁人半躺半卧。龙四柱从小柜子里拿出一袋奶粉，眼睛分外明亮。

龙四柱："队长，这玩意儿吃了补身子吧？"

铁人："人是铁，饭是钢，有饭吃就有劲！"

龙四柱："这可是总指挥部送给你的呀，我给你冲一碗尝尝。"

铁人："四柱，留着！宋指导员有肝病，留给他吃吧。四柱，你说，咱们那口井现在打多深了？"

四柱："钻进油层，超过一千米！"

铁人："我想，快完钻固井了，我这么个大活人，能吃能睡，能跑能蹽，躺在这里，还拖拽着个大活人。四柱，你回去吧！"

龙四柱："指导员命令我看住你，寸步不离！"

铁人："你真是混球！我又不是泥塑木雕的菩萨，要你守着？快回井队干活！"

四柱不走。

铁人："那你就是懒熊，想躺在这儿猫冬。"

龙四柱："队长——我可……"急得要哭。

铁人："你冤枉什么！回井队就行了！"四柱无奈，准备走。铁人想起了什么，陡然叫住走到门口的四柱。

铁人："我问你，你那新娘子来信了没有？"

龙四柱："来信了。队长，她说，在玉门的许多家属，都准备结伙来这里找男人哩！"

铁人："喔，你写信对她们说，想得慌，也暂时不能来！"


井场。

固井的场面。人们扛着一袋袋水泥倒进井口。烟雾尘灰，升腾弥漫，对面难辨人影。

从医院回来的龙四柱走进井场，迎面撞上了指导员。

宋若怀："你咋回来了？"

龙四柱："你咋回来了？"

宋若怀："王队长呢？"

龙四柱："你放心吧，他在医院躺着。"

两人边说边走向井架底座。龙四柱突然发现停放在隐蔽处的摩托车，大惊。

铁人瘸着腿在烟雾中。

龙四柱找着了铁人。宋若怀紧跟着。

龙四柱："队长，你怎么比我先到？"

铁人笑了。

铁人："我骑电驴子，还能不比你两条腿快！"

宋若怀："我得批评你！"

铁人："我得先批评你！是你第一个溜号回来的！"


井场。（第二口井）

铁人的画外音："五天钻进一千多米，钻前钻后搬迁准备又是五天，十天才交出一口井，这慢腾腾的速度咋行！？"

人们依着各种绳索撬杠，劳累不堪地散坐休息。牛进才抽空给李勇挑手上勒起的大泡。

李勇疼得直叫喊。

牛进才："长痛不如短痛！忍着！"

手的特写：旧泡复新泡，新伤叠旧伤。

一隅。一根大套管在地面上缓缓蠕动，像巨蟒那样。套管上拴着一根粗麻绳，绷紧。麻绳的另一头斜拴在一个人的肩和腰上。那人如动物那样爬行，两腿和两手撑住地，拼命朝前拱。雪地上的残雪。残雪上的血、泪、汗！

突然，管子蠕动加快了。四肢着地的人身上似乎已去掉了重负。绳索上出现了一双大手，十指紧紧地卡住大绳。十指绷紧，青筋暴起，显出力！

两人并肩往前拱。

苏健："王队长，你……"

铁人："赶快拉到位休息！"

苏健："我一人来！我要劳动改造！"

铁人："劳动不是叫你当龟孙子趴下，是要你挺起腰杆子站起来。大学生，你看这草原，无边无沿，能不能让井架子自己走？"

苏健的眼睛刷的一下明亮了！

苏健："在玉门有人搞过。那里地势高低不平，难度大。这里的地形条件好多了！"

铁人去解他身上的绳子。

苏健茫然，目光迟滞。

苏健："这绳子不能松开！"

铁人三下五除二把他身上的绳子解开，扔在一边，两目如炬。

铁人："他娘的，这绳子不该套你！"

扔在一边的绳索似乎不愿意离开苏健的肉体和灵魂。苏健的幻觉，绳索如巨蟒缠身。苏健汗水如注。

铁人："套着绳子，是不能多打井快打井的，不放开手脚，不可能实现石油自给。"


井队驻地。

帐篷里。月怡一个人伏在木箱子上写信。她的心声："爸爸，这里的确很苦，女儿实在受不了。我动员苏健和我一起回去，他说什么也不愿意走。其实他在这里不可能有什么前途，天天去井场拉套管，挖泥浆池，像牛马一样出苦力……"

铁人进屋："月怡！"

月怡停下笔，"队长。"

铁人："苏健没回来？"

月怡："去拉套管了。"

铁人刚要走，苏健背着绳套进来了。铁人脸色不高兴。

月怡忙起身："苏健你快歇歇，我去给你打水洗把脸。"

铁人："又去拉套管了？"

苏健："嗯哪。"

铁人："我不是给你说了，叫你搞钻机整体搬家吗？"

苏健不吭声。这时月怡端了盆清水进来，放在苏健身边，然后看了看怒气冲冲的铁人。

铁人："培养个大学生拉套管，国家岂不白花钱了吗？你还是给我搞钻机自走，叫脑瓜子出苦大力！"

月怡惊恐地看着铁人，说："队长，苏健不比别人，他的家庭出身，还有海外关系，那井架子十几层楼房那么高，搞不好，一栽歪，对你也会带来影响。"

王铁人沉思，两目由痛苦变为坚定。他挪过月怡写信的纸和笔叫月怡写什么。

铁人："你给我写——第一条，我王进喜不怕影响！写好了没有？我不能为了保标杆就不敢走路了！第二条，搞整体搬家如果出了问题，栽歪了，由我王进喜一人负责，与他人毫不相干！"

苏健不让月怡写，去抢笔。

铁人把苏健推到一边："你躲开！月怡，继续写。要处分，处分我王进喜；要抓，抓我王进喜；要坐牢，我王进喜去坐，决不牵连任何人——写完了！好。"王进喜接过笔，在下面认真地写了王进喜三个字，还按上一个手印。

苏健看着王进喜，嘴唇抖动。

铁人："这张字据，你们两口子留着。将来，凭字据说话。"说完，走出帐篷。

苏健沉思。

月怡："苏健，我已经给爸爸写信了，让他把你调回北京。"

苏健似乎没有听见，他拿着那张王进喜签名画押的字据，手不住地抖动，泪水不住地流淌。他将手中的字据贴在胸口，然后将它撕得粉碎。

月怡："你——"


青杏家。

青杏从锅里把煮熟的鸡蛋手脚利索地捞出，放进一个小筐，盖上一块笼屉布。她想着黄豹。手按住跳动加急的心口，又从笼屉旁的筐箩里拿出两块大饼子，藏在衣襟里，麻利地系好头巾，挎起小筐——

黑暗的小屋里传来一声吓人的呼唤：

"你放下！"

刘大娘从黑暗中走出来。

刘大娘："还是娘去送！娘想看看铁人。那里，尽是一帮野男人，见了女人，像叫驴一样撒野。以后，不准你往那儿蹽！你给我推碾子去——"随手扔给青杏一根绳子。

青杏的泪花。两只素手。一根绳子套在身上。两只大饼子掉在地上。


井场值班房。

一摞粗糙的黄纸，上面画的是钻机整体搬迁图。还有一些手纸，上面是各种计算式和密密麻麻的数字。

室内无人，只有苏健惯常穿的衣服。

黄豹进屋。他用手捂着肚子，感到肠子咕噜，急于上厕所。他拿起那摞手纸看了看，上面那些外文符号和横七竖八的数字，一概不识。他随便撕了两张就走了。他还直嘀咕："这么好的手纸，在上面乱画蛤蟆蝌蚪，糟践了！糟践了！"

苏健和铁人同时进来。

苏健："我计算了几天。"

铁人："怎么样?"

苏健："这是数据。"他翻那摞手纸，左找右找不见了几张，头上沁出了汗珠。

铁人："别急，慢慢找。"

苏健："见他娘的鬼啦! 我刚才放这儿的!"

马福贵进来。

铁人："先别找，你计算的结论是——"

苏健："现在这样把钻机卸开搬家要五天零七小时。如果整体搬家，钻机自走，在草原上挪动二百五十米，就能做到当天搬迁，当天开钻，一个月就不止打三口井，起码也要翻一番。"

马福贵："你这是梦里娶媳妇——空想!"

铁人："什么空想? 想都不敢想，长个脑瓜子干什么用? 你父亲不想儿子，就不会生下你。"

马福贵："这不是老娘们儿图快活十月怀胎生儿子。四十多米、几层楼房那么高的井架子，一栽歪，就彻底完蛋，千军万马也拉不住! 危险! 太危险!"

铁人："干啥没有危险? 我听老人说过，要不是神农冒险尝百草，今天你有饭吃?"

马福贵："放着平平安安的日子不过，要去冒险，反正我不懂——"

铁人："你懂个屁!"

黄豹进屋。他一边紧裤带子，一边漫不经心地又伸手去拽那摞手纸。苏健打他的手。

黄豹："别抠! 这纸揩屁股还挺柔软!"

苏健："啊!? 你用这纸揩屁股了?"

黄豹："我就不能开开洋荤? 我知道这是月怡小姐的手纸。"

苏健气得说不出话。

铁人："你瞎了眼，这上面有字。"

黄豹摇头。

黄豹："这哪是字呀! 尽是些扭扭。"

铁人气极，上去就是一脚，把黄豹扫到门外。

黄豹："我用几张手纸你发这么大火!"

铁人："那不是手纸，那是钻机自走! 那是石油!"

黄豹惊慌："不是故意的! 我去找回来!"

铁人："丢哪儿了? 我和你一起去找!"

铁人和黄豹走出值班房。

马福贵围着苏健转了几圈。苏健木然。

马福贵："我要你挖泥浆池、拉套管，你可会找轻松活，在这里异想天开。我可告诉你，现在咱们队长，可是窗户里吹喇叭，名声在外。你鼓捣什么整体搬家，若是砸了，毁了你不要紧，毁了队长，你可吃不了兜着走！有你好瞧的！"

苏健讷讷。

马福贵："不是我上纲上线，这可是立场问题。你还是去拉套管吧！"随手扔给他一个绳套。

绳套套在苏健身上的特写。


青杏家。

青杏从肩上卸下绳套。

两只黑手。长长的手指甲，满含污垢，从青杏的身后，伸向青杏的前胸——

地下被撕碎的青杏上衣的布条。

鸡飞狗跳——


井队值班房。

铁人揪着黄豹的耳朵，把那弄脏的手纸找回放到桌上。

苏健已不知去向。


青杏家。

刘大娘手拿笤帚，两手叉腰。

青杏的衣服被撕成一条条。许多地方露出雪白的肌肤。跪在地上。

刘大娘用笤帚打青杏。

画外音："母狗不掉腚，牙狗上不来！"


井场一角。

铁人在训斥苏健。

铁人："说你不听！谁叫你来拉套管！"

苏健低头不语。

铁人塞给他那摞图纸和资料，苏健仰天长叹。

井队驻地。

月怡躺在行李上。行李已打成捆儿。她眼睛望着篷顶，手里有两张火车票。她突然坐了起来，披上一件工作服，走出帐篷。

井队值班房。

月怡朝值班房走来，步子十分坚决。

井队值班房里。

苏健正在聚精会神画图。月怡走到他身边，把两张火车票放在图纸上。苏健看看车票，看看月怡。

苏健："这，干什么？"

月怡："回北京！"

苏健沉默了一会儿，问："下决心了，把我扔这儿？"

月怡："你识数，这是两张。"

苏健："还有谁？"

月怡："能有谁？你和我一起走！"

苏健："怎么也不商量商量？"

月怡："你送我回北京！你调动工作的问题在北京解决。"

苏健："我正搞井架整体搬家，哪能抽开身？你可真是……"说完，又俯下身去画图。

月怡一把夺过他手中的铅笔："你说，到底走不走？"

苏健："你怎么尽说傻话，铁人和大家眼巴巴望着钻机自走，我能走吗？"苏健又俯身画图。

这次，月怡表现出极大的耐性，劝苏健："苏健，你怎么这么糊涂？这井架子搬家跟你有什么关系？"

苏健耐心地抬头望着妻子。

月怡："如果你搞成功了，成绩是别人的！如果一旦出了事儿，责任是你的。你干吗为人作嫁衣裳——"

苏健一拍桌子："这是谁教你说的屁话？"

月怡："你——"

苏健："你说！"（定格）

# 郭大彬

**作者简介**　郭大彬，1930 年出生。毕业于黑龙江艺校编剧班。曾任职于齐齐哈尔市文联，兼中国戏剧家协会理事，黑龙江戏剧家协会副主席。1949年开始从事文艺工作，曾任黑河文工队创作组长、队长，1957 年调入齐齐哈尔市评剧团做专职编导。发表和演出的剧本近五十余部，主要作品有评剧《八女颂》、《岭上春》及电视连续剧《黑土》、《人法情》、《月缺月圆》等。

## 黑　　土（内容简介）

　　清朝末年，山东逃荒农民赵福被满族寡妇吴喜春搭救回家。逃荒途中，赵福的妻子二妮被土匪抢走，只剩下身边的女儿小凤，而吴喜春则有一个遗腹子阿里。两人冲破封建意识重新组建了一个家庭。阴差阳错，民国时期，身为团长太太的二妮又遇到赵福的表弟王狗剩，在后者的帮助下，二妮又见到小凤，并把她接到身边。日据东北以后，小凤被送到哈尔滨读书，匪首团长镇三江被部下黑枪打死，二妮再度流落在外，来到赵福和吴喜春的家中。二妮到哈尔滨投靠镇三江的俄侨合伙人，并寻找小凤，结果擦肩而过，并不得以随合伙人到黑龙江某金厂。在金厂，二妮没有想到遇上失散多年的自己与镇三江所生的儿子小虎，令她更为惊诧的是，现在的小虎已经被日本人奴化，心甘情愿为日本人效劳，甚至最终害死了王狗剩。二妮含恨自杀。经过许多的风雨洗礼，小凤和阿里自觉地践行"国家兴亡、匹夫有责"的道理，投入到抗日活动当中，而赵福和吴喜春留在了土地上，他们要为年轻一代守住脚下的黑土地。

# 王忠瑜

**作者简介**　王忠瑜，1927 年出生于安徽合肥。1958 年转业至牡丹江农垦局任《北大荒文艺》编辑，1962 年调中国作家协会黑龙江分会任理事、专业作家。著有长篇小说《鹰击长空》、《赵尚志》、《李兆麟——烽火辽东》等，短篇小说集《鹰之歌》、《阿布沁河上》等，诗集《列车奔向北方》、《一朵野芍药》、《南吟北唱》、《饮雪斋诗稿》、《西窗诗稿》，改编有与小说同名的八集电视连续剧《赵尚志》，电影文学剧本《鹰之歌》。电视连续剧《赵尚志》获 1991 年中共中央宣传部"五个一工程奖"、东北三省电视剧"金虎奖"一等奖，1992 年获全国电视剧"飞天奖"二等奖，获黑龙江省第四届（1990 ~1991）文艺创作大奖一等奖、全国电影制片厂电视剧评奖三等奖。

## 赵尚志（内容简介）

　　一九三三年，赵尚志加入在北满颇有影响的抗日队伍孙朝阳部。后孙朝阳部被日军围追，形势严峻。赵尚志力排众议，采取"围魏救赵"的策略，率队乘虚而入攻下宾州。日军参谋长岩越命令部下即刻收复宾州。赵尚志声东击西，率领大部队冲出包围圈。赵尚志的威望与日俱增，之后，被推举为司令。日军屡遭惨败，悬赏一万元大洋买赵尚志的人头，并抓住赵尚志的父亲，胁迫赵尚志的表弟前去劝降，企图分裂抗日联军。一九三六年，在赵尚志倡议下，东北民主抗日联军总司令部和临时军政府在汤原县成立。一九四〇年冬，赵尚志从苏联返回祖国寻找抗日队伍，重新举起抗日大旗。却不幸被日满特务背后黑枪打伤，惨遭杀害。剧本生动再现了民族英雄赵尚志在一九三二年至一九四零年间率领东北抗日联军在"北满"抗击日本法西斯侵略者的英勇事迹，演绎了赵尚志用鲜血和生命谱就的充满民族正气和侠义精神的正气歌。

# 赵 尚 志（节选）

## （与里劻合作）

## 序　幕

北满，一片白皑皑的雪原上，一队摘去军帽的日本军人，队列整齐，冒着严寒，在雪原上跪着，慢慢地组成了三个大字：

赵尚志

他们一个个面容肃穆，恭恭敬敬地跪在雪深过膝的雪地里，低下头来，向中国的抗日英雄赵尚志将军深深地谢罪。

**字幕：**
原著：王忠瑜
编剧：王忠瑜　里　劻
导演：李文歧
主演：高　强

**歌声：**
　　狠抽一口，吧嗒吧嗒嘴，
　　亚布力烟什么滋味。

　　狠抽一口，吧嗒吧嗒嘴，
　　狠抽一口，吧嗒吧嗒嘴，
　　亚布力烟什么滋味。
　　头不晕，血还热，
　　反正挺给劲，嗯嗨唉嗨呦！

　　狠抽一口，吧嗒吧嗒嘴，
　　狠抽一口，吧嗒吧嗒嘴，
　　张牙舞爪，烧心燎肺，

　　扯前胸，抓后背，
　　遍地小日本，嗯嗨唉嗨哟，
　　扯前胸，抓后背，
　　遍地小日本呀嗨，遍地小日本。

　　狠抽一口，吧嗒吧嗒嘴，
　　狠抽一口，吧嗒吧嗒嘴，
　　攥紧拳头，不想哈腰，
　　杀鬼子，拜土地，
　　天生愿遭罪，嗯嗨唉嗨哟！

　　狠抽一口，吧嗒吧嗒嘴，
　　狠抽一口，吧嗒吧嗒嘴，
　　翻开眼皮，心里没事，
　　抬起头，挺直身，
　　人活一口气，嗯嗨唉嗨呦，
　　抬起头呀，挺直身，
　　人活一口气，
　　人活一口气！

　　再装一袋，亚布力烟，
　　有滋味……

# 第 一 集

## 一

　　野风中，一支白色的红毛谷，迎风飘展，突然一声枪响，红毛谷飘飘地倒下去……

　　北满的原野，布满了青纱帐，一片翠绿。在宾州通往黑龙宫的大道上，自西向东走过一队人马。山谷里人喊马叫，马蹄儿踏着山石，嗒嗒地响成一片，几百人的队伍，乱哄哄犹如千军万马。

　　一个个头不高的农民穿着的年轻人，背着两个背包，肩上扛了两枝步枪，很有精神地走着。他一边撩起衣襟擦着满头的大汗，一边和大伙儿唠着：

士兵乙："哎，你哪儿来的那么大劲头啊？你不累呀！"

年轻人："没啥，为了抗日，累点没啥！"

士兵乙："喂，我说你那脸咋不洗一洗啊？抗日还不洗脸吗？"

一张黑瘦但却有神的脸。

年轻人："脸？国家都没有了，还有脸吗？"

众哄然大笑。

年轻人："没啥，咱们都是梁山好汉啊……"

众更笑。

画外音（女声）：红毛谷，是我们家乡的一种野生的蒿草，满山遍野都是，可好看了。我们那儿的人都拿它当柴火烧，可有的人稀罕它当作白象，还有的人稀罕它图个吉利，消灾灭祸。它还可以当药材，清热解暑。一九三三年孙朝阳假装投降小日本露了馅，小鬼子要消灭他。他在宾州把小鬼子闹腾了一顿，撤出了宾州，顺着只有他自个熟悉的山岔野道，在红毛谷的护佑中，走上了打鬼子的新天地。在这个队伍中，新来个身材单薄、相貌平常的年轻人，他死乞白赖地要参加队伍，要打鬼子。那年我十五岁，属羊。都说属羊的命薄，但就是那年我认识了赵尚志。那年我爹和他在一个队伍里，赵尚志折腾了我一辈子。我现在一想起他那挤眉抽眼的架势，就又回到了那个时候。他说起话来，实实惠惠的憨劲，他打起鬼子来，魔魔道道的虎劲，想到这儿像是欺毛斗劲的大公鸡，我心里一股子一股子的血，只往嗓子眼里鼓，可带劲了。我只能偷着说：我稀罕他，爱他。有了他，我孤身单人活到今年七十三岁，都五十八年了，还活得那么仗义，活得有滋有味的，可赵尚志他不知道，一丁点儿也不知道……

日本关东军哈尔滨指挥部的大本营内，队列整齐，气氛森严。参谋长岩越，请来了特务机关长安藤麟三将军。两人并肩走在列队欢迎的兵士中，登上楼梯时，一个军官高喊："立正！"全场肃立。

野外，安藤麟三的特务部队百狗团长正在调动。

日本人之间勾心斗角的"战斗"也在进行。

（画外音）：

"安藤将军，这盘棋你先走。"

"不，岩越大佐阁下，您的年龄比我大，阶级比我高，您应先走！"

"好，拱卒！中国象棋我很早就学会了，你呢？"

"跟你学的，大佐，飞象！"

"再拱卒！"

"撤象!"

"将军,你等于没动啊!"

"哪能呢,还是把兵放出去,让人吃掉好!"

"欲探虚实先动兵!"

"中国象棋真怪,他们没有狗,像我的百狗团!"

"狗是一个脑子,只会咬,中国象棋狗不会下。"

"光会下棋,不会别的,也是一个脑子!"

"他妈的,出车!"

"隔山炮!"

"好厉害呀,将军,真想打?"

"下棋,玩!将!"

"对不起,支士啦!"

两个人勾心斗角一番,棋下不下去了。安藤麟三告辞,欢送的队列高喊:"立正!"

## 二

靠山屯,孙朝阳的队伍停下来休息。

李根植客气地打招呼:"歇着啦!"

"唔!"李启东答,一边自郝元鹏手中的烟头上点着烟,一边问,"上哪儿去?"

"到那边听故事!"李根植走过去。

炮头郝元鹏想了一下,立即跟了过去。

士兵们围着那个挑水走过来的年轻人,要求着。

士兵甲:"喂,给我们来上一段……"

年轻人:"等我饮完了马……"

士兵乙:"我说,你别溜须了,你干得再好,人家郝炮头也看不上你……"

一个青年士兵接过年轻人的水桶放到马嘴下。

士兵丙:"郝炮头看不上咋的?我们欢迎。都是为了抗日嘛!"

年轻人:"是嘛,都是为了打日本……"

手提马鞭的身体粗壮的郝炮头走过来。

郝炮头:"哎,喂马的,你咋还不走?黏黏糊糊的,想赖上咋的?"

年轻人:"嗨,走?上哪儿走?我是来抗日的,你们是抗日的队伍,为啥不收我?"

郝炮头:"哈,也不撒泡尿照照,就你这熊样也要抗日?当心垫了日本人的马蹄子!"

年轻人：“啥？你真扒门缝看人，把人瞧扁了。我说郝炮头，你们抗日，我也抗日，中国人都应该抗日，流血流汗咱们都该流在一起……”

郝炮头：“妈拉巴子，别耍嘴皮子了，留你吃干饭啊？”

年轻人：“别小看人，我啥都能干，挑水、劈柴、做饭、喂马……”

郝炮头：“没事你就给弟兄们瞎吹呼，想邀买人心咋的？我告诉你，给我来个土豆搬家——滚！你再能耐，老子这地方不养活你！”

年轻人：“噢，这个呀！你害怕啥？我给大伙儿说的是抗日救国的事，没有啥见不得人的！”

郝炮头：“谁来担保你？”

年轻人：“弟兄们都能给我担保！”

李根植、朴善文：“是呀，郝炮头我们可以担保！”

郝炮头：“你，李根植！就你这高丽棒子敢保他？”

李根植：“你说什么？”

郝炮头：“我说什么，你管得着？他妈的，老子火了还要揍人！”

李启东：“元鹏，算了，跟一个喂马的生那么大的气干啥？”

郝炮头：“啊，秧子房李掌柜，咋的？你……”

李启东：“我也是你所说的高丽棒子！郝炮头，这是侮辱我们朝鲜族人的称呼。他们俩年轻，要是得罪了你，我给你赔不是！”

郝炮头：“启东哥，我可没那个意思，这俩浑小子胳膊肘往外拐，要担保这个来路不明的家伙，咱刚叫日本打宾州城里撵出来，现在兵荒马乱，这小子是干啥的，谁敢担保……”

王德全：“这几天我看他干得不错，话也说得有道理，大家都是中国人嘛，抗日打鬼子，多一个总比少一个强……”

郝炮头：“咋的了，三哥，你也帮着他说话呀？”

王德全：“我看，就让他留下喂喂马吧！”

郝炮头：“那，司令怪罪下来，谁担待？”

王德全：“我担待了！”

郝炮头：“哼！”

郝炮头悻悻地扭身走了。

王德全对那年轻人一点下巴颏：

“好了，你干你的！”

李根植：“对，别管他那一套，咱王炮头说了算！”

年轻人滑稽地冲着王炮头一抱拳：

“那，兄弟我就谢谢了！”

王德全：“嗨，这算个啥，你说的话，都是为了抗日嘛，大家伙就得相互拉帮着点！”

士兵甲："好了，好了，我说，你就给咱们来上一段吧！"

年轻人："好，冲着大伙儿，我就来上一段。"

士兵乙："来来来，坐下慢慢讲。"

士兵乙给他搬过一具马鞍子。

年轻人掏出小烟袋，点上吸了一口；

"上回咱说的是岳武穆精忠报国，这回呀，咱说一个戚继光抗击倭寇的故事……"

士兵甲："老寇准吧？"

士兵乙："哎呀，你扯到哪儿去了？"

士兵丙："别打岔。"

年轻人："倭寇就是现在的日本人。这些日本海盗，在咱中国明朝的时候就特别猖狂，专门到中国沿海一带来杀人越货，残害百姓。明朝有个大将叫戚继光，是专门抵抗日本强盗的将军……"

士兵甲："啊？那个时候日本就侵略咱们哪！"

士兵乙："可不，他侵略咱们国家已经有好几百年了！"

士兵丙："这个坏蛋，这回呀，非得好好教训教训他不可！"

年轻人："对，咱们就得团结起来，拧成一股绳，把老百姓都发动起来。咱们当兵的，没有老百姓供着咱们吃穿，能打仗吗？咱和老百姓就像鱼跟水一样，谁也离不开谁。要离开老百姓，咱就玩不转了……"

站在人群背后的孙朝阳，拨开众人：

"照你这么说，老百姓该当司令了？"

众："啊，司令！"

听说是司令，年轻人缓缓地站起身来，微笑着："司令……"

孙朝阳："你说，这个队伍该听谁的？是老百姓，还是我？"

年轻人："你抗日，老百姓拥护你，我也来投奔你……"

郝炮头："大哥，别听他这一套，这小子可会白话了，邀买人心！"

孙朝阳："你是干啥的？"

年轻人："种地的！"

孙朝阳："种地的？种地，你上我这儿来干啥？"

年轻人："打日本啊，国家兴亡，匹夫有责嘛！现在小日本想占东三省，然后再灭咱全中国。凡是不愿当亡国奴的中国人都应该起来跟他干！"

孙朝阳："你能干啥？"

年轻人："啥都能干。只要是抗日，喂马、做饭，干啥都行！"

孙朝阳自郝炮头腰间抽出匣枪来，举枪在手问："会打枪吗？"

年轻人没有马上回答。

"唔，到底会不会呀？"孙朝阳又问。

"会啊!"年轻人答。

"唔,好! 来呀!"

孙朝阳领着年轻人向野地走去,大伙跟随在后面。

画外音(女声)

孙朝阳大爷可真是的,人家为了打鬼子来投奔你,你又是考,又是试的。不会打枪,还不会抡拳头? 还不会下口咬? 弄得多叫人担心。他要真不会打枪,多叫人下不来台,一点不给人面子。我孙大爷真有点啥了,多格厌人!

野地里,孙朝阳指着百步开外的一枝直立的红毛谷。

"看见了吗? 红毛谷,到时候还能长呐!"孙朝阳把匣枪扔给了年轻人,年轻人接枪在手,向前走了两步,慢慢地举起枪来,向前瞄准。

"呼"地一声,枪响处红毛谷折断。

"嗯?"郝元鹏大吃一惊。

"好"! 众人喝起彩来。

"唔!"孙朝阳满意地拍拍年轻人的肩膀:"好,你就留下了!"

年轻人一拱手:"多谢司令!"

孙朝阳的哥哥荣义说:"司令,我看,这个人就派给我们粮台吧,留下他喂喂马!"

孙朝阳:"我就稀罕好枪法呀! 做饭、喂马都得是好主儿。行,这个人就派给你们粮台了。"

### 三

杨家岗。

孙朝阳领着队伍进得村来,人马乱哄哄的。郝元鹏、荣义在安排驻地。

李启东叮嘱道:"弟兄们都注意了,千万千万跟老百姓搞好关系,知道不?"

众应:"知道了!"

孙朝阳大声吩咐:"告诉弟兄们,吃喝都行,得给人家钱!"

刘团总率领家小在门前相迎。

孙朝阳、高参何友仁、炮头王德全、郝元鹏等催马来到门前,下马后先向刘团总,然后双方抱拳寒暄:

"孙司令!"

"刘团总,哪敢劳您亲自出迎!"

"太客气了！"

"兄弟带队抗日，路过你这块宝地，还望你老多多帮忙啊！"

"哪里哪里！司令深明大义，率队抗日，能在小庄驻马，乃是敝庄的荣幸。"

郝元鹏插言："太客气了，二姨太！"

二姨太眉开眼笑地："哎呀，郝炮头！我们这儿又没有什么好吃的，今儿下黑给你们包饺子，是不是呀，孙司令？"

孙朝阳不动声色地答："你包的饺子我爱吃啊！"


夜晚。

刘团总家的暖阁里灯火通明，一张八仙桌斜放在地当央，刘团总陪着孙朝阳在打麻将。上首坐着孙朝阳和他的高参何友仁，下首是刘团总和他的二姨太太，两个丫头在来来回回递送茶水。

孙朝阳不动声色地打出一张牌："红中！"

二姨太："孙司令，你打麻将像指挥部队，这肯定与何高参的帮助有关啊！"

何高参："哪里哪里，这都是司令，司令！"

孙朝阳岔开话头："啊，打牌，打牌！"

二姨太的脚在桌子底下碰何高参的脚，何高参的腿翘了起来。

何高参："啊，二姨太，孙司令，实在对不起，又和了。"

孙朝阳在思考。

何高参："孙司令，玩牌，什么都不要想。"

二姨太打出牌来，孙司令吃下，何高参打趣地说："二姨太，你这张喂得不错呀！"

二姨太看看，又打出一张牌。何高参戏谑地说："啊，二姨太，岔你啦！"

孙朝阳看这气氛，觉得有点不对。

二姨太把话头转向孙朝阳，她想打听打听孙朝阳想在这儿住多久，有什么打算，便笑着说："孙司令，我真希望你在这儿多住几天，我也好多走几天好运啊！"

孙朝阳直来直去地说："二姨太，什么红运白运的，我有事不能多待了，住两天就行了。"

刘团总慌忙接过去说："司令太客气了，贱内可是诚心挽留啊！孙司令太外道了，贱内说的是实情，孙司令是党国的干城，平时请都请不到啊！"

这时，郝炮头闯进来，拍拍刘团总的肩膀说："是啊，是啊！"他一屁股坐在二姨太的身旁，色淘淘地探头去看二姨太的牌，奉承地说："呦，二姨太的牌花不错呀！"

二姨太没理他，继续向孙朝阳探听："司令干吗这么急呀，有啥要紧的事呀？"

孙朝阳警觉地说："啊，恕我孙某不便相告了。"

何高参马上接过去："这个就不谈了，打牌！打牌！——二饼！"

二姨太高兴地："碰，和了！哈哈哈……"

何高参说："二姨太的手气真不错呀！"

二姨太的脚又在桌子底下活动起来，她碰了碰孙朝阳的脚。

"嗯？"孙朝阳发觉了，往桌子底下瞅了瞅，勃然变色，把牌一推，喝道："尽扯犊子！这是什么花花点子！"他起身往门外走，双手把房门扯开，门外有一堆人在窃听。他高声怒喝："二姨太，我格厌你！"

"啊？"二姨太和室内的人大惊。


村头。月黑夜，五步开外，不见人影。

孙朝阳、何友仁遇上带人巡逻的郝炮头。

孙朝阳："元鹏，哪儿打枪？"

郝炮头："好像是韩家店一带。"

孙朝阳："派出去侦察的人回来没有？"

郝炮头："还没回来。"

这时传来马蹄声，他抬手向空中就是两枪。

郝炮头："谁？"

刘海涛："别打枪，是我们，侦察队。"

四炮头刘海涛跳下马来，对孙朝阳喊：

"司令，不好啦……"

孙朝阳："吵吵啥？走，屋里去！"

孙朝阳的司令部里。

刘海涛："司令，韩家店一带都住有大队的日本兵……"

孙朝阳："你怎么知道是日本兵？"

刘海涛："我们几个人刚一出河湾的柳条通，还没到韩家店的村头呢，他们的机枪就响了。一色的重机枪，不是日本兵，哪有那玩意儿？再说，我们还听见日本人叽里哇啦直叫唤呢！"

孙朝阳听后沉吟不语。

何高参："那就是说，我们要向东去是去不了啦！"

孙朝阳："现在就看西面怎么样了。元鹏，福林回来没有？"

屋外，李福林的声音：

"司令！司令！"

随着声音，李福林闯进屋来。

孙朝阳："你喝口水再说。"

李福林端起桌上的一碗冷开水灌下肚子。

孙朝阳："西边情况怎么样？"

李福林："板子房一带都是敌人的部队！"

孙朝阳："是鬼子还是伪军？"

李福林："鬼子，我问附近的老百姓，他们说鬼子的部队是五常县开来的，还有哈尔滨来的警备旅，一共有好几千人呢！"

孙朝阳："啊?!"

何高参："看样子，他们要包围我们！"

孙朝阳："包围？那，我们怎么办？"

郝元鹏："那还用说吗？大哥，咱们赶快蹽！"

何高参："对！"

孙朝阳："蹽？往哪儿蹽？"

郝元鹏："后面是人，两边也是人，咱就往前面蹽呗！"

孙朝阳："要是前面也有敌人呢？"

郝元鹏："那……"

刘海涛和李福林一时也想不出好的计策来，几个人都看着何友仁。

何友仁："我看，郝炮头说得对，我们应该从正面突围，只能这么办！"

孙朝阳："正面？"

何友仁："对！左右都是敌人，后头太平桥一带又有追兵。正面呢？有条小亮水河，水急难渡。过河是葫芦沟，还有张广才岭的大森林。形势险要，敌人根本想不到我们会从这里走，所以，我主张从正面突围。趁他们还没来得及包围我们，马上行动！"

郝元鹏："对，越快越好！"

孙朝阳没有表态，他在屋里慢慢地来回走着，突然停下来：

"好吧，元鹏，你去通知各个炮头、水箱、粮台、点催，马上到这儿来开会！"

郝元鹏："是！"

孙朝阳："站住！"

郝元鹏、刘海涛，李福林站住。

孙朝阳："谁要是走漏风声，我要他的脑袋！"

郝元鹏等："是！"

# 四

　　腰系麻绳的年轻的喂马人从树丛中把马一匹一匹地拉到山坡下的草地上，让马自由吃草。身后，一个大汉走过来，突然喊了一声："参谋长！"

　　他愣了一下，慢慢地转过身来，见是王炮头，心里揣摸不透，又向四周望望，没发现别人。

　　远处，几株白桦树的后面，一个弟兄——歪嘴子猫在那里。

　　年轻的喂马人说："你认错人了！"

　　王德全没有动摇："李参谋长，你不认识我了？"

　　喂马人坐在一块山石上，从容地掏出烟荷包，拈出一张纸卷起烟来，然后用火石打着火，点着了烟，抽了一口，说：

　　"我说王炮头，你啥意思？"

　　王德全："你大号叫啥？"

　　喂马人："我没啥大号，庄稼人小名一个：赵三。"

　　王德全："不对，你不姓赵，你姓李，叫李育才，人家都喊你李先生！"

　　喂马人笑笑："你认错了！"

　　王德全："我没认错，去年我在巴彦游击队里干过，你是我们的参谋长。"

　　喂马人没有吱声，只是抽着烟。

　　王德全："你放心，我不会坏你的。你那天一到队上，我就认出你了。你咋上这儿来了？"

　　喂马人："部队打垮了。孙司令是朝阳人，我也是，就投他来了！"

　　王德全："好哇！你咋不跟他说这个呢？"

　　喂马人："孙朝阳这个人怎么样？"

　　王德全："这个人还是真心抗日的，不过，不太会用兵，得有个高人保着他。"

　　喂马人："他不是有个高参吗？"

　　王德全："嗨，那个人尽出馊主意！投降日本人就是他出的点子。我看，这个高参你来当最合适！"

　　喂马人："他能相信我？"

　　王德全："能！"

　　喂马人四下望望，站起身来，两个人往前走着，谈着。

　　喂马人："怎么个能法？"

　　王德全："我看，只要你能给他出谋划策就能。现在就有个好机会。眼下，我们陷入鬼子的重重包围，搞不好就会被鬼子吃掉。你想个办法，出个招儿，要不，就有全军覆没的危险！"

喂马人："我琢磨琢磨。哎，王大哥，千万别暴露我的身份！"

王德全："这你放心，不过，以后怎么称呼你？"

喂马人："还是叫我赵三。"

王德全："好。"转身离去。

歪嘴子从远处树丛后面钻出来。

## 五

清晨。

赵尚志来到烧锅大院，这是王德全中队的住处。

兄弟们聚在一起，喝酒的、看牌的、说笑的，闹闹哄哄。

歪嘴子也夹杂在这伙弟兄当中，他是来探听王德全队里的动静的。

歪嘴子："这回他妈的死路一条了，咋整？"

士兵甲："咋整？跟他狗日的拼了，死了也值得！"

士兵乙："对，拼！谁也别装孬种！"

歪嘴子："干吗送死啊！不能脚底板抹香油……"

士兵丙："哎哎，那可不行！我们王炮头说了，要想办法打出去。今天一大早，他就带着几个弟兄上前面探路了。"

这时，赵尚志一脚跨进院来，歪嘴子赶紧低下脑袋。

大家一见赵尚志进来，纷纷嚷起来。

众人："喂喂，马倌，来来来，快给大伙说上一段。"

士兵甲："对，说一段……"

赵尚志："讲什么呢？"

士兵乙："还说戚继光吧！"

赵尚志："今天不说戚继光了，我给大伙说一段'围魏救赵'的故事。"

士兵甲："围魏救赵？"

赵尚志："对！战国时期，魏国有个叫庞涓的，带兵围了赵国，要把他们消灭。赵国一看这可不好办，就派人到齐国求救。齐国派了大将孙膑。齐国和赵国那是手足之情啊，谁也离不开谁。可是魏国人多呀，赵国的都城邯郸马上就要被攻下来了，要是再晚几天，后果就不堪设想。"

众人："那怎么办呢？"

赵尚志："赵国急坏了，就盼望着救兵快一点儿来，好把赵国解救出来。孙膑了不起，那是真聪明啊，他不是带兵与魏国的大军直接交战，而是把魏国的都城大梁围了起来。庞涓回兵来救，不曾想遇上伏兵，孙膑杀死了庞涓，消灭了魏国的大军，也解救了赵国。"

士兵甲："照你这么说，孙膑要来了就好了。"

赵尚志："当然了，但没有孙膑，咱们自己也能救自己。"

士兵乙："咋救自己？"

士兵甲："我们现在该怎么办？"

赵尚志："有办法！"

众人："啥办法？"

赵尚志："这个办法……"

这时，王德全突然走过来，拉着赵尚志的手说："老赵兄弟呀，你给我说一说，怎么个解救法啊？"

歪嘴子在木障那边窥视着他俩。

赵尚志："要我说呀，咱们只有把队伍再拉回宾州去！"

王德全："嗯？"

# 六

夜色朦胧。

孙朝阳和何友仁、李启东、荣义、刘海涛、李福林几个人在房间里一边喝酒一边商量着。

孙朝阳酒气醺醺，又捆了一杯。

门一推，郝元鹏闯了进来；

"大哥，不好啦！王德全勾结赵三，要把队伍拉去投宾州……"

孙朝阳："啥？你说清楚！"

郝元鹏："王德全勾结赵三要把队伍拉回去投宾州……"

李启东："不可能吧。"

何友仁："这很难说。在太平桥破皮箱王双友不就拉上队伍跑了！"

孙朝阳："这个兔崽子，元鹏，去，把王德全给我捆来……"

李启东："别这样，司令，事情还没弄清楚哩！"

众人："是啊，司令，德全不会这么做，不会的。"

郝元鹏"啥呀？刚才歪嘴子听得清清楚楚！我早就看出赵三那小子不是个好货，王德全跟他勾勾搭搭能有个好？我非把他绑来……"

郝元鹏往外走。

王德全："司令，有办法了！"

孙朝阳："你来了正好，我有话问你！"

王德全："啥事？"

孙朝阳："听说你跟赵三要把队伍拉回去投宾州……"

王德全："啥？投宾州？哈哈，这是哪位哥儿们要借刀杀人啊？"

郝元鹏："哼！少来这一套，跟我扯这个！你就老老实实地招供吧！"

王德全："元鹏，咱们哥儿俩可没什么深仇大恨，我不过平常对你严了点，你不该红口白牙来冤枉我……"

郝元鹏："哼，少废话！"

孙朝阳："那，到底是咋回事？"

王德全："我不是去投宾州，我是要去打宾州……"

众人："打宾州！？"

王德全："对！人家赵三说，鬼子为了包围我们，把兵都调出来了，现在宾州是座空城，要是咱们去打，准能打进去。为了救咱朝阳队，我夜访赵三，请他出了妙计，我王德全也算对得起大哥了。真没想到，有人借这个机会陷害我……"

孙朝阳："德全，大哥给你赔不是，来，大哥敬你一杯！大敌当前，咱们不能先闹内乱。"

两人共同干杯。

王德全："大哥，我看出来了，有人在使密探。人家赵三一心抗日来投咱们，有啥不好？为啥要置人于死地？今天我把丑话说在头前，往后谁再使密探，我就毙了他……"

郝元鹏："你能咋的？"

王德全还要说什么。

孙朝阳："嗯？别说了，德全，这是误会，看在我的面子上，谁也不要再说了！哎，你说，这条计是那个喂马的说的？"

何友仁："一个喂马的，能有多大章程？"

王德全："人家还讲了一个'围魏救赵'的故事……"

何友仁："日本人可不是庞涓，能上他的当？哼，就是太平桥，他也过不去。"

王德全："人家说了，可以暗渡、暗渡什么陈仓，太平桥可以绕过去。"

何友仁："绕过去！"

李启东、荣义："嗯，还真行！"

孙朝阳："这个人过去是干什么的？"

王德全："听说他过去也带过兵，打过仗。"

孙朝阳："他还带过兵？"

何友仁："司令，这样的人，更得留心啊！"

荣义："我看，不管他是干啥的，只要他的招儿好使，咱们就用。"

李启东："对，荣义老大说得对！"

郝元鹏："我看应该干掉他，要不，早晚是咱们的祸害。"

何友仁："司令，我看，郝炮头的话值得考虑。"

王德全："司令，咱们做事不能做得太绝！"

孙朝阳："怎么？"

王德全："人家赵三真心抗日来投奔咱们，要是把他干掉了，那往后谁还敢来投奔咱们？"

孙朝阳："嗯。"

王德全："再说，赵三还是你的同乡哩！"

孙朝阳："那，你为什么不早说？"

王德全："嘿嘿，人家不靠这个！"

孙朝阳："那好，你把他叫来。"

王德全："叫来？司令得礼贤下士才对，要请！"

孙朝阳："那好，请！"

## 七

夜色深沉，刘团总家大院，灯火通明，内外警戒森严，上房的窗子关得严严的。

军事会议正在召开。

一张方桌前，站着农民打扮的赵尚志，身上的蓝布衫解开了扣子，露出肋骨分明的前胸。他热汗淋淋，指手画脚地说着：

"……只有乘虚而入，攻其不备，宾州城不用吹灰之力就可以打下来……"

孙朝阳："要是敌人回兵包围了宾州城呢？"

赵尚志："我就是要他回兵，他的兵马一动，我们就正好利用他回兵的空隙突围出去！"

郝元鹏："你能保险吗？"

何友仁："这样做太冒险了。"

赵尚志："冒险？打仗哪有不冒险的！正面突围不冒险吗？我看更冒险。现在敌人的包围圈已经形成，就是还没进攻我们。那是因为咱们还没有进入到对他们有利的地形。他们给咱留一条路，是在引着咱们上当。再往前走，正好中了他们的计，那就等于自己去送死。要是咱们回过去打宾州，情况就不一样了。这叫出其不意，攻其不备。看起来好像挺冒险，事实上是有把握的！"

孙朝阳："有把握？"

赵尚志："有！现在只有这样做，才是最保险的。"

何友仁："哼，太狂妄了，一个小小马夫，懂得什么？"

赵尚志："马夫咋的？照样指挥打仗！古时候有个韩信，他还要过饭呢，照样当元帅，打败了楚霸王……"

何友仁："嘿嘿，赵马倌只知有孙膑、韩信，可知道有个纸上谈兵、丧师辱国的年轻人赵括吗？"

赵尚志："赵括？败在他目空一切，乱搬现成的兵书战策，不切合实际……"

何友仁："可是，不管怎么说，他还懂点兵书战策，赵马倌，你呢？"

赵尚志："兵书战策不敢说懂，不过，'避实就虚'，'攻其不备'，这点我还知道。"

王德全："都啥时候了，你们少转文吧！老赵，你就说说该咋干吧。"

赵尚志："按我说的去干，准能攻下宾州。不过，我得提个条件。"

郝元鹏："啥条件？"

赵尚志："部队要归我指挥！"

郝元鹏："啥？部队归你指挥？你做梦娶媳妇，尽想好事了！"

何高参："归你指挥？那司令往哪儿摆？"

屋子里顿时像开了锅一样，叽叽喳喳吵开了：

"啥，归他指挥？那部队不成他的了！"

"可不是，那叫啥事啊！"

"不过，要他保证打下宾州，部队就得归他指挥！"

"我看哪，一个将军一个令，一个人有一个人的打法。"

……

郝元鹏："赵三，部队就归你指挥，你要是拿不下宾州咋办？"

何高参："对，打不下来怎么办？"

全场顿时静下来，大伙儿的眼睛都望着赵尚志。

赵尚志："军法从事！"

郝元鹏："赵三，军中无戏言，你说话可得算数！"

赵尚志："那当然！"

王德全："老赵兄弟，这可不是说着玩的！"

孙朝阳："把家把式给我。"说着，他从王德全手里接过二十响手枪，往桌子上一放。

孙朝阳："赵三，我信着你了，就这么定了。我孙某人一腔爱国热血，身家性命都交给你了。宾州要是打开了，我正式委任你当参谋长。"

郝元鹏："大哥……"

何高参："司令……"

孙朝阳："我决定了！既然赵家兄弟这样有韬略，能够挽救咱们的队伍，我孙某人心甘情愿让出兵权！"

赵尚志："好，那我就斗胆啦！我一定打好这一仗，绝不能让小鬼子灭了咱们这支义勇军！不过，丑话得说在前头，打仗靠的是精诚团结，服从命令。如有违犯军令、不听指挥、玩忽职守、贪生怕死的，我赵某也绝不徇情。如在执行军令当中有冒犯诸位的地方，还望多多包涵。"

## 八

村头广场上，士兵们席地而坐，在聆听司令孙朝阳讲话。

孙朝阳："弟兄们，我是我嫂子养活大的，也是大家伙养活大的。我嫂子是叫小日本鬼子给祸害死的，我恨小日本鬼子，大家伙也恨。恨，咱们就要打。今天，我们就要打宾州了。大刀子给我抢起来，二齿钩子也给我刨上去，把手里的家把式都用上，给我往死里捅！这是一场硬仗，也是一场恶仗，这关系到我们朝阳队的生死存亡。弟兄们，我宣布，赵三从今天起是我的代参谋长，一切行动听他的指挥，他的话，就是我的命令……"

"报告！"在村外执行巡逻任务的刘海涛跑来。

"我们在村外打死一个逃跑的人！"

赵尚志："怎么回事？"

孙朝阳："是啊，怎么回事？快说说。"

刘海涛："我们正在村外巡逻，发现一个人隐在柳茅子里往外溜。我们喊他站住，他反而跑了起来，叫弟兄们开枪给打死了！"

孙朝阳："谁？"

郝元鹏："是谁？"

刘海涛："歪嘴子！"

孙朝阳："他想干什么？"

刘海涛："看样子他是投靠敌人！我们在他身上搜出一张写着日本字的纸条子。"

赵尚志接过烟盒纸，看了看递给孙朝阳，他也不认识日本字。

孙朝阳："高参，你认识吗？"

何友仁接过纸条，翻看了一下："唔，我也不认识。看样子，歪嘴子很可能是日本人的探子。这张纸片上写的，很可能是我们今晚打宾州的行动计划。我看，他是去向日本人报告的。"

赵尚志："他怎么能知道我们今天晚上的行动？"

孙朝阳："是啊，咱们的会开得很秘密啊！"

何高参："这很简单。唔，哦，开了会以后我们不是叫各队做了战斗准备吗？"

孙朝阳："可是，这个人是怎么进来的呢，啊？"

何高参："应该查一查。歪嘴子不是三中队的吗？问问三中队长……"

郝元鹏："三中队的咋的了？他是日本探子，老子又不是！"

何高参:"你不是很重用他吗?"

郝元鹏:"姓何的,啥意思?你是说我郝元鹏叫他去投敌的?大哥,你们要是信不过我,你现在就崩了我!"

孙朝阳:"元鹏!"

赵尚志:"行了,好在消息还没走漏出去。司令,我看这事以后再说吧。"

孙朝阳:"嗯。"

郝元鹏:"干啥呀!看我眼眶发青?没等出兵就先拿我开刀。以后再说,以后再说能咋的?"

"哼!"郝元鹏一甩袖子,走了。

赵尚志:"全体注意了,黄昏时分,出发!"

# 第 二 集

## 一

"司令起驾祭嫂子了!"

"司令起驾祭嫂子了!"

礼仪人高声呼喊着,喊声震动着山谷,在山顶上空飘扬回旋。

孙朝阳身着道袍,率领几个炮头兄弟,登上山坡,跪在山顶上,面对苍天。身后,弟兄们也跪在山坡上,黑压压一片,连刚上任的代参谋长赵尚志,也虔诚地跪在孙朝阳的旁边。

孙朝阳虔诚而沉痛地,喃喃地向敬爱的嫂子念着祷词:

　　　　嫂子,借你一双小手,
　　　　捧一把黑土,
　　　　先把鬼子埋掉;

众:嫂子!

孙朝阳:嫂子,借你一对大脚,
　　　　踩一溜山道,
　　　　再把我们送好;

众:嫂子!

孙朝阳:嫂子,借你一副身板,
　　　　挡一挡太阳,
　　　　我们要打胜仗!

> 憨憨的嫂子，
> 亲亲的嫂子，
> 我们用鲜血供奉你，
> 黑黑的嫂子，
> 黑黑的你。

众：嫂子！

孙朝阳：出发！

队伍迅速起立，列好队，举起大旗，大旗上缀一大大的"孙"字，在晨风中猎猎飘飞，前锋队伍向山下迈进。礼仪高喊：

> 嫂子指路，
> 振旗前锋，
> 龙虎帮驾，
> 马到成功。

## 二

宾州城内，一片平静，县衙的办公室内，一架老式的留声机，正旋转着播放出咿呀咿呀的日本乐曲；宾州城头上，城楼旁垂挂着日本的膏药旗，似乎也沉睡在梦中，岗哨的士兵们，都已猫在城楼内打瞌睡去了。他们做梦也没想到，几天前被他们撵出宾州的孙朝阳的队伍，已经攻到了城下。

突然，一声炮响，城头被轰倒一块。接着又是几声地动山摇的炮声。霎时火光冲天，城楼被震坍，城墙被炸成一个缺口。

"轰！轰！"

孙朝阳队伍自制的"木炮"发起神威，一炮接一炮地轰在城里，一个装进炮膛作为炮弹的铁秤砣，崩落在鬼子的办公桌上滴溜溜地打转，把鬼子们吓得四处躲藏。

城门前，赵尚志举枪高喊："弟兄们，跟着我，往前冲！"

他身先士卒，敞着前胸，提枪冲向缺口。弟兄们高呼："冲啊！"跟随着赵尚志，潮水般地冲向缺口，冲进城去⋯⋯

战斗在街巷里激烈地进行着。枪声像插了彩似的四处响着，日本鬼子节节败退，边打边跑。赵尚志率队冲进宾州大街，他摆着手枪，督促弟兄们："上！跟上跟上！"又率先冲向前去。

郝元鹏带着自己的队伍，拼命撵上来，一见赵尚志率队又冲上去了："嗯？咱们也上！"

在一处街口上，冲在前面的赵尚志站下来，命令跟上来的李根植："根植，你带几个人上前！"李根植："是！"率领一队人冲向前去。

赵尚志："德全，跟我走！"

王德全："是！"

他们转向另一方向冲去。

郝元鹏冲上来："哎，哎！这小子是比我蹿得快呀！咱们不跟他去，咱们上东街，走！"

他举枪带着队伍冲向东街。

赵尚志和李根植冲进宾州日本人的办公室内，日本人跑了，但桌上留声机还在唱。赵尚志一见，怒火中烧：

"这鬼东西也搬到中国来了，末日快到啦……"

他抽出李根植收缴的日本指挥刀，举起来猛劈下去，留声机上的唱片被砍成两半，乐声骤然而止。

## 三

在宾县县长的办公室内，赵尚志一边抽着烟袋，一边在地上来回地踱着，他在考虑下一步如何安排。

室外，闯进一个壮汉来：

"报告，参谋长，四中队长刘海涛前来禀报。"

赵尚志："好，快说说吧，敌人上来了？"

刘海涛："上来了，跟我们打了一头晌，叫我们给打退了！"

赵尚志："多少人？"

刘海涛："一个团！"

赵尚志："一个团？是鬼子还是伪军？"

刘海涛："是亡国奴军，说是宾州自卫团的，守太平桥的。"

赵尚志点点头："唔！"

刘海涛："参谋长，我们中队还有啥任务？"

赵尚志："海涛啊，你们中队继续坚守阵地，监视敌人，一有军情，马上向我报告！"

"是！"刘海涛立正答应，立即走了出去。

赵尚志来回走着，脑子里在想：嗯，敌人果然回兵了，看来，现在必须做好立即撤退的准备，否则就会被敌人包围。

李根植："突击队长李根植前来请示！"

李根植穿着一身新军服，站在赵尚志面前。

赵尚志："你现在不是突击队长了，而是侦察队长了！"

李根道："侦察队长？"

赵尚志："对！带着你的队伍，到城外四乡去侦察，看看五十里以内有没有敌人，马上回报我！"

李根植："是！"

## 四

赵尚志和朴善文走出县公署，穿过一条小街，刚走进通往大街的一条胡同，突然迎面过来一个弟兄，枪倒挂在肩上，腋下夹着个大包袱，慌慌张张地从一家民房里奔出来，后面追出个老大娘。抓住包袱和他撕扯。老大娘："你还给我！你还给我！"

朴善文："站住！"

那个弟兄扔下包袱慌张跑去。

朴善文扶起老大娘，把包袱递给她，老大娘千恩万谢地走了。

赵尚志："善文啊！你马上组织一支'纠察队'，四街巡逻，遇有违犯军纪骚扰百姓的弟兄，不听劝告的，一律带回来见我！咱们绝不能像打家劫舍的土匪。"

朴善文："是！"

赵尚志派走了朴善文，走上大街，正好碰上了匆匆走来的王德全。

赵尚志："德全！"

王德全："参谋长啊，我正要去找你哩！"

赵尚志："我也正想去找你。"

王德全："听说敌人回兵要打宾州？"

赵尚志："是，叫刘海涛给打退了！"

王德全："我看，咱们赶快撤，要不，非让鬼子给包了馅不可！"

赵尚志："我就为这事儿，想找你和启东商量哩！"

王德全："启东啊，正在东大街没收一家日本粮店哩！走！"

王德全领着赵尚志往东大街走去，一路上弟兄们往外扛粮袋，赵尚志走过去。

赵尚志："启东啊！"

李启东："参谋长！"

赵尚志："哎，今天晚上，准备二十五辆大车，每辆再加上一匹马拉套，要把马料喂足，准备好，今天晚上分两路突围。哎，对了！你们再准备准备，把安民告示贴出去。"

李启东："既然撤退，还贴这个干什么？"

赵尚志："哎，这也是兵不厌诈嘛！贴这个不仅是稳定民心，更重要的是迷惑敌人。让敌人以为我们在宾州城里待下去，这样一来他们就不会防范我们从宾州城突围出去了，这不是一举两得吗！"

李启东："唔，好！"

赵尚志："撤退的事加紧准备，要注意，千万不要走漏风声，以免扰乱军心。再说，我还没和孙司令商量，还不知道他是咋想的。总而言之吧，要防备内奸，歪嘴子的事，应该引起我们大家注意了！对了，你们看看，这究竟是谁干的？你们都是老人，队上的事，你们比我清楚！"

赵尚志掏出那片烟盒纸来，王德全和李启东翻看着。

王德全："咱队里也没听说谁会日本话啊！"

李启东："是啊，我也没见过谁写过日本字呀！再说，这种烟盒到处都有，说不准是谁干的！"

赵尚志："怪事，咱们的军事行动，下面的弟兄们怎么知道，看来奸细就在我们队伍当中！"

宾州县公署的办公室里，孙朝阳和何高参在观赏一件摆设。

赵尚志走进来抱拳行礼："司令！"孙朝阳站起来："哦，参谋长！"

赵尚志："我的任务完成了。现在，交差！"

他从肩上取下挎着的二十响手枪放在孙朝阳面前的桌子上。

孙朝阳一拱手："赵参谋长，我代表抗日义勇军朝阳部队的全体弟兄向你表示衷心的感谢！我孙某人绝不忘记诺言，我现在当众宣布。弟兄们，今天，本司令正式宣告，委任赵三为我们朝阳部队的参谋长！"

何友仁："大家鼓掌祝贺！"

孙朝阳："勤务兵！"

勤务兵："有！"

孙朝阳："你去找李启东队长，就说我说的，让他给赵参谋长换一身新衣服。"

勤务兵："是！"

孙朝阳拿起桌上的手枪，交到赵尚志手里："赵参谋长，家把式你还拿着吧！"

这时，人群从外面涌进来："报告司令！"、"押进去！"

众闪开望去，纠察队推推搡搡带过来两个被五花大绑的弟兄。那是郝元鹏手下的四大金刚中的两个。

被绑的两个人一见郝元鹏，马上扑过去跪下。

金刚乙："四爷，你老给我们做主哇！"

郝元鹏："你们两个咋的啦！"

金刚甲："我们没做啥呀，就是拣点洋捞，这家伙就被绑来了，我们提了四爷好几遍大号，可他们说四爷算个屁，这是李启东说的……"

郝元鹏："什么？真是狗拿耗子，这点小事就绑人？"

李启东："这两个东西干的可不是人事，抄了人家的家，还糟蹋了人家的闺女……"

一个商人奔来："孙司令呀，孙司令，你可要替小民做主哇！这两个牲口，抄了我们家不说，还糟蹋我们家的闺女，她没脸见人就寻了短见啦……"商人跪了下去。

郝元鹏："败类！真丢人现眼，看我回去不收拾你们？来，把这两个混蛋给我带回去！"

赵尚志："不行，纠察队是我派的，纪律是我宣布的，这件事由我来处理吧！司令、郝队长！"

孙朝阳："参谋长，你就处理吧！你是参谋长嘛！"

赵尚志："好！"

郝元鹏："那，你就看着办吧。"

赵尚志："事情在哪儿发生的？"

朴善文："党家店！"

赵尚志："那好，把这两个败类带回党家店，就地正法！"

"走！"

李启东命令着，纠察队员拉起两金刚便往外走。

两金刚嚎叫着："四爷，救命啊！四爷救命！"

商人连连躬身行礼："谢谢孙司令！谢谢参谋长！"

赵尚志随众一边往外走，一边说："这是我们应该办的。"

办公室内留下孙朝阳、何高参和郝元鹏。

何高参想对孙朝阳说什么："司令！"

郝元鹏急步走向孙朝阳，气急败坏地："大哥，你看这……"

孙朝阳平静地说："元鹏，就这么办，你回去吧！"

郝元鹏气得一甩衣袖："我不干了！"他冲出门去。

何高参对孙朝阳说："我说说他去！"

孙朝阳："去吧！"

孙朝阳眼看着他俩都走了，无可奈何地叹了口气。

伪县长的卧房，郝元鹏躺在床上生闷气，高参何友仁悄悄推门走进来。

何高参："我一猜你就在这儿，怎么？出山虎想睡大觉了？"

郝元鹏坐起来："哼，你别逗你傻老哥了！"

何高参："干吗生这么大的气啊？"

郝元鹏："这熊人也熊到家了？老子不干了！出去自己干！"

何高参："怎么？想把队伍拉出去？"

郝元鹏："咋的，我自家也拉过山头。有这百十多号人到处吃香的喝辣的，想打鬼子就打鬼子，想当胡子就当胡子，我受这气？"

何友仁："就为这点小事？"

郝元鹏："这事还小？"

何友仁："当然是小事。死两个人算啥？司令为你好，你也要听话，有人要把你挤走，现在你自己要走，不正合人家的心意。这支部队是你和司令一手拉起来的。你这一走就垮了一半。你跟司令是同生共死的弟兄，你也是得考虑考虑他，今天没过分损你，是怕你在姓赵的面前丢面子，你可得听话。"

郝元鹏："那我也太窝囊了！"

何高参："嗨，你虎就虎在这儿，你说是不是？来来，咱们喝两盅，消消气，男子汉大丈夫！"

何高参从兜里掏出一瓶酒和一包花生米来，放在一张小桌上。用茶杯给郝元鹏倒了一杯酒，自己也倒了一杯。两人坐在一条板凳上喝起来。

郝元鹏："你这个家伙呀，说话口气我愿听。"

何高参："你看谁跟谁呀，你这人憨厚我就愿意和你交朋友。"

郝元鹏受宠若惊："呐，高参，你够意思，来，我敬你一杯！"

何高参："人生在世，谁都图个快活，但不能没有节制啊，哎，听说你有个坏毛病，愿意找女人，这可得注意呦！"

郝元鹏："行行行！但是进了宾州，我可不走了！"

何高参："要是咱们司令要你撤出呢？"

郝元鹏："真是的，我不管他，谁说也不行，我太累了！"

何高参："哼，拿你没招儿！不扯了，来，干了这一杯，好去看秧歌。"

何高参、郝元鹏举起酒杯，响亮地碰了一次杯。

## 五

一阵高亢的喇叭声和锣鼓声，飘荡在街道的上空。

一队乐队为前导，后随抬着全猪、全羊、酒、鸡蛋、香烟、毛巾、鞋等慰劳品还有一面面的锦旗！"爱民如子"的牌匾，长长的队列，在宾县商会会长张大马褂的率领下涌进县公署。

县公署的大厅上挂满："为民前锋"、"中流砥柱"、"抗日先锋"等锦旗。张大马褂亲自指挥，把一幅写着"爱民如子"的横匾，挂在大厅的正中。

张大马褂:"孙大司令,本商界同仁敬献此匾,能叨沾大司令的恩泽,在司令军威的庇护下,安居乐业。"

孙朝阳:"哈哈哈,兄弟何德何能,怎敢受诸位如此之抬爱?其实,这都是我们赵参谋长的功劳!"

张大马褂睁大眼睛向赵尚志一拱手:

"啊——久仰久仰赵参谋长!赵大参谋长的大名早已不胫而走,人家百姓都说您是赛诸葛呀!今日得见,敝人真是三生有幸!"

赵尚志:"张会长过奖了!我们孙司令的大军是抗日救国、保护老百姓的,只要诸位能为抗日救国出把力,我们定会尽全力保护的。"

张大马褂等拱手点头:"是啊!是啊!我们尽力尽力!"

王德全:"赵参谋长说得对啊!"

何高参:"那当然!"

郝元鹏:"哼!"

孙朝阳:"本司令全领了。本司令从不取不义之财。我们对民财一概不动。不过如有保管敌伪资财以及枪支弹药的,请诸位交出来!"

富商们不寒而栗,连连点头:"是是是!"

## 六

伪县长办公室内,孙朝阳、赵尚志、郝元鹏等正在议事。

孙朝阳写了一张条子,喊:

"勤务兵,这是我开的欠款单,赶快给张大马褂送去。"

勤务兵应声上前,接过条子走了出去。

赵尚志"噢"了一声,他心里明白,张大马褂的商号里存放着宾县全县的经费哩,孙朝阳是想把这笔钱抠出来,他靠近孙朝阳小声地提醒:

"不过,行动越快越好,我们要尽快撤出宾州。"

孙朝阳:"什么,撤出?干吗这么急!咱们刚刚打进来,应该让弟兄们休息休息。我想今天晚上举行一个庆功宴,让弟兄们好好地乐一乐!"

赵尚志:"司令,现在可不是乐的时候,咱们打进宾州,不是为了占领宾州,目的是调动敌人。"

孙朝阳:"哎呀现在情况变了,敌人的援兵被我们打退了,又何必撤得那么急呢?弟兄们打宾州舍生忘死,胜利了,你再不让弟兄们松口气,我这个司令可不好当啊!"

赵尚志:"司令,你可别忘了,杨家岗一带还有敌人的重兵呢!再说,这里离哈尔滨这么近,日本要派兵两面夹击,四面一围,那咱们可就跑不出去了。"

何友仁走进来。

孙朝阳："哈，高参！来来来，我正要找你商量商量。"

何友仁："商量？什么事啊?"

孙朝阳："咱们刚刚打进宾州，赵参谋长就要撤出去，你看应该怎么办啊?"

何友仁："撤出？我看，不急于撤出吧!"

郝元鹏："是啊!"

孙朝阳："噢，你也这么想？来谈谈。"

何友仁："当然，赵参谋长的顾虑也不是没有道理的，我们待在宾州，如果敌人从四面包围上来，那，我们可就危险了。不过，依我的看法，现在还没有什么危险，太平桥的敌人，已经叫刘海涛给打回去了，即使敌人再打回来，我们有坚固的城墙堡垒，也完全可以抵挡一阵子，若真是抵挡不住，到那时候再撤也完全来得及。"

孙朝日："好！你说的和我想的一样，所以，今天晚上我打算开一个庆功宴，给弟兄们庆功!"

何友仁："庆功宴?"

孙朝阳："对!"

何友仁："好，还是司令体恤下情，想得周到!"

郝元鹏："对对对！司令好!"

何友仁的一番话，引起赵尚志的注意，他警觉地在思考……

## 七

日本关东军哈尔滨指挥部。岩越参谋长坐在硕大的办公桌后面。几个部下站在他的面前。

岩越："宾州失守，孙朝阳又回来了！怎么搞的?"

望月："报告参谋长，我们正在调查……"

作战课长："听说，孙朝阳那里来了一个能干的人?"

岩越："能干的人，什么人?"

作战课长："听说是一个马夫……"

岩越："一个马夫，你们堂堂的大日本皇军，对付不了他的一个马夫？他叫什么名字?"

一片沉默，谁也答不上来。

岩越："你们的情报太糟糕!"

望月："报告参谋长，孙朝阳的情报，由特务机关调查!"

岩越："慌什么，把安藤麟三将军叫来!"

望月："哈依!"

岩越："特务机关，我们不应该依靠他们，在支那，我们要以武力征服一切!"

岩越一边踱着步子一边说。此时,他回到他的座位上。

岩越:"大日本帝国的关东军是至高无上的!我们必须控制整个满洲,不允许有任何反抗的力量!孙朝阳,一定要消灭!宾州一定要收回!"

望月立正:"哈依!"

## 八

晚间,盛大的庆功宴会开始了。司令部和各个中队的驻地,都摆满了酒席,鞭炮唢呐齐鸣,猜拳行令吵吵闹闹。

司令部的庆功宴会设在县公署的大堂上,顺序摆开五张大圆桌。

郝元鹏:"大伙儿静一静!静一静!"

孙朝阳:"弟兄们,为咱们部队从今往后真正走向爱国抗日的道路干杯!"

众人:"干!"

赵尚志:"司令说得好,我与司令坚决抗战重整军威,为各位队长这次英勇作战,取得打开宾州的胜利,也为阵亡的弟兄们,干杯!"

众人:"干杯!"

赵尚志举杯饮干:"谢谢各位!杨家岗一带的敌人已经向宾州方向移动,此地不可久留。再待下去,就有被敌人包围的危险。弟兄们,酒少喝点儿,做好撤出宾州的准备。"

众议论。

赵尚志:"司令,你陪弟兄们吧,我出去看看。"

孙朝阳:"好!"

赵尚志离席,走了出去。

郝元鹏:"哼,害怕了,胆小鬼!咱们不撤,都给我回位上坐着去!"

郝元鹏举杯向众:"干!"

## 九

日本关东军哈尔滨指挥部。

岩越:"将军阁下,孙朝阳任用了一个马夫,一夜之间占领了宾州,在这之前我们没有情报,这到底什么缘故?"

安藤:"这个我们早就知道了,我正要向你道贺呢!"

岩越:"道贺?"

安藤:"孙朝阳虽已被围,但尚未就范,鹿死谁手,尚未决定,参谋长略施巧计,网开一面,请君入瓮,然后聚而歼灭,难道不应该道贺吗?"

岩越满脸涨红,欲辩不能,气破肚皮,但表面冷静。

岩越："这是误会，我以为是将军阁下的高级情报员秋俊，有意向孙朝阳透露被围的情报，要挟他们重返宾州，再次投降呢！"

安藤："我们因为情报联系上发生意外，所以直到目前，孙朝阳的内部情况，尚不知道，你所说的不过是一时猜测……"

岩越："军情大事，岂能乱加猜测？至于中断情报，贻误战机，将军阁下知道这个意味着什么？……"

安藤："中断情报这是经常发生的事，当然可以查清。至于贻误军情，责任不在我们而是你们，阁下以数千之众，不能消灭一支小小的胡子队，太丢皇军的脸了！据我所知道的——"

岩越语塞，头上冒出汗来。

安藤："参谋长阁下，为了分清责任，从目前起，我们的人撤出孙朝阳的部队……"

岩越："我看不必了吧，按照司令部的要求，我们要紧密配合，密切合作，我看，咱们还是谈一谈如何配合吧！"

安藤麟三没予理睬，愤然离去。

岩越没趣地走向供在一旁的一座灵位，低声地求救地喊了一声："老师！"然后虔诚地跪在灵位前……

## 十

夜晚，繁星满天。

宾州南大街。

赵尚志和李启东在检查准备撤退的部队情况，跟在后面的王德全叫住了他。

王德全："参谋长！"

赵尚志回头站住。

王德全又紧走几步，来到面前见四周无人，说："参谋长！"

赵尚志："嗯！"

王德全："有个人要见你。"

赵尚志："谁？"

王德全："自己人，他等了一个晚上了。"

赵尚志："在哪儿？"

王德全："我带你去。"

两个人消失在夜色中。

## 十一

夜色茫茫，灯光、星光给黑夜增添了神秘色彩，蛙声、虫鸣打破了黑夜的寂静。

赵尚志随王德全来到一所中学的院落，走过操场和两边的教室，在后院的三间草房前停下。

王德全敲门，一个教师模样的人让他们进屋。

屋内，站着一个穿长衫、教师模样的人。

王德全指着那人："我来介绍一下！这位是朱……"

朱鸣阳："朱鸣阳。"

王德全："这位就是赵尚志……"

朱鸣阳："你好！尚志同志！"

赵尚志愕然，问："你是……"

朱鸣阳："我是中国共产党珠河中心县委派来的。"

王德全："你们谈吧。"

王德全走出去，站在门外，注意着四周。

朱鸣阳："珠河县委对你还是比较了解的，我们希望你能够继续为党工作，把抗日武装重新建立起来……"

赵尚志："可我现在已经不是共产党员了！"

朱鸣阳："那你自己是怎么认识的呢？"

赵尚志："我自己？难道我自己愿意开除我自己！至于过去巴彦游击队失败，我有错误……"

画外音（女声）：

原来他有根，他是共产党，难怪他那么瓷实地活着，说话那么有道理，干事那么有章法，打鬼子那么有招数，而且是个老爱检讨的共产党员。看着赵尚志，我说共产党好，共产党是这个样子，打鬼子肯定赢！日子也肯定能好，我爹肯定不是共产党员，我爹是为了我娘才打鬼子的，但他喝大酒，赌博，耍钱，还往后头刘寡妇家跑，我一提这个事，他还打我，打我的时候作出怪声。但我爹也怕赵尚志，赵尚志好，就是共产党好，可谁也别让赵尚志包屈，我求土地老爷了……

朱鸣阳："……所以县委才派我来跟你联系……"

赵尚志："县委对我怎么看？"

朱鸣阳："县委研究过你的情况，认为你还是很爱国的。"

赵尚志："光是爱国？"

朱鸣阳："当然不，县委认为你是个犯了错误的布尔什维克！"

赵尚志："你们真是这么看的？"

朱鸣阳："是的！县委对你的处境是同情的，我们向上级提出过自己的意见，但一直没有回音。作为党的基层组织，作为党员，只能服从上级党组织的决议。我想，你也应该这样。但是我们希望你，能以自己的行动，来证明你自己……"

赵尚志："我没有更多的要求，只要还信任我，这就够了！"

泪珠滴落在两只紧握的手上。

赵尚志："以后跟谁联系？"

朱鸣阳："跟朝阳队里的代表——启东同志！"

赵尚志惊喜地："启东!？"

朱鸣阳："对！"

赵尚志："好！"

# 十二

"翠花楼"客店的招牌在灯光中摇曳。实际上这是一家妓院，而且是日本特务机构的秘密情报站。

何友仁和醉醺醺的郝元鹏被女掌柜贾赛花接进翠花楼。郝元鹏被几个花枝招展的姑娘挽着，互相调笑着，登上楼去。

女掌柜贾赛花领着何友仁走到另一间精致的房间。樱花拉开门，一身商人打扮的小野走过来。

何友仁："是你？你什么时候来的？"

小野用下巴指指贾赛花："唔！"

贾赛花理会了马上走出去。

小野："这个，你就不用多问了。安藤少将对这次孙朝阳部队打进宾州，非常恼火，你怎么事先不报告呢？"

何友仁："恼火怎么样！他这个少将是怎么扛的？还不是我用情报换来的。为了给他送信，我还搭上一个人！"

小野："安藤少将让我问你，孙朝阳打宾州，使的什么新式武器？"

何友仁："什么新式武器！整天疑神疑鬼的！"

小野："少议论别人吧，我们发现，这次打宾州时，有个没有见到过的铁家伙！"

何友仁："什么？你们怎么也让它给糊弄了，那是个秤砣！"

小野："嗯？安藤少将限两个月干掉孙朝阳，所以我和山本才来到这儿。"

何友仁："山本呢？"

小野："我让他暂时不要露面，怎么样？干掉他有把握吧？"

何友仁："孙朝阳不懂军事，很容易对付，可是新来的赵三，既懂军事，又精明细致，孙朝阳很信任他，有他在孙朝阳的身边，事情就不好办了，弄不好，会露马脚。哎，我告诉你，他们今天晚间要撤出宾州，至迟，明天拂晓！"

小野："怎么，你不是报告说他们不撤了吗？"

何友仁："变化啦！就是这个赵三出的主意！"

小野："这个赵三从哪儿来的？"

何友仁："巴彦游击队！他会是谁呢？"

小野："可能是赵尚志，他可是个厉害的家伙！"

何友仁："赵尚志！是他？赵尚志，赵三唔，都姓赵嘛！"

小野："不过，他在巴彦叫李育才，他有啥特征？"

何友仁："瘦矮个儿，长脸，有一只伤眼。"

小野："是他！"

何友仁："那就太好了，我愿和硬对手较量，不为安藤为天皇！"

小野："秋俊兄，安藤少将让我们采用特殊手段！"

何友仁："特殊……"

## 十三

（画面）：日本人的狗队在调动。

（画外音）：

安藤麟三："拱卒！"

岩越："老手段！"

安藤麟三："出车！我可以像侍奉狗一样地下中国象棋！"

岩越："飞象！战场上你的狗也没有派上用场，我可以给你调遣驯犬员，以提高你狗队的素质。"

……

## 十四

伪县公署，夜。

赵尚志急匆匆冲向伪县长的卧室，门前，卫兵们喊："立正！"

他闯过卫兵走进去。

孙朝阳正在床上酣睡。

赵尚志："司令，司令！"

孙朝阳："哦，参谋长，有啥事？"

赵尚志："敌人就要到了，我们得马上行动！"

孙朝阳："啊？咋这么快！参谋长，那咱们咋办？"

赵尚志："我们不是要到张广才岭的深山密林里去么？"

孙朝阳："是啊！"

赵尚志："从南面突出去！"

孙朝阳："从杨家岗？敌人不是从那个方向来的吗？"

赵尚志："那怕什么，咱们再调动他一次呗！"

孙朝阳："什么？再调动一次！"

赵尚志："司令放心，我要叫他们把南门这条道给咱们让出来。"

孙朝阳："啊？有啥好办法？"

赵尚志："还是声东击西！一路先从东门出去，给敌人造成假象，以为我们从东突围出去，这样一来敌人必然调动南面和西面的部队来追击我们，然后我们再从南面突围出去。

孙朝阳："唔，那当然好，不过敌人上次在杨家岗上一回当，这回……"

赵尚志："司令，望月、岩越，自以为懂得中国的孙子兵法，其实，只不过学点皮毛而已，必然还会上当！"

孙朝阳："可是万一敌人不上你的当怎么办呢？"

赵尚志："司令，万一敌人不听调动，我还有第二个方案，那就是以迅雷不及掩耳之势从东面突出去，取道三岔河，抄到敌人的背后，我想让元鹏打先锋，德全在后……"

孙朝阳："元鹏？"

赵尚志："元鹏是员勇将，敢打敢冲，他打先锋，最合适了，再说，敌人一看，我们派出一员勇将打先锋，一定会相信我们是真从东面突围。"

孙朝阳："唔，好！那就这么定了！快去把何高参、元鹏找来，咱们一起合计一下。"

赵尚志："不，司令，这个事，只能是决策人掌握，不宜让更多人知道。尤其是郝元鹏，他要知道其中有诈，他就不会全力以赴了，反而坏了大事。"

孙朝阳："好！那就先把元鹏叫来，向他交代任务吧。"

赵尚志："我已经让德全去了。"

王德全与何高参一道进来。

何友仁："司令！"

孙朝阳："哦，高参！"

何友仁："啊，参谋长也在！"

王德全："司令，元鹏不在！"

孙朝阳："他上哪儿去啦？"

何友仁："啊，他……他昨天晚上上客店过夜去了。"

孙朝阳："怎么？他又去胡搞了？现在军情这么急，去，把他给我叫回来！"

何友仁："怎么？今晚有行动？"

孙朝阳："敌人就要到了，我们得马上突围。"

何友仁："敌人能有这么快？"

赵尚志："刚才已经得到情报。"

何友仁："那我们怎么办？"

赵尚志："我和司令商量了，准备分两批突围！"

何友仁："突围？朝哪个方向？"

赵尚志："向东！"

何友仁："向东？好！好计谋！什么时候行动？"

赵尚志："马上行动！"

何高参："马上？"

# 第 三 集

## 一

翠花楼，夜。

郝元鹏在床上酣睡，说着狂语。

一个艳妆的妓女在嘀咕："这个人，得扔松花江里，泡半个月……"

楼下，王德全和何友仁走进门来。

女老板贾赛花迎上来，何友仁向她使个眼色，装作不认识。

贾赛花："二位爷来了？"

王德全问何友仁："在哪儿？"

何友仁："我也不知道。这是什么地方？"

王德全："上去！"

一个女人走过来，带着王德全往楼上走去。

何友仁乘机走在后面，一面说："好人能到这儿来吗？这个郝元鹏！"一面把一个纸团塞给了贾赛花。

房间里，床上的郝元鹏在酣睡。

何友仁："元鹏，不让你到这些地方来，不听话，这不，司令让我陪德全来找你！"

王德全："有紧急情况，快起来吧！"

郝元鹏："三哥，五更半夜的，啥事啊？"

何友仁："司令让你马上回去，有行动！要不司令就亲自来了！"

王德全："真是，快起来吧！"

郝元鹏："又是马倌的馊主意！"

王德全:"嗨,快起来,起来!"

何友仁:"要不司令就亲自来了!"

王德全:"起来,快点!"

郝元鹏无奈地翻身起来:"唉呦,这腰真酸!"

## 二

宾州城外二龙山,日军讨伐队望月的临时指挥所。

望月在接电话,话筒里传出日本参谋长岩越的声音:"望月少佐!"

望月立正:"哈依!"

岩越的声音:"孙朝阳部已经从东门冲出,你们迅速赶到东路,包围他们。"

望月:"参谋长,我怀疑情报的准确性。"

岩越的声音:"这是从孙朝阳内部发来的情报,执行命令!"

望月:"哈依!"

望月放下话筒,看着墙上的地图,焦躁不安,举棋不定。他在考虑如何布置兵力。孙朝阳向东?远离山区,易于暴露,喂马人深知兵法,他能这么做?不!不!他最后决定,宣布:

"命令!命令远间的部队原地待命!五县的满洲国军迅速向三岔河集结,坚决堵住孙朝阳的部队。"

日众军官:"哈依!"

## 三

伪县长办公室,赵尚志、何友仁坐在太师椅上闭目养神。

孙朝阳怒气冲冲地在地上走动,怒喊:"这班小子太不像话了,人家是个穷户人家,怎么借钱不还呢?告状都告到我这儿来了!"

赵尚志、何友仁惊得睁眼望着孙朝阳。

这时,李根植从外面悄悄走进来。

赵尚志:"唔,根植,日军向东调动了吗?"

李根植:"司令,参谋长,据我们侦察,伪军只有五个团奔三岔河方向去了!"

何友仁:"唔,看来日军还不明白我们行动的方向,乘这时,应该马上行动!"

孙朝阳:"唔,就是要让日军摸不清我们的动向。"

赵尚志:"是!"

孙朝阳:"高参,你刚才说'马上行动'是向哪个方向?"

何友仁:"向东啊,赵参谋长不是决定向东突围了吗?现在日军还没向东调动，正是我们行动的好时机。"

孙朝阳："哎……"

赵尚志怕孙朝阳说出真正突围的方向，连忙做了个制止的手势，接上说："高参说得对！"

孙朝阳欲言又止，点点头说："对！好！"

赵尚志："根植啊，你马上传令给王德全，要他们中队按原计划，从东门出发，配合郝元鹏，遇到情况，马上报告！"

李根植："是！"迅速走去。

## 四

日军狗团在调动。

画外音：

岩赵："将军阁下，我的车马炮都在你的河界，危险，当头！"

安藤麟三："飞象！你到城内吧，瓮中捉鳖，鸡犬不留，犬就是狗，走吧！"

岩越："跳马！"

安藤麟三："这不行，别马腿，行不通啊！"

岩越："我还没落下来，你急什么，吃车！"

安藤麟三："哎，你的棋进步好快啊，只要战场上如此，就好了！"

岩越："将！你死了！棋盘上死，可以再下，战场上被游击队消灭了，局势怎么收拾？再见。"

山坡树丛后面，李根植滚下来，拔腿跑起来……

## 五

伪县公署大堂。

赵尚志、孙朝阳、何高参，有的踱步，有的坐着低头沉思，各有各的心思和打算，但都在等着一个共同的消息。

李根植气喘吁吁地跑了进来。

李根植："敌人调动了！"

赵尚志："慢点说。"

李根植："南面五道林子一带的日军五百余人，向三岔河。西面狼狗团，也向三岔河方面去了！"

赵尚志："南面还有敌人吗？"

李根植："没有！太平桥一带，没有发现敌人。"

赵尚志："西面呢？"

李根植："西面还有。敌人留下一部分在二龙山！"

孙朝阳："好！参谋长，你真神啦！"

赵尚志："不，司令，还早哩！不可掉以轻心！根植，继续监视，特别注意三岔河方面，一有枪声，马上报告！懂吗？"

李根植："是！"

何友仁："日军转移了？怎么？敌人知道了我们的全部计划？"

赵尚志："当然知道，我们的队伍转移的时候，大街小巷都知道嘛！"

孙朝阳："我们就是让他们知道嘛！"

何友仁："怎么？我们不是要从东面突围吗？"

赵尚志："我们是想试日本人，他们如果不理睬我们的话，那我们整个队伍就从东面冲出去。可是现在，他们不让我们走东面，那我们只好另想办法。主动权，在我们手里！咱们不能听鬼子的啊！"

孙朝阳："对！哈哈……小鬼子再鬼，也鬼不过我们的赵参谋长……"

# 六

黑夜，郝元鹏率队急行军，走着走着，突然前面山梁上发现一队人影，白色的膏药旗在闪动。

陆豪杰："哎呀，鬼子！"

金刚丙："哎呀，不好！"

金刚丁："满山都是呀！"

郝元鹏："哎呀，还真撞上了，都给我趴下！"

对面山梁上，鬼子也都趴在山梁上，准备开火。

郝元鹏："还支巴上了，给我打！"他先打响了。

鬼子还击，枪声激烈，震动山谷。鬼子有几个叫喊着被打倒。

郝元鹏："王八犊子就那几个人，给我往脑瓜上削！"

鬼子机关枪猛射，双方对射，火力甚猛。

郝元鹏："火力还挺猛，手雷拿出来，给我摔呀！"

手榴弹一个接一个在敌群中爆炸。

敌人猛烈还击，有几个弟兄负伤。

郝元鹏："大伙儿闪开点儿！闪开点儿！都在这儿拘着干啥呀！打呀！"

郝元鹏发现陆豪杰不在，大骂："他妈陆耗子，你往哪儿去了？一动真章儿就看不到你呀，你他妈倒给我打呀！"

远处陆豪杰："在这儿哩……"

忽然一枪打过来，擦头而过。

郝元鹏："奶奶的，给我捅出红来了，给我打！"

金刚丙："有炸药包就好了！"

敌人的火力加强，弟兄伤亡增加。

郝元鹏大叫："不行！火力太猛，快撤！撤呀！"

大伙边撤边打。

郝元鹏："大陆子，给我挺住！"


鬼子嚎叫着："抓活的！"

鬼子冲过来……

## 七

刘团总家，佛堂内。

二姨太跪在佛前，祷告着："……保佑我们的司令，平平安安……"


门口卫兵喊："立正！"

孙朝阳走进来，看这情景，生气地说："嘟囔些什么呀，供些什么呀，乱七八糟的！"

孙朝阳走向供桌。

孙朝阳："什么也不用供，要供供我们的赵参谋长，那才是活神仙呢！"

孙朝阳上前一脚踢翻了供桌，供桌上的牌位、供品摔了一地。

二姨太惊叫着倒在地上。

## 八

杨家岗村头。

阳光明媚，百鸟齐鸣。

孙朝阳、赵尚志，还有何友仁等待迎接凯旋而归的队伍。

郝元鹏、王德全跳下战马，奔了过来。

郝元鹏："大哥！"

王德全："司令！"

孙朝阳："德全！"

郝元鹏："大哥！"

孙朝阳："元鹏！"

孙朝阳："你们回来了！"

郝元鹏："大哥，这回你算是给了我一桩好差事！我刚到三岔河，小鬼子就到了，要不是德全哥赶上来，他娘的我豁出去回不来了！"

孙朝阳："元鹏，你受累了，你脑袋的伤不要紧吧！"

郝元鹏："我的脑瓜掉了也没事，就是死伤了不少弟兄。"

王德全："这回元鹏打得不错，尽管伤亡了一些弟兄，他还是把小鬼子给拖住了，我在后边使劲撵也没撵上。要不是他把小鬼子拖住呀，我们就吃大亏了！"

郝元鹏："大哥，我这可都是为了你啊，要不我早就带着弟兄们跑了。那个小娘养的才干这种傻瓜事！"

孙朝阳："这事大哥我心里有数，以后，大哥亏待不了你！德全，你的伤咋样，我一直担心你们两个啊……"

赵尚志："是啊，两位队长这次任务都完成得很好，要是没有你们的苦战，整个部队就很难突围，司令说了，不能亏着大伙儿，我看应该给你们记头功！应该好好奖励弟兄们！"

孙朝阳："对！应该好好犒劳你们，走！"

一行人向村里走去。

# 刘邦厚

**作者简介** 刘邦厚，1941 年出生，黑龙江省黑河人。中国作家协会会员，中国戏剧家协会会员。1963 年哈尔滨师范学院历史系毕业，在家乡中学任教多年。1982 年后相继任黑河社联主席、地委宣传部副部长、地委党校校长。1989年任黑龙江省文联副主席，1991 年任黑龙江省文化厅常务副厅长。几十年来，在研究中俄关系史、北方民族史和黑土文化的同时，创作出版多部小说、散文、影视、评论等作品，共计五百多万字。主要著作有《文化思考》、《血沃关东十四年》、《马占山将军传》及长篇小说《百年风流》、《走出大山》，散文集《人生彼岸》及五十四集电视剧《黑龙江三部曲》等。

## 黑龙江三部曲（内容简介）

该剧由《孤帆远旅》、《铁马冰河》、《涛声依旧》三部分构成。以黑龙江两岸百年史为背景，突出表现了民族企业家孔达顺振边兴业的故事，为黑龙江历史找到了许多被尘埃封遮的亮点。他的题记为："大地本来是浑然一体的，是这条江把大地分成南北两岸；两岸本来是断然分开的，是这条江把两岸连成浑然一体的。"以黑龙江中、俄两岸百年历史为背景，将中原文化、俄罗斯文化、中国少数民族风情、地域风貌等有机地融为一体；以当时两国间政治动荡、社会变革及工、商、贸为横断面，以从山东闯关东来的孔家族为主线，在纵横交错的历史事件中编就而成一幅风光灿烂、动人心魄的长篇电视画卷，填补了我国这段历史在影视创作中的一项空白。剧中讲述了不同种族、不同民族近半个世纪跌宕起伏的人物命运和人物情感，还在规模宏大的场面中展现了黑龙江两岸不同国家的风土人情，不同民族的女子情怀，奔驰的哥萨克马队，撼人心魄的淘金场面，这一切都是在反侵略和呼唤和平的主题下，在实业振边、实业强国的理想追求中，充分展示出黑龙江中俄两岸的百年风云及时代风貌。由于历史上中俄两国的历史变革，而将剧中人物命运推向了奇特的境地。写人物的理想和追求，写人物的奇特经历，形成了这部电视剧吸引人的艺术特色。

附录一：

# 龙江当代电影剧作和剧作家简介

## 一　电影剧作和剧作家

**于　敏**《桥》（1948）黑白故事片　东北电影制片厂 1949
　导　演：王　滨
　主　演：陈　强　王家乙　江　浩　吕　班
**成　荫**《回到自己队伍中来》　黑白有声故事片　东北电影制片厂 1949
　导　演：成　荫
　主　演：林　克　摄　影：李光惠
**陈波儿**《光芒万丈》　黑白剧情片　东北电影制片厂 1949
　导　演：许　珂
　主　演：欧阳儒秋　于彦夫　张　平
**颜一烟**《中华女儿》　黑白战争片　东北电影制片厂 1949
　导　演：凌子风
　主　演：岳　慎　周苏菲　柏　李　于　洋等
**王震之**《白衣战士》　黑白故事片　东北电影制片厂 1949
　导　演：冯白鲁
　主　演：于　蓝　安　琪
**伊　明**《无形的战线》　黑白公安反特片　东北电影制片厂 1949
　导　演：伊　明
　主　演：姚向黎　张　平　吕　班　梁　音
**王震之**《内蒙春光》（拍摄后更名《内蒙人民的胜利》）　东北电影制片
　厂 1949
　导　演：干学伟
　主　演：于　村　思和森
**于　敏**《赵一曼》　黑白故事片　东北电影制片厂 1949
　导　演：沙　蒙
　主　演：石联星　张　平
**吴宏毅**《松花江风浪》　载文学月刊《长春》（1953～1959）
**林　予**《大雁北飞》　载《电影创作》1959

林　予《山谷红霞》　载《电影创作》1959（1978 年改编为《孔雀飞来阿佤山》）
　　导　演：张　其
　　主　演：李亚林　吕晓禾　严晓雯
林　予　公　刘《望夫云》1961
林　予　谢　树《三家人》1973（《咆哮的松花江》）
林　予　丛　深　刘长水《奸细》　彩色故事片　八一电影制片厂 1980
林　予《炊烟袅袅》
林　予《荒原之恋》
林　予《情未了》
丛　深　李　赤《徐秋影案件》（《肃反电影剧作选》）
　　长春电影制片厂 1958　1958 年文化部优秀电影文学剧本奖
　　导　演：于彦夫
　　主　演：浦　克　李亚林
丛　深《娘子军》　载《中国电影》1959 年 5 月
　　《笑逐颜开》（曾名《花逢春雨》）　长春电影制片厂、哈尔滨电影制片厂 1959
　　导　演：于彦夫
　　主　演：张　园　任　颐　黄　玲　叶琳琅
丛　深　蒋述人《马戏团的新节目》　黑白剧情片　长春电影制片厂 1960
丛　深　骆宾基　陈桂珍《社员之家》　载《北方文学》1960（《大家庭主妇》长春电影制片厂未公映）
　　导　演：雷　铿
　　主　演：阿　喜　黄　玲　王健华
丛　深　谢铁骊《千万不要忘记》　彩色故事片　北京电影制片厂 1964
　　导　演：谢铁骊
　　主　演：张　平　罗玉浦　彭　玉
丛　深　林　予　刘长水《奸细与间隙》　载《电影文学》1979 年 8 期
　　黑白战争片
　　导　演：（不详）
　　主　演：杜雨露　唐汤民　宋春丽
丛　深《第二次宣判》　彩色剧情片　载《电影文学》1982
　　导　演：董克娜　张先得
　　主　演：陶玉玲　许还山　李仁堂　谢　芳　杜雨露
丛　深《幸运的人》　载《电影创作》1984　彩色宽银幕故事片　北京电影制片厂

**乌·白辛**《冰山上的来客》　载《电影文学》1961　群众出版社 1962　长春电影制片厂 1963

　　导　演：赵心水

　　主　演：梁　音

**延泽民　孙　穆**《流水欢歌》1959　黑白喜剧故事片　长春电影制片厂 1959

　　导　演：雷　铿

　　主　演：韩德山　李希达　吴彦姝　郭书田

**延泽民**《千里雷声万里闪》　载《电影文学》1965（黑龙江人民出版社 1959）

**潘　青　胡　苏**《万木春》　载《电影文学》1959 年 10 期（中国电影出版社 1959）

　　彩色故事片　长春电影制片厂 1961

　　导　演：于彦夫　作　曲：雷振邦

　　主　演：梁　音　浦　克　郭振清　朱　斌

**关沫南**《松花江的风雪》　载《哈尔滨文艺》1959（《冰雪金达莱》黑白故事片　长春电影制片厂 1963）

　　导　演：朱文顺

　　主　演：松　竹　浦　克　史可夫　夏佩杰　白英宽

**李克异**《一片归心》　载《电影创作》1962（《归心似箭》）彩色故事片　八一电影制片厂 1980

　　导　演：李　俊

　　主　演：徐　垚　赵尔康　马志刚　韩再省　芦　永

**李克异**《杨靖宇》　载《晚晴集——李克异作品集》　北京出版社 1982

**范国栋**（小范）（牡丹江农垦局文工团集体创作，范国栋执笔。）《北大荒人》　载《电影创作》1960 年第 10 期　彩色故事片　北京电影制片厂 1961

　　导　演：崔　嵬

　　主　演：张　平　崔　嵬　于绍康　王炳或　刘书林

**江　鸟**《云霞山上的泉水》　载《北大荒文艺》1959—1960

**孟宪周**《垦荒队员》　载《电影文学》

**张天民**（大庆油田和长春电影制片厂创作组，张天民执笔。）《创业》　彩色故事片　长春电影制片厂 1974

　　导　演：于彦周

　　主　演：张连文　李仁堂

**郑加真**《江畔朝阳》

**程树臻**《钢铁巨人》长春电影制片厂 1974 年根据同名小说改编拍摄

  导　演：严　恭

**高　型　薛耀先　赵清锐**《征途》（根据郭先红同名小说改编）　彩色故事片　上海电影制片厂 1976

  导　演：颜碧丽　包起成

  主　演：秦　怡　江　山　曹效萍　李兰发

**里　劫　张笑天　侍继余**《严峻的历程》　彩色故事片　长春电影制片厂 1978

  导　演：苏　里　张建佑

  主　演：郭振清　马　群　田成仁

**邵宏大**《雪花和栗子球》（载 1981 年《黑龙江戏剧》）儿童题材　上海电影制片厂 1980

  导　演：于　杰

  主　演：仲星火　顾也鲁　祁　勇　刘铁蕾

**邵宏大（执笔）高峻山**《失去的梦》　潇湘电影制片厂 1990 年

  导　演：董克娜

  主　演：李克纯　张　潮　刘谎谎　张安安　姬培杰

**张笑天**《她从雾中来》　彩色故事片　龙江电影制片厂 1981（龙江厂第一部彩色故事片）

  导　演：何可人

  主　演：周丽娜　郭艺文　栾福仁　刘国祥　钟达礼

**刘子成　王兴东　王浙滨**《飞来的仙鹤》　彩色故事片　长春电影制片厂 1982

  导　演：陈家林

  主　演：孙才华　张伟欣　王尚信　杨　通　顾　岚

**王荣辉**《爱并不遥远》　彩色故事片　龙江电影制片厂 1984

  导　演：姜树森

  主　演：王福友　陈丽明　韩广萍　白　云　张冲霄

**卢振中　卢静茹**《希望这不是真的》　长春电影制片厂 1983

  导　演：马世达

  主　演：李显刚　宫喜斌　张惠婷

**侯心帜　杜明显**《篮箭的使命》　彩色遮幅故事片　龙江电影制片厂 1984

  导　演：王　雷　张　平

  主　演：郝一平　罗玉甫　叶葵南　戴盛絮　张玉红　韩广萍

**皇甫可人**《净土》　彩色宽银幕故事片　龙江电影制片厂、香港飞凤影视公司 1985

　导　演：皇甫可人

　主　演：王学圻　肖　雄　李勤勤　刘　欣

**徐希嵋　董玉振　盛青春**《死证》　长春电影制片厂1985

　导　演：可　人

　主　演：李幼斌　张晓军

**赵玉祥**《刑事案10号》　西安电影制片厂

**杨利民　梁国伟　贾宏图**《今晨雨加雪》　龙江电影制片厂　中央电视台
1999

　导　演：金　韬

　主　演：郑卫莉

**梁国伟**《孤注一掷》　长春电影制片厂1991

　导　演：徐书田

　主　演：仇晓光　王　钢　陈学钢　张　瑾

**梁国伟**《俄得克血酒》　长春电影制片厂1992

　导　演：周　炜　赵力军

　主　演：李幼斌　辛　颖

**梁国伟**《边城医生》　龙江电影制片厂　中央电视台1992

　导　演：成　科

　主　演：梁国庆　郝　岩

**梁国伟**《复活的罪恶》　长春电影制片厂1993

　导　演：赵为恒

　主　演：周里京　曹　熙　琳　子　高　强　阎淑琴

**梁国伟**《女人寻梦》　西安电影制片厂　1997

　导　演：胡　杨

　主　演：盖丽丽　李少白　胡小光　常　江

**梁国伟**《毛泽东与斯诺》

　导　演：宋江波　王学新

　主　演：古　月

**梁国伟**《李宗仁归来》

**鲁　琪**《大渡河》　彩色故事片　长春电影制片厂1980

　导　演：林　农　王亚彪

　主　演：韩　适　赵申秋　刘怀正　傅学诚　陈宝国

**鲁　琪　刘畅园**《勿忘我》　载《电影文学》1980年第8期

　导　演：于彦夫　主　演：方　舒　李志舆

**鲁　琪**《等啊》　载《电影文学》1982年第1期　长春电影制片厂1984，
　改名为《等》。

鲁　琪《沦落人》

鲁　琪《不语花》

鲁　琪　刘畅园《荒野女孩》

鲁　琪《绿川英子》　载《电影文学》1984 年第 9 期

鲁　琪《东京之梦》

孟　烈　杨启天　张组诚《侠女十三妹》　第一部彩色宽银幕立体电影
北京电影制片 1986

　导　演：杨启天　村川透

　主　演：丁　岚　王伯昭　邱建国　王　群　葛存壮

孟　烈　梁晓声《雄魂》　潇湘电影制片厂 1990（由孟烈小说《草莽英
雄传》改编）

　导　演：张今标

　主　演：舒耀瑄　王玉璋　吕　毅　曹培昌　高俊霞

关守中《海誓》　载《电影文学》1979 年 6 期

关守中《美丽的囚徒》　彩色故事片　长春电影制片厂 1986

　导　演：于中效　陆建华

　主　演：陶慧敏　王福友　牛　飘　崔慕燕　潘沙泉

李英杰《黑三角》　反特故事片　北京电影制片厂 1979

　导　演：刘春霖　陈方千

　主　演：凌　元　雷　明　张　平　刘　佳

李英杰《猎字九十九号》

李英杰《东港谍影》

齐滨英《鹤童》　中央电视台　龙江电影制片厂 1996

　导　演：葛晓英

　主　演：梁　音　戴字豪　彭易德
中宣部第六届"五个一工程奖"，1997 年俄罗斯第五届阿尔特克国际儿
童电影节"热爱大自然浪漫题材创作奖"，黑龙江省首届文艺精品工程
奖一等奖（1997～1998）

张雅文　路　远《冰上小虎队》　中央电视台、龙江电影制片厂 1998

　导　演：杨　韬

　主　演：陈　辰　苗　苗　崔可法　张柳荫　孙忠野
华表奖

郑亚玲　黄歆真《燃烧的雪花》　黑龙江影视中心 1993

　导　演：杨　韬

　主　演：苗　苗　达　达　陈鹭　刘　军　黑静环
1993 年获第三届中宣部"五个一工程奖"

鲍　十《我的父亲母亲》　彩色故事片　西安电影制片厂　北京新画面影业公司 1999

　　导　演：张艺谋

　　主　演：章子怡　郑　昊　孙红雷　赵玉莲

黄　宏《二十五个孩子一个爹》　喜剧故事片　中央电视台影视频道　山西电影制片厂 2001

　　导　演：黄　宏

　　主　演：黄　宏　李　琳　雷恪生

夏衍电影文学奖青年优秀奖，百花奖最佳故事片奖，北京大学生电影节奖、长春电影节银鹿奖，第十七届伊朗国际青少年儿童电影节最佳影片奖——"金蝴蝶奖"

李黎明《村官过大年》　电视电影　中央电视台影视频道　龙江电影制片厂 2005

　　导　演：邢树民

　　主　演：秦卫东　张洪杰　李佳璇

第十届中宣部"五个一工程奖"优秀电影，2005 年电视电影百合奖编剧一等奖，十二届华表奖提名

王　毅《皇亲国戚》　戏曲片　龙江电影制片厂 1983（据王毅同名龙江剧改编）

　　导　演：李振寰

　　主　演：宿兆麟　张淑芳

汪天云《人间第一情》　纪录片　中央电视台影视频道　龙江电影制片厂 1999

　　导　演：陆建华　于中效

　　主　演：丁　君　侯　磊　杨彤舒　马　佳　张金玲

晓　艺《总统套间的故事》　彩色故事片　龙江电影制片厂 1996

　　导　演：王　方

　　主　演：牛曦晨　张艺霖　黄小雷

晓　艺《蓝色的假日》　儿童故事片　龙江电影制片厂 1996

　　导　演：苏　里　王　方

　　主　演：牛希晨　张艺霖　张　晗　林　昕

黄　英《手拉手》　儿童故事片　龙江电影制片厂 1995

　　导　演：李文歧

　　主　演：安依姊　安依妹　高　尚　高　强

周新德《一号探险行动》　龙江电影制片厂、长春电影制片厂联合摄制 1990

导　演：葛晓英

主　演：彭　松　丁　一　徐　锐　李　茂　刘　新

**袁学强　刘军伍**《白天鹅的故事》　儿童故事片　龙江电影制片厂 2000

导　演：赵焕章

主　演：廉　冠　金玲燕　达娃平措　解　衍

**王力雄　刘　灵**《秃秃发型》故事影片　龙江电影制片厂、峨眉电影制片厂联合拍摄 1991

导　演：周　炜

主　演：张　阳　杜　原　石　磊　吴　丽

# 二　电视剧作和剧作家

张　勤《一路顺风》

梁国伟《淘金者之梦》

黄进捷　沈耀庭《热血贝》（《电视新作》省电艺术家协会 1985 出版）

张　戈《教堂街的孩子》　龙江电影制片厂

张　戈《雪人》　黑龙江影视中心

张兴华　高文华《绿荫》　1986 中国电视剧制作中心

高文华《大江东去》

高文华　徐立根《弯弯的松花江》

高文华《同桌》

高文华《高山深情》

杨宝琛《北京往北是北大荒》1989

杨宝琛《孝子贤孙》

杨宝琛《北方的风》

杨宝琛《关东大集》

杨宝琛《雪乡》

杨宝琛《正经人家》

杨宝琛《光荣街 1 号》

杨宝琛《杨靖宇将军》

杨宝琛《北大荒有座青山》（5 集）　黑龙江影视中心

刘子成《山后那个秋》

刘子成《硝烟散后》

刘子成《大潮中的枪声》

刘子成《心装八百户》（2 集）　黑龙江影视中心

刘子成《暴风骤雨续篇》（4 集）　黑龙江影视中心

邵宏大　金小千《红太阳，黑土地》　黑龙江影视中心

蔡沛林　李国昌《铁人》

王　毅《不该将兄吊起来》1986

王　毅《萧红》

宋永魁　咏　今《深流》1987　《潮流》1989　《洪流》1991

宋永魁　咏　今《大潮中的孩子》1993

宋永魁　咏　今《回声》1994

陈　屿《夜幕下的哈尔滨》1986

孟　烈《雪城》

孟　烈《黄克诚》

王洪彬　于　今　张国诚　梁梦阳　骆仲林《荒原城堡731》1989　中国
　电视剧制作中心　哈尔滨文化局

王忠瑜　里　劫《赵尚志》1991　黑龙江影视制作中心

梁晓声《年轮》(45集)　黑龙江影视中心　北京电视台1994—1995
　　导　演：邓迎海
　　主　演：王凤滨　张士会　王志刚　孙少博　王丽波

梁晓声《泯灭》(19集)　黑龙江影视中心

张雅文　远　方《趟过男人河的女人》　中央电视台、北京电影制片厂
　1995

张雅文《冰雪人生》1996

张雅文《妈妈拉我一把》1997

张雅文《生死较量》1998　江苏电视台投拍

张雅文《盖世太保枪口下的中国女人》(16集)　中央电视台、中国妇女
　发展基金会、潇湘电影制片厂联合摄制(2001)
　　导　演：黄健中　主　演：许　晴

郭大彬　王治普　邓世昌《黑土》　中央电视台、黑龙江影视制作中心
　1990
　　导　演：李文歧　主　演：威　葳
　　获飞天奖、第四届全国少数民族题材电视艺术"骏马奖"二等奖、东北
　三省长篇一等金虎奖

郭大彬《草莽丽人》1988

郭大彬《月缺月圆》1995
　　导　演：冷　杉

杨利民《家庭的荣誉》　黑龙江影视制作中心1991

杨利民《北方往事》(20集)　黑龙江电视台　天马影视公司
　　导　演：宋江波　主　演：洪　浩

　　获东北金虎奖优秀长篇电视剧一等奖第一名

**杨利民　王立纯**《北方故事》（20 集）　　北京阳光灿烂制片公司 1997

　　导　演：王　瑞

　　主　演：钟镇涛　梅　婷

**龙秀梅**《燃烧的烛光》（6 集）　　黑龙江影视中心、中央电视台联合拍摄 1996

　　导　演：杨　韬

　　主　演：贾雨岚　叶　静

　　获中宣部 1996 年度"五个一工程"入选作品奖，获第十七届全国电视剧"飞天奖"中篇连续剧二等奖，获首届黑龙江省"文艺精品工程"一等奖，获第 11 届东北三省电视剧"金虎奖"中篇连续剧二等奖

**龙秀梅**《八月的葬礼》（6 集）　　中央电视台　黑龙江影视中心

**龙秀梅**《蜿蜒的山路》（6 集）　　黑龙江影视中心

**龙秀梅**《不再孤独》（2 集）　　中央电视台　黑龙江影视中心

**张明媛**《一天零一夜》（4 集）　　黑龙江影视中心、中央电视台联合拍摄

　　导　演：杨　韬

　　主　演：丁霄汉　苗　芳　李克伟　任　梦

　　1999～2000 年度获第十八届中国电视"金鹰奖"优秀奖，获第二十三届全国电视"飞天奖"二等奖

**张明媛**《老军堂》（20 集）

**张明媛**《紫藤》（20 集）　　黑龙江电视台　黑龙江影视中心　齐齐哈尔电视台

**刘邦厚**《黑龙江三部曲》（54 集）　　北京电视台、上海电视台、黑河黑骏马文化传播有限责任公司联合摄制（1996～1999）

　　导　演：萧　风

　　主　演：郑晓宁　迟　蓬　蒋　梅　许晓丹　依丽娜　达季娅娜

**钟福祥**《异国情思》（6 集）　　1988 哈尔滨电视台获第四届东北三省电视剧"金虎奖"大赛三等奖

**钟福祥**《画眉唱晚》　　黑龙江影视制作中心 1990

**钟福祥**《武百祥》　　哈尔滨出版社 1999 年

**赵光远**《百姓记者》（2 集）　　中央电视台　哈尔滨日报社　黑龙江影视中心

　　导　演：杨　琳

　　主　演：耐　安

　　获十七届"大众电视金鹰奖"优秀短篇奖和首届"黑龙江省精品文艺工程奖"二等奖以及黑龙江省文艺精品工程奖

**赵光远**《法庭庭长》1999　　黑龙江影视中心

赵北溟《月亮升起的地方》 黑龙江影视中心

赵北溟《人生驿站》（5集） 黑龙江影视中心

巴 威《俄罗斯姑娘在哈尔滨》

 导 演：孙 沙

 主 演：姜 武 基洛兰 刘之兵 王璐瑶

巴 威《彼岸》（20集） 中央电视台 黑龙江影视中心

巴 威《收获》（20集） 中央电视台 黑龙江影视中心

巴 威《中年不是梦》（4集） 黑龙江影视中心

闻 龙《远东特遣队》（20集） 黑龙江影视中心

王天珍《啊，月亮》 黑龙江电视台

王天珍《空间在延伸》（2集） 黑龙江电视台

王天珍《航船没有避风港》（2集） 黑龙江电视台

徐立根《蛤蟆塘的月亮》 黑龙江影视中心

徐立根《胖嫂》 黑龙江影视中心

韩乃寅《爱在冰雪纷飞时》（20集） （根据其小说《远离太阳的地方》
改编） 黑龙江电视剧制作中心、黑龙江省农垦广播电视局、哈尔滨威
鹏实业公司联合摄制

 导 演：张 汉

 主 演：柴 欧 郑 昊 赵春阳

韩乃寅《破天荒》（26集） 中央电视台影视部、深圳市委宣传部文艺创
作中心、深圳先科文化实业有限公司、黑龙江垦区冰城文化影视有限公
司联合出品（2002～2003）

 导 演：周小平

 主 演：陈 康 秦卫东 吴连生 张红颖 张 涵 庄庆宁

 获"五个一工程"电视剧类奖

齐滨英《走进高一》2001

 导 演：王 烈

 主 演：王 策 赵娇娇 方 子 孙 雅

 获"中宣部五个一工程奖"、"二十三届飞天奖"二等奖和"二十届大众
电视金鹰奖"

齐滨英《黑土绿荫》1996

 导 演：陈 鲁

 获第十届东北三省"金虎奖"中篇剧三等奖

齐滨英《二匪三仇》1991

齐滨英《爱之一瞬》

路 远 李 悦《快嘴李翠莲》（43集） 黑龙江影视中心

**黄志龙　陈　鲁　王长波**《拉萨往事》（据央珍原作改编）　黑龙江影视中心、北京大路影视有限公司联合拍摄 1996

　导　演：杨　韬　陈　鲁

　主　演：多布杰　朗杰央宗　扎西顿珠　达瓦央宗

　获第 22 届全国电视"飞天奖"三等奖

**陈玉谦　曲小平**《蛙鸣》（6 集）　黑龙江影视中心、中央电视台联合拍摄 1997

　导　演：向　阳

　主　演：陈　鹏　杨　光　郭春利　蓝天龙

　获第七届全国少数民族题材电视艺术"骏马奖"，黑龙江省首届文艺精品工程奖一等奖附录二：

# "十七年" 和 "文革" 时期电影剧作简介
## （未收录篇目）

**成　萌**《回到自己队伍中来》　　黑白有声故事片　　东北电影制片厂 1949
导　演：成　萌
主　演：林　克　摄　影：李光惠
　　影片表现了一个贫农的儿子赵义被国民党抓丁，被迫加入反动军队，后消灭了反动军官，参加了革命部队，回到穷人的队伍中来的故事。
　　1947 年冬，人民解放军挺进敌占区。我军某部奉命赶往吴城西南 30 里的阳武镇，消灭那里的国民党军队。龟缩在那里的蒋匪军仓皇准备撤退，开始疯狂地掠夺。蒋军士兵吴大刚的家遭到匪兵的掠夺骚扰，吴大刚的父亲也遭到蒋军士兵的毒打。吴大刚溜回家中，也无力阻止。蒋军排长在临行前，恐吓吴父说："解放军对国军家属一律格杀勿论。"吴的父母和弟弟根生听信谣言，准备外逃，但解放军已来到阳武镇，三人只好退回家中，等待着听天由命。我军夺回蒋军抢走的财物车辆，还给乡亲们。我军战士陈勇、张龙、王大和等人借住在吴家，他们发现这一家人总是躲躲闪闪的，便向指导员做了汇报。班长陈勇带领着全班战士为吴家修好了遭蒋军掠夺后残破的住房，并让吴家人住进修好的房子，使吴家父子深受感动，但他们仍然不敢说出儿子在蒋匪军中当兵。指导员对吴大刚的父亲进行宣传教育，"解放战士"王大和也以自己的亲身体会说明了解放军的政策，终于使吴父下决心亲自前往城里说服儿子。并与儿子一道，鼓动其他被迫当兵的蒋军士兵起义投诚。在战斗中，吴大刚与愿意投向光明的蒋军士兵联合起来，抓起了经常欺压士兵的蒋军连长，向解放军投诚。城里的群众拥上街头，热烈欢迎解放军。吴家父子认识到解放军是人民的子弟兵，大刚为能够回到自己队伍来，从心里感到光荣和自豪。
　　成萌原名成蕴保，1917 年 1 月 21 日生于山东省曹县，祖籍江苏省松江县宋巷。1937 年抗日战争爆发后，成萌积极参加了学生救亡运动和抗日宣传队，到城乡街头演出《放下你的鞭子》。1938 年辗转奔赴延安，被"鲁艺"选中，为戏剧系学员。1938 年与阿甲、张东川等参加新编京剧《松花江上》（王震之编剧）和歌剧《农村曲》（李伯钊编剧）等演出，自己还编写并演出了《傀儡戏》、《国际玩具店》和《世界公园》三个活报剧，在延安各机关和学校演出。1947 年 10 月，参加了钟敬之领导的西北电影工作队，半年后，到达兴山东北电影制片厂学习。1948 年 7 月，他首次拍摄了纪录片《东影保育院》。1949 年初，他在兴山编导了故事片《回到自己队伍中来》。

**陈波儿**《光芒万丈》　黑白剧情片　东北电影制片厂　1949

导　演：许　珂

主　演：欧阳儒秋　于彦夫　张　平

反映工业建设时期在工业领域的英雄事迹。东北解放的第二年，某城市举办工业展览会，劳动英雄周明英带着儿子来参观，受到群众的热烈欢迎。人们要求他讲一讲领导修复发电厂的事迹，周明英回忆起当年的情况。全国解放前夕，发电厂遭到了蒋匪军仓皇逃窜之前的疯狂掠夺和破坏，损失极为惨重，老工人周明英也因此失业。解放后，人民政府准备修复发电厂，积极恢复生产。老工人周明英首先响应号召，在党的领导下，他团结群众，努力工作，充分发挥了老工人和积极分子的作用，首先着手修复二、三号发电机，他创造了新方法来克服材料缺乏的困难。原有发电机的磁铁发生了腐蚀，周明英出主意想办法努力克服。技术人员赵股长和工人方师傅怕担责任，提出主张要求换新的机器。周明英在厂长的鼓励和工人师傅的帮助下，群策群力克服困难，终于修好了发电机，使发电如期进行。这时，潜伏的美蒋特务王敬生阴险地进行破坏活动，又将发电机毁坏。周明英师傅并没有丧失信心，他找到赵股长和方师傅，共同商议。赵、方两人仍然缺乏修复发电机的信心。在厂长的支持和鼓励下，周明英继续积极想办法。赵、方两人深受感动，也参加到了抢修发电机的行列，他们日夜努力，终于在规定的时间内共同修好了发电机，确保了全城的生产生活用电，稳定了形势。周明英师傅也在紧张的工作和斗争中光荣地加入了中国共产党。

陈波儿，女，1907 年出生，广东汕头人。卓越的人民艺术家，优秀的电影演员和编导，是新中国人民电影事业最早的组织者和领导者之一，东北电影厂主要领导人之一。1929 年入上海艺术剧社，从事左翼戏剧运动。在《梁上君子》、《炭坑夫》、《爱与死的角逐》、《西线无战事》等话剧中饰演主要角色。主演的《街头人》一剧轰动当时剧坛。1934 年入明星影片公司，主演影片《青春线》。同年转入电通影片公司，主演影片《桃李劫》，1936 年回明星影片公司，主演《生死同心》。1937 年 1 月组织上海妇孺前线慰问团，赴绥远抗日前线宣传抗日，演出国防戏剧《放下你的鞭子》、《张家店》、《走私》等。1937 年抗日战争爆发后参加话剧《保卫卢沟桥》的演出。不久在中国电影制片厂摄制的影片《八百壮士》中扮演角色。1942 年组织拍摄《保卫延安》等具有文献意义的新闻纪录片。1946 年任东北电影制片厂党总支书记兼艺术处处长。1947 年主持拍摄十七集新闻纪录片《民主东北》，并编导中国第一部木偶片《皇帝梦》。1946 年，陈波儿来到哈尔滨发电厂深入生活，根据我市特等劳动英雄刘英源修复被敌特破坏的电机，恢复发电的事迹，仅用一个月的时间便创作了电影剧本《光芒万丈》。

**王震之**《白衣战士》　黑白故事片　东北电影制片厂　1949

　　导　演：冯白鲁

　　主　演：于　蓝　安　琪

　　解放战争时期。国民党反动派撕毁了停战协议，大举进攻解放区。解放军某部的野战医疗队女队长庄毅，奉命护送伤员们转移。伤员们群情激奋，纷纷要求归队杀敌。庄毅说服了要求归队的朱连长，率领着同志们转移。途中，遇到了敌人飞机的轰炸，庄毅奋不顾身地抢救伤员，自己因此负伤。她在身体尚未恢复健康的情况下，带伤给伤员做手术，抢救了伤员的生命，自己却累倒在手术台前，使伤员们深受感动。她不但自己努力学习，而且还要帮助伤员解决思想问题，同时培训新的医务工作者。在医疗队同志们的精心护理下，伤员们很快就恢复了健康，重新走上了战场。解放战争胜利了。在庆功大会上，庄毅与她护理过的朱连长和因受伤失去一条胳膊的杨明清又见面了，他们愉快地欢聚在一起，互相勉励，准备迎接新的战斗。庄毅向同志们说道："现在战争还没有结束，你们在前方作战，我们医务工作者坚决跟在你们后面，为你们服务，让我们在伟大的胜利基础上前进！"

　　王震之，1915 年出生，河北定县人。抗战前在上海参加中国剧作者协会，后赴延安，历任延安鲁迅艺术学院戏剧系教师、副主任及实验剧团主任，延安留守兵团部队艺术学校副校长，西北联防军政治部部队艺术工作团团长，1946 年入东北电影制片厂任编剧，后任中央电影局电影编剧。30 年代开始发表作品，著有舞台剧本《人命贩子》、《弟兄们拉起手来》、《红灯》、《矿山》、《流寇队长》、《一心堂》、《打虎沟》、《佃户》，电影文学剧本《白衣战士》、《内蒙春光》、《卫国保家》等。1957 年 9 月 23 日于长春去世。

**伊　明**《无形的战线》　第一部公安反特片　东北电影制片厂　1949

　　导　演：伊　明

　　主　演：姚向黎　张　平　吕　班　梁　音

　　东北解放以后，人民政权建立，各行各业在党的领导下尽职尽责，建设着新中国。但国民党留下许多特务仍潜伏在城市里，伺机进行恐怖活动破坏劳动人民的新成果。我公安机关逮捕了特务李天民，不久，李天民的"上司"周少梅又指派另一特务崔国芳潜入某工厂，妄图窃取我方军工生产情报。崔国芳在和其他特务接头时被机警的公安人员发现并将其逮捕，经过教育和感化，崔的思想有了变化，主动向我公安人员交代了他们的阴谋和行动方案。根据崔国芳提供的线索，公安人员顺藤摸瓜，破获了这个特务集团，将这些犯罪分子一网打尽。鉴于崔国芳的立功表现，我公安人员对崔国芳进行了宽大处理。崔国芳获得了改头换面、重新做人的机会。女特务崔国芳，这是新中国电影史上第一个女特务形象。不同于十恶不赦的坏蛋，崔国芳是一个误入歧途的青年，影片着力刻画了她失足后的苦闷和窃取情报时的惶恐、被捕后是坦白交代还是隐瞒抵抗的内心矛盾。

伊明，笔名阮潜。编剧、导演。1913 年出生于江苏省苏州市。学生时代因参加学生运动被开除。1935 年到上海，在复旦大学等校旁听求学，写些影评和剧评，第二年入电影界，在《十字街头》中扮演了角色。1938 年在武汉加入中国电影制片厂，参与编辑《抗战电影》，同年赴延安。抗战胜利后，伊明受命去四川筹备开辟电影阵地，国共谈判破裂后转赴上海，购置了一批电影器材返回延安，这批器材为开展延安电影事业奠定了物质基础。1946 年，伊明参与筹建延安电影制片厂，同年，与陈波儿合作创作了电影剧本《边区劳动英雄》并任导演，影片中途夭折，但对伊明的导演生涯是一次有益的经验积累。1947 年，伊明来到东北电影制片厂担任编导，1949 年自编自导了《无形的战线》，标志他真正开始电影编剧和导演的生涯。此后，他在北京电影制片厂担任编导。1980 年，为纪念辛亥革命七十周年，他带病导演了《革命军中马前卒》。第二年，他将小说《城南旧事》改编成电影剧本。剧本摆脱了传统的戏剧结构特点，以小主人公英子的视角，将互不相干的几个故事串连起来，表达了纯真的童年人生。影片由上海电影制片厂拍摄完成后，成为新中国电影史中独创性和艺术性兼备的经典影片。90 年代，为纪念左翼电影运动六十周年，伊明还编选了《三十年代中国电影评论文选》一书。1995 年去世。

**王震之** 《内蒙春光》（拍摄后更名《内蒙人民的胜利》） 东北电影制片
　　厂 1949

　　导　演：干学伟

　　主　演：于　村　思和森

解放战争时期，国民党特务杨先生潜入内蒙某旗，与蒙奸吐素拉格其阴谋勾结。与此同时，苏合和孟赫巴特尔奉共产党的指派，赶赴该区建立民主政权。孟赫巴特尔的妹妹乌云碧勒格和道尔基王爷的牧马人顿得布是一对恋人，他俩正准备举办婚事，却遭到王爷的阻挠。在坏人挑唆下，顿得布误认为苏合破坏他的婚事，并由此疑心孟赫巴特尔背叛了自己的民族。杨先生与吐素拉格其乘机怂恿王爷囚禁苏合，并公开宣布反共。苏合不顾个人安危，光明磊落地向王爷和广大牧民宣传共产党的民族政策，赢得了牧民的信任，并稳住了王爷。苏合又以救护顿得布母亲的实际行动，

消除了顿得布的误解。之后，顿得布目击杨先生戏辱未婚妻乌云碧勒格的
情景，弄清了蒙奸与特务狼狈勾结的真相，始彻底醒悟。此时，敌人活动
加剧，草原危机四伏。孟赫巴特尔在去向上级要求援兵的途中遇害，苏合
的生命也受到严重威胁。顿得布闻讯赶往苏合处，详细报告敌人活动的阴
谋，又主动请缨与苏合同去求援。不久，国民党军队开入该旗，共产党领
导的蒙汉联军也在苏合和顿得布的带领下赶到，一举歼灭了敌人，活捉了
杨先生和吐素拉格其。在牧民的欢庆声中，王爷也站到了牧民的一边。顿
得布光荣地成为一名蒙汉联军战士……

**吴宏毅**　《松花江风浪》载文学月刊《长春》（1953～1959）

以 1953 年哈尔滨道外区猪鬃工厂工人因生活困难上访事件为背景材
料，讲述了哈尔滨猪鬃厂部分工人转业去建设金属结构厂，因为青年工人
李光猛和方厂长之间没有及时沟通而造成误解，工人受到隐藏在工人内部
的资本家坏分子的煽动，使工人为了学不到焊工知识要求增加工资上访的
故事。这个剧本正视了当时干部工人可能犯的错误，与时代主流意识有相
悖之嫌，因而很快遭遇批判。

吴宏毅，曾用名吴鸿仪，化名伏流，1918 年出生。曾任哈尔滨市副市
长。1926 年入掖县西由镇私塾读书。后随家到吉林省滨江县（今哈尔滨市
道外区）汇文小学、县立第一小学读书。吴宏毅于 1937 年 9 月在临汾刘村
镇参加中共北方局举办的八路军学兵队。1938 年 9 月，到达延安，为抗日
军政大学 4 大队 10 队学员。同年 11 月，任抗大总校政治部宣传部校刊编
辑。1940 年 5 月起，先后任中共北方局华北《新华日报》记者、特邀记者
等职。抗日战争胜利后，吴宏毅参加建立和巩固东北根据地工作。1945 年
12 月，任《民主日报》副社长兼总编辑、《胜利日报》社长、《新嫩江报》
社长兼总编辑、西满分局《西满日报》副社长等职。1956 年 12 月后，吴
宏毅任副市长期间，注意团结和调动知识分子的积极性，并支持和指导
1958 年第 1 届"哈尔滨之夏"群众性文艺活动，还直接参与文学创作。曾
以 1953 年哈尔滨道外区猪鬃工厂工人因生活困难上访事件为背景材料，在
文学月刊《长春》杂志上发表了当时很有影响的电影剧本《松花江风浪》。
1969 年 6 月 8 日，吴宏毅因心脏病复发，经抢救无效去世。

**林　予　公　刘**《望夫云》1961

根据白族同名传说写成，描写古代南诏国公主阿凤厌恶宫廷生活，与
苍山猎人阿龙相爱，横遭南诏王和罗荃法师的阻挠和破坏。阿龙在凤羽仙
的帮助下，救出被幽禁的阿凤公主，逃居苍山。罗荃法师奉南诏王之命，
雪困苍山，又将阿龙打入洱海，化为石骡。阿凤望夫不归，化为白云，漂
浮在苍山玉局峰顶。

**林　予　谢　树**《三家人》1973（《咆哮的松花江》）

林　予《炊烟袅袅》

林　予《荒原之恋》

林　予《情未了》

丛　深《娘子军》载《中国电影》1959 年 5 月

　　《笑逐颜开》(曾名《花逢春雨》)长春电影制片厂、哈尔滨电影制片厂 1959

　　导　演：于彦夫

　　主　演：张　园　任　颐　黄　玲　叶琳琅

　　1958 年，党号召妇女走出家庭，参加社会劳动，做新社会的主人。这个消息使每一个家庭妇女感到振奋。温柔娴静的何慧英、耿直爽朗的小罗、嘴尖心好的胡桂珍、好吃懒做的王丽云都动了心。但是，这也引发了每个家庭的波动。何慧英的丈夫丁国才认为老婆就该在家里生儿育女，伺候丈夫。但何慧英决意参加妇女建筑工程队，丁国才一怒之下，赶走了何慧英。妇女建筑工程队在困难中诞生成长，何慧英以实际行动团结教育反对自己的胡桂珍，说服教育态度生硬的小罗，带动不愿意干活的王丽云。何慧英在工地领导、女劳模高采凤的帮助下，逐渐成长为一个出色的工人干部。在劳动过程中，胡桂珍从一个嘴巴尖刻的狭隘妇人成长为一个关心国家大事的优秀工人，王丽云也从一个娇太太变成了积极工作的材料员。妻子的行动、妇女们的劳动干劲深深地教育了丁国才，使他对妇女参加社会劳动从反对、怀疑到支持赞同。他试制成了抹灰机，用实际行动支持了妇女们的工作。参加了工作的妇女，从社会地位、精神面貌到家庭生活都发生了巨大的变化，人们在新生活中笑逐颜开。

丛　深　蒋述人《马戏团的新节目》黑白剧情片　长春电影制片厂 1960

　　导　演：朱文顺　尹一青

　　主　演：郭素琴　郭素兰　白　玫　毕　夫　王文林

　　某市马戏杂技团演出的节目十分精彩，尤其青年演员张金珠和张银珠姐妹俩表演的"钢丝红绸舞"、"自由体操"等节目受到观众的热烈欢迎。但是，姐妹俩并未满足。一次，马戏杂技团到工厂慰问演出，先进生产者吴俊青向金珠介绍了工人们革新创造的先进事迹，金珠深受启发。接着，马戏杂技团张书记到北京参加全国文教群英会回来，向全团同志介绍了在党的"百花齐放，推陈出新"的方针鼓舞下，兄弟马戏团积极创作新节目，提高表演艺术质量的情况，演员们听了都很兴奋，决心创作更多更好的节目，满足群众文化生活的需要。全体演员对创造新节目积极热情，金珠决定训练小动物，"创造小动物乐队"这个节目，银珠想创造"双咬花"，但金珠的母亲周瑞莲对创造新节目热情不高。周瑞莲是马戏杂技团的老演员，在杂技方面有较高的成就，尤其她的"蹬技"一直是杂技团节目的压轴戏。但她的思想较为保守，并存在自满情绪。杂技团创造新节目得到工农群众的热烈支持，农民兄弟送来了新捕获的小熊，吴俊青等工人群众也给予大力支持。但是，创造新节目并非一帆风顺，金珠训练的小动物调皮不听话，很难驯服，银珠创作的"双咬花"也一次次失败。在排练节目中，秀菊不慎把脚跌伤，不能继续参加训练，又气又急。金珠就让秀菊参加训练"小动物乐队"，使她在排练新节目中能够充分发挥作用。瑞莲在领导和群众的帮助下，及女儿的促进下，逐渐认识到自己思想落后，决心投入到创作新节目的热潮中。她希望与刚从国外回来的老杂技演员陆宏祥合作创造新节目"散梯"。无意之中，宏祥从瑞莲收藏多年的照片本里，看到了老友张万山的照片，引起了他和瑞莲痛苦的回忆。张万山是瑞莲的丈夫，抗日战争爆发后，万山被迫离家，在南方某地与宏祥相识。两人合作演出杂技节目，成为患难之交。由于他俩演出的节目具有抗日色彩，因而受到反动派的迫害，被迫流落国外。在国外他们又受尽侮辱和压迫无法生活下去。这时，他们听说祖国已解放，就不顾美国老板的阻挠决定回国。在他们回国之前，美国老板派人杀害了张万山。这段悲惨的往事，教育了瑞莲，使她更积极地投身新节目的创造中来。后来，她与宏祥创作的"散梯"节目，受到观众的热烈欢迎。

丛　深　谢铁骊《千万不要忘记》彩色故事片　北京电影制片厂 1964
　　导　演：谢铁骊
　　主　演：张　平　罗玉浦　彭　玉
　　本片根据丛深同名话剧改编。在一个绿树环抱的工人新村里，一栋两层的小楼住着某电机厂车间主任丁海宽一家。他和自己的老伴、小女儿住在楼下，儿子丁少纯和儿媳姚玉娟，还有亲家母住在楼上。丁少纯出身工人家庭，受家庭影响从小思想淳朴，参加工作以后在父亲的车间当工人。他原来是一个有理想有抱负的青年，工作积极热情负责任，曾多次被选为先进生产者。自从他与姚玉娟恋爱结婚后，便同经营过鲜货铺子的丈母娘住在一起。这位丈母娘善于钻营投机，千方百计追求吃穿，为了赚钱不惜损人利己，损公肥私。同时，她也常常向丁少纯灌输吃喝享乐的思想，逐渐地使丁少纯的思想发生了潜移默化的变化。丁少纯开始看不惯自己家淳朴的作风，生活上追求享受，借钱买了皮夹克和毛料裤等时髦的服装，见到母亲到外边去捡煤核，觉得是给自己丢面子。从此，他工作消极不负责任，屡出事故。对于父亲丁海宽和好朋友季友良的多次批评提醒，丁少纯置若罔闻，毫无觉醒，仍然我行我素。为了还债，他听信丈母娘的话，去打野鸭子卖钱。而且，丁少纯擅自离开工作岗位，旷工去打野鸭子。他离开岗位时，慌乱之中把家门的钥匙掉在了正在装配的大型电动机里。丁少纯打野鸭子回来，发现钥匙丢失，急出了一身冷汗。他的岳母为了哄骗丁少纯，竟然又配了一把钥匙，将自己原来的那把钥匙假充为丁少纯丢失的钥匙，险些给工厂酿成重大事故。幸亏丁少纯的父亲丁海宽及时发现并帮助找回了钥匙，才避免了事故的发生。这件事情使丁少纯终于醒悟，在父亲和同志们的帮助下，他认识了自己的错误，知道自己已经滑到了危险的边缘，决心痛改前非，注意思想改造。姚玉娟也从中吸取了教训，提高了觉悟，在思想上与母亲划清了界线。

**延泽民**《千里雷声万里闪》载《电影文学》1965

上集以陕北土地改革前为历史背景，陕北农村大军，庄稼全部旱死，农民衣食无着，以栗九登为首的地主恶霸逼迫农民缴租纳税。中共党员吴平受陕北特委的派遣，发动群众"吃大户"，收缴恶霸地主埋藏的粮食。下集写土地改革初期，满屯、中柱子、小栓等青年农民在吴平的带领下，组织起来，开展游击斗争。他们杀死国民党的催粮委员，散发传单，在后方赤卫队的帮助下，攻打栗家河，消灭了地主恶霸的团丁，缴获了许多枪支弹药，把栗九登及其团丁逼到栗家寨，使栗家河周围的村庄得到解放。

**李克异**《杨靖宇》载《晚晴集——李克异作品集》北京出版社 1982

**江　鸟**《云霞山上的泉水》载《北大荒文艺》（1959～1960）

**孟宪周**《垦荒队员》载《电影文学》

**郑加真**《江畔朝阳》

郑加真，1929 年出生，浙江温州人。1953 年毕业于上海复旦大学中文系。1951 年历任中朝人民空军联合司令部及军委空军司令部见习参谋、参谋，《北大荒文艺》编辑，黑龙江省国营农场总局宣传部副部长兼《北大荒文学》主编，黑龙江省农垦总局正处级调研员，编审。黑龙江省作协第三届副主席、第四届名誉副主席，北大荒文联首届常务副主席及第二、三届副主席，北大荒作协名誉主席。1958 年开始发表作品。1983 年加入中国作家协会。著有长篇小说《江畔朝阳》，中篇报告文学《战斗在北大荒》（合作），中短篇小说集《高高的天线》等。长篇报告文学《北大荒移民录》获黑龙江省文艺创作二等奖，长篇报告文学《中国东北角》三部曲《苏醒》、《磨炼》、《崛起》获黑龙江省精品工程奖和最佳图书奖。

**高　型　薛耀先　赵清锐**《征途》　彩色故事片（根据郭先红同名小说改编）　上海电影制片厂 1976

导　演：颜碧丽　包起成

主　演：秦　怡　江　山　曹效萍　李兰发

1969 年春，在关于"知识青年到农村去"的政策下，钟卫华等知识青年从城市来到边疆松树屯插队落户。党支部书记李德江坚决支持钟卫华等知识青年的革命行动，热情关怀他们的成长。青年们面对苏联在边境的军事挑衅，听到贫农社员关爷爷对老沙皇侵略暴行的血泪控诉，激起了满腔怒火，毅然向党支部表决心，要到祖国最边远的熊瞎子沟去创业建点，保卫边疆，建设边疆。隐藏在松树屯达二十多年的日伪时期的汉奸张山，看到钟卫华等革命青年的坚强决心。内心十分恐惧，他利用生产队长于春保缺乏阶级斗争观念，在赶大车搞运输的时候，与特务"马熊"加紧勾结。张山到处造谣生事，阴谋破坏。妄图使青年们在熊瞎子沟站不住脚，扎不下根，要把青年们赶走。在党支部的坚强领导和贫下中农的亲切关怀下，钟卫华等青年坚决走与工农相结合的光辉道路，浩浩荡荡开进熊瞎子沟烧荒建点。由于张山的破坏，烧荒时火势蔓延，钟卫华带头英勇地冲进火海，用身体滚灭了烈火，保住了红松林。他们在与敌人的斗争中，在熊瞎子沟扎下了根，同时帮助战友认清了敌人。生产队长于春保也在党的教育下和阶级斗争事实的面前提高了觉悟。在党支部的领导下，揪出了潜伏的敌人张山，活捉了特务"马熊"。

　　郭先红，1929 年出生，笔名仙鸿，原名郭善鸿，山东烟台人。中国作家协会黑龙江分会专业作家。1950 年开始发表作品。著有长篇小说《征途》（译有日、朝文版本），短篇小说集《新芽》（合集）等。短篇小说《站起来的人们》获黑龙江省文学创作奖。

# 本 卷 后 记

　　编选一部跨度达六十年之久的龙江影视剧作大系，对我们而言无疑是一个巨大的挑战。的确，在相关资料的搜集、整理、发掘和筛选的过程中，我们时常感到门外汉的惶恐和焦虑。龙江的影视剧文学即使在全国范围看来，也是成绩斐然；而对于构筑一个富有魅力的地方文化空间来说，则具有不可替代的作用，是不可或缺的。六十年来，历代影视剧作家为这片神奇的土地贡献了他们的深情、智慧和艰辛的努力。在这些优秀的影视剧作中，我们既看到影视剧作家特有的艺术风采，更看到他们对这片黑土地和生活其中的人们的挚爱。这些都使我们更深刻地认识到这一工作的价值，也更深刻地体会到其中的压力。

　　在编选过程中，我们又时常感到为难。龙江不乏优秀的影视剧作，但因为大系容量的限定，其中很多就不能一一出现在本书之中。这并非说明它们就等而下之，的的确确，它们同样也是优秀的。我们确定的编选原则是：在通盘考虑到影视剧作的艺术价值的同时，更兼顾所选录剧作的史料价值。因而，对于新时期以前的尤其是解放后建国以来到"文革"结束期间的作品，考虑到研究者和读者不易搜集，我们尽量选编全文；而新时期以后的作品，则或者选择部分内容，或者存目，或者放到附录中简要介绍。这些都请相关作者、尊敬的读者和研究同行们理解并谅解。本书的编选得到诸多影视剧作家以及相关部门的支持，龙江影视剧创作中心为本卷的编写提供了宝贵资料，对此我们深表谢意。哈尔滨师范大学中文系文艺学专业的研究生贾鲁华、于冰、孙葳、唐卓、关学锐、曲常明、张莹、王晓艳等同学以及中央美术学院的研究生陈琳参与了部分资料的搜集整理和复印等工作，在此一并致谢。

　　黑龙江的影视剧文学应该说是一个不折不扣的富矿，大系的整理编选仅仅是开采这个富矿的初始。我们希望本书的出版，能对当代黑龙江文学研究和文化空间的研究有一定的帮助，希望更多的研究者加入进来，一起发掘其中闪闪发光的"金子"。在编选工作告一段落的同时，我们清楚地意识到，由于对资料的掌握程度有限，这本书难免有错讹之处和遗珠之憾，还请方家不吝赐教。

编　者

# 大 系 后 记

　　二〇〇二年，我们主编的龙江特色作家研究丛书出版后得到了作家和学者们的普遍好评，被誉为"是一套反映黑龙江文学发展态势和展示黑龙江文学队伍实力的书"。虽然，这套丛书对新时期龙江十一位具有全国性影响的作家作品进行了较为全面、深入的研究，但是与整个黑龙江的当代文学相比，无论在时间跨度、空间维度，还是在文学创作领域的宽阔度上，我们注意的仍然只是凤毛麟角，无法多方位地展示龙江文学的全景全貌，更谈不上凸现历史的纵深感与厚重感了。或者说，相对于龙江博大厚重的当代文学创作潮流，龙江特色作家研究丛书撷取的仅仅是几朵美丽而微小的浪花。正是出于对诞生于白山黑水、林海雪原、大荒阔野、天寒地冻的龙江文学的缱绻深情，黑龙江省审美文化和龙江文学重点研究基地的同人们萌生了编撰一套《龙江当代文学大系》的想法。并力求使这套丛书既能全面展示龙江当代文学的辉煌历史，总结龙江文学在新时期崛起的经验，确立龙江文学在全国文学版图中的地位，又具有"抢救"龙江当代文学史上即将流失、荒废的珍贵文学资料的重要意义。本着上述宗旨，我们从浩繁的龙江当代文学作品中，遴选出体现鲜明时代特色、先进文化精神、高尚艺术品位的诸多篇章，编撰成《龙江当代文学大系》。丛书规模约八百万字，分为小说卷、诗歌卷、散文卷、报告文学卷、戏剧文学卷、理论与批评卷、曲艺戏曲卷、影视文学卷、儿童文学卷、民间文学卷、翻译文学卷，凡十一卷。

　　《龙江当代文学大系》从选题策划到编撰完成，历时整整五年。对这样一项规模宏大、关系到边疆文化大省建设的具有拓荒性质的学术工程，我们真是诚惶诚恐、食寝不安。面对这一难度极大的编撰工程，参编的五十余位师生同人可谓踌躇满志又苦心孤诣，筚路蓝缕又殚精竭虑。有时候甚至为了寻找一个湮没在悠悠岁月中的作家或作品，不知查阅了多少文献资料，访问了多少亲朋好友。每当踏破铁鞋寻觅到那珍贵的笔情墨迹时，用潸然泪下形容也不为过。但岁月是无情的，至今还有一些文献珍品仍被岁月封存，暂时难以重见天日。对此，我们只能在万般无奈的痛惜中，希冀有朝一日使它们从历史的记忆中获得重生!

　　《龙江当代文学大系》即将付梓,我们首先要衷心感谢那些活跃并辛勤耕耘在龙江文学战线上的众多作家们,是他们用心灵倾听龙江大地美妙而雄浑的天籁之音,用生命谱写龙江人的精神之歌,用鲜血浇灌龙江的山山水水,用意趣盎然的笔墨,目击意志之沸腾,洞烛悲剧之壮丽,曲尽龙江之妙,超升心灵之华。一部龙江文学大系,即是一部龙江作家的生命之史,一部字字金石、掷地有声的生命之史,它将融入龙江苍茫而充满希望的大地,永载史册!

　　《龙江当代文学大系》能够得以出版,还要感谢省委宣传部、省科技厅、省财政厅、省文化厅、省作家协会、省文联、省图书馆、各地市作协文联等单位、领导的大力支持和无微不至的关怀与指导。特别值得一提的是,张成义副省长得知我们要编撰这套丛书,立即委托时任科技厅厅长的孙尧副省长给我们专门立项,在体制、精神和物质上全力予以支持,并在几年的时间里始终跟踪指导。我们深知,没有黑龙江的父老乡亲、龙江领导和同行们的无私相助,要策划并完成这样一部鸿篇巨制,简直是天方夜谭,无人敢为,无人能成!我们将在内心里永远深深地感谢他们。

　　在五年的时间里,为编撰《龙江当代文学大系》,哈尔滨师范大学省级重点学科"文艺学"学科和重点基地"审美文化与龙江文学研究基地"共发动了五十余名师生参与其中。他们在承担繁重的教学与科研任务同时,克服了经费不足等种种困难,执著探求,孜孜不倦,硬是以集团作战的方式,顽韧地攻克了一个又一个难题,终于铸成了这一工程浩大的文化伟业。或许,再过五十年、一百年乃至更多年后,我们的子孙翻开这套大系,龙江作家们的风采、龙江当代壮阔的历史风云仍将历历在目,鲜活而生动,给子孙后代继续提供某种人生的体悟和启迪。倘若如此,编撰丛书付出再多的心血也都值了。

　　衷心感谢作家或家属们对本书编选工作的积极支持,出于诸多原因,尚有部分作家或家属未能取得联系,为不遗漏作家作品,唯有先行选用,望相关作家或家属能够谅解并及时与我们联系,以便奉寄样书。

冯毓云

2008 年 10 月金秋于哈尔滨云轩书屋

**图书在版编目（CIP）数据**

龙江当代文学大系．影视文学卷／冯毓云，罗振亚主编；
乔焕江编．－－哈尔滨：北方文艺出版社，2017.9
ISBN 978-7-5317-4019-3

Ⅰ．①龙… Ⅱ．①冯… ②乔… Ⅲ．①中国文学－当
代文学－作品综合集－黑龙江省②电影文学剧本－作品集
－中国－当代③电视文学剧本－作品集－中国－当代
Ⅳ．① I218.35

中国版本图书馆 CIP 数据核字（2017）第 224397 号

龙江当代文学大系·影视文学卷
Lingjiang Dangdai Wenxue Daxi Yingshi Wenxuejuan

主　编／冯毓云　罗振亚　　　　　　　副主编／黄光伟　汪树东
本卷主编／乔焕江　　　　　　　　　　本卷副主编／金　哲

责任编辑／宋玉成　　　　　　　　　　封面设计／费文亮

出版发行／北方文艺出版社　　　　　　网　址／www.bfwy.com
邮　编／150080　　　　　　　　　　经　销／新华书店
地　址／黑龙江现代文化艺术产业园 D 栋 526 室

印　刷／哈尔滨汇鑫天勤印刷有限公司　　开　本／720×1020　1/16
字　数／700 千　　　　　　　　　　印　张／41
版　次／2017 年 9 月第 1 版　　　　　印　次／2017 年 9 月第 1 次印刷

书　号／ISBN 978-7-5317-4019-3　　　定　价／190.00 元